Christopher Ocean

BLUE

Jen Lesko

Coverdesign: Jen Lesko
Covergrafik: Adobe/Canva
Illustrationen Innenteil: Jen Lesko

E-Book: 979-8-9891039-1-1
ISBN Softcover: 979-8-9891039-2-8
Druck und Distribution im Auftrag:
Amazon.com, Inc.

Jen Lesko, PO Box 545, Black River, NY, USA

FOR LOVE

Liebe ist etwas Magisches.

Es gibt eine uralte chinesische Legende, die besagt, dass es einen immateriellen Faden des Schicksals gibt, der zwei Seelen verbindet. Diese sind dazu bestimmt, verbunden zu sein. Früher oder später werden sich beide Seelen treffen, ungeachtet von Raum und Zeit. Ihre Leben werden zusammengeführt, weil sie durch diesen roten Faden verbunden sind.

JACK

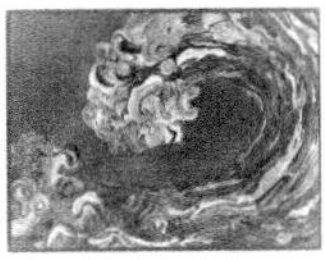

Das Wetter hatte ziemlich schnell umgeschlagen.

Der Pier lag verlassen da und auch auf der Promenade waren kaum Leute, aber in Anbetracht der Unwetterwarnung war das nicht verwunderlich. Tom rollte weiter, bis er auf Höhe der ersten Imbissbuden ankam. Sie waren jetzt geschlossen, aber mit ihrer stabilen Holzkonstruktion boten sie einen guten Windschutz.

Sie hatten sich für 18 Uhr verabredet. Er positionierte sich so, dass er den Aufgang zum Pier sehen konnte, und stellte die Radbremse am Rollstuhl fest.

Tagsüber hatte es fast 23 Grad gehabt, aber jetzt kurz vor dem Gewitter war es auf windige elf Grad heruntergekühlt. Er zog den Reißverschluss an seiner Jacke weiter hoch, aber es half nur mäßig.

Der Ozean unter dem Pier war bereits in Aufruhr und die Gewitterwolken am Horizont versprachen eine ungemütliche Heimfahrt. Hoffentlich würde er es rechtzeitig wieder zu Rhonda schaffen, dachte er hoffnungsvoll, bevor es anfing zu schütten. Mit dem Auto waren es sicher nur knapp zehn Minuten bis zum Wohnwagenpark, aber mit dem Rollstuhl und mehreren Bushaltestellen hatte Tom für die Strecke mehr als eine Stunde gebraucht. Warum Ronnie sich unbedingt hier draußen hatte treffen wollen, war ihm ein Rätsel.

Er holte das kleine orangene Medikamentenröhrchen hervor und hielt es eine Weile in der Hand. Auch wenn es momentan leer war, war es beruhigend. Das nächste Rezept würde er erst in einer Woche bekommen. Bis dahin musste das Zeug von Ronnie herhalten. Tom machte sich schon lange keine Sorgen darüber, dass er die verschriebene Dosis überzog, denn die Tabletten war das Einzige, das ihm half, seine Gedanken abzustellen.

Er sah hinaus aufs Meer und beobachtete die Seevögel, wie sie in den Windböen ihre akrobatischen Tänze vollführten. Sehnsuchtsvoll wünschte er sich, in diesem Moment einer von ihnen sein zu können. Tiere hatten weder Liebeskummer noch Schuldgefühle, dachte er neidvoll. Ihr Leben war unheimlich einfach.

Der Wind trug eine Männerstimme über den Pier. Es war tatsächlich Ronnie, aber diesmal war er nicht allein. Im Schlepptau hatte er drei Typen, die Toms Meinung nach allesamt ziemlich proletenhaft aussahen. Ronnie selbst war recht primitiv, also war er nicht weiter überrascht. Man konnte keine hohen Ansprüche stellen, wenn man sich mit Drogendealern abgab.

Als die Gruppe beim ihm ankam, begrüßte Ronnie ihn ganz locker, aber er schien unheimlich nervös.

"Hey Mann. Was geht ab?"

"Hey, alles klar. Wer sind deine Freunde?"

"Ey, Mann, keine Sorge, die sind in Ordnung. Sie wollen meine Kunden nur hin und wieder kennenlernen, damit ich keinen Scheiß baue."

Aha, dachte Tom, seine Vorgesetzten also. Natürlich hatte er sich denken können, dass Ronnie den Stoff nicht allein vertickte, aber diese Vorstellungsrunde fand er dann doch etwas überflüssig. Er griff in seine Jackentasche und reichte Ronnie die mitgebrachten Scheine.

"Das übliche."

Ronnie nahm das Geld und reichte es an den Mann weiter, der neben ihm stand. Als der nickte, gab er Tom ein kleines Tütchen mit Pillen darin.

"Warte, das ist aber weniger als letztes Mal." Er hatte sie schnell gezählt, es waren nur elf. "Vor drei Wochen gab es für den Preis noch sechszehn."

"Äh, ja also, das Oxy ist jetzt etwas teurer."

"Oh komm, Ronnie, das ist nicht dein Ernst! Zieh das mit jemandem anderen ab! Du weißt, dass ich es brauche."

Der Mann neben Ronnie trat näher und bückte sich zu Tom herunter.

"Das ist jetzt aber Pech, denn unser Ronnie hier macht die Preise nicht, sondern ich. Wenn du nicht *mehr* zahlst, bekommst du auch nicht *mehr*."

Tom starrte den Mann genervt an, wusste aber, dass er im Grunde nichts tun konnte. Mit Ronnie hätte er eventuell noch verhandeln können, aber dieser Mann sah nicht so aus, als würde er gerne diskutieren.

"Ich verstehe." Er drehte sich leicht weg, um dem fiesen Mundgeruch des Typen zu entgehen. Dafür, dass sie an der frischen Luft waren, war der Gestank erstaunlich stark. Die Pillen samt leerem Röhrchen verstaute er in seiner Jacke.

"Du könntest dir aber auch welche *verdienen*. Rezepte sind Gold wert."

"Nein danke, kein Interesse." Tom schüttelte den Kopf. Er kannte die Praktiken, bei denen die verschriebenen Tabletten für teures Geld weiter verkauft wurden. Er löste seine Bremse. Diese Unterhaltung war für ihn beendet.

"Wo willst du hin?" Der Mann mit der schlechten Mundhygiene stemmte seinen Fuß gegen das linke Rad des Rollstuhls. "Ich glaube, wir haben uns missverstanden. Ich wollte eigentlich sagen, dass du dir die nächste Lieferung verdienen *musst*. Unser Ronnie hier wird sich mit dir in Verbindung setzen. Dein nächstes Rezept geht an uns."

"Träum weiter. Mit euch mache ich keine Geschäfte."

Der Mann sah mit einem ungläubigen Blick auf ihn herunter. Üblicherweise bekam er von seinen Kunden keine Gegenworte, ganz im Gegenteil.

"Hast du das gehört Ronnie? Er will nicht."

Ronnie stand etwas unsicher an der Seite und fühlte sich alles andere als wohl. Die Einschüchterungstaktiken seiner Truppe kannte er nur zu gut, aber sich daran zu gewöhnen war eine andere Sache. Er wusste, was Tom blühte, wenn der sich widersetzte.

"Hör zu Mann, mach einfach was sie sagen. Es ist das Einfachste. Ehrlich Mann."

Tom konnte gar nicht fassen, was gerade geschah. Was wollten diese Affen von ihm? Lange jedoch konnte er nicht darüber nachdenken, denn plötzlich gab der Mann seinem Stuhl einen solchen Tritt, dass er damit nach hinten schoss und unsanft gegen die Balustrade des Piers knallte.

"Ich glaube, wir müssen ihm zeigen, dass wir es ernst meinen, nicht wahr?" Der Mann mit dem fauligen Mund nickte seinen Handlangern zu. Es war sehr offensichtlich eine Einladung, sich nützlich zu machen.

Es dämmerte bereits und weit und breit war kein anderer Mensch zu sehen. Die ersten Tropfen begannen aus dem Himmel zu fallen.

Tom war wütend.

"Ihr könnt mich am Arsch lecken!" Er fühlte den Schmerz im Rücken, wo das Geländer seine Lehne getroffen hatte.

Sicherlich hätte er so tun können, als würde er einwilligen aber er hatte keine Angst vor diesen Typen. Es war auch nicht so, dass er nicht verstand, was hier geschah, nur war es ihm egal.

"Dazu müsstest du erst einmal aufstehen können, du kleiner Wichser." Der Mann zog ihn aus dem Rollstuhl und stieß ihn von sich, direkt in die Seitenwand der Imbissbude. Tom prallte ab und fiel zu Boden wie ein Sack Kartoffeln.

Die beiden anderen Männer, die bisher noch kein einziges Wort gesagt hatten, schnappten sich seinen Stuhl. Einer von ihnen setzte sich hinein und der andere schob ihn johlend den Pier hoch.

Der augenscheinliche Chef der Bande sah ihnen ein paar Sekunden lang nach, schüttelte aber nur den Kopf. Dann zog er unvermittelt eine Pistole aus dem Hosenbund und kniete sich neben Tom. Mit der freien Hand packte er ihn am Kragen. Er begann sich zu wehren, aber viel konnte er gegen den massigen Mann nicht ausrichten.

Der harte Stahl der Mündung berührte Toms Schläfe. Bis dahin hatte er ihn noch beschimpft, aber im Angesicht dieser neuen Bedrohung zog er es vor, still zu sein.

"Ronnie, komm her!"

Ronnie kam.

"Ja Boss?"

"Hol ihm das Oxy aus der Jacke." Kurz flammte in Tom ein letzter Protest auf, aber ein derber Hieb gegen seinen Kopf erstickte diesen sofort. Ronnie bückte sich und kramte in seiner Jackentasche. Er holte die Tabletten hervor und sah seinen Boss wartend an. "Gut, nun stopf sie ihm in den Mund."

"Aber Boss! Das wird ihn umbringen!"

"Habe ich dich um deine Meinung gebeten? Nun mach schon, ich werde nass."

Ronnies Atem ging merklich schneller, als er auf die Tabletten in seiner Hand starrte. Er wusste nur zu gut, wozu sein Boss fähig war. Vorsichtig schüttete er sie aus der kleinen Tüte in seine Handfläche und sah unsicher auf Tom herunter. Er konnte sehen, wie sich an dessen Schläfe ein Rinnsal aus Blut formte.

"Mach den Mund auf!"

Die Mündung der Waffe bohrte sich weiter unsanft in seine Schläfe, aber Tom presste weiterhin die Lippen zusammen. Sollten sie ihn doch erschießen. Das war immer noch besser als eine Überdosis, jedenfalls im Hinblick darauf, wie man ihn danach auffinden würde. Das Gejohle der anderen beiden Männer hatte aufgehört, aber Tom achtete in dem Moment sowieso nur noch auf das, was direkt vor ihm geschah. Kurz jagte die Tatsache durch seine Gedanken, dass er das Mädchen, das er liebte, nun nie wieder sehen würde, und sein Herz zog sich schmerzhaft zusammen.

Ronnies Boss war es leid zu warten und holte abermals aus.

In einiger Entfernung bellte ein Hund.

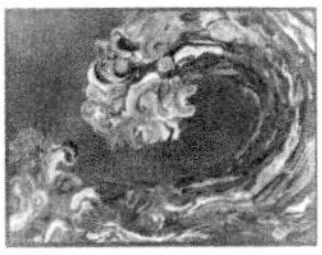

Das Erste das Tom wieder bewusst wahrnahm, war der bittere Geschmack in seinem Mund.

Das Zweite war der sintflutartige Regen und dass sich irgendjemand an ihm zu schaffen machte. Auch war ihm kalt, denn seine Sachen waren komplett durchnässt. Kurz versuchte er, sich zu wehren, merkte aber schnell, dass die Hand auf seinem Rücken nur helfen wollte. Er hustete und würgte.

"Langsam, langsam!"

Er spukte ein paar Tabletten aus und hustete weiter, aber als er sich einigermaßen im Griff hatte, sah er hoch. Den Mann unter dem Regenschirm hatte er noch nie gesehen. Es war bereits dunkel und in entfernt konnte man Donner hören. Geistesgegenwärtig schaute Tom nach unten und zählte.

Sieben, dachte er, es waren nur sieben! Er fühlte mit der Zunge nach, aber sein Mund war bis auf den ekelhaften Nachgeschmack leer. Plötzlich erschien eine Hundeschnauze vor ihm und begann ihn abzuschlecken.

"Chinook! Nein! Aus!" Der Mann zog den Hund zur Seite und der schützende Schirm entfernte sich.

Der Regen machte Tom nichts aus. Das auf ihn herabprasselnde Nass war sogar sehr angenehm. Er griff sich an den Kopf und stöhnte, als er eine Beule ertastete. Er drehte seinen Kopf leicht zur Seite und spukte etwas Speichel aus.

Der Mann befahl dem Hund *Sitz* und trat wieder einen Schritt näher.

"Was waren das für Pillen?"

"Schmerzmittel. Halten Sie den Hund davon fern." Tom konnte fühlen, wie die vier fehlenden Tabletten ihre Wirkung entfalteten. Das wattige Gefühl kannte er nur zu gut, nur wusste er nicht, was danach kommen würde. Er hatte noch nie mehr als drei auf einmal genommen.

Chinook winselte und zog an der Leine. Sie wollte unbedingt wieder zu Tom. In dem Moment verlor er wieder das Bewusstsein.

Als Tom das nächste Mal wach wurde, war er nicht mehr nass, ganz im Gegenteil sogar. Er lag auf einer weichen Unterlage und hörte etwas hecheln. Er blinzelte gegen das gleißende Licht an und sah erst nur blauen Himmel. Direkt über ihm zeigte ein Atelierfenster, wie schön das Wetter in Kalifornien die meiste Zeit über wirklich war.

Er versuchte, sich zu bewegen, und ächzte. Sein Kopf fühlte sich an, als würden darin tausend Glassplitter herumwirbeln. Das Hecheln kam näher und in der nächsten Sekunde hatte er eine kalte Hundenase im Gesicht.

"Hey Chinook."

Sie schleckte ihm übers Gesicht und Tom wunderte sich, warum er wusste, wie das Tier hieß. Es dauerte jedoch nicht lange, dann fiel es ihm wieder ein. Er richtete sich vorsichtig auf und stützte sich auf seinen Ellenbogen. Chinook ließ ihre Schnauze auf dem Couchkissen neben ihm ruhen und sah ihn aufmerksam an, während er sich umsah.

Der Raum war sehr offensichtlich ein Wohnzimmer. Couch, Couchtisch, Fernseher, Bücherregale, eigentlich nichts Außergewöhnliches, aber draußen vor den breiten bodentiefen Fenstern erstreckte sich eine Terrasse mit grandioser Aussicht.

Das Haus war direkt am Strand und soweit das Auge reichte, war nur Meer.

Auf dem Couchtisch stand eine kleine Flasche Wasser. Gleich daneben lagen ein paar kleinere Handtücher und auf dem Boden stand ein Eimer. Er war leer, aber Tom erinnerte sich verschwommen daran, ihn etliche Male benutzt zu haben, um sich zu übergeben. Es war kein besonders angenehmer Rückblick. Entkräftet lehnte er sich in die Couchkissen zurück und kraulte den Kopf des Hundes.

"Guten Morgen."

Schnell drehte er seinen Kopf in Richtung der Stimme. Es war der Mann vom Pier. Die Bewegung allerdings bereute Tom sofort. Er verkniff sich ein Stöhnen.

Der Mann setzte sich ihm mit einer Tasse Kaffee gegenüber. Er war nicht besonders groß, trug einen grau-melierten Vollbart, penibel gestutzt und geformt, aber seine ganze Erscheinung war sehr gepflegt und was Tom erahnen konnte, ließ darauf schließen, dass er viel Wert auf Fitness legte.

Chinook hatte sich keinen Zentimeter bewegt.

"Morgen." Toms Stimme hörte sich für seine eigenen Ohren rau an und er räusperte sich.

Der Mann zeigte auf das Wasser.

"Ich würde dir ja einen Kaffee anbieten, aber ich denke damit warten wir bis sich dein Magen beruhigt hat." Tom griff wortlos nach dem Wasser. Der Mann beobachtete ihn aufmerksam, während er trank. "Nur damit du dich nicht fragst, wer der merkwürdige Typ ist, der dich auf seiner Couch schlafen lässt ... mein Name ist Jack Hayes."

"Ha", lachte Tom halbherzig auf, "merkwürdige Menschen kenne ich inzwischen zu Genüge." Er seufzte. "Ich heiße

Thomas." Seinen Nachnamen behielt er erst einmal für sich. "Warum bin ich hier?"

"Und nicht im Krankenhaus? Nun ja. Das ist mir auch noch nicht ganz klar." Jack nahm einen Schluck aus seiner Tasse.

Mit dieser kryptischen Antwort konnte Tom allerdings nicht viel anfangen.

"Sie hätten auch die Polizei rufen können."

"Das habe ich und den Rettungsdienst habe ich auch verständigt."

"Oh."

Chinook fing an, leise zu winseln, weil Tom aufgehört hatte, sie zu kraulen. Er stellte die Wasserflasche auf den Tisch und machte damit weiter.

Jack schüttelte fast unmerklich den Kopf. Seine Hündin hielt sich üblicherweise von Fremden fern.

"Die Polizei sagte, ich soll mich melden, sobald du wieder auf den Beinen bist, damit du eine Stellungnahme machen kannst. Nach meiner Aussage läuft es momentan unter *Anzeige gegen Unbekannt*. Ich habe denen gesagt, was ich gesehen habe, und das war leider nicht viel. Zwei der Idioten haben deinen Rollstuhl ins Meer geworfen. Das war doch deiner oder?"

Tom nickte und schloss die Augen. Das hatte ihm gerade noch gefehlt. Er beantwortete die unausgesprochene Frage.

"Ab dem letzten Wirbel abwärts. Es betrifft nur die Beine."

"Hm." Jack nippte wieder an seinem Kaffee. "Die haben dich im Krankenhaus durchgecheckt und deinen Magen vorsorglich ausgepumpt. Sie haben Opioide gefunden. Laut dem Medikamentenröhrchen hattest du dafür aber ein Rezept, daher bist du auch nicht im Gefängnis."

Wenn Jack die Medikamente gefunden hatte, dann kannte er auch seinen vollen Namen, dachte Tom zerknirscht. Was hatte er noch herausgefunden?

Er wiederholte seine Frage von vorhin.

"Warum bin ich hier und nicht im Krankenhaus?"

"Wegen ihr." Jack zeigte auf seine Hündin. Als Tom ihn verwundert ansah, musste er schmunzeln. "Siehst du? Ich bin definitiv merkwürdig." Er setzte sich etwas aufrechter hin und wurde wieder ernst. "Nun, ich habe mir gedacht, dass du es eventuell unangenehm finden würdest, in einem Krankenbett aufzuwachen, also habe ich einen Krankentransport hierher bestellt. Der Hauptgrund allerdings war das hübsche Mädchen neben dir. Chinook ist dir seit dem Pier nicht von der Seite gewichen, na ja, mit Ausnahme des Krankenhauses und Gassi Pausen. Ein solches Verhalten habe ich bei ihr noch nie gesehen und ich habe sie bereits sechseinhalb Jahre."

Tom sah sie an und Chinook leckte ihm wie zur Bestätigung über den Handrücken. Er musste lächeln.

"Ich liebe Hunde."

"Das kann ich sehen. Die Polizei hatte übrigens keine kalifornische Adresse für dich, nur ein paar Posteinträge aus New York, daher haben die erstmal niemanden verständigt. Hast du hier jemanden, den du anrufen kannst?"

Tom sah hoch und in Jacks erwartungsvolles Gesicht. Der einzige Mensch, den er hätte kontaktieren können, war Rhonda, aber ihre Nummer kannte er nicht. Sie hätte ihn ohnehin nicht abholen können, denn sie nahm nur den Bus. Ohne Rollstuhl ging das erst recht nicht.

Er schüttelte den Kopf.

"Nein Sir, aber Sie können mir ein Taxi rufen, wenn es nicht zu viele Umstände macht." Er wollte die Gastfreundschaft dieses Mannes auf keinen Fall länger in Anspruch nehmen als nötig. Jack konnte geschätzt nicht älter als Mitte fünfzig sein, also war es unwahrscheinlich, dass er schon in Rente war. Er musste bestimmt irgendwann zur Arbeit und einen vermeintlichen Junkie allein in seinem Haus lassen würde er sicherlich nicht.

"Und dann?"

"Dann bin ich nicht mehr Ihr Problem." Tom wollte gar nicht daran denken, dass er ein Taxi nicht bezahlen konnte. Nach der Umgebung zu urteilen würde es eine längere Fahrt zurück werden.

Jack sah ihn lange an. Der Junge hatte gute Umgangsformen, dachte er im Stillen, aber auch eine gehörige Portion Stolz. Zudem hätte ihm ein Haarschnitt gutgetan.

"Wieso denkst du, dass du ein Problem für mich bist?"

"Weil es bestimmt nicht bequem ist, einen Streuner von der Straße aufzulesen und ihn dann in einen Mülleimer kotzen zu lassen."

"Hm. Wo du recht hast, hast du recht." Jack musste sich ein Schmunzeln verkneifen. Je länger er mit dem Jungen sprach, desto mehr mochte er ihn. Natürlich war er nicht naiv. Thomas hatte definitiv Probleme, aber aus irgendeinem Grund konnte er ihn nicht einfach wieder gehen lassen. Mit seiner Hündin hatte es nur nachrangig zu tun, denn sein Instinkt trügte ihn selten.

"Wo sind meine Sachen?" Tom hatte die Decke zurückgeschlagen und gesehen, dass er ein T-Shirt und Boxershorts trug, welche beide nicht seine waren.

Jack Hayes beeilte sich, den Umstand zu erklären.

"Denk bitte nicht, dass ich irgend so ein Perverser bin. Im Krankenhaus haben sie dich ganz professionell umgekleidet, ohne dass ich dabei war, aber ich habe die Kleidung gestellt. Deine Jeans und paar andere Dinge habe ich gewaschen. Schuhe stehen in der Diele und deine Jacke habe ich reinigen lassen. Die hängt vorne am Haken. Alles andere wartete fein säuberlich im Gästebad. Dein Hemd konnte ich allerdings nicht mehr retten. Der Kragen hatte einen langen Riss und auch war etwas Blut darauf. Das Shirt aber kannst du behalten oder wenn du lieber ein Hemd hättest, dann können wir in meinem Kleiderschrank nachsehen." Tom hatte sich inzwischen mit etwas Mühe aufgesetzt und starrte den Mann erstaunt an. Jack lächelte freundlich. "Ach ja, ich habe auch einen neuen Rollstuhl für dich bestellt, aber trotz Expresslieferung kommt der leider erst übermorgen an."

"Warum machen Sie das alles?" Tom war sich nicht sicher, ob es Scham oder Rührung war, aber er spürte, dass ihm Tränen in die Augen schossen und versuchte, sich mit aller Macht zusammenzureißen. Leider gelang ihm das nicht besonders gut, denn er fühlte sich vollkommen zermürbt. Auch wenn er die letzten Monate nur damit verbracht hatte, high zu sein, wünscht er sich dennoch mit jeder Faser in seinem Körper sein altes Leben zurück.

Chinook fing an, ihm die Tränen von den Wangen zu schlecken. Tom konnte nur noch den Arm um sie legen und sein Gesicht in ihrem Fell vergraben.

Jack erhob sich und gewährte ihm etwas Privatsphäre. Er brachte seine Tasse in die Küche und warf einen Blick in den Kühlschrank, um zu sehen, was er zum Mittagessen kochen konnte.

"Irgendetwas Leichtes, auf alle Fälle", murmelte er vor sich hin. Während er noch Lebensmittel hin und her schob, hörte er Toms Stimme.

"Mr Hayes?"

Jack schloss den Kühlschrank und kam zurück ins Wohnzimmer.

"Ja?"

"Haben Sie eventuell einen Bürostuhl oder etwas anderes mit Rollen? Ich müsste mal ins Bad."

"Aber sicher, einen Moment." Jack ging direkt in sein Büro und holte von dort einen Arbeitsstuhl. Er war von Toms kreativer, aber doch sehr naheliegender Problemlösung unheimlich beeindruckt. Teppich hatte er nur im Schlafzimmer, also würde es sicherlich gut funktionieren. Er schob den Stuhl direkt an die Couch und half Tom hinein, dann schob er ihn vorsichtig Richtung Bad.

"Danke Mr Hayes."

"Bitte nicht so förmlich, nenn mich Jack. Wenn du mich brauchst, ruf einfach. Ich bin in der Nähe."

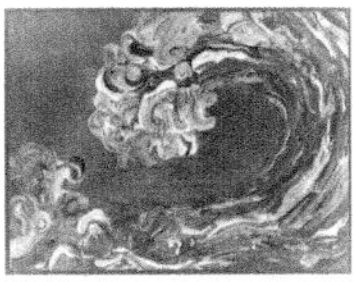

Die Gästedusche war ein Glückstreffer.

Alles war ebenerdig. In der verglasten Kabine befand sich sogar eine geflieste Sitzbank, auf die man sich setzen konnte. Es war einfach, hineinzukommen, sich umzusetzen und dann den Stuhl wieder nach draußen zu schieben. Die einzige Herausforderung stellte die Tatsache dar, dass es keine Feststellbremse gab, wie an seinem Rollstuhl, aber Tom ließ sich Zeit und kam gut mit allem zurecht.

Seine Sachen warteten tatsächlich sauber und ordentlich zusammengelegt auf einem kleinen Hocker. Zudem fand er frische Toilettenartikel auf der Anrichte: Zahnbürste, Zahnpasta, Mundwasser und sogar Deo. Jack hatte an alles gedacht.

Hinter dem Spiegel entdeckte er einen Medizinschrank, aber er war leer. Tom hatte zwar nicht wirklich erwartet, dass er starke Schmerzmittel finden würde, aber schon eine Ibuprofen Tablette hätte geholfen. Den schlimmsten Teil des Entzugs schien er hinter sich zu haben, aber sein Körper verlangte weiterhin nach der fehlenden chemischen Substanz.

Tom wurde von einer wedelnden Chinook in Empfang genommen, als er aus dem Bad rollte. Er hangelte sich langsam den Gang hinunter, sehr darauf bedacht ihr nicht über die Pfoten zu rollen, aber sie schien es zu verstehen und ließ ausreichend Abstand. Jack kam ihm auf halbem Weg entgegen und schob ihn zurück ins Wohnzimmer. Das Bettzeug hatte er bereits verstaut.

"Ich habe gerade eine Gemüsepfanne gemacht. Was meinst du? Kannst du ein wenig Essen unten behalten?"

Jack war hartnäckig, dachte Tom, das musste man ihm lassen.

"Keine Ahnung."

"Okay. Probieren wir's einfach. Mach aber langsam. Nach so vielen Tagen wird dein Magen empfindlich reagieren."

"Nach so vielen *Tagen*? Wie lange bin ich denn schon hier?"

"Ja, der Überfall war Sonntag, heute ist Mittwoch."

Tom blickte ihn entgeistert an.

"Verdammte Sch..." Rhonda! Er unterdrückte ein Fluchen. "Tut mir leid, aber ich muss gehen." Ronnie wusste, wo sie wohnte, und nun wussten es bestimmt auch diese anderen Typen. Sie würden sicherlich nach ihm suchen. Er musste seine Gastgeberin unbedingt warnen. Hoffentlich war es nicht schon zu spät.

"Warum? Was ist los? Hast du einen Job? Du kannst gerne mein Telefon ..."

"Nein, ich habe keinen Job, aber diese Typen vom Pier wissen, wo ich vorher geschlafen habe. Es war nur eine Kurzzeitlösung, die Frau hat jedoch nichts mit meinen Problemen zu tun."

"Deine Freundin?"

Tom senkte kurz seinen Blick, aber schüttelte den Kopf.

"Nein. Sie ist jemand, der mir geholfen hat. Ich habe sie im Überlandbus getroffen und wir haben uns angefreundet. Rhonda ist etwa doppelt so alt wie ich, wenn nicht noch älter. Ohne sie hätte ich bestimmt auf der Straße schlafen müssen, dabei hat sie auch nicht viel. Sie ist ein richtiger Engel."

Seine Ersparnisse würden nicht mehr lange halten. Das hatte hauptsächlich mit den Drogen zu tun, aber das würde er Jack garantiert nicht auf die Nase binden. Der Betrag, den er Rhonda regelmäßig für Essen gab, war im Vergleich dazu nicht der Rede wert.

"Und was gedenkst du zu tun, wenn du dort ankommst?"

"Weiß ich noch nicht. Ich hoffe, dass die Typen noch nicht dort waren, aber auch so muss ich sie warnen. Diesen Stress hat sie nicht verdient."

Jack überlegte. Es war eine verzwickte Situation. Sonntagabend hatte er einen kurzen Blick auf diese Typen erhaschen können, dann hatte Chinooks Gebell sie ziemlich schnell in die Flucht geschlagen. Als Schäferhund-Corso-Mix war sie recht furchteinflößend, besonders nachts. Ihre durchdringenden graubraunen Augen und das fast schwarze Fell gaben ihr das Erscheinungsbild eines Höllenhundes. Rein äußerlich hatte sie nichts mit ihrem Namensvetter, der hell-felligen und überaus friedliebenden Chinook-Rasse zu tun.

Jack ging gerne mit ihr am Wasser spazieren und hatte an dem Abend nur seine übliche Runde bis zum Ende des Piers gemacht. Dann waren die beiden Idioten mit dem Rollstuhl angefahren gekommen. Sie hatten den Stuhl über die Reling gepfeffert und waren, so schnell sie konnten in die andere Richtung gerannt.

Solche Menschen hatten Waffen. Dagegen konnte auch ein flinkes Tier wie Chinook nicht viel ausrichten, aber er kannte jemanden, der es konnte. In Jacks Kopf formte sich ein Plan.

"Und du kannst sie nicht anrufen?"

"Nein. Ich habe nie nach ihrer Nummer gefragt. Ich weiß nicht mal, ob sie ein funktionierendes Telefon hat."

"In Ordnung, ich fahre dich, aber wir nehmen uns Unterstützung mit. Zu unserer beider Sicherheit."

"Chinook?"
"Nein, ein paar Zweibeiner. Lass uns aber erst einmal essen. Du brauchst etwas im Magen." Er ging in die Küche und richtete zwei Teller. "Warum essen wir nicht draußen auf der Terrasse? Das ist mein absoluter Lieblingsplatz." Jack hoffte, dass es den Jungen auf andere Gedanken bringen würde. "Ich habe dieses Haus nur gekauft, um immer das Geräusch der Brandung hören zu können."
"Das kann ich gut nachvollziehen." Tom sah nach draußen. Der Strand war wirklich nur ein Steinwurf entfernt.
Am liebsten wäre er gleich losgefahren, aber etwas Verstärkung war keine schlechte Idee. Er zog sich mit dem Bürostuhl hinter der Couch vorbei und rollte bis vor an die Terrassentür. Dort kam ihm Jack zu Hilfe und schob ihn nach draußen, dann holte er die gefüllten Teller und Besteck.
"Hier, das ist für die Kopfschmerzen." Jack stellte eine kleine Schachtel Ibuprofen auf den Tisch. Mehr sagte er dazu nicht. "Was möchtest du trinken?"
"Ein Bier?"
"Ha, guter Versuch." Jack grinste amüsiert. "Ich habe dein Geburtsdatum auf dem Tablettenetikett gesehen. Ich hol dir einen Eistee. Das ähnelt Bier farblich etwas."
Tom verzog das Gesicht, aber Jack sah es nicht mehr, denn er war bereits hineingegangen, um die Getränke zu holen.

Nach dem Essen schnappte sich Jack sein Handy und setzte seinen Plan in die Tat um. Er nahm an, dass es nicht schaden konnte, wenn Tom das Gespräch mitbekam, also blieb er beim Telefonieren draußen sitzen.
"McCallen?"
"Barry, hier ist Jack Hayes."

"Oh hey Jack, sorry hab nicht aufs Display geschaut. Wie geht es dir und deiner Hübschen?"

"Uns geht's phänomenal. Wie steht's bei euch?"

"Ziemlich gut. Wir machen bald einen Campingtrip. Haben nur etwas gewartet, damit die Kaltfront vorbeiziehen kann, ansonsten sind unsere Frauen nur am Nörgeln, weil sie frieren. Max hat bereits eine Unmenge an Grillgut eingekauft. Wird eine gute Zeit. Möchtest du mitkommen?"

"Barry, du kennst mich, ich bleibe lieber zuhause. Alte Menschen, wie ich brauchen nachts eine gute Matratze." Barry lachte und Jack fuhr fort. "Aber weswegen ich anrufe: Ich habe hier eine Thematik, bei der ich eure Hilfe brauchen könnte. Das heißt, falls ihr heute Abend Zeit habt."

"Für dich nehmen wir uns die Zeit. Was gibt's?"

Jack umriss kurz die Sachlage und gab die notwendigen Details weiter. Darunter auch, dass er zu diesem Fall bereits eine Aussage gemacht hatte und er bei der Aktion heute Abend eine weniger offizielle Methode benötigte.

Barry sicherte ihm seine Hilfe zu und versprach gleich nach Schichtende mit seinem Partner zur Stelle zu sein. Vor Ort konnte man dann alles Weitere besprechen.

Nachdem Jack das Telefon weggelegt hatte, lehnte er sich zurück und verschränkte gemütlich die Arme.

"So, das wäre erledigt. Heute Abend fahren wir zu deiner Rhonda und stellen sicher, dass es ihr gut geht. Dann sehen wir weiter. Wie geht's deinem Magen?"

Der Junge hatte so schnell gegessen, dass ihm vielleicht nur deswegen schlecht werden würde, dachte Jack amüsiert.

"Soweit alles in Ordnung. Es hat wirklich fantastisch geschmeckt, danke." Tom hatte sogar einen Nachschlag geschafft. "Jack?"

"Ja?"

"Das war doch ein Cop, mit dem Sie gesprochen haben."

"Das ist korrekt. Aber mach dir keine Sorgen, es wir anders laufen, als du denkst."

"Sorgen mache ich mir nur um Rhonda."

"Hm ja, wird schon alles in Ordnung sein. Woher kennst du diese schrägen Gestalten überhaupt?" Jack wagte sich vor und hoffte, dass diese Frage nicht zu verfrüht war.

"Ich kannte nur einen von ihnen. Ronnie. Seine Cousine wohnt bei Rhonda nur ein paar Wohnwagen weiter. Wir haben ein paar Mal rumgehangen, und da hat er gesehen, dass ich Schmerzmittel nehme. Ich hatte mich am Rande beschwert, dass es nicht reicht, und irgendwie sind wir auf das Thema gekommen, dass er mir mehr besorgen könnte."

"Haben die Schmerzen etwas mit der Lähmung zu tun?" Jack ging auf die offensichtliche Illegalität erst gar nicht ein.

"Möchten Sie die Wahrheit oder die Lüge, die ich mir selbst jeden Tag vorbete?"

Jack sah ihn an. Mit so viel Offenheit hatte er nicht gerechnet.

"Heißt das, du brauchst das Zeug nicht?"

Tom atmete tief ein und sehr langsam wieder aus.

"Kommt darauf an, was Sie mit *brauchen* meinen. Ich denke, inzwischen sind die Schmerzen, die ich fühle nur in meinem Kopf." Er sah hinaus aufs Meer. Es fiel ihm so leicht, mit Jack über alles zu reden, dass er dabei gar nicht mehr nachdachte, was er sagte. Unter anderen Umständen wäre er sicherlich viel verschlossener gewesen, aber in diesem Moment hielt ihn nicht viel mehr zurück. "Vor wenigen Tagen hat mir ein Dealer eine Waffe an den Kopf gehalten und alles woran ich hatte denken können, war, dass er hoffentlich abdrückt. Viel schlimmer kann man nicht abstürzen." Er hatte unweigerlich seinen Tiefpunkt erreicht, das wusste er. "Ich habe den wichtigsten Menschen in meinem Leben verloren."

Jack schaute ihn bestürzt an.

"Das tut mir aufrichtig leid. Vater oder Mutter?"

"Nein", Tom schüttelte den Kopf, "nicht so, es ist niemand gestorben. Ich habe mit den Tabletten meine ganze Zukunft zerstört." Er schlug wütend mit den Fäusten auf seine Oberschenkel. "Diese verdammte Lähmung!"

Chinook erhob sich erschrocken von ihrem Platz zwischen den beiden Stühlen und legte ihm sofort ihre Schnauze in den Schoß, damit er aufhörte. Tom sah sie überrascht an und streichelte ihren Kopf. Seinen Kummer hatte er deswegen nicht vergessen, aber wenigstens für ein paar Sekunden dachte er nicht mehr nur an sich.

Jack schüttelte abermals seinen Kopf und beobachtete Tom, wie er mit der Hündin schmuste.

"Wenn du wüsstest, wie sie auf 99% der Menschen da draußen reagiert, würdest du einen respektvolleren Abstand zu ihren Zähnen halten."

Jack freute sich sehr, als Tom daraufhin lächelte. Es war nur ein kleiner Funke, aber es gab ihm Hoffnung, dass der Junge sich noch nicht komplett aufgegeben hatte.

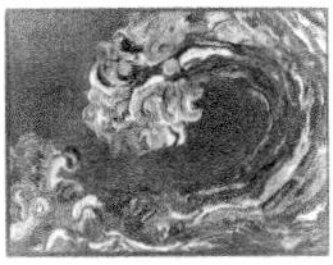

Officer Barnes und McCallen fuhren kurz vor der Dämmerung in einem Zivilfahrzeug bei Jack die Einfahrt hoch.

Sie waren ziemlich häufig mit ihren Frauen hier, um zu grillen oder um in netter Runde am Strand zu faulenzen, aber heute war einer dieser seltenen Begebenheiten, zu denen sie fast noch lieber antraten: persönliche Abenteuer der gefährlichen Art.

Jack erwartete sie bereits an der Tür. Das Haus lag gut verborgen hinter alten Bäumen, und überall gab es Überwachungstechnik. Die beiden Polizisten folgten ihm hinein und wurden einem jungen Mann vorgestellt.

"Du bist also der Grund für unsere Feierabendschicht." Max wollte ihn nur aufziehen, aber seine kernige Stimme überdeckte diese Absicht mit einem tiefen Bass. Tom traute sich nicht, etwas zu erwidern. Wenn es in dieser Gegend noch mehr solche beeindruckenden Beamten gab, dann wollte er hier lieber kein Verbrechen begehen.

Jack brachte eine Runde Bier aus dem Kühlschrank und sie setzten sich zusammen. Tom bekam natürlich wieder nur Tee.

"Wir haben uns vorhin noch schnell den Bericht vom Sonntag durchgelesen. Habe ich das richtig verstanden, dass diese Typen dich vergiften wollten? Gab es dafür einen Grund?" Barry sah Tom fragend an, aber Jack kam ihm zuvor.

"Das hatte bestimmt genauso wenig einen Grund, wie die hirnverbrannte Aktion seinen Rollstuhl im Meer zu versenken."

Tom schaute betroffen in die Runde und in dem Moment wusste Jack, dass er im Begriff war sich, um Kopf und Kragen zu reden.

"Einer von ihnen, Ronnie, hat mir öfter mal Oxy mitgebracht, weil mir die regulären Rezepte nicht mehr reichten. Diesmal brachte er allerdings seinen Chef mit, der mir nahelegte, für ihn zu arbeiten. Als ich das ablehnte, stieß das allerdings auf wenig Akzeptanz und zur Bestrafung haben sie mir die Tabletten in den Mund gestopft. Ich hatte immens Glück, dass Jack und Chinook in der Nähe waren."

Die beiden Beamten sahen sich unverhohlen überrascht an.

Max räusperte sich.

"Ist dir bewusst, dass wir dich für das, was du gerade gesagt hast, einbuchten könnten? Du hast gerade zugegeben, dass du illegal Opiate gekauft hast. Mehrmals."

Tom atmete tief durch, hielt dem Blick von Max aber stand.

"Ja ist es, aber ich wollte Ihre Frage ehrlich beantworten, Sir."

Max sah Jack an.

"Hat er schon eine Aussage gemacht?"

Jack schüttelte den Kopf.

"Nein, er war einige Tage unzurechnungsfähig. Das meiste haben sie ihm aus dem Magen gepumpt, aber genug von der Substanz hat es in den Blutkreislauf geschafft."

Max warf Thomas einen strengen Blick zu.

"Junge, ab sofort hältst du zu diesem Thema vor Polizisten die Klappe. Dein Wunsch dieser Rhonda zu helfen in allen Ehren, aber wenn du nicht bald die Kurve kriegst, wird das nicht dein letztes Mal sein, dass jemand in Schwierigkeiten ist, inklusive dir. Du kannst von Glück sagen, dass dir ein Mensch wie Jack zur Seite steht. Opiate sind eine Express-Fahrkarte in die Hölle." Tom zog es vor, nichts mehr zu sagen, und Max fuhr etwas versöhnlicher fort. "Lasst uns fahren und diese Rhonda vor dem bösen Wolf retten. Danach haben wir noch genügend Zeit zu reden."

Auf Barrys Empfehlung hin nahmen sie zwei Autos. Er sollte bei Jack mitfahren, da Max sich auf der Hinfahrt weiter mit dem Jungen unterhalten wollte. Sie halfen Tom auf den Beifahrersitz und fuhren gleichzeitig los.

Im Wagen hinter ihnen grinste Barry seinen Freund an.

"Da hast du dir auf deine alten Tage aber etwas eingebrockt."

Jack musste unwillkürlich lachen.

"Wieso denkst du das?"

"Du hast den gleichen Blick, wie meine Frau ihn hatte, als sie letzten Sommer ein streunendes Kätzchen mit nach Hause brachte."

Jack zeigte ihm grinsend den Mittelfinger, wurde dann aber wieder ernst.

"Du, das mit dem Einbrocken glaube ich gar nicht mal. Thomas ist wirklich außergewöhnlich. So viel Potenzial habe ich bei einem Menschen recht selten gesehen."

"Potenzial? Woran machst du das fest?"

"Ist dir denn nicht aufgefallen, wie unverhohlen ehrlich er ist?"

"Schon, aber Ehrlichkeit an sich ist nichts Besonderes, das kann ich auch."

"Ja, aber die Hälfte der Zeit denkst du vorher darüber nach, ob und was du sagst."

"Nein", Barry lachte, "die *ganze* Zeit. Es ist aber auch Teil des Jobs. Was *er* tut, ist nicht immer von Vorteil. Der Junge wird damit irgendwann gegen eine Wand rennen. "

"Kann sein, aber es ist noch etwas anderes. Er scheint viel durchgemacht zu haben. Ich möchte versuchen, ihm zu helfen, sodass alle seine Einzelteile wieder ein glückliches Ganzes ergeben."

"Wie gesagt, miau. Viel Glück mein Freund."

"Ich denke, das werde ich brauchen. Thomas scheint einen ziemlichen Dickkopf zu haben. Sobald es ihm besser geht, nehme ich ihn mal mit in den Klub, vorausgesetzt er ist dann noch hier."

Nun war es Barry, der überrascht schaute.

"Warum? Willst du ihm etwa einen Job anbieten?"

"Genau das, Barry, du hast es erfasst." Jack sah durch das Fenster auf den Wagen vor ihnen.

Er hatte seinem Bauchgefühl schon immer vertrauen können und bei diesem Jungen schlug das Pendel auf eine ganz besondere Weise aus.

BLUE

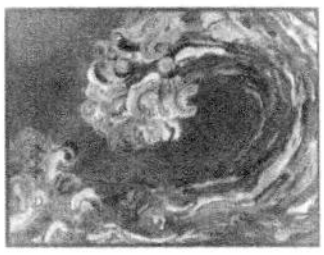

Die Sonne grinste frech vom Himmel herunter, als wäre das Leben in bester Ordnung.

Die Strahlen versuchten, jeden Schatten im Zimmer einzufangen, als wüssten sie nicht, dass Linda ihr düsteres Dasein überaus willkommen hieß.

Sie kniff die Augen schnell wieder zusammen, unbeeindruckt von dem kosmischen Versuch, sie wieder in einen Alltag zu ziehen, in dem sie nicht sein wollte. Die Helligkeit brannte sich trotzdem unaufhaltsam den Weg durch die Ritzen der Jalousien und ihre geschlossenen Augenlider.

Ihr war klar, dass sie nicht mehr einschlafen würde, denn die letzten Tage war es nicht wirklich anders gewesen. Sie zog ihre Decke noch einmal über den Kopf und atmete tief ein, bis der Rest des Sauerstoffs in dem kleinen Hohlraum vor ihrem Gesicht gefühlt auf null war. Eine gute Beruhigungstaktik, allein schon wegen dem leicht einlullenden Effekt, aber es half nicht lange. Sie versuchte, sich Mut zu machen. Den gestrigen Tag hatte sie überlebt, also standen die Chancen für den heutigen mindestens genauso gut.

Von unten kamen die üblichen Geräusche der Frühstücksvorbereitungen und irgendwas fiel klappernd zu Boden. Sofort wünschte sie sich weit weg, denn allein der Gedanke an ein normales Gespräch war anstrengend. Sam und Joy gaben sich redlich Mühe, aber es kostete Linda immer noch Überwindung.

Sie wusste nicht, wohin sie gehen würde, sollte der Wunsch wie von Zauberhand wahr werden. Der Schmerz, der sich in regelmäßiger Manier in ihrem ganzen Körper breitmachte, wäre auf jedem Fleckchen dieser Erde bestimmt genauso vernichtend, wie hier, das wusste sie. Vielleicht, wenn man sie ins All schießen würde, dachte Linda zynisch, das wäre dann weit genug.

Nur im Schlaf hatte sie Ruhe vor dem Loch in ihrem Herzen, das sich jeden Tag gleich anfühlte. Wie konnte das sein? Sollte die Zeit nicht alle Wunden heilen? Vielleicht war das nur einer dieser von glücklichen Menschen erdachten Sprüche.

Im Schmerz fühlte sie sich einfach allein. Keiner konnte wissen, was sie empfand. Nein, dachte sie, die Zeit heilte nichts. Da war kein cooler Trick, kein magisches Geheimnis.

Wie machten es nur die anderen, wenn sie geliebte Menschen verloren? Wie schafften sie es, weiter zu funktionieren? Gewöhnte man sich einfach daran? Für Linda war der Schmerz wie ein lästiger Verfolger, der sie in regelmäßigen Abständen mit Tritten bearbeitete. Er war unbarmherzig und durchfuhr sie stellenweise so stark, dass sie dachte, ihr würde das Herz zerreißen.

Die letzten Monate waren ihre ganz persönliche Hölle gewesen. Jugendliche in ihrem Alter hörten den ganzen Tag Musik oder chatteten mit Freunden, machten Blödsinn und regten sich über oberflächliche Dramen des Highschool Lebens auf.

Sie hatte seit dem dritten Mai nichts davon getan, aber sie vermisste auch nichts davon. Nichts außer ihren Eltern.

Langsam rutschte Linda zum Bettrand und ließ ihre Füße nach den Hausschuhen suchen. Während sie ins Bad schlurfte, ließ sie eine Hand über den Schreibtisch am Fenster gleiten. Es war keine Absicht, jedoch war dieser Kontakt wie ein kleiner Trost, den sie jeden Morgen suchte. Ihre Finger strichen über das dunkle Holz und fühlten jedes Detail der Maserung. Sie liebte diesen Tisch.

Das Zimmer, in dem sie schlief, fühlte sich größtenteils immer noch fremd an, obwohl viele ihrer alten Möbel darin standen. Ursprünglich war dieses Zimmer so etwas wie ein Lese- und Arbeitszimmer für Joy gewesen, aber im Grunde hatte ihre Tante darin weder gelesen noch gearbeitet. Die antiken Möbel, die darin gelagert worden waren, hatte ihr Onkel vor ihrem Einzug auf die anderen Zimmer des Hauses verteilt. Linda erinnerte sich noch sehr gut daran, wie Sam ihr zwinkernd erzählt hatte, dass seine Frau sich bei ihrer Sammelleidenschaft zukünftig wohl einschränken müsste, da der Stauraum nun dezimiert sei. Er las Joy jeden Wunsch von den Augen ab, aber diese Veränderung schien er nicht besonders zu bedauern.

In Lindas Nähe war Sam immer gut gelaunt. Er hatte sich nie davor gescheut, mit ihr zu reden, auch wenn es zu Anfang oft ein Monolog gewesen war. Er wusste instinktiv, dass es Linda guttat, seine Stimme zu hören, die dem warmen Bass ihres Vaters so ähnlich war.

Sam war ein ganz besonderer Mensch. Voller Liebe und Mitgefühl für andere und in jeder Situation ein Lächeln im Anschlag. In dieser Euphorie für das Leben waren die Brüder sich sehr ähnlich gewesen.

Das Ziehen in Lindas Herzen wurde stärker, als sie daran dachte. Sie vermisste ihren Vater schrecklich.

Ihr Onkel war der einzige Verwandte, der für ein weiteres Familienmitglied Platz gehabt hatte oder besser gesagt, den Willen, eine solche Verantwortung zu übernehmen. Sicherlich rührte seine Gastfreundschaft auch zum größten Teil daher, dass er ein sehr enges Verhältnis zu seinem Bruder und Lindas Mutter gehabt hatte. Sie hatten sich oft gegenseitig besucht und viele Feiertage miteinander verbracht.

Im äußersten Notfall hätte Linda vermutlich auch zu einer ihrer Cousinen ziehen können, aber Port Chester war in jeder Hinsicht das Naheliegendste gewesen. Verglichen mit dem Rest ihrer über den gesamten Globus verstreuten Verwandtschaft, waren Sam und Joy nur einen Katzensprung von ihrem alten Zuhause entfernt gewesen.

Linda musste oft daran denken, dass Menschen vergnügt ins Kino gingen, um sich Action-Filme anzusehen, in denen Dinge explodierten. Ihr Leben war definitiv kein Film und trotzdem war das Auto explodiert. Für ihre gesamte Familie hatte sich die obligatorische Szene aus jedem Action-Thriller in eine Tragödie verwandelt und egal wie sehr sie es versuchte, sie bekam die furchtbaren Gedanken nicht aus dem Kopf, wie sich alles abgespielt haben musste.

Ihre Eltern waren zu einem offiziellen Empfang in die israelische Hauptstadt geflogen. An sich war das kein außergewöhnlicher Auftrag gewesen, denn ihr Vater musste in seiner diplomatischen Stellung oft reisen, aber diesmal sollte er eine ganz besondere Ehrung von der Stadt Jerusalem erhalten. Für besondere Dienste, genaue Details wusste sie nicht mehr.

Sie wünschte sich täglich, sie hätte besser zugehört, als sie es noch gekonnt hatte. Solche Lücken brannten nur noch ein weiteres Loch in ihr Herz. Schweizer Käse war ein Scheißdreck dagegen, dachte sie verbittert. Sie hätte vieles so viel besser machen können, als ihre Eltern noch am Leben waren, aber damit musste sie nun lernen zu leben. Jede Erkenntnis eines vergessenen Details oder einer verschwindenden Erinnerung resultierte in einem neuen Strom aus Tränen.

Unmittelbar vor dem Anschlag an der Botschaft waren ihre Eltern mit dem dortigen Repräsentanten und seiner Frau aus einem Wagen gestiegen. Das Auto, das hinter ihnen geparkt hatte, ging mit einem immensen Knall in Flammen auf.

Der israelische Gastgeber und seine Ehefrau kamen beide mit äußerst schweren Verletzungen ins Krankenhaus, denn sie waren bereits auf den Stufen der Botschaft gewesen, während Lindas Eltern noch mit den Sicherheitsleuten am Wagen geplaudert hatten. Die Nähe zur Explosion hatte ihnen keine Chance gelassen.

Ein Augenzeuge war in der Zeitung zitiert worden, dass es ausgesehen hatte wie ein Vulkanausbruch. Linda hatte ihn sofort gehasst. Dachten Menschen bei solchen Kommentaren nicht an die Hinterbliebenen? Am liebsten hätte sie ihn gefunden, geohrfeigt und nie wieder damit aufgehört.

Die Behörden hatten nie herausgefunden, wer den Anschlag in Auftrag gegeben hatte. Es gab ausreichend politische Hintergründe, die ihr allerdings gestohlen bleiben konnten, damals wie in der Gegenwart. Nichts davon würde ihre Eltern wieder zurückbringen.

Die uniformierten Männer, die sie an diesem schicksalhaften Tag von der Schule abgeholt hatten, hatten sehr streng und ernsthaft ausgesehen. Auch in ihren jungen Jahren war sie sich hundertprozentig sicher, dass es auf der Welt nichts Schlimmeres geben konnte, als die Gewissheit, dass die eigenen Eltern tot waren.

Die Erinnerung an den Tag jedoch war lebendiger als alles andere.

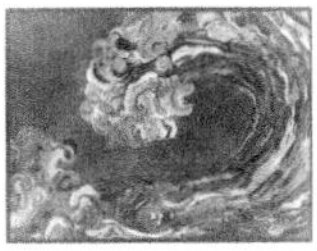

Linda trommelte lautlos mit den Fingern auf dem Tisch und überlegte, ob es sich noch lohnte, das Buch, in dem sie gerade las aus ihrer Tasche zu holen.

Nach kurzem Blick nach vorne ließ sie es sein, denn Mrs Miller war bereits anwesend, und auch wenn sie in die Vorbereitungen eines bevorstehenden Experimentes vertieft schien, gab es keine Narrenfreiheit. Der Vorteil jedoch war, dass praktisches Anschauungsmaterial die Stunde immer schneller vorbeigehen ließ.

Linda spann den Inhalt ihres Krimis in ihren Gedanken weiter, als plötzlich die Klassentür ins Schloss fiel. Rektor Clover kam herein und flüsterte Mrs Miller etwas ins Ohr. Alle Augen ruhten auf ihnen und man konnte einige Schüler tuscheln hören. Die behüteten Kids in dieser Privatschule hielten mit Vorliebe Ausschau nach bizarrem Gesprächsstoff, dachte Linda insgeheim. Ein Hinweis auf eine Affäre wurde dann auch ohne Beweise als gegeben hingenommen und umgehend zum begehrtesten Thema deklariert.

Man hatte diese beiden Lehrkräfte auch schon öfters gesehen, wie sie die Mittagspause zusammen verbrachten, also brodelte die Gerüchteküche fleißig weiter, obwohl eine solche Interaktion zwischen Kollegen wahrlich nichts Ungewöhnliches war. Als Mrs Miller dann ohne zu lächeln nur nickte und sich Mr Clover mit einem tiefen Räuspern an die Klasse wandte, konnte man manchen die Enttäuschung richtig ansehen. Linda schmunzelte, es war also doch keine geflüsterte Liebesbotschaft gewesen.

"Ich werde nicht lange stören." Eine kleine Pause entstand, als er wartete, bis das restliche Gemurmel verstummt war. Unter seinem strengen Blick ging das allerdings sehr flott. "Miss Conner? Würden Sie bitte mit mir nach draußen kommen?" Er stelzte zur Tür zurück und verharrte dort mit Blick auf ihr, womit er nicht allein war. Seine ungewöhnliche Bitte hatte alle im Klassenzimmer gebannt, und es war mucksmäuschenstill. "Bitte nehmen Sie gleich Ihre Sachen mit", kam noch hinterher, darüber hinaus gab es keine weitere Erklärung.

Im ersten Moment saß Linda nur überrascht da, aber da nun auch Mrs Miller sie ansah und wartete, setzte sie sich in Bewegung. Sie versuchte, niemanden direkt anzusehen, war sich jedoch der vielen Blicke bewusst, während sie ihre Sachen zusammenpackte.

Das war auch der exakte Moment, in dem sich ihr Magen zum ersten Mal zusammenzog. Es durfte eigentlich keinen Grund geben, warum sie inklusive ihrer Habseligkeiten nach draußen zitiert wurde. Die Verschlussschnalle ihrer Tasche brauchte auf einmal ihre gesamte Konzentration. Ihre Finger fühlten sich an wie aus Blei, aber ihr Zeitlupentempo schien niemandem anderen aufzufallen. Als Linda endlich fertig war und auf Mr Clover zuging, folgten ihr alle anwesenden Augenpaare. Der Rektor hielt die Tür für sie auf.

Es konnte nichts Gravierendes sein, dachte sie. Das jedenfalls versuchte sie sich einzureden. Vielleicht hatte ihre Sitznachbarin bei der letzten Klausur doch mehr abgeschrieben, als sie zugegeben hatte, und die Arbeiten waren zu ähnlich ausgefallen. Würde man sie deswegen aber aus dem laufenden Unterricht holen? Mit ihren ganzen Sachen?

Linda trat auf den Gang hinaus und hörte Mrs Miller noch, wie sie die plötzlich lautwerdende Klasse ermahnte.

"Bitte Ruhe, ich möchte beginnen. Ruhe, bitte!"

Die Stimme erlosch mit dem Zufallen der schweren Sicherheitstür, wie auch alle anderen Geräusche um sie herum. Wenn man während des Unterrichts in den Gängen der Schule unterwegs war, konnte man die Stimmen aus den Klassenräumen nicht hören. Vor einiger Zeit hatte es einen kleineren Brand gegeben, woraufhin einige sicherheitsrelevante Ergänzungen am Gebäude gemacht worden waren. Schwere Brandschutztüren waren ein großer Teil davon gewesen. Sie wurden für die Labore und alle großen Klassenzimmer Pflicht. Eigentlich war dies eine gute Sache, nur in diesem Augenblick war die dumpfe Stille für sie erdrückend. Ihre Schritte auf dem harten Linoleumboden klangen weit entfernt und es kam ihr vor, als stünde sie plötzlich unter einer schalldichten Glocke.

Linda merkte schnell, dass sie nicht zum Hauptbüro gingen, sondern Richtung Ausgang.

"Mr Clover", begann sie, aber ihre Stimme brach.

"Bitte folgen Sie mir nach draußen. Es wird sich gleich alles aufklären."

Sein nüchterner Ton machte ihr unheimlich Angst und die Blase um sie herum wurde stetig enger. Sie merkte, dass sie kurz vor einem Panikanfall stand.

Was Linda in diesen Augenblicken fühlte, war eine sehr starke Vorahnung, wenn auch ohne greifbare Details. Dieser Umstand tat ihrer Angst keinen Abbruch, aber in ihren Gedanken flogen allerlei Fragen durcheinander. Mr Clover brachte nichts so schnell aus der Ruhe, aber sie konnte sehen, dass er stark schwitzte. Er erinnerte sie an Leute im Fernsehen, die nach Schießereien interviewt wurden und die versuchten ruhig zu bleiben, aber kläglich versagten.

Sie wollte stehen bleiben und ihn anflehen, sie in die Klasse zurückzuschicken. Sie wollte nicht nach draußen gehen und etwas hören oder sehen, oder dass sich irgendetwas aufklärte.

In ihrer unergründlichen Panik war das Bild um sie herum viel zu klar. Nichts in ihrer täglichen Routine hatte es bis zu diesem Zeitpunkt notwendig gemacht, dass der Rektor sie mitten am Schultag wegholte und persönlich nach draußen eskortierte.

Während sie gemeinsam den Gang entlangliefen, kristallisierte sich in Lindas benommenem Bewusstsein eine bedrohliche Realität heraus und große, schwere Tränen begannen, ohne ihre Einwilligung, über ihre Wangen zu fließen.

Der Weg außen, unter einer langen eisernen Pagode, führte bei schlechtem Wetter regengeschützt direkt zu einem großen Parkplatz, an dem sich nach Schulschluss Autos und Schulbusse sammelten.

Sie konnte sowohl Joy als auch Sam durch das Glas der Doppeltüren sehen, ebenso wie den schwarzen Chevy Suburban, der direkt hinter ihnen im Parkverbot stand. Ihre angsterfüllten Gedanken quittierten in dem Moment ihren Dienst. Es war, als ob ihr Gehirn die drohende Realität ignorieren wollte.

Linda begann, loszulaufen. Sie war dermaßen blind vor Tränen, dass sie später nicht mehr nachvollziehen konnte, wie sie den Weg geschafft hatte, ohne zu stolpern, aber Sekunden später war sie in den Armen ihrer Tante und hatte das Gefühl, sie nie mehr loslassen zu wollen.

Irgendwo schrie jemand. Schluchzte und schrie. Erst als eine leise Stimme dazu aufforderte das arme Mädchen doch in den Wagen zu setzen, wurde Linda schlagartig bewusst, dass sie die hysterische Stimme war.

Die Tasche, die sie beim Rennen wohl verloren hatte, wurde von Mr Clover wortlos an einen der uniformierten Männer überreicht.

Ein Gefühl emotionsloser Schwärze schwappte über ihr zusammen wie eine erlösende Welle. Auf einmal war alles wirklich sehr ruhig.

Als sie wieder zu sich kam und sich blinzelnd wunderte, warum ihr Hals sich merkwürdig rau anfühlte, ruckelte es bereits rhythmisch hin und her. Dann kam alles auf einen Schlag wieder.

Die Wucht, mit der es sie traf, ließ Linda augenblicklich wünschen, sie könne zurück in die Dunkelheit entfliehen, aber leider war sie hellwach und hörte sich selbst dabei zu, wie sie weinte.

Sie fuhren in einer typischen Behördenkutsche mit Sitzen aus schwarzem Leder und einem leichten Geruch von Tabak und Aftershave. Die verdunkelten Scheiben und die Trennwand hinter dem Fahrer gaben dem Innenraum den Eindruck völliger Abgeschiedenheit.

Joy saß mit ihr auf der Rückbank und hielt die Arme fest um sie geschlungen, während sie die beruhigenden Wiegebewegungen mit leisen Schhhhs begleitete. Sam saß ihnen gegenüber und beobachtete sie mit großer Sorge. Seine dunklen Augenringe ließen vermuten, dass ihn die Trauer kaum schlafen gelassen hatte.

"Linda, Darling", begann er mit gefühlvoller Anteilnahme, "deine Eltern haben dich so sehr geliebt." Als sie daraufhin nur noch lauter weinte, verstummte er allerdings wieder.

Seine Frau bat ihn liebevoll, aber mit tränenerfüllter Stimme, und so verständlich es unter Lindas Schluchzen noch ging, doch zu warten, bis sie allein waren. Für Linda jedoch machte es keinen Unterschied. Das Tempus von "haben dich geliebt" hatte jede nur mögliche Chance, dass ihre Eltern noch am Leben waren, vernichtet. Sie hatte sich versucht, einzureden, dass dieses für solche Fälle sehr bezeichnende Empfangskomitee nur einen Unfall bedeuten konnte. Dann waren aber gleich die furchtbaren Gedanken gekommen und die Angst vor der Frage, wer von beiden verletzt war und wie schwer, oder wer von beiden vielleicht nicht mehr da war.

Linda konnte sich nicht beruhigen. Sie wunderte sich, woher sie die Kraft nahm, so lange zu weinen. Ihr Hals brannte, ihre Lungen schmerzten und das Stechen in ihrem Herzen war so stark, dass sie versucht war, an sich herunterzusehen, um das abstrakte Messer darin zu betrachten. Als sie bei ihr zu Hause ankamen und ihr Onkel sie stützend in ihr Zimmer führte, halb trug, weinte Linda auf dem Bett einfach weiter. Der Schmerz war so unerträglich, dass ihre Gedanken keinen Sinn ergaben. Sie wollte aber auch keine Fragen stellen, um das zu ändern. Bis hinein in halb wache Albträume über verschiedenste Szenarien an Unfällen war es ein Durcheinander von Flehen und innerlich Gott anschreien, dass er ihr das nicht antun konnte und Beten, dass das alles nicht real war. Es waren ewige Minuten, dann Stunden und sie war unsagbar erschöpft.

Der Schmerz ließ keine Sekunde nach. Es war ein Schmerz geboren aus dem Unverständnis, wie ihre Eltern einfach nicht mehr da sein konnten. Sie hatte eine Liebe verloren, die ihr alles gegeben hatte: Geborgenheit, Zuversicht, Glück. Diese Liebe war so unendlich gewesen, dass ihre Abwesenheit einfach nicht greifbar war.

Der Schlaf, der irgendwann gnädig und unruhig kam, war Lindas einzige Flucht aus diesem alles verzehrenden Gefühl des Verlustes.

Linda blieb, soweit es ihr möglich war, auf ihrem Zimmer. Da sie kaum etwas aß, gab es auch wenig Gründe es zu verlassen und obwohl Sam und Joy immer für sie deckten, kam Linda zu den Mahlzeiten nie nach unten. Ein Esstisch ohne ihre Eltern ging weit über ihre Schmerzgrenze. Wenn sie ins Bad musste, hielt sie die ganze Zeit ihre Augen geschlossen und tastete sich hin. Mit geschlossenen Augen sah man nämlich keine liebevoll gerahmten Familienfotos an der Wand hängen. Man sah gar nichts und das half ein klein wenig. Sogar die blauen Flecke, die sie sich dabei zuzog, waren eine Wohltat, denn es war ein andersartiger Schmerz als der, der stetig in ihrem Körper brannte.

Selbstverständlich kam irgendwann auch die Zeit, in der sie ihre Augen wieder offenließ, weil sie dieser selbstauferlegten Folter müde war und Millimeter um Millimeter kam auch das Messer aus ihrem Herzen.

Der sechszehnte Geburtstag lag hinter ihr, aber obwohl sie kein halbwüchsiges Kind mehr war, kam sie sich unendlich klein und hilflos vor. Unter normalen Umständen hätte man sie problemlos alleine lassen können, aber ihre Tante und ihr Onkel hatten vom ersten Tag an im Gästezimmer ihres Elternhauses übernachtet. Linda hatte sie zudem auch regelrecht angefleht, sie nicht allein zu lassen, aber das wäre Joy und Sam ohnehin nicht in den Sinn gekommen.

Eines Morgens schreckte sie aus dem Schlaf hoch, weil sie die Türklingel geweckt hatte. Es schien noch früh am Morgen, aber sicher war sie sich nicht, denn durch die zugezogenen Vorhänge verschwamm ihr Zeitgefühl. Sie ging schnell ans Fenster und spähte nach draußen. Auf der Straße stand ein Wagen, ähnlich dem, der ihr vor ihrer Schule den Stoß in den emotionalen Abgrund versetzt hatte. Sie taumelte erschrocken vom Fenster zurück und rettete sich aufs Bett, bevor ihr Hintern schmerzhaft auf dem Teppich landen konnte.

Von unten kamen kurz darauf gedämpfte Stimmen. Linda schlich, am gesamten Körper zitternd, zur Zimmertür, um besser hören zu können. Mit der Tür einen Spalt weit auf wurden die Stimmen etwas deutlicher. Beileid wurden ausgesprochen. Es folgte das höfliche Anbieten und das noch höflichere Ablehnen von Getränken. Linda verstand nicht alles, aber Satzfetzen wie "die Überführung der Särge" und "Modalitäten der Beisetzung" ließen sie buchstäblich in die Knie gehen. Sie fühlte, wie ihre Beine nachgaben, und konnte sich in letzter Sekunde am Türrahmen festkrallen, bevor der Aufprall ein verdächtiges Geräusch gemacht hätte. Einerseits war das unten besprochene Thema eine Qual für sie, anderseits wollte sie keine noch so kleine Äußerung über ihre Eltern verpassen. Weder Sam noch Joy hatten es bis dahin angebracht empfunden, diesbezüglich Details zu teilen, daher hatte Linda noch nicht einmal an eine Beerdigung denken müssen, aber plötzlich ging alles zu schnell.

Sie schloss vorsichtig ihre Zimmertür, zog sich aufs Bett zurück und kroch wieder unter die Bettdecke.

Es dauerte vier gefühlt endlose Tage, bis die israelischen Behörden die sterblichen Überreste ihre Eltern in die Vereinigten Staaten freigaben. Linda wusste irgendwann allerdings nicht mehr, worauf sie eigentlich wartete. Ihr war klar, dass ihre Eltern nicht mehr am Leben waren, sonst hätte sie Nachricht von einem Krankenhaus, oder sogar von ihnen selbst bekommen. Die Hoffnung in ihr hörte jedoch bis zur letzten Sekunde nicht auf. Vielleicht war alles ein Missverständnis, dachte sie immer wieder. Diese Vorstellung brauchte keine Logik. Logik verursachte in diesem Fall nur Schmerzen. Solange die Särge noch nicht vor ihr standen, war das Warten auf ein Wunder leichter als jegliche Auseinandersetzung mit der Realität.

Kurz vor der Beerdigung gab es einen Punkt, an dem sie nicht mehr ununterbrochen weinte oder weinen wollte. Sie suchte sich in ihrem Zimmer immer öfter eine Beschäftigung, damit ihre Gedanken sich nicht selbstständig machten. Sich aus dem Bett zu erheben war zu Anfang die schwerste Übung gewesen.

Irgendwann, ohne dass etwas sich offensichtlich verändert hatte, ging Linda auf den Flur, weiter zur Treppe und dann nach unten ins Erdgeschoss. Joy war gerade beim Ausräumen der Spülmaschine und ließ fast einen Teller fallen, als Linda plötzlich in der Tür zum Esszimmer stand. Ihre Tante hatte sich jedoch schnell wieder im Griff und räumte nach einem "Hallo, mein Schatz" weiter bemüht gelassen das Geschirr weg. Frei nach dem Motto, je normaler die Umgebung, desto besser für das Kind.

Linda holte sich aus dem Schrank ein Glas, stellte es aber gleich wieder zurück, weil es noch zu heiß war, und suchte sich ein nicht frisch Gewaschenes von weiter hinten. Sie füllte es mit Orangensaft aus dem Kühlschrank und lehnte sich dann an den Küchentresen. Alles, ohne ein Wort zu sprechen. Wäre es nicht so eine furchtbare Zeit gewesen, hätte diese Situation auf beide bestimmt komisch gewirkt, zumal Joy länger als nötig in der Küche alles erdenklich Mögliche tat, nur um ihre Nichte nicht zu verschrecken. Hin und wieder lächelte sie ihr aufmunternd zu, sagte aber nichts. Schließlich trat Joy kurz aus der Hintertür in den angrenzenden Garten hinaus, um den Müll zu entsorgen, und wunderte sich nicht schlecht, als Linda ihr folgte und sich mitten auf den Rasen stellte.

Das Gras hatte das für Mai typische saftige Grün angenommen. Es hatte viel geregnet und die Natur hatte das kostbare Nass dankbar aufgesaugt. Zum langen Verweilen fand Linda es dann aber doch zu windig und ging wieder hinein. Joy stand noch neben der Mülltonne, kam ihr aber sofort hinterher.

Von diesem kleinen Abenteuer ihrer Nichte ermutigt, ging sie sogar dazu über, im Wohnzimmer Staub zu wischen. Zu ihrer Freude folgte Linda ihr und kuschelte sich dort auf die Couch, um wahllos durch die Sender zu zappen. Den Ton hatte sie ausgestellt und hörte nur den beruhigenden Geräuschen zu, die von der eifrig putzenden Joy im Hintergrund gemacht wurden. Die wechselnden Bilder auf dem Bildschirm nahm sie kaum wahr. Linda schloss die Augen und lauschte den verschiedenen Klängen, die Gegenstände machten, wenn sie wieder an ihren Platz gestellt werden.

Am Rande ihrer verschlossenen Gefühlswelt rührte sich etwas Warmes. Das warme Gefühl, dass sie auf dieser Welt doch nicht ganz alleine war.

Alle Vorbereitungen für Gedenkfeier und Beisetzung übernahm Sam. Ihr Onkel war fantastisch im Organisieren, aber dies war mit Abstand das Schwierigste, das er in seinem Leben hatte tun müssen. Gleichzeitig kümmerte er sich rührend um Linda.

Die Predigt auf der Trauerfeier war nicht lang, und es folgten einige kurze Worte von Repräsentanten der Botschaft. Am Ende gab es das übliche Zeremoniell, bei dem die Trauergäste den Verstorbenen ihren Respekt erweisen konnten.

Linda erhob sich von der harten Kirchenbank und stellte sich in die Nähe der Kränze. Sam und Joy blieben sitzen, aber Joys Blick ging regelmäßig zu ihrer Nichte.

Linda stand weit genug abseits, dass man sie absichtlich ansteuern musste, um mit ihr zu reden, aber nur die wenigsten Trauergäste taten das. Die meisten gingen zuerst zum Sarg und dann zu Sam und Joy. Das war ein weiterer Grund, warum Linda hatte aufstehen wollen. Der direkte Blick auf die Särge und auf die daneben aufgestellten Fotos ihrer Eltern ließen ihre Tränen unaufhaltsam fließen. Der nicht versiegende Strom der Gäste und ihre teils unbeholfenen Worte, waren unter diesen Umständen für Linda unerträglich. Obwohl Joys Arm um ihre Schultern eine tröstende Wirkung gehabt hatte, hatte Linda eine Pause gebraucht. Abseits hatte sie sich etwas besser im Griff.

Ohne die Schlange der Menschen bewusst anzusehen, fiel ihr dennoch Marissas vertrautes Schlurfen auf. Linda beobachtete, wie die Haushälterin langsam in der Reihe der Trauergäste nach vorne kam. Als Marissa den Sarg ihrer Mutter erreichte, führte sie eine Hand zum Mund und berührte danach das Holz wie zum Abschied. Die liebevolle Geste hatte eine sehr respektvolle Aura. Linda spürte, wie sich etwas in ihr zu lösen begann, konnte ihren Blick aber nicht von der Szene nehmen. Dann trat Marissa an den Sarg ihres Vaters. Hier folgte eine ähnliche Bewegung, aber diesmal ging ihre Hand zuerst an ihr Herz. Ihr Gesichtsausdruck veränderte sich dramatisch, als ihre Hände den Sarg berührten. Marissas offensichtlicher Schmerz und ihre Tränen rissen Linda abrupt aus ihrer inneren Isolation.

Alle Gefühle, die sie den Morgen über abgeschirmt hatte, hatten plötzlich freie Bahn. Alle Erinnerungen flossen auf einen Schlag zurück. So sehr sie sich auch dagegen wehrte, die Bilder kamen unaufhaltsam wie in einem leidbringenden Kopfkino. Da war ihre Mutter, wie sie Marissa morgens begrüßte und sich nach ihrer Familie erkundigte. Ihr Vater, wie er Marissa an regnerischen Abenden überreden musste, eine Fahrt nach Hause anzunehmen, damit sie nicht zum Bus laufen musste. Die Selbstverständlichkeit, mit der Marissa den Frühstückstisch abräumte, wenn Lindas Mutter in Eile war.

All das würde nie wieder geschehen, keine der alltäglichen Dinge, keine der Nettigkeiten. Keine liebevoll rügenden Blicke, weil Linda den Toast verbrannt hatte. Keine warme Umarmung mehr, wenn ihr Vater sich abends aus seinem Sessel erhob und Linda einen Gutenachtkuss gab. Kein wohlgemeinter Rat, weil ihre Mutter vieles so viel besser erklären konnte. Nichts davon. Es war einfach alles weg. Einfach so.

Joy, die sich wenige Momente vor Marissas Aufwartung neben Linda gestellt hatte, wusste gar nicht, wie ihr geschah, als ihre Nichte unvermittelt auf die kleine Mexikanerin zustürzte und ihr schluchzend in die offenen Arme fiel. Ob ein solch temperamentvoller Ausbruch für eine Trauerfeier akzeptabel war, war Linda abhandengekommen und in dem Augenblick auch ziemlich gleichgültig. Sie hatte Marissa so sehr vermisst.

Sie empfing Linda in einer von Herzen kommenden Umarmung, nur um sie kurz danach vorsichtig zur Seite zu führen, wo sie sich eng umschlungen auf einer der Bänke niederließen. Sie streichelte ihr übers Haar und flüsterte dabei beruhigend und leise auf Spanisch. Linda verstand zwar nicht viel, aber der Klang war wie eine warme Decke, die sie komplett umhüllte und schützte.

Ein Teil von Linda wollte den Tag der Beerdigung mit geschlossenen Augen erleben, aber eine Stimme in ihrem Innersten ermahnte sie, mit vollem Bewusstsein Abschied zu nehmen. Besonders nach dem Zwischenfall mit Marissa spürte sie das unkontrollierbare Bedürfnis, jede Facette der Geschehnisse in ihren Gedanken einzubrennen, damit sie nichts, aber auch gar nichts vergessen würde. Nur die Rede am Grab blendete sie teilweise aus. Es war schwer, zuzuhören, wenn über ihre Eltern gesprochen wurde, dazu war ihre Seele noch nicht bereit. Die sicherlich schönen Worte des Pfarrers blieben ihr jedoch nicht für immer verwehrt, denn die Beerdigung wurde respektvoll gefilmt, wie es bei Verstorbenen mit politischen Ämtern oft der Fall war. Irgendwann wollte sie sich die komplette Grabrede anhören.

Am Grab selbst starrte Linda jedoch nur wie gebannt auf die Särge und versuchte, sich Details einzuprägen, wie die komplexe Maserung des Holzes und die edlen Scharniere. Dann, den Geruch der frisch aufgeschütteten Erde, die satte Farbe des darüberliegenden tiefgrünen Samttuchs und erneut, die beiden Särge. Sie hatte das Gefühl, dass die Zeit einfach nicht ausreichte. Der Pfarrer verstummte viel zu schnell und die Motoren fingen an, unerbittlich zu surren, als die Hydraulik die Särge senkte. Ihre Eltern wurden gemäß ihren Wünschen nebeneinander begraben. Die Stille danach war gnadenlos, genauso wie die endlose Leere auf Bodenhöhe, auf der die Särge sich vor kurzem noch befunden hatten.

Sam und Joy standen noch lange, nachdem alle Gäste gegangen waren, mit Linda am Grab. Es war still, sie ließen sich und ihrer Nichte mit den Gedanken Zeit.

Linda hatte anfangs noch das Gefühl gehabt, hinterherspringen zu müssen. Sie wollte sich am liebsten auf die Särge werfen und nie wieder loslassen. Ein kleines Quäntchen Vernunft hielt sie davon ab und auch die Tatsache, dass sie Sam und Joy nicht zusätzlich mit einer verrückten Nichte belasten wollte. Irgendwann verstummten diese Gedanken allerdings ganz. Sie konnte ihren eigenen Atem hören und Vogelgezwitscher aus den umliegenden Bäumen. Es war ein sehr friedlicher Ort. Ein Ort, an den sie wiederkehren konnte, wann und so oft sie wollte.

"Ich werde euch sehr vermissen", flüsterte Linda leise in die Öffnung. "Ich liebe euch."

Sam kam an ihre Seite und legte den Arm um sie.

"Ich werde sie auch sehr vermissen. Sie liebten dich so sehr." Viel mehr musste er nicht sagen. Er fühlte mehr mit ihr, als irgendein anderer Mensch auf dieser Welt.

Bald würden sich viele Dinge ändern müssen, das war Linda klar. Bereits jetzt fühlte sie sich anders. Ihr Schmerz hatte eine neue Wertigkeit. Diese war wacher, nicht mehr nur in sich hinein gerichtet, sondern auch auf ihre Umwelt und diese würde die nächste Zeit aus Sam und Joy bestehen.

Es gab viele Dinge, die spurlos an ihr vorbeigegangen waren, während sie sich in ihrem Trauerkoma befunden hatte. Ihre neue Sensibilität erinnerte sie daran, dass Sam es momentan mehr als doppelt so weit zur Arbeit hatte, wie von Port Chester aus. Ihr war auch klar, dass sie demnächst wieder zur Schule musste und Joy zur Arbeit. Da ihre Tante selbstständig war, hatte sie sich eine Auszeit nehmen können, aber diese konnte auch nicht unbegrenzt ausgedehnt werden. Da sie dieses Thema besonders beschäftigte, sprach Linda es auch ziemlich bald an.

"Was geschieht nun mit mir?" Sie saßen gemeinsam beim Abendessen und Linda hatte es nicht mehr ausgehalten. Als Sam und Joy sie überrascht ansahen, zog sie es vor, ihre Frage etwas auszuführen. "Ich weiß, dass es so, wie es jetzt ist, nicht weiter

gehen kann. Ihr habt euer Leben in Port Chester und ich kann nicht alleine in diesem großen Haus wohnen. Besser gesagt, ich wäre dazu imstande, aber ich weiß, das ist unrealistisch. Ihr habt bestimmt schon darüber gesprochen oder nicht?"

Joy warf ihrem Mann einen Blick zu, der Bände sprach. Hinter ihr brodelte ein Topf Spaghetti Soße und Linda konnte den aufsteigenden Dampf hinter ihrem Kopf sehen, als würde Joy selbst dampfen. Sie musste schmunzeln und wunderte sich kurz, dass ihre Gesichtsmuskulatur das noch konnte.

"Schatz, du weißt, wir würden alles für dich tun, aber du hast recht, auf Dauer ist das keine Lösung." Joy machte eine Pause, wobei sich ihre Stirn in nachdenkliche Falten legte. Sie sah erst zu Sam, dann zu Linda. "Könntest du dir denn vorstellen, eine Weile bei uns zu wohnen?"

"Was meinst du mit einer Weile?"

Linda dachte an die Highschool. Die zweite Hälfte des Semesters ging gerade zu Ende, aber an ihre alte Schule zurück würde sie nicht mehr gehen können, alleine wegen der Distanz.

Sam versuchte seinerseits ein Erklärungsversuch.

"Joy meint damit, dass wenn du Heimweh hast, du jederzeit, wir jederzeit wieder hierher zurückkommen können, natürlich nicht für immer, ein paar Tage wenigstens oder vielleicht ..." Plötzlich verstummte er unsicher. Sam schien auf einmal nicht mehr zu wissen, wo er mit dem Satz hingewollt hatte. Zwischen zwei Wohnsitzen pendeln, bis sie achtzehn war? Er schüttelte in stiller Zwiesprache den Kopf. Da musste eine bessere Lösung her, aber wie konnte das aussehen?

In Lindas Gehirn arbeitete es auch, während sie auf den leeren Teller vor sich starrte. Würde sie ihre Koffer packen, als ginge sie auf eine Urlaubsreise oder gingen die Dimensionen eher in Richtung Umzugswagen? Würde sie hierher zurückkommen wollen? Wann? Was würde mit dem Haus geschehen, wenn sie für länger nach Port Chester ging? Konnte es einfach leerstehen? War das nicht gefährlich? Unzählige Fragen huschten gleichzeitig durch ihren Kopf und sie schaute hilflos hoch. Als könnte sie ihre Gedanken lesen, antwortete Joy mit einem weniger bedrohlichen Vorschlag.

"Machen wir es doch nicht so kompliziert. Wir müssen ja noch nichts entscheiden. Warum packst du nicht einfach einige Kleidungsstücke zusammen und wir fahren für ein Wochenende zu uns. Sam hat eines der weniger genutzten Zimmer vor Kurzem etwas umgestaltet. Du kannst alles, auch die Umgebung, mal ohne Zwang auf dich wirken lassen. Es ist ja schon eine Weile her, seit du bei uns warst. Dann können wir hierher zurückfahren und uns darüber unterhalten, wie es weitergehen könnte. Was hältst du davon?"

Linda dachte über Joys Vorschlag nach. Was sollte ein Probewochenende bringen? Die anstrengende Pendelei war für Sam keine Dauerlösung und letzten Endes würde sie doch umziehen müssen. Es war nicht sehr wahrscheinlich, dass sowohl Joy als auch Sam ihr gesamtes Leben verpflanzen würden, nur um ihr die Geborgenheit ihres Elternhauses zu erhalten. War es denn ohne ihre Eltern überhaupt noch ein Zuhause? Wenn sie ehrlich war, war dieses Gefühl gleichzeitig mit ihnen begraben worden.

Es würde stressig werden, das wusste sie. Die eigenen Zelte irgendwo abzubrechen war in einem normalen Alltag schon aufreibend genug, aber hier würde es ein Kraftakt werden. Als Vormund hatten die beiden die rechtliche Seite bestimmt schon auf irgendeine Weise geregelt, das wusste Linda, also hob sie sich dieses Thema für einen späteren Zeitpunkt auf. Es war ja auch nicht so, als könnte sie etwas Sinnvolles fragen, wenn es um die Immobilie ging. Eine Entscheidung diesbezüglich konnte sie ohnehin erst treffen, wenn sie volljährig war.

"Ich möchte, dass ihr wisst, wie dankbar ich euch bin. Ihr habt euch so gut um mich gekümmert und es tut mir sehr leid, dass ich anfangs nicht wirklich ansprechbar war." Joys mütterliche Fürsorge, die Lindas Herzen von jetzt auf nachher gefehlt hatte, hatte dennoch vieles leichter gemacht.

"Ach Schatz." Sam schüttelte seinen Kopf. Wie seine Nichte sich für so etwas entschuldigen konnte, war ihm unbegreiflich.

Sie fuhr fort.

"Ich finde die Idee vollkommen in Ordnung, aber mit einer kleinen Änderung. Ich würde lieber gleich etwas länger bleiben, wenn es nicht zu viele Umstände macht. Ich weiß natürlich nicht, was ihr geplant habt, aber wenn es letztendlich eine permanente Veränderung sein soll, dann will ich mich so schnell wie möglich daran gewöhnen." Linda wollte einen permanenten Ort, an dem sie ihre Einzelteile wieder zusammensetzen konnte. Irgendwann würde das gehen, das konnte sie fühlen.

Sam und Joy schauten sich gegenseitig kurz an, nickten dann aber.

"Ja, so machen wir es." Ihre Tante erhob sich und drückte Linda an sich.

Joy war angenehm warm und es fühlte sich gut an, auch wenn Linda dabei gleich wieder Tränen in die Augen schossen. Irgendwie war alles, das ihr momentan guttat, auf die eine oder andere Weise warm. Ihr Leben in diesem Haus und alles darin wurde zunehmend kälter. Ein neues Zuhause war trotzdem eine furchteinflößende Aussicht.

Ihr war klar, dass ihr altes Leben im Grunde vorbei war. Sie hatte immer gedacht das Haus und die Stadt wären ihr Zuhause, und dass das Gefühl bleiben würde, solange sie lebte, aber offenbar war das ein Trugschluss gewesen. Ohne ihre Eltern war es nur ein Haus. Eines mit vielen schönen Erinnerungen zwar, aber dennoch nur ein Haus. Sie dachte zurück an die vielen Reisen, die sie zusammen unternommen hatten, und erinnerte sich daran, dass sie sich überall daheim gefühlt hatten. Jetzt war Linda klar, dass der Grund weder ihre Reiselust noch der spezifische Ort gewesen war, sondern die Anwesenheit ihrer Eltern.

Sie löste sich aus der Umarmung. Ihre neutrale Kapsel löste sich langsam auf und sie brauchte noch ein wenig Kraft, um dieses Gespräch zu Ende zu bringen. Das Haus müsste irgendwann verkauft oder vermietet werden, das wusste sie. Häuser, die leerstanden, waren schwierig instand zu halten.

"Ist das Haus überhaupt abbezahlt?" Sie hatte keine Ahnung, warum ihr das in den Sinn kam. Solche Themen hatten ihre Eltern nie mit ihr besprochen.

Sam meldete sich allerdings zu Wort, bevor sie weitere Spekulationen anstellen konnte.

"Wie kommst du denn darauf, mein Engel?"

"Ich habe mich nur gefragt, was aus dem Haus wird, wenn ich nicht mehr hier wohne."

"Mach dir mal keine Sorgen darüber. Ich schaue regelmäßig danach und stelle sicher, dass alles gut in Schuss bleibt. Was letztendlich mit dem Haus geschieht, bleibt immer noch deine Entscheidung, und bis du diese treffen kannst, ändert sich erst mal gar nichts an deinem Erbe."

Linda zuckte bei dem Wort unabsichtlich zusammen.

"Samuel!" Joy bedachte ihren Mann mit einem verärgerten Blick. Linda schluckte schnell den Schreck hinunter und versuchte ein weiteres Lächeln.

"Ist schon in Ordnung, Tante Joy. Er hat ja nicht unrecht." Sofort schob sie eine kleine Ablenkung hinterher, mehr für sich selbst, als für die beiden. "Irgendwas riecht hier übrigens sehr lecker."

Ihre Taktik funktionierte, denn Joy ging unverzüglich in den Versorgermodus über.

"Das Essen steht gleich auf dem Tisch."

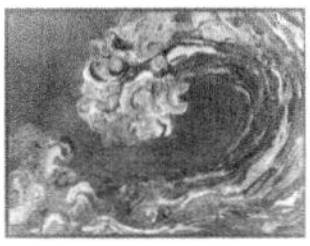

Der Umzug war ein Vierteljahr her und das Ende der Sommerferien bereits in Sicht.

Lindas neues Zimmer war kleiner als das in ihrem Elternhaus, aber angrenzend gab es eine längliche Abstellkammer, die ihr Onkel komplett leergeräumt, weiß gestrichen und mit Kleiderstangen versehen hatte. Vor dem Umzug war er klammheimlich ein ganzes Wochenende lang verschwunden, um sie mit einem begehbaren Kleiderschrank überraschen zu können. Der daraus entstandene Stauraum reichte ihr vollkommen, denn beim Packen hatte sie zahlreiche Kleidungsstücke aussortiert. Vieles war ihr auf einmal zu kindhaft erschienen. Falls sie das eine oder andere Kleidungsstück vermisste, wusste sie, wo sie die Sachen finden konnte: fein säuberlich verstaut in einem großen Kleiderkasten in ihrem alten Zimmer.

Auf einer Seite, zum Garten hin, war ein großes quadratisches Fenster mit weißen Sprossen. Davor stand ein Tisch aus wunderschönem Kirschholz, bei dessen erstem Anblick sie sofort wie hypnotisiert gewesen war. Es war das einzige antike Stück ihrer Tante, das im Zimmer verblieben war. Joy hatte ihn absichtlich als Willkommensgeschenk stehen gelassen, weil sie geahnt hatte, dass ihre Nichte sich sofort in ihn verlieben würde. Linda hatte ehrfurchtsvoll über die samtgleiche Oberfläche gestrichen und war hin und weg gewesen. Joy liebte solche Begegnungen.

Sie hatte eine Menge Bücher mitgenommen. Alle, die sie besaß eigentlich. Es waren ihre Schätze und ihr einziger großer Tick. Linda war davon überzeugt, dass Bücher eine Seele hatten, und zwar die der Autoren. Wenn jemand schrieb, dann floss dessen Herzblut in das Werk. In ihren Augen war es eine sehr intime Kunst. Egal, wie oft sie an einer Buchhandlung vorbeikam, sie musste jedes Mal hineingehen und kam selten ohne Buch heraus. Dabei störte sie es nicht, auch Bücher im Regal stehen zu haben, die sie noch nicht gelesen hatte. Sie waren wie kleine Überraschungen, die es noch zu entdecken galt, und gaben ihr das Gefühl permanenter Vorfreude. Ein gelesenes Buch war eine schöne Erfahrung, aber dann auch eine abgeschlossene.

Die Regale waren gut gefüllt. Hier und da war noch Platz für Neuanschaffungen, aber sie war nicht in Eile. Sie hatte sogar darauf bestanden, alle Kartons mit Büchern selbst in den ersten Stock zu tragen, aber natürlich hatte ihr Onkel einige davon schon selbst nach oben gehievt.

Er hatte nicht gewollt, dass seine sture Nichte alles alleine machte.

"Die Kartons fühlen sich an, als wären Steine darin", hatte er gesagt.

Linda wusste jedoch zu kontern.

"Das müssen die gebundenen Exemplare sein. Selber schuld, du hättest dir auch die Taschenbücher greifen können."

"Taschenbücher sind unter meiner Würde." Sam hatte schelmisch gezwinkert.

Das lockere Geplänkel zwischen ihn und Linda war den ganzen Umzugstag so gegangen und hatte ihr da schon viel Energie gegeben.

Links von dem Schreibtisch standen ein Eckregal und eine große mehrgliedrige Lampe, die den Deckenfluter unterstützte. Daneben war ihr Bett, mit dem Kopfende an der Wand, ihr Nachttisch und gleich angrenzend die Tür zum begehbaren Kleiderschrank. Der umfunktionierte Raum führte zudem durch eine Deckenluke zum Dachboden hinauf.

Linda hatte erst befürchtet, dass ihre ausgeprägte Spinnenphobie ihr einen Strich durch die Rechnung machen und der Ankleideraum eher ein Panikraum werden würde, Sam hatte sie jedoch ohne Umschweife mit nach oben genommen und sie vom Gegenteil überzeugt.

Die Treppe hatte breite Sprossen und auch im Speicher war alles sehr ansprechend. Es war definitiv der sauberste Dachboden, den sie je gesehen hatte. Der Fußboden war mit hellem Laminat bedeckt und die schrägen Wände mit scheinbar eigens dafür gezimmerten Schränken versehen. Nicht untypisch, alles in allem ein Stauraum für Dekorationen, aber ganz ohne das übliche spinnennetzverhangene Gebälk. An den Schränken waren fein säuberlich angebrachte Schildchen mit den entsprechenden Feiertagsnamen, wie Halloween, Weihnachten und was es noch so alles gab. Joys Revier also und Sam hatte sich wirklich Mühe gegeben.

"Du kannst dir sicher sein, dass deine Tante hier keine Insekten duldet. Sie kommt in regelmäßigen Abständen hier hoch, um nach dem Rechten zu sehen. Als wir das Haus gekauft haben, musste ich jede noch so verwinkelte Nische abdichten, auch hier oben. In eurem Spinnen Tick seid ihr euch scheinbar sehr ähnlich."

Linda hatte es nicht weiter kommentiert, aber sie war mehr als beruhigt gewesen. Die zusammenklappbare Treppe ließ sich bündig in die Speicheröffnung versenken und die Tür zum

Kleiderschrank selbst hatte sie mit einem einfachen Spiegel verhangen. Eigentlich bevorzugte Linda die Art Spiegel, die sich stellen ließen, aber sie hatte sich so viel freie Fläche bewahren wollen wie nur möglich.

An der Wand parallel zum Bett stand eine große Kommode. Gleich daneben war die Zimmertür und an der Wand gegenüber dem Bett hing ihr Fernseher. Im alten Haus hatte sie gerne gerahmte Fotos auf die Möbel gestellt, aber für solche Andenken war es noch zu früh. Sie hatte auch kaum Fotos mitgenommen und sogar die Familienalben waren im Haus ihrer Eltern verblieben.

Angrenzend zu ihrem Zimmer war das Gästebad und daneben das tatsächliche Gästezimmer. Es wurde auch zu keinem anderen Zweck genutzt und Joy hielt es durch regelmäßiges Lüften frisch.

Das Hauptschlafzimmer von Sam und Joy mit eigenem Bad lag am Ende des Ganges, daher war die Dusch-WC-Kombination des Gästezimmers allein Linda vorbehalten, auch wenn sie zuerst auf den Gang und durch das angrenzende Zimmer musste, um es zu erreichen. Teilen müssen würde sie es nur, wenn Übernachtungsgäste im Haus waren.

Kurz nach dem Umzug hatte sie zufällig mitgehört, wie Sam Joy vorgeschlagen hatte, das Bad und ihr Zimmer mittels einer weiteren Tür zu verbinden.

"Wir könnten doch die Wand durchbrechen", hatte Sam überlegt, "auf der einen Seite befindet sich lediglich die Heizung und die könnte ich umsetzen."

"Wie stellst du dir das genau vor?"

"Na ja, die ursprüngliche Tür ins Gästezimmer bleibt und wäre dann eine abschließbare Verbindungstür. Ich wundere mich, dass es nicht schon in der Planung so gemacht worden ist, damit beide Räume Zugang haben." Sams Suche nach Ablenkung war dieser Tage eine Konstante, aber er fand immer etwas Sinnvolles und verschwendete nie seine Zeit.

"Ich glaube nicht, dass Linda ein Problem mit der aktuellen Lösung hat, aber von mir aus kannst du sie gerne fragen. Ich plane übrigens nicht, in der nächsten Zeit Gäste einzuladen. Du kannst also jederzeit loslegen mein Schatz."

Linda hatte diese Idee sehr gefallen. Sie hatte sofort zugestimmt und kurze Zeit später hatte ihr Zimmer eine zusätzliche Tür direkt ins Bad erhalten.

In der Nacht zuvor hatte Linda sehr unruhig geschlafen, nachdem sie lange wach gelegen hatte. Sie versuchte, nie absichtlich an die Vergangenheit zu denken, aber natürlich kamen die Erinnerungen gelegentlich hoch, besonders abends. Beim Wachwerden zwang sie ihr Gehirn sofort dazu, nur schöne Erlebnisse hervorzuholen, und das half dann immens.

Sie hatte den folgenden Tag über viel nachgedacht und den Entschluss gefasst, dass sie etwas ändern musste. Das neue Schuljahr begann Ende August und ihre unmittelbare Zukunft baute sich vor ihr auf wie eine Festung, die es einzunehmen galt. Die zweite Hälfte ihres Junior-Jahres an ihrer alten Schule war dank eines ärztlichen Attestes ohne sie zu Ende gegangen, aber Linda merkte auch, dass sie immer weniger Ruhe brauchte. Sie musste sich auch eingestehen, dass sie langsam nicht mehr wusste, wohin mit ihrer Energie. Die ganze Zeit Lesen und Rumliegen konnte sie nicht mehr. Hausaufgaben und ein strukturierter Alltag hörten sich für sie inzwischen richtig gut an.

Nach den Sommerferien würde sie den verpassten Stoff entweder nachholen oder die Kurse erneut belegen müssen, diesmal jedoch an der PCHS, der Port Chester Highschool. Die Option von Hausunterricht war allein durch Sam und Joys Arbeitszeiten entfallen. Sam arbeitete in einem geregelten Vollzeitjob und musste als Chef einer Firma auch mit gelegentlichen Überstunden rechnen und Joy führte eine Praxis für Physiotherapie. Meistens benötigten ihre Patienten sehr flexible Termine, welche die notwendige Planung für einen Unterricht zu Hause schwierig machte.

Es kam oft genug vor, dass Schüler mitten im Jahr die Schule wechselten, sei es wegen eines Umzugs oder anderen unvorhersehbaren Dingen des Lebens, allerdings war es für alle beteiligten Parteien ein bürokratischer Aufwand. Linda war dankbar dafür, dass ihre Tante in der Planung und Durchführung organisatorischer Angelegenheiten unschlagbar war. Alleine hätte sie nur ungern die vielen Anträge und Formulare ausgefüllt.

Sie hatte laut den Flyern verschiedene Optionen, was die Wahlfächer anging, aber da die PCHS eine öffentliche Schule war, gab es natürlich Unterschiede zu einer privaten, besonders in finanzieller Hinsicht. Das Geld, das ihre Eltern ihr hinterlassen hatten, hätte eine Privatschule zwar möglich gemacht, aber in der unmittelbaren Nähe war keine, in die sie gehen wollte. Sie wohnte jetzt in Westchester County, einem komplett anderen Distrikt als zuvor, also war die alte Schule ohnehin vom Tisch.

Linda hatte Sam und Joy versichert, dass sie die öffentliche Schule für eine gute Veränderung hielt. Allein die Tatsache, dass sie ihre alten Schulkameraden seit Monaten nicht mehr gesehen hatte und sich auch keiner von ihnen bei ihr gemeldet hatte, machte ihr die Entscheidung ungemein leichter.

Im Hintergrund lief leise Elton Johns *I guess that's why they call it the blues* im Radio, während Sam den Tisch deckte und Joy die letzten Kräuter in das dampfende Essen streute. Es war interessant, wie einem manche Situationen im Kopf blieben, wenn dazu ein Lied spielte, dachte Linda.

Die Filmmusik des Lebens nannte sie das gerne.

Dieser Song versetzte sie sofort in eine andere Zeit zurück, in einen Sommer, der bereits einige Jahre her war. Sie erinnerte sich daran, wie ihre Eltern auf einem Gartenfest dazu getanzt hatten. Unbekümmert und voller Freude. Sie hatte den beiden von einer Bank aus zugesehen und dabei einen Chili-Dog gegessen. Diesmal tat die Erinnerung nicht ganz so weh.

Sie bekam sogar ein Lächeln hin.

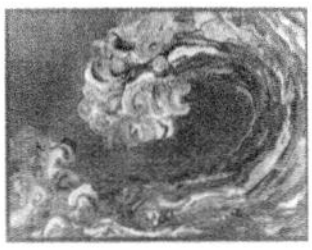

Mit ungefähr 29,000 Einwohnern war Port Chester trotz der Nachbarschaft zu New York City immer noch eine Kleinstadt.

Linda hoffte, dass es sich auch auf die Mentalität der Schüler auswirken würde und an der PCHS eine lockere Atmosphäre herrschte. Sie war in der Vergangenheit einen guten Lebensstandard gewohnt gewesen, bestimmt mehr als der durchschnittliche Teenager, aber sie wollte sich bemühen, ihre Vergangenheit so gut wie möglich bedeckt zu halten. Allein schon die vielen Reisen nach Europa waren für jemanden in ihrem Alter außergewöhnlich. Sie sah sich nicht als verwöhnte Göre, aber ihre neuen Mitschüler könnten das eventuell anders sehen.

Ihre Eltern hatten sie nie mit materiellen Geschenken überhäuft und alles, das sie besaß, hatte sie sich von ihrem Taschengeld gekauft. Für ihren Fernseher zum Beispiel hatte sie monatelang gespart. Das von Sam verwaltete Erbe würde sie bis zum College sicher nicht benötigen.

Linda dachte an einige Schulfreunde aus ihrer alten Stufe, die zum sechzehnten Geburtstag automatisch ein Auto bekommen hatten. Bisher hatte sie selbst keines gebraucht, aber in Port Chester würde sie wohl oder übel Fahrstunden nehmen müssen, wenn sie an Wochenenden nicht daheimsitzen wollte. Joy fuhr einen Kombi und Sam einen Truck und einer von beiden würde sicher zur Verfügung stehen, sobald sie ihren Führerschein hatte. Momentan hatte Mobilität allerdings noch wenig Priorität.

Trotz der schulfreien Zeit hatten die Wochenenden ihren Reiz für Linda behalten. Nach dem Essen beschloss sie daher, eine kleine Erkundungstour durch die Nachbarschaft zu machen. Ein wenig Sonnenschein würde ihrer schon gräulich anmutenden Haut sicher guttun.

"Hättest du etwas dagegen, wenn ich heute früh die Gegend erkunde?"

Sam war schon früh zum Angeln aufgebrochen und Joy war beim Abwasch.

"Nein, Schatz. Natürlich nicht. Hast du ein bestimmtes Ziel?"

"Nicht wirklich. Ich möchte einfach nur die Sonne nutzen. Irgendwie habe ich das Gefühl, ein bisschen Farbe würde mir ganz gutstehen."

Joy lachte auf.

"Du hast recht, einen solch schönen Tag sollte man nicht ungenutzt vergehen lassen."

"Möchtest du mitkommen? Ich will dich nicht im Stich lassen", sagte Linda mit einem Anflug von schlechtem Gewissen.

"Nein, ist schon in Ordnung. Ich habe mir für heute noch einiges an Gartenarbeit vorgenommen und ein paar Ladungen Wäsche bekomme ich auch zusammen." Joy sah Lindas Einwand bereits kommen, bevor sie ihn aussprach, und hielt sie davon ab. "Und nein, ich möchte keine Hilfe, lass' dir nur Zeit, ja?"

"Hm, okay." Sie schaute Joy an. Sie kam sehr gut mit ihr zurecht, genau wie mit Sam. Eigentlich wäre es schön gewesen, etwas zusammen zu unternehmen. Letzteres sprach sie dann auch aus.

"Ich habe einen Vorschlag, Linny." Joy benutzte diesen Kosenamen derzeit sehr gerne. "Warum gehst du nicht erst mal alleine los und ich erledige meine geplanten Arbeiten. Wenn du wieder da bist, mache ich mich frisch und wir fahren gemeinsam einkaufen. Was hältst du davon?"

"Das hört sich sogar sehr gut an." Sie lächelte Joy an.

Es war nicht einmal die Tatsache, dass sie scharf darauf war, shoppen zu gehen, sie wollte einfach zur Abwechslung etwas Neues um sich haben. Außerdem würde sie ihre Belastbarkeit testen können, was sie Joy natürlich verschwieg. Linda wollte keinesfalls, dass ihre Tante sich Sorgen machte.

"Na, dann raus mit dir", scheuchte sie. "Und nimm dein Handy mit!"

Auf dem Stadtplan verschaffte Linda sich einen groben Überblick über die Nachbarschaft. Ihr letzter Besuch war bereits Jahre her und ihre Erinnerung an die Details der Umgebung war verblasst. Viele Plätze, die sie wirklich interessierten waren zu Fuß jedoch nicht zu erreichen.

Zu ihrem Leidwesen hatte ihr die Netzrecherche auch gezeigt, dass der nächste YMCA, und damit auch das Hallenbad, in Rye war. Das war überhaupt nicht in der Nähe. Der Long-Island-Sound war ihr im Sommer etwas zu kalt und egal, wie sehr sie diesen Sport liebte, war er nicht die beste Option. Sie wollte zwar fitter werden, dabei aber nicht erfrieren.

Die neue Schule hatte laut Flyer keinen Pool. Es schien wirklich darauf hinauszulaufen, dass sie ihren Führerschein so schnell wie möglich machen musste, denn sonst würde das mit dem Schwimmen nichts werden. Joy würde sie bestimmt nicht mehrmals die Woche nach Rye fahren, wenigstens nicht auf Dauer. Vielleicht nahm sie sich aber auch zu viel vor. Linda schüttelte den Kopf über ihre vielen Pläne. Erst einmal musste sie den Schulbeginn heil überstehen, dann konnte sie ihre Freizeit immer noch verplanen.

Sie trat aus dem Haus und wurde gleich von einem unfassbar schönen Aroma empfangen. Man konnte meinen, dass Tau am Morgen nach nichts roch, aber das stimmte nicht. Das nasse Gras duftete in den Morgenstunden leicht herb. Sie fand es wunderbar.

Sam und Joy wohnten an der Harbor Road. Zu einer Seite hin war die Interstate, die I-95, und zur anderen hin der Long-Island-Sound, der kleine Arm des Meeres, wie er oft genannt wurde. Tatsächlich war er aber ziemlich weitläufig und ein Ausläufer des Hudson.

Das Haus war sehr nah an der Interstate Abfahrt, aber hören konnte man die vorbeifahrenden Fahrzeuge kaum. Die vielen hohen Bäume schirmten den Lärm sehr gut ab. Diese Gegend schien, als wäre es einmal ein dicht bewaldetes Stück Land gewesen, auf dem die Menschen gerade genug Platz freigehauen hatten, um ihre Häuser zu errichten. Ohne diese Bauten und die vielen alten Bäume hätte sie wahrscheinlich problemlos bis zum Wasser sehen können. Linda liebte die Ostküste der USA, trotz des manchmal überraschend wechselnden Wetters. Sie wusste, dass sie überall auf der Welt langfristig glücklich sein konnte, solange nur das Meer in der Nähe war.

Die unmittelbare Nachbarschaft war sehr ruhig und sehr gehoben. Jeder, der hier wohnte, hatte viel Geld für Haus und Grundstück bezahlt. Aber genau, wie überall anders auch, war das Gras der Vorgärten mal mehr mal weniger gemäht, hier und da standen noch die am Vortag geleerten Mülltonnen herum und manchmal lag auch ein Rasensprenger vergessen im Grünen. Es war kein glatt geleckter Vorort, sondern eine gemütliche Gegend mit schmucken Häusern und, laut Sam und Joy, sehr netten Menschen.

Es war überraschend frisch, aber um noch einmal hineinzugehen und ihre Jacke zu holen, dafür war sie zu aufgedreht. Linda wollte ihr Ziel am Wasser schnell erreichen und deswegen trotzte sie dem Wind, der ihr eisig um die Ohren pfiff. Gegen den konnten auch die starken Bäume nichts ausrichten. Sie stapfte voran und wunderte sich, dass der strahlende Sonnenschein so gar keinen Unterschied machte, aber im Radio hatten sie auch etwas von einer vorübergehenden Kaltfront gesagt.

Das ganze Gebiet war in ihren Augen unglaublich schön und die Landschaft am Wasser einfach atemberaubend. Irgendwo in der Nähe befand sich sogar ein Vogelschutzgebiet. Sam und ihr Vater waren hier in der Nähe immer sehr gerne angeln gefahren, und als Linda alt genug war, hatten die beiden sie mit aufs Boot genommen.

Sie liebte das Wasser und hatte immer gebettelt mitkommen zu dürfen, auch wenn das für manche Menschen kein typisches Mädchending war. Ihr Vater hatte ihr nie das Gefühl gegeben, dass sie etwas nicht schaffen konnte, nur weil sie kein Junge war. Dadurch hatte Linda sich in eine junge Dame entwickelt, die unter anderem auch sehr gerne angeln ging. Ihr Dad war immer sehr stolz darauf gewesen, dass sie stundenlang vollkommen still und quengelfrei im Boot sitzen konnte. Sie lernte auch, wie man Fische ausnahm und sie zubereitete.

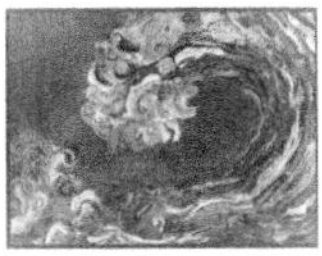

Joy hatte bereits ein heißes Bad eingelassen, als ihre Nichte durch die Haustür kam.

So verfroren, wie Linda nach ihrem kleinen Ausflug war, brauchte sie es auch dringend. Später, auf dem Weg zur Mall erkundigte Joy sich ausführlich nach dem morgendlichen Ausflug und Linda war glücklich, ihre Tante wieder ganz so zu sehen, wie sie sie vor dem Tod ihrer Eltern erlebt hatte. Sie fragte viel, lachte viel und das, ohne sie vorher mit einem vorsichtigen Blick zu beäugen. Es tat ihr gut und es half dem Gefühl der Normalität ein großes Stück weiter.

Joy nickte während Lindas Bericht immer mal wieder, sah aber meist konzentriert auf die Straße. Viel hatte sie allerdings nicht zu berichten. Der kalte Morgen hatte die meisten Menschen in ihren Häusern bleiben lassen. Einige wenige hatten ihr beim Vorbeifahren gewunken, aber weitere Spaziergänger gab es keine. Als sie das Ufer am Byram-Beach erreicht hatte, hatte Linda nicht mal mehr den Parkplatz zur Bootsanlegestelle überqueren wollen und war direkt wieder umgedreht.

Port Chester war keinesfalls ein Mekka der neusten Mode, auch gab es keine wirklich großen Shoppingzentren in der unmittelbaren Nähe, die diese Mode beherbergen könnten. Glücklicherweise hatte Linda genügend Outfits, sodass sie nicht auf die Geschäfte im Ort angewiesen war, aber nach einer Weile gab Joy ohnehin auf.

"Für größere Einkäufe müssen wir wohl weiter wegfahren." Sie schaute betrübt auf den Rücksitz mit den wenigen Tüten.

Lindas sehr überschaubare Ausbeute beschränkte sich auf ein paar Blusen und eine neue Jeans. "Hast du noch Energie? In White Plains ist eine große Mall."

Während Joy sie erwartungsvoll ansah, überlegte Linda, inwieweit sie ehrlich konnte.

"Statt Modeshopping würde ich lieber etwas anderes machen."

Sie schwieg kurz, aber Joys Lächeln wurde lediglich breiter.

"White Plains hat auch eine Buchhandlung."

Linda fühlte sich etwas ertappt, ihr Grinsen aber sprach Bände.

"Und dabei hatte ich mir solche Mühe gegeben, euphorisch durch die Reihen von Kleidung zu forsten."

"Tja, mir kannst du eben nichts vormachen. Ein paar neue Schmöker können nicht schaden. Man kann nie genug haben, besonders dann nicht, wenn man Sam oder Linda heißt." Joy lächelte liebevoll. Sie würde die extreme Buchverliebtheit ihrer Nichte jedoch nie wirklich nachvollziehen können, auch wenn ihr Mann ähnlich getaktet war. Zum Spaß las sie selten. In ihrem Job gab es viel Literatur, mit der sie sich auf dem neusten Stand halten musste, und das nahm dem Ganzen etwas den Reiz. Da war es Joy viel lieber, abends mit ihrem Mann einen spannenden Thriller oder eine Komödie zu sehen.

Linda sah kurz zu ihrer Tante, während sie weiterfuhren. Sie bewunderte, wie tadellos sie immer aussah. Dagegen machte sie sich nie Gedanken darüber, ob ihre Kleidungsstücke perfekt zueinander passten. Auch Joys Make-up war makellos und sogar daheim waren ihre sogenannten gemütlichen Sachen äußerst präsentabel. In Lindas Augen war sie eine vollendete Lady.

Ihre eigene etwas leicht burschikose Art stand im deutlichen Gegensatz dazu und an Tagen, wie diesen fiel es ihr mehr auf als sonst. Vielleicht hatte sie Glück und etwas von der Eleganz würde auf sie abfärben, dachte sie insgeheim. Große Hoffnungen machte sie sich allerdings nicht, denn wenn das der Fall wäre, hätte sie es bereits ihrer Mutter nachgemacht. Linda hatte sie oft genug dabei beobachtet, wie sie es morgen auftrug und abends wieder abwusch. Dazwischen wurde immer mal wieder geschaut, ob alles noch korrekt aussah. Außer einem Kajalstift und Wimperntusche besaß sie nichts aus dem gebräuchlichen Sortiment. Es war einfach zu viel Aufwand.

Sie sah eine Weile zu, wie die Bäume am Straßenrand vorbeisausten, blickte dann aber wieder zu ihrer Tante hinüber. Joys Blick richtete sich konzentriert nach vorn, aber Linda konnte ein leichtes Lächeln auf ihren Lippen sehen. Worüber sie wohl gerade nachdachte? Linda wurde bewusst, dass sie nicht viel über Joys Leben wusste, außer natürlich die Dinge, die man über seine Verwandten im Laufe der Zeit so mitbekam. Allerdings nichts aus ihrer Jugend oder auch nicht, wie sie Sam kennengelernt hatte. Sie lehnte ihren Kopf zurück und dachte darüber nach, wie nah sie sich den beiden trotzdem fühlte. Warum Sam und sie keine eigenen Kinder hatten, war Linda nicht bekannt, aber sie nahm sich vor, zu einem passenden Zeitpunkt danach zu fragen.

Fast wäre Sie komplett weggedöst, aber Linda fing sich gerade noch rechtzeitig, bevor ihr Kopf kippte und mit dem Seitenfenster zusammenstieß.

Sie hielten gerade an einer roten Ampel. Es war ein komisches Gefühl, wenn man ruckartig wach wurde und sich erst wieder zurechtfinden musste. Sie bemerkte die Schilder und war überrascht, dass sie es so schnell über den Westchester Expressway nach White Plains geschafft hatten. War sie etwa eingeschlafen?

Joy steuerte geradewegs den Buchladen an. Linda konnte das Geschäftsemblem am Ende der Straße sehen und schenkte ihr ein dankbares Lächeln, während sie in das Parkhaus an der Main Street einbogen.

"Na, erfrischt für die Büchersuche?"

"Bin ich etwa eingenickt?"

"Schwer zu sagen. Jedenfalls hast du ganz leise geschnarcht." Sie konnte ein kleines Grinsen nicht unterdrücken.

"Joy, das tut mir so leid! Ich bin eine furchtbare Begleitung."

"Papperlapapp", unterbrach ihre Tante sie. "Ein kleines Nickerchen hat noch keinem geschadet, außerdem waren es höchstens fünf Minuten." Ihr begleitendes Zwinkern konnte Lindas aufsteigende Röte nicht aufhalten, aber das Neonlicht im Parkhaus war hilfreich.

Als sie Minuten später wieder auf die Straße traten und zur Kreuzung schlenderten, merkte Linda, dass der Himmel sich verändert hatte. Vom Osten her kamen dunkelgraue Wolken auf sie zu.

"Das sieht gar nicht gut aus."

Joy sah in die gleiche Richtung.

"Was hältst du davon, wenn wir uns hier trennen? Du gehst in die Buchhandlung und ich mache ein paar Besorgungen. Wenn ich fertig bin, komme ich dich holen."

"Ja ist gut."

"Falls irgendetwas ist, ruf mich einfach auf dem Handy an."

"Und du nimm dir so viel Zeit, wie du brauchst!"

Eine Buchhandlung war immer wieder eine Offenbarung für sie. Schon als sie draußen am Schaufenster vorbeiging, studierte sie die Auslage mit den neuen Büchern. Üblicherweise kaufte sie keine Neuerscheinungen, denn im Vergleich zu Taschenbüchern waren die gebundenen Exemplare teurer und nahmen im Regal mehr Platz ein, aber hin und wieder machte sie eine Ausnahme, besonders wenn ein Autor oder Thema sie besonders interessierte.

Für Linda waren Bücher Geschichten mit Seele. Was ein Schriftsteller schrieb, war ihrer Meinung nach Ausdruck seiner Gedanken und tiefsten Wünsche, besonders im Bereich der Fiktion. Die Tatsache, dass sie sich damit in eine andere Welt versetzen lassen konnte, hatte besonders in den letzten Monaten oft geholfen. Beim Malen ging es ihr ähnlich, allerdings war dieses Hobby seit dem Umzug etwas in den Hintergrund getreten.

Im Jahr zuvor hatte sie zum ersten Mal ihre Palette aus wasserbasierten Farben mit Öl erweitert. Mit Tempera oder Acryl hatte sie sich immer sehr gut vor eine weiße Leinwand setzen und nach Gefühl beginnen können. Einen konkreten Plan brauchte sie dazu nie, denn das Thema entwickelte sich meist, während sie arbeitete. Mit Öl war das etwas schwieriger, da ihre angeborene Ungeduld gegen das Medium wirkte. Sowohl Acryl als auch Tempera trockneten materialbedingt innerhalb von Stunden bis Tagen komplett durch, Bei Öl handelte es sich eher um Tage bis Wochen, je nach Dicke der aufgetragenen Farbe und umgebender Luftfeuchtigkeit.

Lindas bisherige Kreationen waren bis auf wenige Ausnahmen alle abstrakt gewesen. Mehr oder weniger konnte man erahnen, was sie malte, aber es war selten eine Kopie der Realität, so wie bei Landschafts- und Porträtmalerei.

Hin und wieder veranstalteten Sponsoren wie Hotels und Firmen Ausstellungen zur Förderung junger Künstler. Man musste eine Anmeldegebühr zahlen und durfte auf einem festgelegten Raum seine Kunst zur Schau stellen. Manche dieser Anlässe wurden zuweilen in großen Hallen organisiert, andere wiederum im Freien, je nach Jahreszeit oder Standort.

Die Ausstellung, an der Linda einmal teilgenommen hatte, war auf einem weitläufigen Gartengelände eines kleinen Hotels organisiert worden. Sie erinnerte sich immer wieder gerne daran. Der Besitzer des Landgasthofes hatte junge Maler aus allen Schulen im Distrikt eingeladen und ihnen erlaubt alles zu nutzen, was die Natur hergab. Manche der Kids waren richtig kreativ geworden. Einer hatte weiße Seile zwischen nah beieinanderstehenden Bäumen gespannt, sodass es aussah, als wäre dort ein gigantisches Spinnennetz. Daran hatte er dann seine Kunst aufgehängt. Ein anderer hatte vor dem durchs Gelände fließenden Bach eine mit Planen bedeckte vertikale Konstruktion aufgebaut, die er während der Ausstellung mit Farbe bewarf. Die auf der Plane angebrachten Leinwände erhielten auf diese Weise mal mehr mal weniger Farbtupfer. Alles in allem eine sehr interessante Idee, hatte Linda damals gedacht, wenn auch nicht ganz neu. Dieser Künstler fand sein kreatives Werk nach einer Reihe von Windstößen allerdings im Bach wieder. Für ihn war dieser Tag eine weniger schöne Erinnerung.

Linda hatte sich damals nichts dergleichen einfallen lassen. Die ausgefallenen Ideen der anderen Künstler hatten ihr gefallen, aber ihre Präferenz war das nicht. Nachdem alle ihre ausgelosten Plätze zugewiesen bekommen hatten, war sie früh hingefahren und hatte sich ihre Fläche in Ruhe angesehen. Der zur Verfügung gestellte Platz verlief nah am Weg und in

Richtung der Imbissstände, also zimmerte sie sich in tagelanger Handarbeit zwanzig Staffeleien. Sie waren minimalistisch, aber sehr funktional. Alle Querhölzer waren in unterschiedlicher Höhe an den Konstruktionen befestigt gewesen, damit die Leinwände je nach Größe im optimalen Blickwinkel betrachtet werden konnten. Im Ergebnis konnten die Gäste dann alle Bilder in einer absichtlich unzusammenhängenden Reihe entlang einer Hecke bewundern. Linda hatte sogar an den Wind gedacht und alle Konstruktionen mit Draht an dem Geäst dahinter festgemacht. Ihr System hielt am Tag der Ausstellung jedem Windstoß stand. Sie war mehr als zufrieden.

Bei ihren Bildern waren sehr viele Besucher stehen geblieben, und einige davon hatte sie sogar verkaufen können. Es waren hauptsächlich Wellenmotive, die sie in den unterschiedlichsten Variationen gemalt hatte. Rückblickend war für sie das Schönste gewesen, in der Nähe ihrer Werke zu stehen und sich die Kommentare der Leute zu ihren Bildern anzuhören. Jegliche Kritik, ob positiv oder negativ, war willkommen und eine kostbare Erfahrung. Das Interesse der Leute hatte sie darin bestärkt, nie mit dem Malen aufzuhören.

Eines ihrer Bilder war den Besuchern besonders ins Auge gefallen, denn es fiel etwas aus der Reihe. Es war keinesfalls schön im klassischen Sinne, aber aufsehenerregend. Linda hatte vor dessen Kreation von einem Unglück geträumt, das sich in der Bucht von San Francisco ereignete. Mit der Realität hatte dieser Traum zwar nichts zu tun gehabt, aber sie tat, was sie nach interessanten Träumen immer tat: Sie malte. Sie konnte sich gut vorstellen, dass andere Menschen Erlebnisse in ähnlich kreativer Weise verarbeiteten.

Im Hintergrund war die Golden Gate Bridge zu sehen und im Vordergrund, halb im Wasser, die einzige Überlebende. Die Brücke hatte Linda zusammengefallen gemalt und die Frau ohne wirkliches Gesicht. Nicht, dass sie Letzteres nicht versucht hätte, aber sie hatte die Linien so oft korrigiert, dass die Frau eine Geisterfratze bekam. Realitätsnahe Darstellungen von Menschen waren einfach nicht ihr Ding. Über der ganzen Szene lag zusätzlich ein Nebel, dessen Schwaden den zerstörten Teil der Brücke gruselig ins Leere laufen ließen.

Auf der Ausstellung stockten die vorbeilaufenden Menschen an genau diesem Bild und Linda hatte genießen können, wie sie in Trauben zusammenstehend eifrig diskutierten, was es bedeuten könnte. Über den Tag hinweg hatte sie der Frau im Bild sogar einen Namen gegeben: Gabriela, denn Gabi hatte an diesem Tag wirklich einen Haufen Verehrer gehabt.

Auch wenn das Bild zwischenzeitlich in einem weniger genutzten Raum ihres Elternhauses hang, hatte es sie fortan immer an diesen Tag erinnert und nicht an den Albtraum.

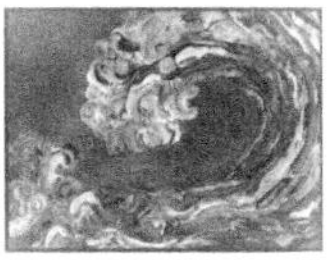

Als Linda die Tür zu Barns & Noble aufstieß, roch es gleich vertraut.

Es war eine Mischung aus dem durchdringenden, aber schönen Geruch des Papiers, fast etwas holzig, aber auch trocken und staubig. Aus einer Ecke des Raumes drang verstärkt Kaffeegeruch, gemischt mit Kuchenaromen und einer leicht lederigen Note. Das waren die gemütlichen Sessel im Kaffee-Eck.

Linda sah sich um. Das Geschäft war für einen Samstagnachmittag überraschend leer. Die vielen Buchliebhaber mussten bereits auf dem Weg zum Abendessen sein, dachte sie bei sich und ging gleich den Hauptgang nach hinten durch, an allen Regalen vorbei, um sich schnell einen Überblick zu verschaffen. An jeder Reihe waren Hinweisschilder angebracht, welche die darin sortierten Themengebiete in einem Überbegriff zusammenfassten. Es gab auch eine Abteilung für Musik und DVDs, aber das war keine Entwicklung, die sie besonders begrüßte.

In der Vergangenheit hatte Linda stets kleinere Buchläden bevorzugt, in denen noch der charakteristische ältere Herr hinter dem Tresen saß, inclusive Brille auf der Nase und selbst in einem Buch schmökerte. Jemand, der alle Exemplare in den Regalen kannte und noch eigenhändig ordnete. Sie hoffte inständig, diese Läden würden nie aussterben. Der ganze Schnickschnack mit Kaffee und Kuchen war ihrer Meinung nach ganz nett, musste aber nicht sein. Das Ambiente eines kleinen Buchladens war unvergleichlich. In Europa hatte sie oft kleine Läden entdeckt und war zum Leidwesen ihrer Eltern in jedem Einzelnen davon verschwunden.

"Darf ich dir behilflich sein?"

Linda zuckte zusammen. Der schallmildernde Teppich im Geschäft war für ihre Schreckhaftigkeit definitiv kein Vorteil. Sie konnte gerade noch einen kleinen Aufschrei zurückhalten, aber die Verkäuferin lächelte bereits entschuldigend.

"Nein, ich habe schon gefunden, was ich brauche, danke."

"Verzeih, ich wollte dich nicht erschrecken. Lass mich wissen, wenn du etwas brauchst."

Die Frau verweilte einige Sekunden zu lange, um freundlich zu wirken, drehte sich dann aber um und begann, Artikel im Regal zurecht zu schieben.

Linda ging in die Reihe für Thriller und bald war die Verkäuferin vergessen. Sie fand mehrere Bücher, die in die nähere Auswahl kamen, meist von ihren Lieblingsautoren. Eine Weile ging sie so von einem Regal zum anderen, wobei das eine oder andere Buch auch wieder zurückgelegt wurde. Nach einer Weile sah sie allerdings auf den kleinen Stapel, der ihren Arm schmerzen ließ und seufzte. Eigentlich hatte sie sich vorgenommen, nicht so viele zu kaufen, aber wirklich verzichten wollte sie auf keines davon.

Gerade wollte Linda eine ausgewählte Biografie wieder an seinen Platz stellen, als ihr ein dunkelroter Einband auffiel. Die Prägung im Rücken war mit goldenen Lettern eingestanzt. Auch wenn manche Autoren Bücher mit ausgefallenen Einbänden verlegten, um eine bestimmte Note zu unterstreichen, war es ungewöhnlich für einen Thriller. Vielleicht war es ein englischer Detektivroman, dachte sie neugierig. Es war ihr bei der ersten Durchsicht gar nicht aufgefallen. Vorsichtig nahm sie die kleine Schönheit aus dem

Regal und legte ihre bisherige Ausbeute auf eine der kleinen Tischgruppen, die im gesamten Geschäft am Ende der Regalreihen standen.

Sie drehte es in ihrer Hand, entdeckte aber keine weiteren Informationen außer Titel und Autor. Dessen Name stand klein über dem Werk:

Christopher Ocean

Linda hatte noch nie von ihm gehört, was aber nichts heißen musste. Es gab laufend Neuerscheinungen, die erst bekannt werden mussten. Der Titel lautete:

Die Finstere Stunde

Sie ging an den Tisch, auf dem ihr Stapel Bücher wartete, setzte sich und öffnete das kleine Schmuckstück. Die ersten Blätter informierten über einen privaten Verlag und nannten das Erscheinungsdatum, schon einige Jahre her, dann wurden die Kapitelüberschriften genannt. Sie blätterte vorsichtig weiter. Die Seiten hatten eine schimmernde Note und einen groben Rand, als ob man Pergament hatte darstellen wollen. Es gab dem Ganzen ein schönes haptisches Gefühl. Da hatte sich jemand richtig Mühe gegeben, dachte sie bewundernd.

Der Liebe gewidmet, denn sie ist alles für mich.

Weiter als die Widmung las Linda nicht, denn allein diese einleitenden Worte berührten sie auf eine außergewöhnliche Weise. Sie fuhr mit den Fingern vorsichtig über das Blatt. Sie wusste nicht, weshalb dieser erste Satz eine solche Wirkung auf sie hatte, aber sie wollte das Buch unbedingt haben. Sie hatte in ihrem Leben schon viele Widmungen gelesen, aber selten eine so romantische.

Linda sah auf die Uhr. Ihre Tante würde sie bestimmt bald holen kommen, aber ihre Literaturjagd war ohnehin beendet. Vor sich auf dem Tisch lag Lesematerial, das bestimmt ein paar Monate reichen würde, wenn nicht noch länger. Sie legte das burgundfarbene Büchlein auf ihren Stapel und ging mit allem in Richtung Kasse.

Die Verkäuferin von vorhin hatte scheinbar schon auf der Lauer gelegen, denn sie tauchte wie aus dem Nichts vor ihr auf.

"Da hat jemand aber viel vor." Sie war deutlich versucht, ihrer Stimme einen enthusiastischen Unterton zu verleihen, und Linda beschloss, freundlich zu sein.

"Ich hätte noch viel mehr mitnehmen können, aber ich denke, es reicht für heute."

"Darf ich dir die Bücher abnehmen? Ich werde sie für dich an der Kasse bereitlegen."

Diese übertriebene Freundlichkeit ging Linda gehörig auf den Keks. Dachte die Frau etwa, dass sie mit den Büchern einfach durch die Tür lossprinten würde? Eventuell sollte sie sich weniger leger kleiden und doch ein Beispiel an Joy nehmen, überlegte sie. Mit einem kurzen *Danke* überreichte sie ihre Schätze, grummelte innerlich aber vor sich hin. Die Verkäuferin zog von dannen.

Linda steuerte auf das Sitzcafé zu, denn sich gleich wieder mit dieser Frau auseinandersetzen zu müssen, war ihr momentan zu viel. Die dortige Vitrinenauswahl war allerdings enttäuschend. Keiner der Kuchen sprach sie wirklich an, also blieb es bei ihrem üblichen Milchkaffee. Den zahlte sie bar, aber für die Bücher würde die Visa herhalten müssen.

Es war keine tatsächliche Kreditkarte, sondern eine sogenannte limitierte Cash-Card, die von Sam regelmäßig aufgefüllt wurde. Auf ihren eigenen Wunsch war diese so eingerichtet worden, dass man sie nicht überziehen konnte. Es gab ihr einerseits das Gefühl von Freiheit und andererseits die Gewissheit, auf alle Eventualitäten vorbereitet zu sein. Die Methode, sie wie eine echte Kreditkarte zu nutzen und am Ende des Monats das entstandene Minus auszugleichen, verursachte ein ungutes Gefühl in ihr.

Auf der Karte mussten inzwischen fast eintausend Dollar sein, denn das Taschengeld war regelmäßig, ihre Ausgaben jedoch nicht. Darüber hinaus gab es noch das Geld ihrer Eltern, das auf einem Treuhandkonto wartete, bis sie volljährig war. Sam und Joy hatten Zugriff, um ihre laufenden Kosten zu decken, oder falls sie irgendwann ein Auto kaufen wollte. Es war sehr merkwürdig darüber nachzudenken, dass sie sich einerseits fast jeden Wunsch erfüllen konnte, aber andererseits ihr größter Wunsch mit keinem Geld dieser Erde zu bezahlen war.

Sie setzte sich an einen Tisch nah dem Schaufenster. Dort würde sie ihre Tante rechtzeitig kommen sehen und ihr dann noch einen Kaffee bestellen, bevor sie sich auf den Heimweg machten. Während sie den Zucker in ihrer Tasse mischte, bereute sie die Entscheidung, die Bücher nicht gleich bezahlt zu haben. Während sie noch unschlüssig zwischen den Möglichkeiten, die ihr blieben, hin und her schwankte, nämlich schnell aufzustehen und die Bücher zu holen oder einfach sitzen zu bleiben und stattdessen die Leute auf der

Straße zu beobachten, lehnte sich ein Schatten von links zu ihr herunter.

"Verzeihung?"

Linda japste vor Schreck nach Luft und wäre diesmal bestimmt einen Satz zur Seite gesprungen, hätte sie nicht gesessen. Das musste aufhören! Viel mehr davon würde sie nicht mehr ertragen, dachte sie mit klopfendem Herzen. Sie schaute die Verkäuferin mit weit aufgerissenen Augen an und versuchte, ihren Atem unter Kontrolle zu bekommen. Sie sah bestimmt aus, wie ein nach Luft ringender Uhu.

Man konnte der Verkäuferin ansehen, dass es ihr auch sofort wieder leidtat, aber diesmal gab es keine Entschuldigung.

"Ja?"

"Du hast mir dein Buch zusammen mit den anderen gegeben. Ich wollte es dir nur schnell wiederbringen, damit es später an der Kasse keine Missverständnisse gibt. Wir raten unseren Kunden, mitgebrachte Exemplare in der Tasche zu lassen, solange sie sich auf der Verkaufsfläche aufhalten." Die Frau legte *Christopher Ocean* auf den Tischrand, in sichere Entfernung zu dem Klecks Milchkaffee, der wie von Zauberhand neben Lindas Tasse aufgetaucht war.

"Ah ja, danke", antwortete sie leicht verwirrt. In dem Moment war ihr nicht ganz klar, worüber sie sich mehr wunderte. Über den frischen Kaffeefleck oder über das Buch, das angeblich ihr gehörte. Sie zog ein paar Papierservietten aus dem Spender vor ihr und beseitigte schnell den Beweis für ihre schlechten Nerven. Dann sah sie so unverfänglich, wie es nur irgend ging, der Verkäuferin hinterher, die allerdings steuerte ein paar Meter weiter schon arbeitsam eine neue Kundin an.

Die ganze Sache war sehr merkwürdig. Warum hatte die Frau gedacht, dass es ihr Buch war? Linda begriff es zuerst nicht, aber als sie es sich mit diesem Hintergrund ansah, machte es plötzlich Sinn. Es klebte kein Scan-Code auf der Rückseite und auch war kein weiterer Hinweis darauf zu sehen, dass es ein Buch aus dem Verkauf war.

Ein schmales, dunkelblaues Band lugte aus der Mitte als Lesezeichen heraus. Es sah wirklich aus, wie ein Buch, das sie selbst mitgebracht hatte. Ungewöhnlich wäre das keineswegs gewesen, denn viele Leute kamen nur ins Café, um hier das Internet zu nutzen oder zu lesen. Die Annahme der Verkäuferin war also vollkommen nachvollziehbar, aber Linda war trotzdem unschlüssig, was sie tun sollte.

Das Buch gehörte ihr nicht, aber offiziell kaufen konnte sie es auch nicht mehr. Wenn es jemand hier vergessen hatte, warum hatte es dann aber im Regal gestanden? Die logischste Erklärung schien, dass es jemandem aus der Tasche gefallen war, und der Nächste hatte es einfach wieder ins Regal gestellt.

Eigentlich müsste sie es als Fundstück an der Kasse abgeben, dachte sie zerknirscht. Was würde dann aber damit geschehen? Würde der Besitzer überhaupt danach suchen? Wenn es niemand abholte, würde es entweder im Müll landen oder in der Spendentonne. Vielleicht würde es die Verkäuferin auch einfach als ihres ausgeben und es, wenn es ihr nicht gefiel, einfach weiter verschenken. All diese plausiblen Szenarien klangen wenig erfreulich, denn in allen musste Linda das Buch aus der Hand geben. Ein kleines Gefühl von Besitzanspruch loderte bereits in ihrem Herzen auf und je länger sie darüber nachdachte, desto mehr stand ihre Entscheidung fest. Sie strich bedächtig über den goldenen Titel.

"Du gehörst jetzt mir."

Es dauerte nicht lange, bis ihre Tante draußen vorbeilief. Bis sie sich den Weg zu Lindas Tisch gebahnt hatte, stand ihr Kaffee schon bereit.

Joy setzte sich.

"Tut mir leid, ich bin vorne an dem Bestseller Regal hängen geblieben. Du färbst schon auf mich ab."

Linda grinste.

"Kein Problem. Hast du alles bekommen?"

Zu Joys Füßen lagen zahlreiche Tüten.

"Ja, habe ich. Dein Onkel hat bald Geburtstag und es gab eine außergewöhnlich große Auswahl an Angelzubehör, da ist es mir schwergefallen, schnell zu wählen. Seine Köder sind im Frühjahr sehr in Mitleidenschaft gezogen worden und er brauchte dringend Nachschub." Als sie Lindas hochgezogene Augenbrauen sah, ging sie mit einem Kichern ins Detail. "Er hat sich die gesamte Saison darüber beschwert, dass die Wasserpflanzen in der Bucht überhandgenommen haben. Oft musste er mehrmals pro Tour seine Leine kappen. Bestimmt sieht es da unten jetzt aus wie ein glitzernder Weihnachtsbaum, nur mit Seepflanzen statt Fichte."

Sam hatte eine besondere Vorliebe für glänzende Plastikköder, aber Linda ignorierte die Anekdote im Angesicht eines viel dringenderen Themas.

"Joy! Wie konntest du mich nicht daran erinnern, dass er bald Geburtstag hat?"

"Mach dir keine Gedanken, wir können ihm die Köder zusammen schenken."

"Ich möchte ihm kein Angelzubehör schenken. Vorne habe ich ein neues Buch von John Grisham gesehen. Hat Sam das schon?"

Es war einer seiner Lieblingsautoren.

"Soweit ich weiß, nein. Das Buch war übrigens auch genau der Grund, warum ich vorhin am Eingang hängen geblieben bin, nur so nebenbei erwähnt." Sie zwinkerte. "Wenn du ihm unbedingt etwas schenken möchtest, dann wäre das sicherlich das Richtige."

"Perfekt. Ich bin gleich wieder da." Sam liebte es, mit Familie und Freunden zu feiern und jeder der feierte, bekam auch Geschenke.

Linda suchte in der Tasche nach ihrem Geldbeutel. Ihre Hand streifte das kleine Buch, das sie darin hatte verschwinden lassen, aus Angst die Verkäuferin könnte es sich noch einmal anders überlegen. Lieber aus den Augen, aus dem Sinn. Sie lächelte in sich hinein und lief vor an den Eingang.

Das Buch von John Grisham bezahlte sie zusammen mit dem wartenden Rest ihrer Bücher. Was für ein gelungener Nachmittag, dachte sie zufrieden. Neben der Kasse stand ein Karton mit heruntergesetztem Geschenkpapier, alles mit 50% Nachlass. Sie wollte zwar so schnell wie möglich aus dem Dunstkreis der übertrieben freundlichen Verkäuferin weg, aber wenn sie hier etwas Neutrales fand, musste sie bezüglich der Verpackung nicht noch mal los. Die Auswahl war übersichtlich, aber eine silbrig glänzende Rolle mit Zackenmuster stach ihr gleich ins Auge.

"Wir packen Geschenke auch ein", bot die Dame an der Kasse schnell an, aber Linda lehnte taktvoll ab und ging.

Als sie wieder bei ihrer Tante ankam, war sie sehr erleichtert, dass sie ihren Kaffee schon ausgetrunken hatte. Sie zog ihre Tasche unter dem Tisch hervor und ließ den Geldbeutel hineinfallen.

"Können wir dann?" Sie versuchte, nicht zu drängeln, machte aber auch keine Anstalten sich wieder hinzusetzen.

"Ja klar." Leicht verwundert, dass ihre Nichte es plötzlich so eilig hatte, stand sie auf. "Ich glaube, wir werden etwas rennen müssen, draußen regnet es."

Linda warf einen Blick nach draußen. Die Tropfen waren durch die getönten Fenster schlecht zu sehen, aber an den vorbeifahrenden Autos gingen die Wischer.

Ihre beiden Mägen knurrten und sie waren sich schnell einig, dass sie die Westchester Mall an einem anderen Tag in Angriff nehmen würden. Ein von Sam gekochtes Abendessen klang viel besser als nur irgendetwas aus dem Food Court. Mit einem kurzen Anruf daheim konnten sie sich auf eine leckere Pilzpfanne freuen.

Auf der Interstate fing es richtig an zu schütten, aber sie hatten gute Laune, volle Einkaufstüten und sangen gemeinsam zu Country Musik im Radio, bis die heimische Einfahrt vor ihnen auftauchte.

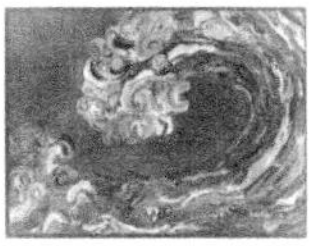

Die Partyvorbereitungen waren in vollem Gange und Linda half Joy, wo sie nur konnte.

Für Sam waren unter den Gästen keine großen Überraschungen, denn ein paar Freunde hatten ihn unter der Woche bereits angerufen und diverse Kollegen hatte er bei der Arbeit auch selbst eingeladen.

Um letztendlich die logistische Meisterleistung einer Überraschung zu vollbringen, wurde Sam am Samstagmittag unter einem fadenscheinigen Vorwand noch außer Haus geschickt. Lindas Vermutung, dass er die Scharade schon durchschaut hatte, bestätigte sich, als er sie beim Gehen verschmitzt angrinste. Sobald er außer Sichtweite war, wurde dekoriert, was das Zeug hielt.

Linda war wirklich überrascht, wie schnell sie es schafften, das Untergeschoss des Hauses in eine Partyzone zu verwandeln, und bei seiner Rückkehr blieb Sam ehrlich beeindruckt in der Eingangstür stehen. Er bekam eine große Geburtstagsumarmung und als er ins Wohnzimmer trat, lief ihm bereits das Wasser im Mund zusammen. Der lange hölzerne Küchentisch war an die hintere Wand gerückt und mit allerlei Leckereien bestückt worden. Der Duft von Joys berühmten Chili hing bereits in der Luft, denn die heiße Hauptspeise köchelte sich auf dem Herd bereits in Hochform. Drei runde Aussparungen zwischen den Knabbereien ließen auf weitere kulinarische Schätze schließen, die sich noch in der Kühltruhe befanden und auf ihren großen Auftritt warteten.

"Ihr zwei!" Mehr brachte Sam nicht heraus.

Joy hüstelte und in der gleichen Sekunde gingen die Doppeltüren zum Arbeitszimmer auf und gaben die *HAPPY BIRTHDAY* brüllende Meute frei. Alle Freunde und Kollegen hatten nur darauf gewartet, dass Joy das Signal gab. Sam war gerührt und grinste über das ganze Gesicht. Das Wohnzimmer füllte sich mit glücklichem Gelächter und allerlei Anekdoten über das Geburtstagskind.

Linda blieb anfangs etwas abseits, weil sie sich unter all den Erwachsenen etwas fehl am Platz fühlte, aber irgendwann holte Joy zu sich und Sam.

"Jetzt bekommt er seine Geschenke!"

Ihr Onkel ließ sich übertrieben viel Zeit mit dem Öffnen der Gaben, aber es machte ihm Freunde, die Anspannung in den wartenden Gesichtern zu sehen. Natürlich gefielen ihm die Sachen sehr. Lindas Buch legte er sofort freudestrahlend in die Nähe seines Lesesessels und mit der Anordnung der neuen Köder in seiner Angelbox hätte er am liebsten an Ort und Stelle angefangen.

Sein bester Freund schenkte ihm etwas ziemlich Außergewöhnliches: ein mobiles Sonargerät für seine Fischausflüge. Mit einem *ich will aber dabei sein, wenn du es zum ersten Mal anwirfst,* hatte Geoff versucht, den gerührten Dankesworten seines Freundes den Ernst zu nehmen. Eine dicke Männerumarmung hatte er dann aber trotzdem über sich ergehen lassen müssen. Weitere Highlights waren eine Flasche Single Malt Cigar-Whiskey und von seinem stellvertretenden Manager Gary bekam er einen hochwertigen Feldstecher.

Zu seinen Kollegen, wie er seine Angestellten bevorzugt nannte, hatte Sam ein sehr freundschaftliches Verhältnis und er war der Überzeugung, dass dies ein Grund für den stetig wachsenden Erfolg seiner Firma war. Er hatte immer etwas Handfestes lernen wollen und arbeitete mit Hingabe in der Holzindustrie. In deren Kreisen achtete man ihn schon jahrelang als fairen Geschäftsmann. Die Menschen, mit denen er zusammenarbeitete, waren eine hervorragende Bestätigung dafür, dass er alles richtig gemacht hatte. Die Port-Chester-Lumber-Company hatte viele treue Kunden, die Sams Integrität sehr zu schätzen wussten.

Linda entschuldigte sich nach dem Nachtisch, um nach oben zu gehen. In ihrem Zimmer stellte sie sich vor ihr Bücherregal und überflog die Titel. Die neuen Exemplare von Barns & Noble hatten bereits ihren Platz gefunden, aber auf etwas Spannendes hatte sie keine wirkliche Lust. Dann fiel ihr das Büchlein wieder ein. Sie hatte die ganze Woche kaum Zeit gehabt, daran zu denken. Ihre Umhängetasche hatte sie nach der Rückkehr einfach unter ihren Schreibtisch fallen lassen und nicht mehr hervorgeholt. Sie holte es aus der Tasche und lächelte es an. Dann dimmte sie die Deckenbeleuchtung und legte sich im Schein ihrer Nachttischlampe hin.

Die Seiten knisterten beim Umblättern, fast als wären sie nie gelesen worden. Am Anfang fand sie ein Inhaltsverzeichnis und überflog die Überschriften. Sie klangen allen interessant, aber auch sehr ernst. Linda blätterte gleich weiter zu der ersten Kurzgeschichte *"Italian Bombs – Der letzte Duft"*.

Beim letzten Satz der Geschichte wischte Linda sich überrascht Tränen aus den Augen.

Die Geschichte war vollkommen anders gewesen, als sie es erwartet hatte. Sie war komplett eingetaucht und hatte zuerst die Rolle eines ängstlichen Jungen auf einem Rad angenommen, dann einer liebenden Ehefrau. Dass der Autor auf den wenigen Seiten so viel Gefühl generiert hatte, fand Linda bemerkenswert. Der Schmerz der Protagonisten war beim Lesen greifbar gewesen.

Minuten später spürte sie, wie ihre Augenlider langsam zufielen. Sie legte das Buch auf ihren Nachttisch und knipste die Lampe aus.

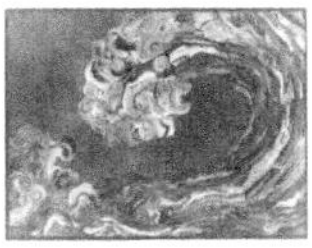

Als einziger Neuzugang in diesem Schuljahr wirkte Linda in der neuen Schule wie ein bunter Hund inmitten all der bereits existierenden Cliquen, aber niemand ignorierte sie, ganz im Gegenteil, alle waren freundlich und fragten viel.

Ihr Stundenplan wurde bei einem kurzen Termin im Sekretariat ausgetüftelt. Die zuständige Assistentin Mrs Shepard stellte routiniert die passenden Kurse für sie zusammen. Linda fand an der Summe der bereits vorhandenen Leistungspunkte heraus, dass sie durch die Anforderungen an ihrer alten Schule sogar schon weiter war, als die Kids der Port Chester High. Darüber freute sie sich besonders, denn es würde ihr helfen, mit den neuen Eindrücken und sonst abweichendem Lehrstoff besser umzugehen.

Bei der Auswahl der Wahlfächer entschied sie sich, ohne zu zögern, für Kunst. Diese sogenannten Klubs waren nichts anderes als halbjährlich wechselnde Unterrichtsstunden, die keinen großen Einfluss auf den Gesamtnotendurchschnitt hatten. In der Regel waren es handwerkliche oder sportliche Kurse, die als kreativer Ausgleich zum Unterrichtsstoff dienen sollten, auch konnte man nicht durchfallen. Im Gespräch mit der Sekretärin erwähnte Linda absichtlich, dass sie bereits Kunst ausgestellt hatte, da dieser Studiokurs sehr begehrt war. Da sie die einzige Bewerberin mit dieser Erfahrung war, bekam sie einen der ersehnten Plätze.

Die Wahl eines Sports gestaltete sich allerdings etwas schwieriger. Von den angebotenen Sportarten Football,

Softball, Fußball, Volleyball, Waldlauf, Cheerleading oder Tennis interessierte sie nichts. Einige waren sowieso den Jungs vorbehalten und beim Volleyball hatte sie sich schon zu oft die Finger verstaucht, als dass sie das jemals wiederholen wollte. Joggen fand sie auch furchtbar. In ihren Augen gaben nur Notfälle Anlass dazu, ihr durchschnittliches Fortbewegungstempo zu ändern.

Nach dem Gespräch mit Mrs Shepard ging sie direkt zu den ausgehängten Listen, in denen man sich für eine der sportlichen Aktivitäten eintragen konnte. Man sollte zwei ankreuzen und die Priorität kennzeichnen, damit bei Platzmangel alle Wünsche berücksichtigt werden konnten. Natürlich wurde man nicht ausdrücklich dazu gezwungen an dem Angebot teilzunehmen, aber es wurde gerne gesehen, besonders auf den Collegebewerbungen. In einem gesunden Körper steckt ein gesunder Geist bla-bla, dachte Linda zynisch.

Von allen Angeboten fand sie Cheerleading am wenigsten für sie geeignet. Der sportliche Aspekt daran war sicherlich nicht zu unterschätzen, aber sie wollte sich keinesfalls so zur Schau stellen. Ihre Entscheidung fiel letztendlich auf die Jagd nach den kleinen gelben Bällen. Einige Monate Tennis würden sie trotz des darin enthaltenen Laufpensums nicht umbringen. Das war ihrer Meinung nach noch das kleinste Übel. Ein zweites Kreuz machte sie nicht.

Im Frühling wollte sie sich frühzeitig für das Softballteam bewerben. Dieses Semester waren die Plätze bereits vergeben. Es hatte zwar auch etwas mit Rennen zu tun, allerdings gefiel ihr die Präzision, die man beim Werfen und Schlagen aufbringen musste. Ihr Vater und sie waren oft zusammen zum Schlagplatz gefahren, damit sie üben konnte. Wenn es nächstes Jahr Probedurchläufe für die Aufnahme ins Team gab, hatte sie gute Chancen. Außerdem würde es viele schöne Erinnerungen wecken, das wusste sie.

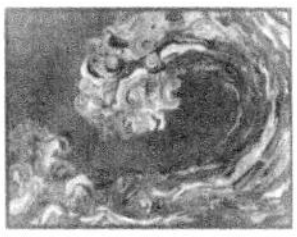

Als der Wecker sie unsanft aus ihren nächtlichen Träumen riss, brauchte Linda ein paar Sekunden, bis sie wieder in der Realität angekommen war.

Das meiste verblasste immer viel zu schnell und sie hatte beim Aufwachen stets den Eindruck, sich an das Wichtigste nicht mehr erinnern zu können. Ein Bild allerdings kam immer wieder: In diesem spezifischen Traum fand sie sich an einem Strand wieder und beobachtete ein tosendes Meer. Das Gefühl, das sie dabei hatte, war tiefe Verzweiflung. Trotz der Brandung konnte sie im Sand hinter sich Schritte hören, sich jedoch nicht umdrehen. Kein einziges Mal war sie bisher dazu fähig gewesen, den meterhohen Wellen den Rücken zu kehren und zu sehen, wer hinter ihr war. Jedes Mal fühlte sie sich hin und her gerissen zwischen der angsteinflößenden Macht des Meeres und der Neugier auf die Person, von der keinerlei Bedrohung auszugehen schien. Das einzige Gefühl, das diese Person ihr gab, war Liebe. Ihr Vater war immer derjenige gewesen, der sie in allem unterstützt und beschützt hatte. Linda hoffte inständig, dass sie sich irgendwann im Traum umdrehen und ihn wiedersehen konnte. Sie stellte den Klingelton aus und schloss die Augen, aber das Traumbild kehrte nicht wieder.

Das Meer in ihrem Traum erinnerte sie an eine Reise nach Gotland, die sie gemeinsam mit ihren Eltern gemacht hatte. Auf Fårö, im Norden der Insel hatten sie die berühmten Raukformationen bewundert. Diese Felsen ragten entlang des

Strandes aus der See empor, wie versteinerte Riesen aus vergangener Zeit. Die Brandung brach sich bei starkem Wind mit solcher Wucht an ihnen, dass sich die Gischt weit über die Felsen in den Himmel erhob. Es war ein atemberaubender Anblick gewesen. Damals hatte Linda dort ewig stehen und die raue Kraft des Wassers bewundern können.

Diese Kraft des Meeres war allerdings der einzige Berührungspunkt, denn der tosende Ozean in ihrem Traum hatte keine solchen imposanten Hindernisse gehabt. Der Ursprung seiner Wildheit blieb ihr ebenso verborgen, wie den Grund ihrer tiefen Verzweiflung.

Der erneute Blick auf den Wecker zeigte ihr, dass sie noch mal eingenickt war.

"So ein Mist!"

Linda hatte ihren Sonntag nicht verschlafen wollen und sprang schnell aus dem Bett. Auf dem Weg ins Bad entdeckte sie ein zusammengefaltetes Stück Papier unter ihrer Zimmertür.

Guten Morgen, mein Engel. Ich hoffe, du hast gut geschlafen. Wir wollten dich nicht wecken. Bitte mach dir einen schönen Vormittag! Wir sind bald wieder zurück. Küsse, Joy.

Neben ihren Namen hatte Joy eine kleine Sonne gezeichnet. Joy ohne ihre Sonne, das war wie ein Meer ohne Salz, dachte Linda lächelnd. Die persönlichen Nachrichten ihrer Tante trugen immer dieses kleine Zeichen der Lebensfreude.

Sam hatte eine Überraschung für seine Frau geplant, aber weder ihr noch seiner Nichte gesagt, was es war noch, wohin es ging. Joy wurde öfters mit Kleinigkeiten oder Ausflügen überrascht. Linda fand diesen Umstand unheimlich romantisch und war ihm wegen der Geheimniskrämerei keineswegs böse. Ihr war sehr wohl bewusst, dass sie kein Pokerface besaß, und er hatte die Überraschung sicherlich nicht gefährden wollen.

Die Wettervorhersage hatte gutes Wetter angekündigt und der Blick durch das Fenster bestätigte es. Perfekt für einen Besuch des nah gelegenen Byram-Parks freute sie sich.

Der kleine Park lag eingekesselt zwischen der Interstate und dem Long-Island-Sound. Zu ihm gehörte ein kleiner Hafen, in dem viele kleine Boote Platz fanden. Weiter draußen ankerten die größeren Boote und manchmal sogar Mini-Jachten. Die gesamte Gegend gehörte zu Greenwich und besaß eine bewegte Geschichte, die bis 1840 zurückreichte.

Dort angekommen, breitete Linda ihre Decke im Gras unter einem schattigen Baum aus und machte es sich gemütlich.

Die salzige Luft vom Sound wehte ihr um die Nase, und der große Ahorn tat der Wärme der Sonne auch keinen Abbruch. Als sie ihr mitgebrachtes Büchlein an der nächsten Kurzgeschichte öffnete, musste sie grinsen. Es begann mit einem sehr passenden Satz.

Die ersten warmen Sonnenstrahlen des Tages kitzelten Sonjas Nase.

Ihr Handy klingelte, gerade als sie *The Family – Die WG* beendet hatte. Für einen Moment wollte sie es einfach klingeln lassen, aber dann zog sie das samtige blaue Lesezeichen doch zwischen die Seiten und kramte in der Tasche nach ihrem Telefon. Als sie es sich ans Ohr hielt, schweifte ihr Blick über die sporadisch verteilten Grüppchen auf der Wiese. Einige waren beim Grillen, andere lagen dösend im Gras, und weiter hinten planschten Kinder im seichten Wasser vom Sound.

Eine Abkühlung hätte ihr jetzt auch gefallen, es waren inzwischen bestimmt 30 °C, aber sie hatte kein Schwimmzeug mitgenommen.

"Ja, bitte?"

"Hallo, Schatz!" Joys Stimme flötete aus dem Gerät. *"Wir sind auf dem Heimweg und auf dem Festnetz hast du nicht abgenommen. Bist du unterwegs?"*

"Ja, ich bin im Byram-Park. Ich kann mich aber gleich auf den Weg nach Hause machen."

"Ach schön. Ich weiß, du liebst es dort. Du musst dich aber wirklich nicht beeilen." Im Hintergrund sagte Sam etwas und unterbrach Joy. Sie hielt inne. *"Warte bitte ..."*

Linda hörte, wie eine Hand auf die Sprechmuschel gelegt wurde, aber sie konnte Sams Stimme trotzdem noch gut hören. Joy erwischte mit ihrer Handfläche versehentlich noch ein paar Tasten, sodass es in Lindas Ohr einige Male piepte. Sie lächelte vor sich hin, hielt es sich aber nicht mehr ganz so dicht ans Ohr. Das Handy war nicht wirklich Joys Lieblingsgegenstand. Hoffentlich legte sie nicht noch ungeplant auf, dachte Linda amüsiert.

Im Hintergrund fuhr Sam fort.

"Frag sie, ob sie uns nicht zum Essen treffen möchte. Wir könnten uns ein nettes Restaurant aussuchen, oder etwas zum Mitnehmen bestellen und dann ein Picknick machen. Es ist ein so schöner Tag."

Noch während der Dialog der beiden sich mit den Tastentönen abwechselte, wusste Linda bereits, für welche Option sie sich entscheiden würde.

"Ich frage sie mal." Joys funktionslose Abdeckung wurde entfernt. *"Linda?"*

"Ich würde lieber ins Restaurant gehen, wenn das für euch okay ist."

Es entstand eine kleine Pause, weil Joy ihre Frage nicht hatte formulieren können. Linda hätte fast laut aufgelacht, als sie sich Joys verdattertes Gesicht vorstellte, aber die Verwirrung hielt nicht lange an.

"Prima. Wir holen dich ab."

Aus dem Hintergrund kam Sams tiefe Stimme.

"Joy, vielleicht möchte sie sich zuerst frisch machen."

Linda antwortete sofort, ohne auf Joys Vermittlung zu warten.

"Nein, nein, das ist nicht nötig. Ich war nicht im Wasser. Alles gut."

"Okay. Wir können an die Ecke Ritch Avenue und Byram Shore kommen."

Linda überlegte. Das war noch ein ganzes Stück zu laufen.

"Wie lange braucht ihr denn? Ich bin nämlich am anderen Ende des Parks, in der Nähe vom Pool."

"Wir sind schon fast am Haus." Diesmal gab es keine Hand und kein Piepen. *"Sam, wir fahren ans andere Ende von der Ritch und holen sie an der einen Biegung ab, die zum Pool führt."*

Sie nickte ungesehen. Das war zeitlich gut zu schaffen. Ihr wurde noch aufgetragen, sich zwischen italienischem Essen bei Morello oder Tapas in der Barcelona Wine Bar zu entscheiden, und dann gab es noch einen letzten Piepton, als Joy auflegte.

Linda verstaute Buch und Handy wieder in der Tasche und machte sich auf zum Treffpunkt. Ihr Magen knurrte zustimmend. Sie freute sich ehrlich darüber, mit den beiden essen zu gehen, denn sie fühlte sich so wohl wie schon lange nicht mehr. Vielleicht hatte das sonderbare Buch etwas damit zu tun, dachte sie. Es berührte sie auf eine ganz besondere Weise, fast so als ob es direkt zu ihr sprach. Der Autor war komplett unbekannt, aber die Art, wie er schrieb faszinierte sie. Jede einzelne Geschichte spielte in einer anderen Zeit und wechselte teilweise sogar das Genre, jedoch lag in allen ein versteckter Schmerz, als ob er die Gefühle seiner Protagonisten nachempfinden konnte.

Beim Laufen sah sie kurz zurück zu ihrem Platz unter dem Baum. Inzwischen hatte sich dort ein Pärchen niedergelassen. Linda wollte die beiden nicht anstarren, sah aber etwas länger hin, denn bei romantischen Szenen ging ihr immer das Herz auf.

Der Junge konnte nicht viel älter sein als zwanzig und das Mädchen schien etwas jünger. Er hatte sich zu ihr hingedreht, halb im Schneidersitz, und hielt ihre Hände in seinen. Das Mädchen schaute etwas schüchtern nach unten, aber lächelte. Scheinbar gefiel ihr, was er zu ihr sagte. Dann sah sie ihn an und er lehnte sich nach vorne, sodass sich ihre Köpfe an der Stirn berührten. Der Junge streckte sein Kinn vor und küsste sie leicht auf die Nase.

"Wie süß", seufzte Linda, als sie sich wieder umdrehte und dachte etwas wehmütig an ihre bisherigen Dates. Viele waren es nicht gewesen und keine davon so romantisch.

Mit ihrem letzten Freund, William, war sie vier Monate zusammen gewesen. Dann hatte sie mit ihm schlussgemacht, weil sie gesehen hatte, wie er ein anderes Mädchen geküsst hatte. Will hatte damals zwar seine Unschuld beteuert und behauptet, dass Carmen *ihn* geküsst hatte, aber dafür war die von Linda zufällig beobachtete Situation zu eindeutig gewesen. Danach hatte sie ihn in der Schule keines Blickes mehr gewürdigt und ihr Vater musste tagelang seine Anrufe für sie abwimmeln.

Meine Tochter hat einem weiteren Opfer das Herz gebrochen, hatte er zwinkernd eingeworfen, worauf Linda sich sofort mit einem kurzen, aber aussagekräftigen Satz gewehrt hatte: *Ich bevorzuge treue Opfer, Dad.* Der ironische Ton war ihr damals zwar nicht besonders gut gelungen, aber es hatte seine Wirkung nicht verfehlt. Der nächste Anruf von Will wurde mit einer etwas drohenden Botschaft ihres Dads beantwortet. Seither war sie bei charmanten Jungs immer etwas vorsichtig, besonders wenn sie noch dazu gut aussahen.

Linda fragte sich, ob auch Sam einen Beschützerinstinkt entwickeln würde, falls sie irgendwann einen Jungen mit nach Hause brachte. Gab es solche Regeln auch für Nichten? Sie war schon alt genug, um diesbezüglich ihre eigenen Entscheidungen zu treffen, also eher nicht, aber, dass dieses Thema relevant sein würde, bezweifelte sie ohnehin. Nach Jungs stand ihr absolut nicht der Sinn.

Sie war an der Straßenbiegung angekommen und sah nach, ob der Truck ihres Onkels irgendwo parkte, aber noch war er nicht da. Es gab keine wirklich gute Haltemöglichkeit in dieser unübersichtlichen Kurve, also stellte sie sich halb in die Einfahrt zu einem Grundstück. Hier konnte er sie aus beiden Richtungen gut sehen und auch kurz parken, ohne den Verkehr aufzuhalten. Lange musste sie sich allerdings nicht gedulden. Der rote Chevy kam mit einer vom Beifahrersitz heftig winkenden Joy zum Stehen. Linda kletterte in den Silverado und war erstaunt, die Rückbank nicht für sich alleine zu haben.

"Was ist das denn?" Ein riesiger Vogelkäfig starrte zurück.

"Ist er nicht herrlich? Dein Onkel hat mich mit einem Graupapageien überrascht! Der Züchter bringt ihn heute Abend, wenn es nicht mehr so heiß ist." Joy kicherte wie ein junges Mädchen und Linda grinste. So aufgeregt hatte sie ihre Tante noch nie gesehen. "Gerade waren wir Futter kaufen und das ist sein Schlafkäfig. Ich bin total aus dem Häuschen."

Sam wollte weiterfahren.

"Linda? Spanier oder Italiener?"

Sie kam nicht gleich darauf, was er meinte. Die Vogelneuigkeit hatte sie etwas aus dem Konzept gebracht. Ach, ja, das Essen, erinnerte sie sich und nickte.

"Zu Morello bitte."

Vor Jahren hatten sie dort gegessen und es hatte ihr sehr gefallen.

"Perfekt zum Feiern!"

Joy lächelte immer noch von einem Ohr zum anderen und Linda konnte ihr ansehen, dass sie nur darauf wartete, bis Sam und sie den Small Talk beendet hatten. Linda schnallte sich schnell an und wappnete sich für eine farbenfrohe Schilderung des morgendlichen Abenteuers. Joy konnte vortrefflich erzählen. Sie hörte ihr eine Weile gebannt zu, aber irgendwann fiel ihr das Offensichtliche auf.

"Moment. Feiern? Was feiern wir denn?"

Joy winkte ab.

"Ach, alles Mögliche! Dass wir ein Haustier bekommen werden, dass Schulanfang ist, dass wir seit 15 Jahren verheiratet sind, das schöne Wetter ..." Weiter kam sie nicht.

Linda mochte manchmal etwas schwer von Begriff sein, aber das eine Detail, das Joy in der Aufzählung hatte verstecken wollen, hatte sie dennoch registriert.

"Was?" Sie zog das Wort in die Länge, denn sie war entrüstet. Ihre Stimme erreichte einen sehr hohen Ton. "Wie konntet ihr mir so ein Jubiläum verheimlichen?"

Sam hatte es klingen lassen, als würde er Joy ohne besonderen Anlass entführen. Linda hatte dieses Datum überhaupt nicht auf dem Radar gehabt. Sie spielte kurz die Beleidigte, aber verzog ihren Mund gleichzeitig zu einem kleinen Lächeln.

"Ihr wolltet nur nicht, dass ich euch ein Geschenk kaufe", und sie wusste ganz genau, dass sie damit ins Schwarze getroffen hatte.

"Ach, papperlapapp! Dass wir jetzt gemeinsam essen gehen und zusammen Zeit verbringen, ist Geschenk genug."

"Aber dann möchte ich euch einladen!"

"Höchstens zum Nachtisch!" Das kam von ihrem Onkel.

Linda seufzte übertrieben. Wenn es mit Sam ums Verhandeln ging, zog sie meist den Kürzeren. Sie wusste aus Erfahrung, dass sie ihn nicht umstimmen können würde. Mit gespielt ernsten Mienen sahen sie sich gegenseitig im Rückspiegel an, bevor Linda loslachen musste.

"In Ordnung. Herzlichen Glückwunsch!"

So wie es Katzenmenschen und Hundemenschen gab, war Joy eine Vogelliebhaberin. Sam war am Morgen mit ihr nach Brooklyn gefahren und hatte ihr dort, kurz vor dem Ziel, die Augen verbunden. Joy hatte die gesamte Fahrt über gedacht, es würde ein spontaner Trip in die City zum Shoppen werden, aber in einer mit Privathäusern gesäumten Straße hatte Sam ihr dann einen Seidenschal über die Augen gebunden und sie vorsichtig in eines der Gebäude geführt. Als sie dann die Rufe der verschiedenen Papageien hören konnte, ließ sie ihren

Sichtschutz zwar an, konnte sich aber vor Freude kaum mehr halten. Ein Zoo war in der Gegend keiner, somit kam nur noch eine einzige Alternative in Frage: ein privater Züchter. Endlich würde sie sich den African Grey Congo Papagei kaufen könnten, den sie sich schon so lange gewünscht hatte.

Sam hatte im letzten Jahr den hinteren Teil des Hauses bereits mit einem Wintergarten erweitert. Die Planung war hauptsächlich darin begründet gewesen, einen Raum für die artgerechte Haltung dieser Vogelart herzurichten. Der zusätzliche Käfig, der im Chevy mitfuhr, war lediglich als Zwischenlagerung für den Vogel gedacht, wenn sein Hauptdomizil gereinigt werden musste oder als Schutz für die Nacht. Im Wintergarten würde der einen schattigen Platz bekommen. Weiterhin stand im Garten hilfsbereit eine alte Eiche, die die Hälfte des Raumes von der Sonne abschirmte. Der Vogel würde bei geschlossener Innentür in seinem neuen Reich herumfliegen können, ohne auf den Käfig beschränkt zu sein.

Bis Sam ihr vor einiger Zeit von Joys Papageienwunsch erzählt hatte, hatte sie sich oft gewundert, warum sich Palmenpflanzen und allerlei hübsche Holzdekorationen ansammelten. Ihre Tante hatte natürlich von dem Gehege gewusst, allerdings nicht, wann alles fertig sein würde.

Die drei fanden einen guten Parkplatz an der Greenwich-Avenue, direkt in der Nähe des Eingangs.

Das Morello kam von außen eher unaufdringlich daher. Ein helles Beige zierte die Fassade und die Markisen waren farblich passend in Weiß gestreift. Linda hoffte inständig, sie würden einen Tisch auf der Galerie bekommen. Da fand sie es besonders urig. Als sie es aussprach, war Sam ganz ihrer Meinung.

Sonntags öffnete das Restaurant erst um halb zwölf und der erste Schwung hungriger Besucher würde hoffentlich bereits durch sein. Sie gingen hinein.

"Willkommen bei Morello. Einen Tisch für drei Personen?"

Eine Warteliste schien es nicht zu geben, das war schon mal erfreulich, dachte Linda.

"Ja, bitte. Wir würden gerne auf der Galerie sitzen, wenn es geht", Sam gab ihren Wunsch prompt weiter.

"Natürlich."

Die Hostess nahm drei Menükarten von einem Stapel neben ihrem Pult und bat die kleine Gruppe, ihr zu folgen. Sie gingen über einen wunderschönen Marmorboden quer durch das Restaurant. Auf beiden Seiten des Raumes führte jeweils eine Treppe auf die beiden sich gegenüberliegenden Galerien, womit der weitläufige Platz sehr vielseitig wirkte. Die hohen Decken gaben den Gästen einen Blick über das gesamte Restaurant und Sicht auf die jeweils andere Empore.

Es gab mehrere bis zur Decke gestreckte Säulen, die mit braunen Ziegelfliesen bestückt den rustikalen Charme abrundeten. Die Decke wölbte sich in Manier alter Gemäuer, geschmückt mit den gleichen Fliesen, aber in Mustern, die an geflochtene Körbe erinnerten. In ihrer Mitte hangen an mehreren Metalllüstern tropfenförmige Lampen herunter und verströmten warmes Licht. Alles in allem bekam man den Eindruck, man säße in einem überdimensionalen Weinkeller.

Die Hostess zeigte auf einen Tisch mit Sitzbank an einer Seite.

"Ist es hier recht?"

"Ja, vielen Dank." Sam nickte.

Die junge Frau schaute sekundenlang höflich amüsiert zu, wie die drei versuchten, eine passende Aufteilung der vier Stühle zu finden, danach teilte sie die Speisekarten aus.
"Ihr Kellner wird gleich bei Ihnen sein. Ich wünsche Ihnen einen angenehmen Abend." Damit entfernte sie sich wieder.

So etwas wie einen schlechten Platz gab es bei Morello nicht wirklich. Sam hatte seinen beiden Damen die gepolsterte Bank überlassen, und sich mit dem Rücken zur Treppe auf einen der Stühle gesetzt. Die waren mit den gleichen roten Lederpolstern versehen, wie alle Sitzgelegenheiten im Innenbereich, überhaupt war die gesamte Einrichtung mit viel Liebe zum Detail zusammengestellt.
Jeder von ihnen war eine Weile mit dem Menü beschäftigt. Linda liebäugelte mit einem speziellen Gericht, das ihren Magen nur noch heftiger knurren ließ. *Fiorentina Per Due* klang hervorragend, aber es war eine Portion für zwei. Sie fragte sich stillschweigend, ob ihr Onkel wohl Lust auf gegrilltes Rib-Eye Steak auf gerösteten Champignons hatte und Joy träumte derweil laut vom sautierten Heilbutt.
Linda sah Sam an. Er schaute zurück.
"Steak?" Sie sagten es beide im Chor und mussten lachen. Besser konnte es kaum werden, dachte Linda glücklich.
"Gute Laune, das höre ich gern!" Das kam vonseiten des Kellners, der mit drei bauchigen Gläsern Eiswasser gerade an ihren Tisch getreten war. "Willkommen bei Morello!"
"Thomas! Was für eine schöne Überraschung!" Zu Lindas Überraschung sprang ihre Tante auf und drückte den jungen Mann herzlich. Sam tat es ihr nach, aber von ihm gab es zusätzlich noch ein Schulterklopfen. Linda lächelte höflich in die Runde und versuchte, sich daran zu erinnern, ob einer von

Ihnen den Namen *Thomas* schon einmal erwähnt hatte. Joy war entzückt. "Wir wussten gar nicht, dass du hier auch unter der Woche arbeitest."

"Ja, Anfang des Sommers habe ich ein paar Schichten mehr übernommen. Wie geht es Euch?"

"Gut, vielen Dank. Ach Thomas, darf ich dir unsere Nichte vorstellen? Das ist Linda."

Joy hatte sich wieder gesetzt und legte ihr den Arm um die Schultern.

Linda sah ihn direkt an, aber auf sein *Hi* konnte sie nicht viel erwidern. Seine strahlenden blauen Augen trafen sie mit einer solchen Wucht, dass sie kurz zu atmen vergaß. Sie war dankbar, dass ihr vor dem letzten Atemzug noch ein Lächeln auf den Lippen geblieben war, denn sonst hätte sie ihn nur unbeholfen anstarren können. Sie zwang sich, wieder in ihre Karte zu sehen.

An seinem Gesichtsausdruck hatte sie nicht erkennen können, ob ihr Schweigen ihm negativ aufgefallen war. Eventuell dachte er, dass sie einfach nur schüchtern war.

"Darf ich euch noch etwas anderes zum Trinken bringen?"

Joy nickte und erkundigte sich nach dem passenden Weißwein zu ihrem geplanten Fisch und Sam bestellte sich einen Eistee. Während Thomas die Auswahl an Weinen erklärte, ganz professionell mit Herkunftsland und Charaktereigenschaften, entspannte Linda sich langsam. Die harmonisch klingende Beschreibung der verschiedenen Weine wirkte beruhigend und sie wollte erst einmal nicht daran denken, dass dies nur an seiner Stimme lag.

So etwas war ihr zuvor noch nie passiert. Sie war sonst ein sehr direkter und fast forscher Mensch, der keine wirklichen

Berührungsängste hatte, daher konnte sie nicht begreifen, warum dieser Junge sie so dermaßen aus der Fassung brachte.

Sams Stimme riss sie aus ihren Gedanken.

"Linda? Was möchtest du trinken?"

Oh Himmel, dachte sie erschrocken, jetzt musste sie auch noch sprechen. Sie schaute schnell noch einmal in die Karte, aber auf der Seite vor ihr waren weit und breit keine Getränke zu sehen.

"Himbeereistee?"

Sie hoffte inständig, dass Morello das noch anbot, und sah ihn kurz an. Thomas nickte und schenkte ihr ein weiteres Lächeln, das Linda einen wohligen Schauer über den ganzen Rücken schickte.

Sam bestellte das Essen für alle. Thomas tippte die Bestellungen in einen elektronischen Notizblock ein, der die Buchung zeitgleich an die Küche schickte.

"In Ordnung. Ich bin gleich mit euren Getränken zurück."

Als er gegangen war, zwinkerte Sam seiner Nichte zu, allerdings war Linda sich nicht ganz sicher weshalb. Hoffentlich hatte er nicht gemerkt, wie nervös sie war, aber sie kannte den Scharfsinn ihres Onkels nur zu gut.

Sam lehnte sich grinsend zu Joy hinüber und flüsterte, aber es war natürlich laut genug, dass Linda es auch hörte.

"Hast du das gesehen? Unser Mädchen hat dem Jungen gerade ganz gehörig den Kopf verdreht."

Seine Worte machten für Linda absolut keinen Sinn. Was meinte Sam nur damit, sie hätte Thomas den Kopf verdreht? Das hatte er sicherlich andersherum gemeint. Sie konnte fühlen, wie sich auf ihren Wangen eine verräterische Wärme ausbreitete und wusste, dass sie gerade rot anlief.

"Dass du das als Mann gemerkt hast." Joy zog ihren Gatten gerne auf, wusste aber im Grunde, dass er eine sehr ausgeprägte Antenne für andere Menschen hatte. Sie lächelte ihre geschockte Sitznachbarin an. "Wir haben doch auch eine sehr hübsche Nichte. *Ich* jedenfalls bin nicht überrascht."

Linda sah sie entgeistert an, bekam aber weiterhin kein Wort heraus.

"Ach Kleines", Sam lehnte sich etwas in ihre Richtung, "deine Tante denkt zwar, ich sei ein Holzklotz, aber ich kenne diesen Blick. Der Junge konnte seine Augen kaum von dir nehmen."

Linda erhielt von Sam wieder ein verschwörerisches Zwinkern. Dieses unschuldige Essen verwandelte sich gerade in ein sehr dramatisches Erlebnis, und sie war sich noch nicht im Klaren darüber, was hier geschah. Überhaupt war sie solche Reden von Sam nicht gewohnt.

Viel Zeit, darüber nachzudenken, bekam sie jedoch nicht, denn einen Moment später trat Thomas wieder an den Tisch. Während er die Getränke verteilte, verwickelte ihn Sam in ein persönliches Gespräch und Joy nutzte die Gelegenheit und informierte Linda leise, dass seine Mutter und sein Stiefvater ein Haus ganz in der Nähe besaßen. Das vertraute Miteinander machte dadurch für Linda etwas mehr Sinn, aber sie wusste auch, dass die beiden sehr soziale Menschen waren und fast jeden kannten.

Scheinbar herrschte bei Morello allgemein eine sehr lockere Atmosphäre, denn Thomas schien sich nicht beeilen zu müssen. Er hatte das Gewicht auf sein linkes Bein verlagert, seine Arme gemütlich verschränkt und plauderte mit Sam und Joy, als hätte er alle Zeit der Welt. Linda störte das keineswegs, denn dadurch konnte sie ihn unauffällig beobachten.

Er trug eine schwarze Stoffhose und dazu ein schwarzes Poloshirt mit dem Logo des Restaurants. Die gleiche Kombination wie alle anderen Angestellten auch, aber er sah darin fantastisch aus. Was sie von seiner Statur erahnen konnte, kam ihr ziemlich sportlich vor, und die sichtbaren Muskeln seiner Arme waren gut definiert. Er hatte wirklich schöne Gesichtszüge und hätte problemlos auf einem Zeitschriftencover sein können. Auch hatte er schöne Lippen. Linda ertappte sich dabei, wie sie sich vorstellte, ihn zu küssen. Diese Fantasie überraschte sie, denn sie hatte noch nie ein derartiges Verlangen bei einem Fremden verspürt.

Küssen war für sie immer ein Mysterium gewesen. Nicht der Akt an sich, denn ihr war natürlich klar, warum sich Menschen küssten, aber ihre persönliche Erfahrung stand im krassen Gegenteil zu den Küssen aus Filmen und Literatur, die immer leidenschaftlich und schicksalhaft waren. Ihr Wissen beschränkte sich auf einen einzigen Jungen, bei dem es alles andere als ein angenehmes Erlebnis gewesen war.

Sie nahm einen Schluck von ihrem Getränk und sah vorsichtig zu Thomas hoch. Sein dunkelbraunes Haar fiel ihm mit einer widerspenstigen Welle vorne in die Stirn. Hinten war es kurz gehalten, und insgesamt mit etwas Gel in Form gebracht. Linda dachte daran, wie es sich wohl zwischen ihren Fingern anfühlen würde, bemerkte aber plötzlich Joys Hand an ihrer Schulter. Es war eine unbewusste Berührung, während sie sich unterhielt, aber Linda setzte sich sofort kerzengerade hin. Sie hatte das Gefühl, ertappt worden zu sein, aber ihre Tante ahnte natürlich nichts von ihrem inneren Tumult.

Als Linda wieder ihren Kopf hob, sah Thomas sie gerade direkt an. Ihre Augen trafen sich nur wenige Sekunden, so wie Menschen in einem Gespräch ihren Blick schweifen lassen und dabei etwas unbeabsichtigt ansehen, aber dieser Moment ging ihr durch Mark und Bein.

Sie erinnerte sich an den Ausdruck *so schön, dass es wehtut*, hatte sich aber nie etwas darunter vorstellen können. Jetzt verstand sie es, denn sie empfand tatsächlich einen körperlichen Schmerz, wie ein tiefes Ziehen in ihrer Herzgegend. Er war wie eine kleine brennende Sonne, die heiße Strahlen durch ihren gesamten Körper schickte. Das Gefühl war wundervoll. Als der Blickkontakt abbrach, vermisste sie die Wärme sofort.

"Genießt den Peccorino. Der geht auf mich." Ein weiteres umwerfendes Lächeln.

"Danke Thomas. Das ist wirklich großzügig", sagte Joy.

Überrascht sah Linda auf die schmackhaft angerichtete Käseplatte vor sich. Sie hatte gar nicht gemerkt, wann das auf den Tisch gestellt worden war.

Tom entschuldigt sich, um sich einem anderen Tisch zu widmen, und Joy machte sich gleich über den fein geraspelten Käse her. Sie verteilte ihn großzügig auf einem luftigen Cracker.

"Oh, das ist göttlich", schwärmte sie. "Versuch ihn mal, Sam."

Ihr Onkel war kein großer Käse Fan, nahm aber Joy zuliebe das nächste belegte Kleinod an.

"Also, jetzt lasst uns mal über ein paar Vogelnamen nachdenken", versuchte er schnell abzulenken, sicherlich nur, damit er seine Meinung über den proklamiert göttlichen Käse nicht kundtun musste. "Habt ihr einen Vorschlag? Linda?"

Linda beobachtete gerade etwas anderes Göttliche, wie es die anderen Tische auf der Empore fragte, ob alles zu deren Zufriedenheit sei. Ihre Antwort kam dennoch prompt.

"Pecorino."
Joy hörte auf zu kauen.
"Das ... das ist ja eine fantastische Idee!" Sie schaute ihre Nichte an und lachte erfreut auf. "Nein ehrlich, das ist wirklich äußerst kreativ!"
Sam nickte zustimmend. Linda sah die beiden etwas verdutzt an. Unbewusste Eingebungen waren schon immer ihre Stärke gewesen, und auch diesmal hatte sie etwas gesagt, ohne groß darüber nachzudenken.
"Ich fand den Namen einfach lustig, außerdem hört es sich sehr nach einem Papagei an, meint ihr nicht? Er braucht doch einen Namen, den man gut rufen kann. Verkürzt könntet ihr ihn *Peco* nennen." Aus den Augenwinkeln nahm sie eine Bewegung auf der angrenzenden Treppe wahr. Die Person hatte bei Joys Lachen innegehalten, war aber gleich darauf weitergegangen. Linda brauchte ihre ganze Willenskraft, um nicht hinzusehen.
Weitere Namensvorschläge brauchte es nicht, Joy hatte sich bereits entschieden.
Sam hatte der Name auch auf Anhieb gefallen, aber noch mehr freute er sich darüber, dass Joy so unheimlich glücklich war. Er schaute seine Frau liebevoll an und griff nach ihrer Hand.
"Und es wird uns immer an diesen schönen Tag erinnern."
Linda lächelte. Die innige Geste erinnerte sie an ihre Eltern und sie seufzte leise vor sich hin. Die Erinnerung tat dieser Tage nicht mehr ganz so weh. Ihre Eltern waren immer sehr glücklich gewesen und sie schätzte diese Erfahrung. Ihr war sehr wohl bewusst, dass nicht alle Menschen solche Familien hatten.

Linda warf einen Blick auf die Gäste an den verschiedenen Tischen der unteren Ebene. Meist waren es Pärchen oder kleinere Familien, die nach dem sonntäglichen Gottesdienst zum Lunch kamen. Da sie direkt an der Balustrade saß, hatte sie einen besonders guten Blick auf die Treppe, aber dort tat sich nicht viel.

Bei ihrer schnellen, visuellen Erkundungstour im Erdgeschoss hielt sie natürlich nach jemandem ganz Bestimmten Ausschau, aber eine kleine Stimme in ihrem Hinterkopf nagte an ihr. Ein Junge wie Thomas war sicher nicht an ihr interessiert, egal was ihr Onkel sagte, und dass er Single war, war auch höchst fraglich.

Wie alt er wohl war? Vielleicht ging er sogar schon aufs College. Allein die Tatsache, dass er in einem Restaurant arbeitete, bedeutet nicht, dass er älter war, aber im Connecticut und New York durfte man nur Alkohol servieren, wenn man achtzehn war.

Linda atmete durch. Sie brauchte etwas, um sich abzulenken, und bat Joy, ihr noch etwas über den Züchter in Brooklyn zu erzählen und warum sie sich gerade für diesen Vogel entschieden hatte.

Dieser Plan funktionierte allerdings nur so lange, bis eine zierliche Kellnerin an den Tisch trat und Joy eine Karaffe mit ihrem Wein und ein Weinglas hinstellte. Das beantwortete Lindas Frage nach seinem Alter und ihr Herz machte unbeabsichtigt einen kleinen Luftsprung. Er war also noch keine achtzehn, aber diese Tatsache brachte sie keinen Schritt weiter.

Die Unterhaltung am Tisch drehte sich immer noch um den Papagei, als das Essen kam. Thomas klappte ein hölzernes Gestell auf und balancierte die mit dampfenden Tellern beladene Platte souverän an ihren Platz. Joy bekam ihren Fisch, dann Sam und Linda das Steak.

"Das sieht wunderbar aus, vielen Dank", lobte ihr Onkel.

Thomas nahm das leere Tablett samt Gestell mit einer geübten Bewegung auf und lächelte.

"Wenn ihr noch irgendetwas braucht, sagt bitte sofort Bescheid."

"Machen wir, danke." Sam nickte, sah aber bereits auf seinen Teller und rieb sich voller Vorfreude die Hände. Er liebte gutes Essen.

Thomas sah unvermittelt zu Linda herüber. Irgendetwas in seinem Blick ließ sie innehalten, denn sein Ausdruck war diesmal ernster, trotz des Lächelns auf seinem Gesicht. In seinen Augen lag etwas, das sie nicht entschlüsseln konnte. Nach wenigen Sekunden aber war der Moment vorbei.

"Guten Appetit allerseits." Schon war er auf dem Absatz umgedreht und in Richtung der anderen Tische unterwegs.

Sam und Joy fingen an zu essen und versuchten, die verschiedenen Nuancen ihrer Speisen zu analysieren. Linda dagegen saß regungslos an ihrem Platz und bekam sekundenlang keinen klaren Gedanken hin.

Ganz abgesehen von der tatsächlich physischen Leere in ihrem Magen war da ein neues Gefühl, ein Gefühl des Vermissens.

Es kam aus einer Ecke ihres Herzens, von deren Existenz sie bisher nichts geahnt hatte. Wenn sie es hätte beschreiben müssen, dann war es, als ob jemand eine mit heißer Lava gefüllte Kugel direkt an ihr Herz gelegt hatte, nur um sie abrupt wieder zu entfernen. Ein Quäntchen Restwärme loderte danach noch weiter, aber das fehlende Objekt hinterließ eine beachtliche Leere.

Linda wusste, dass ihr gesamtes Herz noch da war, denn sie fühlte auch, wie es sich schmerzhaft zusammenzog. Schnell nahm sie das Steakmesser in die Hand und beseitigte wenigstes das eine Ziehen, das sich in diesem Moment eliminieren ließ.

Während des Essens unterhielten sie sich über die verschiedensten Themen. Das neue Haustier, das Jubiläum, die erste Schulwoche und sogar Thomas. Letzteres interessierte Linda sehr, aber sie versuchte, sich nichts anmerken zu lassen, und hörte den beiden einfach aufmerksam zu.

"Thomas hat sich in den letzten Jahren sehr verändert, nicht wahr? Was für ein Wildfang er doch damals war, erinnerst du dich noch Sam? Seine Mutter weiß gar nicht, was sie an ihm hat! Es macht mich immer noch so traurig."

"Seine Mutter? Pffft. Sie wird es auch nie wissen." Sams Reaktion auf Joys Kommentar ließ Linda aufhorchen. Man konnte die Verachtung in seiner Stimme deutlich hören. "Wenn sie ihm wirklich eine Mutter gewesen wäre, dann hätte er bestimmte Dinge gar nicht erst überwinden müssen."

"Sam, bitte sei nicht ungerecht", warf Joy beschwichtigend ein. "Es war eine schlimme Zeit."

Darauf erwiderte Lindas Onkel allerdings nichts mehr. Sein Blick richtete sich konzentriert auf den Teller vor ihm.

"Worüber bitte sprecht ihr? Was für eine schlimme Zeit?"

Die beiden sahen Linda an, als hätten sie erst in dem Moment ihre Anwesenheit bemerkt. Joys Blick wurde nachdenklich, als ob sie abwog, wie viel sie ihrer Nichte erzählen konnte. Sam nickte ihr kaum merkbar zu und sie sprach leise weiter.

"Sein Vater ist gestorben, als er noch sehr jung war. Nach einer kurzen Zeit der Trauer hat seine Mutter wieder geheiratet. Thomas und sein Stiefvater kamen nicht besonders gut miteinander aus und mit den Jahren wurde es auch nicht besser." Sam schnaubte, ließ seine Frau aber ohne einen weiteren Kommentar fortfahren. Joy sah ein, dass es Sam aufregte, und wechselte umsichtig das Thema. "Das ist allerdings kein Thema für den heutigen Tag oder diesen Ort. Wie wäre es also mit Nachtisch?"

Linda nickte und ließ das Thema fürs Erste ruhen.

Die Teller waren alle leer, denn es hatte fantastisch geschmeckt und eigentlich war sie satt, aber ihre Einladung von zuvor wollte sie aufrechterhalten. Soweit sie sich erinnerte, wurde ihr Lieblingsdessert hier in kleinen trichterförmigen Gläsern serviert. Die Portionen waren demnach überschaubar, auch wollte sie keinesfalls gleich wieder nach Hause.

"Also, ich halte mich an Tiramisu. Was darf ich für euch bestellen?" Sie versuchte, euphorisch zu klingen, aber die Stimmung der beiden blieb verhalten. Sie gab nicht auf. "Ach kommt schon. Ich freue mich so für euch und möchte euren Hochzeitstag feierlich abrunden. Bitte sucht euch etwas aus. Mir zuliebe." Das verfehlte seine Wirkung nicht. Sam erwachte aus seiner grantigen Laune und grinste sie an.

"Na, wenn du bezahlst, dann gönne ich mir auch noch einen Nachtisch." Er lächelte Linda versöhnlich an und Joy atmete neben ihr kaum hörbar auf.

Diesmal hielt Linda ganz offen nach Thomas Ausschau und entdeckte ihn am Fuß der Treppe. Er war auf dem Weg nach oben und glücklicherweise achtete er mehr darauf, wo er hintrat, als dass er ihr Stalker Verhalten bemerkt hätte, aber sie konnte gar nicht anders, als ihn weiter zu beobachten. Er brachte einem anderen Tisch die Rechnung und schäkerte mit den dortigen Gästen. Linda schmolz regelrecht dahin, als sie sein Lachen hörte. Bevor er aber ihren Tisch ansteuerte, sah sie schnell wieder weg.

"Darf es noch Dessert für meinen Lieblings-Tisch sein? Unser Konditor stellt alle unsere Köstlichkeiten selbst her. Tiramisu ist mein persönlicher Favorit."

Auch das noch, dachte Linda, aber sie wollte nichts anderes bestellen.

"Mein Onkel und meine Tante möchten sich die gefüllten Bombolini teilen und ich hätte gerne das angepriesene Tiramisu. Der Nachtisch geht auf mich."

Tom brauchte den Bruchteil einer Sekunde, um sich zu fangen. Dass Linda bestellen würde, hatte er nicht erwartet und ihre direkte Ansprache machte ihn sofort nervös. Er ließ sich aber nichts anmerken und nickte.

"Sehr gute Wahl. Die orange-vanille Cremefüllung ist ein Genuss, genauso wie der dazu gereichte herbe Schokoladen Dip." Sam rieb sich in Vorfreude bereits die Hände. Er liebte Schokolade. "Und herzlichen Glückwunsch zum Hochzeitstag."

"Du erinnerst dich!" Joy lächelte gerührt.

"Du hast oft von der Sommerhochzeit geschwärmt Joy. Ich habe es aber auch in meinem Kalender. Heute Abend hätte ich ohnehin noch angerufen."

"Du bist ein Schatz." Joy griff nach seiner Hand und drückte sie. Sam räusperte sich.

"Ach, Thomas, sei doch so lieb und bring uns noch drei Kaffee. Für uns schwarz, für Linda bitte mit Milch und Zucker. Und dann die Rechnungen."

"Natürlich." Er bewegte sich erst, als Joy seine Hand losließ.

Linda lehnte sich zu Joy herüber und fragte nach der Toilette. Der Eistee machte sich bemerkbar.

"Genau unterhalb der Galerie mein Herz."

Als sie Minuten später wieder an den Tisch kam, stand das Tiramisu bereits an ihrem Platz. Sie sah sich verstohlen um, aber auf der Galerie war er nicht. Leicht enttäuscht setzte sie sich und entdeckte zwei schmale Ledermappen am Tischrand. Sogar der Nachtisch konnte sie über das Ende dieses Essens nicht hinwegtrösten.

Linda bestellte dieses Dessert immer, egal, in welches Land sie reiste. Die Version, die ihr bisher am besten geschmeckt hatte, hatte sie in einem italienischen Restaurant in Deutschland gegessen. Der Konditor bei Morello übertraf diese Erfahrung zwar nicht, kam ihr jedoch sehr nah. Als Linda nach dem ledernen Etui griff, das für sie gedacht war, seufzte Joy.

"Wir übernehmen dann aber das Trinkgeld."

Sam öffnete die verbliebene Mappe, nahm sein Portemonnaie heraus und legte ein paar Scheine hinein. Als Linda ihre öffnete, fand sie die üblichen zwei Quittungen, eine Kopie für den Gast, eine für das Restaurant. Fast wollte sie mit Karte zahlen, nur um Thomas noch einmal zu sehen, entschied sich dann aber dagegen. Sie legte aufgerundet den passenden Betrag an Bargeld hinein und nahm die Gastquittung heraus, wobei ihr ein handschriftlicher Vermerk auf der Rückseite ihres Zettels auffiel. Es war die Unterschrift *Tom* und ein lächelndes Smiley daneben. Lindas Herz hämmerte wieder los, aber sie rügte sich innerlich sofort über die aufkeimende Hoffnung. Bestimmt hinterließ er auf allen seinen Quittungen diesen Gruß. Sie blickte kurz zu Sam, aber die andere Mappe lag bereits verschlossen am Rand des Tisches.

"Alles in Ordnung?" Joy sah sie an.

"Ja alles gut." Sie verstaute den beschrifteten Zettel sorgfältig in ihrem Geldbeutel. Als sie aufstanden, legte Sam beide Ledermappen aufeinander. Er winkte Tom zu, der an einem anderen Tisch die Bestellungen entgegennahm. Der lächelte die kleine Gruppe ein letztes Mal an, dann widmete er sich wieder den anderen Gästen.

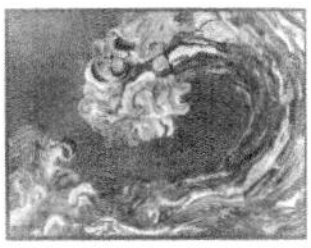

"Er ist da, er ist da, Peco ist da!"

Joy war gleich aufgesprungen, als die Türklingel durch die abendliche Runde schellte.

"Aha, der Spitzname sitzt also schon." Sam sah ihr amüsiert nach.

Linda grinste ihren Onkel an und sie standen auf, um Joy an die Haustür zu folgen. Allerdings war es nur der Züchter. Joys Enttäuschung war ihr deutlich anzusehen, aber Mr Winkly beruhigte sie schnell.

"Guten Abend, Mrs Conner. Keine Sorge, der Papagei sitzt wohlbehalten im Laderaum." Er zeigte auf den Lieferwagen hinter sich. "Ich wollte nur gerne zuerst hereinkommen und sein neues Zuhause sehen, damit ich weiß, welche Hilfsmittel ich für den Umzug zwischen den Käfigen benötige."

Lindas Tante war sichtlich erleichtert und führte ihn begeistert in den Wintergarten, um ihm das neue Reich ihres Lieblings zu zeigen.

"Dieses ganze Zimmer wollen Sie einem einzigen Vogel zur Verfügung stellen?" Der Züchter war ehrlich beeindruckt. Sam erklärte ihm, dass er es nur für diesen Zweck eingerichtet hatte, und hob einige Details hervor, die dem Züchter wichtig sein konnten. "Das ist einfach fantastisch!" Mr Winkly bestaunte die Holzkonstruktionen, die zwischen den Palmwedeln hervorragten. "Sie sind wirklich geschickt, Mr Connor. Die Äste aus ihrem Garten so zu verarbeiten ist genial." Er schien mit seiner Prüfung der Räumlichkeiten am Ende zu sein. "Aber da wäre noch eine Sache, die ich mit

Ihnen beiden besprechen müsste." Er zögerte und schien nicht so recht zu wissen, wo er ansetzen sollte.

Sam beruhigte ihn.

"Sprechen Sie einfach frei heraus. Man kann für alles eine Lösung finden."

Der kleine untersetzte Herr atmete tief ein und alle warteten gespannt, was nun kommen würde.

"Ich werde aufrichtig sein. Sie haben bei mir einen einzelnen Papageien erworben. Dieses Exemplar war ursprünglich auch alleine in einem Käfig. Allerdings habe ich kurz, nachdem Sie bei mir waren, eine neue Lieferung mit weiteren Vögeln erhalten. Unter anderem enthielt diese ein Graupapageienweibchen. Aus vorübergehendem Platzmangel habe ich sie in den Käfig zu Ihrem Papagei gesetzt."

"Oh nein", unterbrach ihn Joy und griff instinktiv nach Sams Arm, "haben sich die Vögel gegenseitig etwa verletzt?"

"Nein, nein, ganz im Gegenteil. Äh, wie soll ich das am besten erklären", Mr Winkly schluckte, "nun, sie haben sich verliebt."

Sekundenlang war es komplett still im Raum, aber dann lachte Sam herzhaft auf.

"Wie bitte?" Joy verstand nicht ganz.

"Na ja. Wie sie bereits wissen sind diese Tiere äußerst monogame Lebewesen. Man kann sie zwar als Einzeltiere halten und das junge Papageienmännchen hatte davor auch genauso gelebt, aber wenn sich diese Tiere für eine Partnerschaft entscheiden, dann ist es für immer. Es ist kaum möglich, ein bestehendes Pärchen ohne Trauma zu trennen." Er begann, die Verhaltensweisen einer solchen Paarung kurz zu umreißen, aber Joy unterbrach ihn erneut, diesmal mit einem erwartungsvollen Lächeln.

"Verzeihen Sie, heißt das wir bekommen jetzt ein Pärchen?" Der Züchter schmunzelte im Angesicht ihrer Reaktion.

"Wenn Sie beide haben möchten, heißt es genau das. Ich kann natürlich auch verstehen, wenn Sie sich stattdessen einen anderen Papagei aussuchen möchten, aber ..."

Diesmal war es Sam, der ihn unterbrach.

"Nein, bitte." Er sah seine Frau liebevoll an. "Wir kaufen beide", woraufhin Joy ihn anstrahlte.

Der Züchter brachte beide Papageien in den Wintergarten und siedelte sie dort aus dem kleinen Transportbehältnis in die größere Voliere um. Lindas Onkel und Tante standen im Wohnzimmer an der Glastür und beobachteten die gefiederten Neuzugänge aus respektvoller Distanz. Am ersten Abend sollten sie noch ihre Ruhe haben und sich an die neue Umgebung gewöhnen können.

Die Bezahlung für das Papageienweibchen war schnell erledigt. Sie luden Mr Winkly ein, noch auf einen Kaffee zu bleiben, aber er lehnte ab. Er wollte sich auf den Heimweg machen, um nicht im Dunkeln fahren zu müssen. Draußen dämmerte es schon und er war nach eigener Aussage äußerst nachtblind. Er versprach, jederzeit als Ansprechpartner für Sam und Joy zur Verfügung zu stehen, und machte sich auf den Heimweg.

Linda war von der Geschichte des Züchters sehr angetan, aber noch hatte Pecos Partnerin keinen Namen.

"Wie möchtet ihr das Weibchen nennen?"

Joy dachte ein paar Sekunden nach und antwortete ihr mit einer passenden Herleitung.

"Ich habe den Namen *Mia* schon immer sehr schön gefunden. Die Benennung gilt als Ableitung vieler alter

Namen, wie zum Beispiel Maria oder Mirjam. Soweit ich mich erinnern kann, lauten ein paar der Bedeutungen *geliebt* und *Meerestropfen*. Im Angesicht der Tatsache, dass Peco sich in sie verliebt hat und wir nah am Meer wohnen halte ich das für sehr passend."

Sam nickte und auch Linda fand den Namen schön.

"Mia passt super. Ich freue mich so für dich, Joy." Sie umarmte ihre Tante und beobachtete die beiden Tiere noch ein wenig, ging dann aber auf ihr Zimmer. Hauptsächlich, weil sie alleine sein wollte.

Sie hatte Sam zwar noch auf die Sache in Toms Vergangenheit ansprechen wollen, sich dann aber nicht mehr getraut. Die beiden hatten gute Laune und der Tag sollte positiv ausklingen.

Linda saß auf ihrem Bett und starrte aus dem Fenster, aber ihre Gedanken kamen nicht zur Ruhe. Sie bekam weder die Aussage von Sam, dass Tom an ihr interessiert schien, noch Toms umwerfendes Lächeln aus dem Kopf.

In ihrer Erinnerung sah sie seine Augen und sein Lächeln ununterbrochen vor sich und ihr Herz schlug Purzelbäume. Als Tom sie die paar Sekunden so ernst angesehen hatte, hatte sie sich komplett in ihnen verloren. Gleichzeitig wollte sie sich nichts vormachen. Sie wagte nicht hineinzuinterpretieren, dass er womöglich mit ihr geflirtet hatte, aber da war dennoch dieses unbeschreibliche Gefühl. Ein Gefühl, das untypisch für den Vernunftmenschen in ihr war. In seiner Gegenwart hatte sie kaum atmen können und gleichzeitig hatte er ihr eine Sicherheit gegeben, deren Ursprung sie nicht verstand. Sie sträubte sich dennoch, zu glauben, dass es mehr gewesen war als ein paar unschuldige Blicke. Das würde auf Dauer nur wehtun.

Sie merkte, dass sie zitterte, aber es war nicht vor Kälte. Sich auf eine solche Weise in etwas hineinzusteigern, und das nur, weil ein hübsches Gesicht sie angelächelt hatte? Was war nur los mit ihr? Gutaussehende Jungs schienen scheinbar ihr Ding zu sein, dachte sie zerknirscht, aber letztendlich erwischte man sie beim Küssen hinter der Schule. Will hatte nicht annähernd diese Art Gefühle in ihr ausgelöst, daher konnte sie Tom nicht mit ihrem Ex William vergleichen, auch wenn ihr das jetzt sehr geholfen hätte.

Linda fühlte, dass sie ihn vermisste. Das jedoch konnte wiederum nicht sein, weil sie ihn kaum kannte. Als er gelacht hatte, war trotzdem eine neue Sonne aufgegangen. Als ihre Blicke sich getroffen hatten, hatte sie sich so wohl gefühlt, wie schon lange nicht mehr.

Seufzend ließ sie sich in die Kissen fallen. Es gab nur eine einzige Sache, derer sie sich sicher war und diese hatte nichts mit seinen vermeintlichen Gefühlen für sie zu tun. Sie hatte sich dummerweise und ganz gehörig in Tom verknallt. Es war die einzige wirkliche Erklärung für das Chaos in ihrem Kopf und sie musste es so schnell wie möglich abstellen.

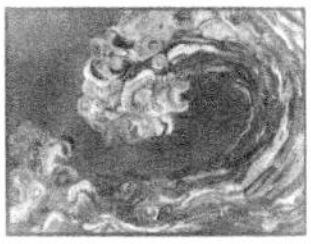

Verglichen mit Lindas alter Schule ging es an der PCHS etwas strenger zu.

Jede Schulstunde dauerte 37 Minuten, danach ertönte ein dumpfes Läuten, das sich nach einem ausgedienten, aber sehr aufdringlichen Schiffshorn anhörte. Die Zeit, in der man das nächste Klassenzimmer erreichen musste, reichte gerade, um auf die Toilette zu gehen oder an den eigenen Spint, um die Bücher für die nächste Schulstunde zu holen. Linda konnte sich gut vorstellen, dass man dachte, es fördere die Disziplin, wenn man die Schüler dazu anhielt, nicht zu trödeln, aber sie kannte auch die andere Version, in der man pünktlich war, weil Respekt für die Lehrer eine Selbstverständlichkeit war, sogar mit mehr Freiheit.

Handynutzung war in den Gängen und der Cafeteria erlaubt, aber nicht in den Klassenräumen. Wenn man vergaß sie lautlos zu stellen und es während des Unterrichts läutete, landete das Telefon bis zum Ende der Stunde auf dem Lehrerpult. Tanktops waren unerwünscht und nur die älteren Stufen, die Seniors, durften den Campus während der unterrichtsfreien Zeit vor Schulschluss verlassen. In ihrer alten Schule hatte das auch für die Junior Stufe gegolten. Diese gewohnte Freiheit aufzugeben war die unbequemste Regel von allen, mit dem Rest konnte sie gut leben.

Die erste Stunde war *Amerikanische Literatur* in Zimmer 203. Im ersten Stock waren alle Zimmernummern, die mit 100 begannen, im Zweiten alle mit 200 und dann in fortlaufenden Ziffern, so konnte man ziemlich schnell erkennen, ob man in die falsche Richtung lief. Linda musste manchmal zwar immer noch auf ihren Zettel mit dem Lageplan schauen, aber es wurde täglich leichter.

Die einfache braune Holztür mit Milchglaseinsatz am Klassenzimmer stand noch offen. Brandschutz war hier wohl noch kein Thema gewesen, dachte sie im Angesicht der leichten Tür und trat ein. Ziemlich weit hinten an der Fensterseite war noch ein freier Platz. Sie gab ein leises "Guten Morgen" von sich, während sie das Zimmer durchquerte, aber die meisten Anwesenden waren im montäglichen Dämmerschlaf versunken. Die Resonanz war demnach mager. Hier konnte man gut sehen, wer ein Morgenmuffel war, aber als sie sich setzte, drehte sich das Mädchen vor ihr gleich zu ihr um.

"Hi."

"Hi." Linda erwiderte ihren Gruß mit einem Lächeln. Freundlichkeit war für einen ersten Eindruck immer gut.

"Ich habe dich bei der Orientierungsgruppe gesehen. Bis du dieses Jahr neu dazu gekommen?"

Eine Schnellmerkerin, dachte Linda. Ein wenig Morgenmuffel hatte sie scheinbar auch in sich.

"Ja, bin ich."

"Ah. Cool. Hat dein Vater einen neuen Job bekommen?"

"Yep. Holzindustrie." Sie blieb etwas kurz angebunden, denn sie wollte ihre Lebensgeschichte nicht sofort teilen. Das Mädchen sollte sich aber nicht an ihrer Einsilbigkeit stören, also fügte sie noch schnell etwas hinzu. "Ich heiße übrigens Linda. Bist du von hier?"

"Nein, ich bin auch zugezogen. Mein Name ist Cathryn, kannst mich aber Cat nennen. Ich finde, der lange Name klingt *so* alt."

Linda erfuhr, dass Cathryn vor einigen Jahren mit ihrer Familie aus Texas zugezogen war. Sie erzählte ihr, wie der Job ihres Vaters ihn an die Ostküste geführt hatte und wie sehr sie die Wärme aus dem Süden vermisste.

Die Mädchen unterhielten sich über alles Mögliche, bis Mr Leonhart ins Zimmer kam. Er begann sofort mit dem Unterricht und erklärte als Erstes, in welcher Reihenfolge die Klasse den Stoff für die Literaturliste durchnehmen würde und was für Erwartungen er hatte. Die Nennung des ersten Buches, *Cat's Cradle* von Kurt Vonnegut, entlockte Cathryn ein kurzes Kichern.

Jeder hatte das Buch den Sommer über lesen sollen, um gleich zu Anfang des Schuljahres mit der Analyse beginnen zu können. Er teilte einen Kurztest aus, mit dem er den Arbeitseifer überprüfen konnte. Falls einige noch nicht mitbekommen hatten, dass Linda neu war, dann hörten sie es jetzt.

"Linda? Hast du die Literaturliste rechtzeitig bekommen? Falls nicht, schreib mir bitte eine Notiz unter den Test, damit ich ihn nicht bewerte."

"Nein, Mr Leonhart, das ist nicht nötig. Ich kenne das Buch aus meiner alten Schule."

"Das ist schön zu hören. Dann legt mal alle los. Ihr habt zehn Minuten Zeit."

Der Test war leicht, wenn man das Buch gelesen hatte. Erraten oder vom Titel herleiten konnte man die Lösungen nicht. Es waren Mutliple Choice Fragen dabei und auch offene.

Linda begann die Fragen zu beantworten.

Womit beschäftigt sich das Buch? Wissenschaft, Technologie und Religion. Armageddon.

Wie viele Katzen kommen im Buch vor? Keine. Wenn es welche auf der Insel gibt, dann werden sie nicht erwähnt.

Linda wollte witzig sein. Hoffentlich hatte Mr Leonhart Humor.

Was ist Bokononismus? Eine fiktive Religion.

Ist das Buch a) ein Thriller b) eine Satire c) ein Reisebericht? Eine Satire.

Die Fragen gingen ähnlich weiter. Die Antworten derjenigen, die es nicht gelesen hatten, waren bestimmt unterhaltsam, dachte sie im Stillen.

Mr Leonhart schien Fleiß sehr zu schätzen, das hatte sie bereits bei seiner Begrüßung herausgehört. Für diejenigen, die die Vorbereitungen für den Kurs in den Wind schossen, würde es bald schlechte Noten hageln. Ein Lehrer wie er war Linda aber allemal lieber als jemand, der allen die volle Punktzahl gab, wenn sie nur das Nötigste taten. Solche hatte sie auch schon gehabt und das nahm einem jegliche Motivation, sein Bestes zu tun.

Nachdem Mr Leonhart alle Tests eingesammelt hatte, teilte er einen weiteren Bogen mit Fragen aus. Für Freitag mussten alle die Geschichte zusammenfassen und die Charaktere beschreiben. Sie überflog es schnell.

Welcher ist der Protagonist, welcher der Antagonist?

Wähle einen Charakter und begründe, was dir an ihm gefällt und was nicht.

Beschreibe den Hauptkonflikt der Geschichte.

Wenn sie sich heute Abend gleich dransetzte, dann würde sie das schnell abhaken können. Sie mochte Mr Leonhart. Er ähnelte ihrem alten Englisch Lehrer.

Er kam in der Stunde sehr locker und aufgeschlossen rüber, aber er schien auch keinen Unfug zu dulden. Wenn in der

Klasse über ein Thema diskutiert wurde, achtete er sehr auf Disziplin und dass jeder den anderen ausreden ließ. Die Zeit verging wie im Fluge und das Schellen ertönte viel zu schnell. Sich mit Büchern zu beschäftigen war definitiv keine unangenehme Aufgabe für Linda.

Cat begleitete sie auf den Gang und fragte, in welcher Reihenfolge sie heute ihre Kurse hatte. Es stellte sich heraus, dass beide vor dem Mittagessen zusammen noch Sozialkunde hatten.

"Hast du schon jemanden, mit dem du in der Cafeteria sitzt?" Linda verneinte. "Wenn du magst, können wir zusammengehen und ich stelle dich ein paar netten Leuten vor."

"Klar, gerne." Sie freute sich über Cats Angebot. Heute Morgen hatte sie sich bereits Gedanken gemacht, wie sie sich mittags verhalten sollte. Während der Orientierung letzte Woche hatte sie meist allein gegessen, aber das wollte sie gerne ändern.

"Wunderbar, dann sehe ich dich in Sozialkunde. Bis später!"

Diese Cat war ein kleiner Wirbelwind, dachte Linda glücklich. Schön, dass sie gleich so eine Nette getroffen hatte. Anfangs hatte sie Cat ganz anders eingeschätzt. Vor dem Tod ihrer Eltern war sie eigentlich ein sehr sozialer Mensch gewesen und hatte immer viel mit ihren Freunden unternommen. Jetzt merkte sie erst, wie sehr ihr der Kontakt zu Gleichaltrigen gefehlt hatte.

Den Sommer über hatte sie versucht, für sich zu bleiben und sogar beim Schwimmen im Pool hatte sie nie jemanden angeschaut, damit sie auch ja keiner ansprach. Rückblickend hatte es ihr jedoch nicht gutgetan. Nun öffnete sich ihr Kokon langsam wieder. Trotzdem wusste Linda nicht, ob sie jemals wieder ihre unbekümmerte Seite wiedererlangen konnte.

Mathe verging nicht wie im Fluge. Mr Urban tat nichts, um den Unterricht interessant zu gestalten. Er war einfach der typische Mathematiker, nur interessiert an Zahlen, ohne soziale Finesse. Linda war darüber fast erfreut, denn seine Angewohnheit die Schüler überraschend aufzurufen ließ keine Tagträume für Gedanken persönlicher Art zu.

Nach Mr Urban gab es zwei Unterrichtseinheiten Sport, und in Sozialkunde mit Mr Brown ging es um die europäischen Regierungsstrukturen. Dieser Bereich war Linda nicht ganz so fremd wie einigen ihrer Mitschüler. Für manche davon waren alle Länder in Europa immer noch Königreiche und einer ihrer Kameraden verwechselte Österreich sogar mit Australien. Als sie sah, wie Cat daraufhin ihre Augen rollte, war Linda erleichtert, dass wenigstens bei ihrer neuen Freundin ein besseres Allgemeinwissen vorhanden war.

Die Cafeteria befand sich im Untergeschoss und erstreckte sich über eine Fläche, die so groß war, wie die Aula und Turnhalle zusammen. Gleich links vom Eingang befanden sich die Theken mit den verschiedenen Essensangeboten, und am Ende standen die Getränkespender.

Pizza und Hamburger mit Pommes gab es täglich. An der Heißtheke wurden abwechselnd fünf verschiedene Gerichte gekocht, damit nicht nur Fast Food auf der Speisekarte stand. Das Allerbeste, fand Linda, war die Salatbar ganz außen: Salate, frische Früchte und leichte Sandwiches.

Nachdem sie und Cat ihre Tabletts bezahlt hatten, gingen sie zu einem Tisch in der Mitte des Raumes.

"Hey Leute, darf ich euch jemanden vorstellen? Das ist Linda." Alle am Tisch nickten ihr zu, und Cat nannte nacheinander die Namen. "Das sind Mitzi, Nick, Elisabeth und Eric."

Nick kannte Linda bereits. Er war der Junior, der ihre Orientierungsgruppe letzten Mittwoch herumgeführt hatte. Er lächelte sie begeistert an.

"Na, wie ist es dir ergangen? Hast du den ersten Tag gut überstanden?"

"Oh und hast du Mr Urban schon gehabt? Der ist so furchtbar langweilig!" Elisabeth unterbrach ihn, sprach ihr aber aus der Seele. Alle fingen an, querbeet Fragen zu stellen, über Lindas Eindruck von der Schule, in welcher Gegend sie wohnte, wie ihr Port Chester allgemein gefiel und ob sie ihre Heimatstadt vermisste.

Linda lachte und versuchte, auf alle Fragen einzugehen und gleichzeitig etwas in den Magen zu kriegen. Es war eine sehr lustige Runde, irgendwann aber war die erste Neugier befriedigt und Linda konnte ihrerseits etwas über Cats vier Freunde erfahren.

Mitzi war einen ganzen Kopf kleiner als Linda, hatte lange blonde Haare und leicht rund, aber jedes Pfund an ihr war pure Lebensfreude. Ihre Augen lachten mit jedem Wort und man konnte sehen, dass sie sich trotz ihres Übergewichtes pudelwohl fühlte. Sie war der Typ Mensch, der nie jemandem etwas Böses wollte und sich ehrlich mit einem freute, wenn man eine gute Nachricht teilte. Das konnte Linda daran erkennen, dass sie sehr aufmerksam zuhörte, wenn jemand sprach. Mitzi nickte demjenigen immer aufmunternd zu und strahlte. Goldene Persönlichkeit hätte Lindas Mutter sie genannt.

Nick war der dunkle sportliche Typ. Er hatte schwarze glatte Haare, die ihm sofort in die Stirn fielen, wenn er seinen Kopf bewegte. Er strich sie jedes Mal wieder zurück an ihren Platz, aber seine Haare schienen die ganze Sache vehement abzulehnen. Er hatte olivfarbene Haut, dunkle Augenbrauen und dichte Wimpern. Als er damit prahlte, dass er zu einem Viertel Cherokee war, musste Linda daran denken, dass seine schönen hohen Wangenknochen seine edle Abstammung bereits verraten hatten. Eine andere Sache, die Linda nicht nur cool, sondern besonders süß fand, war, dass er ganz vernarrt in Mitzi war. Er hielt, so oft es ging, ihre Hand und schaute sie zärtlich an, während sie aßen. Gegensätzlicher hätte ein Paar nicht sein können.

Elisabeth war auf den ersten Blick eine sehr adrette Erscheinung. Sie trug Markenklamotten und war vollendet geschminkt. Wenn man ihr allerdings eine Weile zuhörte, dann war da mehr als nur der Schein der Shoppingmall. Sie war eine passionierte Sea Shepherd Anhängerin und litt nach eigener Aussage unheimlich darunter, dass sie sich nicht täglich vor die Harpune eines Walfängers werfen konnte. Sie wollte Meeresbiologie studieren und dann für die Organisation arbeiten. Das war ihr absoluter Traum. All das erfuhr Linda ziemlich schnell, nachdem sie ihr ein Kompliment über den kleinen Delfin Anhänger an ihrer Halskette machte. Auch benutzte Elisabeth nur Make-up, das nachweislich nicht an Tieren getestet wurde.

Eric war der Jüngste in der Runde, weil er eine Stufe übersprungen hatte und einer dieser Intelligenzbestien, denen auf Anhieb alles leichtfiel. Als Elisabeth mit der Darstellung ihrer Greenpeace Träume fertig war, fügte er gleich hinzu, dass er auch etwas Weltveränderndes machen wollte, genauer gesagt einen Medizinabschluss.

"Arzt mit welchem Schwerpunkt?" Als Linda auf die Antwort wartete, versuchte sie zu erraten, was er sagen würde, aber sie hatte komplett falsch geraten.

"Kinderarzt." Sie musste sehr verwundert geguckt haben, denn er ging gleich darauf ein. "Ja, ich weiß. Die meisten denken, heutzutage muss man in der Medizin etwas machen, das viel Geld oder Ansehen bringt. Oder etwas, das cool ist, wie ein Pathologe bei CSI sein. Aber Kinderärzte, das sind die wahren Helden." Er hob dabei sogar den Zeigefinger in die Höhe.

Linda hätte über die dramatisierende Geste fast gelacht, aber er meinte es zutiefst aufrichtig.

Cat meldete sich zu Wort.

"Ja und du, Linda? Was hast du für Pläne?"

Linda schluckte den letzten Bissen Eiersalat herunter und zuckte mit den Schultern.

"Um ehrlich zu sein, ich weiß noch nicht, was ich machen möchte. Es gibt sehr viele Bereiche, die mich interessieren. Bücher, die Literatur als Ganzes, Journalismus. Ich schreibe und lese gern. Vielleicht etwas bei einem Verlag, mal sehen."

"Sehr cool. Wir haben ja alle noch ein paar Jahre Zeit bis zum College, außer vielleicht unser Eric hier."

Alle lachten über Cats Kommentar und eine spielerische Zankerei begann zwischen den beiden. Linda nippte amüsiert an ihrer Wasserflasche, während sie einer Pommes auswich, die auf das Ziel links neben ihr gerichtet war. Mit dieser Clique konnte man es definitiv aushalten, dachte sie erfreut. So viele verschiedene Persönlichkeiten, aber alle konnten gut miteinander. Sie hatte auch sofort dazugehört und das nicht nur dank Cat. Alle lagen auf einer Wellenlänge.

Elisabeth sah Linda an und grinste. Dann fiel ihr Blick auf etwas hinter ihr.

"Oha, Leute, es herrscht Zoff im Paradies."

"Wieso?" Cat drehte sich sofort um, um zu sehen, wen Elisabeth meinte.

"Taylor und ihr Sunnyboy. Sieht aus, als würden sie streiten."

Cat drehte ihren Kopf wieder zum Tisch, scheinbar war das Thema nicht interessant genug.

"Ach, die hat doch immer irgendwas, dieses Püppchen." In ihrer Stimme schwang eine Portion Verachtung mit. "Ich weiß gar nicht, was Tom an ihr findet."

Bei der Erwähnung seines Namens wurde Linda sofort hellwach. Sicherlich gab es mehrere Schüler mit dem gleichen Namen. Während die Mutmaßungen über die Gründe des Streits unter den anwesenden Mädchen weitergingen, gab es nur eine Möglichkeit, sich wegen Tom sicher zu sein.

Linda sah über die Schulter nach hinten.

"Über wen redet ihr denn?"

Eric gab Auskunft.

"Das Paar ganz hinten in der Senior Ecke, beim Notausgang. Die hübsche Blonde mit der grünen Bluse und ..."

Der Rest seines Satzes ging in einem Rauschen in Lindas Ohren unter. Es war kein Namensvetter, sondern der gleiche Tom, den sie den Abend zuvor kennengelernt hatte.

Das Thema am Tisch war ein guter Vorwand, um ein paar Sekunden länger hinzusehen. Tom und das erwähnte Mädchen saßen alleine an einem der kleineren Tische, die immer abwechselnd zu den großen Sitzgruppen im Raum verteilt waren. Die Blondine gestikulierte heftig, um ihren

Worten Nachdruck zu verleihen. Vielleicht aber fuchtelte sie einfach gerne mit ihren Armen herum, wenn sie redete, Linda tippte allerdings auf das Erste. Tom hatte seine Ellbogen auf die Knie gestützt und saß ihr zugewandt. Hin und wieder nickte er oder sagte kurz etwas. Einmal versuchte er sogar, nach ihrer Hand zu greifen, Taylor zog sie allerdings sofort wieder zurück, woraufhin Tom sich sofort zurücklehnte und mit verschränkten Armen sitzen blieb. Es war kein Lächeln auf seinen Lippen.

Die Intensität der Situation auf der anderen Seite des Raumes ließ Linda keine Ruhe, aber wenigstens das Rauschen in ihren Ohren verschwand. Dem Luxus der gestrigen Illusion, dass er ihre romantischen Gefühle erwiderte, konnte sie sich nun nicht mehr hingeben und das tat plötzlich richtig weh.

Hatte sie sich wirklich eingebildet, er hätte keine Freundin? Das Schlimmste daran war, dass sie sich diesen Herzschmerz vollkommen alleine eingebrockt hatte. Sie hatte sich in einen Jungen verknallt, mit dem sie keine drei Sätze gesprochen hatte, und auch die hatten mit Nahrung zu tun gehabt. Eistee und Nachtisch. Er war einfach freundlich gewesen und sie war ein Idiot, daran bestand für sie kein Zweifel mehr.

Sie würde ihn hier bestimmt oft sehen oder ihm über den Weg laufen, daher beschloss sie, dass sie dieses nervige Ziehen in ihrem Inneren unbedingt loswerden musste. Sie konnte keinem Jungen hinterherschmachten, der vergeben war. Das war eine erbärmliche Vorstellung.

In der Vergangenheit hatten solche Konstellationen nie lange einen Reiz auf Linda ausgeübt. Sobald sie nämlich wusste, dass jemand, den sie mochte, in einer Beziehung war, verschwand die Person sofort von ihrem romantischen Radar. Nie würde sie sich zwischen zwei Menschen drängen wollen. Diese

Situation war nicht viel anders, nur schien ihr Herz momentan recht wenig von ihren Prinzipien zu halten.

Sie versuchte mit aller Macht, sich auf das inzwischen neue Thema in ihrer Gruppe zu konzentrieren. Sie sprachen über einen Film, der gerade im Oldie Kino lief, *Chocolat*. Es wurde ein Besuch für Freitagabend geplant.

"Meint ihr den Film nach dem Buch von Joanne Harris?"

Nick schnalzte mit der Zunge.

"Du kennst dich ja wirklich gut aus. Hey, Leute, eigentlich müssten wir unseren Neuzugang aus der City feiern, was meint ihr? Hast du Freitag schon etwas vor Linny?"

Die Erscheinung ihres Kosenamens war etwas befremdlich, aber sie lächelte. Ja, sie hatte etwas vor, nämlich alleine daheimsitzen, aber das sagte sie nicht laut, denn die anderen waren von seinem Vorschlag begeistert.

Den Film hatte sie nie gesehen, aber wenn er nur annähernd so romantisch war, wie das Buch, würde das eine Qual für sie werden. Entweder dachte sie sich schnell eine gute Ausrede aus oder sie würde sich durch einen schnulzigen Liebesfilm kämpfen müssen. Leider hielt sich ihr Gehirn aus dem Zwiespalt heraus.

"Wer sind denn die Hauptdarsteller?"

"Einer davon ist Johnny Depp!" Elisabeth fing gleich an, zu schwärmen, und Mitzi ärgerte sich, dass sie das Buch nicht gelesen hatte.

"Ich finde es furchtbar, den Film zuerst zu sehen."

Linda wusste ganz genau, was sie meinte. Mitzis ehrliche Empörung aber war sehr süß.

"Ich könnte es dir ausleihen, wenn du versuchen willst, es bis Freitag zu lesen. Natürlich kannst du es auch länger haben."

"Oh, ja, sehr gerne."

"Gut, dann bringe ich es dir morgen mit."

Cat fragte ganz themenfremd, was Linda als Nächstes hatte.

"Einen Studiokurs, *Malen und Zeichnen* heißt er, glaube ich."

"Oh schade, den haben wir nicht gemeinsam. Ich habe mich dieses Jahr für die Band entschieden."

"Was spielst du denn für ein Instrument?"

"Keines. Ich bin Teil der Marschabteilung." Cat lachte. "Das sind die mit den Batons, aber Üben müssen wir auch, teilweise sogar mit der Band." Während sie sprach, spielte sie geistesabwesend mit ihrem Handy und drehte es auf der Tischoberfläche um seine eigene Achse.

Das brachte Linda auf eine andere Idee.

"Gibst du mir deine Nummer? Wegen Freitag und so." Auch die anderen hatten plötzlich ihre Handys in der Hand und Linda durfte ihre Nummer in die Runde diktieren. Dann bekam sie von jedem einen Kurzanruf, damit sie die Nummern schneller speichern konnte. "Genial, danke."

Die erste Pausenglocke schellte. Die Nächste würde die letzten fünf Minuten einläuten, um in die Klassenzimmer zu kommen. Linda kramte schnell nach ihrem Plan, die anderen packten auch zusammen.

Der Malkurs war in Zimmer 217. Sie schnappte sich ihr Tablett, ging zur Geschirrabgabe und war froh, dass ihre neuen Freunde sie tatsächlich etwas abgelenkt hatten. Ob Tom und Taylor noch an ihrem Tisch saßen, konnte sie durch die wuselnde Menge hindurch nicht sehen.

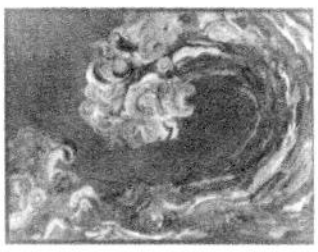

Für den Kunstunterricht brauchte man nicht viel, da die Farben und Pinsel von der Schule gestellt wurden, lediglich die Leinwände musste man in einem Turnus selbst bezahlen.

Linda hatte letzte Woche vorsorglich schon drei in verschiedenen Größen hinterlegt und dazu einen mittelgroßen Skizzenblock. Zeichnen war zwar nicht ihre Stärke, aber es war Pflichtteil des Kurses. Womit man zeichnete, war dann allerdings den Schülern überlassen. Vielleicht würde sie Kohle probieren oder Wachsstifte, je nach Stimmung.

Der Kunstraum war genau so, wie Linda ihn erwartet hatte. Das Zimmer war voller Staffeleien und einem Hauch von Terpentin und Firnis Öl. Offensichtlich funktionierte die Lüftung hier vorzüglich, denn es gab keinen penetranten Geruch und angrenzend war sogar noch ein Fotolabor. Die Aussicht auf ihr Lieblingsfach heiterte sie zwar etwas auf, aber die Tatsache das Tom eine Freundin hatte, hatte ihrer Laune einen Dämpfer erteilt.

Mrs Beckett war bereits anwesend und Lindas einzige weibliche Lehrkraft. Sie hatten sich schon letzte Woche kennengelernt, als Linda die Leinwände vorbeigebracht hatte.

"Hallo Linda, schön dich wiederzusehen. Deine Staffelei ist in der dritten Reihe, die Zweite von links. Die Plätze werden halbjährlich ausgelost und bleiben für den Rest des Semesters die Gleichen."

"Vielen Dank, Mrs Beckett."

Einige waren schon an ihren Plätzen. Die Staffeleien links und rechts von ihr waren noch unbesetzt, aber der Kurs war laut Liste voll. Bisher hatte sie mit den Bekanntschaften Glück gehabt. Wenigstens der soziale Teil ihres Schulanfangs lief in die richtige Richtung. Sie nahm sich vor, Sam und Joy heute Abend von ihren neuen Freunden zu erzählen.

Sie lehnte ihren Rucksack an die ihr zugewiesene Staffelei und setzte sich auf den Hocker davor. Dann sah sie sich um. An der Wand hinter ihr, auf einem niedrigen Schrank, befanden sich mehrere Gläser mit Pinseln, sorgsam geordnet nach Quastengröße. Daneben standen verschiedene Kästchen, jeweils mit Deckel, wahrscheinlich für Kreide, Kohle oder Ähnliches. Im Regal auf der linken Seite standen quadratische Kanister mit Terpentin und allerlei Fläschchen, Öle und dergleichen, und auf der rechten Seite Flaschen und Tuben mit Aquarell- und Ölfarben. Eine Endlosrolle mit schmalem Baumwolltuch hing neben dem Eingang zum Fotolabor und darunter stand ein leerer Bastkorb. Die Schere dazu hing an einem Nagel daneben und ein laminiertes Schildchen an der Rolle verkündete die Bitte, sparsam mit dem Material umzugehen. Die Tuchrolle musste zum Reinigen der Pinsel gedacht sein.

Rechts neben ihr knarrte der Hocker.

"Hi."

Lindas Kopf schnellte herum. Sie starrte Tom ungläubig an, als hätte sich vor ihr ein Einhorn materialisiert. Seine Stimme berührte sie, wie zuvor, in jeder Faser ihres Seins.

"Hi." Für sie grenzte es an ein Wunder, dass sie ihren Mund in diesem Zustand überhaupt aufbekam.

Ihr gingen mehrere Dinge auf einmal durch den Kopf. Zuerst, der Wunsch danach, dass die Erde sich auftun möge, um sie zu verschlingen und zweitens die Frage, was er hier machte. Hatte Eric nicht gesagt, Tom wäre ein Senior oder hatte er nur einen Kommentar über eine Senior *Ecke* gemacht? Es war keineswegs unüblich, dass sich in den Kursen die letzten zwei Jahrgänge überschnitten. Drittens war jedoch nur ein einziger Gedanke übrig, und dieser schrie in ihrem Kopf am lautesten: *Dieser Augenblick darf nie enden!*

Alle guten Vorsätze waren vergessen. Dann würde sie ihm eben hinterherschmachten, sollte ihr Herz doch bersten! Sie konnte nicht fassen, dass sie ein halbes Jahr neben Tom sitzen würde. Diese Tatsache war für ihr brennendes Herz absolut ausreichend, denn ihr Gehirn hatte keine Kontrolle mehr.

"Hattest du einen schönen Sonntag?" Er winkte beiläufig einem Jungen zu, der vorne durch die Tür kam, drehte sich aber gleich wieder zu ihr um.

Oh nein, dachte Linda verzweifelt, sie würde sich auch ein halbes Jahr lang artikulieren müssen, und ob sie das konnte, war noch nicht ganz klar. Wenn sie aber jetzt nichts sagte, würde sie diese Stunde nicht überleben.

"Meine Tante hat zwei Papageien bekommen." Super Linda, als ob das irgendjemanden interessierte, schalt sie sich selbst.

"Zum Hochzeitstag?"

"Äh, ja genau. Genau." Diese *Ähs* mussten aufhören, dachte sie verzweifelt, sie hörte sich an wie ein Hohlkopf. Linda versuchte, beim Sprechen einen Punkt auf ihrer Leinwand zu fixieren, um ihre Nervosität zu verbergen, aber es klappte nicht wirklich. "Eigentlich hat sie zwei bekommen. Es war Pärchen, das nicht getrennt werden konnte."

"Cool, wie hat Joy sie genannt?"

Linda sah hoch und ihm direkt in die Augen. Es schien, als hätten diese strahlenden Sphären sie nicht eine Sekunde lang verlassen. Plötzlich fühlte es sich an, als würde eine vorhandene, lediglich kurzzeitig getrennte Verbindung, wieder einrasten, wie ein Ineinandergreifen zweier unsichtbarer Objekte. Linda hörte den Klick in ihrem Kopf ganz deutlich und empfand sofort vollkommene Ruhe. Nichts in ihr schrie mehr oder wollte verschwinden. Sie wollte nie wieder wegsehen. Ihre Stimme war fest und ruhig.

"Pecorino und Mia."

Tom begann, die Namen auszusprechen, aber seine Lippen formten nur das *P*. Dann lachte er so laut los, dass sich alle Anwesenden nach ihnen umdrehten. Diese unbekümmerte Reaktion ließ Lindas Herz galoppieren. Es war so unheimlich sexy.

"Ihr habt ihn nicht wirklich nach einem Käse benannt."

Sie verdrehte gespielt die Augen und lächelte. Plötzlich fühlte Linda sich wie ein neuer Mensch. Sie fühlte sich sicher, selbstbewusst und glücklich. Eine kurze Unterbrechung des Blickkontaktes stellte kein Problem mehr dar. Sie hatte eine Standleitung.

"Das war meine kulinarische Eingebung. Man kann den Namen ja auch auf Peco verkürzen." Sie umriss kurz den Abend, ohne weitere *Ähs* einzuwerfen, und Tom hörte aufmerksam zu.

Gerade als sie die Details des Wintergartens beschreiben wollte, rief Mrs Beckett vorne zur Ruhe. Die offizielle Stunde begann. Einige Momente später erinnerte Linda sich daran, dass sie es bereuen würde, ihrer Illusion freien Lauf gelassen zu haben. Sie würde es sogar sehr bereuen, nämlich dann, wenn Tom aus dem Zimmer gegangen war und die Realität sie einholte. Nicht ihr Traumschloss hier im Klassenzimmer, sondern die echte Realität. Die Realität, in der es eine Taylor gab.

Es war nicht so, dass sie sich jetzt einbildete, da wäre von seiner Seite mehr als Kameradschaft. Nein, so naiv war sie nicht. Sie übte sich im Moment nur darin, die Welt vor dem Klassenzimmer komplett zu verdrängen, denn solange sie hier vor ihrer Leinwand saß, ihn neben sich wusste und den Duft seines Aftershaves riechen konnte, war sie auf einer unauflösbaren Wolke. An das Gewitter danach wollte sie nicht denken.

Da man in diesem Kurs nicht wirklich durchfallen konnte, wenn man zum Unterricht erschien, hatten Mrs Becketts Ausführungen über das Programm des ersten halben Jahres keine echte Priorität in Lindas Kopf. Erst als sie den Pinsel in der Hand hatte und die weiße Fläche mit Farbe bearbeitete, stellten sich ihre Gedanken auch auf Kunst ein. Das gestellte Thema war *Ruhe*. Was für eine Ironie, dachte sie. In ihrem Kopf war alles andere als das.

Anfangs war es im Raum mucksmäuschenstill, bis das Mädchen neben ihr fragte, ob man das Thema auch über die Leinwand hinaus verinnerlichen musste. Allgemeine Erheiterung folgte und sogar Mrs Beckett lachte.

"Nein, Ellen, natürlich nicht, ihr dürft euch gerne unterhalten."

Linda hatte vorhin zwar bemerkt, dass sich jemand vor die andere Staffelei zu ihrer Linken gesetzt hatte, hatte sich aber nicht umgedreht. Jetzt lächelte sie Ellen kurz an und arbeitete weiter.

Trotz der Erlaubnis hörte man in den nächsten Minuten kaum jemanden reden. Danach gab es ab und an leise Unterhaltungen, aber größtenteils arbeitete jeder vor sich hin. Tom und sie wechselten auch kaum ein Wort. Sie waren wie jeder im Raum konzentriert darauf, die Leinwände zu grundieren und sich ein gutes Motiv auszudenken.

Lindas Leinwand war inzwischen mit einem hellbraunen Grundton überzogen. Meistens fühlte sie sich in eine Farbe hinein, die ihrer Stimmung entsprach. In dieser Stunde musste sie sich allerdings an das Thema halten, ansonsten wäre es ziemlich farbenfroh ausgefallen.

Mit dünnen weißen Linien begann sie eine dieser chinesischen Bonsai Landschaften nachzuahmen, wie man sie manchmal in alten Zeichnungen sah. Hin und wieder fügte sie eine Abstufung in Brauntönen hinzu, um die Dreidimensionalität eines Berges darzustellen oder kleine weiße Flächen an Bäumen, um die Kontraste zum Hintergrund zu verstärken. In sehr kurzer Zeit hatte sie auf diese Weise ein rudimentäres, aber dennoch klar erkennbares Bild auf die Leinwand gebracht. Aus ihrer alten Schule war sie die Doppelstunden gewohnt und konnte sich innerhalb der vorgegebenen Zeit gut organisieren. Dort hatte sie meist schon zehn Minuten vor Schluss begonnen, ihre Pinsel zu säubern. Linda schaute auf die Uhr. Es waren erst 30 Minuten vergangen.

"Das sieht wirklich gut aus." Tom hatte sich etwas zurückgelehnt, um ihr Bild sehen zu können, und betrachtete ihr Werk mit leicht geneigtem Kopf.

"Danke." Sie richtete den Blick prüfend auf ihre Leinwand. "Aber wenn ich es mir jetzt so ansehe, wünschte ich, ich hätte lieber mit Blau gearbeitet anstatt mit Erdtönen." Tom rutsche von seinem Hocker herunter, um sich für eine noch bessere Perspektive hinter sie zu stellen.

"Hm, ich weiß nicht. Blautöne sind meistens kalt und strahlen das auch aus. Mir gefällt diese Version besser."

Oh Mann, dachte sie, er roch so gut, dass es wieder schwierig wurde zu denken. Ihre Gehirnwindungen leisteten Schwerstarbeit.

"Stimmt, wenn mir kalt ist, stehe ich ja auch nicht ruhig da, folglich hat Kälte wenig mit *Ruhe* zu tun."

Linda riss erschrocken ihre Augen auf. Was erzählte sie da bloß, dachte sie entsetzt.

Tom lachte leise.

"Genau, guter Vergleich."

"*Ha Ha*", gab sie sarkastisch zurück.

"Du wärest in einem Psychologiekurs bestimmt genauso gut aufgehoben wie hier."

Linda zog es vor, diese offensichtliche Stichelei zu ignorieren, und sah rüber, um zu sehen, was sich auf seiner Staffelei befand. Irgendwie musste sie das Thema wechseln, denn sie kam sich gerade unheimlich blond vor.

Tom hatte einen großen Skizzenblock als Arbeitsfläche gewählt, darauf war eine Reihe mit verschieden hohen Steinplatten zu sehen. In der Ferne waren angedeutete Skulpturen aus dem Fluchtwinkel erkennbar und mittig darin stand ein großes keltisches Steinkreuz. Die Kohlezeichnung war ein Friedhof. Er hatte das Problem der Farbe mit dem Material umgangen.

"Wow, das ist ..." Linda blieb die Spucke weg. Es sah so naturgetreu aus, dass sie sich problemlos in die düstere Szenerie hineinversetzen konnte. Er beendete ihren Satz.

"Einfallslos?"

"Nein! Dieser Ort ist der Inbegriff von Stille." Sie sah ihn direkt an. "Ich wollte eigentlich sagen *traurig*."

Tom hatte sich wieder gesetzt, was Linda zugegebenermaßen auch unendlich traurig fand. Seine Nähe fühlte sich extrem gut an. Ihr ganzer Körper war dann zwar in Aufruhr, aber es war eine angenehme Unruhe, so als ob man sich zum Spaß schnell im Kreis drehte. Übrig blieb das Gefühl der seligen Ekstase im Rausch der Geschwindigkeit.

Er zeigte auf eine freie Stelle in der Ecke seiner Zeichnung.

"Da oben kommt noch eine Sonne hin, damit das Bild nicht so düster wirkt. Sie wird mein Gegenstück zur Traurigkeit."

Linda schien, als hatte er noch etwas sagen wollen, aber Mrs Beckett kam gerade zu ihnen nach hinten und er blieb still.

Sie stellte sich an Lindas Seite und musterte ihr Bild.

"Das ist ein sehr schöner Ansatz, Linda. Ein einsamer Ort in den Bergen. Ich bin gespannt, wie das Endergebnis wirkt. Du bist schon sehr weit gekommen und es könnte Freitag fertig werden, nicht wahr?"

"Ich werde mein Bestes tun." Sie war froh, sich auf wenige Farben beschränkt zu haben. Auf diese Weise konnte sie sich auf Feinheiten und Tiefe konzentrieren und hatte nicht an mehreren Fronten zu kämpfen. Bei Toms Zeichnung verweilte Mrs Becket nachdenklich.

"Das Ende. Sehr treffend. Die letzte Ruhe." Sie nickte zustimmend, danach widmete sie sich der abstrakten Darstellung von Ellen. Linda konnte außer viel Farbe nichts Konkretes auf ihrer Leinwand erkennen. Nun ja, dachte sie, jedem seine eigene Ruhe.

Sie arbeiteten weiter, während Mrs Beckett die Runde machte. Irgendwann ermahnte sie die Klasse, langsam mit dem Aufräumen zu beginnen. Alle Arbeiten wurden in den dafür vorgesehenen Trockenfächern verstaut und ein Freiwilliger sammelte die benutzten Farbpinsel ein, um sie einzuweichen. Während Tom nach hinten ans Regal ging, um die benutzten Kohlestifte wieder in ihr Kästchen einzuordnen, zermarterte Linda sich ihr Hirn, wie sie ihn am besten in ein Gespräch verwickeln konnte.

Die Idee kam schnell: das Restaurant. Es war kein aufregendes Thema, würde aber funktionieren.

"Sag mal", sie lehnte sich leicht an das Regal. "Wie lange arbeitest du schon bei Morello?"

"Wieso? Suchst du einen Job?" Er grinste und boxte sie spielerisch in den Arm.

Es war wirklich nur leicht angestupst, aber Linda wich instinktiv aus und rutschte vom Regal ab. Tom griff schnell nach ihren Ellenbogen und fing sie auf.

"Tut mir leid, alles okay?" Sein Gesicht spiegelte leichte Verwunderung, als ob es ihn selbst überraschte, dass er so forsch gewesen war.

"Ja, nichts passiert."

Es entstand eine kurze Pause, dann ließ er sie wieder los.

"Äh, ja, Morello. Seit ungefähr einem halben Jahr. Ich versuche, mir etwas Geld fürs College zusammenzusparen. Meine Noten sind zwar okay, aber für ein Vollstipendium wird es nicht reichen."

"Du bist ein Senior?"

"Ja, das ist mein letztes Jahr hier." Das Kohlekästchen klappte zu und er verstaute es im Schrank, dann sah er sie an. Es war wieder dieser ernste Blick, wie der im Restaurant. Linda bekam noch ein *Hm* heraus, bevor die Schulglocke ertönte. Tom sah zur Tür. "Ich muss los. Wir sehen uns." Er lächelte leicht, hatte es aber auf einmal sehr eilig.

"Ja, bis demnächst."

Tom schenkte ihr ein letztes Lächeln.

Er war schon fast bei der Tür, als sie ihren Rucksack aufhob und folgte. Als sie auf den Gang heraustrat, sah Linda auch gleich den Grund seiner Eile. Taylor stand an den Spinden schräg gegenüber. Sie musste auf ihn gewartet haben.

Linda ging los in die entgegengesetzte Richtung, ohne noch einmal hinzusehen.

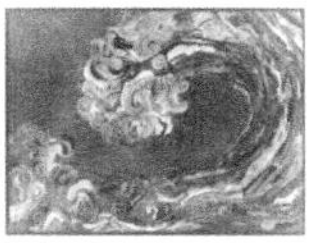

"Hallo-ho, wir sind wieder *da-ha*."

Sam hatte Linda von der Schule abgeholt und tat im Haus ihre Rückkehr kund. Das Abendessen duftete bis hinaus in die Diele und Linda war unendlich glücklich, wieder daheim zu sein. Hier gab es keine bösen Überraschungen, hier war alles normal und ruhig. Fast zu ruhig, dachte Linda, aber plötzlich Joy streckte ihren Kopf durch die Küchentür und juhute zurück.

"Linda kann es kaum erwarten, uns von ihrem Tag zu erzählen", rief Sam hinter ihr und ließ sie erschrocken zusammenfahren.

"Hey, Joy kann dich bestimmt auch hören, wenn du *nicht* schreist."

Sie hatte im Wagen schon angedeutet, dass ihr Tag nicht gänzlich furchtbar gewesen war, aber mehr hatte sie nicht erzählen wollen. Als sie am Wohnzimmer vorbeikam, war Joys Kopf bereits wieder verschwunden, vom Inneren der Küche kam aber prompt die Antwort.

"Na dann macht euch frisch und kommt Essen. Ich will alles hören." Linda lachte und schlug Sam den Kauf einer Interkom vor, bevor sie die Treppe hinaufging.

"Das wäre sicherlich leichter als sich quer durchs Haus nur mit Schreien zu verständigen."

Er zwinkerte ihr zu und verschwand, um Joy einen Kuss zu geben. So eine Ehe wollte Linda auch einmal haben, dachte sie seufzend. Egal wie lang die beiden getrennt waren, immer begrüßten sie sich, als wären Wochen statt nur Stunden vergangen.

Linda vermisste auch jemanden ganz furchtbar. Sie war sich aber auch bewusst, dass wahre Liebe nicht wehtun sollte. Solche altklugen Sprüche versuchte sie sich schon den ganzen Tag vorzubeten, in der Hoffnung, dass ihre Gefühle sich rationalisieren, und dann von selbst verflüchtigen würden, aber das Ziehen in ihrem Herzen war die letzten Stunden nur stärker geworden.

Nie hatte sie ihre Eltern zanken sehen und dabei dachte sie nicht an die kleinen Aufreger des Alltags. Sie hatten einfach nie gestritten. Es hatte einfach nichts gegeben, das es wert gewesen wäre den anderen deswegen anzuschreien oder mit Worten zu verletzten. Das war das Glück ihrer Kinderjahre gewesen. Bis sie bei Sam und Joy eingezogen war, waren ihre Eltern für Linda die einzigen zwei Menschen auf der Welt gewesen, die sich so benahmen. Natürlich hatte sie ihren Onkel und ihre Tante oft besucht, aber als Kind hatte man dafür noch keinen Radar. Je älter sie aber wurde und bei Freunden ein anderes Miteinander in der Familie bemerkte, desto mehr sah sie, wie schön sie es wirklich hatte. Diese Erfahrungen zementierten für sie den Unterschied zwischen einer durchschnittlichen Partnerschaft und wahrer Liebe.

"Ich möchte euch beiden etwas Wichtiges sagen." Als alle drei später gemeinsam am Tisch saßen, hatte Linda etwas auf dem Herzen und sie wollte es ansprechen, bevor sie der Mut verließ. Sam und Joy schauten ihre Nichte erwartungsvoll an. So eine offizielle Einleitung hatten sie nicht erwartet, aber noch ging es nicht um ihren Schultag. "Ich danke euch aus tiefstem Herzen, dass ihr mich aufgenommen habt."

"Linda." Joy griff nach ihrer Hand.

"Nein, bitte lass mich ausreden. Ich glaube nicht, dass ihr wisst, *wie* dankbar ich euch wirklich bin. Ich sehe jeden Tag, wie ihr miteinander umgeht, und ich fühle die Liebe hier im Haus. Ich weiß, dass unsere Verwandtschaft die Situation erheblich erleichtert hat, aber ihr habt viel für mich verändern müssen. Eine weitere Person in eurem Leben war ein großer Schritt, aber Susan und Steven hätten mich bestimmt an keinem anderen Ort lieber gesehen." Linda konnte hören, wie Joy bei den Namen ihrer Eltern Luft holte. Sam senkte seinen Kopf. Sie redete schnell weiter, weil ihr bereits Tränen in die Augen schossen. "Ihr sollt nur wissen, dass ich jede Geste und jedes Opfer, das ihr bringt, schätze und euch sehr liebe."

Joy schluchzte leise auf und erhob sich, um sie zu umarmen. Kurz darauf standen alle drei in einer großen Umarmung zusammen.

"Tut mir leid", schniefte Linda, "ich wollte unser Essen nicht auf so einer Note beginnen. Mein Monolog sollte eigentlich etwas Schönes sein."

"Glaub mir, mein Schatz, das war es auch." Sams Augen waren leicht gerötet, als er sich wieder setzte.

Linda war zwar nah am Wasser gebaut, aber diese Tränen hatten auch sie überrascht. Als der Damm einmal gebrochen war, war viel mehr herausgekommen, als sie erwartet hätte. In den letzten Monaten hatte es so viele Dinge gegeben, über die sie gerne geweint hätte, aber sie hatte es sich nicht mehr erlaubt.

Sams Stimme war leise, als er sprach, aber fest.

"Linda. Wir lieben dich auch. Mein Bruder und deine Mutter wären unheimlich stolz auf dich. Du wirst alles schaffen, das du dir vornimmst, und wir werden dich ohne Wenn und Aber unterstützen." Sam wischte sich unbeholfen über die Augen und Joy nickte zustimmend. Linda fühlte sich sehr geliebt und auf einmal war da eine Leichtigkeit, die sie zuvor nicht zugelassen hatte.

"Aber jetzt essen wir, bevor es kalt wird", Joy wollte die Stimmung etwas lockern, "und erzähl uns von deinem Tag. Wir wollen alles hören."

Linda nahm einen großen Bissen von dem unheimlich leckeren Hackbraten. Sie würde ihnen viel erzählen, aber *alles* war ein ziemlich weiter Begriff.

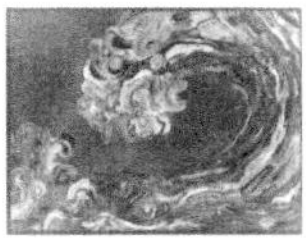

Am nächsten Tag stand Linda nach der Schule vor der Tür des Wintergartens und beobachtete Mia und Peco durch das Glas, wie die beiden in ihrer neuen Umgebung immer heimischer wurden.

Joy hatte damit angefangen, die kleine Voliere täglich ein paar Stunden lang offenzulassen, und es hatte nicht lange gedauert, bis die neugierigen Vögel den Wintergarten für sich entdeckt hatten. Sie flogen zwischen den großblättrigen Pflanzen hin und her, verweilten auf diesem Ast, dann auf jenem, und saßen häufig einfach still nebeneinander und schauten durch die mannshohen Fenster nach draußen. Für die Nacht wurden sie zu ihrer eigenen Sicherheit zwar wieder in die Voliere gelockt, aber es schien gar nicht mehr notwendig. Die beiden kannten jeden Ast und fühlten sich in dem Raum pudelwohl. Es war eine Freude, ihnen zuzusehen. Sie konnten frei herumfliegen oder sich in den Palmen verstecken. Lindas Tante versorgte sie als zusätzliches Schmankerl zum Mischfutter immer mit frischen Köstlichkeiten, natürlich immer vogelgerecht. Ihren Schützlingen sollte es an nichts fehlen.

Der Züchter hatte Joy zuletzt noch geraten, sich hin und wieder einfach in den Wintergarten zu setzen, ohne etwas zu tun, und vielleicht mit einem Buch nur ruhig dazusitzen, damit sich die Tiere an sie gewöhnen konnten. Irgendwann würden sich die Papageien einfach auf die Armlehne oder vielleicht sogar auf ihre Schulter setzen. Sie hatte es aber noch nicht ausprobiert. Joy wollte nichts überstürzen und jeden Tag mit den beiden genießen. Jeder noch so kleine Fortschritt musste ihrer Meinung nach ausgekostet werden.

Linda konnte die beiden Vögel schon gut auseinanderhalten, aber nur, wenn sie stillsaßen, und sie fand es auch sehr beruhigend, einfach dazustehen und sie zu beobachten. Sie versuchte nicht, Ihnen menschliche Gefühle anzudichten, fand es aber trotzdem unheimlich süß, wenn sie schnäbelten oder sich gegenseitig putzten. Den beiden ein klein wenig Verliebtheit nachzusagen war laut der Geschichte des Züchters ja nicht abwegig und tat ihrem schmerzenden Herzen gut.

Vögel waren für sie keine Streicheltiere, daher verspürte sie selbst keinen Drang dazu, sich in den Wintergarten zu setzen. Joy würden dem Rat von Mr Winkly aber bestimmt bald folgen und ihre Lesezeit in den Wintergarten verlegen, da war Linda sich sicher. Ihre Tante hatte ihr von den Graupapageien erzählt, die sie als Kind gehabt hatte und was diese alles für Talente an den Tag gelegt hatten. Das machte Joy natürlich auch neugierig, welche Fähigkeiten Peco und Mia im Leben mitbekommen hatten.

Im Wintergarten roch es sehr gut nach Sägespänen, Sam hatte damit den kompletten Boden bedeckt. Es erleichterte die Reinigung und gab dem Raum einen schönen holzigen Duft. Zur regelmäßig frischen Luftzufuhr hatte er eines der Fenster von außen mit Netz aus verstärktem Draht verhangen. So konnte Joy tagsüber das Fenster kippen oder ganz offenlassen, je nachdem, wie das Wetter war. Wenn die Sonne schien, gefiel es den Vögeln sehr, dort vorbei zu fliegen. Linda hatte gehört, wie Sam etwas von einer Stange gesagt hatte, die er in der Nähe des Netzes anbringen wollte, aber Joy hatte Sorge gehabt, dass die beiden dann auf dumme Ideen kommen könnten, wie zum Beispiel den Draht anzuknabbern. Linda hatte keine

Ahnung, ob ihre Bedenken gerechtfertigt waren, aber sie bezweifelte, dass Vögel durch Draht nagen konnten.

Sie ging in die Küche und holte sich ein Wasser. Dabei überlegte sie sich, was sie diese Woche noch erledigen musste. Die meisten ihrer Hausaufgaben hatte sie schon in der Schule erledigt, allein die Buchbeschreibung stand noch aus. Sam hatte sich für ein kurzes Nickerchen hingelegt. Joy war auf einem ihrer Hausbesuche und würde erst später am Abend wieder zu Hause sein.

Lindas Gedanken kreisten aber immer noch um Tom, den sie seit dem gestrigen Tag kein einziges Mal gesehen hatte. Weder mittags in der Cafeteria noch irgendwo in den Gängen.

Sie fragte sich, ob die romantische Umgebung bei Morello sie für Gefühle empfänglicher gemacht hatte. Hätte sie in der Schule genauso auf ihn reagiert? Sie wusste es nicht und wünschte sich inständig, sie könnte mit jemandem darüber reden, aber die Clique in der Schule war ihr noch nicht vertraut genug. Alte Freunde hatte sie keine mehr. Die waren alle gemäß dem Spruch aus den Augen aus dem Sinn ferngeblieben.

Ihre Gedanken laut auszusprechen half ihr allerdings immer bei der Lösung eines Problems. Aber was für ein Problem hatte sie eigentlich? Verknallt zu sein? Das nur in ihrer Fantasie auszuleben war auf Dauer wenig sinnvoll, das wusste sie. Es gab zwei sehr gute Gründe, die gegen ihre Schwärmerei sprachen. Der Erste war Toms Freundin Taylor und der zweite ihre Einschätzung seines freundschaftlichen Verhaltens ihr gegenüber.

Sie drehte sich gedanklich jedoch im Kreis und kam aus ihrer selbstgesponnenen Kopf-Pirouette nicht heraus. Peco und Mia hatten diese Probleme nicht. Ihr Leben war deutlich einfacher.

Die hatten sich gefunden und das war das. Keine weiteren Diskussionen oder Komplikationen. Keine Fragen. Kein Nachdenken. Einfach zusammen sein. Warum mussten sich Menschen nur verlieben, wenn keine Chance auf Erfolg bestand?

Sie trottete ins Wohnzimmer zurück. Sam saß in seinem Sessel, das Nickerchen war scheinbar beendet.

"Hi, gut geschlafen?"

"Hi Schatz. Ja, na ja, es war nur ein Schläfchen. Stört es dich, wenn ich mir die Nachrichten ansehe?" Er und Joy hatten noch einen Fernseher im Schlafzimmer, aber in seinem Ohrensessel fand er es am bequemsten.

"Natürlich nicht. Ich würde dir sogar Gesellschaft leisten, wenn ich darf."

"Ja natürlich, setz dich. Was machen die Turteltauben?"

Linda sah ihn erschrocken an, aber eine Sekunde später wurde ihr klar, dass er die Papageien meinte.

"Äh, nichts weiter. Sie sehen sich zusammen den Sonnenuntergang an."

Sam lachte und nahm einen Schluck aus seiner Kaffeetasse.

Sie schauten oft zusammen die Abendnachrichten und zappten dann meist durch die Kanäle, wobei sie dort oft Themen fanden, über die beide dann weiter diskutierten. Ihr Onkel griff nach der Fernbedienung und klickte sich durch ein paar Kanäle, bis er die Nachrichten fand. Er bevorzugte keinen bestimmten Sender, stattdessen ließ er sich von seiner Sympathie gegenüber dem aktuellen Nachrichtensprecher leiten. Linda war es egal, wie das Tagesgeschehen moderiert wurde, solange sie brauchbare Informationen bekam. Durch den Job ihres Vaters hatte sie sich bereits früh angewöhnt, regelmäßig Nachrichten zu schauen, die lokalen Sender waren ihr jedoch am liebsten.

Linda machte es sich auf der Couch gemütlich, aber hörte dem Fernseher nicht wirklich zu. Sie sah verstohlen zu ihrem Onkel hinüber und fragte sich, ob er ihr wohl eine Antwort geben würde, wenn sie ihn jetzt nach seinem Kommentar im Restaurant fragte. Die Chance, ihn ungestört darauf anzusprechen, würde sich ihr so schnell nicht wieder bieten. Sie wartete allerdings, bis die Nachrichten vorbei waren.

"Sam?"

"Ja, mein Schatz?" Er hielt ihr bereits freiwillig die Fernbedienung hin.

"Nein, danke. Ich wollte dich schon länger auf etwas ansprechen." Er zog seine Hand wieder zurück, stellte den Ton stumm und sah sie erwartungsvoll an.

"Das klingt ja interessant. Schieß los."

Linda schluckte. Jetzt hatte sie seine komplette Aufmerksamkeit. Vielleicht hätte sie es doch lieber beim Zappen ganz beiläufig erwähnen sollen, aber jetzt war es zu spät.

"Es geht um unseren Kellner bei Morello."

Sam hob die Augenbrauen.

"Um Thomas?"

"Ja, genau. Er geht an meine Schule. Wir haben sogar einen Kurs zusammen."

"Ah ja?" Sam wartete gespannt darauf, wo seine Nichte mit dem Thema hinwollte.

"Nun, ich bin mir nicht sicher, ob du darüber reden möchtest. Was du im Restaurant über seine Mutter gesagt hast, hat mich aber überrascht."

"Inwiefern?"

"Du schienst sehr verärgert. So sehe ich dich eher selten."

Sam rieb sich das Kinn. Es sah kurz so aus, als würde er über eine notwendige Rasur nachdenken.

Ihr Onkel war eine harte Nuss, wenn es um seine eigenen Emotionen ging, und eventuell würde er ihr auch nichts erzählen, wenn es um anderer Leute Probleme ging. Außer vielleicht, wenn sie ihm den Hintergrund für ihre Neugier offenbarte, dachte Linda zerknirscht, aber dazu fehlte ihr noch der Mut.

Sie konnte in seinem Gesicht absolut nichts lesen und das sollte etwas heißen, denn Sam hatte sehr ausdrucksstarke Augen.

"War die Frage zu persönlich?"

Sam schloss für einen Moment die Augen und atmete tief durch.

"Ja und nein. Es ist das Thema an sich, das etwas schwierig ist. Joys Bemerkung hat mich zu dem Zeitpunkt nur unvorbereitet getroffen, das ist alles." Er griff nach der Fernbedienung und schaltete den Fernseher aus. Als er weiter sprach, betrachtete er seine Handflächen. "Thomas liegt mir sehr am Herzen. Wir haben eine besondere Vorgeschichte mit ihm." Sam sah wieder hoch und Linda direkt an. "Bitte versteh mich nicht falsch. Seine Mutter ist kein bösartiger Mensch. Ich habe nur miterleben müssen, wie ihre Fehler seine Jugend zugrunde gerichtet haben. Ich weiß, dass es kein besonders christlicher Zug von mir ist, aber ich werde ihr wahrscheinlich nie vergeben können, was damals passiert ist." In Sams Stimme schwang eine ungewohnte Wehmut mit.

Jetzt war es an Linda, sprachlos zu sein. Sie ahnte, dass ihr Onkel ihr die Geschichte gleich erzählen würde, war sich aber nicht mehr sicher, ob sie sie auch wirklich hören wollte. Toms Probleme waren seine Sache.

"Joy sagte, dass sein Vater starb, als er ein Kind war. Hat es etwas damit zu tun?"

"Sicherlich. Einen Elternteil so früh zu verlieren ist nie leicht und für seine Mutter Vivian war es ein ziemlicher Schicksalsschlag. Sie hatte niemanden mehr und war Kind und einer Hypothek komplett allein. Wegen der guten Lage wollte sie das Haus mit aller Macht halten, aber sie musste zusätzliche Jobs annehmen, um die Raten weiter zahlen zu können. Thomas war ständig allein, wenn er aus der Schule kam. Da Joy und Vivian sich damals gut verstanden, hatte deine Tante ihr angeboten, ihn zum Abendessen regelmäßig zu uns zu holen. Wenn seine Mutter dann von der Nachtschicht kam, holte sie ihn bei uns ab. Was sollte denn ein so kleiner Knirps auch alleine machen? Wir halfen ihm bei seinen Hausaufgaben und verbrachten viel Zeit mit ihm. Oft hat Joy ihn morgens sogar zur Schule gebracht, wenn Vivian noch schlief. Im Endeffekt wurde unser Heim sein zweites Zuhause."

Jetzt verstand Linda, warum sie so innig miteinander umgegangen waren. Sam war so etwas wie ein Ersatzvater für ihn gewesen, dachte sie gerührt.

"Das klingt wirklich nach einer schlimmen Zeit. Er muss seinen Vater sehr vermisst haben." Sie dachte daran, wie sie sich als Teenager gefühlt hatte und manchmal immer noch fühlt, jedoch war sie alt genug gewesen, um den Tod wenigstens rationell zu verstehen und verarbeiten zu können.

Sam stand wortlos auf, ging an die Vitrine und kam nach etwas Kramen mit zwei Fotos zurück. Er reichte sie ihr.

Auf dem ersten Bild war ein kleiner Junge mit einem wunderhübschen Lächeln zu sehen. Er schaute den Fotografen über seine linke Schulter an, als hätte er gerade bemerkt, dass er fotografiert wurde. Seine großen überraschten Augen waren herzzerreißend schön. Er trug einen dunkelblauen Schal und seine braunen Haare glänzten.

Auf dem zweiten war der Junge etwas älter und hatte Boxhandschuhe an. Es war gestellt, schwarz-weiß, aber ein sehr fröhliches Bild. Die Augen und das Lächeln kannte Linda nur zu gut. Ihr Herz floss über vor Mitgefühl.

"Das ist Tom?"

Sam stutzte bei der Namensverkürzung etwas, nickte aber.

"Er war ein sehr hübsches Kind, nicht wahr?" Sam sagte es mit großer Zuneigung in der Stimme.

"Ja." Am liebsten hätte Linda das erste Bild behalten, reichte ihm aber beide zurück.

"Auf dem zweiten Bild ist er fast zwölf. Die Probleme eskalierten erst kurz danach, als Vivian wieder heiratete." Er trug die Fotos wieder an seinen Platz, fuhr aber ohne Unterbrechung fort. "Mitchell war einer dieser Männer, die Frauen gerne am Herd sahen, und war auch sonst sehr herrisch. Vivian musste nicht mehr so hart arbeiten, eigentlich gar nicht mehr und sie schien sich in ihrer neuen Rolle auch gut zu gefallen, aber darüber hinaus werde ich nie verstehen, was sie an diesem Kerl fand, oder immer noch findet." Sam setzte sich wieder in seinen Sessel. "Thomas war ein sehr disziplinierter kleiner Junge, immer äußerst respektvoll anderen gegenüber. Er befolgte unsere Regeln, machte fleißig seine Hausaufgaben und war einfach ein gutes Kind. Aber er war eben nur ein *Kind*. Mitchell fand, dass man ihn härter rannehmen musste. Er sagte immer, wenn Kinder zu viel Zeit hatten, um Quatsch zu machen, wurden aus ihnen keine richtigen Männer. Statt zu spielen, musste er viel im Haus mithelfen und wenn er nicht parierte, wie Mitchell es wollte, gab es Schläge. Anfangs kam Thomas immer sofort zu uns gerannt, wenn Mitchell ihn verprügelt hatte und seine Mutter nicht zuhause war, aber natürlich ließ sein Stiefvater sich diesen Eigensinn nicht gefallen. Er begann, ihn in seinem Zimmer einzusperren. Joy versuchte natürlich, mit Vivian zu sprechen, kam aber nicht mehr an sie heran. Mitchell ist der eigentliche Grund, warum ich ihr böse bin. Meines Erachtens hat sie ihn nur geheiratet, weil er viel Geld nach Hause brachte und ihr ein angenehmes Leben ermöglichte, aber ihren Sohn hat sie dafür regelrecht geopfert!" Den letzten Satz hatte Sam so wütend durch die Zähne gepresst, als würde sich in seinem Mund eine ekelhafte Substanz befinden, die er loswerden wollte. "Man kann einen Menschen doch nicht aufrichtig lieben, wenn er das eigene Kind so misshandelt."

"Hat denn niemand die Polizei gerufen?" Linda war schockiert. Sie konnte sich nicht vorstellen, dass dieser selbstbewusste Junge ein so furchtbares Zuhause gehabt hatte. Das passte einfach nicht zusammen.

"Natürlich. Wir haben nicht nur einmal die Behörden verständigt, aber wie willst du einen Menschen anzeigen, wenn seine Frau ihn in Schutz nimmt und er selbst behauptet, dass sein Stiefsohn ein kleiner Raufbold ist und sich ständig prügelt? Die blauen Flecken waren somit wegerklärt."

"Aber das war doch eine offensichtliche Lüge!"

"Nun, jetzt verstehst du, warum ich so verärgert reagiert habe." Sam seufzte. "Wir konnten damals rein gar nichts tun. Aus irgendeinem Grund bekam die Polizei aus dem Jungen nichts heraus und wir waren machtlos. Wir haben es so lange versucht, bis Mitchell sogar eine Strafanzeige gegen *uns* machte."

"Wegen was bitte?" Linda war fassungslos.

"Verleumdung." Sam sah sie traurig an. "Denk bitte nicht, das alles hätte uns aufgehalten. Es war sogar eine noch größere Motivation, für ihn da zu sein, wenn er uns brauchte, aber wir waren nicht seine Eltern und hatten keinerlei rechtliche Handhabe. Das Schlimme war, je älter er wurde, desto mehr versuchte er, sich gegen Mitchell zu wehren. Als er merkte, dass das nicht ging, suchte er andere Wege dort wegzukommen. Thomas ist mehrfach von daheim ausgebüxt, aber die Polizei fand ihn jedes Mal. Er brachte sich von Mal zu Mal in größere Schwierigkeiten, bis er etwas anstellte, wofür er im Jugendgefängnis landete und das war der Punkt, an dem Vivian zum ersten Mal nach langer Zeit wieder zu uns kam. Sie kam allerdings nicht, um Verantwortung zu übernehmen oder Mitchell endlich eine Teilschuld an dieser Entwicklung zu geben. Nein, ganz im Gegenteil. Sie wollte, dass wir ihn im Arrest besuchen, um, wie sie es ausdrückte, dem Jungen die Flausen auszureden. Wir wären doch immerhin die Einzigen, denen er noch zuhörte. Sie teilte uns mit, dass Mitchell der vielen Probleme mit Thomas überdrüssig sei und es ihr letzter Versuch sei."

"Was meinte sie mit *letzter Versuch*?"

"Ich weiß es nicht, Linda. So weit haben wir es nie kommen lassen. Eine Pflegefamilie oder eine längere Strafe war meiner Meinung nach keine Lösung. Weißt du, für uns war er wie ein Sohn, daher willigten wir ein. Vivian wollte ihn gar nicht besuchen. Kannst du dir das vorstellen? Das eigene Kind! Sie war der Meinung, dass Thomas lediglich die Konsequenzen seiner Taten erlebte, aber ich konnte dieser ... Person ...

ansehen, dass sie froh war, ihre Verantwortung los zu sein. Deine Tante und ich haben ihn besucht, so oft es ging, und viel mit ihm geredet. Weißt du, mit Liebe kannst du bei einem Menschen alles erreichen." Sam lächelte, als er daran zurückdachte. "Mittlerweile ist er erwachsen und kann Gott sei Dank alleine auf sich aufpassen."

Das hörte sich für Linda zu sehr nach dem Abschluss der Geschichte an und sie fragte schnell nach.

"Wie ging es denn dann mit ihm weiter?"

"Nun, wir versuchten, ihn natürlich frühzeitig aus dem Jugendarrest herauszuholen, und führten einige Gespräche mit der zuständigen Richterin. Vivian und Mitchell weigerten sich vehement, in die Sache involviert zu werden, und ich glaube, dass es genau das war, was die Richterin letztendlich überzeugte, ihn bis zu seinem sechzehnten Geburtstag in unsere Obhut zu entlassen. Sie erlegte uns die moralische und rechtliche Verantwortung auf, Thomas im Auge zu behalten. Damals war er fast vierzehn. Natürlich gab es Einschränkungen. Thomas bekam jugendgerechte Sozialstunden, aber somit auch seine Freiheit wieder. Das war eine sehr gute Entwicklung. Zwei Jahre danach hat Vivian ihren Beschluss bereut und ihn angebettelt, bei uns auszuziehen und wieder nach Hause zurückzukommen. Die rechtliche Frist war ohnehin vorbei."

"Er wohnt jetzt immer noch im gleichen Haus wie dieser Mann?"

"Nicht ganz. Mitchell wollte ihn nicht im Haus haben und Thomas hätten keine zehn Pferde wieder hineinbekommen. Sie einigten sich darauf, dass er in der ausgebauten Garage wohnen würde, dadurch gab es weniger Konflikte. Mir gegenüber hat er seine Entscheidung so begründet, dass er in der Nähe seiner Mutter sein wollte, weil er Mitchell nicht traute. Natürlich liebte er seine Mutter, trotz all der Dinge, die sie ihm angetan hatte, aber dadurch ist er ziemlich schnell erwachsen geworden. Bis Anfang dieses Jahres haben wir uns regelmäßig zum Abendessen getroffen und manchmal sonntags zum Brunch."

Anfang des Jahres war ihr Einzug gewesen, Linda schluckte. Sie war also der Grund, dass Tom die beiden so lange nicht mehr gesehen hatte. Für eine kleine Weile waren beide still, jeder in seine Gedanken versunken, dann aber stand sie von der Couch auf und setzte sich für eine halbe Umarmung auf Sams Armlehne.

"Vielen Dank für dein Vertrauen."

"Mein Herz, wir haben vor dir keine Geheimnisse." Er zwinkerte, "keine wirklich Großen." Linda knuffte ihn in die Seite. "Ich werde Joy heute Abend erzählen, dass du die Geschichte kennst, damit sie nicht überrascht ist." Er sah sie an. "Wirst du damit zurechtkommen?"

Linda löste sich etwas aus der Kuschelstellung und schaute ihn überrascht an.

"Womit? Dass du es Joy sagst? Ja natürlich."

Er lachte.

"Das hatte ich nicht gemeint. Das war mehr auf dich und Thomas bezogen."

Linda stand sofort aufrecht.

"Wie meinst du das?"

"Ach komm, Kleines. Das kann doch ein Blinder mit Krückstock sehen, dass du ihn gernhast."

Linda fühlte sofort, wie ihr Gesicht anfing zu glühen. Er hatte sie im Restaurant scheinbar doch durchschaut, aber für einen bühnenreifen Einwand fehlte ihr jetzt das Pokerface. Kurz hoffte sie auf eine dramatische Ohnmacht, aber den Gefallen tat ihr Körper ihr nicht. Sie setzte sich wieder auf die Couch und seufzte. Aus der Sache kam sie nicht mehr so leicht heraus. Ihr hochroter Kopf hatte Sams Aussage nur bestätigt. Hier war aber auch ihre Chance, darüber zu reden.

"Vielleicht ein bisschen", lenkte sie ein. "Er ist ... wirklich nett." Sie ruderte hilflos durch die Wogen ihrer Gefühle. Nein, dachte sie. Es war eher wie das Treiben auf einem Ozean und das ohne ein einziges Paddel. "Ganz abgesehen davon hat er eine Freundin. Ich war nur deshalb neugierig, weil ihr so vertraut miteinander umgegangen seid, das ist alles."

Die Hitze bewegte sich langsam wieder aus ihrem Kopf weg und verstärkte ihre Glaubwürdigkeit etwas.

"Soso, er hat jetzt eine Freundin. Kennst du sie?"

"Nur vom Sehen."

"Hm."

"Ihr Name ist Taylor." Ein wenig mehr Information konnte nicht schaden, dachte Linda.

"Taylor, soso." Sams Einsilbigkeit war etwas anstrengend, aber letztendlich schien er ihr zu glauben. "Schade."

"Schade?"

Sie fühlte sich nicht so erleichtert, wie sie eigentlich hätte sein müssen. Das hätte eine günstige Gelegenheit sein können, Sam ihr Herz auszuschütten, aber vielleicht hätte er ihr auch geraten, vernünftig zu sein. Er mochte ihn zwar lieben wie einen Sohn, aber eventuell zog er vor, dass sie sich von ihm fernhielt. Sam zuckte jedoch nur mit den Schultern.

"Ja. Ihr wärt ein hübsches Paar gewesen."

Bevor sie Sams letzten Satz verarbeiten konnte, hörte sie Schlüssel in der Eingangstür. Joy kam nach Hause. Ihr Onkel schaute auf die Wanduhr.

"Uh, schon so spät. Ich werde schnell einen Tee aufsetzen. Möchtest du auch einen?"

"Nein danke. Ich muss noch was für die Schule tun."

Sam stand auf und ging in den Flur, um seine Frau zu begrüßen.

Für Lindas Englisch Hausaufgabe war es jetzt zu spät, aber das Gespräch mit ihrem Onkel hätte sie sich um nichts in der Welt entgehen lassen. Die Buchbeschreibung konnte sie auch morgen noch machen.

Linda befürchtete, dass Joy ihr mehr Fragen stellen würde, wenn sie von dem Gespräch erfuhr, also passte sie ihre Tante für eine Gute-Nacht-Umarmung ab und verabschiedete sich schnell in ihr Zimmer. Ans Einschlafen war allerdings lange nicht zu denken.

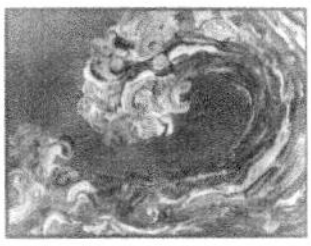

Als Tom am Mittwochmorgen an der Highschool parkte, sah er eine kleine Gruppe, die auf dem Gehweg seitlich vom Eingang zusammenstand.

Es waren einige der Mädchen aus der Cheerleader-Clique, Taylor war auch unter ihnen. Als sie seinen Wagen sah, kam sie sofort auf ihn zu. Die verbliebenen Mädchen sahen ihrem Cheer Captain neugierig hinterher. Tom seufzte in Erwartung ihrer Standpauke. Bestimmt hatte Taylor ihrem Frust bereits Luft gemacht. Er fühlte sich ohnehin schon elend.

Seine Freundin blieb mit verschränkten Armen direkt vor dem Chevy stehen und sah ihn durch die Windschutzscheibe an. Sie liebte dramatische Auftritte, aber er hatte keine besonders große Lust auf eine Diskussion mitten auf dem Parkplatz. Tom nickte mit dem Kopf Richtung Beifahrersitz und Taylor kam widerwillig um den Tahoe herum. Als sie einstieg und die Tür mit aller Wucht zuschlug, verzog er sein Gesicht. Auch wenn der Wagen nicht mehr der Jüngste war, versuchte er ihn immer gut in Schuss zu halten.

"Kannst du mir bitte sagen, wo du gestern warst?" Taylor war außer sich.

"Ich habe dir eine Nachricht geschickt und es erklärt."

"Erklärt? Du hast mir *EINE* WhatsApp geschrieben und danach war dein Handy aus."

"Ich wollte mit niemandem reden."

"Bin ich etwa *NIEMAND*?" Beim letzten Wort traf Taylor einen sehr hohen Ton. Tom biss sich auf die Unterlippe. "Und dann kommst du einfach einen ganzen Tag nicht zum Unterricht? Wie stellst du dir das vor?"

"Taylor, können wir nicht heute Nachmittag darüber reden? Bitte. Jetzt ist kein guter Zeitpunkt."

Er wollte ehrlich sein, aber für ein ernstes Gespräch wünschte er sich mehr Zeit. Ein Blick in das wütende Gesicht seiner Freundin zeigte ihm allerdings, dass er die nicht bekommen würde.

"Du warst am Montag schon so merkwürdig distanziert. Was sollen denn meine Freundinnen denken! Und dann konnte ich ihnen gestern noch nicht mal sagen, warum du nicht da bist, weil ich es nicht wusste!"

Tom sah sie fassungslos an und vergaß seinen vorsichtigen Ansatz. In seinen Worten war mehr Empörung, als er beabsichtigte.

"Du machst dir ernsthaft Sorgen, was deine Freundinnen denken?" Er schüttelte ungläubig den Kopf, "warum überrascht mich das immer noch?"

Sie verschränkte ihre Hände vor der Brust und schwieg, aber er fand es sinnlos, sich zu wiederholen. Sie würde nicht akzeptieren, dass er hatte allein sein wollen, egal wie er es formulierte, aber sie war lange nicht so oberflächlich, wie es in ihrem Ärger rüberkam, das wusste er.

"Ich bin an einer ruhigen Stelle am Wasser gewesen."

"Allein?"

"Ja allein. Das ist die Bedeutung von *mit niemandem reden wollen*." Es gab keinen guten Zeitpunkt für das, was er im Begriff war zu tun, aber noch länger zu warten war ihr gegenüber unfair, besonders nachdem er seine Entscheidung bereits getroffen hatte. "Ich will nicht streiten, Taylor." Taylor sah kurz auf ihre Hände herunter und begann an ihrem

Nagellack zu pulen. Er wusste, dass dies ein nervöser Tic von ihr war, konnte und wollte aber nichts Beruhigendes hinzufügen. Am Montag in der Cafeteria hatte er sich diese Blöße kurz gegeben und nach ihrer Hand gegriffen, aber sie hatte ihn nur beleidigt abgewiesen. An dem Tag hatte er sie nicht küssen können, hatte es ihr aber auch nicht erklären wollen. Tom lehnte sich zurück und atmete tief durch. "Ich kann so nicht weiter machen Taylor. In letzter Zeit streiten wir uns nur noch."

"Woran, denkst du, liegt das?"

"Daran, dass wir sehr verschiedene Menschen sind. Wir wollen sehr unterschiedliche Dinge. Im Leben und in unserer Beziehung."

"Und das fällt dir erst jetzt auf?"

"Nein, natürlich nicht, aber wir haben uns beide weiterentwickelt. Auch haben sich meine Gefühle verändert."

"Ach? Du hast also eine andere!"

Tom sah sie an. Er konnte nicht glauben, dass er diesen abgedroschenen Satz wirklich zu hören bekam.

"Nein, das habe ich keineswegs. Ich mag manchmal ein Arschloch sein, aber so etwas würde ich nie tun. Inzwischen solltest du mich besser kennen, als mir Untreue zu unterstellen."

"Das mit dem Arschloch hast du am Sonntagmorgen ja noch eindringlich bewiesen. Wusstest du da schon, dass du mit mir schlussmachen wirst, oder hast du das erst nach dem Ficken entschieden?"

Tom presste seine Lippen aufeinander und starrte über die Motorhaube in die Ferne.

"Wie schon gesagt, ich habe gestern viel nachgedacht und muss einfach tun, was für mich das Richtige ist."

"Schön, dass es so *einfach* für dich ist."

Er sah sie wieder an, sie allerdings drehte sich weg und starrte aus dem Fenster. "Taylor, bist du in unserer Beziehung denn glücklich?"

Zuerst schwieg sie, nach ein paar Sekunden jedoch drehte sie ihren Kopf wieder zum ihm hin.

"Momentan nicht, nein, allerdings heißt das nicht, dass ich komplett aufgeben möchte."

"Hätte ich auch nicht gewollt, aber ich habe Sonntagabend jemanden kennengelernt, der mich interessiert." Er hob schnell seine Hand, als er den Einwand kommen sah. "Es ist nichts passiert, sie war nur ein Gast im Restaurant."

Taylor verkniff sich eine Wiederholung ihrer Anschuldigung.

"Ist diese *Person* denn auch an dir interessiert?"

"Das weiß ich nicht, nur kann ich es nicht herausfinden, solange ich noch in einer Beziehung bin. Das wäre dir gegenüber nicht fair und, wie du so treffend festgestellt hast, auch Betrug."

Taylor sah ihn mit einer Mischung aus Entrüstung und Verblüffung an. In ihrem Kopf machte das alles keinen Sinn.

"Und was machst du, wenn es nicht klappt? Kommst du dann wieder angerannt?"

"Nein Taylor. Wenn es nicht klappt, bin ich einfach weiter Single. Ich mache das hier ja nicht, weil ich ein Abenteuer brauche. Ich wollte dich nicht verletzen, aber für meine Gefühle kann ich auch nichts."

In ihrem Kopf explodierte eine ganze Reihe von Emotionen. Sie hatte nicht wirklich eine Antwort auf ihre Frage erwartet, aber sie wollte auch nichts mehr hören. Schnell öffnete sie die Tür und kletterte aus dem Wagen.

"Fick dich." Sie schlug die Tür zu, so fest sie konnte.

Die gesamte Kabine wackelte. Tom sah vor sich aufs Lenkrad und versuchte, ruhig zu bleiben.

Natürlich hatte er nicht erwartet, dass sie erfreut sein würde, aber er verstand sie auch. Der viele Streit in letzter Zeit hatte an ihrer beider Nerven gezehrt und er kannte Taylor auch anders. Sie war ein humorvoller Mensch mit viel Energie und Passion für die Dinge, die sie liebte. Diese Seite an ihr sahen die wenigsten ihrer sogenannten Freunde, aber diese war es gewesen, die ihn so lange hatte bleiben lassen.

Die nächsten Tage würden zeigen, ob und wie schnell sie über das Schlussmachen hinwegkam. Hoffentlich würde das nicht unendlich eskalieren, dachte er, denn sie hatten gemeinsame Freunde. Ganz ohne Drama würde sie ihn nicht davonkommen lassen, dazu war sie zu stolz, aber wenn er Glück hatte, würde sie ihn zum größten Teil ignorieren. Es gab nie einen perfekten Zeitpunkt, um eine Beziehung zu beenden, und egal wie lange man zusammen war, es war jedes Mal ätzend.

Er sah sich um. Von Taylor und ihren Freundinnen war niemand mehr zu sehen. Auch wenn die Konfrontation jetzt vorbei war, setzte bei Tom nur minimale Erleichterung ein.

Den gestrigen Tag und die halbe Nacht hatte er damit zugebracht, an einem einsamen Ufer zu sitzen und sich vorzustellen, was er zu Linda sagen könnte. Konnte er sie direkt fragen, ob sie mit ihm ausgehen wollte? Was würden Sam und Joy dazu sagen? Würden sie es verbieten? Immerhin waren sie Lindas Vormunde und es konnte sein, dass sie sich jemanden für Linda wünschten, der eine bessere Familiengeschichte hatte.

Sollte er warten, bis Taylors Wut sich gelegt hatte und was war, wenn Linda ihn abwies? Diese Möglichkeit wollte er sich gar nicht erst vorstellen, denn er hatte seit Sonntagabend an kaum etwas anderes mehr denken können. Sie hatte ein süßes Lächeln und überhaupt war sie das hübscheste Mädchen, das er je gesehen hatte. Er liebte, wie ihre Haare rochen und wie sie ihren Blick senkte, wenn sie lächelte. Im Kunstunterricht hatte er sich die ganze Zeit zusammenreißen müssen, um nicht ständig zu ihr hinzusehen. Die wenigen Blicke, die er ungesehen hatte erhaschen können, hatten seine Gedanken nur weiter Purzelbäume schlagen lassen.

Auf keine seiner Fragen hatte er eine wirkliche Antwort gefunden.

Er erinnerte sich an die Berührung, als sie kurz das Gleichgewicht verloren hatte und wie sehr er sie da hatte küssen wollen. Natürlich war das keine Option gewesen, dort, vor allen Augen.

Wie ging man vor, wenn man seine Traumfrau um ein Date bitten wollte? Sein Blick schweifte über das verlassene Spielfeld jenseits des Parkplatzes. Er würde zu spät zur ersten Stunde kommen, aber irgendwie war ihm das in diesem Moment ziemlich egal.

In seinem Kopf formte sich ein Plan. Er würde zuerst mit Sam reden und ihn um Erlaubnis bitten, rein aus Respekt, denn eines wusste Tom mit Gewissheit: Er würde alles tun, um Lindas Herz zu gewinnen.

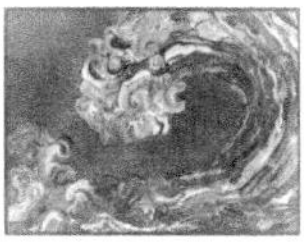

"Ich bin schon mit dem ersten Drittel durch", freute sich Mitzi. Linda hatte ihr das Buch von Joanne Harris gleich am nächsten Tag mitgebracht und Mitzi schien seitdem nichts anderes getan zu haben, als zu lesen.

"Wow, wirklich? Ich bin beeindruckt."

"Ja, ich habe es gar nicht aus der Hand legen können. Ich fürchte, dass ich es bis Freitagabend trotzdem nicht schaffe. Bin bei den Hausaufgaben etwas hinterher."

Linda hakte sich bei ihr ein. Sie waren auf dem Weg zum Mittagessen.

"Mach dich mal nicht verrückt. Ich habe dir doch gesagt, dass du es so lange haben kannst, wie du möchtest."

"Meinst du aber nicht, dass es mir den Spaß am Film nehmen wird, wenn ich die literarische Grundlage dafür nicht kenne?"

"Die meisten Bücher sind besser als ihre Verfilmungen, daher ist es sogar besser, es nicht ganz gelesen zu haben. Auf diese Weise kannst du den Film genießen. Du liest das Buch einfach danach fertig. Außerdem ist Nick bestimmt nicht begeistert, wenn er deine süße kleine Nase nicht sehen kann, weil sie die ganze Zeit in einem Buch steckt." Linda knuffte sie liebevoll in die Seite.

Mitzi grinste. Sie hörte es gerne, wenn man die Dinge erwähnte, die Nick an ihr liebte. Linda kannte zwar noch nicht viele Beispiele, aber das Kompliment über ihre Nase hatte sie am Tag zuvor aufgeschnappt.

"Du hast vollkommen recht. Ich lese am Wochenende weiter."

Sie waren in der Cafeteria angekommen. Drinnen herrschte schon ein reges Durcheinander und an der hinteren Essensausgabe musste es etwas ganz Besonderes geben, denn die Schlange an der Frischetheke war bemerkenswert lang.

Die PCHS hatte einen tollen Pizzabäcker, der die Böden täglich frisch vorbereitete und diese dann zahlreich für den mittäglichen Ansturm vorgarte. Sie mussten dann nur noch belegt und in dem riesigen Industrieofen fertigbacken werden. Die Pizzen schmeckten vorzüglich. Linda umging die Schlange und stellte sich dort an, Mitzi tat es ihr gleich.

"Du hast dich doch für Tennis eingeschrieben, nicht wahr?"

"Ach so ein Mist, das habe ich total vergessen. Stimmt, heute hängen die Teilnehmerlisten aus. Ich habe noch gar nicht geschaut."

"Ich habe bereits nachgesehen, weil ich mich auch für Tennis eingetragen hatte. Ich bin im Team, aber deinen Namen habe ich nicht gesehen. Hattest du dich noch für etwas anderes eingetragen?"

"Nein. Ich werde gleich nach dem Essen nachsehen gehen, vielleicht steh ich irgendwo anders mit drauf."

"Ja, tu das. Die ersten Meetings für die Vereine sind heute Nachmittag."

Na wunderbar, dachte Linda. Die Schule hatte die Treffen bestimmt in die freie Stunde gelegt, die eigentlich für Büchereibesuche, Hausaufgaben oder zur Entspannung gedacht war. Ihre Freistunde löste sich somit womöglich in Luft auf.

"Na Ladys, welche Pizza darf es denn heute sein?" Die Servierkraft auf der anderen Seite der Theke strahlte die Mädchen an.

Mitzi wählte zwei Stück mit verschiedenen Belägen, Linda blieb bei Peperoniwurst. Die gute Laune der Mitarbeiterin musste an dem strahlenden Sonnenschein draußen liegen, dachte Linda, oder an der Meeresbrise, die sich heute Morgen fast schwerelos angefühlt hatte. Linda versuchte ein Lächeln, tat sich allerdings schwer, die Euphorie der Frau zu spiegeln. Daran war nur der Alptraum von letzter Nacht schuld.

In dem Traum hatte sie offensichtlich die letzten Tage verarbeitet, denn sie hatte von Tom geträumt und sich wie im richtigen Leben an einer neuen Schule wiedergefunden. Sie traf ihn, verliebte sich und sie verabredeten sich zu einem Date, zu dem Tom allerdings nie erschien. Als Linda daraufhin verzweifelt durch Gänge lief und kopflos überall nach ihm suchte, konnte ihr niemand Auskunft geben. Alle hatten sie nur mitleidsvoll angesehen oder ausgelacht, bis sie ihn mit Taylor knutschend auf dem Gang entdeckte.

Im wirklichen Leben war sie von einem Date mit ihm meilenweit entfernt, auch hätte sie sich nie so zum Affen gemacht.

Am Tisch saßen alle wieder in der gewohnten Runde beisammen und tüftelten einen Plan für Freitagabend aus. Die aktuelle Frage war, wer wen wann abholen würde. Da nur Nick und Elisabeth einen Führerschein hatten und Nick sich am Freitag als Einziger das Auto seiner Eltern leihen durfte, wurde er für diese Aufgabe auserkoren. Elisabeth und Cat wollten sich von ihren Eltern bei Linda absetzen lassen, damit Nick nicht so viele Adressen anfahren musste, aber wahrscheinlich auch, weil sie neugierig waren, wie sie so lebte. Linda hatte Cat und den anderen inzwischen die Wahrheit über ihre Eltern erzählt. Im Nachhinein war sie überrascht gewesen, dass es gar nicht so schlimm gewesen war, ihr Geheimnis zu teilen.

Linda war so sehr in die organisatorischen Aspekte des Wochenendes vertieft, dass sie Tom erst sah, als er direkt an ihrem Tisch vorbeiging. Er war in Begleitung drei anderer Jungs. Sie trugen die typischen Footballjacken mit den Schulfarben und dem Emblem eines Widders darauf. Auf der Seite prangte der Schriftzug der PCHS Rams. Er war der Einzige ohne Jacke, dafür trug er blaue Jeans, ein weißes T-Shirt und darüber ein hellgrünes Hemd. Er unterhielt sich mit einem von ihnen, einem kleinen Stämmigeren mit kugelrundem Gesicht und fröhlichen Augen. Mit einem kurzen "Hi" lächelte er Linda im Vorbeigehen an. Sie hatte gerade genug Zeit für einen ebenso kurzen Gruß zurück, bevor er auch schon ihr vorbei war.

Am Tisch verstummte die Konversation der Mädels schlagartig. Linda zwang sich zu einem neutralen Gesichtsausdruck und hoffte inständig, dass diese plötzliche Stille einen anderen Grund hatte als ihren kleinen Austausch mit Tom. Sie trank zur Sicherheit noch einen Schluck von ihrem Wasser. Natürlich blieben Nick und Eric weiter in ihr Gespräch vertieft, als wäre nichts geschehen. Linda konnte spüren, wie Elisabeths Blick regelrecht Löcher in sie hineinbrannte.

Cat, die wie gewohnt zu Ihrer Linken saß, konnte ihre Neugier nicht mehr verbergen.

"Ihr kennt euch?"

Linda sah so unbefangen wie möglich hoch und hoffte, dass ihre Stimme sie nicht verriet.

"Wen meinst du? Tom?" Sie trank noch einen Schluck. Cat nickte, ohne den Blick von ihr zu nehmen. "Flüchtig. Wir haben Kunst zusammen." Perfekt, dachte sie, das hatte komplett neutral geklungen. Elisabeth musterte sie von der anderen Seite des Tisches und Linda wusste sekundenlang nicht mehr, wo sie hinsehen sollte, aber dann fiel ihr glücklicherweise die Sportliste wieder ein. Sie schaute auf ihre Uhr. "Oh, ich muss noch zum Schwarzen Brett. Mitzi, du hast doch gesagt, die Listen hängen schon aus, nicht wahr?" Die nickte, war aber etwas verwirrt, weil sie vorhin bereits über die Listen gesprochen hatten. "Okay. Ich mach mich dann mal etwas früher aus dem Staub und seh nach, wo mein Name steht." Linda erhob sich und packte ihren Kram zusammen. Es kamen zwar keine weiteren Fragen, aber sie sah, wie Cat und Elisabeth sich gegenseitig ansahen. "Also, dann, bis später."

"Ja, wir sehen uns dann im Sport." Elisabeth lächelte und widmete sich ihrem Nachtisch.

Cat sah jedoch aus, als würde sie vor Neugierde sterben.

Ihr früher Aufbruch hatte Linda fünf zusätzliche Minuten verschafft, bis die erste Glocke ertönte, sie steuerte daher direkt auf das Informationsbrett im Erdgeschoss zu. Auch wenn es ursprünglich eine Ausrede gewesen war, wollte sie sehr wohl wissen, auf welcher Liste ihr Name stand. Ein paar kleinere Grüppchen standen in unmittelbarer Nähe, machten aber sofort rücksichtsvoll Platz und sie fand die entsprechenden Aushänge sofort. Jedes Blatt war mit einer fett gedruckten Überschrift versehen. Mitzi hatte Recht gehabt, unter *Tennis* war ihr Name wirklich nicht. Sie las zweimal drüber, aber außer Mitzis Namen kannte sie keinen. Unmotiviert scannte sie die anderen Listen.

Ihr Name stand an vorletzter Stelle bei *Cheerleading*. Am Blattende standen die notwendigen Details: *erstes Treffen: Mittwoch um 13.00 in der Aula, danach Dienstag und Donnerstag immer nach Schulschluss. Treffpunkt wird noch bekannt gegeben.* Na wunderbar, knurrte Linda innerlich, das war absolut nicht ihr Ding. Warum hatte sie nur keine Alternative angegeben?

Sie entschied, dass sie zum Treffen gehen würde, aber nur um ihren Platz freizugeben. Zum Glück gehörte es nicht zum Pflichtsport. Bis halb vier würde ihr bestimmt eine gute Ausrede einfallen und danach würde sie ihre Freistunde in der Bibliothek genießen, wie gehabt.

Linda wandte sich zum Gehen und erkannte Taylor sofort, als diese sich an ihr vorbei drängte. Cat hatte Toms Freundin *Püppchen* genannt und Linda wusste nun, warum. Ihre Haare sahen wirklich aus wie die einer Puppe. Die blonden Locken saßen so perfekt, als wäre sie eben erst frisiert worden. Ihr Make-up war makellos und etwas üppiger, als es nötig gewesen wäre. Sie trug einen auffallenden roten Lippenstift. Im Vergleich dazu waren ihre Lider viel dezenter geschminkt. Sie trug dunklen Kajal und grünen Lidschatten, der ihre Augen gut zur Geltung brachte. Fast hätte Linda sie einfach angestarrt, besann sich jedoch gleich wieder. Sie tat gut daran, sich zu beeilen und rechtzeitig zu Mr Urbans Stunde da zu sein. Die Mathehausaufgabe hatte sie nicht ganz verstanden und hoffte, noch einmal drüberlesen zu können, bevor die Stunde begann. Sie ließ die katastrophale Liste hinter sich und lief die Treppe hoch.

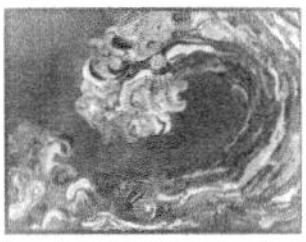

Es war fünf vor eins. Linda stand pflichtgemäß vor den Doppeltüren der Aula.

Sie hatte sich vorgenommen, einfach hineinzugehen, ihren Teilnahmewunsch bei der Cheerleading Truppe zurückziehen und wieder zu gehen. Der Plan schien ganz einfach, aber sie war trotzdem nervös. Bei Mr Urban zuvor hatte sie die Hausaufgabe an der Tafel vorrechnen dürfen und dabei Blut und Wasser geschwitzt und hier galt es die nächste Unannehmlichkeit zu bewältigen. Hoffentlich würde diese Situation genauso glimpflich ausgehen, wie die Matheaufgabe. Die hatte sie nämlich trotz anfänglicher Probleme in einer spontanen Eingebung schnell gelöst.

Linda wurde mit einem Ozean aus blauen Stühlen begrüßt. Sie füllten den gesamten Saal aus und reihten sich mit einem leicht abfallenden Mittel- und Seitengang bis hinunter zur Bühne aneinander. Die ersten fünf Sitzreihen waren nicht wie der Rest im Boden verschraubt und konnten bei Orchesteraufführungen für den Einbau eines Grabens entfernt werden. Genau dort in den ersten Rängen hatten sich mit einigem Abstand zueinander die einzelnen Vereine positioniert und warteten auf ihre Mitglieder. Die Cheerleader unter ihnen waren leicht zu erkennen, denn einige der Mädchen hatten ihre Uniformen an. Linda war sich ziemlich sicher, dass sie Teil des bereits bestehenden Teams waren, und ging zielstrebig auf sie zu. Es waren dieselben Mädchen, die sie nach dem Mittagessen mit Taylor im Gang gesehen hatte.

"Hallo."

Mehrere der Mädchen schauten Linda lächelnd an.

"Hi, willkommen bei den Cheerleadern." Taylor löste sich aus der Gruppe und kam mit ausgestreckter Hand auf sie zu. Überraschenderweise trug sie keine Uniform, sondern eine Jeans und eine helle Bluse. "Wie heißt du?"

Linda sprach sich in Gedanken Mut zu, um sich von der Tatsache abzulenken, wessen Hand sie da gerade schüttelte.

"Mein Name ist Linda Connor. Ich bin auf eurer Liste."

"Ich heiße Taylor und bin der Kapitän der Mannschaft. Komm bitte hier herüber."

Die Tatsache, dass der blond gelockte Engel auch der Team-Captain war, überraschte Linda wenig. Fast kam sie sich vor, als wäre sie in einem dieser klischeebehafteten Teenie-Filme. Es fehlte nur noch, dass Tom als Quarterback Football spielte. Ganz abwegig war dieses Bild nicht, wenn sie an die Jacken seiner Freunde dachte.

Auf einem Tisch lag allerlei Papier und Taylor blätterte suchend in einem der Stapel.

"Ah ja. Genau. Du bist neu an der Schule und ein Junior." Sie schaute Linda neugierig an. "Hast du bereits Cheer-Erfahrung?"

Linda schüttelte den Kopf und realisierte selig, dass der Mangel an Erfahrung womöglich auch ein Ausschlusskriterium sein könnte.

"Nein, absolut keine."

"Okay. Ich nehme an, du möchtest es lernen?"

Linda brauchte ein paar Sekunden, um sich zu sammeln, beantwortete die Frage dann aber auf einem Umweg.

"Eigentlich bin ich nur hergekommen, um meinen Platz freizugeben. Ich habe mich nur für Tennis angemeldet, um ehrlich zu sein, aber das Team war bereits voll."

Taylor sah sie sekundenlang nachdenklich an, nickte dann aber.

"Schade, aber ich finde es sehr fair von dir, dass du kommst und uns Bescheid gibst. Viele wären einfach nicht zum Treffen erschienen. Wenn du es dir doch anders überlegen solltest, bist du herzlich willkommen. Es gibt zwei Wochen Probetraining, bis das Team permanent aufgestellt ist und wenn man sportlich ist, dann kann man alles schnell lernen."

"Vielen Dank für dein Verständnis." Linda gab ihr förmlich die Hand und verabschiedete sich schnell.

Die anderen Mitglieder waren während ihrer Unterhaltung mit Taylor verstummt und tuschelten erst, als sie den Mittelgang Richtung Ausgang nach oben ging. Wahrscheinlich waren sie überrascht, dass es Menschen gab, die sich ihnen nicht anschließen wollten.

Sie fühlte sich unendlich erleichtert, als die Türen der Aula hinter ihr zuschwangen. Sam und Joy hätten sich krummgelacht, wenn sie mit dem Make-up nach Hause gekommen wäre, das die Mädchen allesamt trugen. Scheinbar gehörte das auch zum Cheerleading, was sie aber gut verstehen konnte. Auf dem Feld mussten die Gesichtszüge von Weitem gut erkennbar sein. Sie grinste immer noch vor sich hin, als ihr eine Gruppe junger Mädchen entgegenkam. Es war leicht zu erraten, wohin sie unterwegs waren, denn sie waren allesamt blond und alle wie Models aufgehübscht. Normalerweise dachte Linda nicht in Stereotypen und sie wusste auch, dass dieser Sport in der Gesellschaft seine Daseinsberechtigung hatte, aber ein solcher Aufmarsch war schwer zu ignorieren. Dennoch, der Teamgeist war bei Schulspielen unerlässlich und die sportliche Leistung war erheblich.

Plötzlich fühlte Linda sich hundsmiserabel und ihr Lächeln verschwand. Taylors Existenz ging ihr näher als erwartet. Sie beneidete sie, denn Taylor hatte Tom und Tom wäre nicht mit ihr zusammen, wenn sie ihm nicht gefallen würde.

Linda versuchte, die Eifersucht und aufkommenden Selbstzweifel zu ignorieren. Sie würde sich bestimmt nicht schminken, um einem Jungen zu gefallen. Solche oberflächlichen Veränderungen brachten nie etwas.

Ohne weiter auf das nervige Ziehen in ihrem Herzen zu achten, holte sie ihre restlichen Bücher aus dem Spind. Die Bibliothek wartete und die dortige Ruhe war jetzt genau das, was sie brauchte.

Die Port Chester Lumber Company war ein mittelständischer Betrieb in Harrison mit nur einer Handvoll Mitarbeitern.

Für den Verkauf der Werkzeuge und die Holzbestellungen aus der nah gelegenen Mühle waren zwei Mitarbeiter zuständig und eine Dame kümmerte sich um Telefon und Kasse. Sam Conner hatte als Chef sein Büro im ersten Stock des Gebäudes an der Halstead Avenue und arbeitete dort mit zwei Verwaltungsangestellten. Er beschäftigte einen Buchhalter und eine Sekretärin namens Candis, die für ihn und seinen Stellvertreter Gary arbeitete. Er hatte ein eigenes Büro, verbrachte aber auch sehr viel Zeit unten im Verkauf und beriet Klienten beim Kauf von Türen und der Planung von Holzprojekten aller Art. Er liebte seinen Job sehr und lobte ihn gegenüber Außenstehenden immer als abwechslungsreich und nah am Kunden.

Morgens kümmerte er sich hauptsächlich um die Spediteure, die auf dem Hof neben dem Haupthaus die Naturware anlieferten. Die Außenanlage war unlängst erweitert worden und bot drei fleißigen Personen eine sichere Arbeitsstelle an der frischen Luft. Sam war außerordentlich dankbar für sein gesamtes Team. Seine Angestellten waren selten krank, sehr selbstständig und machten ihre Arbeit gut. Sam selbst war meist schon morgens um acht Uhr als Erster vor Ort und in der Spätschicht schloss Gary dann Tür und Tor wieder ab. Mit diesem Arrangement waren sie in den letzten Jahren immer sehr gut gefahren.

Bevor er Gary mit ins Geschäft geholt hatte, war Sam gezwungen gewesen schon gegen achtzehn Uhr dichtzumachen, damit er nicht zu spät zu Hause war. Eine glückliche Ehe war ihm wichtiger als höhere Einnahmen und er hatte Joy zuliebe damals gerne auf mehr Umsatz verzichtet. Der Kundenstrom, der sich aber mit der Zeit durch die längeren Öffnungszeiten entwickelt hatte, war auch dank Gary und seiner Idee, im Untergeschoss Werkzeuge zu verkaufen, stetig gewachsen. Er war schnell Sams rechte Hand geworden und machte inzwischen von allem ein bisschen.

Werbung machten sie kaum, aber die Qualität der Ware und die Zuverlässigkeit aller zugehörigen Vertragspartner der Lumber Company hatten in der Umgebung schnell die Runde gemacht und im Laufe der Jahre eine solide Stammkundschaft zusammengetragen. Sam wählte alle Firmen mit großer Sorgfalt aus und prüfte die Arbeit neuer Handelspartner immer erst persönlich, bis er von deren Arbeitsstandard überzeugt war und ihnen seine Kunden anvertrauen konnte.

Es war schon fast fünf Uhr, als sein Geschäftshandy klingelte.

"Sie sprechen mit Sam Conner."

"Sam? Bist du auf deinem Rundgang?" Candis rief ihn aus dem Haupthaus an.

"Bin ich, aber fast fertig. Was gibt's?"

"Matt hat mich angefunkt, dass einer im Laden steht und dich sprechen möchte."

"Hat er mich persönlich verlangt oder den Geschäftsführer?" Sam sondierte, ob er sich vielleicht auf eine Beschwerde gefasst machen musste oder ob nur einer seiner Stammkunden vorbeigekommen war, der mit niemandem anderen verhandeln wollte. Letztere gab es öfter und deren Gewohnheiten änderten sich selten.

"Er hat dich persönlich verlangt. Soll ich einen Termin für morgen machen?"

"Nein, nein, ich rede mit ihm. Matt soll ihn nach oben schicken. Setz ihn auf die Couch. Ich bin gleich da." Die gute Candis, dachte Sam. Immer um seinen Feierabend besorgt, aber solche späten Kunden waren zum Glück selten.

Joy war heute Abend auf einem Treffen ihres Buchclubs. Es würde ihr also nicht auffallen, wenn er etwas später kam, als sonst. Er steckte sein Handy weg und umkreiste das letzte Holzdepot. Seine regelmäßigen Rundgänge gaben ihm das beruhigende Gefühl, dass Mannschaft und Material sicher nebeneinander existieren konnten. Zusätzlich brachten sie ihn an die frische Luft, die er bei jedem Wetter genoss. Candis verglich ihn gerne mit einem Piloten, der vor jedem Flug seine Maschine umrundete, um Mängel auszuschließen.

Sam lächelte. Irgendwie hatte sie schon immer ein Faible für alles gehabt, was mit Fliegen zu tun hatte, solche Vergleiche blieben dann nicht aus. Auf ihrem Schreibtisch stand sogar ein Modell einer P-51 Mustang. Er selbst konnte gut ohne Flugzeuge leben. Große Höhen behagten ihm gar nicht. Sam mochte alles Bodenständige und Ruhige, und den Geruch der verschiedenen Holzarten liebte er besonders.

Seine Lehre hatte er in einer Schreinerei absolviert, dann seinen Meister gemacht und viele Jahre in dem Handwerk gearbeitet, bevor er mehr wollte und größere Pläne in Angriff nahm. Er arbeitete hart und machte einen Collegeabschluss in Wirtschaftsmanagement. Bis zum gegenwärtigen Zeitpunkt hatte Sam alles erreicht, das er sich im Leben vorgenommen hatte. Der Geruch des Holzes erinnerte ihn immer an seine Anfänge und erdete ihn.

Beim Haupthaus angekommen ging er durch den Hintereingang und dann die Treppe in den ersten Stock hinauf. Wenn er den Mann nicht zu lange warten lassen wollte, mied er den Verkaufsraum lieber. Es gab immer wieder Leute, die ihn kannten und in ein Gespräch verwickelten. Die Treppe führte direkt in einen Warteraum, der auch gleichzeitig das Reich von Candis war. Ihr Schreibtisch stand darin und auch allerlei schöne Pflanzen, mit denen sie das Vorzimmer über Jahre hinweg in eine persönliche Wohlfühloase verwandelt hatte. Jedes Jahr im August bekam sie zum Geburtstag zusätzlich einen riesigen Strauß frischer Blumen von der ganzen Mannschaft, und dann duftete es tagelang überall im Geschäft nach Blumengarten.

Schon im Treppenaufgang konnte er sie lachen hören. Scheinbar war der Kunde bei guter Laune. Eigentlich war Candis aber im Stande, jede Situation gekonnt zu meistern.

"Ah, da ist er auch schon." Sie lächelte ihren Chef an, als er im Türrahmen erschien.

Der Gast auf der Couch erhob sich und Sam wunderte sich nicht schlecht.

"Thomas! Zweimal in einer Woche. Was für eine schöne Überraschung!" Er umarmte ihn herzlich.

"Ich hoffe, ich störe nicht. Wenn ich einen schlechten Zeitpunkt gewählt habe, dann komme ich gerne ein anderes Mal wieder."

"Aber nein, überhaupt nicht. Für dich habe ich immer Zeit. Komm in mein Büro, da sind wir ungestört." Sam hatte in jeder Hinsicht Vertrauen zu seiner Sekretärin, aber da er nicht wusste, was den Jungen hergeführt hatte, wollte er ihm diese

Privatsphäre gewähren. Sam zwinkerte ihr zu. "Candis, bist du so lieb und bringst uns bitte zwei Pepsi?" Joy verbot ihm diese Zuckerbomben, aber im Geschäft gönnte er sich ausnahmsweise eine.

"Ja natürlich." Candis erhob sich, aber Tom schüttelte den Kopf.

"Für mich bitte nur ein Wasser."

Sie nickte und Sam ließ seine Bürotür erst einmal offen.

"Ich mache gleich zu, sie soll aber erst mit unseren Erfrischungen zurückkommen." Er setzte sich auf seinen Stuhl am Fenster und Thomas nahm mit dem Rücken zur Tür auf der anderen Seite seines Tisches Platz. Sam überlegte kurz, ob die Sitzgruppe mit Couch nicht gemütlicher wäre, entschied sich dann aber dagegen, außerdem lag ihm immer noch etwas auf der Seele. Er sprach es gleich an. "Thomas, ich habe dir nie gedankt, dass du unsere Situation im Mai so verständnisvoll in Kauf genommen hast. Mir tat es furchtbar leid, dass wir unsere regelmäßigen Treffen einstellen mussten, aber das war für Linda eine wirklich schlimme Zeit."

"Das ist doch selbstverständlich. Ich hatte auch noch vorbeikommen wollen, um mein Beileid auszudrücken, aber ich habe nicht gewusst, wann ein guter Zeitpunkt dafür war."

"Mach dir keine Gedanken. Dein Anruf damals war sehr einfühlsam und vollkommen ausreichend. Wir wollten Linda die Zeit geben, sich an die veränderte Lebenssituation zu gewöhnen. Joy und ich hielten es für das Beste, vorerst niemanden anders zu involvieren."

"Das verstehe ich vollkommen."

"Danke dir. Sicherlich können wir unsere gemeinsamen Abendessen wieder aufleben lassen, wenn du es möchtest. Lindas Alltag hat sich weitgehend normalisiert. Joy würde sich unheimlich freuen, dich wieder öfter zu sehen. Sie hat den ganzen Sonntagnachmittag von dir geredet."

Tom musste schmunzeln. Er liebte Joy.

"Ich würde mich auch freuen, wieder einen Abend miteinander zu verbringen. Ihr fehlt mir wirklich." Den letzten Teil hatte Tom eigentlich nicht laut aussprechen wollen, vor Sam Gefühle zu zeigen war ihm aber schon immer leichtgefallen, und der schien sich darüber zu freuen.

Candis kam mit den Getränken herein, stellte sie auf den Tisch und verließ mit einem neugierigen Seitenblick auf Tom das Zimmer. Die Tür schloss sie hinter sich.

Sam betrachtete den jungen Mann, der vor ihm saß und jetzt etwas nervös auf seiner Unterlippe kaute. Thomas hatte es ihm gegenüber nie an Respekt fehlen lassen, trotz aller seiner Probleme. Er dachte immer wieder daran, dass er wie ein Sohn für ihn war. Für einen Sekundenbruchteil sah Sam den kleinen Jungen vor sich, der gegen die ganze Welt kämpfte, aber er hatte auch den Blick von Candis gesehen, der einem attraktiven jungen Mann gegolten hatte. Sam lächelte vor sich hin, als er an das Gespräch mit Linda dachte. Er erinnerte sich nur zu gut an den Ausdruck in ihren Augen, als sie von ihm gesprochen hatte. Sam griff nach seiner Pepsi und öffnete sie.

Tom nahm einen Schluck von seinem Wasser. Er war nervös und fühlte sich auf einmal wieder wie das Kind, das regelmäßig im Conner Haushalt seine Hausaufgaben gemacht hatte.

"Also. Jetzt erzähl mal, was dich zu mir führt."

Tom stellte sein Glas wieder auf den Tisch und setzte sich aufrechter hin. Er wollte ohne Umschweife zur Sache kommen.

"Linda."

"Linda?"

"Ja. Wir haben einen Kurs zusammen."

"Ah ja?"

Sam wunderte sich etwas über die wiederkehrende Information, aber da er sich fast denken konnte, wo dieses Thema hinführte, zog er es vor, erst einmal nichts weiter zu sagen. Es war allerdings beruhigend zu wissen, dass sein Eindruck vom Sonntag doch Hand und Fuß hatte.

Tom versuchte derweil, die richtigen Worte zu finden. Sein Gegenüber sagte nichts mehr und schaute ihn nur erwartungsvoll an. Obwohl er Sam sehr gut kannte, war er sich seiner Sache plötzlich nicht mehr so sicher. Was war, wenn er Nein sagte?

Tom atmete noch einmal tief durch.

"Ich würde Linda gerne fragen, ob sie mit mir ausgeht." So, dachte Tom, jetzt war es heraus. "Vorher wollte ich dich und Joy natürlich um Erlaubnis bitten. Bevor ich sie frage, meine ich."

"Soso. Du möchtest Linda also um ein Date bitten."

Tom merkte, wie ihm langsam warm wurde.

Er räusperte sich leise.

"Korrekt."

Sam erhob sich von seinem ledernen Drehstuhl und ging ans Fenster. Für Tom sah es sicher so aus, als ob er nachdachte. In Wahrheit versuchte Sam aber, sich mit aller Macht ein Grinsen zu verkneifen, und scheiterte vorerst kläglich. Er drehte sich erst um, als er sich wieder im Griff hatte, musste sich aber immer noch sehr konzentrieren, um nicht erneut zu schmunzeln. So leicht würde er den Jungen nicht davonkommen lassen.

"Was sagt denn deine Freundin dazu?"

"Meine ...?" Tom begriff im ersten Moment nicht, was Sam meinte.
"Du hast doch eine Freundin. Taylor. So heißt sie doch, oder?"
"Äh" war alles, das Tom hervorbrachte. Auf dieses Thema war er überhaupt nicht vorbereitet gewesen. Woher wusste Sam überhaupt, dass Taylor existierte? "Ja." Das war auf Taylors Namen bezogen gewesen, aber ausgesprochen klang es, als wäre die Beziehung noch aktuell. "Nein, ich meine natürlich nein, die habe ich nicht. Nicht mehr. Taylor und ich haben schlussgemacht." Tom schüttelte entsetzt seinen Kopf und rieb sich die Stirn. So hatte das nicht laufen sollen. Er vergeigte gerade alle seine Chancen, hier wieder heil herauszukommen. Obwohl, dachte er, heil vielleicht schon, aber ohne eine positive Antwort. Er atmete langsam ein und aus, damit sein klopfendes Herz sich beruhigte. "Ich habe mit ihr schlussgemacht."
"Verstehe. Alles andere hätte mich auch sehr beunruhigt. Darf ich fragen, warum du die Beziehung beendet hast?" Sams Stimme klang auf einmal sehr ernst.
Diese Frage konnte Tom viel leichter zu beantworten.
"Ich wollte keine Beziehung führen, während ich Gefühle für jemand anders habe." Er schaute in die Augen seines Ziehvaters und versuchte, darin eine mögliche Antwort zu lesen.
"Gefühle? Für Linda?"
Tom musste schlucken, nickte aber und hielt Sams Blick stand.
"Und was ist, wenn ich etwas dagegen habe?"
Darüber musste Tom keine Sekunde lang nachdenken.

"Dann würde ich herausfinden, warum und würde alles daransetzen, deine Meinung zu ändern."

Sams linker Mundwinkel zuckte nach oben und Momente später lächelte er unverhohlen. Er war im Begriff, ihn endlich vom Haken zu lassen.

"Thomas, ich finde es sehr anständig von dir, dass du Joy und mich miteinbeziehst. Ich schätze das sehr."

"Aber?"

"Kein Aber. Von mir aus kannst du sie gerne fragen. Ich bin sicher, dass Joy genauso denkt." Sam ging zu seinem Stuhl zurück und setzte sich.

Tom fiel ein Stein vom Herzen.

"Sam, du weißt gar nicht, was mir das bedeutet!"

"Ich hätte aber noch eine Frage."

"Ja?"

"Was machst du, wenn sie dich abweist?"

Tom seufzte leise.

"Ich weiß es nicht."

"Wie? So leicht würdest du aufgeben?"

"Hatte ich eigentlich nicht vor, nein."

"Dann ist ja gut." Sam war zufrieden. Er nahm einen weiteren Schluck von seiner Pepsi.

"Hat Linda momentan einen Freund?"

"Nicht dass ich wüsste. Allerdings hat sie noch keinen Führerschein und auf Dates wurde sie bisher auch nicht abgeholt. Das soll allerdings nicht heißen, dass sie uns alles erzählt. Sie ist den Tag über ja in der Schule."

Ein paar Sekunden waren beide still.

"Du weißt nicht zufällig, ob sie Freitagabend zu Hause ist?"

"Rein zufällig weiß ich das doch. Sie hat sich mit einigen ihrer Mitschüler fürs Kino verabredet, also nein, ist sie nicht."

Sam nahm einen letzten großen Schluck und warf die leere Dose mit einer zielsicheren Bewegung in die Zimmerecke. Sie flog in einem adretten Bogen direkt in den Mülleimer, ohne irgendwo abzuprallen. "Wenn du mit der Frage bis Samstag warten kannst, hättest du bessere Chancen, sie daheim anzutreffen. Ich nehme an, dass du sie nicht in der Schule fragen möchtest?"

Tom schüttelte den Kopf.

"Nicht wirklich." Samstag war tatsächlich besser. Er dachte an Taylor. Sie würde jede Gelegenheit nutzen, um herauszufinden, für wen er sich interessierte. Er hatte zwar nicht vor, es auf Dauer geheim zu halten, aber eine gewisse Vorsicht Linda zuliebe war bestimmt angebracht. Am liebsten hätte er sie natürlich sofort gefragt, aber der spätere Zeitpunkt hatte definitiv Vorteile. Er würde ein ganzes Wochenende Zeit haben, um sie auf Taylors eventuelle Reaktion vorzubereiten. Das hieß, falls sie zustimmte. "Danke, Sam. Ich werde bis Samstag warten."

"Gern geschehen. Wolltest du noch etwas anderes mit mir besprechen?"

Tom stand auf und lachte erleichtert auf. Sam erhob sich ebenfalls und kam um den Tisch herum.

"Nein. Hat das nicht gereicht?"

"Für dich scheinbar schon", Sam konnte es sich nicht verkneifen, ihn etwas aufzuziehen, "so nervös habe ich dich noch nie gesehen."

"Sehr witzig." Tom zog eine Grimasse, aber in Wahrheit liebte er die Vertrautheit und seine Mimik ging in ein Lächeln über. "Ich danke dir sehr für dein offenes Ohr."

"Das wirst du immer haben, mein Junge. Ich würde ja abschließend sagen, lass uns wissen, wie es ausgeht, aber ich denke, dass wir es ziemlich schnell merken werden."

"Das ist wohl wahr."

"Viel Glück." Sam sprach es aus, war sich jedoch ziemlich sicher, dass er es nicht brauchen würde.

Er begleitete Tom ins Vorzimmer und blickte ihm noch hinterher, als er auf der Treppe nach unten außer Sicht war.

"Er kam mir irgendwie bekannt vor." Candis riss ihn aus seinen Gedanken.

"Er war schon öfter hier, aber da war er etwas jünger."

"Ja, ich erinnere mich. War das nicht der Junge, auf den Joy immer aufgepasst hat, wenn seine Mutter arbeitete?"

"Genau der."

"Ach schön, dass er dich besuchen kam."

"Fand ich auch." Sam lächelte.

So, wie er die Situation einschätzte, würde er Thomas jetzt viel öfter zu sehen bekommen.

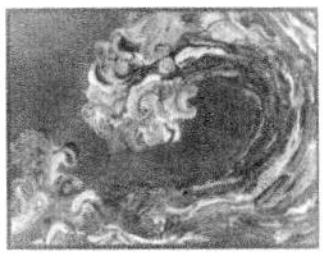

Linda hatte sich nach der Schule von Joy direkt beim Pool im Byram-Park absetzen lassen.

Abends war dort immer sehr wenig los und sie wollte die letzten Stunden der Öffnungszeiten ausnutzen, um ihre Bahnen zu schwimmen. Seit dem Wochenende hatte sie nicht einmal ans Wasser gedacht, aber gemerkt, wie ihrem Körper die Bewegung fehlte. Da hatte auch der magere Schulsport nicht wirklich helfen können.

Als sich Linda an den Pool Rand setzte und ihre Schwimmbrille vor sich im Wasser schwenkte, spähte sie sich eine Wegstrecke aus, auf der die wenigsten langsamen Plänscher unterwegs waren. Heute würde sie wenigstens nicht Slalomschwimmen müssen, da kaum zehn Personen im Wasser waren. So spät am Tag waren die meisten schon zum Abendessen aufgebrochen. Die Anlage schloss um acht, aber so lange wollte sie ohnehin nicht bleiben. Sie hatte jedoch vor, eine ganze Stunde lang zu schwimmen, und sich richtig auspowern.

Sam und Joy hatten nichts gegen ihre abendlichen Sporteinlagen. Ihre Tante hatte ihr sogar angeboten, sie nach ihrem Termin wieder abzuholen, aber Linda hatte abgelehnt. Bei den derzeitigen Temperaturen war es ein sehr angenehmer Spaziergang.

Sie schüttelte die Brille, um die überschüssige Nässe loszuwerden, und zog sie über. Die Saugnäpfe machten ein leichtes schmatzendes Geräusch, als sie den Sitz anpasste.

Das kühle Wasser umhüllte sie in einem Wirbel aus tausend kleinen Luftblasen. Ihre Füße fanden die Beckenwand hinter ihr und nutzten sie für einen energiegeladenen ersten Stoß.

Dieser Moment war immer der Schönste für sie, wenn sich alle Muskeln im perfekten Zusammenspiel darauf konzentrierten, dass ihr Körper pfeilartig durch das Wasser schoss, denn dann fühlte sie sich schwerelos. Leicht nach unten geneigt kam sie so bis an den Boden zwei Meter tiefer. Sie berührte die hellblauen Fliesen des Pools, wie zur Begrüßung und glitt dann in kräftigen Zügen bis an die Wasseroberfläche.

Je länger sie schwamm, je regelmäßiger und kraftvoller ihre Bewegungen wurden, desto besser konnte sie den Schwebezustand zwischen den Zügen ausdehnen.

Wasser hatte schon immer eine besondere Bedeutung für sie gehabt. Nachdem Linda einen außergewöhnlich stressigen oder aufwühlenden Tag gehabt hatte, half es ihr, diesen komplett zu vergessen. Es war, als ob das kühle Nass jede unnütze Emotion und jeden hinderlichen Gedanken wegspülte. Im Wasser leerte sich ihr Kopf. Es hatte einen meditativen Effekt für sie.

Sie beobachtete die feinen Luftbläschen, wie sie überall im Wasser vom Sonnenlicht in absoluter Schönheit hervorgehoben wurden. Sie konnte einfach nicht anders, als glücklich zu sein, wenn sie komplett von Wasser umgeben war.

Linda zog eine letzte Bahn und kletterte heraus. Sie streckte sich im angrenzenden Grasbereich auf ihrem Badetuch aus, und dank der immer noch wärmenden Sonne war sie kurze Zeit später wieder vollkommen trocken.

Der Byram-Park hatte die gleichen Öffnungszeiten, wie der Pool, also musste sie sich nicht beeilen. Gleich nach Hause wollte sie nicht, es war einfach zu schön hier. Alles duftete nach Spätsommer, die Grillplätze in der Nähe rochen nach Grillgut und diese Atmosphäre wollte sie einfach auskosten, solange es ging. Linda kramte in der Tasche nach ihrer Sonnenbrille und ihren Kurzgeschichten. Sie hatte das Büchlein in letzter Zeit etwas vernachlässigt, aber jetzt wollte sie ein paar Seiten darin lesen. Ihre Stofftasche war jetzt bis auf eine dünne Regenjacke leer und Linda drückte sie in Form, damit sie ihr als Kissen diente.

Durch das Lesezeichen war sie gleich wieder an der richtigen Stelle. Sie versank schneller als gedacht in der Welt dieser makabren und manchmal magischen Gestalten und der Byram Park verschwand zunehmend, je länger sie las.

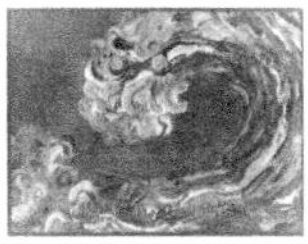

"Hey, wir haben uns schon Sorgen gemacht."

Sam musterte seine Nichte, als sie durch die Tür kam. Draußen dämmerte es schon.

Linda wusste erst nicht, wie sie auf diese Aussage reagieren sollte. Es war ihr nicht in den Sinn gekommen, dass Sam und Joy sich Gedanken machen könnten. Sie hatte beim Lesen komplett die Zeit vergessen und war erst von einer lärmenden Gruppe aufbrechender Menschen in die Realität zurückgeholt worden. Den Heimweg hatte sie ursprünglich miteingerechnet, nicht aber ihr Talent, die Zeit zu vergessen. Ihr Onkel hatte ihr gegenüber noch nie zuvor Strenge gezeigt, aber das konnte an diesem Abend eventuell anders sein.

"Tut mir wirklich leid. Ich habe total die Zeit vergessen. Passiert nie wieder, versprochen."

"Das wage ich zu bezweifeln, aber diesmal sei dir verziehen." Sam klang zwar ernst, aber auf seinen Lippen formte sich ein Lächeln.

Dadurch angestachelt wollte Linda noch etwas über Teenager anmerken, die ihre Freiheit brauchten, aber plötzlich überkam sie eine tiefe Traurigkeit und die geplante Stichelei löste sich in Luft auf. Diese Episode erinnerte sie sehr schmerzhaft an ihren Vater. Auch wenn Sams Rüge nicht ernst gemeint gewesen war, war sie doch aus einer Sorge heraus entstanden, die nur Eltern und Schutzbefohlene dieser Art an den Tag legten. Lindas Augen füllten sich mit Tränen und sie wandte sich schnell ab, damit er nichts davon merkte.

Joy legte das Magazin weg, in dem sie gelesen hatte, und erhob sich schnell von der Couch. Ihrem Instinkt entging wenig.

"Hast du Hunger?" Eine Antwort wartete sie nicht ab. "Natürlich hast du Hunger. Ich mache dir schnell einen Teller warm."

Erst wollte Linda ablehnen, kam ihr dann aber wortlos in die Küche hinterher. Sie wusch sich die Hände über der Spüle und wischte sich unauffällig über die Augen, bevor sie sich an den Tisch setzte.

Der Small Talk plätscherte vor sich hin, aber richtig bei der Sache war Linda nicht, auch wenn Joy viel zu erzählen hatte. Während ihre Tante redete und dabei eine große Portion Gemüselasagne in den Backofen schob, kreisten ihre Gedanken weiter um ihre Eltern. Auf einmal war sie vollauf damit beschäftigt, sich selbst zu bemitleiden. Sie vermisste sie natürlich immer, aber das tiefe Loch, in dem sie sich gerade wiederfand, überraschte selbst sie.

Sam war ihrem Vater in Persönlichkeit und Benehmen sehr ähnlich. Diese familiären Eigenarten waren es aber auch, die Linda manchmal extrem stark vor Augen führten, wie sehr sie ihre Eltern vermisste. Die Erinnerung an diese Gefühle kam wie eine große Welle auf sie zugerollt. Sie versuchte krampfhaft, nicht daran zu denken, warum sie hier war und nicht in ihrem alten Haus. Nicht daran, dass es jetzt leerstand und die Erlebnisse darin mit jedem Moment immer weiter in die Vergangenheit rückten. Auch nicht an die Zukunft, in der sie hier ausziehen würde, um aufs College zu gehen. Zu Thanksgiving und Weihnachten würde sie dann nicht ihre Eltern besuchen fahren, sondern ihren Onkel und ihre Tante.

Linda stemmte den Kopf in ihre Hände und seufzte. Die Phasen, in denen es gar nicht mehr ging und sie sich heulend auf ihrem Bett zusammenrollte, waren sehr selten geworden. Linda hoffte, dass dies nicht einer dieser Abende war. Wie war das noch mal mit dem *in der Gegenwart leben*?

"Linda?"

Sie war so in Gedanken gewesen, dass sie Joys erste Frage nicht gehört hatte.

"Tut mir leid, was sagtest du?"

"Ich habe gefragt, was für ein Dressing du auf deinem Salat möchtest."

"Am liebsten Ranch, danke."

Sie wollte sich schon erheben, aber Joy winkte ab.

"Ich hol es schon, bin näher dran."

"Danke."

Joy stellte eine Schüssel grünen Salat auf den Tisch. Darin waren frisch geschnittene Tomatenscheiben und Kresse vermengt. Es sah unheimlich lecker und etwas verschwommen aus.

"Schatz, was hast du denn?" Joys Stimme hatte eine besorgte Färbung angenommen. Sie setzte sich ihrer Nichte gegenüber und griff nach ihren Händen.

"Ach, es ist nichts." Sollte sie Joy sagen, dass sie an ihre Eltern dachte? Sie wollte die Stimmung nicht verderben, aber Joy antwortete für sie.

"Du vermisst deine Eltern?"

Linda nickte. Wie gut sie sie doch kannte.

"Vorhin, als Sam sagte, ihr hättet euch Sorgen gemacht, das war so ... so, väterlich. Zuvor haben sich nur meine Eltern Sorgen um mich gemacht. Es hat mich einfach unvorbereitet getroffen." Sie konnte das Stechen in ihrem Herzen spüren.

Ihre Eltern würden sich nie wieder Sorgen um sie machen können.

Joy streichelte Lindas Handrücken.

"Schatz, aber natürlich machen wir uns auch Gedanken um dich, und wie du weißt, hat Sam einen sehr ausgeprägten Beschützerinstinkt. Wir wissen zwar beide, dass du schon fast erwachsen bist und alleine auf dich aufpassen kannst, aber so ganz lässt sich das nicht abstellen."

"Na ja, so richtig erwachsen fühle ich mich aber gerade nicht."

Joy lachte.

"Ich habe ja auch gesagt, *fast* erwachsen."

Sie tätschelte ihre Hand noch einmal und stand auf, um die Lasagne aus ihrem heißen Gefängnis zu befreien. Linda erhob sich und holte Besteck und Teller aus dem Schrank.

Das hausgemachte italienische Gericht und die Liebe dieser Familie verfügten über genügend Macht, wieder einen zuversichtlichen Menschen aus Linda zu machen. In dieser Nacht blieben auch die quälenden Albträume fern.

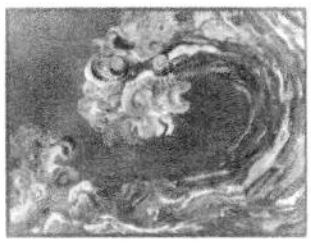

Der nächste Schultag beinhaltete einige Überraschungen.

Zuerst wurde Linda von den vielen Vorbereitungen für die College Nacht überrumpelt, die in jedem Winkel der Schule eifrig diskutiert wurde. Davon gewusst hatte sie zwar, aber ihre Art ganz bestimmte Dinge zu verdrängen, hatte diese Veranstaltung erfolgreich in den Hintergrund geschoben.

Um 18:30 würde der Rektor in der Aula diese einmal jährlich stattfindende Informationsveranstaltung mit einer sicherlich sehr motivierenden Rede einleiten. Jeder Junior wurde hierzu eingeladen. Das klang erst einmal freiwillig, aber im Grunde war es das nicht. Nach der Rede hatte man sich dann in der Sporthalle bei den Repräsentanten der verschiedenen Colleges zu melden und je nach Interesse Flyer und weiteres Material über die Schulen mitnehmen. Linda seufzte hörbar, als sie die vorbereiteten Tische und Stühle in den Gängen entdeckte und realisierte, wie sie ihren Abend verbringen würde.

Ihre Stimmung hob sich jedoch sofort, als sie an der Sporthalle vorbeiging und drinnen die Stapel Kartons mit verschiedenen College Emblemen stehen sah. Es würde keinen Sport geben, weil der Raum für die "College & Karriere" Veranstaltung belegt war. Wenigstens ein Lichtblick an diesem Tag, dachte sie.

An ihren anderen Lichtblick versuchte sie nicht zu denken, jedoch ohne Erfolg. Tom war eine Konstante in ihrem Kopf. Wie sie nebenher noch an andere Dinge denken konnte, war ihr ein Rätsel. Er war wie ein mentaler Schnupfen. Hin und wieder konnte man frei atmen, aber man vergaß nie wirklich, dass man krank war. Am Tag zuvor hätte sie das noch nicht so formuliert, aber heute lief ihr Herz komplett aus dem Ruder.

Rational wusste sie natürlich, dass er mit Taylor zusammen war, aber ihr Herz schien es nicht hören zu wollen. Sie verstand nicht, wie ein so starkes Gefühl überhaupt existieren konnte, ohne dass ein weiterer Mensch daran teilnahm. Warum war die Natur so unfair und ließ diese Emotionen überhaupt zu? Irgendwie musste sie einfach durchhalten, denn irgendwann, so hoffte sie, würde das Gefühl sicher weggehen.

Ihr Radar war trotz ihres Grübelns voll funktionsfähig, denn als sie am obersten Treppenabsatz ankam, entdeckte sie ihn sofort. Sie blieb wie angewurzelt stehen und starrte in diesem sicheren Abstand auf die beiden Personen. Tom unterhielt sich mit Ellen, dem Mädchen aus ihrem Malkurs. Eigentlich war daran nichts Außergewöhnliches, er lehnte mit einer Schulter an der Wand und Ellen stand nur locker daneben. Hin und wieder fuhr sie sich zwar nervös durch die Haare, aber das war Lindas Meinung nach nur eine Nebenwirkung seiner Anwesenheit. Fast wollte sie schon weitergehen, aber dann sah sie die kleine Gruppe im hinteren Teil des Ganges. Es waren einige Mädchen des Cheerleader Teams. Taylor war auch darunter und alle waren in voller Montur.

Die uniformierten Mädchen unterhielten sich angeregt miteinander, während Taylor nur in ihrer Mitte stand und Tom und Ellen beobachtete. *Wenn Blicke töten könnten*, schoss Linda durch den Kopf, aber verstehen tat sie die Situation nicht. Irgendetwas stimmte nicht an dem Bild. War Taylor verärgert darüber, dass er sich mit Ellen unterhielt oder dass er grundsätzlich mit einem Mädchen redete? Mochte sie Ellen nicht? War sie der eifersüchtige Typ? Linda erinnerte sich daran, wie Tom nach dem Malkurs zu Taylor nach draußen geeilt war, vielleicht war sie wirklich ein Kontrollfreak, aber würde er sich dann eine solche Blöße geben? Armer Kerl, dachte sie, und ihr Beschützerinstinkt regte sich. Fast war sie versucht, an ihm vorbeizugehen und ihn zu warnen.

"Auf was wartest du?" Mitzis Stimme ließ sie zusammenfahren.

"Oh hi. Auf nichts, ich war nur in Gedanken. Alles klar?"

"Yep. Ich habe mich schon die ganze Woche auf heute Abend gefreut."

"Auf die Collegeveranstaltung?" Linda sah Mitzi überrascht an. "Ich muss ehrlich zugeben, dass ich es komplett vergessen hatte. Ich weiß auch noch gar nicht, ob ich heute Abend herkommen kann. Weder meine Tante noch mein Onkel sind heute Abend zuhause." Linda hatte gestern mitbekommen, wie sie von Freunden zum Abendessen eingeladen worden waren.

"Das ist doch keine Sache. Du fährst einfach mit uns. Meine Mutter hat damit sicher kein Problem."

"Bist du sicher, dass es keine Umstände macht?"

"Ganz sicher. Es ist noch nicht mal ein Umweg. Ich würde mich außerdem riesig freuen, wenn meine Mom dich kennenlernt. Ich habe ihr schon viel von dir erzählt. Ich ruf sie in der nächsten Pause an und dann kann ich dir ganz genau sagen, wann wir dich holen kommen."

"Danke!" Linda umarmte ihre kleinere Freundin innig. Die Veranstaltung selbst war keinen Luftsprung wert, aber die Aussicht auf nette Unterhaltung *während* der Veranstaltung schon eher. Auch war es schön, mal nicht von Sam und Joy abhängig zu sein. Prompt drängte sich Linda der Gedanke an ihre nicht existente Fahrerlaubnis auf und sie nahm sich fest vor, das so bald wie möglich in Angriff zu nehmen.

Die beiden Mädchen waren beim Reden langsam weitergegangen und an Tom und Ellen vorbei, blieben allerdings ein paar Meter hinter ihnen stehen, als Taylor sich plötzlich aus ihrer Clique löste und auf Tom zuging.

Die Szene versprach einiges an Drama, als sie sich vor den beiden aufbaute.

"Es ist wirklich ein Pech, dass du *das hier* nicht mehr haben kannst, aber ich sehe, du hast dir bereits Ersatz gesucht." Taylor machte eine übertriebene Geste, indem sie sich selbst mit beiden Armen präsentierte, wie bei Werbung für ein neues Auto. Dabei warf sie Ellen einen missbilligenden Blick zu.

Tom unterbrach sein Gespräch und sah Taylor missmutig an. Sein Ton daraufhin war alles andere als freundlich.

"Ich denke, ich werd's überleben."

Taylor aber ließ sich von der Kälte in seiner Stimme nicht beirren. Sie lehnte sich näher zu ihm hin und senkte ihre Stimme nur ein klein wenig. Als sie weitersprach, fiel Linda buchstäblich die Kinnlade herunter, aber sie war nicht alleine auf dem Gang. Inzwischen waren weitere Schüler stehen geblieben, um das aktuelle Drama nicht zu verpassen.

Taylor schien das Publikum nicht im Geringsten zu stören.

"Wirklich, echt schade. Ich weiß ja, wie gerne du dieses Outfit hast ... und *nur* dieses Outfit." Es war jedem klar, was sie damit meinte, auch wenn sie es nicht aussprach.

Taylor wollte ihn sehr offensichtlich bloßstellen, Tom allerdings ließ die Anspielung auf seine sexuellen Vorlieben links liegen und hatte sofort eine Retoure parat.

"Ich bin ziemlich sicher, dass Blake dir ab sofort dabei helfen wird. Er hat sich bisher ja auch nicht zurückgehalten. Sag ihm einen schönen Gruß, er kann auch weiterhin meine Reste haben."

Toms Stimme klang selbstbewusst und er schien keineswegs eingeschüchtert.

Um sie herum ging das Tuscheln los und einige der Kids lachten. In dem Moment realisierte Taylor, dass ihre Offensive nach hinten losgegangen war. Sie erwiderte nichts, aber jeder im Gang konnte sehen, dass sie innerlich kochte. Öffentlich vorgeworfen zu bekommen, sie hätte ihn betrogen, war für sie nicht akzeptabel. Tom entschuldigte sich bei Ellen und ließ Taylor mit einem hochroten Kopf stehen, bevor er im nächsten Klassenzimmer verschwand.

Mitzi legte sich schockiert die Hand über den Mund und sah ihre Freundin mit großen Augen an. Dann sprach sie ganz leise, weil Taylor noch an der gleichen Stelle stand. Notwendig war es nicht wirklich, denn Mitzi war wahrlich nicht die Einzige, die sich jetzt über die aufsehenerregende Szene austauschte.

"Ich fasse nicht, was da gerade passiert ist." Sie schüttelte ungläubig den Kopf. Linda wusste nicht wirklich, was sie dazu sagen sollte, aber Mitzi schien keinen Kommentar zu brauchen. Sie zog Linda weiter und fuhr fort. "Das wird heute das Thema Nummer eins werden."

"Das glaube ich auch. Taylor scheint hier ja einen gewissen Status zu genießen."

"Ha! Das kann gut sein, allerdings hat Tom diesem Status gerade ganz gehörig einen Tritt versetzt." Mitzi war sichtlich beeindruckt von seiner Reaktion. "Er war sowieso zu gut für Barbie. Hoffentlich macht er jetzt nicht mit dieser anderen Schlampe weiter."

Linda sah sie überrascht an. Solche Ausdrücke kannte sie von Mitzi nicht.

"Meinst du Ellen?"

"Ja. Du kennst sie?"
"Sie sitzt in Kunst neben mir."
"Die ist total eingebildet, ich kann sie nicht ausstehen."
"Seit wann magst du denn jemanden nicht?"
"Seit dieser jemand versucht hat, mir meinen Freund auszuspannen. Ellen hat sich letztes Jahr an Nick rangemacht und das, obwohl sie wusste, dass er mit mir zusammen ist."
"Oh. Wow. Ja das geht gar nicht."
"Ich war nicht dabei, aber Nick hat es mir später in allen Einzelheiten erzählt. Sie hat ihn zuerst nur gefragt, ob er mit ihr ausgehen würde, aber als er verneinte, bedrängte sie ihn richtig. Sie ließ ihn erst in Ruhe, als er ihr klipp und klar sagte, dass er mich liebt und sie keine Chance bei ihm hat." Mitzi lächelte. Sie durchlebte seine Liebeserklärung in ihren Gedanken erneut. "Das ist alles. Ich habe sie nie darauf angesprochen, weil es nichts gebracht hätte, und seitdem hat sie Nick auch in Ruhe gelassen. Ich finde sie trotzdem unmöglich. Mädchen, die sich in eine Beziehung drängen finde ich einfach ... charakterlos." Sie hatte ein paar Sekunden gebraucht, um ein Wort zu finden, aber sie spukte es aus, als wäre es verdorbenes Essen.
"Das hätte ich Ellen gar nicht zugetraut. Sie hat kaum ein Wort mit mir gewechselt. Ich dachte, sie wäre so eine Schüchterne."
"Von schüchtern kann keine Rede sein. Sie ist eine Schlampe." Das war dann aber auch Mitzis letzter Kommentar zu Ellen.
Sie waren vor ihren sich gegenüberliegenden Klassenräumen angekommen und mussten sich trennen.
"Also dann."

"Ja, bis später. Ich sag dir dann spätestens beim Mittagessen Bescheid wegen der Uhrzeit." Sie wollte sich schon umdrehen, aber Linda hielt sie schnell am Arm fest.

"Mitzi."

"Ja?"

"Danke für dein Vertrauen."

Mitzi sah sie gerührt an.

"Kein Problem."

Nick konnte sich glücklich schätzen, dachte Linda. Sie war plötzlich irgendwie stolz auf Mitzis Freund. In seinem Alter war Loyalität dieser Art eher selten. Er war ein guter Typ. Sie fand es herrlich, dass es in ihrem Alter diese Integrität gab, und war dankbar, dass sie ein paar dieser Menschen nun Freunde nennen durfte.

Die Szene zwischen Tom und Taylor dagegen wollte sie lieber vergessen. Irgendetwas war offensichtlich zwischen den beiden vorgefallen, aber nun schien er sich für Ellen zu interessieren und das war das Letzte, über das Linda nachdenken wollte.

Ihr erster Kurs an diesem Morgen hätte Sozialkunde bei Mr Brown sein sollen, jedoch luden die Lehrer hin und wieder Kollegen von Universitäten ein, die dann ein paar Wochen den Unterricht übernahmen. Mr Brown hatte seiner Klasse gleich zu Anfang der Woche gesagt, dass ein gewisser Mr Mapother zum Auftakt des Schuljahres einen Exkurs in die Welt der Psychologie anbieten würde. Solche und ähnliche Themen galten als Schnupperwochen, um verschiedene Studienrichtungen zu erfahren. Diese Exkurse fanden dann übers Jahr verteilt in den meisten Hauptfächern statt.

Das Thema dieses Schnupperkurses, *Angst und ihre Auswirkung auf die menschliche Psyche*, fand Linda superinteressant. Schon Mr Browns Unterricht war keine trockene Theorie gewesen, denn seine Stunden beinhalteten Experimente und Rollenspiele, wodurch das Bücherwissen sofort in die Praxis umgesetzt wurde. Das war nichts für Eigenbrötler, denn Gruppenarbeit wurde bei ihm großgeschrieben.

An diesem Morgen kam er wie erwartet nicht alleine durch die Tür. Mit einem gewissen Quäntchen Stolz stellte er Henry Mapother vor und ließ ihn dann erklären, wie die nächsten Wochen gestaltet werden würden. Mr Brown holte einen hohen Rollwagen herein, auf dem ein Fernseher thronte und wünschte allen viel Spaß, bevor er sich verabschiedete, und Mr Mapother bat, ohne große Umschweife, einen der Schüler darum, die Jalousien herunterzulassen.

"Heute wollen wir gleich mit etwas beginnen, dass den meisten Menschen unserer Gesellschaft Angst macht. Ich habe euch einen Ausschnitt aus einem Horrorfilm mitgebracht, aber keine Angst", er musste kurz über seinen eigenen Witz schmunzeln, fuhr dann aber fort. "Der Film ist weder blutrünstig noch reißerisch. Ihr müsst euch also keine Sorgen machen. Der Ausschnitt ist circa 25 Minuten lang und beinhaltet psychologische Hilfsmittel, um beim Zuschauer Angst und Unbehagen zu erzeugen. Ich bitte euch, trotz der sicherlich spannenden Handlung verstärkt darauf zu achten, welche diese sind und euch Notizen zu machen. Eure Hausaufgabe ist ein Essay mit der Beschreibung eurer Eindrücke und Analyse genau dieser filmischen Hilfsmittel. Nach dem Ausschnitt teile ich noch ein paar Fragen zur Hilfestellung aus."

Er drehte sich wieder zum Gerät und hantierte am DVD-Einschub. Das viel beanspruchte Teil surrte und gab die üblichen Geräusche von sich, die der Laser beim Anlaufen machte.

Linda sah sich im Raum um. Ein paar der Jungs versuchten, den in ihrer Nähe sitzenden Mädchen Angst zu machen. Sie hoben theatralisch die Arme in die Luft und mimten Monster, aber ernteten nur Spott und hier und da einen Klaps. Die Jugend von heute war Filme wie *Jeepers Creepers, Final Destination* oder *The Conjuring* gewohnt, in denen Zerstückelungen von Menschen und albtraumhafte Monster oder Dämonen an der Tagesordnung waren. Linda selbst konnte sehr gut ohne Horrorfilme leben, kannte aber genügend Leute, die diesen Nervenkitzel liebten. Als das Licht ausging und der Film begann, verließ sie sich in gutem Glauben an das *jugendfrei* Versprechen von Mr Mapother und hoffte, dass ihre angeborene Schreckhaftigkeit so früh am Morgen noch nicht ausgeschlafen hatte.

Der Fernseher erwachte zum Leben und gab dem ansonsten dunklen Klassenraum einen leichten blauen Schimmer. Die Szene begann mit zwei geschunden aussehenden Gestalten, die in der Mitte eines kargen leeren Raums kauerten. Um sie herum waren graue Betonwände und an einer Seite konnte man ein kleines Fenster nach außen sehen, dass ein Mindestmaß an Licht hineinließ. Der Titel des Filmes flimmerte in einer Ecke:

"*The Feeding – Die Fütterung.*"

Der filmische Ausschnitt war voller surrealer Situationen, perfekt für jeden Horrorfilm. Der Betrachter wurde bei jeder Möglichkeit mit psychologischen Mitteln in Angst versetzt, von gruseliger Hintergrundmusik bis zu bizarren

Nahaufnahmen war alles dabei. Linda notierte jedes Detail, das der Film für die Aufgabenstellung hergab. Es war jedoch kein Fleiß, sondern diente zur Ablenkung.

Der Bildschirm wurde schwarz. Als die Klasse begriff, dass der interessante Part vorüber war, ging ein unzufriedenes Raunen durch die Reihen. Scheinbar hatte es der Mehrheit sehr gut gefallen.

"Achtung, ich lasse die Jalousien wieder hoch."

Mr Mapother war sichtlich erfreut über den Unmut der Klasse. Manche hatten vorher noch verlauten lassen, dass es sicher *so ein langweiliger, für die Schule angepasster Film* sein würde. Das waren nun aber diejenigen, die am lautesten protestierten. Linda sah hinunter auf ihren Notizblock und überflog die Dinge, die sie geschrieben hatte: *Dramatische musikalische Untermalung, Klischee eines übernatürlichen Wesens in Gestalt eines kleinen Mädchens, ungewisse Zukunft der Protagonisten, extremer Dreck, Wunden, drohende Geräusche, Identifikation mit dem Opfer, Bedrohung.* So schnell würde sie diesen Horrorstreifen nicht wieder vergessen.

Nachdem Mr Mapother die Fragen für die Hausaufgabe ausgeteilt hatte, durfte jeder der Schüler einen Horrorfilm nennen, den er wiederum an der Tafel notierte. Es kamen überraschend viele zusammen, die meisten davon kannte Linda aber nur vom Titel.

"Als letzten Punkt auf dem Hausaufgabenblatt steht die Erörterung der Frage, welche Aspekte an Horrorfilmen unsere Gesellschaft faszinierend findet und warum. Ich denke, ihr werdet mit der Beantwortung keine großen Probleme haben, nachdem ich diese Liste an der Tafel sehe. Viel Spaß!"

Wie auf Knopfdruck klingelte es im gleichen Moment zum Ende der Stunde und Linda beeilte sich nach draußen, um Mitzi abzufangen. Sie war ein ausgesprochener Horrorfan, allerdings ging ihre Vorliebe mehr in Richtung Zombiefilme. Auf dem Gang konnte Linda sie jedoch nirgends sehen. Gerade, als sie ihren Kopf in das gegenüberliegende Zimmer stecken wollte, tippte ihr jemand von hinten an die Schulter.

"Linda?"

Sie drehte sich um. Es war ein Junge aus dem Kurs von eben.

"Ja?"

"Hi, ich bin Matthew. Wir kennen uns noch nicht, aber wir haben einige Kurse zusammen." Er streckte Linda förmlich seine Hand entgegen. Sie musste aufgrund der Förmlichkeit unwillkürlich lächeln, aber schüttelte sie schnell, um seine Gefühle nicht zu verletzen.

"Hi, stimmt, ich habe dich schon einige Male gesehen. Woher kennst du meinen Namen?"

"Na ja, du bist die Neue an der Schule, das spricht sich herum."

"Wirklich? Tut es das?" Linda erschauderte leicht. Dass sie als Neue auffiel, war ihr bewusst, aber es war dennoch befremdlich.

"Ist das schlimm?"

"Nein, nein, ich wundere mich nur. Ein Neuzugang ist nichts Besonderes."

Durch Matthews Lächeln erschienen kleine Grübchen an seinen Mundwinkeln. Er war ein hochgewachsener und schlanker Junge mit blonden Haaren und ein paar Sommersprossen auf der Nase. Ein wenig erinnerte er Linda an einen jüngeren Matt Dillon, mit dem einzigen Unterschied, dass der Schauspieler braune Haare hatte.

Sie hatte mit Matthew zusammen Mathe und er war einer der wenigen, der auf fast jede Frage von Mr Urban eine Antwort hatte, darüber hinaus war er ihr aber nie besonders aufgefallen. Jetzt, als er direkt vor ihr stand fand sie ihn ausgesprochen gutaussehend. Die hohen Wangenknochen gefielen ihr, auch ohne die Ähnlichkeit zu dem Star.

"Darf ich dich zu Mathe begleiten?"

Die nächste Stunde war die von Mr Urban.

"Klar, wir gehen ja in die gleiche Richtung, aber vorher wollte ich noch mit einer Freundin sprechen, nur einen Moment." Matthew nickte und wartete an Ort und Stelle. Linda beeilte sich zur gegenüberliegenden Tür und streckte den Kopf in den anderen Raum, aber der war leer. Mitzi war bestimmt schon auf dem Weg zu ihrer nächsten Stunde. Sie ging zurück zu Matthew. "Sorry, danke für deine Geduld. Sie ist schon weg." Er sollte nicht denken, dass es ein Vorwand gewesen war, um ihn hinzuhalten, immerhin hatte er genug Mut und Selbstbewusstsein bewiesen, um sie anzusprechen. Linda versuchte, ihre Fantasie etwas im Zaum zu halten, vielleicht wollte er wirklich nur nett sein. Sie durfte sich nicht bei jedem lächelnden Jungen einbilden, dass er sie irgendwie mochte, das hatte schon mit Tom nicht geklappt.

"Oh, das ist meine Schuld, ich habe dich aufgehalten."

"Quatsch", winkte Linda schnell ab, "so wichtig war das nicht. Ich kann beim Mittagessen mit ihr reden."

Er wirkte sichtlich erleichtert.

"Okay lass uns gehen, bei Mr Urban würde ich nur ungern zu spät kommen."

"Hast recht."

Es stellte sich heraus, dass Matthew eine Plaudertasche war. Nach einer einzigen Frage ihrerseits ergoss sich aus seinem

Mund ein Schwall an Informationen. Er war kaum zu bremsen.

Es war bemerkenswert, was man auf wenigen Metern über einen anderen Menschen erfahren konnte, dachte Linda. Er hatte eine große Familie mit vielen Geschwistern. Linda hörte aufmerksam zu und ärgerte sich gleichzeitig darüber, dass sie sich nicht aufrichtig über seine Freundlichkeit freuen konnte. Tom schwirrte ihr immer noch im Kopf herum.

Sie hatten ihr Klassenzimmer erreicht.

"Hast du am Wochenende schon etwas vor?" Matthew sah sie erwartungsvoll an.

"Äh." Linda zögerte. Der Typ verlor keine Zeit, dachte sie überrascht.

Da ihre Antwort ein paar Sekunden zu lang auf sich warten ließ, fuhr Matthew gleich fort.

"Ich frage nur, weil meine Familie am Samstag ein BBQ veranstaltet und ich dich gerne dazu einladen würde. Natürlich nur, wenn du Zeit hast." Er sah Linda erwartungsvoll an und sie entschied sich, vorerst bei der Wahrheit zu bleiben.

"Ehrlich gesagt weiß ich noch nicht, was meine Familie geplant hat. Ich müsste das erst zuhause abklären."

Matthew zückte bereits sein Telefon, wahrscheinlich, um sich ihre Nummer zu notieren, aber Mr Urbans Räuspern hinter ihm unterbrach ihn.

"Herrschaften, wenn ich bitten dürfte."

Der zweite Gong ertönte, als sie durch die Tür gingen. Ohne ein weiteres Wort zu wechseln, nahmen sie ihre Plätze ein.

Linda befürchtete, dass Matthew nicht so leicht aufgeben würde, sie musste sich also etwas einfallen lassen. Sie sah nach vorne, wo Mr Urban die Stunde begann, und dachte nach.

Musste sie das aber wirklich? Eine kleine Stimme in Lindas Kopf rührte sich. Was hatte sie denn schon zu verlieren, außer ein paar Stunden am Wochenende? War das nicht auch die perfekte Lösung für ihr Problem? Das BBQ war eine gute Ablenkung und vielleicht würde sie sogar Spaß haben.

Ihre Hausaufgaben erledigte sie immer abends, daher würde nicht viel Arbeit übrig bleiben. Auch hatte sie keine anderen Verpflichtungen und sie hatte sich ohnehin vorgenommen, dieses Schuljahr etwas sozialer zu sein. Wenn Matthew nicht zu weit weg wohnte, dann könnten entweder Sam oder Joy sie fahren, überlegte sie.

Mr Urban begann, Arbeitsblätter auszuteilen, und Lindas Gedanken kehrten zurück zur Stunde.

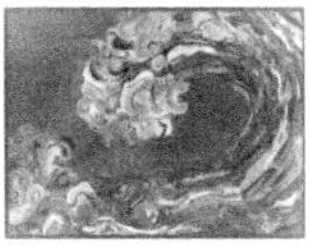

Wie erwartet kam Matthew gleich nach der Mathestunde auf sie zu und hielt ihr einen Zettel hin.

"Hier ist meine Telefonnummer. Wenn du Bescheid weißt, ob du kommen kannst, schreib mir einfach eine Nachricht." Er war sichtlich nervös.

Linda nahm den Zettel mit einem Lächeln an und nickte.

"Danke. Ich frage gleich heute Abend, ob mich jemand fahren kann." Eine kleine Reißleine musste aber sein. "Wenn nichts anderes geplant ist, meine ich. Wo findet das BBQ denn statt?"

"Bei mir daheim. Es ist wie gesagt nur eine kleine Familienfeier."

"Ah okay." Linda schulterte ihren Rucksack. "Sag mal, werden sich deine Eltern denn nicht wundern, wenn eine völlig Fremde auftaucht?" Linda wartete, aber er schaute sie nur verdattert an. "Du weißt schon, *kleine Familienfeier* und so."

"Oh, ich denke nicht." Es entstand eine kleine Pause, während sie zusammen aus dem Zimmer gingen. "Ursprünglich hatte ich nicht geplant, jemanden einzuladen. Ich dachte nur, dass es vielleicht nett wäre, jemanden Neues kennenzulernen und dann habe ich spontan dich gefragt. Wenn du möchtest, kannst du auch eine Freundin mitbringen."

"Mal sehen. Wenn ich kann, komme ich gerne. Danke für die Nummer. Ich melde mich, sobald ich daheim gefragt habe."

Damit schien er glücklich zu sein und sie verabschiedeten sich, diesmal ohne ein Händeschütteln.

Linda freute sich nach seiner Erklärung etwas mehr über die Einladung. Ein Mädchen brauchte auch Kumpel, mit denen sie nur herumhängen konnte, und solche, die ihr beim Mathelernen helfen konnten, waren sogar noch besser.

Elisabeth entdeckte Linda in der Cafeteria Schlange und stellte sich mit ihrem bereits gefüllten Tablett zu ihr. Während sie an ihren Pommes knabberte, erzählte sie voller Begeisterung von ihren Vorbereitungen für den kommenden Abend. Der Geruch des Burgers auf ihrem Tablett war aber so verlockend, dass Linda mehr auf das Knurren ihres Magens achtete als auf Elisabeths Collegepläne. Ihre eigentliche Essenplanung mit Folienkartoffel und Salat warf sie kurzerhand über den Haufen. Wenn das Gespräch mit Matthew über das nahende BBQ nicht gewesen wäre, hätte sie jetzt vielleicht widerstehen können, aber mit dem zusätzlichen Bild des schmelzenden Käses auf saftig gebratenem Fleisch vor der Nase hatte sie keine Chance.

Linda bestellte sich das Gleiche und erntete dafür ein bestätigendes Nicken von Elisabeth.

"Heute mal nichts Gesundes, Connor?"

Elisabeth war aufmerksam, das musste man ihr lassen. Linda zuckte nur mit den Schultern und grinste.

"Nicht immer." Als sie beim Tisch der Gruppe ankamen, fehlte einer. "Wo ist Eric?"

"Ach der kommt noch. Ich glaube, er musste länger im Chemielabor bleiben, weil er sein Experiment vergeigt hat." Cat lachte.

"Oh." Hoffentlich war es nicht allzu schlimm, dachte Linda mitfühlend.

Cat klärte sie und die anderen lachend auf.

"Er hat sich in einer Substanz vertan und das ganze Labor in stinkenden Qualm gehüllt. Die Masse aus dem Reagenzglas quoll über. Ihr hättet es sehen müssen! Der komplette Tisch war mit schleimigem Zeug bedeckt." Sie wischte sich die Lachtränen aus dem Gesicht. "*Die* Putzaktion wird etwas dauern."

Letztendlich lachte sogar Linda mit, hatte aber trotzdem weiter Mitleid mit ihm. Sie wusste, dass Chemie eines seiner Lieblingsfächer war und so ein Desaster, besonders vor der gesamten Klasse, war ihm bestimmt mehr als unangenehm gewesen. Cat erzählte weiter, dass letztendlich alle Schüler die Stunde zehn Minuten früher als üblich hatten verlassen dürfen und Eric inmitten weit aufgerissener Fenster und Putzzeug mit einem äußerst missgestimmten Lehrer alleine geblieben war. Eric würde in ein paar Stunden hoffentlich auch darüber lachen können, wenn vielleicht nicht auf die gleiche Weise wie Elisabeth. Sie hatte eine einzigartige Art, solche Dinge wiederzugeben und unterhielt alle famos.

Linda biss hungrig in ihren Burger und kaute genüsslich vor sich hin, während Nick zwischen Lachsalven noch eine Wiederholung der grausamen Details aus Elisabeth herauskitzelte.

Ihren Spott bezahlte Cat mit einem inzwischen erkalteten Burger. Beim ersten Bissen verzog sie das Gesicht, sprang auf und trottete zu einer der vier aufgestellten Gemeinschaftsmikrowellen.

"Na, ob der Burger danach noch schmeckt?" Mitzi sah ihr nach und stupste Linda an. "Ach ja, übrigens. Ich habe meine Mom schon erreicht. Das mit dem Abholen heute Abend geht klar."

"Wohin fahrt ihr denn?" Elisabeth wollte mal wieder nichts verpassen, aber Linda tröstete sie schnell.

"Nur zu dieser Collegesache. Ich brauche eine Mitfahrgelegenheit, weil ich Schussel vergessen habe, es daheim anzumelden."

"Ach so." Elisabeths Hoffnung auf ein nächtliches Abenteuer verpuffte. "Wenn ihr es schafft, dann kommt ruhig früher. Ich habe mich freiwillig ins Organisationskomitee gemeldet und bleibe nach dem Unterricht in der Schule, um die Stände aufzubauen. Aber so, wie es aussieht, werde ich die meiste Zeit in der Bibliothek verbringen und Hausaufgaben machen. Es kommen nur vier Repräsentanten."

"Wie *vier*? Von vier Colleges?" Linda war fassungslos. Das konnte doch nicht alles sein. Elisabeth nickte.

"Eigentlich sind es sogar nur drei Colleges. Der vierte Eingeladene ist ein Finanzberater."

"Ich habe aus irgendeinem Grund eine größere Auswahl erwartet."

"Leider kommen dieses Jahr nur die umliegenden Unis."

"Hast du etwa vor, den Staat zu verlassen, Linda?"

"Keine Ahnung, es ist jedoch gut, Optionen zu haben." Während Linda den anderen weiter zuhörte, merkte sie, wie unvorbereitet sie wirklich war. Elisabeth und Nick diskutierten, welche Fragen sie heute Abend stellen würden und welche vielleicht unpassend oder zu verfrüht waren.

Mitzi merkte, wie ruhig ihre Freundin geworden war, und pikste sie mit dem Zeigefinger leicht in den Arm. Sie hatte einen sechsten Sinn für die Sorgen anderer.

"Mach dir keine Gedanken. Für solche Dinge bleibt noch genügend Zeit. Die Schulen setzen diese Veranstaltungen grundsätzlich früh an, damit man sich im Senior Jahr nicht so verloren vorkommt."

"Hm, schon klar." Linda wusste jedoch, auf was sie sich konzentrieren wollte. Sie hatte lediglich keine Ahnung, welche Uni dafür die Beste war. "Es ist ja nicht so, als hätte ich gar nichts geplant. Ich nehme dieses Jahr schon *kreatives Schreiben* und *Literatur Analyse* als Wahlfächer. Nächstes Jahr kommen noch *Freies Sprechen & Vorträge* und auch *Grundlagen des Journalismus* dazu."

Mitzi schien einigermaßen beruhigt, dass Linda die Sache im Griff hatte und der besorgte Blick verschwand.

Trotz der regen Diskussion über Wahlfächer und Collegestrukturen scannten Lindas Augen während der Pause sporadisch jeden Winkel des Saals ab. Die Stimmung dabei war eine Mischung aus Hoffnung und sich erbärmlich fühlen, aber sie konnte es nicht lassen.

Egal, was sie tat und egal, wo sie war, sie schaffte es nicht, Tom aus ihren Gedanken zu verbannen. Dann aber wurde sie plötzlich fündig. Er stand mit geschultertem Rucksack am Getränkespender und unterhielt sich wieder mit Ellen. Da Linda Mitzis Einschätzung von ihr kannte, wandte sie sich angewidert ab.

Sie wollte so gerne mit jemandem über die ganze Sache reden, über ihre irrationalen Gefühle für diesen Jungen. Am besten mit jemandem, der die Angelegenheit objektiv einschätzen konnte, aber die Mädchen am Tisch? Auf keinen Fall. Soweit sie wusste, kannte keine von ihnen Tom näher. Dadurch wurde die Luft aber schon dünner. Übrig blieben Sam und Joy und ob sie sich das traute, stand auf einem anderen Blatt.

"Hey Leute, mir ist nicht gut. Ich muss kurz raus." Raus und weg von der Szene am Getränkeständer.
Elisabeth starrte sie erschrocken an.
"War 'was mit dem Burger?"
"Nein, ich denke nicht. Ich will nur an die frische Luft. Ich seh' euch später, okay?"
Mitzi bot an, mitzugehen, aber Linda lehnte ab. Sie wollte alleine sein. Mit ihrer netten Art würde Mitzi sie vielleicht noch zum Heulen bringen, oder was noch schlimmer wäre, zum Reden.
"Dann lass mir wenigstens dein Tablett da, ich nehm's mit vor. Bitte sag mir später Bescheid, wie es dir geht. Wenn alles okay ist, holen wir dich kurz vor sechs ab."
Linda nickte und gab ihr ein Daumen hoch.

Am Seitenausgang gab es einen Weg, der an der Schule vorbei zum Sportfeld führte. Dort konnte sie an der frischen Luft sein, aber auch umgehen, sich von der Aufsicht vorab eine Genehmigung zu holen.
Linda sah auf ihre Uhr. Sie hatte noch etwas mehr als eine Viertelstunde bis zum nächsten Kurs, aber am liebsten wäre sie direkt nach Hause gegangen. Für einige Momente spielte sie sogar mit dem Gedanken, zur Schulschwester zu gehen und sehr überzeugend eine Lebensmittelvergiftung vorzutäuschen, um diese Zeit würde sie jedoch keiner abholen können, und stundenlang auf einer Pritsche im Schwesternzimmer zu liegen war keine angenehme Aussicht.
Sie machte einen Umweg, um nicht an den Getränkespendern vorbeizukommen. Ohne hochzusehen, bog sie hinter den Doppeltüren scharf nach rechts ab, Richtung Seitenausgang. Der darauffolgende Aufprall kam so

unerwartet, dass sie fast wieder nach hinten zurückgefallen wäre. Zwei starke Arme fingen sie auf und hielten sie fest.

"Wow, langsam!"

"Uff!"

In Lindas Kopf drehte sich alles und sie betete, dass sie dieser Person nicht gleich auf die Schuhe kotzen würde. Eventuell war doch der fettige Burger schuld.

Die Stimme war vertraut und für den Bruchteil einer Sekunde assoziierte sie sie mit der von Eric, dann aber schalteten die Synapsen in ihrem Hirn wieder und sie schaute hoch, direkt in die schönsten blauen Augen. Fast wollte sie losheulen. Ihr Mund war vollkommen trocken, aber sie hätte ohnehin keinen Ton herausgebracht. Was machte Tom hier und wo war Ellen hin?

Sie standen immer noch sehr nah beieinander und er neigte seinen Kopf etwas zur Seite.

"Geht's dir gut? Du bist ganz blass."

Vorsichtig schüttelte Linda den Kopf. So wie sie sich fühlte, hätte sie auch durchsichtig sein können.

Er legte ihr seinen linken Arm um die Schultern, nahm ihr mit der freien Hand gleichzeitig den Rucksack ab und führte sie nach draußen. Dort gab es eine kleine Sitzgruppe, die auch im Sommer angenehm kühl blieb. Ein großer Baum überragte zwei steinerne Bänke und spendete ausreichend Schatten.

Tom legte ihre beiden Rucksäcke ab und hielt sie, bis sie saß. Es war schon fast übertrieben hilfsbereit, dachte Linda, aber sie ließ es geschehen. Er kniete sich vor sie hin und beobachtete aufmerksam ihr Gesicht. Eine Hand ruhte dabei auf ihrem rechten Knie, um sich abzustützen, aber er schien es nicht wirklich wahrzunehmen. Linda spürte es umso mehr.

"Wie fühlst du dich?"

Sie schloss die Augen, aber das Drehen in ihrem Kopf wurde sofort schlimmer und sie öffnete sie wieder. Sie sah nach oben in die Baumkrone und versuchte, sich zusammenreißen. Sie hatte Angst davor, ihn direkt anzusehen und das Gefühl zuzulassen, das dieser Junge in ihr auslöste, auch sollte er sie nicht für einen kompletten Idioten halten. Vorsichtig atmete sie ein und aus, um zu prüfen, wie strapazierfähig ihr Mageninhalt war.

"Ein wenig besser."

Das gedankliche Traumschloss war ja ganz nett, dachte sie, aber diese Schwärmerei hatte in der Privatsphäre ihres Kopfes stattgefunden. Jetzt befand er sich nur wenige Zentimeter von ihr entfernt, berührte sie sogar und trotzdem würde es nichts an der Gesamtsituation ändern. Er war einfach nur nett, wiederholte sie in ihrem Kopf immer wieder. Sie senkte langsam ihren Kopf und sah ihn an.

"Hi." Seine Mundwinkel hoben sich zu einem Lächeln. "Da bist du ja wieder."

Oh Gott, dachte Linda, diese Augen!

Wie konnte ein Mensch nur solche Augen haben? Wie konnte es sein, dass sie darin alles sah, das sie sich wünschte? Sie strahlten so viel Zuneigung aus. So viel Leidenschaft. Als wäre ihm in diesem Moment nichts anderes auf der Welt wichtiger als die Person, die er gerade ansah.

Sie fasste sich an die Stirn, um ihrem Kopf ein wenig Stabilität vorzuheucheln, und versuchte ein kleines Lächeln.

"Tut mir so leid, ich wollte dich nicht umrennen."

"Sie entschuldigt sich auch noch." Er sagte es leise, mehr zu sich, als alles andere.

Plötzlich legte er ohne Vorwarnung seine Stirn auf ihr linkes Knie und Linda wusste gar nicht, wie ihr geschah. Sie konnte fühlen, wie ihr Herz einen Sprint hinlegte. Zuerst wagte sie nicht, sich zu rühren, aber Sekunden später steuerte ihre Hand direkt auf seinen Kopf zu.

Nein, rief sie innerlich, *nicht*! Sie zog ihre Hand zurück. Fast hätte sie ihm über die Haare gestrichen, einfach so. Es kostete ihre gesamte Willenskraft, es nicht zu tun. Die unartige Hand sank zurück in ihren Schoß, aber im nächsten Moment richtete Tom sich auf und setzte sich neben sie.

"Tut mir leid."

Linda verstand nicht.

"Was tut dir leid?"

Er sah sie überrascht an. Mit einer fließenden Handbewegung zeigte er von seinem Kopf auf ihr Knie.

"Irgendwie hat mein Hirn ausgesetzt, ich wollte dir aber nicht zu nahetreten." Bei ihr fühlte er sich so wohl, als hätten sie sich nicht erst letzten Sonntag kennengelernt, aber das war keine Entschuldigung. Er musste sich besser im Griff haben, das wusste er. Das Wie stand allerdings auf einem anderen Blatt.

Tom sah gedankenverloren zum Sportplatz und Linda beschlich unvermittelt das Gefühl, dass er gleich aufstehen und weggehen würde. Auf einmal machte ihre linke Hand das Gleiche, wie die Rechte vorhin und hob sich wie von selbst. Diesmal versuchte sie nicht, sich zu stoppen. Sie konnte es gar nicht. Ihre Zurückhaltung löste sich in Luft auf.

Die Berührung glich hunderten winzigen Stromstößen, direkt in ihre kribbelnden Fingerkuppen hinein und in jede Faser ihres Körpers.

Es gab keinen Grund, ihre Hand wegzunehmen, da Tom weder zurückzuckte, noch etwas sagte. Er senkte nur leicht seinen Kopf, als wäre es das Natürlichste auf der Welt. Der

Moment war absolut perfekt. Ihre Finger bewegten sich vor und zurück, wie in einer sanften Massage.

Tom entwich ein leiser Seufzer.

Sie dachte keine Sekunde daran, dass sie ihn kaum kannte, nicht an Taylor, nicht an Ellen. Bei ihm fühlte sie sich so geborgen, wie schon lange nicht mehr. Das konnte aber nicht die Realität sein, dachte sie. Sie war bestimmt daheim in ihrem Bett und träumte das alles nur.

Langsam drehte Tom seinen Kopf zu ihr um und griff gleichzeitig nach ihrer Hand. Linda erwachte dadurch sofort aus ihrer Traumblase und versuchte schnell, ihre Hand wegzuziehen. Gerade eben hatte er sich dafür entschuldigt, ihr zu nahegetreten zu sein, und nun machte sie es.

Sie sah ihn erschrocken an.

"Das wollte ich nicht."

Auf seinen Lippen erschien ein Lächeln.

"Was wolltest du nicht?"

"Ich ..." Natürlich hatte sie es gewollt, oder besser gesagt genossen, mehr als alles andere auf der Welt sogar, aber das konnte sie ihm nicht sagen. Sie sah auf ihre Hand hinunter, die immer noch in seiner lag, bekam jedoch kein weiteres Wort heraus. Warum ließ er sie nicht los?

"Also ich fand es sehr schön." Seine Stimme war wie Samt.

Lindas Augenbrauen hoben sich in Verwunderung. Plötzlich musste sie an Ellen denken und ihr Realitätssinn erwachte mit voller Wucht zum Leben. Als mit Taylor Schluss war, hatte er sich direkt das nächste Mädchen geschnappt. An das, was Taylor im Flur gesagt hatte, wollte sie gar nicht erst denken.

"Nein, das geht nicht!" Sie zog ihre Hand mit einem Ruck weg und er sah sie verblüfft an, konnte sich aber denken, woran das lag.

"Ich habe mit Taylor schlussgemacht."
Lindas zerfurchte Stirn entspannte sich kein bisschen.
"Wegen Ellen, nicht wahr?"
"Ellen?" Er schüttelte den Kopf und lächelte wieder. "Nein, nicht wegen Ellen."
Linda zog vor, nichts mehr zu sagen, stattdessen starrte sie konzentriert auf ihre Hände, die sie wieder ganz für sich hatte. Sie verstand nicht, warum er lächelte, wenn es absolut nichts zu lächeln gab.
"Tom ..."
"Du hast gesehen, wie ich mit ihr gesprochen habe."
"Du darfst sprechen, mit wem du willst, das geht mich nichts an."
"Möchtest du denn gar nicht wissen, warum ich mit Taylor schlussgemacht habe?"
"Das geht mich ..."
"Hör auf, zu sagen, dass dich das nichts angeht", unterbrach er sie. Er holte tief Luft und atmete durch. Sie war so unheimlich stur! Falls sie es nochmal wiederholte, würde er sie einfach küssen.
"Daran bist nur du schuld."
"Ich verstehe nicht. Was hab' ich denn getan?"
"Getan? Getan hast du gar nichts. Du bist nur plötzlich in meinem Leben aufgetaucht."
"Warte, was?" Diesmal hielt sie seinem Blick stand, denn da war sie wieder: Die Standleitung, die sie am Montag gefühlt hatte und der Blick, mit dem er ihr die ganze Welt schenkte. "Du hast also kein Interesse an Ellen?"
"Definitiv nicht. Ich habe mich nur mit ihr unterhalten, um Taylor auf eine falsche Fährte zu locken. Sie wusste bereits, dass ich wegen einer anderen mit ihr schlussmache, und ich

wollte nicht, dass sie auf dich losgeht. Falls sie uns zusammen sieht, meine ich." Tom sah verlegen auf den Boden. "Ich weiß, das war kein netter Zug von mir, aber Ellen hat einen gewissen Ruf, da war es mir irgendwie egal. Sie kann sich verteidigen."

"Und ich etwa nicht?"

Tom sah amüsiert hoch.

"Du möchtest dich mit Taylor anlegen?"

Eigentlich wollte sie ihn daraufhin beleidigt anfunkeln, aber die bloße Vorstellung der Adressat einer ähnlichen Szene wie der von heute Morgen zu sein, ließ sie erschaudern.

"Nicht wirklich."

"Ich sage auch nicht, dass du dich nicht verteidigen kannst, ich wollte dich nur aus diesem Drama heraushalten. Taylor kann manchmal echt derb sein."

"Ja, das habe ich heute früh schon mitbekommen."

"Oh." Tom sah wieder zu Boden und Linda biss sich betroffen auf ihre Unterlippe. In Anbetracht der Umstände musste es ihm unheimlich peinlich sein.

"Ich hatte große Lust, ihr in den Hintern zu treten, als sie dich so dumm angemacht hat. Sie wollte dich nur blamieren."

Tom musste über die Formulierung lächeln und sah wieder auf. Linda hatte gesagt *wollte*, und nicht, dass Taylor ihn blamiert *hatte*.

"Dafür war ich dann aber das größere Arschloch." Als Linda etwas einwenden wollte, hob er seine Hand, "auch wenn sie mit Blake herumgemacht hat, hätte ich ihre schmutzige Wäsche nie in der Öffentlichkeit breittreten dürfen."

"Ich dachte, sie hätte keine an."

Lindas Hände schnellten hoch und bedeckten ihren Mund. Das Entsetzen über ihre Worte breitete sich in einem leichten

Rosa auf ihrem Gesicht aus, aber Tom verstand es als das, was es wirklich war, nämlich ein spöttischer Seitenhieb auf Taylor.

"Eins zu null für dich." Auf seinem Gesicht formte sich ein großes Grinsen, das dann aber schnell wieder in eine ernstere Miene überging. "Eigentlich wollte ich das erst am Samstag tun, aber jetzt macht es irgendwie keinen Sinn mehr zu warten."

"Was wolltest du am Samstag tun?"

"Dich um ein Date bitten."

"Ein Date? Wirklich?"

Tom musste unwillkürlich lachen.

"Ja wirklich." Im Gebäude hinter ihnen ertönte die Schulglocke. "Ich bin an niemandem anderen interessiert, das versichere ich dir. Würdest du denn mit mir ausgehen?"

Das war keine Frage, über die Linda lange nachdenken musste.

Sie nickte.

"Ja, sehr gerne."

Obwohl der vergangene Sonntag weit entfernt schien, konnte sich Linda an jeden Augenblick erinnern. An jeden seiner Blicke, an jedes Lächeln, an den Smiley auf dem Kassenbon. Jetzt konnte sie sich sicher sein, dass es keine Einbildung gewesen war.

Tom erhob sich von der Bank und zog sie mit sich hoch. Er hielt ihre Hand einige Momente länger fest, als es nötig gewesen wäre, und sah ihr in die Augen.

Es fühlte sich an, wie das Normalste auf der Welt.

"Hey, wir müssen wieder rein." Behutsam ließ er los, reichte ihr den Rucksack und schulterte seinen. "Bereit?"

"Wenn es sein muss." Am liebsten hätte sie ihn nie wieder losgelassen.

Sie liefen nebeneinander die Treppe hinauf.

"Wo musst du hin?" Linda wäre am liebsten mit in seinen Kurs gekommen.

"In die andere Richtung, aber ich begleite dich noch."

"Aber dann kommst du zu spät."

"Es gibt Schlimmeres." Tom strahlte sie an und Linda wollte dahinschmelzen, aber zum Schwärmen war später noch Zeit.

Als sie um die Ecke bogen, sah sie, dass die Tür zu ihrem Klassenzimmer noch offenstand. Ein klares Zeichen, dass Mrs Wheeler noch nicht da war. Sie atmete auf, war sich aber unschlüssig, wie sie sich verabschieden sollte. Als ob Tom Gedanken lesen konnte, beugte er sich vor und flüsterte ihr ins Ohr.

"Keine Sorge, wir sehen uns wieder."

Sein warmer Atem an ihrem Hals schickte eine Gänsehaut über ihren ganzen Körper.

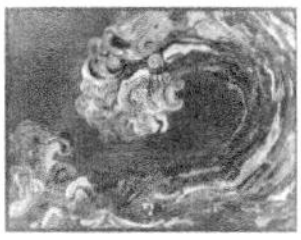

Von Mrs Wheeler erntete Linda zu Anfang der Stunde ein paar rügende Blicke, weil sie bei ihrer Ankunft noch an der Tür gestanden hatte, aber die Lehrerin widmete sich danach ohne Umschweife dem Exkurs in die europäische Geschichte.

Leider litt Lindas Aufmerksamkeit in dieser Stunde ganz gehörig unter den Vorkommnissen der Mittagspause. Ihre rechte Hand kritzelte weiter eigenständig Stichworte auf den Schreibblock, aber Zuhören war keine wirkliche Priorität.

Seit Sonntag hatte sie ein sehr breites Spektrum an Gefühlen durchlebt, denn bereits der Besuch bei Morello hatte ihr Innerstes grundlegend umgekrempelt. Es gab allerdings ein weiteres Thema, das sie nicht mehr aus dem Kopf bekam, nämlich Taylors Szene im Gang mit Tom und die implizierte Intimität der beiden.

Mit ihren sechzehn Jahren war Linda noch ziemlich unerfahren, das wusste sie. Ihr Leben hatte sich in behüteten Bahnen bewegt, aber durch die Erfahrungen ihrer Mitschüler hatte sie wenigstens theoretisches Wissen sammeln können, denn an ihrer alten Schule war Sex ein oft diskutiertes Gesprächsthema gewesen.

Linda konnte sich ein Lächeln nicht verkneifen, als sie an zukünftige praktische Erfahrungen dachte, senkte dabei aber ihren Kopf und tat, als würde sie sich etwas notieren. Allein die Vorstellung eines Kusses von Tom ließ ihre Körpertemperatur steigen. Bis zur zweiten Hälfte der Stunde hatte sie sich jedoch weitgehend beruhigt und konnte einigermaßen konzentriert am Unterricht teilnehmen. Die

Notizen auf ihrem Block machten wieder etwas mehr Sinn und würden ihr bei den Hausaufgaben kein so großes Rätsel mehr aufgeben. Mrs Wheelers Stunde war auch die einzige, in der keiner saß, den sie näher kannte, aber in Physik würde sich Cat bestimmt gleich besorgt an sie heften. Ihre Freundin wusste ja nicht, was nach der Mittagspause mit ihr passiert war und ob nun doch eine Lebensmittelvergiftung an ihrem verfrühten Aufbruch schuld gewesen war. Sie nahm sich vor, erst einmal nichts von Tom zu erzählen.

Mit der Konzentration war das allerdings so eine Sache und Linda verlor sich immer wieder in Tagträumen, während sie versuchte, sich auszumalen, wie es weitergehen würde. Auch wenn sie durch Sam einen Teil von Toms Vergangenheit kannte, wusste sie darüber hinaus kaum etwas über ihn und über sein Innenleben noch weniger. Würden sie überhaupt zusammenpassen? Was war ihm wichtig? Wie stellte er sich seine Zukunft vor?

Sie hatte sich nicht geirrt, was die Chemie zwischen ihnen anging und das machte sie über alle Maßen glücklich, aber es gehörte weit mehr zu einer guten Beziehung, als sich in den anderen zu verlieben.

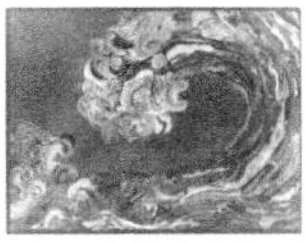

Physik fand in einem der Labore am Ende des Gangs statt und da Linda das passende Buch nach der Mittagspause nicht aus dem Spind geholt hatte, musste sie es jetzt erledigen.

Bei Mrs Wheeler hatte sie Glück gehabt, weil das Arbeitsmaterial ausgeteilt worden war, aber für Physik brauchte sie das Lehrbuch.

Ihr Spind war in der Nähe, aber Matthew war es auch. Sobald er sie sah, steuerte er direkt auf sie zu. Dadurch ergab sich allerdings ein ganz neues Problem. Neben ihrem Spind lehnte nämlich ganz lässig der schönste Mann auf Gottes Erde und strahlte sie an. Linda strahlte zurück und wollte auf ihn zu gehen, aber Matthew war schneller.

"Linda!" Er hielt ihr ein kleines Stück Papier hin. "Ich hatte ganz vergessen, dir meine Adresse aufzuschreiben. Deine Eltern sollen ja schließlich wissen, wo du bist ... wenn du kommen kannst, meine ich."

Ihre Eltern? Ach ja, dachte Linda, er konnte ja nicht wissen, wie sie lebte. Für den Bruchteil einer Sekunde lenkte sie das von der etwas prekären Situation ab.

"Danke Matthew." Sie faltete das Stück Papier auf und las die Adresse. Sie kannte die Straße sogar. "Oh."

"Was ist?"

"Ach nichts. Ich kenne die Gegend. Hatte dort in der Nähe Freunde."

"Echt? Wo genau?"

Das hier lief echt in die falsche Richtung, dachte Linda verzweifelt. Ihr rannte die Zeit weg.

"Du Matthew, können wir das Thema auf ein anderes Mal verschieben? Ich werde erwartet."

"Oh okay. Klar. Kein Problem." Matthew schaute sich verwundert um, aber nicht hinter direkt hinter sich. Er nahm an, dass es wieder um eine Freundin ging. "Wir sehen uns ja gleich. Also dann, ich geh schon mal vor." Zögerlich stapfte er davon.

Linda steckte den Zettel weg und ging lächelnd auf ihr ursprüngliches Ziel zu.

"Dich kann man ja keine Sekunde aus den Augen lassen. Gibt es noch mehr Verehrer, von denen ich wissen sollte?"

Sie lachte.

"Hm, lass mich nachdenken."

"Ich meine es ernst. Ich möchte wissen, wie meine Konkurrenz aussieht."

"Matthew ist keine Konkurrenz. Er wollte nur nett sein und hat mich zu einem BBQ eingeladen. Ich muss übrigens noch an meinen Spind. Darf ich?"

Tom nickte und trat zur Seite. Linda wunderte sich, woher er überhaupt wusste, welches ihrer war. Ein Zufall war das bestimmt nicht. Während sie an ihrem Schloss drehte, lehnte er sich an den Spind daneben und verschränkte gemütlich die Arme.

"Und was hast du geantwortet?"

"Worauf?"

"Matthews Einladung zum BBQ."

"Ah. Ich habe ihm gesagt, dass ich erst daheim fragen muss, ob jemand Zeit hat, mich zu fahren."

Sie packte schnell ihren Rucksack um.

"Und wann ist der Kindergeburtstag?"

Linda entging der Unterton in seiner Stimme nicht. Sie schloss die Spind Tür und lief rückwärts los. Tom folgte.

"Warum? Willst du mitkommen? Ich glaube nicht, dass du eingeladen bist", konterte sie unbeschwert und drehte sich um, damit sie mit niemandem zusammenstieß. War Tom etwa eifersüchtig? Er rollte mit den Augen, aber Linda sah, dass auch er Spaß an diesem kleinen Spiel hatte. Sie ließ ihn vom Haken. "Samstagmittag oder Nachmittag. Weiß nicht genau."

"Ah, das ist gut. Dann kommt er mir nicht in die Quere. Ich arbeite Samstag die ersten beiden Schichten, danach möchte ich etwas mit dir unternehmen."

Linda war sofort ein wenig enttäuscht. Irgendwie hatte sie gehofft, dass er sie bitten würde, das BBQ in den Wind zu schießen und stattdessen den ganzen Tag mit ihm zu verbringen.

"Bis wann musst du arbeiten?"

"Meine Schicht endet um fünf, bevor der Ansturm zum Abendessen beginnt. Danach könnte ich dich abholen. Ein Date nach deinem Date quasi."

Sie waren an der Tür vom Labor angekommen.

"Das BBQ ist kein Date". Linda sah ihn finster an.

"Okay okay. Reiß mir nicht den Kopf ab." Tom lachte. "Ich wollte dich nur aufziehen." Er strich ihr mit seinem Daumen beschwichtigend über den linken Unterarm, während er noch ein kleines Stückchen näherkam. Linda verlor sofort jegliche Kontrolle über ihre Gedanken. Während sie vergeblich nach Worten suchte, beobachtete Tom interessiert ihr Gesicht. Seine Finger streichelten für ein paar Sekunden die Innenfläche ihrer Hand, dann ließ er aber unvermittelt los und trat einen Schritt zurück. "Wir reden später."

Einen Moment später tauchte Cat neben ihr auf und Linda verstand.

"Na hallo ihr beiden!" Ihr Grinsen war unverhohlen. "Geht es dir wieder besser Linda?"

"Äh, ja ... die frische Luft hat geholfen." Noch während sie das letzte Wort aussprach, wandte Cat sich an Tom und stellte sich vor.

"Hi, ich heiße Cathryn. Wir kennen uns noch nicht wirklich. Tom, nicht wahr?"

Er nickte.

"Nur vom Sehen. Schön dich kennenzulernen Cathryn, aber ich muss leider los." Er verabschiedete sich schnell, warf Linda aber noch einen wehmütigen Blick zu, bevor er sich umdrehte.

Cat zerrte ihre Freundin umgehend ins angrenzende Labor und an einen Arbeitstisch. Sie setzte sich, aber Linda stand wieder auf, um ihren Drehstuhl auf die korrekte Höhe einzustellen. Dadurch war sie unerreichbar für einen gemütlichen Informationsaustausch, auch wenn nur kurzfristig, und Cat begann, mit ihren Fingern auf den Tisch zu trommeln.

"Sorry, da saß vorher jemand sehr Kleines." Linda versuchte, ob dem drohenden Kreuzverhör Zeit zu schinden, aber Cats ungeduldiges Trommeln ging weiter. Diese Stunde heute würde nicht einfach werden, dachte Linda im Stillen. Physik war, wie Chemie auch, ein Lehrfach mit Laborstunden und daraus resultierender Partnerarbeit, also durfte man sich auch unterhalten. Seufzend gab sie die Verzögerungstaktik auf und setzte sich.

"Ich will alle Details." Der Flüsterton nahm Cats Stimme keineswegs die Dringlichkeit.

"Worüber?" Daraufhin erntete Linda sofort einen gekränkten Blick.

"Über dich und Tom natürlich. Seit wann geht das schon mit euch beiden?"

"Mit uns beiden?"

"Er hat deine Hand gehalten!"

Linda setzte an, schwieg dann aber. Wenn sie ehrlich sein sollte, fiel ihr nichts Sinnvolles ein. Eine magere Widerrede, dass sie sich nur unterhalten hatten, würde der Problematik nicht helfen. Sie seufzte.

"Es ist schwer, es jetzt schon zu definieren. Er hat ja vor kurzem erst mit seiner Freundin schlussgemacht und kennen tun wir uns effektiv erst seit letztem Sonntag. Zwar haben wir uns vor ein paar Tagen im Kunstkurs unterhalten, seither aber nicht mehr."

"Mitzi hat mir das mit Taylor erzählt, aber auch so redet die ganze Schule darüber."

"Hm, ja ich weiß. Er hat meine Hand übrigens nicht gehalten, sondern nur gestreichelt." Als sie es aussprach, realisierte Linda, wie viel intimer das klang, und presste ihre Lippen zusammen.

Mr Fox erschien in der Tür und rettete sie fürs Erste, aber Cats Grinsen war unübersehbar. Der Lehrer begann, jedem Tisch ein Quiz auszuteilen, das man während der Stunde in Teamarbeit ausfüllen musste. Wie fast immer bereitete er dazu passend Experimente vor.

Die meisten Versuche, die Mr Fox vorne zeigte, kannte Linda schon aus ihrer alten Schule. Aber auch so wären sie leicht zu erraten gewesen, wie das der Hydromechanik, an dem er zuerst werkelte. Die Aufgabenstellung beinhaltete zwei Zylinder, Wasser und zwei Rosinen. Im ersten Glas war

Leitungswasser und im Zweiten mit Kohlensäure versetztes Wasser. Man sollte aufschreiben, wie sich die Rosinen beim Eintauchen verhalten würden. Am Schluss würde er alle Experimente der Reihe nach auflösen und die Klasse würde beobachten können, wie in diesem Beispiel die Rosine im Mineralwasser an die Oberfläche stieg. Die anderen wartenden Beispiele waren ähnlich unspektakulär, herausfordernd wurde es nur bei der korrekten Beschreibung der physikalischen Gesetze, die ihnen zugrunde lagen. Auch wenn alle mit Hydromechanik zu tun hatten, gab es bei allen Experimenten leichte Unterschiede.

Nach einer Weile fand Linda, dass es links von ihr zu ruhig geworden war, und sah von ihrem Quiz auf. Cat hatte das Kinn auf ihre Hände gestützt und sah ihr beim Schreiben zu, mit den Gedanken aber ganz woanders.

"Weißt du Linda, ich habe nie verstanden, was ein Typ wie Tom an einem Mädchen wie Taylor findet."

"Warum? Sie ist doch hübsch."

"Findest du?"

"Also komm, hässlich ist anders."

"Hm, wenn du meinst. Auch wenn ich ihn nicht gut kenne, schien er mir immer ein wenig deplatziert neben ihr."

"Deplatziert?"

"Na ja, sie ist immer so laut und auffallend." Sie kicherte, "muss an ihrem Hobby liegen. Daneben wirkte er immer sehr klug und nachdenklich. Ich weiß auch nicht. Ich will gar nicht sagen, dass Taylor dumm ist, nur ist sie nicht so ... so mysteriös wie er."

Linda hätte fast losgelacht, verkniff es sich in Anbetracht ihrer Umgebung jedoch im letzten Moment. Abgesehen von dem Mysteriösen verstand sie nur zu gut, was Cat meinte. Tom schien niemand zu sein, der etwas unüberlegt tat. Das zeigte sich in seiner ganzen Art, seinem Verhalten und seiner Wortwahl. Es war eine der Eigenschaften, die sie schon am Sonntag bemerkt hatte und seither bewunderte. Sein sicheres Auftreten unterschied sich sehr von anderen in seinem Alter. Wenn sie bei Morello den Kellner Wechsel wegen dem Wein nicht mitbekommen hätte, wäre sie davon ausgegangen, dass er fast zwanzig war.

"Ja, er benimmt sich ziemlich erwachsen."

"Ich finde es gut, dass er sich für dich interessiert." Cat hob gleich ihre Hand, um etwaige Einwände aufzuhalten. "Das kann ein Blinder sehen, dass er total in dich verschossen ist."

Diese Aussage ließ ihr Herz schneller schlagen, aber bevor Linda etwas erwidern konnte, erklärte Mr Fox vorne bereits den nächsten Versuch. Er positionierte eine Stecknadel auf einem viereckigen Stück Zeitungspapier und legte es neben eine Schale mit Wasser.

"Hier ist eure nächste Herausforderung: Was passiert mit den beiden Materialien, wenn ich sie gemeinsam auf die Wasseroberfläche lege?"

Cat murmelte neben ihr halbherzig etwas über eine eingewickelte Nadel. Linda schüttelte schmunzelnd den Kopf und schrieb die Antwort auf.

Das Papier wird sich mit Wasser vollsaugen und sinken. Die Nadel bleibt auf der Wasseroberfläche liegen. Grund: Oberflächenspannung.

"Oh."

"Deine Idee mit der eingewickelten Nadel fand ich aber sehr kreativ."

"Lach mich nur aus, du Physikgenie."

"Ich lache dich nicht aus. Wenn man die Experimente schon einmal gesehen hat, vergisst man sie einfach nicht mehr."

"Magst du ihn?"

"Mr Fox?"

"Grundgütiger! Tom natürlich."

Es war bemerkenswert, wie Cat ohne Überleitung einfach das Thema wechseln konnte, dachte Linda. Ihr Herz schlug jedoch Purzelbäume.

"Ja, natürlich mag ich ihn." Das Lächeln, das daraufhin auf Lindas Lippen erschien, war nicht mehr aufzuhalten. Sie hatte sich so sehr nach einem offenen Ohr gesehnt, und in Cat hatte sie definitiv eines. "Hoffentlich wird es nicht zu viele Gerüchte geben. Du warst ja nicht die Einzige, die uns zusammen gesehen hat, aber wie bereits gesagt, ich kenne ihn erst seit ein paar Tagen, also interpretiere da nicht zu viel hinein, ja?"

"Ich freue mich für dich", hauchte sie. "Der Typ ist so was von heiß!"

Plötzlich war sich Linda der anderen im Raum sehr gegenwärtig. Sie drehte sich schnell nach Matthew um, aber der war weiter hinten mit seinem Laborpartner in eine Diskussion vertieft und der allgemeine Geräuschpegel im Raum bot zudem eine gute Schallisolierung.

Wie es aber manchmal so war, hob Matthew in der Sekunde den Kopf, in der Linda wieder wegsehen wollte und ihre Blicke trafen sich. Sie lächelte schnell und ließ ihren Blick zur Ablenkung weiter über die Köpfe der anderen schweifen.

Herrje, dachte sie, was für ein Tag. Dann war da noch diese lästige Abendveranstaltung und ihr Date mit Tom war erst am Samstagabend. Am liebsten wäre sie in eine Zeitmaschine gestiegen.

Nein, dachte sie und schüttelte den Kopf, das war die falsche Einstellung. Sie wollte jeden einzelnen Moment genießen und nicht nach vorne preschen. Es war schon immer eine ihrer Schwächen gewesen, sich etwas schnell herbeizuwünschen, das sie unbedingt wollte. Je älter sie wurde, desto leichter war es aber auch, Dinge auszukosten, also nahm sie sich vor, geduldig zu sein. Heute Abend würde sie Zeit mit Mitzi und den anderen verbringen, ohne das Gehetze zwischen den Schulstunden und Freitag war Kinotag. Samstag dann das BBQ, wenn sie tatsächlich hinging und dann das Date mit Tom. Zwischendrin musste sie ja auch noch an die Schule denken, also sollte es ihr nicht schwerfallen, *im Moment* zu leben.

Sie hoffte dennoch inständig, dass Tom in vielen dieser Momente in ihrer Nähe sein würde.

Die Experimente füllten die gesamte Stunde aus. Mr Fox verlangte, dass alle Teams die ausgefüllten Bögen unterschrieben und nach vorne durchreichten, damit er sich einen Eindruck der Wissensstände machen konnte. Cat setzte ihren Namen grinsend unter das komplett von Linda ausgefüllte Papier.

Linda störte das keineswegs, es wurde ja nicht bewertet und ein paar Mal hatte Cat sogar richtig geraten. Den Kommentar "gute Teamarbeit" konnte sie sich aber dann doch nicht verkneifen.

"Du bist übrigens auch sehr unergründlich, liebe Cat."

"Ach ja? Warum?"

"Na ja, wenn man dich kennenlernt, dann meint man, du wärest so lieb und süß und dann, nach einer Weile, kommt die Wahrheit ans Licht."

"Hey, das ist unfair. Ich habe diese Experimente nie zuvor gesehen." Sie knuffte ihre Freundin spielerisch in die Seite und beide lachten.

Ein paar Minuten später standen sie gemeinsam auf dem Gang. Diesmal war von Tom nichts zu sehen. Linda hatte zwar nicht erwartet, dass er jede Pause wie von Zauberhand vor ihr auftauchen würde, aber irgendwie war sie dennoch traurig. Sogar Cat schien enttäuscht zu sein.

Sie holte ihr Handy heraus und rief Joy an. Vielleicht konnte sie Matthew schon früher eine Antwort geben und ihm damit eine Freude machen. Eigentlich aber war es purer Egoismus, denn sie befürchtete, dass sie sonst den ganzen Samstag über an nichts anderes denken würde. So trickste sie sich selbst aus und schlug zwei Fliegen mit einer Klappe. Während es auf der anderen Seite klingelte, kramte sie in ihrer Hosentasche nach dem Zettel, den Matthew ihr vorhin gegeben hatte.

Es dauerte so lange, dass sie fast wieder aufgelegt hätte. Wenn Joy einen Termin hatte, war das Telefon sowieso lautlos gestellt und dann machte es keinen Sinn, es ewig klingeln zu lassen. Plötzlich aber hörte sie den Klick.

"Ja bitte?"

"Oh hi, hier ist Linda."

"Linda?"

"*Ja*, deine *Nichte*?" Sie betonte ihre Worte und hörte die Stimme am anderen Ende seufzen. Gleichzeitig stellte sich das Augenrollen dazu vor.

"Natürlich weiß ich, wer du bist. Ich hatte auf der anderen Leitung ein Gespräch, tut mir leid. Ist alles in Ordnung?"

"Ja, ist es. Ich wollte nur schnell eine Frage loswerden. Ist am Samstag etwas Besonderes geplant, bei dem ich dabei sein muss?" Es gab eine kurze Pause, dann konnte sie ein Lächeln in Joys Stimme hören.

"Nein, Schatz. Du kannst deinen Samstag verbringen, wie du willst." "Okay. Ich bräuchte nämlich eure Hilfe. Ich wurde zu einem BBQ in Harrison eingeladen. Hätte einer von euch Zeit, mich dorthin zu fahren?"

"Ein BBQ? In Harrison?"

Linda hielt inne. War die Verbindung so schlecht oder sprach sie undeutlich? Irgendwie stand Joy heute etwas neben sich.

"Sag mal, ist irgendwas?"

"Nein nein, ich war nur überrascht. Bei wem findet es denn statt?"

"Der Junge heißt Matthew und es ist nur eine kleine Familienfeier, nichts Großes."

"Matthew. Aha. Okay. Kein Problem. Sam kann dich fahren, aber ich bin auch zuhause. Du kannst also ruhig zusagen."

"Danke Joy, bis später dann."

"Bis später. Hab noch einen schönen Tag." Linda legte auf und sah das Telefon in ihrer Hand skeptisch an. Das war ein sehr merkwürdiges Gespräch gewesen.

"Matt Fowler hat dich eingeladen?"

Linda sah auf. Cat stand wartend neben ihr. Es war bemerkenswert, wie gut sie ihre Umwelt ausblenden konnte, wenn sie sich auf etwas konzentrierte, dachte Linda verdutzt. Sie sah noch mal auf den zerknitterten Schnipsel Papier. *Matthew Fowler*. Seinen Nachnamen hatte sie gar nicht registriert.

"Zu einem BBQ, ja."

"Und du gehst hin?"

"Ja, warum?"

Cat zuckte mit den Schultern.

"Nichts weiter, der Typ ist nur irgendwie komisch. Okay, ich muss los. Wir sehen uns heute Abend." Sie knuffte Linda freundschaftlich in den Arm und ging von dannen.

Linda sah ihr nach, aber mit dem neuen Gefühl in ihrem Magen konnte sie nicht viel anfangen.

Matthew sah sie erst nach Schulschluss wieder.

Sie stand vor dem Eingang an der großen Treppe und beobachtete die Auffahrt, wo Joys Wagen um diese Zeit immer erschien. Matthew lief direkt an ihr vorbei, ohne sie zu registrieren.

"Hey Matthew!"

Matthew schaute zurück und blieb etwas zögerlich stehen.

"Hey."

"Ich wollte dir gerade eine Nachricht schreiben. Ich habe nachgefragt und das mit Samstag geht klar. Ich komme gern zum BBQ. Danke noch mal für die Einladung."

Sein Gesichtsausdruck hellte sich sofort auf und er kam wieder die paar Schritte zu ihr zurück.

"Das ist cool. Hatte gar nicht erwartet, vor heute Abend eine Antwort zu bekommen."

"Kommen denn noch andere aus unserer Stufe?"

"Nein."

Das komische Gefühl von vorhin kehrte zurück. Er hatte doch gesagt, er sähe das nur freundschaftlich. Wieso empfand sie dann diese Einladung plötzlich als unangenehm?

"Ich weiß, dass du sagtest, es ist eine Familienfeier, aber es hätte ja auch sein können, dass du spontan noch andere Leute eingeladen hast."

Sie hörte ein kurzes Hupen und sah hoch. Tom winkte ihr vom Steuer seines Wagens zu.

"Was will der denn schon wieder?" Matthews finsterer Blick sprach Bände.

Seine Reaktion auf Toms Erscheinen war etwas heftiger, als es passend gewesen wäre. Was Linda nicht wusste, war, dass Matthew sich nach ihrem Gespräch im Gang doch noch einmal umgedreht und gesehen hatte, dass sie auf Tom zugegangen war.

"Kennt ihr euch?" Linda versuchte, die Situation etwas aufzulockern, aber am liebsten wäre sie gleich die Treppe hinuntergerannt. Tom wollte sich bestimmt verabschieden und dort, wo er stand, konnte man nicht lange parken.

"Nicht wirklich gut. Ist aber auch nicht wichtig. Ich muss sowieso los."

"Okay. Bis morgen."

Matthew würdigte Tom keines Blickes, als er an dessen Geländewagen vorbeiging. Zwischen den Jungs gab es scheinbar etwas, von dem sie nichts wusste, aber seine Bemerkung hatte ihr ganz und gar nicht gefallen.

Linda lief die Treppe hinunter und steckte den Kopf ins offene Beifahrerfenster des Chevys.

"Hallo."

"Selber hallo." Linda grinste.

"Wartest du auf jemanden?"

"Ja, auf Joy. Sie hat sich ein wenig verspätet."

"Das glaube ich weniger."

"Ach?" Ihre Augenbrauen hoben sich überrascht.

"Ich habe sie angerufen und gefragt, ob ich dich nach Hause fahren darf."

"Du hast was?" Linda war keineswegs verärgert, nur total überrascht, aber der Ton war ähnlich.

"Tut mir leid, ich hätte dich vorher fragen sollen."

"Nein, überhaupt nicht. Das ist fantastisch!" Schon wollte sie die Tür aufziehen, aber sie zog vergebens.

"Moment. Das geht mal gar nicht." Tom stieg aus und kam um den Wagen herum. Linda wusste im ersten Moment nicht, was sie falsch gemacht hatte, und wartete brav auf ihre Standpauke. Sie betrachtete noch einmal die Tür, als wäre sie ein Schloss mit sieben Siegeln. Ein leichtes Klicken ertönte und die Tür entriegelte. Tom blieb neben ihr stehen und öffnete sie. "An dem Tag, an dem ich dir erlaube, deine eigene Tür zu öffnen, haben wir zuerst eine Bank ausgeraubt und sind auf der Flucht."

"Gilt das auch fürs Aussteigen?"

"Unbedingt. Mit der Ausnahme, die ich gerade genannt habe."

Er lächelte sein fantastisches Lächeln und Linda musste unwillkürlich lachen.

"Danke. Sehr galant." Sie stieg ein.

"Ist mir eine Ehre." Er lächelte.

Der Wagen rollte vom Parkplatz und auf die Straße. Endlich waren sie wieder allein, dachte sie glücklich. Sie hatte ihn so vermisst!

Im Radio lief leise Countrymusik, ein Titel von Brooks & Dunn.

"Oh ich liebe diesen Song!" Linda war begeistert. Es war *My Maria.*

"Du magst Countrymusik?"

"Sehr. Warum überrascht dich das?"

"Ich kenne hier an der Ostküste wenige, die diese Musikrichtung mögen. Heißt das, ich darf lauter machen?"

"Bitte!"

"Das ist einer meiner Lieblingssongs."

Tom drehte den Regler ein gutes Stück auf und Linda begann, halblaut mitzusingen. Als Brooks & Dunn den Refrain sangen, hörte sie sogar Toms Stimme neben sich. Er strahlte von einem Ohr zum anderen und schien genauso viel Spaß zu haben, wie sie. Leider war das Lied viel zu schnell wieder vorbei.

Er stellte das Radio wieder auf Normalpegel, damit sie sich unterhalten konnten.

"Du hast erwähnt, dass du Joy angerufen hast. Machst du das öfter?"

"Hübsche Mädchen entführen, nachdem ich deren Tante um Erlaubnis bitte?"

"Nein, ich meinte das Telefonieren." Das Kompliment war ihr nicht entgangen.

"Eigentlich nicht. Sie war auch sehr überrascht. Vor eurem Besuch bei Morello hatte ich schon länger nicht mit den beiden gesprochen." Er warf ihr einen nachdenklichen Blick zu. "Ich wohne bei euch ganz in der Nähe. Als ich klein war, war ich oft zu Besuch. Daraus ist eine enge Freundschaft entstanden, aber in letzter Zeit ist das etwas eingeschlafen."

Tom schaute ein paar Sekunden still nach vorn, blinkte und bog ab.

"Das ist meine Schuld, nicht wahr?"

"Wieso deine?" Tom stellte sich dumm.

Sie überlegte ein paar Sekunden lang, ob sie es irgendwie umschreiben sollte, aber lügen war nicht ihre Stärke.

"Joy hat so etwas erwähnt."

"Dass es deine Schuld ist? Das bezweifele ich."

"Nicht in diesen Worten natürlich, aber mein Einzug hat vieles durcheinandergebracht, das weiß ich." Linda sah aus dem Fenster. Sie hätten längst auf der Schnellstraße sein müssen. Sie hatte keine Ahnung, wo sie waren. "Wo fahren wir hin?"

"Keine Sorge, es ist nur ein spontaner Abstecher." Der Wagen wurde langsamer. "Wir sind da." Er zeigte auf einen kleinen Pfad, der zwischen Bäumen hindurchführte. Dahinter glänzte etwas. "Dort unten ist ein Fluss. Um diese Zeit ist hier fast keiner."

"Die letzte Phase deines Entführungsplans?"

"Genau."

Neben dem Fluss lag ein vermooster Schotterweg. Dort parkte er. Als Linda sich umsah, entdeckte sie schräg über dem Wasser eine Eisenbahnbrücke. Dass um diese Zeit keiner hier war, glaubte sie sofort, es war ein sehr schöner, aber auch einsamer Ort.

Tom stieg aus und diesmal blieb sie brav sitzen. Er öffnete die Tür und half ihr heraus. Dann hob er den Zeigefinger und bedeutete ihr, zu warten. Linda sah kurz zu, wie er im hinteren

Teil des Wagens etwas suchte, aber ihr Blick wanderte bald prüfend in ihre Umgebung. Tom mochte vielleicht nicht gefährlich sein, aber eine Gegend unterhalb einer Eisenbahnbrücke war das schon eher. Jedenfalls, wenn man ihren geliebten Thrillern glauben konnte.

Sie hörte ein kurzes Piepen, als Tom eine CD ins Fach schob. Bevor sie fragen konnte, ertönten die ersten Töne eines Countrysongs aus den Boxen. Es war ein Titel, den sie sehr gut kannte und sehr mochte. *Amazed* von Lonestar. Tom drehte die Lautstärke hoch und streckte seine Hand nach ihrer aus.

"Darf ich?"

"Oh ..." Sie lachte überrascht auf, fühlte aber gleichzeitig eine wachsende Hitze in ihren Wangen. So etwas Romantisches hatte sie noch nie erlebt und dabei war das hier noch nicht mal ihr erstes Date. Geschah das wirklich?

Tom nahm ihre linke Hand und drehte sie einmal um ihre eigene Achse, bevor er sie an sich zog und begann, mit ihr zu tanzen. Er war unheimlich erleichtert, dass sie diesen kleinen Abstecher so locker nahm und seine Idee nicht überzogen fand.

Vor wenigen Stunden hatte er nur davon träumen können, diesem Mädchen so nahe zu sein. Ganz abgesehen davon, dass er es bis vergangenen Sonntag nicht mal für möglich gehalten hatte, sich so schnell in jemanden zu verlieben. Seine bisherigen Erfahrungen verblassten im Gegensatz zu dem, was er in diesem Moment fühlte.

"Gute Überraschung?"

"Die allerbeste! So etwas hat noch nie jemand mit mir gemacht."

"Also nicht zu kitschig?"

Linda lächelte ihn an und schüttelte ihren Kopf.

Gegen Ende tanzten sie nicht mehr wirklich, sondern wiegten sich nur leicht zum Takt hin und her, bis die letzten Gitarrenklänge verstummten. Der Song ging zu Ende, aber sie ließ weiter die Arme um seinen Hals.

"Können wir nicht einfach hierbleiben?"

"An welchen Zeitraum hast du denn gedacht?"

"Fürs Erste ein paar Stunden." Linda legte ihren Kopf an seine Schulter. Seine Nähe fühlte sich vollkommen natürlich an und sie machte sie keinen einzigen Gedanken darüber, was sie tun oder sagen sollte. Die CD spielte jetzt einen anderen Titel. Eine ganze Weile standen sie einfach so da, mit der Musik und dem gurgelnden Fluss im Hintergrund.

Irgendwann löste er sich vorsichtig von ihr und drehte sie zum Abschluss noch einmal.

"So meine Dame. Ich hoffe, der kleine Umweg hat Ihnen gefallen."

"Es war atemberaubend, mein Herr!" Sie schenkte ihm ein strahlendes Lächeln.

"Na dann, lass uns fahren. Nicht dass Joy noch einen Suchtrupp nach dir losschickt." Bevor er sie einsteigen ließ, stellte er noch die Musik leise.

"Tom?"

"Ja?"

"Danke."

Er senkte mit einem Lächeln seinen Kopf und ließ sachte die Tür zufallen.

Als sie vor dem Haus parkten, war es nach fünf.

Die Eingangstür öffnete sich, noch bevor Tom den Motor ausgestellt hatte. Hinter dem Fliegengitter winkte Joy den beiden zu, als wäre es das normalste auf der Welt.

Unwillkürlich schob sich ein Bild aus der Zukunft in Lindas Kopf, wie Tom und sie als verheiratetes Paar zu Besuch kamen. *Oh komm,* dachte sie allerdings sofort, *spinn nicht rum Mädchen.*

"Wir werden erwartet, Liebling."

Linda sah ihn an und musste grinsen. Das Kosewort war definitiv spielerisch gemeint, aber scheinbar hatte diese Situation nicht nur bei ihr ein Kopfkino ausgelöst. Tom stieg aus dem Wagen und öffnete ihr abermals die Tür.

Inzwischen stand Joy auf der Veranda. Als sie gemeinsam die Stufen hochkamen, bekamen sie beide eine Umarmung.

"Thomas? Hast du noch etwas Zeit?"

"Ja, Ma'am."

"Wenn es Linda recht ist, wäre es schön, wenn du zum Abendessen bleibst."

Zwei Augenpaare richtete sich erwartungsvoll auf Linda. Überflüssigerweise, dachte diese, natürlich war es ihr Recht.

"Absolut. Trefft ihr euch aber heute nicht mit Freunden?"

"Schon, aber erst später. Hattet ihr einen schönen Tag?"

"Ja", Linda nickte. Wenn Joy wüsste! "Meiner ist aber noch nicht vorbei. Heute Abend muss ich leider noch mal in die Schule, wegen so einer Collegeveranstaltung. Mitzis Mom hat angeboten, mich mitzunehmen. Sie kommen um sechs."

Joy schloss die Haustür hinter ihnen und schaute auf die Uhr.

"Dann decke ich gleich den Tisch. Das Essen ist bereits fertig. Warum geht ihr euch nicht die Hände waschen."

"Ist gut, ich bringe nur noch schnell meine Sachen nach oben."

Tom ging in das Erdgeschossbad, während sie die Treppe hochlief.

Linda nutzte die Zeit, um sich kurz frisch zu machen und sich ein neues Top anzuziehen. Kurz darauf klopfte Tom an die angelehnte Zimmertür.

"Komm rein."

"Das ist also dein Zimmer?"

"Ja, zuvor war es Joys antike Sammelstelle."

"Ich erinnere mich." Er sah sich um.

Linda ging ins Bad und stopfte das alte Top in den Wäschekorb, dann kam sie wieder ins Zimmer.

"Sorry, jetzt gehöre ich ganz dir." Tom hob angesichts der Formulierung eine Augenbraue, sagte aber nichts. Als sie auf die Tür zusteuerte, hielt er sie leicht am Arm fest.

"Warte bitte. Ich bin hier heraufgekommen, um mit dir zu reden. Ich glaube, ich sollte gehen."

"Was? Warum das denn?" In Lindas Kopf schellten alle möglichen Alarmglocken. Sie wollte auf keinen Fall, dass er jetzt schon ging. Ihr Magen zog sich zusammen.

Sein Gesicht wurde ernst und er atmete tief durch.

"Es gibt noch einige Dinge, die ich dir erzählen möchte, bevor wir einfach fröhlich beieinandersitzen können. Ich will das aber tun, wenn wir mehr Zeit haben." Er flüsterte, denn er wusste, dass das Haus sehr hellhörig war.

Linda imitierte seine Lautstärke.

"Fühlst du dich hier nicht wohl?"

Er drehte sich um und schloss die Zimmertür.

"Das ist es nicht." Er rieb sich die Stirn. "Ich habe eine ganz besondere Vorgeschichte mit den beiden."

"Und du willst nicht, dass sie etwas ansprechen, das dir unangenehm ist."

Toms Gesicht zeigte Verwunderung.

"Sie haben es dir erzählt." Es war mehr eine Feststellung als eine Frage.

Linda fielen natürlich mehrere Dinge ein, die er meinen könnte, aber sie wollte ihm unbedingt zuvorkommen.

"Nicht viel, nur dass du als Kind oft hier warst und ihr euch nahesteht. Nach dem Besuch im Restaurant habe ich Sam nach dir gefragt." Sie sah verlegen zur Seite.

Er konnte sich denken, dass Sam ihr mehr verraten hatte, als sie zugeben würde.

"Verstehe." Seine Miene verdüsterte sich fast unmerklich.

"Tom, es tut mir leid. Ich hätte nicht neugierig sein dürfen."

"Es gibt nichts, wofür du dich entschuldigen müsstest. Ich habe kein Problem damit, dass du Dinge über mich weißt. Ihr seid eine Familie, da redet man über alles." Er seufzte und griff nach ihrer Hand. "Gleichzeitig ist es schmeichelhaft, dass du nach mir gefragt hast. Ich werde trotzdem nicht zum Essen bleiben. Es ist einfach nicht der richtige Zeitpunkt. Joy wird's verstehen."

"Ja das verstehe ich. In Ordnung."

Von unten hörte man Teller klappern. Tom ließ seinen Blick schweifen und blieb etwas länger an den Büchern im Regale hängen.

Linda sagte nichts mehr, denn es war schön, ihn bloß zu beobachten. Jede Minute, die er hier war, war kostbar. Das Zimmer roch bereits leicht nach dem Duft, den er trug und sie dachte kurz darüber nach, wie sie das Parfüm auf ihr Kopfkissen bekommen könnte. Vielleicht mit einer Impromptu Kissenschlacht? Sicher, das war sehr erwachsen, besser sie bat ihn einfach, ihr Kissen kurz an seinem Gesicht zu reiben. Genau, das wäre überhaupt nicht befremdlich.

Er ertappte sie beim Träumen.

"Ich würde jetzt viel dafür geben, zu wissen, woran du gerade denkst. Deine Mimik ist einmalig."

Linda wollte eher sterben, als ihm die Wahrheit zu sagen, also versuchte sie es mit der Hälfte.

"An mein Kissen."

"Bin ich so langweilig?" Er lachte und Linda ging wirklich fast ans Bett um das Besagte nach ihm zu werfen, stattdessen setzte sie sich nur an dessen Rand.

"Je weniger du weißt, desto besser." Sie schmunzelte, wurde aber schnell wieder ernst. "Tom, darf ich dich etwas Persönliches fragen?"

"Alles."

"Du hast gesagt, dass ich der Grund für deine Trennung von Taylor war."

Dieses Thema hatte er nicht erwartet.

"Ja, das stimmt."

"Das war noch nicht die eigentliche Frage."

"Ich weiß", er lächelte, "aber ich kann mir denken, was du wissen willst."

"Ach ja?" Linda wollte keine Liebeserklärung aus ihm herauspressen, aber sie hätte gerne gewusst, was er Sonntag im Restaurant gedacht hatte. Das sagte sie ihm auch. In der Mittagspause hatte er es nur kurz angedeutet.

Er setzte sich im halben Schneidersitz neben sie aufs Bett, einen Fuß auf dem Boden. Diese Nähe machte sie ganz kribbelig, auch wenn sie sich nicht berührten.

"Ich bin mir nicht sicher, ob ich dir wirklich erklären kann, was an dem Abend im Restaurant in mir vorging." Er atmete kurz durch und versuchte, seine Gefühle so gut es ging in Worte zu fassen. "Es war, als hätte ich etwas gefunden, worauf ich mein ganzes Leben gewartet habe. Und ohne zu wissen, dass es mir je gefehlt hat. Es war wie ein Puzzleteil, dass auf einmal da war und sich nahtlos einfügte. Sagen konnte ich aber nichts, weil ich noch mit Taylor zusammen war, und an dem Abend waren auch Sam und Joy ein Hindernis."

"Wieso?"

"Ich fand es Taylor gegenüber unfair. Man kann Mädchen ansprechen, wenn man Single ist, alles andere ist meiner Meinung nach Untreue."

"Ich meinte eigentlich das andere *Hindernis*. Deine Integrität hätte ich nie infrage gestellt."

"Danke." Tom lächelte und räusperte sich leicht. "Sam und Joy sind wie Ersatzeltern für mich. In ihrer Gegenwart könnte ich nie, wie soll ich sagen, *flirten*. Daher auch die versteckte Nachricht auf dem Kassenbon." Er schüttelte den Kopf und betrachtete seine Hände. "Ich hatte ein total schlechtes Gewissen, obwohl ich ja nicht wirklich etwas getan hatte. Für mich war der Gedanke daran allerdings schon grenzwertig."

"Mit der versteckten Nachricht meinst du den Smiley auf der Quittung?"

Tom schaute sie wieder an.

"Ja. Taylor und ich waren zu dem Zeitpunkt bereits ein ganzes Jahr zusammen. Die gesamte Zeit hatte ich nie infrage gestellt, ob ich wirklich glücklich war, aber plötzlich bekam ich dich nicht mehr aus meinem Kopf. Sonntagnacht habe ich kaum geschlafen. Ich fühlte mich wie ein Arsch, weil Taylor mir plötzlich komplett egal war. Von einem Moment auf den anderen, verstehst du? Da war mir klar, dass ich mich in dich verliebt hatte. Den gesamten Montag über habe ich darüber nachgedacht, wie ich es ihr beibringen soll. Dienstagmorgen habe ich mich dann von ihr getrennt. Und das mit Ellen habe ich dir bereits erklärt."

"Du hast mit Taylor schlussgemacht, ohne zu wissen, was ich sagen würde?"
"Das hätte ich ohnehin getan, denn zu dem Zeitpunkt war es für mich vorbei. Was dich angeht, na ja, ich konnte mir natürlich nicht sicher sein, aber deine Nervosität, wenn du in meiner Nähe warst, war wie ein kleines Leuchtfeuer."
"Ich war nicht nervös!"
Tom grinste.
"Keine Sorge. Ich hätte es auf jeden Fall versucht, auch ohne den Hauch einer Chance." Er berührte ihre Hand, aber diese Aussage allein besänftigte sie sofort. Er hatte sich in sie verliebt, alles andere war ihr egal. Tom betrachtete ihre Finger und fuhr fort. "Irgendwie denke ich dauernd, dass es nur ein Traum ist. Ich habe so einen wundervollen Menschen wie dich nicht verdient." Er sah ihr in die Augen. "Versteh mich bitte nicht falsch. Ich will das. Uns. Ich bin es nur nicht gewohnt, mich bei einem anderen Menschen so wohl zu fühlen, so glücklich. Allein, dass ich dir problemlos sagen kann, was ich denke, ist komplett neu für mich. Wenn ich in deiner Nähe bin, geht meine persönliche Sonne auf." Tom lachte auf. "Tut mir leid, das klang furchtbar kitschig. Sogar jetzt denke ich die ganze Zeit, *Junge hör auf, zu labern, du verschreckst sie noch*. Ich versuche wirklich, langsam zu machen, aber wie du siehst, tue ich genau das Gegenteil."
Linda war fassungslos. Wie konnte dieser fantastische Junge nur so an sich zweifeln?
"Du kannst mich nicht verschrecken. Ich liebe dich. Von mir aus könnten wir auch morgen schon heiraten." Sie grinste, aber es kam viel ernster herüber, als sie es beabsichtigt hatte.
Tom starrte sie sekundenlang still an.
"Ich glaube, das ist keine so gute Idee."

Oh nein, dachte Linda, sie hatte ihm damit doch nur sagen wollen, dass er sich keine Sorgen machen musste, und jetzt hatte sie womöglich *ihn* verschreckt.

"Tom ..."

"Im Staat New York sind Eheschließungen mit 16 nicht legal. Ich würde deswegen nur ungern ins Gefängnis wandern." Toms Gesicht war vollkommen ernst, aber seine Augen funkelten frech. Linda atmete erleichtert auf. Er umfasste er ihr Gesicht mit beiden Händen und kam ihr ganz nah. "Keine Sorge, ich lass dich nie wieder gehen."

Sie konnte den Atem seiner letzten Worte noch auf ihrer Haut spüren, als seine Lippen ihre berührten. Es war ein ganz dezenter Kuss, so als ob sich zwei schwebende Federn mitten im Flug trafen. Sie öffnete ihre Lippen und küsste ihn zurück. Wenige Sekunden später aber brach er den Kontakt ab und schob sie sanft von sich.

"Es hat geklingelt."

"Was?" Linda kam nur langsam in die Realität ihres Zimmers zurück.

"Unten. Die Tür. Ich glaube, es ist deine Mitfahrgelegenheit." Linda sah erschrocken auf die Uhr. Es war genau sechs. Wie war denn so viel Zeit vergangen?

"Ach verdammt." Sie sprang auf.

Tom erhob sich ebenfalls, aber zog sie noch einmal an sich und Linda vergaß kurzzeitig, zu atmen.

"Da wäre nur noch eine Sache."

"Ja?"

"Ich liebe dich auch."

Sam und Joy standen bereits an der Haustür, als die beiden die Treppe herunterkamen und sie taten ihr Bestes, um vollkommen unbekümmert zu wirken.

Joy unterhielt sich gerade mit Mitzis Mutter, aber Tom sah, wie Sams Mundwinkel nach oben zuckten. Mitzi stand wartend daneben und freute sich sichtlich, ihre Freundin zu sehen. Sie lief ihr entgegen und umarmte sie auf der untersten Stufe. Dann sah sie Tom an. Linda stellte die beiden schnell vor.

"Hi." Mehr sagte Mitzi nicht. Sie wusste nicht, was der Typ hier machte, aber die Frage würde warten müssen, bis sie mit ihrer Freundin alleine war.

Joy legte Linda die Hand auf die Schulter.

"Soll ich dir etwas zu Essen einpacken?" Glücklicherweise wussten die anderen nicht, warum sie daraufhin errötete.

"Nein danke, ich habe keinen Hunger." Ein Bauch voller Schmetterlinge ließ keinen Bissen zu. "Wir haben geredet und die Zeit vergessen, tut mir leid."

Joy winkte ab.

"Ist nicht schlimm. Jetzt macht euch aber auf den Weg, sonst verpasst ihr noch die Veranstaltung."

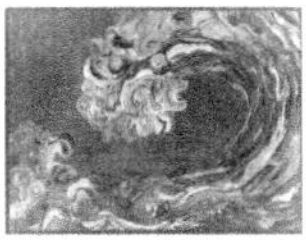

Liebend gern hätte Tom sie selbst gefahren, er wollte es jedoch nicht übertreiben, besonders weil Sam ihn mit Nachdruck gebeten hatte, zu bleiben.

Er sah Linda nach, bis der Wagen in der Biegung verschwand und ging dann direkt ins Wohnzimmer. Als er in den Raum trat, kam Joy gerade mit einer Karaffe dampfendem Kaffee aus der Küche und auf dem Tisch stand ein extrem lecker aussehender Kuchen.

"Thomas, möchtest du Kaffee und Kuchen oder erst etwas Richtiges? Das Chili dampft noch."

So umsorgt zu werden weckte viele schöne Erinnerungen. Sam hatte die Abendnachrichten angeschaltet und es war, wie damals, als er hier noch regelmäßig ein und aus gegangen war. Jetzt war er fast volljährig, verdiente sein eigenes Geld und fühlte sich im Angesicht von Joys Fürsorge dennoch wieder wie ein kleiner Junge.

Er wusste, dass sie nie etwas anbot, ohne es ehrlich zu meinen, also nickte er.

"Ja, danke, warmes Essen wäre fantastisch, auch wenn ich am liebsten zuerst den Nachtisch essen würde."

Joy entschwand erfreut in die Küche, um ihm eine Schale von ihrem Chili zu holen, und Tom setzte sich. Sam stellte derweil den Fernseher leiser und räusperte sich umständlich.

"Nun zu dir, mein Sohn. Du wirst dich sicher noch daran erinnern, dass es in diesem Haus Regeln gibt."

Tom schluckte. Diese Anrede benutzte Sam nur, wenn er etwas Ernstes mit ihm zu besprechen hatte. So war es in seiner

Kindheit schon gewesen und so war es scheinbar immer noch. Sams Gesichtsausdruck ließ keinen Zweifel daran, dass er eine Antwort erwartete.

"Ja Sir, das weiß ich." Tom saß wie auf glühenden Kohlen. Diese Unterhaltung würde keineswegs so locker ablaufen, wie das Gespräch in der Firma. "Wir haben nur geredet."

Sam hob die Hand und Tom verstummte.

"Ich wollte auch nichts anderes unterstellen. Mir ist nur wichtig, dass wir über ganz bestimmte Dinge reden, bevor ihr einen gemeinsamen Pfad beschreitet. Darf ich annehmen, dass Linda dem geplanten Date zugestimmt hat?"

"Ja Sir, das hat sie."

Sam nickte.

"Herzlichen Glückwunsch. Ich habe Joy übrigens von unserer Unterhaltung in der Firma erzählt. Ich hoffe, das stört dich nicht." Die kleine Pause, die Sam ließ, wusste Tom mit einem Kopfschütteln zu füllen. "Weißt du, Linda ist kein Mensch, der leichtfertig Entscheidungen trifft. Und so, wie ich dich kenne, bist du das auch nicht. Ich werde vollkommen aufrichtig sein. Die Tatsache, dass ihr euch erst eine so kurze Zeit kennt und augenscheinlich schon Gefühle füreinander habt, macht uns etwas Sorgen."

Joy war hereingekommen und schaltete sich ein.

"Thomas, bitte versteh es nicht falsch, wir vertrauen dir ... euch beiden. Wir würden uns nur wünschen, dass ihr es langsam angehen lasst."

Sie stellte eine dampfende Schale auf den Couchtisch und reichte Tom eine Serviette und einen Löffel. Der zermarterte sich das Hirn, wie Sam darauf kam, dass Linda und er *schon Gefühle füreinander* hatten.

"Ihr habt Angst, dass ich Linda verletzen könnte."

"Bist du etwa der Meinung, dass unsere Nichte ihrerseits dazu nicht in der Lage ist? Wir machen uns um euch beide Sorgen. Sie kann dir genauso das Herz brechen, vergiss das nicht."

"Das bezweifle ich." Er wollte auf keinen Fall trotzig klingen, aber genau so war es herausgekommen. Verdammt, warum konnte er nicht einfach seinen Mund halten, dachte Tom.

"Thomas." Joy setzte wieder an und es lag viel Verständnis in ihrer Stimme. "Ihr seid noch ganz am Anfang eurer Freundschaft. Zwei Fremde quasi, die sich dazu entschieden haben, demnächst Unmengen Zeit miteinander zu verbringen. Ich nenne es auch absichtlich Freundschaft und nicht Beziehung, weil es das ist, was ihr als Fundament haben solltet. Manchmal fühlt man eine Leere, die ein anderer dann auf einmal ausfüllt und von einem Tag auf den anderen erlebt man das vermeintlich größte Glück. Ihr habt beide schon Menschen in euren Leben verloren. Wichtige Menschen. Ohne eine gute Basis funktioniert keine romantische Beziehung und wir wollen nur sicherstellen, dass diese Grundlage nicht aus einer solchen Leere heraus entsteht. Verstehst du, was ich sagen will?" Sie lächelte liebevoll und setzte sich auf die Armlehne von Sams Sessel.

Tom wusste, dass sie recht hatte, deswegen ließ er ihre Worte einige Augenblicke auf sich wirken. Er hatte früh gelernt, dass die beiden wussten, wovon sie sprachen, egal welches Thema sie gemeinsam diskutiert hatten. Sam und Joy führten eine fantastische Beziehung. Viele Menschen würden sich glücklich schätzen, auch nur die Hälfte einer solch bedingungslosen Liebe zu erleben.

Er atmete tief durch.

"Ich weiß eure Sorge zu schätzen. Um uns beide. Sehr sogar." Es wäre fantastisch, wenn er den beiden begreiflich machen könnte, was in seinem Inneren vorging. Was er fühlte und was er bereit war, für dieses Mädchen zu tun, aber er konnte es nicht in Worte fassen. Sie würden ihm einfach vertrauen müssen. "Es gibt absolut nichts, das ich sagen kann, das euch an dieser Stelle beruhigen würde, das weiß ich. Ich kann euch noch nicht einmal erklären, wie es so schnell möglich ist, aber ich liebe sie."

"Das glaube ich dir sogar." Joy nickte. Der Junge war noch so jung, aber trotzdem sah sie in ihm einen selbstständigen und schon sehr erwachsenen Mann. Gerade wegen seiner Erfahrungen.

"Und ja, ich verspreche euch, wir gehen es langsam an."

"Geht doch." Das schien Sam endlich zu gefallen, denn nach diesem Kommentar schien das Thema für ihn abgeschlossen zu sein. "Und Thomas, nur damit du Bescheid weißt, Linda hat keine bestimmte Zeit, zu der sie zuhause sein muss, allerdings wäre es mir lieb, wenn ihr Bescheid gebt, sollte es irgendwann später werden."

"Ja Sir. Natürlich."

Joy lächelte.

"Glaub uns, wir verstehen euch besser, als du denkst. Wir waren in einer ähnlichen Situation und ich wusste ziemlich schnell, dass Sam der Mann fürs Leben ist. Sich zu verlieben ist eines der schönsten Dinge im Leben."

"Danke Joy." Tom widersprach ihr nicht, auch wenn *verliebt* es nicht wirklich traf, stattdessen nahm er seinen Löffel auf und widmete sich seinem Chili.

Sam sah Tom nach, als er zu seinem Wagen ging. Er hätte gerne noch andere Themen mit ihm angeschnitten, hatte sich das allerdings für ein anderes Mal aufgehoben. Für heute hatte er ihn genug gefoltert.

"Beobachtest du unsere aufregende Auffahrt?" Auf Joys Nachfrage merkte er, dass er nur gedankenverloren ins Leere gestarrt hatte. Der Platz vor dem Haus lag verlassen in der Dunkelheit, da der Bewegungsmelder nichts mehr zu melden hatte. "Mach dir keine Sorgen um ihn. Er ist erwachsen geworden."

"Er mag erwachsen geworden sein, aber auf eine andere Weise, als ich es mir für ihn gewünscht hätte. Dennoch verlangst du das Unmögliche. Ich liebe den Jungen, wie meinen Sohn."

Joy legte die Arme um ihren Mann und ihren Kopf an seine Schulter.

"Ich denke, du musst du dir keine Sorgen machen. Er möchte ihr die Welt zu Füßen legen."

"Das ist der einzige Punkt, der mich beruhigt. Ich habe es bereits am Sonntag in seinen Augen gesehen. Es hat mich an den Tag erinnert, als ich dich traf." Er küsste seine Frau leicht auf die Nasenspitze und dann noch zärtlicher auf ihre Lippen. "Ich liebe dich."

"Und ich liebe dich."

Tom ließ die Tür hinter sich ins Schloss fallen und hielt inne.

Normalerweise ging er direkt durch das Garagentor in sein umfunktioniertes Zimmer, aber der Öffner hatte gestreikt und er hatte den Weg durch das Haus nehmen müssen. Aus dem hinteren Teil des Gebäudes kamen Stimmen, scheinbar waren seine Mutter und Mitchell beide in der Küche.

Er durchquerte das Wohnzimmer, in dem noch der Fernseher lief. Reste vom Abendessen standen auf dem Couchtisch und ein paar leere Bierflaschen lagen umgekippt auf dem Boden. Auch sonst war es nicht besonders ordentlich und Tom schaute angewidert weg. Dafür, dass Mitchell im Anzug zur Arbeit ging, benahm er sich zuhause wie ein Schwein.

Es überraschte ihn jedes Mal wieder, wie viel Abneigung er für diesen Mann empfand. Er schwor sich, Linda nie hierher zu bringen. Sein Privatleben ging keinen der beiden etwas an, weder Mitchell noch seine Mutter. Gerade als er auf die Verbindungstür zur Garage zusteuerte, ertönte Mitchells etwas lallende Stimme hinter ihm.

"Der werte Herr hat es wohl nicht nötig, seine Eltern zu begrüßen." Tom konnte sich ein *'du bist nicht mein Vater'* gerade noch verkneifen. Wenn Mitchell getrunken hatte, ließ er seine schlechte Laune grundsätzlich an seiner Umgebung aus und meistens bekam seine Mutter den Hauptteil dieser negativen Aufmerksamkeit ab.

Eine lange Zeit hatte er sich deswegen Vorwürfe gemacht, aber nach den vielen Jahren hatte er endlich eingesehen, dass sie freiwillig bei diesem Tyrannen blieb. Sie hatte bestimmt ihre Gründe, aber es war ihr Leben und er würde sich nicht einmischen.

Es fiel Tom unheimlich schwer, seinen Ärger hinunterzuschlucken und sich zu ihm umzudrehen. Wie Mitchell schon dastand, Bierflasche in der einen Hand, die andere in die Hüfte gestemmt, die gewohnte aggressive Haltung.

"Es war ein langer Tag und ich habe noch für die Schule zu tun. Braucht ihr mich?"

Mitchell nuckelte an seinem Bier und starrte ihn über den Flaschenrand hinweg an. Sekundenlang sahen sich beide Männer in die Augen, ohne dass ein weiteres Wort fiel, dann löste sich Mitchell aus seiner etwas wankenden Starre und machte eine abfällige Handbewegung.

"Hau schon ab, du Streber." Er drehte sich um und ließ sich in seinen Sessel fallen.

Ein paar Sekunden lang stand Tom noch unbeweglich da und konnte nicht fassen, dass er in der Nähe dieses Mannes leben musste, ging dann aber wortlos in die Garage.

Das erste, das am Freitagmorgen an Lindas Ohren drang war ein leises Klingeln. Ein paar Sekunden lang hörte sie es noch im Halbschlaf und konnte es nicht zuordnen, aber dann war sie plötzlich hellwach und griff eilig nach ihrem Handy. Unbekannte Nummer.

"Hallo?"

"Guten Morgen, ich hoffe, ich habe dich nicht geweckt."

"Tom!" Linda war überglücklich, seine Stimme zu hören. Gleichzeitig fühlte sie die Nervosität vom ersten Abend.

"Falls du dich wunderst, ich habe Joy gestern noch um deine Nummer gebeten. Etwas unkonventionell, ich weiß, normalerweise fragt man sein Date direkt."

"Ich hätte sie dir ja auch einfach geben können." Linda grinste und streckte sich genüsslich.

Tom seufzte in der Leitung.

"Ich wäre jetzt wirklich gerne bei dir." Er schloss die Augen und hörte ihr einige Momente beim Atmen zu. *"Eigentlich rufe ich an, um zu fragen, ob ich dich abholen darf."*

"Wann?"

"So gegen sieben Uhr dreißig? Dann müssen wir uns nicht so beeilen."

"Beeilen?" Sie musste kurz nachdenken, denn sie verstand nicht gleich, was er meinte, aber dann dämmerte es ihr. "Ach du meinst in die Schule. Sorry, ich bin offensichtlich noch nicht ganz wach. Ja sehr gerne."

"Deine Freunde werden uns eventuell sehen."

"Und? Sollte mich das stören?"

"Keine Ahnung, ich wollte es nur erwähnt haben. Cathryn war gestern ziemlich neugierig."

"Neugier ist der Katze Tod. Jetzt sollte ich mich allerdings fertigmachen, sonst fährst du allein."

Tom lachte.

"Ist gut. Bis gleich."

Linda blieb noch ein paar Minuten im Bett liegen und hielt ihr Telefon fest. Sie schloss ihre Augen und genoss das Gefühl der Vorfreude ein klein wenig länger, bevor sie überglücklich aus dem Bett hüpfte.

Es würde ein fantastischer Tag werden. Ach was, dachte sie, ein fantastisches Jahr!

Als sie aus dem Haus trat und seinen Wagen sah, machte ihr Herz einen Sprung. Sie selbst jedoch auch, denn sie stolperte auf den Stufen und konnte sich gerade noch rechtzeitig am Geländer festhalten, bevor sie ihr Gleichgewicht verlor und der Länge nach hinfiel. Tom stieg rasch aus und kam ihr entgegen.

"Ist alles okay?"

Natürlich war ihm der beinahe Unfall nicht entgangen. Sie strich sich verlegen eine Strähne aus dem Gesicht.

"Ich bin sonst nicht so tollpatschig."

"Habe ich auch nicht angenommen." Er schloss sie in seine Arme und Linda seufzte wohlig. Seine Nähe war herrlich. Bevor er sie wieder losließ, gab er ihr einen Kuss auf die Stirn. "Bereit für unseren ersten offiziellen Tag als Paar?"

Sie seufzte. Er hatte *Paar* gesagt.

"Und ob." Linda setzte sich in seinen Wagen und als er auf der Fahrerseite einstieg legte sie ihm kurz die Hand auf den Arm. "Du musst dir übrigens keine Sorgen machen."

Tom sah sie fragend an.

"Was meinst du?"
"Wegen Taylor."
"Mache ich mir nicht." Er seufzte kurz. "Okay, vielleicht ein wenig, aber sie wird nicht wagen, etwas zu dir zu sagen."
"Und wenn schon, ich ignoriere sie einfach."
"Das wird ihr sicherlich gefallen." Tom startete den Motor und lenkte den Tahoe auf die Straße. Er fuhr so langsam, wie es möglich war, ohne anderen im Weg zu sein, denn die Zeit mit ihr verging ihm viel zu schnell. "Sam hat erwähnt, dass du heute Abend Pläne hast."
"Ja. Ein paar Freunde wollten ins Kino. So etwas wie meinen Einstand feiern. Warum? Was hast du vor?"
"Ach nur einen kleinen Roadtrip. Meine Großmutter wohnt in Bridgeport. Wir stehen uns ziemlich nah und ich fahre sie besuchen, so oft ich kann. Sie würde dich bestimmt gerne kennenlernen."
Tom liebte seine Großmutter über alles. Vor ein paar Tagen hatten sie telefoniert und er hatte ihr erzählt, dass er seine Traumfrau getroffen hatte.
"Es tut mir leid, ich wäre sehr gerne mitgefahren." Linda war ehrlich bestürzt.
"Das nächste Mal klappt es bestimmt. Auf die Weise kann ich heute den ganzen Abend über dich reden." Er warf ihr einen verschmitzten Blick zu. Linda boxte ihn verspielt in den Arm.
Den Stadtnamen hatte sie schon mal gehört.
"Bridgeport, ist das nicht fast eine Dreiviertelstunde Fahrt?"
"Ja ist es." Tom nickte.
"Warum ist sie denn so weit weg?"
"Äh, das ist eine längere Geschichte ... und keine gute." Er wollte den Morgen nicht mit seinem Familiendrama kaputtmachen, aber Linda Dinge vorzuenthalten war ihm

ebenso unangenehm. "Meine Mutter und sie kommen nicht besonders gut miteinander aus. Als meine Oma nicht mehr alleine wohnen konnte, hat meine Mutter sie kurzerhand umgesiedelt. Sie wollte damit erreichen, dass ich sie nicht mehr so oft sehe, aber sie konnte nicht verhindern, dass wir regelmäßig telefonierten. Sobald ich meinen Führerschein und einen Job hatte, konnte ich sie auch alleine besuchen. Das Pflegeheim ist fantastisch und bis auf die Tatsache, dass sie mich vermisst, gefällt es ihr dort sehr gut."

"Wie heißt sie?"

"Vivian. Wie meine Mutter. Die beiden sind jedoch zwei sehr verschiedene Menschen." Tom griff nach Lindas Hand. "Ich freu mich schon darauf, dich das nächste Mal mitzunehmen."

Sie schenkte ihm ein liebevolles Lächeln.

"Ich mich auch. Und sag ihr bitte ganz liebe Grüße, unbekannterweise."

"Mach ich." Einige Momente war es still. "Um wie viel Uhr fängt der Film an?"

"Wir gehen gleich nach dem Unterricht. Ich glaube, die erste Vorstellung ist um halb fünf."

"So früh?"

"Ja, es ist ein älterer Film. *Chocolat*. Scheinbar läuft der nur in einem bestimmten Kino."

Tom nickte.

"Ist ein guter Film. Demnach geht ihr gar nicht in die Mall, sondern in das Oldie Kino."

"Kann sein. Ich kenne mich in der Stadt noch nicht wirklich aus. Das wird vermutlich besser, wenn ich meinen Führerschein habe."

"Es hat definitiv seine Vorteile. Wenn ich schon achtzehn wäre, könnte ich mit dir üben, also *legal* üben. Ich kenne aber genügend Plätze, an denen wir ungestört sind und es trotzdem tun können."

"Du willst es mir beibringen?"

"Klar. Wenn du dann offiziell mit Sam übst, wirst du dich viel sicherer fühlen." Fast hätte Linda ihn umarmt, erinnerte sich aber in letzter Sekunde daran, dass er ein Lenkrad festhielt. Tom zwinkerte ihr zu. "Sonst lasse ich niemanden meinen Tahoe fahren. Er ist nicht mehr der Jüngste, aber ich weiß du wirst ihn gut behandeln."

"Natürlich. Ich werde auch mein Bestes tun, um mich nicht wie ein Idiot anzustellen, versprochen." Tom fuhr die College Avenue hoch und parkte den Wagen an der nächsten Biegung. Sie sah nach draußen, die Fahrt war viel zu kurz gewesen. "Oh, wir sind schon da."

Er stellte den Motor ab und löste seinen Gurt.

"Also, erstens könntest du dich nicht wie ein Idiot anstellen, auch wenn du es versuchen würdest, und zweitens bin ich so langsam gefahren wie nur möglich, ohne von der Polizei angehalten zu werden. Du wohnst einfach zu nah an der Schule, tut mir leid."

Er lehnte sich zu ihr hin und sie kam ihm leicht entgegen. Er streichelte ihre Wange. Bei der Berührung ging ihr ein wohliger Schauer über den gesamten Körper. Als sie ihre Augen schloss, küsste er sie jedoch nicht und sie öffnete sie wieder.

"Was ist?"

Sein Gesicht war keine zwei Zentimeter entfernt.

"Ich kann nicht glauben, dass ich dir so nah sein darf."

"Und ich liebe es, wenn du mir so nah bist." Linda seufzte glücklich. Der darauffolgende Kuss ließ sie alles um sich herum vergessen. Als seine Lippen sich von ihren trennten, konnte sie den nächsten Satz nur noch hauchen. "Deine Küsse sind das Beste auf der ganzen Welt." Tom seufzte seinerseits und senkte seinen Kopf. Sie sah ihn fragend an. "Zu viel?"

"Nein, nein. Alles in Ordnung, ich brauche nur ein paar Sekunden." Er hielt seinen Kopf weiter gesenkt. "Das wird schwieriger, als ich dachte."

In Lindas Kopf begann sich Panik auszubreiten. Hatte er seine Meinung geändert?

"Habe ich etwas falsch gemacht?"

Tom sah hoch und ihr in die Augen. Er hatte die Unsicherheit in ihrer Stimme gehört.

"Nein, Babe, nicht mal im Ansatz. Es ist nur ... mein Körper reagiert etwas stärker auf dich, als es für die Öffentlichkeit gut ist." Er hob die Augenbrauen. "Verstehst du?"

"Die Öffentlichkeit?" Es dauerte einige Sekunden, bis bei Linda der Groschen fiel, aber als er es tat, lächelte sie etwas verlegen. "Oh."

"Es ist nicht deine Schuld, ich sollte mich besser unter Kontrolle haben."

"Nein, bitte nicht."

"Nicht?" Tom sah sie amüsiert an.

Sie schüttelte den Kopf und legte ihre Hand frech auf seinen Oberschenkel.

"Ich finde es schön, diese Wirkung auf dich zu haben."

"Okay, das reicht." Er löste sich von ihr, aber sie sah, wie er sich ein Grinsen verkniff. Sie lachte und wartete, bis er mit einer versucht ernsten Miene um den Wagen herumkam und ihr die Tür aufmachte. "Steig aus."

Linda hüpfte gut gelaunt vom Sitz und fuhr ihm mit ihrem Zeigefinger von der Brust bis zum Bauch hinunter.

"Ich werde mein Bestes tun." Sie kam nicht weit, denn er schnappte sich ihr Handgelenk und schob sie rückwärts gegen den Wagen. Linda kicherte überrascht, denn ihr gefiel dieses Spiel plötzlich sehr. Sie sah in seinen Augen so viel Leidenschaft, dass sie es kaum erwarten konnte, wieder mit ihm allein zu sein.

"Du solltest mich ernst nehmen, junge Dame." Tom schloss die Augen und ließ seine Hände an ihren Armen heruntergleiten, wich dann aber schnell wieder zurück. So würde er seine Erregung nicht in den Griff bekommen. "Du hast Glück, dass wir gerade vor der Schule stehen." Hinter ihnen war ein kleiner Erdwall, aber Privatsphäre bot es nicht wirklich. Hier solche Intimitäten auszutauschen konnte sie in große Schwierigkeiten bringen.

Linda wusste, dass sie ihm bald etwas Bestimmtes gestehen musste, aber jetzt war definitiv nicht der passende Zeitpunkt, um ihre fehlende Erfahrung zu erörtern. Zum aktuellen Thema schwieg sie auch lieber, sonst würden sie die erste Stunde verpassen.

Tom holte ihre Rucksäcke von der Rückbank und nahm ihre Hand. Am liebsten wäre er wieder in den Wagen gestiegen und mit ihr an den Strand gefahren oder sonst wohin, wo es einsam war.

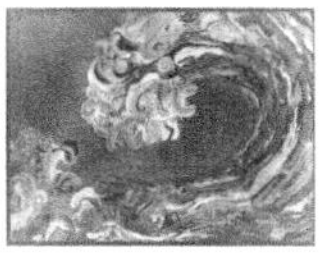

Zu ihrer beider Überraschungen gab es keine außergewöhnlichen Reaktionen.

Bis auf ein paar Leute, die sich nach dem händchenhaltenden Pärchen umsahen, war der erste Schultag als Paar nahezu ereignislos.

Vor Lindas Spind kam Cat auf die beiden zu und begrüßte Tom wie einen alten Bekannten, bevor sie munter über den späteren Kinobesuch redete. Sogar Taylor hatte die beiden von etwas weiter den Flur herunter gesehen und war lediglich auf dem Absatz umgedreht.

Mittags setzte sich Tom für einen Teil der Pause an Lindas Tisch, um alle kennenzulernen. Diese Geste kam bei Cat, Elisabeth, Mitzi, Nick und Eric sehr gut an. Sie hatten zuvor noch nie mit ihm gesprochen und waren dementsprechend neugierig. Nichtsdestotrotz hielten sich die Mädchen sehr zurück, wie Linda fand. Die Jungs behandelten ihn schnell wie einen neuen Kumpel, aber es fiel ihnen auch leicht. Tom war nicht mehr der Freund des hochnäsigen Cheerleader Kapitäns, sondern der coole Typ, mit dem Linda jetzt zusammen war, dementsprechend locker war die Stimmung.

Nick war der Erste aus der Gruppe, der persönliche Fragen stellte.

"Bist du eigentlich noch im Football Team? Dieses Semester habe ich dich noch nicht spielen sehen."

"Nein, ich habe aufgehört. Neben meinem Job, der Schule und allem anderen blieb einfach keine Zeit mehr. Ich finde, dass es keinen Sinn macht, da Energie hineinzustecken, wenn man nicht gut genug ist für ein Vollstipendium."

"Sehr vernünftig." Eric nickte anerkennend. "Viele wären wegen des Prestiges dabeigeblieben."

Tom sah ihn überrascht an und lehnte sich im Stuhl zurück.

"Welches Prestige? Meinst du die vermeintliche Bewunderung der Schülerschaft, weil man sich das Gehirn zu Matsch verarbeiten lässt oder die Tatsache, dass einen alle meiden, weil man mit Arschlöchern herumhängt."

Mitzi blieb der Mund offen stehen, aber sie fing sich gleich wieder. Üblicherweise waren die Jungs vom Footballteam die Helden der Schule. Cat, die neben ihm saß, nickte zustimmend.

"Wahre Worte."

"Es sind auch nicht alles Arschlöcher, nur eine Handvoll von ihnen", warf er hinterher.

"Wie Blake." Elisabeths Bemerkung ließ alle verstummen, Tom aber sah sie verständnisvoll an.

"Ihr wart ein paar Mal aus, nicht wahr?" Sie nickte, sagte aber nichts weiter.

Tom konnte sich denken, dass die Szene, die Taylor ihm gemacht hatte, für sie sehr aufschlussreich gewesen war. Hätte er seinen Verdacht nicht kundgetan, wäre mehr heil geblieben.

"Ist ja nicht deine Schuld, dass deine Ex eine Schlampe ist. Wenn Blake so jemanden mag, dann braucht er mich nicht." Elisabeth stand mit ihrem Tablett auf und verließ ohne ein weiteres Wort den Tisch.

"Lizzy ..." Cat wollte sie aufhalten, aber Elisabeth drehte sich nicht um. Cat entschuldigte sich schnell und ging ihr nach, Eric seufzte und schüttelte den Kopf.

"Keine Sorge, sie beruhigt sich wieder. Die Angelegenheit ist noch zu frisch."

Tom hatte inzwischen weitere Informationen zu dem prekären Thema, kommentierte es jedoch nicht. Er kannte Blake schon sehr lange und hatte sich mit ihm ausgesprochen. Der war nach der Szene mit Taylor nämlich zu ihm gekommen und hatte ihm erklärt, wie es wirklich abgelaufen war. Wochen bevor Blake sich für Elisabeth interessiert hatte, hatte eine betrunkene Taylor ihn auf einer Party angemacht und ohne sein Einverständnis geküsst. Da die Geschichte von ihr anders erzählt wurde, hatte sein Ruf vehement gelitten, besonders nachdem sie sich mit Tom in aller Öffentlichkeit gestritten hatte. Auch hatte es zur Folge gehabt, dass Elisabeth ihn nicht mehr hatte sehen wollen.

Tom nahm schnell sein Handy heraus und tippte eine Nachricht, dann lehnte er sich zu Linda herüber.

"Babe, ich muss mich kurz um etwas kümmern. Wir sehen uns später ja?"

"Ist gut." Linda sah ihm sehnsüchtig hinterher, während er durch die Doppeltüren des Saales verschwand. Sie würde ihn heute nur noch einmal sehen und dann bis Samstagnachmittag nicht mehr. Es fühlte sich sehr lang an.

Mitzi meldete sich zu Wort.

"Elisabeth mochte diesen Blake wirklich sehr gerne, aber diese ganze Cheerleader-Football-Clique passt nicht wirklich." Sie hielt inne. Jetzt da Tom sich so nahtlos eingefügt hatte, war diese Aussage nicht mehr ganz stimmig. "Na ja, nicht die ganze Clique."

"Keine Sorge Mitzi. Ich verstehe, was du meinst."

Linda zweifelte daran, dass sie sich mit jemandem wie Taylor jemals hätte anfreunden können.

Für die Fahrt nach Bridgeport brauchte Tom dank vieler neuer Baustellen fast eineinhalb Stunden statt der üblichen vierzig Minuten.

Mit Linda neben sich wäre das sicherlich viel angenehmer gewesen, das wusste er, aber ihm gefiel, dass sie ihre Freunde wegen ihm nicht einfach in den Wind geschossen hatte.

Er parkte auf einem der Besucherparkplätze vor dem Pflegeheim und ging durch die Glastüren am Seiteneingang. Meist hielt ihn niemand auf, da er viele der Pfleger und Krankenschwestern von seinen Besuchen kannte. Diesmal war der Gang zum Zimmer hin komplett verlassen. Die Angestellten waren sicher bei der Vorbereitung und Ausgabe des Abendessens.

Tom klopfte wie gewohnt erst an der Tür zu Vivians Zimmer und als er nichts hörte, öffnete er sie einen Spalt. Hin und wieder schlief seine Großmutter, wenn er kam, aber sie freute sich dann umso mehr, von ihrem Enkelsohn geweckt zu werden.

"Nana?" Der Kosename bekam keine Reaktion. Tom trat ein. Das Bett war leer und die Gardinen zugezogen. Er knipste das Licht an und sah sich um. Irgendetwas war anders. Sonst standen Pantoffeln auf dem Teppich und die Wolldecke, die immer auf ihrem Bett lag, fehlte auch. Das Zimmer sah richtiggehend unbewohnt aus. Hatten sie seine Großmutter verlegt? Als sie vor ein paar Tagen telefoniert hatten, hatte sie nichts dergleichen erwähnt. Er sah in den Schränken nach, aber ihre Sachen waren weg. Er würde vorne an die Rezeption gehen und fragen, entschied er. Manchmal baten die Bewohner auch selbst um ein neues Zimmer.

Vivians Fenster hatte die Aussicht auf die weitläufige Grünanlage neben der Straße, eventuell war spontan etwas Besseres freigeworden. Die andere Seite des Gebäudes schaute auf einen kleinen See hinaus und die Zimmer dort waren begehrt.

"Thomas?"

Er erkannte die Stimme, bevor er sich umdrehte. Die Krankenschwester kam ins Zimmer.

"Hi Nancy, schön Sie zu sehen." Er versuchte, das ungute Gefühl in seiner Magengrube zu verdrängen, als die Frau ihn etwas stutzig ansah. "Ich hatte mich gerade gewundert, wo Vivian ist. Ist sie umgezogen?"

Nancy kam mit ernstem Gesicht näher und berührte ihn am Arm. Er wollte fast aus dem Zimmer rennen.

"Thomas, wir haben angerufen. Vivian hatte vorgestern einen Herzanfall. Hat deine Mutter dir nichts gesagt?"

Tom schüttelte den Kopf. Nancy kannte nicht alle Hintergründe und konnte nicht wissen, dass er und seine Mutter kaum sprachen. Er machte einen kleinen Schritt nach hinten.

"In welchem Krankenhaus ist sie?" Die Frage klang so hilflos, wie er sich fühlte. Er wusste, dass ein Krankenhausaufenthalt allein nicht rechtfertigte, dass man das Zimmer leerräumte.

"Thomas, sie ist gestern verstorben. Es tut mir so schrecklich leid. Ich hatte gehofft, deine Mutter richtet es dir aus, damit du sie besuchen kannst. Mrs Vaughn war leider die einzige Person, die wir laut Anweisung in der Krankenakte benachrichtigen durften."

Die letzten Worte hörte Tom nicht mehr wirklich. Diese Formalität war ihm schon immer bewusst gewesen und interessierte ihn in diesem Moment recht wenig. Er löste sich aus der Hand, die seine ergriffen hatte. In diesem Gebäude konnte er nicht mehr atmen.

Nancy hob bittend ihre Hand.

"Deine Großmutter hat mir etwas für dich gegeben, bevor sie in den Krankenwagen kam. Darf ich es dir bringen?"

Tom nickte kraftlos und schloss die Augen, während die Krankenschwester aus dem Zimmer eilte.

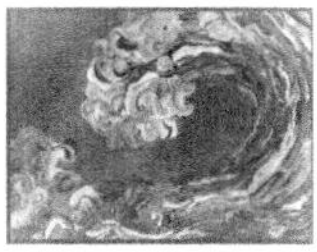

"Ich kann nicht glauben, dass Elisabeth uns versetzt hat." Cat ließ ihre Gabel in ein leckeres Stück Käsekuchen gleiten und nahm einen großen Bissen.

Mitzi widersprach ihr sofort.

"Sie hat uns nicht versetzt, sie sagte, sie kommt nach."

Die kleine Gruppe hatte den Film bereits hinter sich und saß nun gemeinsam in der Cheesecake Factory.

Cats Handy klingelte.

"Wenn man vom Teufel spricht." Sie ging ran, immer noch kauend. "Wo bleibst du?" Sie aß weiter und hörte zu. Einige Momente später nahm sie einen weiteren Bissen und gab nur noch Zustimmungslaute von sich. Die anderen beäugten sie neugierig. "Okay, dann bis Montag ... Ja, richte ich aus. Dir auch viel Spaß." Sie legte das Telefon wieder weg und trank einen Schluck Kaffee.

"Und?" Eric sah sie erwartungsvoll an. Er war kein besonders geduldiger Mensch, aber Mitzi kam ihm zuvor.

"Klang sehr, als ob sie nicht mehr kommt."

"Ihr werdet es nicht glauben." Cat legte demonstrativ ihre Gabel zur Seite. Die Neuigkeit musste grandios sein, wenn sie ihren Käsekuchen warten ließ, dachte Linda. Cat legte ihre Handflächen auf den Tisch neben ihren Teller und sah in die Runde, als stünde sie an einem Podium. "Sie ist auf einem Date."

"Auf einem Date? Mit wem?" Mitzi war nicht die Einzige, die verwundert war.

"Mit Blake. Allerdings sind das meine Worte, sie sagte, es wäre kein Date. Sie wollten nur reden." Sobald Cat es ausgesprochen hatte, redeten alle durcheinander. Sie ließ es sich natürlich nicht nehmen, die Spannung auszukosten, und trank seelenruhig einen weiteren Schluck.

Nick runzelte die Stirn.

"Der gleiche Blake, der mit Taylor rumgemacht hat?"

"So, wie sie es darstellt, stimmt diese Info gar nicht mal. Taylor hat sich scheinbar an ihn herangemacht, aber er wollte nichts von ihr, also hat sie sich beleidigt eine Lüge ausgedacht. Cat sagte, Tom hätte das bestätigt, denn zu ihm scheint er als Erster gegangen zu sein, um es klarzustellen. Blake hat Elisabeth angerufen und sie um ein Gespräch gebeten. Erst haben sie lange telefoniert und jetzt holt er sie gleich ab. Mehr hat sie nicht gesagt."

"Wow." Mitzi schüttelte den Kopf. "Mir ist ganz schwindlig von dem ganzen Hin und Her."

Ein Kellner kam an den Tisch und die Unterhaltung verstummte. Er brachte Lindas Bestellung. Sie hatte ihren Nachtisch zum Mitnehmen bestellt.

Nick nahm das sofort zum Anlass, sie aufzuziehen.

"Das ist ganz schön viel Käsekuchen für eine Person."

"Ist ja auch nicht für mich, sondern für meinen Onkel und meine Tante." Sie warf einen kurzen Blick in die gereichte Tüte. "Und eventuell einen für meinen Freund."

"Eventuell?" Nick lachte.

"Ja, je nachdem ob ich noch mal hungrig werde." Sie zwinkerte schelmisch. Ihr Telefon piepte und sie sah schnell nach. Es war eine Nachricht von Tom.

Sie ist weg. Einfach weg.

Ein paar Sekunden starrte sie nur darauf, aber wirklich Sinn machte es nicht.

"Ist alles in Ordnung?" Cat hatte gemerkt, dass ihr Gesichtsausdruck sich verändert hatte.

Linda sah hoch.

"Ich weiß es nicht. Ich muss kurz telefonieren, bin gleich wieder da."

"Gut, aber beeil dich, sonst verpasst du die ganze Blake-Elisabeth Diskussion." Cat zwinkerte. Das war das Schöne an ihrer Clique, auch wenn man keine Infos hatte, konnte man ein Thema ewig auseinandernehmen.

Linda ging mit ihrem Handy vor die Tür. Vor dem Restaurant blieb sie seitlich an der Fassade stehen und wählte Toms Nummer. Nach kurzem Klingeln wurde am anderen Ende abgehoben, aber es blieb still.

"Tom?" Es dauerte ein paar Sekunden, bevor er sprach. Als sie seine Stimme hörte, zog sich ihr Herz zusammen. Sie konnte hören, wie er um Fassung rang.

"Meine Großmutter ist tot. Sie hatte vorgestern einen Herzinfarkt und ist gestern gestorben."

Linda kannte diesen Schmerz nur zu gut.

"Oh mein Gott, es tut mir so leid!" Ihre Augen füllten sich mit Tränen. "Wie kann das nur sein, Tom? Du hast doch vor wenigen Tagen noch mit ihr gesprochen."

Er überging ihre Frage. Sein Ton wurde kühler und seine nächsten Sätze hörten sich zunehmend wütend an.

"Meine Mutter hat davon gewusst und mir nichts gesagt. Sie wusste ganz genau, dass ich sie hätte sehen wollen. Gott, ich kann dir gar nicht sagen, wie sehr ich sie gerade hasse." Er atmete tief durch. *"Ich werde heute Nacht hierbleiben. Wenn ich*

mich jetzt ins Auto setzte, fahre ich direkt nach Hause und schlage dort alles kurz und klein."

Sie selbst war noch nie derart wütend auf jemanden gewesen, dennoch konnte sie seinen Ärger nachempfinden.

"Ich wünschte, ich könnte bei dir sein."

"Das wünsche ich mir auch. Du bist der einzige Mensch, den ich jetzt sehen möchte."

"Tom ..." Es gab nicht viel, das sie sagen konnte, um ihn zu beruhigen. Sie fühlte seinen Kummer, als wäre es ihr eigener und es zerriss ihr das Herz nicht bei ihm sein zu können. Ihre Entscheidung war in Sekunden gefällt. "Ich komme zu dir. Wo genau bist du?"

"Lin, du kannst nicht herkommen, das sind mehr als dreißig Meilen."

"Ich finde einen Weg. Sag mir nur, wo du bist."

Ihre Stimme zu hören, war unheimlich beruhigend. Am liebsten hätte er nie wieder aufgelegt. Er wusste, dass die Wahrscheinlichkeit gering war, dass sie ohne Führerschein und Transportmittel kommen konnte. Falls sie Sam oder Joy fragte, würden die ihr sicherlich abraten oder es ihr gar verbieten.

"Long Beach Park bei einer Stadt, die Lordship heißt. Ich habe am Wasser geparkt. Bin aber nicht sicher, wie lange ich hierbleiben kann." Er seufzte. *"Ich schicke dir einen Pin. Damit kannst du mich auf der Karte finden."* Insgeheim wünschte er sich nichts sehnlicher, als sie bei sich zu haben. Allein der Gedanke an diese entfernte Möglichkeit half ihm, nicht vollkommen durchzudrehen.

"Ok, ich lege jetzt auf. Ich melde mich, sobald ich unterwegs bin."

Tom lächelte traurig vor sich hin.

"Hey, wenn es nicht geht, sehen wir uns morgen. Ich liebe dich."

"Es wird gehen. Ich liebe dich auch."

Linda legte widerwillig auf und wischte sich die Tränen aus dem Gesicht, dann ging sie wieder ins Restaurant zurück. Beim Laufen rief sie bereits die Uber App auf. Sie nutzte sie selten, aber dieser Fahrservice war oft um mehr als die Hälfte billiger als ein Taxi. Am Tisch angekommen setzte sie sich wieder, tippte aber weiterhin ihre Informationen in das Onlineformular.

"Hey, was ist passiert?" Mitzi sah ihre Freundin besorgt an.

"Ich muss nach Bridgeport und versuche gerade, bei Uber eine Fahrt zu buchen."

"Das Bridgeport in Connecticut?"

Linda sah Nick an. Dass es in einem anderen Staat war, war ihr nicht bewusst gewesen.

"Ich denke schon."

"Wenn Uber die Strecke überhaupt fährt, wird das locker mehrere hundert Dollar kosten."

"Das Geld ist mir in diesem Fall egal." Sie tippte weiter. Als sie das Online-Formular abschickte, bekam sie postwendend eine elektronische Absage. Sie suchte weiter, aber bei jedem Fahrservice war das Ergebnis das Gleiche, als sie die Eingabe drückte:

Es tut uns leid, diese Route bedienen wir nicht.

Linda lehnte sich zurück und dachte über andere Optionen nach.

"Was ist denn in Bridgeport?" Mitzi warf Nick einen schnellen Blick zu und beobachtete ihre Freundin besorgt.

"Toms Oma. Es ist ... ein Notfall und ich will ihn damit nicht alleine lassen." Linda erzählte absichtlich nicht mehr, um seine

Privatsphäre zu wahren. Ihr Handy klingelte plötzlich und sie nahm ab, derweil steckten Mitzi und Nick die Köpfe zusammen. Linda hielt sich das Telefon ans Ohr. "Ja hallo?" Es war eines der Taxiunternehmen, das sie angefragt hatte. Scheinbar hatte jemand ihre Internetanfrage doch bearbeiten wollen. Die anderen sahen sie alle an, aber konnten natürlich nicht hören, was am anderen Ende gesagt wurde. "Fantastisch. Wie viel? Zweihundertneun ... dreihundert also. Okay geht in Ordnung."

Nick lehnte sich über den Tisch, legte seine Hand auf ihren Arm und sah ihr eindringlich in die Augen.

"Linda, leg auf!"

"Was?" Linda hörte nur mit einem Ohr hin, da die Dame am anderen Ende immer noch redete.

"Leg auf, wir fahren dich."

"Verzeihen Sie, ich rufe zurück." Sie legte auf und sah Nick überrascht an. "Wie meinst du das?"

"Wir bringen Cat und Eric schnell nach Hause und fahren dich nach Bridgeport. Wenn du das Benzin übernimmst, machen Mitzi und ich einen kleinen Roadtrip daraus." Neben ihm nickte die erwähnte Beifahrerin enthusiastisch.

Cat fing an zu lachen.

"Ey, ihr seid alle verrückt."

Linda ignorierte sie geflissentlich.

"Seid ihr sicher? Das sind bestimmt zwei Stunden Fahrt hin und zurück, wenn nicht mehr. Ich kann doch jetzt das Taxi nehmen."

Mitzi schüttelte energisch den Kopf.

"Erstens ist das saugefährlich, alleine mit einem Taxifahrer durch die Gegend zu fahren und zweitens ist es Freitagabend. Keiner von uns muss morgen früh aufstehen. Es ist wirklich die bessere Lösung. Außerdem wird das Benzin keine dreihundert Dollar kosten."

Die Gründe leuchteten Linda ein, vor allem der mit der Sicherheit. Daran hatte sie gar nicht gedacht. Lange musste sie nicht überlegen.

"In Ordnung, aber nur wenn Cat und Eric damit einverstanden sind, den Abend abzukürzen."

Eric winkte ab.

"Wir wären sowieso nur noch in der Mall herumgelaufen. Nichts, das man nicht an einem anderen Tag tun kann."

Linda sah dankbar in die Runde.

"Was soll ich sagen? Ihr seid die Besten überhaupt!"

Alle bezahlten und sie brachen auf.

Linda hatte Tom bereits eine Nachricht geschickt, damit er Bescheid wusste, allerdings fiel ihr dann noch eine weitere Hürde ein, die sie zu bewältigen hatte.

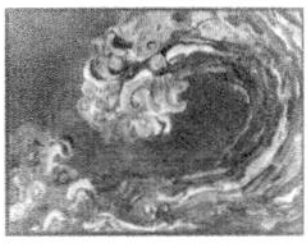

Nick war bestens organisiert, wenn es um die kürzeste Wegstrecke ging.

"Die Stau-App zeigt massig Baustellen an. Wir nehmen statt der Interstate also erst die Connecticut-Route, damit sparen wir fünfzehn Minuten. In zwanzig Meilen wechseln wir dann auf die Interstate."

Linda nickte vom Rücksitz. Sie hielt immer noch ihr Handy in der Hand und starrte abwechselnd darauf und auf die Tüte mit dem Käsekuchen neben sich. Sam und Joy würden ihr sehr wahrscheinlich den Kopf abreißen.

Mitzi drehte sich zu ihr um.

"Mach dir keine Sorgen, wir sind bald da und dann steht ihr das gemeinsam durch."

"Ich wünschte, das wäre meine einzige Sorge. Ich muss noch meinem Onkel und meiner Tante Bescheid geben, dass ich heute eventuell nicht nach Hause komme." Linda war klar, dass sie Tom nicht alleine lassen würde, egal wie lange es dauern würde.

Mitzi hob ihre Augenbrauen.

"Oh. Sind sie bei solchen Dingen weniger flexibel?"

"Ehrlich gesagt, ich habe keine Ahnung. Eine solche Situation hatten wir noch nie."

Inzwischen wussten alle in der Gruppe, dass Linda nicht bei ihren Eltern wohnte und warum. Es erleichterte vieles.

"Ruf einfach an und finde es heraus."

Linda sah Mitzi lächelnd an. In ihrer Welt klang alles immer so einfach, aber sie hatte recht. Die Sache weiter aufzuschieben brachte nichts. Jetzt oder nie, dachte Linda. Sie wählte die Nummer vom Festnetz.

"Connor."

Es war Sams Stimme. Eigentlich hatte sie Joy erwartet, aber vielleicht war das auch ein gutes Zeichen.

"Hi, ich bin's."

"Ist alles in Ordnung?"

Linda musste schlucken. Sam und seine Intuition, dachte sie nervös.

"Bei mir ja." Sie wusste nicht gleich, was sie als Nächstes sagen sollte, entschied sich aber für den direkten Weg. "Bevor ich dir sage, worum es geht bitte ich dich, mir zu vertrauen." Linda hörte sich reden und verzog das Gesicht. Eine gute Einleitung klang anders.

"Schieß los, Kleines."

"Okay. Es geht um Toms Großmutter. Er ist gerade in Bridgeport und, na ja, ich bin auf dem Weg dorthin." In der Leitung blieb es still und Linda sprach schnell weiter. "Ihr müsst euch keine Sorgen machen, ich fahre mit Mitzi und ihrem Freund Nick. Sie haben darauf bestanden, weil ein Taxi nicht sicher genug ist." Linda hoffte, dass dies als Pluspunkt gelten würde, Sam sagte aber immer noch nichts. "Weißt du, ich möchte Tom nicht allein lassen. Er braucht mich. Außerdem ist Wochenende ..." In der Leitung blieb es weiterhin still. "Sam?"

Ihr Onkel räusperte sich.

"Warte bitte." Er legte das Telefon ab, dann hörte sie Schritte. Nach einer Weile, die sich für Linda wie eine Ewigkeit anfühlte, wurde das Telefon wieder aufgenommen. Fast hatte sie erwartet, jetzt Joy dran zu haben, aber es war wieder Sam. *"Was ist mit seiner Großmutter?"*

"Äh." Sie konnte ihm nicht antworten, ohne dass die beiden vorne mitbekamen, was wirklich los war. Plötzlich hörte sie ein Klicken und Joy war zugeschaltet. Sie hatte das zweite Handset abgenommen.

"Schatz? Ist es etwas Schlimmes?"

"Ja."

"Sam sagte, du fährst mit deinen Freunden."

"Nick und Mitzi. Nick fährt und ich bezahle das Benzin."

"Und was machst du, wenn du dort ankommst?" Das war wieder Sam.

"Das weiß ich noch nicht. Ich möchte einfach für ihn da sein, denn ich weiß genau, wie er sich gerade fühlt."

Plötzlich war ein unterdrücktes *"oh mein Gott"* von Joy zu hören, dann war sie aus der Leitung verschwunden. Der Vergleich zu ihren Eltern war für ihre Tante unmissverständlich gewesen. Sam konnte sich inzwischen denken, dass sie nicht im Auto darüber reden wollte.

"Ist Vivian verstorben?"

"Ja."

"Schatz, ich rufe dich zurück."

"In Ordnung."

Sam legte auf. Linda legte ihren Kopf zurück und schloss ihre Augen.

Sie musste weggedöst sein, denn das Klingeln des Handys drang sehr leise an ihr Ohr. Als sie es merkte, war sie aber mit einem Ruck hellwach. Diesmal war es Sams Handynummer.

"Hi Sam. Tut mir leid, ich bin weggenickt." Im Rückspiegel grinste Nick sie an. Er hatte gemütlich seine Linke auf dem Lenkrad und seine Rechte hielt Mitzis Hand. Draußen war es bereits dunkel, aber sie schienen gut voranzukommen, denn die Schatten flogen nur so vorbei.

"Wir haben uns etwas länger unterhalten. Vivian war eine gute Freundin von Joy. Du kannst dir sicherlich denken, dass diese Nachricht ihr sehr nahegeht. Wir können uns auch vorstellen, was in Thomas vorgeht, aber wir sind nicht damit einverstanden, dass du, so mir nichts dir nichts in ein Auto steigst, und nach Connecticut fährst, ohne uns Bescheid zu geben."

"Es ist ja nicht so, als hätte ich es verheimlicht. Ihr wart mein erster Anruf." Na ja, nicht ganz, dachte Linda, aber das tat jetzt nichts zur Sache. "Außerdem habe ich nicht erwartet, dass ihr es mir verbietet."

"Das tun wir nicht, aber darum geht es hier nicht. Wir wissen dich nur gerne in Sicherheit."

"Deswegen sitze ich ja auch nicht in einem Taxi bei einem Fremden." Ein weiterer Gedanke schoss ihr durch den Kopf. "Vertraut ihr Tom?"

"Natürlich." Sam hatte geantwortet, ohne zu zögern, aber Linda vermutete, dass die beiden sich noch über etwas anderes Sorgen machen könnten. Ihr Onkel fuhr jedoch fort, ohne es zu thematisieren. *"Also hör zu, wir haben etwas recherchiert. In der Gegend von Bridgeport gibt es einige gute Hotels. Wir haben bereits etwas gebucht. Deine Freunde müssen auch nicht gleich zurückfahren, sie können sich ausruhen. Joy schickt dir die Reservierungsdetails."*

"Ihr habt uns allen ein Zimmer reserviert?"

"Ja. Tom wird sehr wahrscheinlich nicht in der Verfassung sein, nach Hause zu fahren, und alleine bekämt ihr wahrscheinlich kein Zimmer, da ihr noch nicht volljährig seid. Es ist alles geklärt und bezahlt. Holt an der Rezeption einfach eure Schlüssel und

wenn Fragen kommen, sagt einfach, dass eure Eltern am nächsten Tag anreisen. Es sollte aber keine Probleme geben."

"Wow, danke Sam."

"Nichts zu danken, mein Engel. Übrigens ... hast du genug Geld bei dir?"

"Ja, und auch meine Kreditkarte. Habe vorhin sogar noch Geld abgehoben."

"Gutes Kind. Bitte sagt Bescheid, wenn ihr im Hotel seid, damit wir uns keine unnötigen Sorgen machen. Eine kurze Nachricht reicht, in Ordnung?"

"Mach' ich. Vielen vielen Dank. Ich liebe euch."

"Wir dich auch." Sam legte auf.

Linda sah noch einmal auf ihre Nachrichten, um sicherzugehen, dass sich an ihrem Ziel nichts geändert hatte. Toms Pin in der digitalen Karte kam immer näher. Noch während sie auf den kleinen roten Punkt starrte, kam eine WhatsApp von ihm.

Was machst du gerade?

Ich sitze im Auto. Bin in zehn Minuten bei dir.

Du fährst?

Linda musste schmunzeln. Ja sicher, sie hatte schnell ihren Führerschein gemacht.

Natürlich nicht, ich werde gefahren.

Ich fasse nicht, dass du wirklich kommst.

Habe ich doch gesagt. Ist dein Standort noch aktuell?

Ja. Der Chevy ist der einzige Wagen hier. Du kannst mich nicht verfehlen.

"Na, wie siehts aus?" Nick sah sie kurz im Rückspiegel an. "Ich habe dein Gespräch nur am Rand mitbekommen. Deine Leute sind ja wirklich fantastisch."

Linda nickte lächelnd.

"Ja, ich hatte damit gerechnet, dass sie mir den Kopf abreißen."

"Es ist schön, wenn man so viel Vertrauen entgegengebracht bekommt." Nick sah kurz zur Seite und seine Freundin an. "Mitzi kann dir ganz andere Geschichten erzählen. Meine Eltern sind bei allem sehr kritisch. Es ist sehr demotivierend, auch wenn sie denken, dass sie einem dadurch helfen."

Mitzi drückte Nicks Hand und drehte sich nach hinten, damit sie Linda ansehen konnte.

"Seine Mutter ist etwas anstrengend. Sie legt ihm bei jeder Möglichkeit nahe, sich doch eine dünnere Freundin zu suchen."

"Das ist nicht dein Ernst!"

"Doch leider. Einmal sagte sie, dass es keine Entschuldigung sei, eine Schilddrüsenunterfunktion zu haben. Man könnte sich operieren lassen et cetera. Anfangs dachte ich noch, dass sie einfach kein Taktgefühl besitzt, aber sie ist sehr verletzend und das mit voller Absicht. Ich habe ziemlich schnell aufgehört, ihn daheim zu besuchen."

"Meine Mutter ist leider furchtbar oberflächlich, was Menschen angeht", warf Nick dazwischen.

"Inzwischen bekomme ich Medikamente, die ich vor meinem sechzehnten Lebensjahr nicht nehmen durfte. Nicht, dass ich es zum Glücklichsein bräuchte, aber ich habe seit Anfang der Therapie bereits siebzehn Pfund runter. Meine Gelenke freuen sich ungemein."

Nick sah sie kurz aber unheimlich liebevoll an.

"Solange es an deiner fantastischen Persönlichkeit nichts ändert ..."

Linda lächelte gerührt.

"Ihr beide seid besser als jeder romantische Film."

Kurz darauf kam eine Nachricht von Sam mit den versprochenen Hoteldaten. Sie leitete sie gleich an Mitzi weiter, damit die beiden später problemlos an ihr Zimmer kamen.

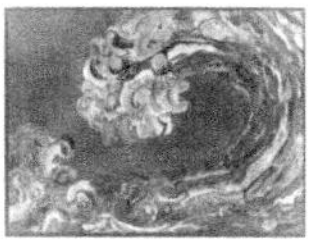

"Hey, wir sind da. Da ist das Schild für den Long Beach Park."

Nick sah erstaunt hinaus gen Himmel, an dem gerade ein paar Wolken das Mondlicht verdeckten.

"Herrje, ist das dunkel hier."

Alle paar Minuten wurde die Landschaft in blaues Licht getaucht, aber die Finsternis dazwischen war bemerkenswert. Zu ihrer Rechten lag ein weitläufiges Feld mit angrenzendem Marschland und links standen in kleineren Abständen Einfamilienhäuser.

Am Ende der Straße trafen sie auf ein kleines Kassenhäuschen. Dahinter konnte man nicht viel erkennen, aber die Schranke war offen. Linda zückte ihr Telefon und wählte Toms Nummer. Nach wenigen Momenten nahm er ab.

"Hi Baby."

"Wir sind hier. Ich kann ein Kassenhäuschen sehen. Es ist niemand drin, aber die Schranke ist offen."

"Fahr daran vorbei ... bis ans Ende der Straße ... dann müsstest du den Tahoe sehen." Er zog seine Worte sehr in die Länge. Vielleicht hatte sie ihn geweckt, aber sie hielt eine andere Ursache für wahrscheinlicher.

"In Ordnung. Bis gleich." Sie legte wieder auf. "Er ist am Ende dieser Straße."

Nick fuhr wieder an und vorsichtig in die Dunkelheit hinein. Linda begann in ihrer Tasche zu kramen und reichte Mitzi die hervorgeholten Scheine. Diese starrte etwas ungläubig auf das viele Geld in ihrer Hand.

"Warte, das ist zu viel."

"Das sind dreihundert Dollar. Das ist genau der Betrag, den ich dem Taxiunternehmen hätte zahlen müssen."

Nick stimmte seiner Freundin zu und schüttelte den Kopf.

"Mitzi hat recht, das Benzin wird insgesamt nicht mehr als 70 Dollar kosten, wenn überhaupt. Außerdem bezahlen deine Leute unser Hotelzimmer. Das ist überhaupt nicht nötig."

"Dann macht mit dem Rest einen schönen Ausflug. Ich würde mich ehrlich freuen, wenn ihr es annehmt, denn diese gute Tat werde ich euch nie vergessen." Die beiden sahen sich an und Linda fuhr fort. "Ich habe sehr viel Taschengeld gespart. Das ist es mir wirklich wert. Bitte ... nehmt es."

Nick seufzte. Er konnte die Entschlossenheit in ihrer Stimme hören.

"In Ordnung. Danke dir."

"Und ich danke euch."

Linda konnte bereits die Umrisse des Tahoe gegen die leicht glitzernde Oberfläche des Wassers sehen. Nick parkte in angemessenem Abstand und sie stiegen aus, um sich zum Abschied zu umarmen.

"Das Ende des Weges, im wahrsten Sinne des Wortes."

"Noch mal vielen Dank ihr beiden."

"Haben wir gerne gemacht. Und bitte ruf an, wenn noch was ist. Wir sind bestimmt noch eine Weile wach, gehen eventuell noch etwas Essen. Ich brauche vorm Schlafengehen unbedingt einen Burger."

Mitzi boxte ihren Freund spielerisch in die Rippen.

"Gerade hat er ein riesiges Stück Kuchen verschlungen und jetzt hat er wieder Hunger."

"Ach, danke, dass du das gesagt hast, den Kuchen hätte ich fast vergessen." Linda streckte sich schnell nach der Tüte und die zwei stiegen lachend wieder ein.

Sie winkte ihnen kurz hinterher und lief mit ihrem Nachtisch die letzten Meter zum Ende der Straße. Der Tahoe war mit offener Heckklappe rückwärts zum Wasser hin geparkt.

Trotz des beruhigenden Plätscherns des Wassers war es hier draußen eine Spur gruselig. Die Lichter der Häuser an der Hauptstraße waren kaum mehr zu sehen. Das Mondlicht hatte zwar wieder freie Bahn, aber das machte es nicht unbedingt besser.

"Hallo?" Linda lugte um die Ecke ins Wageninnere.

Tom war bereits dabei, sich aus einer Steppdecke zu schälen, auch wenn etwas umständlich.

"Oh mein Gott, du bist ja wirklich hier." Er kletterte heraus und blieb dabei mit dem Fuß leicht an der Decke hängen. Dadurch rollten ein paar Flaschen von der Ladefläche herunter und plumpsten auf den sandigen Boden.

Er umarmte sie und vergrub sein Gesicht in ihrem Nacken. Sofort nahm Linda den unverkennbaren Geruch von Alkohol wahr. Als er sie losließ, bückte sie sich nach einer der Flaschen. Sie trat unter der Heckklappe hervor ins Mondlicht, um das Etikett lesen zu können *Corona*. Sie legte die Tüte mit dem Käsekuchen ab, stellte die Flasche aufrecht daneben und sah ihn ernst an.

"Tom, das ist Bier." Sie hatte sich das Lallen doch nicht eingebildet. "Bist du betrunken?"

"Ein bisschen." In seinem Kopf entsprach das der Wahrheit, denn er hatte vor kurzem erst noch nachgekippt.

"Wie hast du das überhaupt kaufen können?"

"Gefälschter Ausweis." Er grinste verschmitzt, hörte aber schnell damit auf, als er ihr fassungsloses Gesicht sah. "Keine Standpauke bitte."

"Ist das dein Ernst? Was wäre gewesen, wenn Sam oder Joy mich gefahren hätten anstatt Nick und Mitzi? Du meinst doch nicht, dass sie mich noch ein einziges Mal in deine Nähe gelassen hätten, wenn sie dich in diesem Zustand vorgefunden hätten."

Ihre vehemente Reaktion überraschte beide, aber dieses Zusammentreffen hatte Linda sich definitiv anders vorgestellt.

"Ja, ich weiß." Tom setzte sich auf die Ladefläche und senkte seinen Kopf. Er wollte es nicht hören, auch wenn es die Wahrheit war. Dass weder Sam noch Joy überrascht gewesen wären, sagte er ihr nicht, aber gerade aus dem Grund fühlte er sich noch beschissener.

"Wie sollen wir denn deiner Meinung nach jetzt hier wegkommen?"

"Daran habe ich ehrlich gesagt nicht gedacht." Er sah Linda traurig an. Es gab nicht mehr viel in seinem Leben, das ihn glücklich machte und die einzige Person, die es tat, stand nun vor ihm und war wütend. "Ich habe nicht wirklich geglaubt, dass du kommst. Du weißt schon, weil du keinen Führerschein hast. Ich hatte mich nur betrinken wollen, wollte im Wagen schlafen und morgen heimfahren."

"Niemand zwingt dich, mit mir zu reden. Ich kann auch wieder gehen. Nick und Mitzi sind noch ..."

"Nein bitte nicht." Tom stand erschrocken auf. "So habe ich das nicht gemeint. Du bist der einzige Mensch, den ich sehen möchte." Seine Augen glänzten nass. Eine Träne löste sich und kullerte über seine Wange.

Ihr Ärger verflog sofort und ihre Stimme wurde viel sanfter. Sie konnte sehen, dass er litt, aber sie wusste nicht, was sie nun tun sollten.

"Hat der Alkohol denn geholfen?"

Tom schüttelte leicht den Kopf.

"Nein, es tut immer noch scheißweh." Er drehte sich kurz nach hinten und suchte etwas. Als er es fand, hielt er ihr ein Stück Papier hin. "Das hier hat meine Großmutter immer bei sich gehabt. Sie haben es mir im Heim gegeben."

Linda nahm es und erkannte den gleichen kleinen Jungen, dessen Foto Sam vor nicht zu langer Zeit aus der Vitrine geholt und ihr gezeigt hatte. Sie musste lächeln, es war ein sehr süßes Bild von ihm.

Er sprach leise und langsam, so als würde er seine Worte mit Bedacht wählen, aber die Wut schwang trotzdem mit.

"Weißt du, ich hätte sie noch einmal sehen und mit ihr reden können. Meine Mutter wusste, dass sie im Sterben lag, und hat keinen Ton gesagt. Sie war im Krankenhaus ganz allein, das werde ich meiner ihr niemals verzeihen. Nie! Für mich ist sie genauso gestorben, wie sie meine Großmutter hat sterben lassen. Von mir aus kann sie sich zum Teufel scheren." Die Tränen waren jetzt eine Mischung aus Zorn und Schmerz. Fast wünschte er sich, noch mehr getrunken zu haben, denn dann wäre der ganze Schmerz irgendwann einfach betäubt gewesen.

Als Linda näherkam und ihm durch die Haare strich, zog er sie abrupt an sich und brach zusammen. Er wollte nie wieder nach Hause zurück und nie wieder diese Frau sehen müssen, die sich seine Mutter nannte. Er vermisste seine Großmutter unheimlich. Jetzt würde sie nie dieses fantastische Mädchen kennenlernen und nie sehen können, wie glücklich er mit ihr war. Sie würde ihn nie mehr anlächeln, nie mehr über seine dummen Witze lachen.

Nach einer Weile begann er ruhiger zu atmen und Linda setzte sich neben ihn. Er vergrub sein Gesicht in ihren Haaren und atmete ihren Duft ein.

Sie war alles, das er zum Leben brauchte.

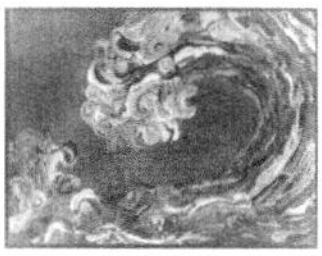

"Hey."

"Hm."

Sie hatten eine halbe Stunde fast bewegungslos nebeneinander auf der Ladefläche gelegen und den brechenden Wellen zugehört. Es fiel Linda unheimlich schwer, diese Stimmung zu stören.

Das Mondlicht glitzerte auf dem Wasser und kurz hatte sie mit dem Gedanken gespielt, im Wagen zu übernachten, aber ein weiches Bett und eine Dusche waren definitiv die bessere Alternative. Der viele Kaffee von vorhin meldete sich auch schon.

"Wir sollten aufbrechen." Sie strich ihm zärtlich durch die Haare. Tom sah sie im Dunkel des Wagens an.

"Wohin aufbrechen?"

"Nichts gegen deinen Tahoe, aber wir haben ein Zimmer im Quality Suites Hotel, das bestimmt bequemer ist, als dein Wagen."

"Ich bin zu betrunken, um zu fahren."

"Dann nehmen wir einen Uber."

Tom schüttelte den Kopf.

"Ich lasse den Tahoe nicht hier stehen."

Er zog seine Worte jetzt viel mehr in die Länge.

"Was willst du dann machen? Es gibt nicht viele Möglichkeiten. Ich glaube auch, dass die den Strand um Mitternacht schließen. Hier kann der Wagen also ohnehin nicht bleiben." Das hatte sie sich gerade frech aus den Fingern gesogen, denn wirklich wissen konnte sie das nicht. Vielleicht würde es seiner Entscheidung aber auf die Sprünge helfen.

"Dann müssen wir den Wagen wenigstens bis vorne an die Straße fahren." Er zog die Autoschlüssel aus der Hosentasche. "Hier bitte."

"Was *hier bitte*?"

"Deine erste Fahrstunde."

Linda starrte ihn entgeistert an.

"Fahren ohne Führerschein ist genauso illegal wie Trunkenheit am Steuer. Da draußen ist eine normale Straße und kein verlassener Parkplatz."

"Mag sein. Ist momentan jedoch viel sicherer, wenn du fährst, Legalität hin oder her." Er hielt sich an der Heckklappe fest und kletterte vorsichtig heraus.

Sie sah die Schlüssel in ihrer Hand an und überlegte. Was konnte schon passieren? Das letzte Stück Straße, das zur Küste führte, war ziemlich verlassen gewesen.

"In Ordnung. Ich werd's versuchen."

Während Tom sich außen am Wagen zur Beifahrerseite vorarbeitete, packte Linda ihren Nachtisch auf den Rücksitz und benutzte die Tüte davon als Mülleimer. Wenn sie angehalten wurden, war ohnehin die Hölle los. Leere Flaschen würden die Sache nur noch schlimmer machen. Sie zählte vier Bierflaschen und zwei Miniaturfläschchen Wodka, alle leer, zog aber vor, nichts mehr dazu zu sagen. Sie verschnürte das Bündel und versenkte es in einem der Seitenfächer im Laderaum, damit es bei der Fahrt nicht herumflog und das Glas womöglich noch zerbrach. Dann schloss sie die Heckklappe und setzte sich ans Steuer.

"Wo ist das Hotel?" Tom versuchte, etwas unkoordiniert sein Telefon hervorzuholen.

"Warte, ich sehe nach." Sie rief in ihrem eigenen Handy die Nachricht von ihrem Onkel auf, in der sich Adresse befand. "1500 South Avenue in Stratford."

"Das ist ganz in der Nähe, glaub ich." Tom reichte ihr sein Handy und ließ sie die Adresse in einer Kartenapp eintippen. Dann begann er, es an ein Kabel zu koppeln, das mit der Elektronik des Wagens verbunden war. Als er es nicht hinbekam, machte sie es und im Handumdrehen zeigte sich auf dem Display des Tahoe die Route zum Hotel. "Siehst du, auf halber Höhe dieser Straße geht es nach links, dann wieder rechts, dann zweimal links und das Hotel ist rechts."

Sie sah ihn entgeistert an.

"Du machst Witze, nicht wahr? Ich finde das nicht komisch." Er vergaß wohl, dass sie noch nie ein Auto gefahren hatte. "Ich werde die Straße hochfahren und irgendwo parken."

Mitzi und Nick wären sicher bereit gewesen, sie aufzusammeln, aber in Toms Zustand war das keine gute Idee und Linda verwarf den Gedanken schnell wieder.

Sie streckte sich nach den Pedalen und musste erst den Sitz einstellen, danach kam sie ohne Probleme an Bremse und Gas.

Tom beobachtete sie amüsiert.

"Ist echt merkwürdig auf dieser Seite zu sitzen."

"Gewöhn' dich nicht dran." Sie steckte den Schlüssel ins Zündschloss, stellte die Außenspiegel ein und sah ihn erwartungsvoll an. Gleichzeitig betete sie, dass er noch munter genug war, um ihr zu helfen.

"Okay. Also. Es ist ein Automatikgetriebe, da macht der rechte Fuß die gesamte Arbeit. Der linke Fuß sollte bewegungslos auf der Ablage außen links ruhen. Bremse ist links, Gas ist rechts." Er lallte inzwischen viel stärker, aber sie konnte ihn immer noch gut verstehen. Linda atmete tief durch und stemmte ihren linken Fuß gegen die schräge Vorrichtung im Fußraum.

"In Ordnung."

"Nun stell dich mit rechts auf die Bremse und dreh den Schlüssel, bis der Motor anspringt." Sie tat wie geheißen und Tom legte dabei seine Hand über ihre. Sobald der Motor ansprang, zog er ihre Hand wieder zurück, damit sie den Vergaser nicht flutete. "Perfekt. Hier sind die Schalter. Bleib auf der Bremse stehen und zieh den, auf dem *D* steht." Der Wagen machte die gewohnten Geräusche, die sie bereits bei so vielen anderen Automatikgetrieben gehört hatte.

Linda lächelte. Er gab sich wirklich Mühe, dachte sie dankbar.

"Ui. Das ist aufregend."

"Hoffen wir, dass es nicht *zu* aufregend wird." Tom lachte leise. "So, jetzt lass ganz vorsichtig den Fuß vom Gas und warte, bis er anrollt." Der Wagen bewegte sich tatsächlich und Linda sah begeistert zu Tom, aber er riss die Augen auf. "Sieh nach draußen!"

"Oh ja, sorry." Vor Schreck drückte sie wieder auf die Bremse und der Chevy hielt abrupt an. Sofort ruckten sie nach vorne und wurden unsanft von den Gurten zurückgehalten. "Uff."

Tom schloss kurz die Augen und atmete tief durch.

"Okay, das probieren wir jetzt noch ein paar Mal. Anrollen, bremsen. Anrollen, bremsen. Wenn das funktioniert, ohne dass wir uns dabei aufhängen, drückst du leicht auf das Gaspedal."

Linda folgte seinen Anweisungen. Überraschenderweise gewöhnte sie sich ziemlich schnell an diese vergleichsweise einfachen Abläufe. Das sanfte Bremsen war für sie das Schwierigste, aber der Tahoe war auch ein Monstrum, alles daran war groß.

Als sie beim Kassenhäuschen vorbeikamen, ging es schon sehr flüssig. Das Navi verkündete die nächste Wegstrecke durch die Stille der Kabine.

"Folgen Sie der Straße und biegen Sie nach 300 Fuß links ab."

"Woher weiß ich, wie weit das ist?"

"Keine Sorge, ich sag Bescheid." Tom drehte die Lautstärke herunter, damit das Navi ihn nicht übertönte. "Konzentrier dich einfach auf die Straße und fahr langsam. Um diese Zeit sind die meisten Menschen daheim."

Linda wusste zwar nicht, wie viel Uhr es war, zweifelte jedoch sehr an der Präzision dieser Aussage. Nach den nächsten beiden Abbiegungen sollte Tom aber recht behalten. Ihre langsame Fahrweise schien auch niemandem aufzufallen, denn es war dunkel und in diesem Gebiet waren kaum Autos auf der Straße. Auf der Hauptstraße jedoch kamen sie in eine stärker bewohnte Gegend und plötzlich waren überall Ausfahrten, Seitenstraßen und andere Hindernisse, wie zum Beispiel geparkte Autos.

"Oh mein Gott, wie viele Stoppschilder gibt es hier?" Inzwischen hatte sich ihre Bremsfähigkeit stark verbessert, aber sie war dennoch nervös.

"Du machst das fantastisch."

Bei jeder noch so kleinen Veränderung gab Tom Hilfestellung und sagte ihr im Detail, wie sie sich zu verhalten hatte, noch bevor die Situation eintrat. Wenn sie nicht so angespannt gewesen wäre, hätte der betrunkene Fahrlehrer sie bestimmt zum Lachen gebracht. An der letzten Biegung musste Tom sie an den Blinker erinnern, aber dann standen sie plötzlich auf dem Parkplatz des Hotels. Die vergangenen Minuten waren wie im Fluge vergangen.

"Ich finde es unfassbar, dass du in deinem Zustand schaffst, an diese vielen Details zu denken."

"Das lernst du mit der Zeit. So, fahr jetzt einfach vorwärts in eine der Parklücken."

"In welche?"

"Such dir eine aus."

"Oh Gott ich komm mir vor wie ein Idiot."

Tom grinste.

"Bist du keineswegs. Es gibt eine Unmenge kleiner Dinge, auf die man beim Fahren achten muss. Für dich ist nichts davon gewohnt. Irgendwann wirst du es im Schlaf können. Aus dem Grund können so viele Menschen betrunken fahren." Er hob theatralisch seinen Finger in die Höhe und zeigte auf sich.

Linda musste lachen.

"*Können* ist ein sehr weiter Begriff." Sie entschied sich für einen Platz unweit vom Hoteleingang und blieb dort mit einem letzten heftigen Ruck stehen.

Tom warf ihr einen etwas befremdlichen Blick zu, bevor er für sie den Schalter zum Parken betätigte, seinen Gurt löste und aus der Tür stürzte. Daraufhin hörte sie nur noch Würgegeräusche. Eigentlich hatte sie vorgehabt ihn auszuschimpfen, weil er sie irgendwie doch dazu gebracht hatte die gesamte Strecke zu fahren, aber jetzt tat er ihr leid. Sie stieg aus und wollte schon die Tür zumachen, als sie von der anderen Seite eine letzte Anweisung hörte.

Es klang leicht gequält.

"Motor aus!"

Sie lehnte sich wieder in den Wagen, drehte die Schlüssel ab und schloss die Tür. Bevor sie den Chevy umrundete, holte sie den Käsekuchen von der Rückbank.

Tom lehnte am Wagen und hielt die Augen geschlossen.

"Wie geht es dir?"

"Fantastisch." Zum Nachdruck verzog er das Gesicht.

Linda bot ihren Arm an, damit er sich einhaken konnte.

"Hier, ich stütze dich."

"Ich bin unheimlich stolz auf dich. Wenn ich mich nicht gerade übergeben hätte, würde ich dich küssen."

"So sexy du auch bist, das wirst du schön sein lassen, bis du dir die Zähne geputzt hast."

"Du findest mich sexy?"

"Üblicherweise schon." Sie lachte. "Komm, lass uns hineingehen. Ich muss pinkeln."

Das Foyer war klein, sauber und hell erleuchtet. Die Rezeption sah aus, wie der Schalter einer Bank, aber es war kein negatives Erscheinungsbild. Sie ließ Tom in der Nähe des Fahrstuhls an der Wand angelehnt stehen und klingelte, weil der Empfang nicht besetzt war.

Der Portier erschien sofort aus dem hinteren Büro.

"Guten Abend, Sie checken ein?"

"Ja korrekt. Unter dem Namen Connor. Es wurde telefonisch reserviert."

"Connor. Ja, ich erinnere mich an den Anruf. Es ist bereits alles erledigt. Ich programmiere nur noch schnell die Schlüssel. Brauchen Sie zwei Karten oder reicht eine?"

Linda sah ihn verwirrt an. Sie war sich ziemlich sicher, dass Sam Reservierungen für sie *beide* erwähnt hatte.

"Wurden nicht zwei Zimmer gebucht?" Der Herr am Empfang sah hinunter auf seine Notizen und dann noch mal in den Computer.

"Es sind in der Tat zwei Reservierungen, aber das andere Pärchen hat bereits eingecheckt."

Vom Fahrstuhl her ertönte ein dezentes Husten.

"Ein Schlüssel reicht." Sie lächelte den Portier freundlich an und dieser schob die Karte über den Tresen.

"Hier bitte. Zimmer 230. Es ist im zweiten Obergeschoss. Frühstück ist ab sechs Uhr und geht bis zehn Uhr dreißig. Auschecken können Sie bis elf Uhr dreißig. Sollten Sie noch etwas brauchen zögern Sie bitte nicht, zu fragen."

"Danke, da wäre in der Tat eine Sache. Wir sind hier quasi gestrandet. Verkaufen Sie eventuell Toilettenartikel, wie zum Beispiel Zahnbürsten und Ähnliches?"

"Solche Notfallsets haben wir tatsächlich. Einen Moment bitte." Er kam ziemlich schnell mit zwei durchsichtigen kleinen Täschchen wieder, in denen jeweils eine Tube Zahnpasta, eine Zahnbürste, Zahnseide und ein Mini-Deo waren. "Duschgel und Shampoo sind im Zimmer vorhanden." Linda zückte ihren Geldbeutel, aber er schüttelte den Kopf. "Nein nein, die Sachen sind für unsere Gäste kostenlos."

"Oh, das ist wirklich sehr großzügig. Vielen Dank."

"Natürlich. Ich wünsche Ihnen eine gute Nacht."

"Gute Nacht." Linda steckte ihren Geldbeutel zurück in ihre Umhängetasche, nahm die beiden Sets und die Karte von der Theke und kehrte zu Tom zurück.

Während sie auf den Fahrstuhl warteten, drückte sie ihm eines der Toilettenkits in die Hand.

"Du bekommst erst einen Kuss, wenn du das ausgiebig genutzt hast."

Tom antwortete mit einem schelmischen Zwinkern.

Während er im Bad war, schrieb Linda eine Nachricht an Sam und Joy.

Wir sind im Hotel. Tom geht es den Umständen entsprechend, aber er war sehr froh, mich zu sehen. Vielen Dank für eure Liebe und Unterstützung. Ich melde mich, bevor wir wieder nach Hause fahren. Kuss & Liebe, Linda.

Die Zimmeraufteilung erwähnte sie mit keinem Wort. Inzwischen konnte sie sich denken, wie die beiden die Reservierungen geplant hatten: Mitzi und sie selbst in einem Zimmer, die Jungs im anderen.

Sie sah auf die Batterieanzeige ihres Displays. Es waren noch 45% Akku übrig. Tom hatte im Tahoe ein Ladekabel, da konnte sie es auf der Heimfahrt bestimmt einstecken, bis dahin und für eine weitere Nachricht nach dem Frühstück würde es vollkommen ausreichen. Sie legte es zu Seite und sah sich im Zimmer um.

Die Wände hatten einen hellen Pfirsichton, die Couch und beide Betten waren in Rottönen gehalten. Es gab eine kleine Bar und eine Kaffeemaschine. Den Käsekuchen hatte sie im Minikühlschrank verstaut und sich ein Wasser genommen. Minibar Artikel waren immer unheimlich überteuert, aber auf der kleinen Willkommenskarte hatte gestanden, dass das Wasser kostenlos war. Ihr Magen knurrte. Das Hotelrestaurant war bereits geschlossen und auf eine erneute nächtliche Fahrt konnte sie sehr gut verzichten. So wie es aussah, würden Sam und Joy den Kuchen nie zu sehen bekommen.

Linda schaltete den Fernseher an und zappte durch die Kanäle, aber die konstante Werbung nervte. Zuhause sah sie kaum fern und auch hier schaltete sie schnell wieder ab. Vor dem Schlafengehen wollte sie schnell duschen und sich dann in dem Bademantel einkuscheln, den sie vorhin im Schrank entdeckt hatte.

Die Badtür ging auf und Tom kam nur mit einem Handtuch bekleidet heraus. Gerade hatte Linda noch auf der Zunge gehabt, dass sie nicht glauben konnte, wie viele Spots zu Medikamenten es im Fernsehen gab, aber plötzlich fühlte sich ihr Mund an, wie eine Sanddüne in der Sahara. Sie hatte Tom bisher noch nie mit nacktem Oberkörper gesehen, aber auch wenn hätte es bestimmt nicht den gleichen Effekt gehabt, wie in diesem Moment. Seine Haare waren nass und auf seinem gesamten Körper glitzerten noch Wassertropfen, die das Handtuch nicht erwischt hatte. In diesem Moment konnte sie ihn nur anstarren und hoffen, dass sie sich bald daran erinnerte, wie man atmete.

Tom war leicht wankend am Kaffeeautomaten stehen geblieben. Er versuchte, mit den verschiedenen Knöpfen eine Tasse Kaffee zu machen, daher bemerkte er nichts von Lindas lüsternen Blicken. Sie stand auf, schnappte sich den Bademantel aus dem Schrank und schlüpfte in den dampfenden Raum. Tom schien scheinbar genauso gerne heiß zu duschen, wie sie selbst. Sie schloss die Tür hinter sich und atmete durch.

"Hey Babe?" Seine Stimme war von der anderen Seite der Tür so deutlich zu hören, dass sie meinte, er stünde direkt neben ihr.

"Ja?"

"Magst du auch einen Kaffee?"

"Eher nicht. Ich bleibe bei Wasser."

"Werde ich auch tun. Bekomme dieses Mistding nämlich nicht an."

"Schau nach, ob das Stromkabel in der Dose steckt."

Hotels zogen zwischen Gästen oft die Stecker heraus, besonders bei Geräten wie Kaffeeautomaten. Kurz war es leise, dann aber hörte sie ihn fluchen. Sie grinste und stieg in die Dusche.

Alles mit Tom war neu und aufregend, aber irgendwie fühlte es sich auch an, als wären sie schon ewig zusammen, dachte sie verwundert. In seiner Nähe fühlte sie sich einfach wohl und vollkommen sicher. Für ihn schien es ähnlich zu sein, denn sonst wäre er bestimmt nicht im Handtuch aus dem Bad gekommen, dachte sie schmunzelnd. Es konnte natürlich auch sein, dass er nicht daran gedacht hatte, weil er betrunken war.

Linda seufzte. Im Grunde genommen war es egal, denn sein Körper war atemberaubend und sie hatte den Anblick sehr genossen.

"Doch nur Wasser?"

Tom lag ausgestreckt auf dem Bett, neben ihm eine leere Flasche Evian.

"Ja der Kaffee war ekelhaft."

"Das haben Hotels so an sich. Hast du übrigens vorhin mit jemandem geredet? Ich habe Stimmen gehört."

"Ja. Ich habe bei der Arbeit angerufen und gesagt, dass ich morgen nicht komme." Er zeigte auf ihren Kopf. "Sehr sexy, die nassen Haare."

"Gleichfalls."

"Danke." Tom lächelte und setzte sich auf. Er trug immer noch nur das Handtuch und sie versuchte mit aller Gewalt, nicht zu starren.

"Wie fühlst du dich?"

"Viel besser. Das Wasser hat geholfen." Er senkte allerdings schnell den Blick. "Es tut mir wirklich leid. Du bist den ganzen Weg hergefahren, um bei mir zu sein, und ich danke es dir, indem ich mich volllaufen lasse. Und das Schlimmste daran ist, dass ich Angst hatte dich zu sehen, auch wenn ich mir gleichzeitig nichts sehnlicher gewünscht habe."

"Damit ich dich nicht betrunken sehe?"

Er nickte.

"Als ich dort draußen saß, war ich mir sicher, dass du wütend wirst und mit mir schlussmachst. "

"Und dann bin ich tatsächlich wütend geworden."

"Aber du bist geblieben." Er hob seinen Kopf.

Linda sah seinen traurigen Blick und setzte sich neben ihm aufs Bett.

"Wegen so etwas würde ich nie gehen. Da gibt es genügend andere Dinge. Fremdgehen, Rauchen, Missbrauch, und so weiter."

"Rauchen?" Die anderen Dinge konnte er nachvollziehen.

Sie nickte.

"Ja, ist doch total ekelhaft. Es macht die Zähne gelb und stinkt."

"Keine Sorge, ich rauche nicht und der Alkohol hält sich üblicherweise in Grenzen."

"Üblicherweise?"

"Hin und wieder trinken die Jungs gemeinsam Bier. Das ist aber kein Saufgelage oder so."

Sie dachte kurz darüber nach. In anderen Ländern durfte man Bier und Wein bereits mit sechzehn trinken und harte Sachen ab achtzehn. Natürlich waren die Gesetze in diesem Land anders, aber wirklich böse war sie ihm nicht.

"Ich habe auf Reisen mit meinen Eltern selbst schon mal Bier probiert. In anderen Kulturen ist das nicht so reglementiert, wie hier. Aber in Ordnung finde ich die Aktion von heute deswegen noch lange nicht."

"Ich weiß. Verzeihst du mir?"

"Es gibt nichts zu verzeihen. Ich kann dich verstehen. Nicht das trinken, aber die Trauer."

"Trotzdem, ich habe dich in Gefahr gebracht und das wird nie wieder geschehen. Sich zu betrinken funktioniert ohnehin nicht." Tom nahm ihre Hand und hob sie an seinen Mund. Der Kuss kitzelte und Linda konnte sich ein Kichern nicht verkneifen. Er sah sie überrascht an. "Was ist?"

"Ich hätte auch nach Rasierzeug fragen sollen."

Er rieb sich das Kinn und kniff die Augen zusammen. Es war ein leicht gefährlicher Blick, aber Linda reagierte zu spät. Bevor sie aufspringen konnte, zog Tom sie an sich und küsste ihren Hals. Es kitzelte fürchterlich, aber sie quietschte vor Freude. Sie versuchte, sich zu befreien, aber sie hatte keine Chance. Es war herrlich.

Ein paar Sekunden später ließ er von ihr ab und sah ihr in die Augen.

"Wenn du nur wüsstest, wie schön du bist."

"Ich glaube, du bist immer noch betrunken."

"Das sicherlich, aber ich finde dich trotzdem atemberaubend."

Zur Antwort küsste sie ihn und diesmal hatte sie nicht das Gefühl, sich beeilen zu müssen. Heute Morgen an der Schule war das anders gewesen. Jetzt waren sie alleine und sie hatten die ganze Nacht.

"Wartest du bitte ganz kurz?"

Tom lehnte sich etwas zurück, damit sie aufstehen konnte. Sie machte das Licht im Zimmer aus, das im Bad ließ sie an. Die Tür dort blieb angelehnt, damit es als Nachtlicht dienen konnte. Tom entfernte derweil die rote Überdeckte und schlug das Laken zurück.

Linda krabbelte zu ihm aufs Bett und drückte ihn behutsam nach hinten, damit er auf dem Rücken lag, dann kniete sie sich neben ihn. "Ich möchte nur ganz kurz genießen, dich für mich allein zu haben." Sie streichelte behutsam über seine Haut und ließ ihre Hände langsam von seinen Schultern über seine Brust wandern.

Tom schloss seine Augen und sie konnte ihn im Halbdunkel lächeln sehen.

"Lass dir alle Zeit der Welt."

"Mindestens bis zum Auschecken."

Sie ließ ihre Nägel leicht über seine Haut fahren, an der Seite herunter und dann über seine Bauchmuskeln. Seine Haut war glatt und warm, und sie liebte dieses neue Gefühl. Ihr ganzer Körper war wie elektrisiert, dabei saß sie einfach nur da und berührte ihn.

Linda lehnte sich vor und streckte sich, damit sie ihn küssen konnte, Tom nutzte diese Gelegenheit sofort und zog sie an sich. Er gab ihr einen Kuss auf die Nase und küsste sie am Hals. Diesmal kitzelte es sie nicht.

"Danke, dass du hier bist." Er flüsterte es ihr ins Ohr und verursachte eine sehr angenehme Gänsehaut. Seine Lippen wanderten weiter.

Linda hatte zwar noch etwas erwidern wollen, zog es in diesem Moment jedoch vor, still zu genießen. Mit der rechten Hand streichelte er ihr Gesicht und küsste sie zärtlich auf die Lippen. Seine Hand streichelte über ihren nackten Oberschenkel und als er sie noch näher an sich zog, konnte sie durch das Handtuch seine Erregung fühlen. In einer solchen Situation hatte sie erwartet, dass er wild und unachtsam sein würde, aber es war das genaue Gegenteil. Die Tatsache, dass er erst siebzehn war, spiegelte sich in keiner Weise in dem wider, wie er sich verhielt. Tom mochte betrunken sein, aber er wusste genau, was er tat. Seine Küsse wurden fordernder, aber ihre auch.

"Oh Gott. Wie kann sich ein anderer Mensch nur so gut anfühlen?" In ihrem Körper geschahen Dinge, von deren Existenz sie nicht mal zu träumen gewagt hatte. Es war unbeschreiblich schön, fast so, als würde überall, wo er sie berührte, viele kleine Feuerwerke explodieren.

Der Gurt ihres Bademantels löste sich. Seine Finger wanderten hinauf bis zu ihrem Bauchnabel und dann zwischen ihre Brüste bis hinauf zu ihrem Hals.

"Was gefällt dir?" Tom ließ seine Hand wieder langsam nach unten wandern. Beide Male streifte er ihre Brüste leicht und entlockte ihr ein leichtes Stöhnen. Er küsste sie immer wieder, während er auf ihre Antwort wartete.

Sie versuchte, sich zu konzentrieren, aber die Position seiner Hand war eine enorme Ablenkung und seine Lippen ließen keine Sekunde von ihr ab. Ihr Herz klopfte so laut, dass er es sicher hören konnte, dachte sie atemlos.

"Was?"

"Was gefällt dir im Bett?" Tom wollte sicher sein, dass es für sie schön war. Meistens konnte er erahnen, was seine Partnerin antörnte, aber in seinem Alter hatte er gewiss nicht unendlich Erfahrung.

"Ah. Hmm", sie seufzte wohlig, "alles?" Linda suchte in ihrem Gehirn nach etwas, das sich noch besser anfühlen könnte, als das, was er gegenwärtig tat, aber ihr fehlte einfach das Wissen. "Tom, es tut mir leid, ich hab das noch nie gemacht. Alles, was du tust, fühlt sich fantastisch an."

Er hielt inne und sah sie bewundernd an. Er kannte nicht viele Mädchen, die in ihrem Alter noch Jungfrau waren.

"Mach dir keine Gedanken, ich find es heraus." Seine Stimme war wie Samt. Er hielt inne und lächelte. "Vertraust du mir?"

Linda nickte und fragte sich insgeheim, ob Betrunkensein sich ähnlich anfühlte. Die Art, wie ihr gerade schwindlig war und gleichzeitig jeder Nerv in ihrem Köper auf höchster Empfindlichkeit zu operieren schien, war unfassbar schön.

Er küsste ihren Bauch und kam dann wieder hoch, um ihre Brüste zu liebkosen. Diesmal konnte sie ein lauteres Stöhnen nicht unterdrücken und legte schnell eine Hand über ihren Mund, aber Tom kam sofort wieder hoch und nahm ihre Hand weg.

"Was ...?"

"Das ist mein Job." Er verschloss ihren Mund mit seinen Lippen und streichelte sie dabei weiter.

Linda wünschte sich kurzzeitig, sie hätte den Fernseher laufen lassen, denn sie war offensichtlich nicht besonders leise. Seine Hand glitt langsam, aber sehr zielsicher zwischen ihre Beine und sie riss die Augen auf, aber er gab ihren Mund nicht frei. Sie griff mit ihrer linken Hand nach seiner, um die Bewegung zu stoppen, aber irgendwie schaffte er es, weiter zu reiben.

"Warte." Sie war bereits ganz außer Atem.

Tom hörte sofort auf, seine Hand zu bewegen.

"Nicht angenehm?"

"Oh mein Gott, doch und wie, aber ich ..."

Er versuchte, in ihren Augen die Antwort zu lesen, aber sie hielt sie geschlossen und versuchte das Durcheinander ihrer Gefühle in den Griff zu bekommen.

"Sprich mit mir."

"Ich möchte dich auch berühren."

Auf Toms Gesicht breitete sich ein Lächeln aus.

"Wenn das alles ist." Er küsste sie zärtlich auf den Mund, griff nach der Hand, die ihn gerade aufgehalten hatte, und führte sie an seinen Bauch. Er ließ sie dort, während er sein Handtuch löste und zur Seite warf.

Theoretisches Wissen hatte Linda reichlich, jetzt würde sie herausfinden, ob es auch in der Praxis funktionierte und schob ihre Hand vorsichtig weiter nach unten. Einerseits war sie unheimlich nervös, weil sie ihm nicht wehtun wollte, aber andererseits auch sehr neugierig. Am liebsten hätte sie das Licht wieder angemacht.

Die Berührung gefiel ihm sichtlich. Tom legte seine Stirn an ihre und hielt die Augen geschlossen.

"Pack ruhig fester zu. Ich bin nicht zerbrechlich." Ab da sagte er jedoch nichts mehr. Hin und wieder gab er ihr kleinere Hilfestellungen, aber viel mehr bedurfte es nicht.

In Toms Kopf war es vollkommen ruhig. Jeder negative Gedanke an zuhause oder die Vorkommnisse des Tages war weit entfernt. Er dachte nur an die Tatsache, dass er dieses Mädchen in seinen Armen über alles liebte. Noch nie hatte ein Mensch bei ihm diese Gefühle geweckt und noch nie hatte er sich jemandem so nahegefühlt. Er wollte sie so sehr und musste sich extrem beherrschen, um sie nicht komplett unter sich zu ziehen. Mit seinem gegenwärtigen Alkoholpegel war das recht schwierig und Linda schmiegte sich auch immer wieder an ihn, aber er ließ nicht mehr zu. Wenn sie zusammen schliefen wollte er unbedingt nüchtern sein, und das blieb konstant in seinem Hinterkopf, aber gerade deswegen ließ er seine ganze Leidenschaft in diesen Augenblick fließen.

Sie stöhnte laut auf, schrie fast. Es war vollkommen unmöglich, es zu unterdrücken, denn als sie zum Höhepunkt kam, fühlte es sich an, als würde ihr gesamter Körper explodieren. Tom kam wenige Sekunden nach ihr. Die Intensität war außergewöhnlich. Nichts, das er in der Vergangenheit erlebt hatte, kam an diesen Augenblick heran.

Lindas erste Erfahrung mit dem männlichen Orgasmus war etwas nass, aber es störte sie keineswegs. Sie war vollauf damit beschäftigt, die vielen kleinen Nachbeben dieses himmlischen Gefühls zu genießen, und blieb vollkommen selig neben ihm liegen. Sie hörte seinen langsamer werdenden Atemzügen zu und beobachtete im Halbdunkel sein Gesicht.

"Du bist wunderschön, weißt du das?" Es war kein wirklich männliches Adjektiv, aber ein anderes Wort fiel ihr nicht ein.

Er öffnete die Augen und lächelte.

"Danke, das hat zuvor noch nie jemand zu mir gesagt."

Er drehte sich rasch nach hinten um, griff nach seinem Handtuch und machte schnell sich und ihre Hand sauber.

Linda konnte sich eine Frage nicht verkneifen.

"Wie hat es sich angefühlt? War es okay?"

"Okay? Lin, etwas Schöneres habe ich noch nie erlebt. Dafür, dass du noch nie einen Mann berührt hast, war das ziemlich fantastisch." Linda schaute etwas verlegen zur Seite, aber er berührte ihr Kinn mit einem Finger, damit sie ihn wieder ansah. "Und wie war es für dich?"

Sie kuschelte sich an ihn.

"Unbeschreiblich. Ich kann deine Hände immer noch überall spüren. Es war so herrlich, dein Gewicht auf mir zu spüren, am liebsten wäre ich in dich hineingekrochen." Linda lachte auf. Nein, das war gar nicht merkwürdig.

"Ja, das habe ich gemerkt. Ich musste meinen ganzen Willen aufbringen, um dich nicht gewähren zu lassen."

Linda seufzte glücklich.

"Ich hätte nie gedacht, dass Sex sich so anfühlen kann."

"Glaub mir, es wird noch besser."
"Versprochen?"
"Versprochen."
Toms Magen knurrte. Linda hob ihren Kopf und sah ihn an.
"Wie stehst du zu Käsekuchen?"

"Guten Morgen."

Linda blinzelte verschlafen.

"Guten Morgen. Du bist aber früh wach."

"Früh? Es ist fast halb elf."

"Was? Ernsthaft?"

Er nickte.

"Verdammt, wir haben das Frühstück verschlafen." Sie gähnte und streckte sich ausgiebig, jetzt war es auch egal und die Erinnerung an letzte Nacht war herrlich.

"Wenn der Kaffee von gestern ein Hinweis ist, dann haben wir nicht viel verpasst. In der Nähe ist allerdings ein Ihop, da gibts den ganzen Tag über Pfannkuchen."

"Das hört sich fantastisch an." Ihr Magen rumorte leise, wie zur Bestätigung. "Ich habe so gut geschlafen, wie schon lange nicht mehr. Du hättest mich jedoch ruhig wecken können."

"Ich bin auch erst vor einer halben Stunde wach geworden. Dann war ich jedoch damit beschäftigt, dir beim Schlafen zuzusehen." Er grinste von einem Ohr zum anderen.

"Oh na toll, das ist gar nicht gruselig." Sie stupste ihn leicht in die Schulter.

"Daran wirst du dich gewöhnen." Tom ergriff ihre Hand und küsste jeden einzelnen Finger.

"Wie fühlst du dich heute?"

"Besser als ich sollte." Er seufzte. Linda wusste nicht, ob sich die Aussage auf einen fehlenden Kater bezog, oder auf seine Trauer, aber beides schien er gut wegzustecken. Er vergrub sein

Gesicht in ihren Haaren. "Ich liebe es, mit dir allein zu sein. Es ist, als würde die Welt da draußen nicht existieren."

Ein paar Minuten lagen sie nur nebeneinander, ohne zu sprechen, und hörten den Geräuschen des Hotels zu. Linda hätte sich am liebsten nie wieder bewegt, aber sie wusste, dass sie nur knapp eine Stunde hatten, bevor ihre Reservierung auslief.

"Hey, ich bin nur ungern die Stimme der Vernunft, aber ..."

"Ich weiß, ich weiß. Magst du zuerst duschen?"

"Ja, gern."

Nachdem Toms Arme sie freigaben, überlegte sie nicht lange und hüpfte aus dem Bett. Sich wie im Film in ein Laken zu wickeln war ihr zu umständlich. Letzte Nacht hatte sie zwar noch ihren Bademantel angezogen, um den Kuchen aus dem Kühlschrank zu holen, aber jetzt marschierte sie ohne Aufhebens ins Bad, auch wenn sie sich sicher war, dass Toms Augen ihr folgten. Dieses Detail machte es sogar noch aufregender.

Sie ließ das Wasser aus dem Duschkopf anlaufen und putzte sich am Waschbecken erst einmal die Zähne. Dann band sie sich die Haare hoch und kletterte hinter den Duschvorhang.

Es gab keine verglaste Duschkabine und eigentlich fand sie Hotelbadewannen furchtbar, aber das heiße Wasser war trotzdem herrlich. Sie senkte den Kopf und ließ es auf ihren Nacken prasseln.

Irgendwann fühlte sie einen leichten Luftzug.

"Hey, stört es dich, wenn ich mir schnell die Zähne putze?"

"Nein nur zu." Linda hoffte, dass die Wasserleitungen sich nicht kreuzten, und trat sicherheitshalber ein wenig zur Seite, aber die Wassertemperatur blieb konstant. Einige Momente später ging die Tür auf und wieder zu und sie sah etwas enttäuscht hoch. Fast hatte sie gehofft, dass er frech in die Wanne klettern würde. "Tom?"

"Ja?"

Seine Stimme ließ sie ein klein wenig zusammenfahren.

"Was machst du?"

"Die ehrliche Antwort?"

"Ja."

"Ich konnte mich nicht entscheiden, ob ich im Zimmer warten oder zu dir unter die Dusche kommen sollte. Und jetzt steh ich nackt auf der anderen Seite des Duschvorhangs wie eine perverse Version von *Psycho*."

Linda lachte und zog den Vorhang etwas zur Seite.

"Komm rein."

Sie wollte schnell den Duschkopf auf seine Position anpassen, aber er zog sie an sich und küsste sie. Das Wasser floss über ihre Haare, aber alles, woran sie in dem Augenblick denken konnte, war das Gefühl seinen nackten Körper zu spüren.

"Ich habe noch nie zuvor mit jemandem geduscht." Er sah ihr in die Augen und ließ seine Hände über ihren Rücken gleiten, dann nahm er etwas von der Miniaturflasche Duschgel in der Ablage und begann, ihren Rücken zu massieren. Er zog sie eng an sich und ließ seine Hände hinunter wandern. "Es gibt so viele Dinge, die ich noch nicht getan habe, aber ich möchte sie alle mit dir erleben."

"Was zu Beispiel?" Linda hatte es nur gehaucht, denn seine Nähe entfachte überall in ihrem Körper viele neue Feuer. Sie sah ihm in die Augen und wusste, dass sie erst mal keine Antwort bekommen würde.

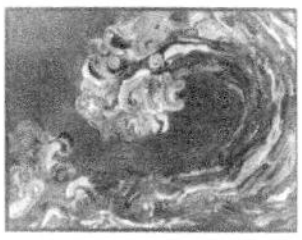

Bei Ihop bekam Tom endlich seinen heiß ersehnten Kaffee.

Als die Bedienung die typische Karaffe brachte, goss er sich und Linda eine dampfende Tasse voll ein.

"Wisst Ihr schon, was ihr zum Essen möchtet?" Die Kellnerin schenkte ihm ihr schönstes Lächeln. Linda nickte und sah zu Tom. Auch er hatte seine Menükarte bereits zur Seite gelegt.

"Meine Herzensdame zuerst."

Linda sah den etwas verdatterten Ausdruck auf dem Gesicht der Kellnerin und musste schmunzeln.

"Pfannkuchen, keine Butter, eine Portion Speck und einen Orangensaft."

"Zweimal bitte." Tom nahm einen Schluck aus seiner Tasse.

"Gerne, kommt sofort." Damit war die Kellnerin auch schon wieder verschwunden.

Tom sah Linda grinsend an.

"Wir beide mögen Dinge wie Tiramisu und Käsekuchen und nun sogar das gleiche Frühstück. Es wird problematisch, sollten wir in unserem Haus am Meer noch ein letztes Stück vom Nachtisch im Kühlschrank stehen haben."

Linda legte den Kopf leicht schief.

"In unserem Haus am Meer?"

"Genau. Du willst doch ein Haus am Strand oder nicht?"

"Und ob." Linda strahlte übers ganze Gesicht. Tom plante bereits ihre gemeinsame Zukunft. "Und ich verspreche dir, dass immer ausreichend Käsekuchen im Kühlschrank ist."

"Selbstgebacken?"

"Übertreib's nicht. Ich bin nicht Joy." Linda riss die Augen auf. "Oh scheiße!" Sie holte eilig ihr Handy aus der Tasche und wählte die Nummer ihrer Tante.

Joy ging nach zweimal Läuten dran.

"Linda, na endlich, ich hatte mir schon Sorgen gemacht!"

"Es tut mir leid, wir haben verschlafen. Es war eine sehr anstrengende Nacht ..." Sie sah hilfesuchend hoch, erntete aber nur ein freches Grinsen. "Wir haben lang geredet", rettete sie sich.

"Mach dir keine Gedanken, mein Schatz, so etwas Ähnliches haben wir uns bereits gedacht. Wo seid ihr?"

"Wir frühstücken gerade, machen uns dann aber gleich auf den Weg."

"Macht nur langsam. Ein wenig Abstand wird Thomas guttun." Joy seufzte leise. *"Darf ich kurz mit ihm sprechen?"*

"Ja na klar. Moment." Linda reichte ihm ihr Handy über den Tisch. "Joy möchte mit dir reden."

Tom hob überrascht die Augenbrauen, nahm es aber.

"Hi Joy." Er atmete tief durch und schaute beim Sprechen auf seine Tasse.

"Thomas, mein herzlichstes Beileid."

"Danke."

"Wie geht es dir?"

"Geht so. Es hat unheimlich geholfen, dass ihr Linda habt kommen lassen."

"Viel hatten wir nicht damit zu tun, um ganz ehrlich zu sein. Ich denke, sie wäre auch ohne unser Einverständnis gefahren. In solchen Situationen ist es aber wichtig, Unterstützung zu haben." Joy machte eine kurze Pause. *"Vivian war eine meiner besten Freundinnen. Wir sind immer für dich da, das weißt du, oder?"*

Tom nickte automatisch.

"Das weiß ich. Ich danke dir."

"Ihr müsst auch nicht gleich wieder zurückfahren. Macht ruhig einen kleinen Ausflug, wenn ihr dazu Lust habt. Die Gegend hat viele schöne Ecken. Und fahrt vorsichtig."

"Machen wir."

"Bis später."

"Bis später." Er legte auf und reichte Linda ihr Telefon zurück. "Entschuldige mich bitte kurz." Er erhob sich und wollte schon in Richtung Toiletten gehen, aber er lehnte sich noch mal zu ihr herunter. "Sieh mal im Netz nach, ob dich im Umkreis von hundert Meilen irgendetwas interessiert. Vielleicht machen wir einen kleinen Abstecher." Er versuchte ein Lächeln, aber seine Augen spiegelten es nicht.

"In Ordnung."

Linda loggte sich in das kostenlose Wi-Fi ein und googelte ein paar Minuten lang interessante Orte, aber der Auftrag gestaltete sich schwieriger als gedacht. Wenig später unterbrach die Bedienung sie mit dem Essen.

"Zweimal Pfannkuchen mit Speck und Orangensaft. Ohne Butter. Darf es noch etwas sein?"

"Vielen Dank, vorerst nicht." Linda sah sich um. Tom war nirgends zu sehen, aber sie mochte keine kalten Pfannkuchen und fing ohne ihn an. Ein paar Minuten später kam er aber schon um die Ecke. Sie sah kauend hoch. "Tut mir leid, ich hab schon ohne dich angefangen."

"Gar kein Problem. Es gibt nichts Schlimmeres als kalte Pfannkuchen."

Ihre Bewunderung für dieses Fabelwesen, das ihr gegenübersaß, hatte fast keine Grenzen mehr.

"Du bist ein echtes Einhorn."

"Ein was?" Er tastete seine Stirn ab.

"Dich magisches Wesen gibt es nur einmal auf dieser Welt."

"Ach so. Ja, das hoffe ich doch." Er nahm einen Pfannkuchen in die Hand, rollte darin ein Stück Speck ein und aß es der Länge nach. Linda beobachtete die Aktion kurz mit Interesse, tat es ihm dann gleich. Tom nickte ihr zu. "Auf die Weise hast du immer ein Stück knusprigen Speck im Mund."

"Ich bin überrascht, dass mir das nicht eingefallen ist."

"Tja, dein Einhorn ist nicht nur einzigartig, sondern auch kreativ." Er zwinkerte ihr zu. "Übrigens hast du etwas gefunden? Wegen Ausflug und so. Joy meinte, wir sollten uns einen schönen Tag machen."

"Nein, nicht wirklich. Es gibt zwar interessante Orte, aber zum Wandern oder für Dinge wie Naturreservate habe ich die falschen Schuhe an. Ich weiß nicht, wie es dir geht, aber ich würde am liebsten irgendwo ans Wasser fahren. Außerdem tragen wir beide noch die Sachen von gestern. Wenn du nicht gleich nach Hause willst, ist mir das recht, aber dann kaufe ich mir irgendwo frische Unterwäsche und ein neues T-Shirt."

Bevor sie noch etwas hinzufügen konnte, kam die Bedienung und fragte, ob alles in Ordnung war, dabei sah sie wieder ziemlich eindeutig nur Tom an und flirtete, was das Zeug hielt. Linda warf ihr ungesehen einen genervten Blick zu.

Tom nickte der Kellnerin kurz zu, widmete sich aber sofort wieder dem derzeitigen Thema.

"Das ist eigentlich keine schlechte Idee. Meine Füße schaffen auch keine übermäßigen Strapazen in diesen Sportschuhen. Der Strand ist eine fantastische Idee."

Die Bedienung ging wortlos an einen anderen Tisch und Tom senkte lachend seinen Kopf.

"Was ist?" Linda gefiel, was er gesagt hatte, sah aber trotzdem keinen besonderen Humor darin.

"Ich finde es süß, wenn du eifersüchtig bist."

Fast wollte sie etwas Gegenteiliges erwidern, ließ es aber. Er hatte sie bereits durchschaut. Dabei hatte sie gedacht, dass er die ganze Sache gar nicht mitbekommen hatte.

"Fehlte nur noch, dass sie mit Sirup ein Herz auf deine Pfannkuchen gießt."

"Du weißt aber schon, dass du dir keine Gedanken wegen so etwas machen musst."

"Ja, ich merk's grad." Linda sah ihn versöhnlich an. "Sie hat trotzdem genervt."

"Also, dann ist es beschlossene Sache. Wir fahren schnell einkaufen und holen besagte Dinge. Eventuell auch etwas zum Mittagessen und dann suchen wir uns einen schönen Strand, an dem wir einige Stunden relaxen können, bevor wir nach Hause fahren."

"Das hört sich himmlisch an." Salzige Luft, die Geräusche von Brandung, schreiende Möwen und Tom.

Was brauchte sie mehr?

Vom Geschäft aus fuhren sie ein Stück die Küste entlang und parkten an einem schönen Fleckchen namens Sherwood Beach.

Die wohlige Wärme der Sonne machte beide faul, und bis auf einen kleinen Spaziergang den Strand entlang, lagen oder saßen sie nur auf der Picknickdecke und ließen es sich gut gehen.

Tom fütterte Linda gerade mit Schokorosinen, als sein Handy klingelte. Er warf einen Blick drauf und knurrte. Es war seine Mutter. Wenn er nicht ranging, konnte es Probleme geben. Noch war er nicht volljährig und letzte Nacht war er nicht nach Hause gekommen. Widerstrebend setzte er sich auf und nahm das Gespräch an.

"Was willst du?"

"Thomas, ich habe im Restaurant angerufen." Er wartete ab, wo ihre Einleitung hinführte, auch wenn er es sich denken konnte. *"Sie sagten, du arbeitest heute nicht."* Seine Mutter räusperte sich. Toms Schweigen machte sie nervös. *"Es geht um deine Großmutter."*

"Du bist der letzte Mensch, mit dem ich darüber sprechen möchte."

Vivian schluckte.

"Du weißt es also schon."

"Ja und nicht dank dir. Wolltest du noch etwas anderes?"

"Nein, aber da ich dich gerade dran habe, Mitchell muss etwas an der Garage machen. Das Tor geht nicht auf."

"Es ist euer Haus. Er kann tun und lassen, was er möchte und ... meine Schichten im Restaurant sind unterschiedlich. Es kann heute spät werden." Mit der Information wollte er weiteren Fragen nach seinem jetzigen Standort aus dem Weg gehen.

"In Ordnung. Tom, es tut mir leid, ich ..."

Er legte auf und sah das Telefon an, als wollte er es ins Meer werfen.

"Diese kaltherzige Hexe!"

Linda hörte ein leichtes Knacken und versuchte, ihm das Handy vorsichtig aus der Hand zu nehmen.

"Tom ..."

Er ließ sie gewähren und gab es frei. Als sie es sich ansah, konnte sie keinen Riss entdecken. Diesmal hatte das Gerät noch Glück gehabt.

"FUCK!"

Sie zuckte zusammen. Tom hatte die Hände zu einer einzigen Faust vor sich geballt und starrte mit einer erbitterten Miene hinaus aufs Wasser. In seinen Augen standen Tränen.

Linda legte vorsichtig ihre Hand auf seine Schulter.

"Ich wünschte, du könntest wieder bei Sam und Joy einziehen."

Für ein paar Sekunden trat Toms Frustration über seine Mutter in den Hintergrund und er drehte sich überrascht zu ihr um.

"Das haben sie dir also auch erzählt." Er hatte es vollkommen wertfrei gemeint, aber in dem Moment hörte es sich flapsig an.

Linda versuchte, in seinen Augen mehr zu lesen. Sie fühlte sich furchtbar, als hätte sie ihn irgendwie hintergangen.

"Sam hat es erwähnt, als ich ihn damals nach dir gefragt habe."

"Hat er auch den Grund genannt?"

Sie sah ihn einen Moment lang an, wusste aber nicht, wie sie ihm antworten sollte.

"Bitte sei ihm nicht böse. Er hatte ja nicht wissen können, dass wir uns näherkommen würden."

"Ich bin ihm nicht böse. Das ist genauso seine Geschichte, wie meine, außerdem hat es dich ohnehin nicht abgeschreckt."

"Abschreckung war bestimmt nicht seine Absicht."

"Ich möchte ihm nichts unterstellen, aber Sam macht nichts ohne Grund. Sicher hatte er einen Verdacht und wollte, dass du mit offenen Augen in die Sache gehst." Diesmal wurde sein Blick aufs Meer von einem kleinen Lächeln begleitet. Er spielte gedankenverloren mit dem Sand zwischen seinen Füßen. "Du weißt also alles."

"Die Hauptpunkte, denke ich."

"Ohne die beiden wäre vieles in meinem Leben anders gelaufen. Glaub mir, ich habe die Entscheidung, nach Hause zurückzuziehen, oft infrage gestellt, aber Mitchell ist ein Arschloch und wenn meiner Mutter etwas passiert wäre, hätte ich mir ewig Vorwürfe gemacht. Mit mir als Puffer erlaubt er sich nicht so viel und auch wenn sie manchmal eine Hexe sein kann, habe ich mich entschieden zu bleiben, bis ich achtzehn bin. Vorher kann Mitchell mich sowieso nicht rauswerfen." Tom strich sich den Sand von den Handflächen, nahm Linda das Handy ab und legte es zur Seite, dann lehnte er sich zurück. "Neues Thema. Wie viele Beziehungen hattest du?"

Lindas bekam große Augen. Diesen fliegenden Wechsel hatte sie nicht erwartet. Besonders nicht zu einem solchen Thema hin.

"Äh, meinst du feste Freunde oder Dates?"

"Sagen wir mal ... Jungs, die du geküsst hast."
"Bist du sicher, dass du das wissen möchtest?"
Tom lachte und nickte.
"Ja, will ich."
"Einen."
"Einen? Du hast vor mir *einen* Jungen geküsst? Wow." Linda verzog das Gesicht und Tom spürte, dass er einen Nerv getroffen hatte. "Ich finde es nicht schlecht, ich bin nur etwas verwundert. Die meisten Mädchen, die ich kenne, hatten in deinem Alter bereits mehrere Beziehungen und auch Sex."
"So wie Taylor?"
"Sie ist nicht so schlimm, wie manche sie darstellen, aber ja, so wie Taylor."
"Du musst sie nicht in Schutz nehmen." Linda merkte, dass sie defensiv wurde.
"Das tu ich keineswegs." Tom atmete tief durch. Wenn sie jetzt nicht darüber sprachen, würde dieses Thema immer zwischen ihnen stehen. "Wenn du etwas wissen möchtest, frag mich."
Linda warf ihm einen skeptischen Blick zu. Natürlich hatte sie Fragen und nicht nur eine, aber ob das so eine gute Idee war, bezweifelte sie.
"Was ihr zusammen gemacht habt, geht mich nichts an."
Er zuckte mit den Schultern und streckte sich wieder auf dem Handtuch aus.
"Wie du meinst."
Tom lag mit geschlossenen Augen da, die Hände hinter dem Kopf verschränkt. Linda sah ihn frustriert an. Was hatte sie denn erwartet, dachte sie missmutig, dass er ihr ungefragt alles auf die Nase binden würde, nur weil es ihr zu peinlich war, zu fragen? Und war es ihr wirklich peinlich oder hatte sie nur

Angst davor, sich mit Taylor vergleichen zu müssen? Im Ergebnis war es nämlich genau das.

"Ich will nichts wissen, weil sie so viel mehr mit dir geteilt hat als ich. Da kann ich nicht mithalten."

Tom setzte sich bei dem Satz sofort wieder auf.

"Das ist nicht wahr." Er umfasste ihre Schultern, damit sie gezwungen war, ihn anzusehen. "Taylor und ich hatten nicht annähernd das, was du und ich haben. Dir gehört seit letztem Sonntag mein ganzes Herz, davon hatte sie nur ein Bruchteil, wenn überhaupt." Tom sah sie eindringlich an. "Ich liebe dich mit meiner ganzen Seele." Wenn Linda nicht exakt das Gleiche gefühlt hätte, hätte sie eine solche Liebeserklärung nach einer Woche bestimmt nicht geglaubt. Sein Blick war immer noch ernst. "Wenn du Fragen hast, dann frag jetzt, denn danach will ich nie wieder über Taylor reden oder nachdenken. Ich verspreche auch, wertfrei und ehrlich zu antworten."

Sie senkte ihren Blick und kaute nachdenklich auf ihrer Unterlippe herum.

"Okay. Wie seid ihr zusammengekommen?"

"Das war nach einem Footballspiel. Sie hat mich angesprochen."

"Und dann? War da ein Date?" Er verzog sein Gesicht und sah kurz auf das Meer hinaus. In diesem Moment bereute er sein Angebot. Linda bohrte weiter. "Tom, du sagtest, ich kann fragen."

"Schon, aber manche Antworten werden dir nicht gefallen." Er stand auf und ging ein paar Schritte. "Das war keine gute Idee, tut mir leid."

"Von wegen wertfrei!" Sie hatte es nur vor sich hin gemurmelt, aber Tom hatte gute Ohren. Er drehte sich um und schaute sie an.

"Ich möchte dich nicht verletzen."

"Wenn sie dir nichts mehr bedeutet, dann kann es mich nicht verletzen."

Tom kam ein paar Schritte zurück, setzte sich aber nicht.

"Taylor hat mich angesprochen und mir ins Ohr geflüstert, dass ich ihr folgen sollte. Hinter der Tribüne war ein kleiner Schuppen. Dort hat sie mir einen geblasen."

Linda sah ihn verblüfft an.

"Einfach so?"

"Yep, einfach so."

"Du musst sie aber wenigstens attraktiv gefunden haben, um sie so nah an dich ... nein streich das." Linda konnte sich gut vorstellen, wie die Szene abgelaufen war. Welcher Junge würde ein solches Angebot ablehnen? Es war das perfekte Klischee, Footballspieler und Cheerleader. Da war es wieder, das Quäntchen Eifersucht.

"Ich war Single."

"Das sollte auch kein Vorwurf sein. Ich finde es nur faszinierend, wie zwei Menschen, die sich kaum kennen ..." Die Ironie der aktuellen Situation entging ihr nicht und Tom konnte sich ein Schmunzeln nicht verkneifen.

"Dir ist aber schon klar, dass es lange nicht das Gleiche ist. In Taylor war ich höchstens verschossen, mit Liebe hatte das nichts zu tun. Verglichen mit uns hat es mir genauso viel bedeutet, wie dieses Sandkorn." Er kniete sich auf die Decke und hob mit zwei Fingern ein wenig Sand auf. Er pickte ein Steinchen heraus, um es ihr hinzuhalten. "Obwohl, das stimmt nicht. Dieses Sandkorn hat bereits mehr Wert, weil du es dir gerade mit mir ansiehst." Er übertrieb schamlos, aber er wollte ihr das Prinzip klarmachen.

Linda lachte laut los.

"Du bist ein Depp." Sie stieß ihn spielerisch von sich weg. "So dick musst du nun auch nicht auftragen. Ich kann damit leben, dass du eine Vergangenheit hast." Sie streckte sich, um ihm einen Kuss zu geben. "Die weibliche Neugier ist echt nervig. Danke, dass du so ehrlich bist, aber ich glaube ich muss wirklich nicht mehr wissen."

Seine Mannschaftskollegen hatten ihn immer um Taylor beneidet, aber hauptsächlich, weil er in ihren Augen mit einer attraktiven Blondine Sex haben konnte. Die Beziehung selbst hatte ihn nie glücklich gemacht. Immer hatte etwas gefehlt und nun wusste er auch was.

"Ich war ein ziemliches Arschloch zu Taylor." Linda sah ihn fragend an und Tom seufzte. "Du erinnerst dich an die Szene, die die ganze Stufe mitbekommen hat?"

"Ja, aber sie hat doch angefangen. Sie wollte dich verletzen und du hast dich nur gewehrt."

"Sie wollte mich verletzen, weil ich mit ihr schlussgemacht habe. Es entschuldigt ihr Verhalten nicht im Geringsten, du sollst nur nicht denken, dass ich immer so drauf bin."

"Das denke ich nicht. Sag mal", ihre Gedanken bewegten sich inzwischen in eine neue Richtung, "gibt es einen Grund, warum du gestern nicht mit mir geschlafen hast?"

"Das hab ich doch." Er bezog sich absichtlich auf die buchstäbliche Bedeutung, um Zeit zu schinden.

Linda rollte mit den Augen.

"Du weißt, was ich meine."

"Wolltest du das denn?"

"Keine Ahnung. Ich weiß ja nicht, wie es sich anfühlt. Du aber schon."

"Gestern Nacht war absolut fantastisch. Jeder Moment." Er sprach leiser weiter. "Mit einem Menschen intim zu sein ist komplett anders, wenn man die Person liebt. Ich möchte alles zwischen uns auskosten, jede neue Erfahrung, verstehst du?" Linda nickte. "Mit allen meinen Sinnen. Gestern war ich ziemlich betrunken. Da hätte ich sowieso nicht lange durchgehalten und du wärest enttäuscht gewesen."

"Und was war heute Morgen? Da warst du nüchtern." Sie musste daran denken, dass es trotzdem die beste Dusche ihres Lebens gewesen war. Fast hätten sie den Check-out verpasst.

"Glaub mir, es fiel mir wirklich schwer, mich zurückzuhalten. Beide Male."

"Dann solltest du es das nächste Mal lassen. Ich will dir so nah sein, wie nur möglich." Sie fuhr ihm mit ihren Fingernägeln den Arm herauf und dann über die Brust hinunter zum Bauch. Er griff nach ihrer Hand und sah sich kurz um.

"Wir sind hier nicht allein."

"Ist mir schon klar." Sie grinste.

"Ich habe ein Monster erschaffen." Er zog sie an sich und gab ihr einen Kuss, "aber ein sexy Monster."

Linda war unsagbar dankbar, dass er nicht einer dieser Menschen war, die Zärtlichkeiten in der Öffentlichkeit mieden und das sagte sie ihm.

"Keine Chance, ich würde eingehen, wenn ich dich nicht berühren könnte." Tom lächelte. "Ach übrigens, weil du sagst, du willst mir nah sein. Ende nächsten Monats gibt es wegen des Feiertags ein verlängertes Wochenende. Wenn du möchtest, können wir campen gehen. Ich kenne einen fantastischen Ort, an dem wir vollkommen allein sind, Waldsee inklusive. Wir können durch die Natur laufen, im See fischen, am Lagerfeuer sitzen, was auch immer dein Herz begehrt."

"Das hört sich himmlisch an."

"Wenn wir das bei Sam und Joy durchkriegen, dann bekommen wir eventuell sogar Sams Zelt. Es ist ein geniales Teil." Tom erinnerte sich an ein paar Ausflüge, die er gemeinsam mit den beiden gemacht hatte. "Aber ich denke, das wird kein Problem sein. Das sind die gleichen zwei Menschen, die uns letzte Nacht ein Doppelzimmer gebucht haben."

"Na ja ... so ganz stimmt das nicht. Es wurden zwei Doppelzimmer gebucht, sodass Mitzi und ich in einem und Nick und du im anderen schlafen sollten."

"Haben Sam und Joy das ausdrücklich gesagt?"

"Nein."

"Also vertrauen sie uns. Egal, wie wir uns aufteilen."

"Hm, kann sein. Ich vergesse immer wieder, dass sie sich überhaupt nicht wie Eltern benehmen, aber dafür hatten sie mich zu spät." Linda fand ihren eigenen Witz so lustig, dass sie sich vor Lachen auf der Decke kringelte.

Tom betrachtete sie vergnügt. Das würde ein herrliches letztes Schuljahr werden. Die vielen Pläne, die er in seinem Kopf bereits gemacht hatte, würden sich zwar alle ändern, aber nur zum Positiven. Wenn sie dann noch auf das gleiche College gingen, konnten sie sich eine gemeinsame Wohnung mieten. Er würde auf sie warten, damit sie gleichzeitig anfangen konnten. Bis dahin würde er weiter im Restaurant arbeiten und Geld sparen. Alles hatte wieder einen Sinn. Zuvor hatte er nur davonrennen wollen, aber nun hatte er ein Ziel, auf das er hinarbeiten konnte.

Er legte sich neben sie und zog sie an sich. Lindas Lachen verstummte und die Welt um sie herum verschwand, als er sie küsste.

Wir sind auf dem Weg nach Hause und sollten in circa einer Stunde wieder in Port Chester sein.

Diesmal schrieb Tom die Nachricht an Joy. Sie hatten so lange wie möglich am Strand verbracht, aber irgendwann war die Sonne dem Horizont immer näher gekommen.

"Bereit?"

"Wir haben ja keine andere Wahl." Etwas traurig schnallte Linda sich an. Tom programmierte den Heimweg, ließ aber den Ton am Navi aus. In dieser Gegend kannte er sich ziemlich gut aus, aber die digitalen Karten waren eine nette Sache, falls irgendwo Stau oder ein anderes Hindernis auftauchte.

Der Chevy rollte vom Parkplatz und sie gelangten ziemlich schnell auf den Connecticut-Turnpike.

"Es ist wenig los, wir sollten gut durchkommen."

"Hm."

Tom hakte vorsichtig nach.

"Hey, was ist los?"

"Ach nichts."

"Bis April ist es nicht mehr lang."

Linda sah ihn verwundert an.

"Was ist im April?"

"Dann wirst du siebzehn. Ich werde im Mai achtzehn. Bis dahin müssen wir laut Gesetz warten, um im Staat New York zu heiraten." Sie starrte ihn immer noch an, jetzt allerdings mit einem viel verwirrteren Ausdruck. Er musste grinsen, sah aber wieder auf die Straße. "Das ist kein offizieller Antrag, dafür brauche ich erst einen Ring und muss Sam um deine Hand bitten."

"Hör auf." Linda starrte wieder aus dem Fenster.

Tom sah sie kurz an, nahm dann allerdings die nächste Ausfahrt und kam an einer ruhigen Stelle zum Stehen. Er drehte sich zu ihr um und nahm ihre Hand.

"Habe ich etwas falsch gemacht?"

"Nein. Du hättest nicht anhalten müssen. Es ist nur eine dumme Stimmung. Geht gleich vorüber."

"Erzähl mir, was in dir vorgeht."

Linda seufzte. Sie fühlte sich unheimlich dämlich, aber wenn er es unbedingt wissen musste, dann würde sie es ihm sagen.

"Ich habe mich unsterblich in dich verliebt."

Diesmal war es Tom, der verwirrt schaute.

"Okay?" Das war nicht wirklich eine Neuigkeit, auch wenn er es in dieser Version noch nicht gehört hatte. "Und wieso klingt das nicht wie eine positive Sache?"

Linda sah ihm in die Augen und wusste nicht, wie sie ihr Gefühl erklären sollte, ohne verrückt zu klingen.

"Ich will dich nicht verlieren."

"Das wirst du nicht."

"Doch das werde ich. Genauso wie ich meine Eltern verloren habe und du deinen Vater und deine Großmutter. Ich kann es nicht ertragen, daran zu denken, dass wir irgendwann einfach getrennt werden, ohne etwas dagegen tun zu können."

Von jetzt auf nachher war alles hochgekommen, woran sie schon Monate nicht mehr gedacht hatte. Ihr war elend zumute und nun würde dieser unglaubliche Junge neben ihr denken, dass sie übergeschnappt war.

Tom dachte das allerdings keine Sekunde lang. Er hatte nach dem Tod seines Vaters sehr viel Zeit damit verbracht, über genau dieses Thema nachzudenken. Erst allein und dann später in Gesprächen mit Therapeuten oder mit Sam und Joy. Er lehnte sich zu ihr herüber, soweit es die Mittelkonsole zuließ.

"Ich verstehe sogar sehr gut, was du meinst. Dieses Gefühl wird nie ganz weggehen, aber ich verspreche dir, dass die Momente, in denen es einen zu ersticken droht, nicht lange andauern."

Linda sah ihn mit großen Augen an.

Plötzlich kamen ihr die Tränen.

"Ich hasse den Tod. Ich hasse seine Unausweichlichkeit. Man kann absolut nichts dagegen tun. Irgendwann ist man einfach weg. So als ob alles nichts bedeutet hätte!"

"Wir wissen aber nicht, was danach kommt, also kannst du das nicht mit Sicherheit sagen. Als mein Vater starb, habe ich sehr lange an einer ähnlichen Emotion festgehalten. Damals habe ich gedacht, dass dieser Teil des Lebens das Einzige ist, bei dem ich immer den Kürzeren ziehe. Der Tod gewinnt immer, also habe ich gegen alles andere gekämpft, aber die Geschichte kennst du ja bereits."

"Dass du dich mit Mitchell nicht verstanden hast und immer abgehauen bist?"

"Auch." Sam hatte scheinbar doch einige Eckpunkte ausgelassen. "Sagen wir es mal so. Ich kann einen großen Teil der Autos da draußen aufbrechen und kurzschließen. Die meiste Zeit ging das sogar gut, aber die Male, bei denen diese Abstecher nicht gutgingen, sind in meiner Strafakte verewigt. Auf diese Weise habe ich sehr früh fahren gelernt. Geschwindigkeit war immer ein gutes Ventil für meine Probleme, aber auch ein gefährliches."

"Ich bezweifle, dass mir das helfen würde. Ich wäre kein guter Autoknacker."

"Ja, ist nicht ganz dein Stil." Tom lachte leise, wurde aber schnell wieder ernst. "Weißt du, ich habe lernen müssen, aus jedem Tag das Beste zu machen und das ist nicht so leicht, wie es sich anhört. Wenn mir heute solche Gedanken kommen, warte ich einfach, bis es vorbeigeht. Ich suche mir einen schönen Ort, an dem ich allein sein kann, und versuche zu meditieren. Das konnte ich nicht immer, aber in der Therapie lernt man das. Manchmal ließ ich mich auch auf Beziehungen ein, die nicht gut für mich waren. Es war nicht mehr unbedingt kriminell, aber dennoch nicht positiv."

Irgendwie hatte Linda den Eindruck, dass er nicht nur von Taylor sprach, kommentierte es allerdings nicht.

"Du kannst also Autos knacken."

"Du hast dich also unsterblich in mich verliebt?"

Linda lächelte zaghaft und wischte sich die Tränen aus den Augen.

"Ich mag den Tod nicht."

"Ist ein ziemlich beschissenes Konzept, ich weiß."

"Ich hätte nie gedacht, dass ich jemandem erklären könnte, wie ich mich fühle. Es hilft, dass du weißt, was ich meine, auch wenn es am Endergebnis nichts ändert."

"Ich verspreche dir, wir werden jede freie Minute nutzen. Wir werden unsere gemeinsame Zeit mit Dingen füllen, die uns glücklich machen."

"Hauptsächlich aber mit Sex."

Tom lachte erleichtert auf, aber ihm war bewusst, dass dieses Thema sie nicht ohne Weiteres loslassen würde.

"Ich bin ohnehin der Meinung, dass Liebe das einzig Wertvolle in unserem Leben ist. Es ist der Ursprung von allem."

"Glaubst du an etwas Höheres?"

"Meinst du den bärtigen Mann in den Wolken?"

"So etwas in der Richtung, ja."

"Ich habe an diese Art Gott geglaubt, als ich ein Kind war, aber je älter ich wurde, desto weniger Sinn hat es gemacht. Da war keiner, der mir antwortete, wenn ich betete. Niemand, der mir half. Irgendwann schien es keinen Unterschied mehr zu machen. Die Religion, die ich aus der Schule und Kirche kannte, berührte mich nicht mehr und als ich dieses Konzept losließ, hatte ich viel weniger Selbstzweifel. Der Gott aus meiner Kindheit wurde irgendwann zu einer Macht, die das Universum steuert, und daran glaube ich immer noch."

"Also quasi an die wissenschaftliche Auffassung."

"Nicht nur. Meiner Meinung nach widerspricht es nicht dem Begriff eines Schöpfers, nur sehe ich diesen nicht als eine vermenschlichte Persönlichkeit. Vor einigen Jahren hatte ich einen Traum, der mir bei dem Thema Tod sehr geholfen hat."

"Erzählst du mir davon?" Träume waren für Linda schon immer Portale in das unendliche und damit unergründliche Wissen des Universums gewesen.

Er nickte und spielte gedankenverloren mit ihrer Hand.

"In meinem Traum bin ich gestorben. Ich kann mich noch sehr gut daran erinnern, wie ich mir Sorgen machte, was mit mir geschehen würde. Dann wurde es mit einem Schlag vollkommen dunkel. Wie eine unendliche Tiefe, aber das war nicht das Ende. Es dauerte nur wenige Sekunden und nach und nach leuchteten alle Atome in meinem Körper, als wären es funkelnde Kristalle. Ich konnte jedes Einzelne fühlen und zusehen, wie sich eines nach dem anderen von der physischen Form löste und sich mit dem Rest des Universums verband. Mit jedem Atom, das meinen Körper verließ, fühlte ich mich mehr wie ein Teil des Universums. Je mehr mein physischer Körper sich auflöste, desto stärker konnte ich den spirituellen Teil fühlen. Mein Geist verschmolz mit jedem Lebewesen, das ich jemals geliebt habe, und gleichzeitig fühlte ich Liebe, die zu mir strömte. Das bezog sich erst einmal nur auf mein aktuelles Leben, dann aber auch auf vorherige Leben, von denen ich zuvor nichts gewusst hatte. Mir wurde klar, dass meine Seele nicht sterben kann und dass das Universum ein ewiges Konstrukt ist. Ich fühlte in dem Moment die perfekte Liebe. Sie war so umfassend und so einzigartig, dass ich absolutes Glück empfand und als das letzte Atom meines Körpers sich mit dem Universum verbunden hatte, war ich Teil dieser unendlichen Liebe. Mein Geist war meine Seele und die ist unsterblich."

Er hatte es so fantastisch beschrieben, dass Linda sich fast vorstellen konnte, was er während dieses Traumes gefühlt hatte.

"Wow. Das ist wunderschön."

"Ja, das fand ich auch und das ist es, woran ich glaube. Ich glaube daran, dass wenn man jemanden liebt, man einen kleinen Teil dieser ewigen Liebe erfährt." Er hatte eigentlich sagen wollen, *wenn man seinen Seelenverwandten trifft*, aber er wollte in diesem Moment kein neues Thema anschneiden. In jungen Jahren hatte er eine Kurzgeschichte verfasst, die sich mit diesem Thema befasste. Irgendwann würde er sie ihr zeigen. Tom seufzte. "Ich habe das zuvor noch niemandem erzählt, denn es hört sich sehr esoterisch an, aber für mich war es eine regelrechte Offenbarung. Wenn man so etwas träumt, dann kann man sich schlecht wieder in eine Kirche setzen und zuhören, wie über ewige Verdammnis gepredigt wird."

"Kann ich gut nachvollziehen. Ich liebe die Vorstellung, dass man als Individuum am Ende nicht einfach verschwindet und die Seele bleibt."

Er küsste ihre Hand.

"Wir sollten weiterfahren, sonst machen sich Sam und Joy nur unnötig Sorgen."

"In Ordnung."

"Fühlst du dich etwas besser?"

Sie nickte und meinte es auch ernst.

Auf der restlichen Heimfahrt suchte Tom im Radio nur Sender, die gute Laune versprühten und als dieses Medium nichts mehr hergab, legte er CDs ein. Die Zeit verflog und bald bogen sie in Lindas Einfahrt ein.

Das Licht auf der Veranda brannte, wie zum Willkommensgruß. Joy musste ein Auge auf die Straße gehabt haben, denn sie stand bereits in der Tür, als die beiden die Treppe hochkamen. Die Begrüßung war herzlich.

"Abendessen ist noch warm. Macht euch frisch und kommt ins Esszimmer."

Linda setzte sich sofort in Bewegung und er folgte. Allerdings warf Tom ihrer Tante im Vorbeigehen einen Blick zu, der nicht ganz sorgenfrei war. Sie sah den beiden ein paar Sekunden nach und ging dann zurück in die Küche. Irgendetwas war vorgefallen, das wusste sie. Ihr Instinkt trügte sie selten.

Tom wusch sich in Lindas Bad Gesicht und Hände, während sie sich im Zimmer frische Sachen anzog. Als er zu ihr zurückkam, kramte sie gerade in ihrer Kommode.

"Was suchst du?"

"Etwas, das ich aufgehoben habe. Ah, hier ist es." Sie hielt ihm ein ordentlich zusammengefaltetes olivgrünes Poloshirt hin. "Es ist sauber und müsste passen. Ich dachte, dass du dir vielleicht etwas Frisches zum Abendessen anziehen willst."

"Danke dir. Das wäre tatsächlich nicht schlecht." Er zog das Walmart T-Shirt über den Kopf. Es roch nach Salz und Strand. Linda nahm es und reichte ihm das andere.

"Wieso hast du Männersachen in deiner Kommode?"

"Ich habe es in Italien gekauft, weil es mir sehr gefallen hat. Ich hatte es erst meinem Vater schenken wollen, mich dann aber für etwas anderes entschieden. Beim Umzug hierher habe ich es mitgenommen, weil es mich an die schöne Reise erinnert hat. Jetzt gehört es dir."

"Danke, sogar meine Lieblingsfarbe." Tom streifte es über. Es passte wie angegossen. "Und? Wie sehe ich aus?"

Linda atmete tief ein und seufzte. Er sah immer blendend aus, aber ausgezogen hatte er ihr viel besser gefallen.

"Sehr gut. Ich wusste, dass ich es nicht umsonst im Schrank hatte. Lass uns nach unten gehen, bevor ich es dir wieder ausziehe." Sie wollte schon zur Tür, hielt aber immer noch das andere Kleidungsstück in der Hand. "Soll ich das für dich waschen?"

"Gerne, aber nur wenn es dir nichts ausmacht." Linda nickte und machte einen schnellen Abstecher ins Bad, wo ihr Wäschekorb stand. Dann gingen sie gemeinsam hinunter.

Sam und Joy ließen die beiden allein essen, aber im Wohnzimmer saßen sie danach gemütlich beisammen. Linda war inzwischen so müde, dass sie sich auf der Couch an Tom kuschelte, mit ihrem Kopf an seiner Schulter. Während sich alle unterhielten, wurde sie zunehmend stiller und irgendwann merkte Tom, dass ihre Hand den Griff an seinem Arm gelockert hatte. Er sah sie an. Ihre Augen waren geschlossen und ihr Atem war regelmäßig. Er lächelte vor sich hin.

Sam sah auf die Uhr.

"Ist doch noch gar nicht so spät."

"Es war ein langer Tag und letzte Nacht waren wir auch lange wach."

"Ist irgendetwas vorgefallen?"

Tom sah Joy etwas unsicher an.

"Was meinst du?"

"Als ihr vorhin kamt, hast du ein besorgtes Gesicht gemacht."

Er riskierte einen Seitenblick auf Linda, aber sie schlief tief und fest. Tom dachte sich noch, dass sie aussah wie ein Engel, als Sam etwas einwarf.

"Habt ihr zusammen geschlafen?"

"Sam!" Joy sah ihren Mann entrüstet an.

Bemerkenswerterweise hatte sie ihre Stimme nur ganz leicht erhoben, aber es klang dennoch wie ein Gewitter. Sam hatte Tom dabei die ganze Zeit angesehen, aber dieser hielt seinem Blick stand.

"Das geht euch im Grunde nichts an, aber nein haben wir nicht."

Zunächst schien es, als ob Sam dieser Antwort etwas entgegensetzen wollte, aber dann unterließ er jeglichen weiteren Kommentar. Der Blick, den er in dem Moment von Joy erhielt, war ihm mehr als unangenehm. Er erhob sich und ging an die kleine Bar, um sich Whiskey nachzuschenken.

"Thomas, es tut mir leid. Sam hatte kein Recht, das zu fragen."

"Da bin ich anderer Meinung", murrte der an der Bar, drehte sich aber nicht um.

"Es ist in Ordnung Joy." Tom wollte nicht, dass die beiden Streit bekamen. Sie standen ihm näher als seine eigene Familie. "Ich habe grundsätzlich keine Geheimnisse vor euch, aber dieser Teil unserer Beziehung geht nur mich und Linda etwas an. Dass ich diesmal geantwortet habe, geschah nur aus Respekt." Er sah Sam an, der sich gerade wieder hingesetzt hatte. "Wenn ihr euch über solche Dinge Gedanken macht, solltet ihr vielleicht keine Doppelzimmer buchen."

Sam sah seine Frau mit einem Blick an, der nicht nur Bände, sondern ganze Enzyklopädien sprach, ein wortloser Dialog. Fast fühlte sich Tom, als wäre er ungewollt in eine dramatische Szene einer Theateraufführung hineingeschlittert.

Joy beantwortete Sams stillen Einwand jedoch sehr gelassen.

"Es macht keinen Unterschied, was ich buche. Die beiden sind alt genug, um diese Dinge für sich selbst zu entscheiden. Meinst du denn wirklich, dass eine Hoteltür sie aufhalten könnte?"

Sam trank ein Schluck von seinem Whiskey.

Sein nächster Satz überraschte Tom.

"Du hast Recht, Liebes. Thomas, verzeih mir bitte. Mein väterlicher Instinkt ist gerade etwas mit mir durchgegangen."

Tom nickte ihm versöhnlich zu und damit war diese Angelegenheit für ihn auch erledigt. Es gab allerdings ein anderes Thema, das er ansprechen wollte.

"Joy, um deine Frage von vorhin zu beantworten, ja wir hatten ein ernsteres Gespräch. Durch den Tod meiner Großmutter ist die Trauer um ihre Eltern wieder hochgekommen. Ich denke, dass der Schmerz darüber noch ziemlich präsent ist."

Joy betrachtete ihre schlafende Nichte.

"Solche Dinge brauchen ihre Zeit, ich bin aber sehr stolz auf sie. Ihre Entscheidung, dir in *deiner* Trauer beizustehen war sehr selbstlos und erwachsen."

Tom nickte.

"Ich werde mal nach Hause fahren, es ist schon spät." Er warf einen Blick auf seine Traumfrau und erwog, sie einfach schlafen zu lassen, aber das würde sie ihm morgen sicherlich übelnehmen. "Linda?" Er berührte sie leicht an der Schulter, aber sie reagierte nicht. Er sah Sam an. "Habt ihr etwas dagegen, wenn ich sie hochtrage?"

Sam lachte auf.

"Nicht im Geringsten. An deiner Stelle hätte ich sie aber einfach geweckt. Die Zeiten, in denen *ich* Frauen die Treppe hochtrage, sind vorbei."

Linda wachte ein klein wenig auf, als er sie in seine Arme hob, aber nicht genug, um die Augen zu öffnen. Joy ging voran und öffnete die Verbindungstür zur Diele.

"Soll ich mit hochkommen?"

"Nein, geht schon. Ich bin gleich wieder da."

Als Tom sie vorsichtig auf ihr Bett legte, schlang Linda ihre Arme um seinen Hals und lächelte mit geschlossenen Augen.

"Mich hat noch nie jemand getragen. Jedenfalls nicht nach meinem zehnten Lebensjahr."

"Ich kann mir schon denken warum. Du bist ganz schön schwer."

"Hey!" Linda öffnete die Augen und knuffte ihn in die Seite. "Das war nicht nett. Man sagt einer Lady nicht, dass sie schwer ist."

Tom lachte, küsste sie zärtlich und setzte sich an den Bettrand.

"Ich muss nach Hause, es ist schon spät."

"Nein, bitte geh nicht."

"Ich kann schlecht hier schlafen Babe. Sam hat mich vorhin schon ziemlich gelöchert, was unsere Übernachtung anging."

"Sam? Echt?" Linda sah ihn überrascht an und Tom nickte.

"Ja. Er klang wie ein Vater mit Schrotflinte im Anschlag."

Linda musste lachen, wurde dann aber wieder ernst.

"Sehe ich dich morgen?"

"Gleich nach meiner Mittagsschicht."

"Ich dachte, du musst nicht arbeiten."

"Hatte nur für heute abgesagt. Es sind ein paar Leute krank, da kann ich meinen Chef nicht im Stich lassen." Tom gab ihr einen letzten Kuss. "Hey, wir können danach den ganzen Abend zusammen verbringen. Ich versprech dir, wir machen etwas Schönes."

"Mir reicht es schon, wenn ich dich sehen kann. Das ist schön genug."

"Wir haben aber immer noch kein offizielles Date gehabt."

"Hm."

"Lass mich einfach machen. Jetzt mach dich bettfertig und geh schlafen, ich kann dir ansehen, wie müde du bist."

Das war sie tatsächlich. Linda hatte noch nicht einmal genug Energie, um zu widersprechen. Er zog sie an sich.

Tom war so warm, dachte sie, aber als er etwas zu ihr sagte, merkte sie, wie sie fast wieder weggenickt war.

"Okay, fahr vorsichtig."

"Mach ich."

Sie sah ihm nach, wie er durch die Zimmertür verschwand. Sie wollte noch ins Bad, um sich die Zähne zu putzen, aber dieser Plan ging Sekunden später nahtlos in einen Traum über.

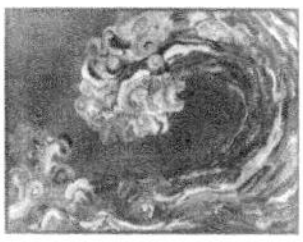

Sonntagmorgen blieb Linda so lange wie möglich im Bett, um die Zeit zu reduzieren, die sie ohne Tom verbringen musste.

Sam und Joy waren mit Freunden zum Frühstück verabredet und bereits außer Haus, also musste sie sich nicht beeilen. Seit sie Toms Nachrichten gelesen hatte, war an Schlafen ohnehin nicht zu denken gewesen. Eine hatte er gestern Nacht geschickt und eine, bevor er zur Arbeit gegangen war. Sie hatte so fest geschlafen, dass sie beide Male den Nachrichtenton nicht gehört hatte.

Ich weiß nicht, wie ich zuvor ohne den Duft deiner Haut leben konnte. Heute Nacht werde ich von dir träumen, bevor ich einschlafe und danach auch.

Sie las sie immer wieder, genau wie die andere.

Guten Morgen Babe. Bin auf dem Weg ins Morello. Bis ich dich wieder in meinen Armen halten kann, werde ich an nichts anderes denken. Ich liebe dich. Tom.

Hoffentlich dachte er wenigstens an die Tische, die er bedienen musste, dachte Linda schmunzelnd. Es blieben zwar nur wenige Stunden, bis seine Schicht um war, aber auch das erschien ihr wie eine Ewigkeit.

Es war fast elf. Sie sah auf die Zeitangabe seiner letzten Nachricht. Darunter stand 09:45. Die Mittagsschicht war sicherlich in vollem Gange und um drei würde er dort fertig sein.

Sie sprang beschwingt aus dem Bett und begann, die Laken abzuziehen. Gestern Nacht hatte sie nicht geduscht und sie wollte bestimmt kein zweites Mal im Staub vom Strand schlafen. Sie ging ins Bad und stopfte alles in den Wäschekorb. Nach ihrer Dusche nahm sie sich vor, die Waschmaschine anzuwerfen und in Ruhe zu frühstücken. Es waren auch noch ein paar schulische Dinge für die kommende Woche zu machen, aber sie hatte ausreichend Zeit für alles davon und auf diese Weise würde der Nachmittag schnell vorbeigehen.

Sie ließ die Dusche an und kam kurz zurück ins Zimmer, um ihr Handy zu holen. Sie tippte schnell eine Nachricht.

Guten Morgen ... auch wenn es jetzt eher Mittag ist. Mein erster Gedanke beim Aufwachen war dein Lächeln. Dann deine Augen, dann deine Lippen und vieles andere. Ich vermisse dich. Ich liebe dich.

Sie konnte nicht aufhören, an die Nacht in Bridgeport zu denken. Nur noch wenige Stunden, dachte sie glücklich.

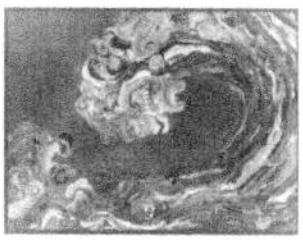

Die Hausaufgaben waren im Nu erledigt.

Linda sah auf den kleinen Stapel Bücher vor ihr und auf die ausgedruckten Blätter mit der getanen Arbeit. Sie liebte Literatur und diese Themen fielen ihr auch ohne den Vorsprung aus der letzten Schule sehr leicht, andere Dinge wie Mathe frustrierten sie allerdings ohnegleichen.

Als es an der Tür klingelte, sprang Linda auf und rannte die Treppe hinunter. Tom konnte es noch nicht sein, außer er hatte früher Schluss gehabt. Auf den letzten Stufen sah sie allerdings den Schatten einer schmächtigeren Gestalt durch das Milchglas der Eingangstür. Sie öffnete.

"Hi Linda."

Es war Matthew. Sie sah ihn mit großen Augen an, denn auf einmal wurde ihr bewusst, dass sie ihn und das BBQ komplett ausgeblendet hatte.

"Matthew! Oh mein Gott, es tut mir so leid. Das BBQ habe ich total vergessen." Sofort wurde ihr bewusst, wie das klang, und sie versuchte, die Situation zu retten. "Es war wirklich keine Absicht. Die beste Freundin meiner Tante ist verstorben. Mein Gehirn hat scheinbar alles andere ausgeblendet, was nichts damit zu tun hatte."

Sein Ausdruck wandelte sich sofort von gekränkt zu betroffen. Lindas echte Bestürzung über ihre Vergesslichkeit hatte dem ganzen Vortrag eine überzeugende Note gegeben.

"Das tut mir sehr leid zu hören. Ich hatte mich schon gewundert, und deine Handynummer hatte ich nicht."

Sie fühlte sich furchtbar. Die hatte sie ihm auch nie gegeben.

"Magst du kurz hereinkommen? Ich bin grade mit den Sachen für die Schule durch und habe etwas Zeit, bevor ich wieder losmuss."

"Ja gern." Matthew sah sich kurz nach hinten um, aber es stand nur sein eigener Wagen draußen. "Bist du allein?" Er trat in die Diele und Linda schloss die Tür hinter ihm.

"Ja, meine Tante und mein Onkel sind noch unterwegs. Magst du etwas trinken?"

"Was hast du denn?"

"O-Saft, Wasser, Eistee ..."

"Eine Cola vielleicht?"

"Tut mir leid, wir haben keine im Haus."

"Dann nehme ich einen Eistee. Danke."

Er folgte Linda in die Küche und sah ihr dabei zu, wie sie zwei Gläser halb mit Eis füllte und dann die Kanne mit dem Tee aus dem Kühlschrank holte.

"Sag mal, du bist doch gut in Mathe."

"Ist immer noch mein Lieblingsfach." Matthew grinste.

"Meinst du das ernst?"

Er nickte, fast stolz.

"Darf ich dir eine schnelle Frage stellen?"

"Ja sicher."

"Ok, gib mir eine Sekunde, ich hole schnell meine Notizen." Linda lief schnell in ihr Zimmer hoch und holte ihr Arbeitsbuch, das sie für Mr Urbans Klasse benutzte. Als sie wieder in die Küche kam, hatte Matthew den Tee bereits eingeschenkt und die Karaffe zurück in den Kühlschrank gestellt. Sie legte das Heft offen auf den Tisch und nahm ihr Glas in die Hand. "Danke fürs Einschenken. Also, ich habe ein Problem mit dieser Aufgabe hier. Habe ich es richtig gelöst?"

Sie trank ein paar Schlucke und sah Matthew zu, wie er ihren Berechnungen mit einem Finger folgte.

"Hier an dieser Stelle hättest du es dir etwas leichter machen können." Er zeigte genau auf die Linie in ihrer Lösung, mit der sie Schwierigkeiten gehabt hatte, und erklärte kurz, wie es kürzer gegangen wäre.

"Ah verstehe. Denk ich." Linda lachte.

"Wir arbeiten es Montag bestimmt noch mal durch, vielleicht wird es dann etwas klarer." Matthew sah sich um. "Schönes Haus übrigens. Ich bin schon ein paar Mal hier vorbeigefahren und habe es von der Straße aus gesehen." Er verschwieg die Tatsache, dass er ihr und Tom zuvor von der Schule aus nachgefahren war, um herauszufinden, wo sie wohnte, und ihr kam es nicht in den Sinn zu fragen, woher er die Adresse kannte.

"Danke, ich mags auch." Sie sah kurz auf die Uhr.

Die Bewegung blieb ihm nicht verborgen.

"Hast du noch etwas vor?"

"Ja." Linda erinnerte sich an seine Reaktion vor dem Schulgebäude und behielt die Details für sich. Sie wollte noch etwas hinzufügen, aber sie konnte sich nicht mehr daran erinnern, was sie hatte sagen wollen, auch war ihr leicht schwindlig.

Matthew sah sie prüfend an.

"Hey, geht's dir nicht gut?"

"Nein, alles okay. Muss mich nur kurz setzen." Sie hielt sich an der Tischplatte fest und setzte sich vorsichtig auf den nächsten Stuhl. Vielleicht hätte sie ihr Frühstück doch nicht auf *nach* den Hausaufgaben verschieben sollen.

"Linda! Wir sind wieder da!"

Joy erwartete nicht wirklich eine Antwort, denn ihre Nichte saß oft in ihrem Zimmer und war entweder in ein Buch vertieft oder hörte über Kopfhörer Musik. Die Reaktionszeit war bei beiden dieser Alternativen ziemlich lang. Zudem war jetzt Thomas Teil ihres Lebens und soweit sie sich erinnerte, hatte er sie heute abholen wollen.

Sie brachte die Einkäufe in die Küche und begann, alles einzuräumen. Lindas Notizheft lag noch auf dem Tisch und zwei Gläser mit Eistee standen in der Spüle. Joy kippte den Tee weg und stellte beide in die Spülmaschine.

Sam hatte sich zwischenzeitlich etwas Bequemeres angezogen und stieß zu ihr.

"Ich habe nachgesehen, es ist niemand hier."

"Na dann machen wir uns einen schönen Abend. Linda wird bestimmt erst spät daheim sein."

"Weißt du, was die beiden vorhatten?"

"Nein, aber es wird sie hoffentlich von den letzten Vorkommnissen ablenken." Joy konnte immer noch nicht fassen, dass Toms Großmutter nicht mehr da war. Vor knapp einer Woche hatten sie noch telefoniert. "Ich vermisse Vivian so sehr."

Sam legte die Pfanne, die er gerade aus dem Schrank geholt hatte auf dem Herd ab und kam zu seiner Frau, um sie in den Arm zu nehmen.

"Ich weiß, mein Schatz. Wir werden sie nie vergessen. Sie hatte ein schönes Leben und ist in einem hohen Alter von uns gegangen. Wo auch immer sie jetzt ist, sie wird immer in unseren Herzen bleiben."

"Das hast du schön gesagt." Joy gab ihm einen Kuss und lächelte. "Übrigens, was hattest du mit der Pfanne vor? Du willst doch nicht etwa kochen?"

"Ich würde es nicht wirklich kochen nennen, aber ich möchte Pfannkuchen machen. Irgendwie gehen sie mir nicht mehr aus dem Kopf."

"Deswegen hast du also auf die frischen Erdbeeren bestanden."

"Genau." Sam rieb sich voller Vorfreude den Bauch. "Man gönnt sich ja sonst nichts."

"Sollen wir uns einen Film einlegen und den restlichen Tag faul auf der Couch verbringen?"

"Nichts lieber als das, mein Engel."

Joys Handy klingelte, kurz nachdem sie gegessen hatten. Sie erkannte den Anrufer an der Nummer.

"Hi Thomas." Gleichzeitig sah sie ihren Mann an. "Ist alles in Ordnung?"

"Hi Joy, ja alles okay. Ich bin auf dem Weg zu euch, um Linda abzuholen. Habe sie angerufen, aber ihr Handy ist mitten im Klingeln ausgegangen."

"Linda ist nicht zuhause, Thomas. Ich hatte eigentlich gedacht, dass sie mit dir zusammen ist. Wartest du bitte einen Moment?" Joy hatte zuvor tatsächlich ein Klingeln gehört, sich aber nichts weiter dabei gedacht, außer dass sie Linda daran erinnern wollte, ihr Telefon immer bei sich zu haben. Sie ging nach oben und sah das Handy ihrer Nichte einsam auf dem Bett liegen. "Thomas, ich bin gerade in ihrem Zimmer. Ihr

Handy liegt auf dem Bett. Es scheint aber ausgeschaltet zu sein. Bestimmt ist der Akku leer."

Sie nahm es mit raus, schloss die Tür hinter sich und ging wieder nach unten.

"Na wunderbar. Sie hat bestimmt vergessen, es zu laden und es deswegen dagelassen. Und sie hat nicht gesagt, wo sie hinwollte?"

"Wir haben sie heute noch nicht gesehen. Heute Morgen, als wir das Haus verlassen haben, hatte sie noch geschlafen. Vielleicht ist sie auf einem kleinen Spaziergang." Joy hörte draußen ein Auto vorfahren und sah durch das Fenster. Es war Toms Tahoe. "Komm ruhig rein."

"Danke." Er legte auf.

Sie wartete, bis er an die Tür kam und ließ ihn herein. Tom hatte einen Strauß dabei.

"Die sind aber schön, Linda liebt Blumen. Sag mal, habt ihr denn keine Zeit ausgemacht?"

"Nein, nicht wirklich, aber sie wusste, wie lange ich arbeite. Als ich mit meiner Schicht fertig war und nach Hause fuhr, um mich umzuziehen, hatte ich ihr bereits eine Nachricht geschrieben. Darauf kam aber auch keine Antwort." Joy reichte ihm Lindas Handy und Tom versuchte vergeblich, es zum Leben zu erwecken. "Komplett leer. Mein Anruf hat ihm bestimmt den letzten Saft genommen."

"Komm, setz dich zu uns, wir wollten gerade einen Film schauen. Sie kommt bestimmt gleich."

Tom legte das Handy auf der Anrichte ab und folgte Joy ins Wohnzimmer.

"Hallo Sam."

"Thomas, schön dich zu sehen." Er erhob sich, um ihn zu umarmen. Der kleine Zwist vom letzten Mal war Geschichte.

"Was für einen Film ist es?" Tom setzte sich auf einen freien Sessel und Sam und Joy machten es sich auf der großen Couch gemütlich.

"Filme. Wir haben *A Beautiful Mind* und *Mrs Doubtfire*."

"Gute Wahl."

Tom saß eine Weile still im Sessel, während der erste Film anlief, war innerlich aber alles andere als ruhig. Irgendetwas war nicht in Ordnung, das konnte er fühlen. Wenn Linda tatsächlich einen Spaziergang gemacht hätte, dann wäre sie inzwischen wieder zurück. Es hatte nichts mit seinem Ego zu tun, aber er war sich ziemlich sicher, dass sie auf ihn gewartet hätte. Bei etwas Dringendem hätte sie eine Nachricht geschrieben, entweder ihm direkt oder sie hätte einen Zettel hinterlassen.

Toms Gedanken sprangen von einem Szenario zum nächsten. Seine Augen waren auf den Fernseher gerichtet, aber er schenkte dem Film keine Aufmerksamkeit. Nach circa zwanzig Minuten sprang er auf und entschuldigte sich.

"Ich fahre kurz hinunter an den Sound, vielleicht ist sie dort."

"Ist gut. Lass mich die Blumen ins Wasser stellen. Wenn sie zwischenzeitlich kommt, rufen wir dich sofort an."

"Danke." Er zog seine Schuhe wieder an und rannte fast zum Chevy. Die Einfahrt und nah gelegene Straße lagen unverändert ruhig da.

Tom fuhr die Strecke so, wie Linda sie am ehesten gelaufen wäre, und spähte in jede Seitenstraße. In knapp zwei Stunden würde es dunkel sein und dann wäre eine verletzte Person im Gebüsch schwer auszumachen. Nein, er schüttelte den Gedanken sofort wieder ab, er würde sie finden und es würde alles in Ordnung sein.

"Verdammt noch mal, wo bist du?" Ein Unfall war unwahrscheinlich, aber die Tatsache, dass sie einfach so durch die Gegend lief, wenn sie sich verabredet hatten, war es auch. Er glaubte zwar nicht mehr an den bärtigen Mann im Himmel, aber er schickte dennoch Stoßgebete in diese Richtung. Sein ruhiges Handy bestätigte, dass sich bei Sam und Joy auch nichts geändert hatte.

Am Byram-Park fuhr er in die Anlage und bis ans Wasser. Dort stieg er aus und ging das Ufer ab. Er lief sogar auf den Steg, um einen besseren Überblick zu haben, aber es waren nur die üblichen Spaziergänger und Gassigeher unterwegs, sonst war der Parkplatz verlassen.

Er fühlte, dass sie nicht hier war. Sein Instinkt diesbezüglich war so stark, dass er kurzerhand wieder zum Wagen ging, einstieg und zum Haus zurückfuhr.

Joy hatte sicherlich Telefonnummern von ihren Freundinnen. Er würde erst einmal alle abtelefonieren, ohne seiner aufkommenden Panik Raum zu geben.

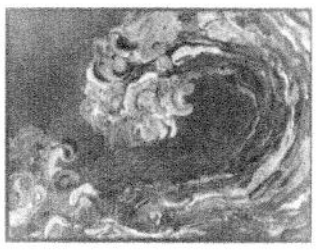

"Tut mir leid, dass ich euren Filmabend unterbreche."

Joy hatte ihm wieder die Tür geöffnet und winkte ab.

"Mach dir keine Gedanken. In unserem Alter kann man sowieso nicht so lange stillsitzen." Ihr helles Lachen konnte Tom nicht wirklich aufheitern. Sie sah auf ihrer Armbanduhr. "Du warst fast eine Stunde weg. Ich dachte schon, du hättest sie gefunden."

"Ernsthaft?" Tom sah sie entsetzt an.

Als Joy nickte und ihn leicht am Arm berührte, erstarrte er. Es war nicht die beruhigende Geste, sondern die Erkenntnis, dass keiner wusste, wo sie war. Joy wurde in dem Moment ebenso klar, dass ihre Nichte dieses Date nicht einfach so in den Wind geschossen hätte. Plötzlich läutete das Festnetztelefon und sie eilten gemeinsam in Richtung Wohnzimmer.

Auch wenn alle in der Familie Handys hatten, hatten sie und Sam auf diese altmodische Kommunikationsmethode nicht verzichten wollen. Der leere Akku in Lindas Telefon hatte bewiesen, wie zuverlässig die alte Methode war.

Sam sprach bereits mit jemandem, als sie und Tom ins Zimmer kamen.

"Es ist Mitzi Williams." Er reichte den Hörer an seine Frau weiter.

Joy nahm den Hörer.

"Danke dir ... Hi Mitzi, hier ist Joy, Lindas Tante ... nein, sie ist leider nicht da. Darf ich ihr etwas ausrichten?" Joy hörte ein paar Momente zu und nickte. "Dann weißt du mehr als ich.

Das muss eine spontane Entscheidung gewesen sein. Sobald sie wieder zuhause ist, sage ich ihr, dass du sie sprechen wolltest."

Tom war an Joys Seite getreten und zeigte auf den Hörer.

"Ein Moment, ich glaube, Thomas möchte mit dir sprechen. Ich gebe dich kurz weiter, ja?"

Tom nahm den Hörer.

"Hey Mitzi. Erst mal danke, dass ihr Linda nach Bridgeport gefahren habt."

"Aber gerne doch. Ich hoffe, es ist alles in Ordnung gekommen."

"Ja, es hat sehr geholfen. Sag mal, Joy hat gerade etwas von einer spontanen Entscheidung gesagt. Weißt du etwa, wo Linda ist?"

"Nun, Nick und ich sind vor ein paar Stunden bei ihr vorbeigefahren, weil ich wissen wollte, wie alles ausgegangen ist, aber als wir die Einfahrt hochkamen, sind sie gerade davongebraust. Ich wusste nicht wirklich, wie ich reagieren sollte. Wir haben sogar gehupt, aber sie hat nicht einmal hochgesehen."

"Du sagtest, *sind* weggefahren. Wer war noch dabei?"

"Dieser eine Typ aus der Schule, Matthew."

Das BBQ, von dem sie gesprochen hatte, war gestern gewesen, aber auch so hätte sie ihn nicht für Matthew versetzt, wenigstens hoffte er das. Sein Magen krampfte sich zusammen.

"Weißt du, wo er wohnt?"

"Nein, tut mir leid."

"Okay, danke dir." Tom verabschiedete sich und legte auf.

Er starrte das Telefon eine Weile länger an, als es nötig gewesen wäre.

"Ist Matthew nicht der Junge, der sie zu einer Familienfeier eingeladen hatte?" Joy hatte sich noch nicht wieder gesetzt.

"Sie sind vielleicht in einen Coffeeshop gefahren und sie hat die Zeit vergessen."

"Das würde sie nicht tun."

"Sie hat sich bestimmt nichts dabei gedacht, du musst dir keine Sorgen machen."

"Das hat nichts mit Eifersucht zu tun", Sams Einwand war in jedem anderen Kontext nachvollziehbar. "Ihr versteht nicht, der Typ ist nicht normal."

Sam ignorierte, dass Tom ihn unterbrochen hatte, irgendetwas sagte ihm, dass dies kein jugendlicher Konkurrenzkampf war.

"Was heißt *nicht normal*?"

Tom sah Sam an und atmete tief durch. Er musste daran denken, wie Taylor sich vor langer Zeit mit Matthew getroffen hatte, hauptsächlich um ihn um Mathe Nachhilfe zu bitten, und ihn dann monatelang nicht mehr loswerden konnte. Sam und Joy sollten sich keine unnötigen Sorgen machen, aber die beiden anlügen wollte er auch nicht.

"Matthew hat in der Schule keinen so guten Ruf. Er ist ein perverser kleiner Stalker. Paar Mädchen aus meiner Stufe mussten ihn sogar beim Rektor melden, weil er sie nicht in Ruhe gelassen hat. Ich werde herausfinden, wo er wohnt, und hinfahren."

Joy legte ihre Hand auf seinen Arm.

"Vielleicht wollte Linda nur nett sein, weil sie das BBQ verpasst hat, und hat wirklich nicht auf die Uhr gesehen."

"Das ist alles schön und gut, aber ich lass sie keine Sekunde länger mit ihm allein als nötig." Er war angespannt, weil Sam und Joy die Situation seiner Meinung nach nicht ernst genug nahmen. Natürlich dachten sie, dass Linda nur auf ein Mitleidsgetränk mitgegangen war, aber Tom wusste, dass

Matthew das anders verstehen würde. Wenn er sie doch nur gewarnt hätte. Tom biss sich auf die Unterlippe. Wenn dieser Kerl sie anfasste, würde er ihm den Kopf abreißen. Laut sagte er allerdings etwas anderes. "Ich werde sie suchen. Falls sie zurückkommt, soll sie mich bitte anrufen."

"Natürlich." Joy nickte.

Tom fuhr aus der Einfahrt und parkte etwas weiter die Straße runter, dann griff er nach seinem Handy.

Seine Finger trommelten ungeduldig auf dem Lenkrad, während es in der Leitung klingelte. Der Anruf wurde weggedrückt. Er schnaubte und klickte das WhatsApp-Symbol an.

Bitte geh ran. Es ist wichtig.

Er wählte Taylors Nummer erneut.

"Was ist?" Ihr missmutiger Ton kam über die Lautsprecheranlage des Chevy und zerrte mit jedem Wort an seinen Nerven.

"Bitte leg nicht auf, ich brauche deine Hilfe."

Sein fast flehender Ton ließ sie innehalten.

"Wobei?"

"Hast du Matthews Adresse?"

"Perversling Matthew?"

Tom schloss kurz die Augen und atmete tief durch.

"Ja. Ich muss ihn unbedingt finden."

"Warum? Hat er deine kleine Freundin geklaut?" Taylor lachte.

Tom hielt das Lenkrad so fest umklammert, dass seine Knöchel weiß anliefen. Er merkte, wie er zitterte.

"Taylor. Kennst du die Adresse oder nicht?"

"15 Woodland Drive." Sie sagte daraufhin erst einmal nichts mehr, denn die unerwartete Intensität in seiner Stimme hatte sie stocken lassen. Sie bereute, dass sie gelacht hatte, mit

Matthew war nicht zu spaßen. *"Tut mir leid, das eben habe ich nur so dahergesagt."*

"Danke. Du hast etwas gut bei mir." Er konnte hören, wie sie seufzte.

"Seine Familie hat ein kleines Ferienhaus in der Nähe von Cross River. Ich kann dir die genaue Adresse schicken, wenn du sie brauchst. Muss sie aber erst heraussuchen."

"Ja bitte, tu das. Danke dir Taylor." Tom legte auf und programmierte 15 Woodland Drive in das Navi.

Das Erste das Linda bewusst wahrnahm, war ihre eingeschränkte Beweglichkeit.

Erkennen konnte sie nicht viel, da es draußen bereits dunkel war und im Zimmer kein Licht brannte. Sie versuchte, sich aufzusetzen, aber es ging nicht. Die Unterlage, auf der sie lag, war allerdings recht weich. Was war nur los? Warum konnte sie sich nicht bewegen?

Sie versuchte, sich zur Seite zu rollen. Damit war sie zwar erfolgreich, merkte allerdings zu spät, dass die Fläche auf der sie lag, nicht sehr breit war. Sie stieß sich die Stirn an einem harten Möbelstück und fiel bäuchlings auf den Boden.

"Au! Verdammt!"

Sekunden später ging das Licht an und blendete sie.

"Linda, du bist ja wach!" Matthew kam ihr zu Hilfe und setzte sie auf, ließ sie aber erst einmal auf dem Boden. "Du warst echt lange bewusstlos. Dachte schon, ich müsste dich die Nacht über hier lassen."

"Bewusstlos? Wovon redest du? Und warum kann ich mich nicht bewegen."

"Oh das, ich habe dich gefesselt."

"Du hast WAS?" Ihr erster Impuls war, ihn anzuschreien, und sie wollte wissen, wo sie war. Die Tatsache, dass dieser Junge sie gefesselt hatte, ließ sie aber erst einmal schweigen. Was wollte er bloß? Sie sprach mehr zu sich selbst als zu ihm. "Ich verstehe das alles nicht."

"Da gibt es nichts zu verstehen. Ich wollte mit dir Zeit verbringen. Du bist aber nicht zum BBQ erschienen und daher musste ich mir etwas Neues einfallen lassen. Ich hatte nicht gedacht, dass du alleine sein würdest. Das war ein reiner Glückstreffer."

Linda versuchte, seinen Worten zu folgen, aber sie machten absolut keinen Sinn. Auch schmerzte ihr Kopf ein wenig und ihr war leicht übel. Sie sah sich um. Neben dem Bett stand ein Nachttisch. Das war, woran sie sich den Kopf gestoßen hatte. Die Stelle am Kopf brannte.

Sie sah ihn wieder an.

"Du hast du mich also entführt? Hast du nicht alle Tassen im Schrank?" Im gleichen Moment wurde ihr bewusst, wie das klang, aber sie konnte es nicht mehr zurücknehmen. Mit jedem Atemzug wurde sie klarer und proportional stieg auch ihre Wut. Würde sie jemand hören, wenn sie schrie? "Du kannst einen anderen Menschen doch nicht einfach festhalten. Wie stellst du dir das vor?"

Matthew schien es nichts auszumachen, dass sie beleidigt hatte. Er zog einen Stuhl heran und setzte sich ein paar Meter von ihr entfernt hin.

"Wie ich schon sagte, ich hatte das hier nicht geplant."

"Mach mich los, Matthew! Ich will nach Hause. Das ist nicht witzig."

"Ist dir eigentlich klar, wie es sich anfühlt, wenn Mädchen dich nur mögen, solange du ihnen erklärst, wie eine mathematische Gleichung funktioniert? Danach bist du wieder Luft für sie. Du bist beileibe nicht die Erste, die mich so behandelt hat."

"Ich habe dich nicht ignoriert. Das BBQ habe ich nur vergessen, weil ..."

"Ja, das hast du bereits erwähnt. Todesfall in der Familie."

Linda warf ihm einen frustrierten Blick zu. Offenbar hatte er ihr das nicht geglaubt. Sie schwieg und überlegte was sie als Nächstes tun konnte. Wirklich viele Optionen hatte sie nicht. Die ganze Situation war gleichzeitig so surreal, dass sie noch nicht einmal Angst verspürte.

War Matthew gefährlich? Plante er, ihr etwas anzutun? All diese Dinge gingen ihr zwar durch den Kopf, klangen im ersten Moment aber absurd. Er war doch nur ein etwas sonderbarer Junge.

"Kann ich mich bitte aufs Bett setzen? Der Boden ist so hart."

Matthew erhob sich und kam auf sie zu.

"Mach keine Dummheiten, ja?"

Wie denn auch, dachte Linda, weit käme sie ohnehin nicht. Knöchel und Handgelenke hatte er jeweils mit einem Schal zusammengebunden. Er griff sie an den Armen und hob sie überraschend leicht in die Höhe.

"Danke."

"Bitte."

Linda blieb sitzen. Hinlegen wollte sie sich keinesfalls, denn sie wollte ihn nicht unnötig daran erinnern, dass sie ihm ausgeliefert war.

"Wie viel Uhr ist es?"

"Fast acht. Ich muss bald nach Hause."

"Du kannst mich hier nicht allein lassen!"

"Eine andere Wahl habe ich nicht, Linda. Wenn du nett zu mir gewesen wärest, wäre das eine ganz andere Geschichte, aber du bist weiterhin ein kleines Miststück, also bleibst du gefesselt. Du hast nur knapp zwei Schlucke von dem Tee getrunken. Das Mittel im Glas hätte sonst locker bis morgen früh gereicht."

Das Mittel im Glas? Linda fühlte Panik aufkommen. Matthew hatte sie tatsächlich betäubt.

"Und was ist, wenn ich auf die Toilette muss?" Sie hoffte, dass sie mit solchen normalen Dingen seinen Realitätssinn erreichen konnte, aber Matthew zuckte nur mit den Schultern.

"Keine Ahnung. Ich kann dir dabei helfen, bevor ich gehe, und dann musst du bis morgen früh warten." Er stand unvermittelt auf und setzte sich zu ihr aufs Bett, "und wenn du mir einen Kuss gibst, dann bringe ich dir sogar etwas Nettes zum Frühstück mit."

Als Linda sein erwartungsvolles Gesicht sah, rutschte sie sofort von ihm weg und hob ihre Hände leicht an, um ihn im Notfall abwehren zu können. Sie kannte einige Selbstverteidungstaktiken, aber gefesselt waren die ungemein schwieriger anzuwenden. Matthew fasste sie kurzerhand an ihren Handgelenken und zog sie näher zu sich.

Linda begann sofort, sich vehement zu wehren.

"Lass mich los!"

Matthew war stärker, als sie es erwartet hatte. Sein Griff war eisern und sie versuchte aufzustehen, um mehr Kontergewicht zu haben. Leider hatte sie nicht ausreichend Stabilität und im Gerangel gingen sie gemeinsam zu Boden. Schnell überwältigte er sie und pinnte sie unter sich. Linda begann, wie am Spieß zu schreien. Es war eine vollkommen instinktive Reaktion, während sie sich weiter mit ihrem ganzen Körper wehrte.

"Verdammt noch mal, halt still, ich will doch nur einen Kuss!" Das meiste davon ging in ihrem Geschrei unter, aber im gleichen Moment krachte es irgendwo. Linda registrierte es nur am Rande, denn sie war vollauf damit beschäftigt, Matthews Gesicht auszuweichen. Als er ihr kurz ganz nah kam, holte sie leicht aus und versetzte ihm einen Kopfstoß.

Ihre Stirn traf ziemlich direkt seine Nase und ein Schwall Blut ergoss sich auf ihren Hals. Es hatte allerdings keineswegs den gleichen lähmenden Effekt, wie sie es aus Filmen kannte und ihr selbst tat es auch gehörig weh. Das nasse Gefühl seines Blutes an ihrem Hals war widerlich und sie musste ein Würgen unterdrücken. Benommen lehnte sie ihren Kopf zur Seite und fühlte, wie sein Gewicht sich von ihr löste.

"Du perverses kleines Arschloch!"

Als sie ihre Augen öffnete, sah sie gerade noch, wie Tom ihn von ihr wegzog und an die nächstgelegene Wand pfefferte.

Matthew wusste gar nicht, wie ihm geschah. Er landete unsanft, schrie laut auf und schien dann wie in Zeitlupe zusammenzuklappen. Die Summe der Kopfnuss und des Aufpralls seines Hinterkopfs an der Zimmerwand waren zu viel für seine schmächtige Statur. Er stöhnte auf und wurde bewusstlos.

Im Nu war Tom an Lindas Seite und half ihr hoch und aufs Bett. Er sah das Blut, untersuchte schnell ihren Hals nach einer Wunde, konnte beim Fehlen dieser aber eruieren, dass es von ihrer Gegenwehr stammte, denn Matthews Nase sah ziemlich lädiert aus. Er band die Knoten der Schals auf und sie war frei.

"Lin, wie fühlst du dich? Ist alles in Ordnung?" Er hörte nicht auf, sie von oben bis unten zu untersuchen. Linda nickte, aber hielt sich den Kopf. Matthews Nasenbein würde bestimmt eine leichte Beule hinterlassen. Den Beginn davon konnte sie bereits an ihrer Stirn ertasten. Tom zog vorsichtig ihre Hand weg. "Nicht. Du blutest an der Stirn."

"Das ist vom Tisch, als ich aus dem Bett gefallen bin. Gott ist mir schwindlig. Ich hätte meinen Kopf nicht als Rammbock benutzen dürfen."

"Meine kleine Kämpferin." Er streichelte ihre Wange und lächelte, aber in seinem Inneren sah es ganz anders aus. Besonders, weil Linda gerade Tränen über die Wangen liefen.

"Ich bin unsagbar froh, dich zu sehen. Wie hast du mich überhaupt gefunden?" Sie versuchte ein Lächeln, aber der Schock über die Situation kam gerade mit aller Macht durch.

Hinten an der Wand wurde Matthew langsam wieder munter und stöhnte. Tom erhob sich und ging zu ihm zurück. Mit seiner rechten Hand packte er ihn am Hals und schob ihn an der Wand hoch, bis er ein gutes Stück über dem Boden baumelte. Matthew grapschte mit beiden Händen nach dem erdrückenden Griff, aber Tom ließ nicht los.

"Gib mir einen Grund, warum ich dir deine Eier nicht abreißen sollte."

Matthew begann zu schimpfen, aber es war nur ein unverständliches Gurgeln. Er fing an, sich vehementer zu wehren, aber gegen Tom hatte er keine Chance. Der ließ zwar seinen Hals los, verpasste ihm jedoch auf dem Weg nach unten einen gezielten Schlag in die Magengrube. Er wimmerte und krümmte sich, als Tom noch einige Tritte folgen ließ. Als danach von Matthew nichts mehr kam, wandte er sich wieder ab und zog sein Handy hervor.

Er setzte sich neben Linda und wählte Sams Nummer. Als dieser antwortete, teilte er ihm mit, dass er sie gefunden hatte, und beschrieb in wenigen Sätzen, was passiert war. Sam kommentierte die Situation daraufhin mit Flüchen, die Tom noch nie zuvor aus seinem Mund gehört hatte.

Linda, die den Ausbruch ihres Onkels durch die Lautstärke problemlos mitbekam, bekam große Augen.

Tom nahm ihre Hand.

"Sam, ich ruf jetzt die Polizei an."

Sam knurrte noch, aber beruhigte sich etwas. Er sprach in Normallautstärke weiter.

"Thomas, ist dir bewusst, was das bedeutet?"

"Ich habe keine andere Wahl. Es ist entweder das oder ich grab ihm ein Loch." Tom schloss seine Augen und atmete tief durch. Sam war sich nicht ganz sicher, wie ernst das gemeint war, aber er zog vor, nicht darauf einzugehen.

"Was können wir tun?"

"Linda sollte ins Krankenhaus. Könntest du meinen Chevy mit zu euch holen? Ich parke ihn an der Straße und lege die Schlüssel unters rechte Hinterrad."

Das war ein Trick, den Sam ihm vor langer Zeit beigebracht hatte. Man parkte das Auto und bewegte es dann mit dem eigenen Körpergewicht vor und zurück, damit der Wagen rückwärts über die Schlüssel rollte. Ein weicher Untergrund eignete sich dafür am besten.

"Natürlich. Wir machen uns sofort auf den Weg."

Sam ließ sich die Adresse geben und legte auf.

"Ich will nicht ins Krankenhaus, sondern mit dir nach Hause. Und warum soll Sam deinen Wagen holen?"

Tom sah sie an. Einige Sekunden lang erwog er die zweite Möglichkeit, die er Sam genannt hatte. Er beantwortete nur ihre erste Frage.

"Babe, sie müssen dich durchchecken."

"Ich habe mir doch nur den Kopf gestoßen." Im gleichen Moment jedoch wurde ihr schlecht und sie übergab sich in einen Mülleimer. Dieser stand glücklicherweise direkt neben dem Bett. Sie fühlte seine Hand auf ihrem Rücken und hörte, wie er bereits wieder telefonierte.

"Ja hallo. Ich benötige eine Polizeistreife und einen Krankenwagen in die Honey Hollow Road Nummer 22, Cross

River. Meine Freundin wurde betäubt und entführt. Ich habe sie gefunden, aber es geht ihr nicht gut." Tom verstummte und hörte den Fragen des Notrufs zu.

"Au, mein Kopf." Linda hatte sich zurückgelehnt. Ihr Kopf drehte sich zwischenzeitlich so stark, als säße sie auf einem Karussell. Sie hörte, wie die Notrufvermittlung einen Kranken- und Streifenwagen zusicherte, danach ging Tom nicht mehr auf die Fragen der Beamtin ein. Er legte auf und steckte das Telefon weg. Wenn er mit der Polizei zu tun hatte, sagte er immer nur das Nötigste.

Er strich ihr zärtlich über die Wange.

"Kann ich dich eine Minute allein lassen? Ich will nur schnell den Wagen umparken."

Linda nickte vorsichtig und schloss ihre Augen.

Matthew lag immer noch an der gleichen Stelle wie zuvor. Tom trat mit dem Fuß hart in seine Seite. Keine Reaktion. Er kniete sich schnell hin und prüfte den Puls. Noch lebte er. Mit den Schals band er ihm die Handgelenke und Beine zusammen. Er konnte nicht riskieren, dass er wach wurde, während er draußen war, und Linda erneut angriff. Bevor die Polizei kam, würde er ihn wieder losmachen.

Linda öffnete die Augen und merkte, wie ihr Körper zu zittern begann. Es war ein sehr merkwürdiges Gefühl, denn ihr war nicht wirklich kalt.

"Tom?" Sie sah sich hilfesuchend um, aber er war sofort an ihrer Seite. "Geh nicht weg."

"Keine Sorge, ich bin hier." Sie hatte nicht bemerkt, dass er bereits nach draußen gegangen und wieder zurückgekommen war. Er schraubte den Verschluss einer Wasserflasche ab und reichte sie ihr. "Hier trink." Sie wunderte sich kurz, wo er das

Wasser so schnell herhatte, aber nahm es dankbar an. So durstig wie in diesem Moment war sie schon lange nicht gewesen. Ihr Magen rumorte bei den ersten Schlucken, aber es schmeckte herrlich. In der Ferne konnte man Sirenen hören. "Kannst du aufstehen?"

"Ich denke schon."

Er stützte sie und führte sie durch das Haus in die Nähe der Eingangstür. Dort stand ein altmodischer Fernsehsessel, in den er sie vorsichtig hineinsinken ließ. Dann öffnete er die Haustür und kniete sich vor sie hin.

"Linda, es kann sein, dass wir uns ein paar Tage nicht sehen."

"Was? Wovon redest du?"

Vor dem Haus kam das erste Polizeiauto zum Stehen. Die Lichter erreichten das Innere des Zimmers wie ein ominöser Botschafter.

"Sie werden mich wahrscheinlich festnehmen."

"Aber du hast doch nichts getan! Tom nein!"

"Ich glaube, Matthew wäre da anderer Meinung." Er griff in seine Gesäßtasche. "Hier, nimm mein Telefon." Er zeigte ihr den Code für die Tastensperre. "Dein Telefon war leer. Sam und Joy sind bereits unterwegs." Tom wusste, dass man ihm seine persönlichen Sachen auf der Wache ohnehin abnehmen würde.

Ein Polizeibeamter klopfte von draußen an den Türrahmen.

"Guten Abend. Uns wurde eine Entführung gemeldet. Haben Sie uns angerufen?"

Tom erhob sich langsam.

"Ja, Sir. Haben Sie einen Krankenwagen mitgebracht?"

Der Beamte nickte und sah hinter sich. Er winkte die beiden Sanitäter herein. Einer von ihnen begann sofort damit, Linda zu untersuchen. Hinter ihm trat eine Polizistin durch die Tür und betrachtete alle Anwesenden mit einem aufmerksamen Blick.

Der Sanitäter untersuchte Lindas Reaktionsfähigkeit mittels einer kleinen Taschenlampe.

"Miss, wie geht es Ihnen?"

"Mir ist schwindlig."

"Vorhin hat sie sich erbrochen." Tom gab dem Nothelfer vorsorglich noch alle Informationen, die er aus Lindas Bericht kannte. Der Mann nickte und wandte sich wieder seiner Patientin zu.

"Waren Sie bewusstlos Miss?"

Linda nickte.

"Ein paar Stunden glaube ich."

Der Sanitäter nickte wissend.

"Ich tippe mal auf Rohypnol. Wir nehmen Sie gleich mit, damit wir weitere Nebenwirkungen ausschließen können."

Die Polizistin schaltete sich ein, während ihr Kollege sich weiter im Haus umsah.

"Wie heißen Sie?"

"Linda Connor."

"Und wer sind *Sie*?" Die Beamtin wandte sich an Tom.

Linda kam ihm zuvor.

"Das ist mein Freund, er hat mich gerettet."

"Können Sie beide sich ausweisen?"

Linda verneinte, sie hatte nichts bei sich, aber Tom nickte. Er holte seinen Geldbeutel heraus und reichte der Frau seinen Führerschein. Sie wandte sich leicht ab und gab die Details kurz über Funk durch. Dann wandte sie sich wieder an Linda.

"Und wer hat Ihnen das angetan?"

"Der Junge im anderen Zimmer. Er heißt Matthew und ist an der gleichen Schule wie ich. Er hat mir etwas in meinen Tee gemischt, glaube ich, danach bin ich hier gefesselt aufgewacht."

Vom Schlafzimmer rief plötzlich der andere Polizist nach einem Sanitäter. Der zweite Nothelfer löste sich von der kleinen Gruppe und lief nach hinten. Die Polizistin folgte ihm. Kurz darauf kam sie wieder zurück. Sie betätigte den Sprechknopf an ihrem Funk.

"Hier ist Einheit 47, vor Ort am 1-34. Ich benötige einen weiteren Krankenwagen. Over." Für Linda hörte sich die Antwort der Zentrale vollkommen unverständlich an. Es musste schwierig sein, über das Ding zu kommunizieren. Die Polizistin musterte sie prüfend. "Miss, wessen Blut ist das an Ihrer Kleidung?"

"Das ist von Matthew. Er hat versucht, mich zu küssen, und ich habe mich gewehrt. Seine Nase hat danach stark geblutet."

Tom schloss seine Augen und senkte seinen Kopf. Er wünschte sich nun fast, die zweite Option gewählt zu haben.

Die Polizistin warf ihm einen interessierten Blick zu, während sie fortfuhr.

"Ich verstehe. Und woher wussten *Sie*, wo Ihre Freundin ist Mr King?" Tom antwortet nicht sofort. Er überlegte noch, wie er es am besten formulieren konnte, als über Funk eine Folge von Codes durchgegeben wurde. Die Polizistin nickte etwas abwesend, während sie den Funk betätigte. "Danke, 10-4." Sie ließ den Sprechknopf los, und löste ihre Handschellen vom Dienstgürtel. "Mr King, drehen Sie sich bitte um und verschränken Sie die Hände hinter dem Rücken."

"Das können Sie nicht machen, er hat nichts getan!" Linda versuchte, auf diese Entwicklung hin sofort aufzustehen, aber der Sanitäter tat sein Bestes, um sie im Sessel zu halten.

Tom drehte sich wortlos um und stellte sich mit dem Rücken zur Polizistin. Ihm war klar gewesen, dass seine Vorstrafen ihm dieses Resultat bescheren würden.

"Miss Connor, der Junge im Schlafzimmer ist ziemlich übel zugerichtet und es ist augenscheinlich, dass Sie das nicht alles verursacht haben können. Auch wenn ein Verbrechen begangen wurde, hat niemand das Recht, Selbstjustiz auszuüben. Ihr Freund ist außerdem vorbestraft." Die Polizistin legte Tom die Handschellen an. "Thomas Edward King, ich verhafte Sie wegen Körperverletzung. Sie haben das Recht zu schweigen. Alles, was Sie sagen, kann und wird vor Gericht gegen Sie verwendet werden. Sie haben das Recht, zu jeder Vernehmung einen Verteidiger hinzuzuziehen. Wenn Sie sich keinen Verteidiger leisten können, wird Ihnen einer gestellt. Verstehen Sie diese Rechte?"

"Ja."

"In Ordnung gehen wir." Die Polizistin hielt mit einer Hand die Handschellen fest und schob ihn in Richtung Tür.

Tom drehte sich zu ihr um und sah ihr direkt in die Augen.

"Darf ich mich kurz von meiner Freundin verabschieden? Bitte."

Linda hatte bereits angefangen, wieder aufzustehen, aber sie musste sich immer noch festhalten und konzentrierte sich mit aller Kraft darauf, dass ihr nicht erneut schlecht wurde. Das Schwindelgefühl war erstaunlich stark.

"Miss Connor, bitte bleiben Sie sitzen." Der Sanitäter flehte vergeblich.

Linda schüttelte energisch den Kopf, was ihrem Zustand allerdings überhaupt nicht dienlich war. Sie plumpste zurück in die Polster und diesmal fanden die Tränen ihren Weg nach draußen. Sie schluchzte auf und die Polizistin erbarmte sich.

"Ich bin ja kein Unmensch." Sie ließ Tom kurz los.

Tom verlor keine Zeit und kniete sich vor Linda hin. Sie schlang ihre Arme um seinen Hals, aber als sie versuchte, ihren Tränen Einhalt zu gebieten, versagte sie kläglich.

"Hey. Es wird alles wieder gut."

"Das ist nicht fair. Matthew sollte die Strafe bekommen."

"Mach dir keine Gedanken, das wird er. Gib mir einen Kuss ja?" Tom wartete, aber Linda sah ihn nur an. Meinte er das ernst? Vor nicht allzu langer Zeit hatte sie in einen Mülleimer gekotzt. Als könnte er ihre Gedanken lesen, grinste er. "Komm schon. Du hast Wasser getrunken, so schlimm wirds nicht sein." Damit brachte er sie tatsächlich zum Lächeln.

Diesen strahlenden Augen konnte sie nicht widerstehen. Sie küsste ihn, konnte dabei aber nicht ausblenden, dass um sie herum Menschen waren, die sie trennen wollten und auch nicht, warum er seine Arme nicht um sie legen konnte. Tom allerdings ließ sich nicht aus der Ruhe bringen und presste seine Lippen nur noch stärker gegen ihre.

"Okay, das reicht." Die Beamtin griff nach seinem Arm und zog ihn behutsam hoch.

In dem Moment kam ihr Kollege mit Matthew im Schlepptau aus dem Schlafzimmer. Er sah furchtbar aus. Seine Lippen waren aufgeplatzt und stark geschwollen und sein T-Shirt war vorne komplett mit Blut durchtränkt. Allerdings trug auch er Handschellen und wimmerte bei jedem Schritt.

"Ich nehme ihn bei mir mit, damit es keinen Stress gibt."

Die Polizistin nickte ihrem Kollegen zu und ließ ihm den Vortritt.

Tom würdigte Matthew keines Blickes, als der an ihm vorbei und nach draußen geführt wurde, stattdessen sah er Linda an.

"Ich liebe dich. Vergiss das nicht."

"Ich liebe dich auch." Sie fühlte sich so hilflos. "Warten Sie, wo bringen Sie ihn hin?"

"Erst einmal auf die Wache. Lewisboro Police Department."

Auf dem Weg nach draußen blieb die Polizistin kurz stehen, um mit dem Sanitäter zu reden, aber dann war Tom aus Lindas Sichtfeld verschwunden.

Als Linda ein paar Minuten später in den Krankenwagen gebracht wurde, standen weit mehr Leute draußen, als sie erwartet hatte. Insgesamt drei Krankentransporte und vier Streifenwagen. In einem davon saß Tom, aber sie wurde direkt in einen der Rettungswagen geführt. Wenn sie die Kraft gehabt hätte, wäre sie sicher an den Streifenwagen gerannt, aber sie sah ein, dass sie sich nun gedulden musste. Der Sanitäter sicherte sie auf einer Trage und begann, ihr einen Zugang zu legen.

"Linda?" Es war Joys Stimme.

"Joy!" Linda war überglücklich sie zu sehen. "Ihr seid ja schon da! Oh Joy, ihr müsst unbedingt Tom helfen, er ist in einem der Polizeiautos da draußen."

Ihre Tante kletterte vorsichtig in den Krankenwagen.

"Keine Sorge, Liebes, Sam spricht gerade mit den Beamten. Mach dir keine Sorgen, es kommt alles wieder in Ordnung."

"Sie müssen stillhalten, sonst kann ich Ihnen keinen Zugang legen und Sie brauchen die Flüssigkeit." Der Sanitäter hielt wartend die sterile Nadel in die Höhe und Linda stöhnte. Dabei wollte sie lieber nicht zusehen. Sie lehnte sich brav zurück und hielt still.

Joy lächelte ihr von der Sitzbank bei der Tür aufmunternd an.

"Wie fühlst du dich?"

"Wütend und mir ist schlecht."

"Letzteres wird schneller vergehen. Dieser Matthew muss schwere psychische Probleme haben, dass er meint, er könnte mit einem anderen Menschen so etwas tun." Joy schnaubte.

"Sie hätten Tom nicht mitnehmen dürfen. Die verstehen scheinbar nicht, wer hier der Verbrecher ist. Ich habe Matthew eine blutige Nase verpasst. Mich müssten sie dann auch einsperren. Es gibt so etwas wie Notwehr für einen anderen, das weiß ich."

"Das gibt es und ich verstehe sehr gut, wie du dich fühlst. Wir werden alles tun, damit er schnell wieder herauskommt."

"Joy?" Sam steckte seinen Kopf in die Krankenwagentür, dann erblickte er Linda und sah sie liebevoll an. "Hi mein Engel. Wir sehen uns gleich im Krankenhaus und reden dann ausführlich." Er konnte sich denken, dass sie viele Fragen hatte. "Joy, ich nehme den Tahoe und fahre direkt ins Krankenhaus. Hier sind die Schlüssel zum Truck, folgst du mir?"

"Ja mache ich." Sie sah zu ihrer Nichte. "Wir sind direkt hinter dir."

"Sam, was ist mit Tom?"

"Mach dir keine Sorgen um ihn." Sam lächelte sie an. "Das ist nicht sein erstes Rodeo." Sein Kopf verschwand wieder.

Joy kletterte aus dem Wagen, hielt draußen aber inne.

"Linny, du kennst deinen Onkel. Wenn er sich deswegen keine Gedanken macht, musst du es auch nicht."

Linda sah sie hoffnungsvoll an und seufzte. Was für ein Riesenschlamassel, dachte sie erschöpft.

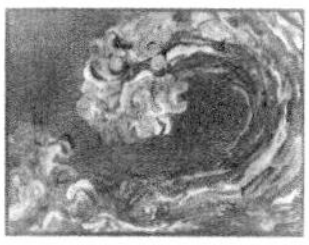

Im Krankenhaus gab der Arzt Entwarnung.

Er stand an Lindas Bett und erklärte die Wirkungsweise des Mittels, das Matthew ihr gegeben hatte. Gegen die Übelkeit hatte er ihr bereits etwas gegeben.

"Durch die geringe Menge der Droge sollte es keine weiteren Beschwerden geben. Rohypnol ist im Grunde ein Anästhetikum, das bei chronischer Schlaflosigkeit verschrieben wird. Zu viel davon kann zu Koma und Herzstillstand führen, daher ist es sehr gefährlich, wenn es falsch eingesetzt wird. Im Fall von Miss Connor ist es jedoch glimpflich ausgegangen. Sie können Ihre Nichte sofort mit nach Hause nehmen, aber ich bitte darum, sie die nächsten vierundzwanzig Stunden nicht alleine Treppen steigen zu lassen, und es darf auch kein Alkohol getrunken werden."

"Sie ist noch minderjährig." Sam war entrüstet.

"Das ist mir schon klar, Mr Connor. Ich wollte Ihnen damit nicht zu nahetreten. Es muss immer nur dazu gesagt werden, weil viele Jugendliche dennoch Alkohol trinken."

"Nicht in unserem Haus", brummte Sam mürrisch, aber verhalten.

"Vorne warten noch zwei Polizeibeamte, die Ihre Aussage aufnehmen möchten. Darf ich sie hereinschicken, Miss Connor?"

Linda nickte. Sie konnte es gar nicht erwarten, die Angelegenheit klarzustellen. Joy trat allerdings sofort an ihr Bett, als der Arzt aus der Tür war, denn sie kannte ihre Nichte nur zu gut.

"Schatz, denk daran, die Wahrheit zu sagen. Es nutzt Thomas nichts, wenn du die Tatsachen verdrehst."

Sam räusperte sich. Er stand etwas weiter weg und hatte einen besseren Blick auf den Gang. Einige Sekunden später traten zwei uniformierte Beamte ein.

Die Ermahnung ihrer Tante klang ihr noch in den Ohren, als die beiden Beamten sich vorstellten und sie baten, den Hergang zu schildern. Sie machte sich jedoch keine Sorgen, denn eines konnte sie sehr gut, und das war Dinge sachlich und chronologisch wiedergeben.

"Ich kenne Matthew noch nicht sehr lange. Unsere Gespräche haben sich bisher auf kurze Begegnungen in der Schule zwischen den Kursen beschränkt. Gestern kam er gegen zwei, halb drei bei uns vorbei. Ich hatte versprochen, ihn den Tag zuvor zu besuchen, und habe es wegen eines Todesfalls in unserem Bekanntenkreis komplett vergessen. Das hat er mir allerdings nicht geglaubt und schien etwas zornig. Ich wollte aber nett sein und habe ihn auf einen Eistee hereingebeten. Als ich kurz die Küche verlassen habe, um etwas aus meinem Zimmer zu holen, muss er diese furchtbaren K.O.-Tropfen in mein Glas getan haben, denn nachdem ich ein paar Schlucke getrunken hatte, wurde mir schwindlig. Ich konnte keinen klaren Gedanken mehr fassen und als Nächstes bin ich auf seinem Bett aufgewacht. Er hatte mich an Händen und Füßen gefesselt."

Der eine Polizist schrieb die gesamte Zeit in sein Notizbuch, sah in dem Moment aber auf.

"Mit Schals, ist das korrekt?"

"Ja. Ich habe versucht, mich zu befreien, und bin dabei aus dem Bett gefallen, daraufhin kam Matthew ins Zimmer. Er fing an, mich zu bedrängen und zu bedrohen. Es sagte, er würde mich nie wieder gehen lassen."

"Hat er einen Grund dafür genannt?"

"Ja, er sagte, dass er es satthätte, nur als das Mathegenie angesehen zu werden, und dass Mädchen nie mit ihm Zeit verbringen wollten, außer er half ihnen bei irgendeinem schulischen Problem. Dann hat er sich neben mich gesetzt und wollte mich küssen, aber ich habe mich gewehrt. Durch die Fesseln habe ich mein Gleichgewicht verloren und bin mit ihm auf den Boden gestürzt. Da hat er es nochmal probiert, aber ich habe ihm einen Kopfstoß verpasst und ihn dabei hart genug getroffen, dass er kurz von mir abließ. Ich habe ihn auch mehrere Male getreten, als er noch bei mir kniete, einmal sogar ins Gesicht." Sie grinste stolz.

Der andere Polizist nickte fast anerkennend.

"Und wann ist Ihr Freund dazugekommen."

"Kurz danach. Er hat Matthew von mir heruntergezogen. Wenn er nicht gekommen wäre, hätte Matthew mich bestimmt vergewaltigt. Ich hatte solche Angst!" Joy setzte sich sofort zu Linda aufs Bett und legte den Arm um ihre Schultern. Linda wartete allerdings nicht auf eine weitere Frage seitens der Beamten. Sie wollte sicherstellen, dass Tom als Held dastand. "Mein Freund hat ihn von mir weggestoßen und Matthew ist daraufhin einfach auf dem Boden zusammengesackt. Dann ist mir schlecht geworden und ich habe mich in den Mülleimer übergeben müssen. Tom hat dann sofort die Polizei gerufen. Er hat mir ins nächste Zimmer geholfen, damit ich nicht in Matthews Nähe sein musste und dort haben wir gemeinsam gewartet. Die Polizei war glücklicherweise sehr schnell da." Linda senkte ihren Blick und legte ihren Kopf an Joys Schulter. "Ich will nur noch, dass dieser Albtraum vorbeigeht."

Einer der Polizisten räusperte sich.

"Ich danke Ihnen Miss Connor. Ihre Schilderung wird in der Anklage besonderes Gewicht haben. Mr und Mrs Connor, ich möchte Sie bitten, alsbald wie möglich auf dem Revier vorbeizukommen, um diese Aussage unterschreiben zu lassen. Da sie noch nicht volljährig ist, sollte einer von Ihnen dabei sein."

Sam nickte sofort.

"Ja, das machen wir, danke." Er war gerade dabei gewesen, seinem Anwalt eine E-Mail zu schreiben, und hatte eifrig, aber leicht abgelenkt, in seinem Handy getippt. Es waren die Stichpunkte aus Lindas Bericht.

"Es kann natürlich sein, dass Mr Fowler oder seine Familie einen Zivilprozess gegen Ihre Nichte anstrengen werden. Unserer Erfahrung nach ist die Lage hier allerdings eindeutig. Bei einer so offensichtlichen Notwehrsituation wird er es schwer haben, zu gewinnen, außerdem wird er selbst wegen einer schwerwiegenden Tat angeklagt. An Ihrer Stelle würde ich mir keine Sorgen machen. Besorgen Sie sich dennoch einen guten Anwalt."

Damit verabschiedeten sie sich.

Als die Tür hinter den beiden Polizisten zufiel, atmete Linda erst einmal tief durch, aber gleich darauf erinnerte sie sich an etwas.

"Oh nein, ich wollte noch nach Tom fragen."

"Die beiden hätten dir keine Auskunft gegeben." Sam trat näher an ihr Bett. "Ich habe bereits unseren Anwalt verständigt und sobald Thomas dem Haftrichter vorgeführt wird, zahlen wir seine Kaution und er kann nach Hause."

"Wann passiert das?"

"Dr. Hartman wird sich sofort bei mir melden, wenn es so weit ist. Ich tippe auf morgen früh. Heute Nacht wird er wohl in Polizeigewahrsam bleiben."

Linda starrte ihren Onkel entsetzt an.

"Tut mir leid, Liebes." Joy legte ihr die Hand auf die Schulter. "In unserer Gegend gibt es kein Haftgericht, das nachts arbeitet. Dein Onkel tut wirklich alles, um Thomas so schnell wie möglich dort herauszuholen."

Wie bestellt klingelte Sams Handy. Es war Dr. Hartman.

Er ging ran.

"Sam Connor." Ein paar Momente hörte er nur zu. Linda saß wie auf glühenden Kohlen. "Ja, das habe ich mir bereits gedacht. In Ordnung, bitte ignorieren Sie diesen Unsinn ... danke, gute Nacht." Er steckte das Telefon weg. "Okay, es ist, wie ich bereits vermutet habe. Morgen früh wird er dem Haftrichter vorgeführt. Wir bezahlen die Kaution und er kann gehen."

Es klopfte und eine Krankenschwester kam herein.

"Miss Connor, darf ich Ihnen den Zugang entfernen?"

"Oh ja, sehr gerne." Sie streckte der Frau ihren Arm entgegen, glücklich die Nadel endlich loszuwerden. Joy war zu Sam getreten und Linda sah, wie sie tuschelten.

"Über was redet ihr?"

Joy unterbrach ihr Gespräch.

"Schatz, es ist nichts. Ich habe Sam nur gefragt, ob er morgen hinfahren kann, um bei dem Termin dabei zu sein."

"Ich möchte auch mit."

"Du musst in die Schule."

"Der Arzt sagte doch, ich darf vierundzwanzig Stunden nicht alleine Treppen steigen und die Highschool ist voll davon. Ich gehe mit Sam ans Gericht."

Linda würde sich nicht umstimmen lassen, das konnte Joy sehen und viele Gegenargumente fielen ihr ohnehin nicht ein.

"In Ordnung." Sie nickte. Sam wollte etwas einwenden, aber sie legte schnell ihre Hand auf seinen Arm. "Lass sie ruhig mitgehen. Es kann nicht schaden, vielleicht besinnt er sich dann."

Linda war plötzlich ganz Ohr. Das war bereits der zweite kryptische Kommentar. Die Krankenschwester war fertig und verabschiedete sich.

Linda setzte sich auf und begann, ihre Schuhe anzuziehen.

"Sam, vorhin erwähntest du das Wort *Unsinn*, und nun meinte Joy, Tom soll sich besinnen. Was ist los?"

Die beiden sahen sich gegenseitig an, und dann antwortete Sam mit gesenkter Stimme.

"Dr. Hartman ist gerade auf dem Weg ins Revier. Er hat zwar kurz mit der zuständigen Beamtin telefoniert, aber Thomas wollte die Hilfe nicht annehmen. Er sagte, er kümmert sich selbst darum und möchte einen Pflichtverteidiger. Ich bin froh, dass er noch keine achtzehn ist, dann würde er sich womöglich noch selbst verteidigen wollen. Der Junge hat einen sehr starken Willen und es ist fast unmöglich, ihm etwas aufzudrängen. Ich sehe ein, dass er seinen Stolz hat, aber dies ist nicht der Zeitpunkt, um seinen Kopf durchzusetzen. Wenn er die Kaution selbst nicht stellen kann, wandert er bis zur Anhörung ins Gefängnis und das kann bis zu 60 Tage dauern."

Sam musste nicht weitersprechen, diese Information reichte Linda vollkommen. Sie konnte sogar nachvollziehen, dass Tom es alleine regeln wollte, war hierbei jedoch ganz auf Seiten ihres Onkels. Je schneller sie ihn wieder bei sich hatte, desto besser.

"Wie hoch ist denn die Kaution?"

"Das ist unterschiedlich. Je nachdem, wie der Richter seine Tat einstuft, kann es auch mehrere tausend Dollar kosten."

Joy trat an ihre Seite und Linda erhob sich vorsichtig. Sie wusste, dass an diesem Abend nichts mehr an der Situation zu ändern war. Ihre verbliebenen Fragen wollte sie lieber zuhause stellen als in diesem Krankenzimmer.

"In Ordnung lasst uns gehen, ich will nur noch nach Hause."

Eines wusste sie aber jetzt schon und das war, dass sie alles tun würde, um Tom dort herauszuholen.

"Bitte setzen Sie sich."

Die Polizistin hatte die Position der Handschellen nach vorne verlegt und zeigte auf den Stuhl links von ihrem Schreibtisch.

"Ja Ma'am." Tom tat wie geheißen.

Officer Brenton war bisher sehr freundlich mit ihm umgegangen, ganz anders als die Beamten, die er als Jugendlicher erlebt hatte, und dem würde er immer mit Respekt begegnen.

Er sah sich um. Sie befanden sich in einem großen Raum mit zehn weiteren Schreibtischen. An ungefähr der Hälfte davon saßen uniformierte Beamte und gingen diversen Arbeiten nach.

"Möchten Sie etwas trinken? Eine Cola vielleicht?"

"Wasser wäre toll." Sie nickte und holte aus einem der Spinde im hinteren Teil des Raums eine Flasche Wasser. Als sie wiederkehrte, stellte sie diese neben Tom auf die Tischkante und setzte sich. "Danke." Er nahm das Wasser und trank ein paar Schlucke, stellte es dann aber wieder auf den Tisch.

"Kein Problem. Hier verdurstet niemand, wenn es sich vermeiden lässt." Sie zwinkerte ihm freundlich zu. "In den Haltezellen gibt es zwar Toiletten, aber keine Wasserspender. Und wenn viel los ist, bekommt man nicht so schnell etwas."

Tom schaute auf die besagten Zellen an der gegenüberliegenden Wand. Es waren acht kleine Hafträume, nach vorne nur durch Gitter vom restlichen Raum getrennt. Drei davon waren belegt und schienen momentan als Ausnüchterungszellen zu dienen. Es waren definitiv keine

Langzeitarreste, denn in jeder Zelle befand sich nur eine nackte Metallpritsche.

"Für ein Wochenende ist wenig los, nicht wahr?"

Officer Brenton sah kurz auf und nickte.

"Heute ist es tatsächlich ruhig. Sie haben Glück. Manchmal müssen wir zwei oder drei Leute zusammen in die Zelle stecken. Ist nicht sehr angenehm für die Betroffenen."

"Hm."

"Ich werde jetzt den Bericht für die Akte schreiben. Danach bringe ich Sie in einer der Zellen, wo Sie auf ihre Anhörung warten. Möchten Sie Ihren Anwalt anrufen?"

"Ich werde einen Pflichtverteidiger nehmen."

Officer Brenton nickte.

"In Ordnung, dann bestelle ich einen. Es steht Ihnen natürlich frei, sich hier und jetzt zum Tathergang zu äußern. Das würde die ganze Angelegenheit beschleunigen und sich bestimmt positiv auf die Anhörung auswirken."

"Danke, aber ich warte auf den Anwalt."

Sie nickte erneut und begann, in einer Akte auf dem Schreibtisch zu blättern.

"Da Sie noch nicht volljährig sind, werde ich ihre Eltern benachrichtigen müssen."

Tom hatte bisher nur vor sich hingestarrt, aber jetzt sah er sie erschrocken an.

"Nein, bitte nicht. Können Sie nicht stattdessen meinen Vormund anrufen?" Er wollte Sam so wenig wie möglich involvieren, aber es war ihm lieber als die Alternative.

Die Polizistin fand die erwähnte Information in den ausgedruckten Seiten recht schnell.

"Sie meinen Mr. Connor und seine Frau?" Officer Brenton schüttelte den Kopf. "Die Vormundschaft hat mit Ihrem sechzehnten Lebensjahr geendet." Einen Moment lang stutze sie allerdings und fügte die Puzzleteile zusammen. "Ihre Freundin ist deren Nichte, sehe ich das richtig?"

"Korrekt."

Tom lehnte sich nach vorne, um das Gesicht in seinen Händen zu vergraben und wünschte, er wäre bereits in seiner Zelle. Dort könnte er wenigstens dösen und der Morgen würde schneller kommen. Als er sich nicht weiter dazu äußerte, nahm Officer Brenton den Hörer ihres Telefons ab und wählte die Nummer aus der Akte. Sie machte sich nicht gerne unbeliebt, aber wenn sie auf jede Empfindlichkeit der Verhafteten reagieren würde, könnte sie ihren Job an den Nagel hängen.

Es klingelte lange, dann hob eine Frau ab.

"Ja bitte?"

"Guten Abend. Mein Name ist Detective Sarah Brenton vom Lewisboro Police Department. Spreche ich mit Vivian King?"

"Oh mein Gott, was hat er jetzt wieder angestellt?" Toms Mutter hielt es gar nicht für nötig, eine Antwort auf die ursprüngliche Frage zu geben. Sie ging nahtlos dazu über, sich aufzuregen. Dass es auch etwas anderes bedeuten könnte, von der Polizei angerufen zu werden, wie zum Beispiel einen Unfall, kam ihr gar nicht in den Sinn.

Die Beamtin wartete, bis der Wortschwall versiegte und fuhr dann neutral fort.

"Mrs King, ich habe Ihren Sohn in Gewahrsam. Er wurde wegen Körperverletzung verhaftet und wird morgen dem Haftrichter vorgeführt. Ich muss Sie davon in Kenntnis setzen, dass ..."

"Hören Sie, junge Dame. Na ja, ich weiß nicht, ob Sie wirklich jung sind, jedenfalls hören Sie sich jung an. Ich sage Ihnen aber eins. Mein Sohn muss sich erst gar keine Hoffnungen machen,

dass wir ihn im Gefängnis besuchen kommen. Außerdem heiße ich nicht mehr King, sondern Vaughn."

Im Hintergrund hörte die Beamtin einen Mann brüllen. Es war nicht besonders deutlich und klang alkoholisiert, aber sie verstand das Lallen dennoch.

"Der kleine Bastard soll nicht wagen, nach Hause zu kommen! Von mir aus kann er im Knast verrotten!"

"Mrs Vaughn, ich möchte Sie darauf hinweisen, dass sie bis zu seiner Volljährigkeit die Aufsichtspflicht haben. Sie müssen ..." Officer Brenton nahm den Hörer vom Ohr und starrte ihn sekundenlang entgeistert an. Vivian hatte aufgelegt. Neben ihr knarrte der Sitz.

Tom richtete sich auf und lehnte sich zurück. Er sah sie nicht an, aber die Polizistin konnte sehen, dass er Tränen in den Augen hatte. Sie legte den Hörer wieder auf die Gabel und räusperte sich, aber gleich darauf klingelte das Telefon wieder.

"Brenton ... Ja das ist korrekt ... Nein, er möchte einen Pflichtverteidiger." Einige Momente hörte sie dem Anrufer zu und nickte dann. "Das können Sie gerne tun. Sagen Sie vorne einfach Bescheid, dann lasse ich Sie in den Besprechungsraum führen." Sie legte auf und wandte sich Tom zu. "Ihr Anwalt ist auf dem Weg."

"Fantastisch."

Tom fixierte einen entfernten Punkt an der Wand und versuchte, an nichts Bestimmtes zu denken. Er hatte bei dem Telefonat jedes Wort seiner Mutter hören können. Mehr als alles andere war er jedoch über sich selbst wütend. Er konnte nicht verstehen, warum es jedes Mal wieder wehtat. Den Schmerz wegzuschieben gelang ihm nicht.

Officer Brenton arbeitete eine Weile still an dem Bericht. Tom war das mehr als recht, denn er hatte kein Interesse mehr an einer Unterhaltung.

Es dauerte knapp zehn Minuten, dann bekam sie einen erneuten Anruf und erhob sich.

"Gehen wir. Sie werden erwartet."

Sie führte ihn mit lockerem Griff am Oberarm ein paar Korridore weiter in einen Raum mit einem Tisch und zwei Stühlen. Tom dachte flüchtig daran, dass es tatsächlich aussah, wie im Fernsehen, nur sehr viel kleiner.

Daniel Hartman hatte etwas abgewandt dagestanden und drehte sich um, als die beiden den Raum betraten.

"Dr. Hartman ..." Tom erkannte den Familienanwalt der Connors sofort.

"Thomas. Schön dich wiederzusehen. Es tut mir leid, dass es unter diesen Umständen sein muss. Officer müssen die Handschellen sein? Er ist doch kein Schwerverbrecher."

"Warten Sie", Tom hob abwehrend seine Hände und drehte sich zu Officer Brenton um, "ich dachte, ich bekomme einen Pflichtverteidiger."

Der Mann im maßgeschneiderten Anzug betrachtete den erwachsengewordenen Jungen ruhig und kam ihr zuvor.

"Das kann gut sein, können wir uns denn nicht trotzdem kurz unterhalten? Vielleicht änderst du deine Meinung."

Tom zweifelte sehr daran, stimmte aber vorerst zu. Die Beamtin nahm ihm die Handschellen ab und nickte dem Anwalt zu.

"Rufen Sie, wenn Sie mich brauchen ... und Sie benehmen sich." Sie ging hinaus und schloss die Tür hinter sich.

Tom setzte sich an den Tisch, während Dr. Hartman seinen Notizblock zückte.

"Du kannst dir sicherlich denken, warum ich hier bin. Sam hat mich angerufen. Ich bin so schnell gekommen, wie ich konnte."

"Ich weiß das zu schätzen, aber ich kann Sie mir nicht leisten, Dr. Hartman."

"Du weißt, dass du dir darüber keine Gedanken machen musst. Sam hat mir Carte Blanche gegeben."

Auf diese Aussage hin verzog Tom das Gesicht und betrachtete an seinen Handgelenken den Abdruck, den die Handschellen hinterlassen hatten.

"Genau das hatte ich befürchtet."

Der Anwalt ließ sich nicht beirren und fuhr gleich fort.

"Ein Pflichtverteidiger ist in deinem Fall keine gute Idee. Kriminalrechtlich sehe ich zwar keine außergewöhnlichen Probleme, aber zivilrechtlich brauchst du jemanden an deiner Seite, der diesen Fall als Priorität sieht. Die Familie des Jungen wird Ms Connor und dich höchstwahrscheinlich anzeigen."

Tom sah sofort hoch, als der Anwalt Lindas Namen erwähnte.

"Die können sie nicht anzeigen, es war Notwehr!"

"Im Unrecht zu sein hat bisher noch niemanden davon abgehalten zu prozessieren."

"Ich hätte diesen kleinen Scheißer in den Boden stampfen sollen!" Tom wusste, dass es dann für ihn zwar vorbei gewesen wäre, aber wenigstens hätte er die Genugtuung gehabt, dass der Typ nicht mehr atmete.

Dr. Hartman lehnte sich über den Tisch und senkte seine Stimme.

"Thomas, Linda hat bereits eine Aussage gemacht. Wenn deine zu stark abweicht, wirft es auf euch beide ein schlechtes Licht." Der Anwalt sah ihn an, aber Toms Miene war wie versteinert. "Hast du bereits etwas zu Protokoll gegeben?"

"Nein." Er schüttelte zusätzlich den Kopf, "aber es macht keinen Unterschied. Sobald Matthew seinen Mund aufmacht, werden sie es durchschauen. Sie hätte nicht lügen sollen, wenn es das ist, was Sie andeuten wollen."

"Nun, ich denke nicht, dass sie direkt gelogen hat, aber schauen wir mal." Er blätterte in seinem Notizheft und zählte kurz die Stichpunkte auf, die Sam ihm geschickt hatte.

Tom schüttelte frustriert den Kopf.

"Sie kann doch nicht den Kopf für mich hinhalten."

"Das tut sie nicht, Thomas. Sie hat hundert Prozent der Notwehr auf ihrer Seite. Somit hat sie auch bessere Chancen vor dem Zivilgericht, wenn es überhaupt dazu kommt. Bei dir aber ist es eine andere Sache. Dein Eintrag im Vorstrafenregister würde es Familie Fowler leichter machen, dich vor Gericht auseinanderzunehmen. Auf diese Weise können wir damit argumentieren, dass Matthew dich nur beschuldigt, weil er rechtlich gegen Linda keine Chance hat."

"Ich habe nicht wirklich eine Wahl, nicht wahr?"

"Deine Moral in allen Ehren, aber hier geht es um eine ganz bestimmte Art von Rechtsprechung. Das ist kein Film, in dem am Ende die Wahrheit siegt. Es ist ein Spiel, das nur derjenige gewinnt, der die Regeln für sich zu nutzen weiß. Die Justiz in unserem Land schützt nicht nur die Opfer, sondern auch die Rechte der Verbrecher. Dieser Fowler Junge sollte für seine Taten doch die maximale Strafe erhalten, denkst du nicht?"

"Unbedingt und das wird immer noch nicht reichen."

"Und meinst du, dass es für deine Freundin leichter sein wird, wenn du im Gefängnis sitzt?"

Dr. Hartman betrachtete ihn geduldig und Tom atmete tief durch. Er sah ein, dass der Anwalt recht hatte. Außerdem vermisste er Linda bereits jetzt so sehr, dass es ihm körperlich

Schmerzen verursachte. Bisher hatte er sich mit allem anderen beschäftigt, nur nicht mit der sehr realen Möglichkeit einer längeren Trennung.

"In Ordnung. Spielen wir Ihr Spiel."

"Ist das dein finales Wort?"

"Ja, Sie können mich vertreten. Legen wir los."

Am nächsten Morgen lief alles genauso, wie Sams Anwalt es prophezeit hatte.

Dr. Hartman war bereits anwesend, als Tom in den kleinen Saal geführt wurde. Er sprach im Besucherbereich mit Sam. Linda stand direkt daneben, ihre Aussage war bereits zu Protokoll genommen worden. Als sie ihn sah, hellte sich ihr Gesicht sofort auf. Tom zwinkerte ihr zu und lächelte. Kurz darauf wurden sie aufgerufen. Der Richter stellte kaum Fragen an ihn direkt, das meiste wurde von den Anwälten vorgetragen. Alle Aussagen wurden zu Protokoll genommen, Officer Brenton gab eine kurze Stellungnahme und nach nicht einmal einer Stunde setzte der Richter die Kaution auf 500 Dollar fest.

Es war während der Anhörung offensichtlich gewesen, dass der Richter auf der Seite des Opfers war und damit auch auf der von Tom. Im Zuge der vielen Ereignisse von Gewalt und Schießereien an Schulen war es diesem Richter ein besonderes Anliegen, die Betroffenen nicht weiter zu foltern.

Sam entrichtete den Kautionsbetrag an der Gerichtskasse und Tom musste sich mit einer Unterschrift verpflichten, dass er am Tag der Verhandlung bei Gericht erscheinen würde. Dann durfte er gehen. Sobald er um die Ecke ins Foyer bog, sprang Linda auf und rannte ihn vor Freude fast um. Er schloss sie in seine Arme und hielt sie fest, als wäre es das letzte Mal, das er sie sehen würde. Officer Brenton kam auf die Gruppe zu, wartete jedoch respektvoll in einem kleinen Abstand. Als Tom sie sah, schob er Linda behutsam von sich, behielt jedoch ihre Hand in seiner.

"Mr King, da wäre noch eine Sache. Ich habe noch mal mit Ihrer Mutter gesprochen und es war ein ruhigeres Gespräch als gestern Abend. Sie hatte sich inzwischen wieder beruhigt, es sollte also keinen Widerstand mehr geben. Wenn Sie dennoch nicht ins Haus kommen, rufen Sie mich bitte an." Sie reichte ihm eine Karte. "Hier ist meine Nummer."

Tom nahm die Visitenkarte und bedankte sich. Die Polizistin verabschiedete sich und Sam kam an seine Seite. Er konnte sich denken, was vorgefallen war.

"Ist alles okay?"

"Ja." Tom warf die Karte in einen nah gelegenen Abfalleimer. "Alles wunderbar." Er kannte Sam allerdings gut genug, um zu wissen, dass der nicht locker lassen würde, daher wechselte er schnell das Thema. "Danke, dass ihr meinen Wagen mitgenommen habt."

"Kein Problem. Der Chevy steht bei uns am Haus. Fahren wir, du möchtest dich sicher frisch machen." Er ging voran, damit die beiden in Ruhe hinterherkommen konnten.

Tom folgte ihm auch nur langsam.

"Ich habe ein Hühnchen mit dir zu rupfen."

"Ach?" Linda konnte sich denken, was er damit meinte, stellte sich aber lieber dumm.

Sie sprachen im Flüsterton, da sie noch im Gerichtsgebäude waren.

"Deine Aussage. Ist ja faszinierend, dass du Matthew fast komplett allein so zugerichtet hast."

"Die blutende Nase war ja auch von mir. Und die Tritte, na ja, alles glaubhaft." Sie zuckte mit den Schultern. "Ich habe mich eben gewehrt."

"Sein Anwalt hat erwähnt, dass er zwei gebrochene Rippen hat."

"Das ist alles?" Sie grinste, aber so ernst wie er sie in dem Moment ansah, ließ sie es gleich wieder.

"Tom, ich wusste nicht, was ich tun sollte. Die Polizisten standen plötzlich vor mir und wollten wissen, was passiert ist. Ich habe einfach den Gedanken nicht ertragen, dass du für etwas bestraft wirst, das ..." Sie verstummte.

"Für etwas, das ich auch getan habe?"

"Nein, für etwas, das richtig war. Wenn mir nicht so schwindlig gewesen wäre, hätte ich mich bestimmt besser wehren können."

Tom presste die Lippen zusammen. Die Erinnerung an den Vorfall machte ihn immer noch wütend. Sie traten nach draußen und gingen um das Gebäude herum zum Parkplatz. Sam stand bereits am Wagen und schrieb Joy eine SMS, dass sie auf dem Weg waren.

Er sah hoch, als die beiden bei ihm ankamen.

"Lin, vielleicht solltest du einen Selbstverteidigungskurs machen."

"Ja, eventuell ein Auffrischungskurs, mein letzter ist schon ein paar Jahre her." Linda grinste, aber Tom seufzte nur.

"Ich weiß nicht, wie andere Menschen in solchen Situationen ruhig bleiben. Ich will den Typen immer noch zu Brei schlagen."

Sam legte ihm eine Hand auf die Schulter.

"Sie tun es nicht, jedenfalls nicht sehr oft. Glaub mir, wenn ich sie gefunden hätte, wäre es nicht viel anders gelaufen." Sam schenkte den beiden ein aufmunterndes Lächeln und umarmte Tom. Es war eine Geste voller Dankbarkeit und Tom erwiderte sie, ohne zu zögern.

Den ersten Teil hatten sie überstanden, für den zweiten würden sie einen langen Atem brauchen, das wussten sie alle.

Am Haus bekam Tom auch von Joy eine lange Umarmung, dann stieg er in seinen Tahoe und fuhr nach Hause. Linda wäre am liebsten mitgefahren, aber das war sehr offensichtlich keine Option. An diesem Tag hörte sie nicht nur einmal, dass sie *langsam machen sollte.* Sam und Joy hatten ihr ohnehin nahegelegt, dass sie im Haus blieb, solange sie sich nicht hundertprozentig fit fühlte.

Als Tom sie zum Abschied küsste, versprach er, so schnell wie möglich wieder zurückzukommen, also versuchte Linda sich mit allerlei abzulenken. Irgendwann wurde ihr bewusst, dass sie noch sein Handy hatte. Es war nicht weiter schlimm, aber auf diese Weise konnte sie ihn auch nicht anrufen und ihm sagen, er solle sich beeilen.

Ihr eigenes Handy hatte sie inzwischen geladen. Sie legte sich auf ihr Bett und wählte Mitzis Nummer. Diesen Anruf hatte sie aufgeschoben, nicht nur weil sie bis zur Mittagspause hatte warten müssen, aber auch weil sie nicht wirklich gewusst hatte, was sie sagen sollte.

Ihre Freundin hob bereits nach dem ersten Klingeln ab.

"Linda! Ich habe mir solche Sorgen gemacht. Was ist passiert?"

"Hi Mitzi. Tut mir leid, dass ich mich erst jetzt melde. Es war viel los."

"Das letzte Mal, als ich dich gesehen habe, bist du mit Matthew an mir und Nick vorbeigefahren, ohne hochzusehen, und dann haben dich alle gesucht. Und gestern hast du mir nur geschrieben, dass du dich bald meldest. Du weißt aber schon, dass das nicht reicht."

"Es war nicht meine Absicht, euch zu ignorieren. Matthew hat mir etwas in meinen Tee gemischt. Es hat mich ganz benommen gemacht."

"Oh mein Gott. Das ist ja nicht zu fassen! Und weißt du, ich hatte noch zu Nick gesagt, dass wir euch nachfahren müssen, aber Matthew ist so schnell gefahren, dass wir nicht wussten, in welche Richtung wir hinterher sollten."

Linda umriss schnell ein paar Eckdaten zu der Horrornacht, damit Mitzi im Bilde war.

"Tom hat mich gefunden. Ich weiß immer noch nicht wie, aber er war rechtzeitig da und hat die Polizei verständigt."

"Das erklärt dann, warum keiner von euch heute in der Schule ist."

"Ja, ich muss heute zuhause bleiben, weil ich noch etwas wacklig auf den Füßen bin." Sie sagte nichts darüber, dass Tom verhaftet worden war. Wenn sie Glück hatten, würde das nie die Runde machen.

"Matthew ist doch hoffentlich verhaftet worden?"

"Ja, aber ich weiß nicht, was danach mit ihm passiert ist."

"Unfassbar, ich bin ganz schockiert. Es tut mir so leid, dass dir das passiert ist. Können wir etwas für dich tun?"

"Das ist lieb von dir Mitzi. Bitte sag außer unserer Clique niemandem etwas von der ganzen Geschichte. Auch wäre toll, wenn du mir Bescheid gibst, was wir aufhaben, wenigstens die Kurse, die ich mit dir teile."

"Na klar. Ich frage auch die anderen und schick dir später eine E-Mail, nachdem ich alle Infos habe."

Den kleinen Rest wollte Linda sich bei den Lehrern direkt besorgen. Jeder Schüler hatte deren E-Mail-Adressen, also war es kein Hexenwerk.

"Danke, du bist ein Schatz."

"Linda, ich muss los. Wir sprechen uns später, okay?"

"Okay, bye."

Als sie aufgelegt hatte, klingelte es erneut. Sie starrte ihr Telefon verwirrt an und realisierte, dass es ein anderer Ton war als sonst. Es war Toms Handy. Durch die zusätzliche Vibration bewegte es sich auf ihrem Nachttisch leicht hin und her. Sie griff danach und sah aufs Display.

Taylor

Linda bekam augenblicklich ein unangenehmes Gefühl in der Magengrube. Warum rief seine Ex ihn an? Es war nicht wirklich Eifersucht, aber was genau es war, konnte sie nicht in Worte fassen. Natürlich konnte sie nichts dagegen tun, dass Taylor weiterhin Kontakt zu ihm hielt, aber es überraschte sie, dass er es tat, besonders nachdem er gesagt hatte, dass er nie wieder über sie reden wollte. Sie hatte angenommen, dass er ihre Nummer gelöscht hatte. Das Klingeln hörte auf, aber kurz darauf ertönte der Ton für eine neue Nachricht.

Alles in ihr sträubte sich dagegen, das Handy zu entsperren und nachzusehen. Tom hatte es ihr gestern überlassen, damit sie Sam und Joy anrufen konnte, und nicht um ihm hinterherzuspionieren.

Die meisten Handys zeigten auf dem Home Display den Namen des Absenders und die erste Linie einer Nachricht an. Leider war auch auf seinem Handy diese Vorschau zu sehen.

Gestern bettelst du mich an und heute ignorierst ...

Dieser halbe Satz war alles, das sie lesen konnte. Darüber stand noch eine ungelesene Benachrichtigung über vier verpasste Anrufe von ihr.

Linda legte das Handy schnell wieder auf den Nachttisch. Die Versuchung war vorhin schon da gewesen, aber nun war es unerträglich. Sie kletterte aus dem Bett und ging hinaus auf den Gang.

Sam war zur Arbeit gefahren, aber Joy war unten.

"Joy?"

"In der Küche mein Schatz!" Sekunden später erschien ihre Tante jedoch im Durchgang. "Warte! Tut mir leid, das war reine Gewohnheit." Sie kam die Treppe hoch.

"Du musst mich doch nicht jedes Mal begleiten, dafür gibt es doch das Geländer. Ich wollte nur sehen, was du machst."

"Nichts da. Heute bleibst du von den Stufen fern, wenn keiner bei dir ist. Hast du verstanden?"

"Ja Ma'am."

Joy lächelte. Als sie gemeinsam hinuntergingen, konnte Linda durch die Oberlichter an der Eingangstür nach draußen sehen. Toms Tahoe fuhr im gleichen Moment auf den Parkplatz und ihr Magen zog sich zusammen. Joy hatte den SUV auch entdeckt.

"Weißt du was, ich möchte doch noch mal kurz in mein Zimmer." Joy sah sie etwas erstaunt an, nickte aber. Sie folgte ihrer Nichte kurz, immer eine Stufe hinter ihr bleibend und ging danach wieder hinunter, direkt an die Eingangstür, damit Tom nicht warten musste. Als sie öffnete, kam er bereits die Stufen der Veranda hoch.

"Hallo Thomas." Sie umarmte ihn. "Ist zuhause alles in Ordnung?"

"Ja, alles ruhig. Mitchell war nicht da und meine Mutter hat nur kurz gefragt, was es mit der Verhaftung auf sich hatte. Ich sagte ihr, dass es ein Missverständnis war, damit habe ich etwas Zeit gewonnen. Wenn ich Glück habe, wird die Polizei dort nicht mehr anrufen."

Joy rügte ihn nicht für die nachvollziehbare Lüge, denn ihre Gedanken waren bei einer anderen Sache. Sie legte ihm vertraulich eine Hand auf den Arm.

"Sag mal, habt ihr beide euch gestritten?"

"Wer? Linda und ich?" Joy nickte. "Nicht dass ich wüsste. Wieso?"

"Gut, dann habe ich es mir nur eingebildet. Es hätte mich auch überrascht. Vergiss es. Sie ist oben in ihrem Zimmer."

"Danke."

Joy ging zurück in die Küche, während er auf die Treppe zusteuerte. Wirklich schlau aus dem Kommentar wurde er nicht. Er nahm zwei Stufen auf einmal und klopfte an Lindas Zimmertür.

"Komm rein."

Als er eintrat, kam sie ihm gleich entgegen. Er nahm ihr Gesicht in beide Hände und küsste sie.

"Gott habe ich dich vermisst. Tut mir leid wegen heute Morgen."

"Was war heute Morgen?"

"Ich habe dir Vorwürfe gemacht. Erinnerst du dich? Wegen deiner Aussage."

"Ach so." Sie schüttelte den Kopf. "Ach was."

"Was ist los?" Tom konnte sehen, dass sie irgendetwas beschäftigte. Er sah sie prüfend an und Linda versuchte, seinem Blick auszuweichen. "Du hast überhaupt kein Pokerface, weißt du das?"

Sie seufzte. Ja, das wusste sie.

"Ich habe noch dein Handy."

"Oh, daran habe ich heute Morgen gar nicht mehr gedacht."

"Taylor hat versucht, dich zu erreichen." Linda beobachtete seine Reaktion, aber es machte das flaue Gefühl in ihrem Magen nicht besser. Er schien gar nicht überrascht zu sein. "Keine Sorge, ich bin natürlich nicht rangegangen. Habe nur ihren Namen auf dem Display gesehen."

"Sie wollte bestimmt wissen, was passiert ist. Ich habe sie gestern Abend angerufen, denn sie war die einzige Person, von der ich sicher wusste, dass sie Matthews Adresse hatte. Sie nannte mir auch die vom Ferienhaus. Ich war zuerst bei ihm zuhause, aber seine Eltern sagten, er wäre noch unterwegs. Den ganzen Weg nach Cross River habe ich dann gebetet, dass er dich nirgendwo anders hingebracht hatte. Ohne sie hätte ich dich nicht gefunden."

Linda setzte sich aufs Bett. Das machte natürlich viel mehr Sinn, als die paranoiden Gedanken, die sich zwischenzeitlich in ihrem Kopf vervielfältigt hatten. Sie verstand den Grund nicht, aber plötzlich flossen ihr Tränen die Wangen herunter.

"Ich weiß nicht warum, aber irgendwie habe ich gedacht ..."

"Hey." Tom kniete sich vor sie hin. "Es tut mir leid."

"Das muss es nicht." Linda schüttelte den Kopf, danach bekam sie kein weiteres Wort mehr heraus. Es kamen nur noch Schluchzer.

Tom setzte sich neben sie und legte vorsichtig den Arm um ihre Schultern. Sie zitterte am ganzen Körper und konnte nicht aufhören zu weinen.

"Hey, es ist alles gut." Er zog sie eng an sich und hielt sie fest. Momente später steckte Joy ihren Kopf durch die angelehnte Tür. Sie hatte die verräterischen Schluchzer gehört und sich Sorgen gemacht. Als sie jedoch die Szene auf dem Bett erfasste, hielt sie inne. Tom sah hoch, aber Joy schüttelte den Kopf. Sie hob eine Hand, um ihm zu signalisieren, dass sie sich nicht einmischen wollte. Ihr Kopf verschwand wieder, ohne dass Linda sie bemerkt hatte.

Irgendwann lehnte sich Tom vorsichtig nach hinten und zog sie mit sich. Er hielt sie in seinen Armen, bis ihre Tränen versiegten.

"Es tut mir so schrecklich leid."

"Hey. Rede nicht so einen Unsinn."

"Das ist kein Unsinn." Sie wischte sich über die Augen. "Du hast mir keinen einzigen Grund gegeben, dir zu misstrauen. Dann sehe ich, wie Taylor auf deinem Handy anruft und mein Hirn spielt verrückt. Ich weiß nicht, was mit mir los ist."

"Bitte hör auf, dir Vorwürfe zu machen. Ich hätte dir sagen sollen, dass sie mir geholfen hat."

"Sie hat dir übrigens auch eine Nachricht geschrieben."

"Sie kann mir auch eine Million Nachrichten schreiben, das wäre mir egal."

"Darum geht es nicht. Ich habe sie nicht gelesen, nur den Anfang davon gesehen, aber danach ist meine Fantasie mit mir durchgegangen. Und dann geht mir auch der gestrige Abend nicht mehr aus dem Kopf. Matthew ist ein erbärmlicher kleiner Wicht, aber ich konnte so gar nichts gegen ihn ausrichten. Ich habe mich hilflos gefühlt und fühle mich immer noch hilflos. Mir war in der Situation gar nicht klar, was alles hätte passieren können."

"Du hattest Angst. Es ist vollkommen normal, dass sich das auf andere Situationen überträgt. Er kann dir aber nichts mehr tun", es war offensichtlich, dass Linda die Symptome eines Schocks durchlebte, "und mich wirst du nie verlieren."

"Das kannst du nicht versprechen."

"Doch das kann ich, denn ich werde dich in alle Ewigkeit lieben."

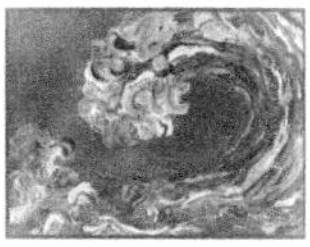

Die Normalität des Schulalltages war eine Wohltat.

Überhaupt war bis auf wenige Ausnahmen alles wieder ganz vertraut und ruhig. Dazu gehörte auch die Tatsache, dass Elisabeth wieder offiziell mit Blake ausging. Die Clique hatte das ganz nebenbei herausgefunden, als er sich eines Tages plötzlich neben sie an den Tisch setzte und ihr zur Begrüßung einen Kuss gab. Elisabeth hatte es sicherlich geahnt und deswegen nicht an die große Glocke gehängt, denn diesmal gab es keine relative Zurückhaltung, wie damals, als Linda von Tom angesprochen worden war. Blake fand sich in einem Kreuzfeuer ihrer neugierigen Freunde wieder, das ihn überrannte wie eine Horde Büffel, aber er meisterte es bravourös.

Tom hatte zuvor glaubwürdig bestätigen können, dass Blake nicht mit Taylor angebandelt hatte, während er und sie noch zusammen gewesen waren, und das hatte alle beschwichtigt. Er freute sich ganz besonders über die neue Paarung, denn im Grunde hatte er Blake schon immer gemocht. Die Missverständnisse der Vergangenheit waren vergessen.

Matthews Übergriff war außerhalb der Clique erst einmal kein Thema. Im Beisein von Linda hatte Tom es der Gruppe in einer kurzen Zusammenfassung geschildert und alle waren mehr als einverstanden, es im kleinen Kreis zu belassen. Irgendwann würde die Nachricht von Matthews Verhaftung und darauffolgender Suspension bestimmt durchsickern, aber vorerst blieb seine Abwesenheit ohne Konsequenz.

Die Sache mit Taylor beschäftigte Linda nicht mehr, aber immer wenn sie ihr im Gang begegneten, bemerkte sie Toms wiederholt genervten Blick.

Sie waren, wie jeden Tag, auf dem Weg zum Speisesaal und kamen erneut an der Cheerleader-Truppe vorbei. Tom sah wie immer stur vor sich hin, aber diesmal sprach Linda es an.

"Du solltest mit ihr reden."

"Mit wem?"

"Taylor." Linda hatte ihre Nachricht an ihn zu lesen bekommen. Nicht weil sie es wollte, aber weil Tom letztendlich darauf bestanden hatte. *Gestern bettelst du mich an und heute ignorierst du mich. Von wegen, ich hätte etwas gut bei dir. Du brauchst mich nie wieder um etwas zu bitten.*

"Es wäre nur fair. Ohne sie hättest du mich nicht gefunden, das hast du selbst gesagt."

Tom wusste, dass sie recht hatte, verspürte allerdings nicht das geringste Verlangen mit seiner Ex zu sprechen.

"Ich habe mich bedankt, das muss reichen. Wenn sie meine Hilfe braucht, kann sie mich direkt fragen."

Sie waren in der Essensschlange angekommen und er wechselte das Thema. Es verging allerdings nicht einmal eine Viertelstunde, da löste sich die Sache auf eine Weise, die keiner von beiden erwartet hätte. Wie gewohnt saßen sie alle am Tisch und unterhielten sich, als Cat leise etwas in die Gruppe raunte. Von Taylors Hilfe bei der Entführung wusste keiner.

"Feind auf zwölf Uhr." Da sie sich allerdings auf ihren eigenen Blickwinkel bezog, schaute jeder in eine andere Richtung.

"Hi. Linda? Kann ich dich kurz sprechen?"

Taylor stand plötzlich am Tisch, nur wenige Schritte von ihr und Tom entfernt. Dieser sah sie an, als hätte sie gerade verkündet, dass auf dem Footballfeld ein Ufo gelandet wäre und seine Freundin entführen wollte. Er wollte etwas einwenden, aber Linda erhob sich bereits.

"Ja natürlich, kein Problem." Sie folgte Taylor an einen ruhig gelegenen Tisch. "Wir können auch hinausgehen, wenn du möchtest."

"Nein schon okay. Ich glaube, Tom würde dich sowieso nicht aus den Augen lassen." Taylor warf einen kurzen Blick zurück und lächelte wehmütig. Sie wollte sich lieber nicht an vergangene Zeiten erinnern, in denen dieser Blick ihr gegolten hatte.

Linda setzte sich, etwas nervös in Anbetracht dessen, was die hübsche Blondine mit ihr besprechen wollte. Die Annäherung war ihr jedoch nicht unangenehm. Überhaupt war Taylor wieder wie am Tag des Cheerleader Interviews. Freundlich, lächelnd und gar nicht das Biest, das Tom im Gang hatte lächerlich machen wollen.

"Schieß los. Was gibts?"

"Nun, ich wollte mich bei dir entschuldigen."

"Bei mir?"

"Ja, das mit Tom kläre ich noch irgendwann, aber mir war es wichtig, dass du nicht denkst, ich wäre ein schlechter Mensch. Ich habe ihn wirklich sehr gemocht, aber ich respektiere, dass er jetzt dich hat. Ich möchte, dass er glücklich ist, auch wenn mir das wahrscheinlich niemand glaubt." Sie betrachtete ihre Hände. "Aber egal, das war es nicht, warum ich mit dir sprechen wollte. Ich weiß, was mit Matthew passiert ist."

"Was meinst du?" Linda wusste, dass Tom es ihr nicht verraten haben konnte.

Taylor sah wieder hoch.

"Ich habe es um ein paar Ecken gehört. Habe eine Cousine bei der Polizei, aber keine Sorge, ich erzähle es nicht weiter. Ich fühle mich irgendwie verantwortlich dafür, was geschehen ist. Matthew hat nämlich so etwas Ähnliches schon mit mir abgezogen. Keine Entführung, aber das mit den K.O.-Tropfen. Ich habe Tom nie davon erzählt, weil ich Angst hatte, er würde ihn umbringen. Eigentlich weiß niemand von der Vergewaltigung", Taylor senkte beschämt ihren Kopf, "aber wenn ich damals etwas gesagt hätte, wärest du vielleicht nicht in diese Situation gekommen." Sie sah ihr lange in die Augen. "Es tut mir so unheimlich leid."

Linda hatte während der letzten Sätze kaum atmen können und auch jetzt starrte sie das Mädchen vor sich nur entsetzt an. Taylor machte Anstalten, aufzustehen, aber Linda ergriff ihren Arm und hielt sie zurück.

"Nein warte, das ist furchtbar. Warum hast du Matthew nicht angezeigt?"

Taylor atmete ein paar Mal durch. Es fiel ihr unheimlich schwer, darüber zu sprechen.

"Nun, ich bin am Morgen danach aufgewacht und konnte mich an nichts mehr erinnern. Ich wusste nicht mal, dass es passiert war, bis er mir seine perversen Bildchen schickte. Er hat lange genug gewartet, um sicher zu sein, dass ich inzwischen geduscht hatte und es keine anderen Beweise gab. Ich war eines dieser dummen Mädchen, die sich schämen und nicht zur Polizei gehen. Ironisch nicht? Besonders mit einer Cousine bei der Streife. Kann sein, dass es jetzt nichts mehr bringt, aber wenn es irgendwie hilft, werde ich eine Aussage machen. Mein Ruf ist sowieso nicht der beste. Die Nachrichten von ihm habe ich sogar noch. "

Linda griff nach ihrer Hand.

"Natürlich solltest du eine Aussage machen, aber nicht für mich, sondern für dich selbst. Hier geht es um deine Selbstachtung. "

"Das hast du schön gesagt, aber du lebst in einer anderen Welt als ich."

"Nein, tue ich nicht. Mir sind eventuell nur andere Dinge wichtiger als Meinungen *über* mich."

Taylor blinzelte überrascht. Das hatte es ziemlich genau auf den Punkt gebracht. Sie beneidete Linda um ihre Einstellung. Vielleicht würde sie in Zukunft einige Dinge ändern müssen.

"Vielleicht schaffe ich es irgendwann, auch so zu denken. Du bist wirklich nett, ich bin froh, dass Tom dich hat."

"Ich bin nett zu den Menschen, die es verdienen." Sie lächelte Taylor an, ließ aber ihre Hand los. "Sag mal, das mit der Aussage, willst du das wirklich machen?"

"Ja."

"Es würde in der Verhandlung gegen Matthew sicher helfen. Wir haben einen sehr guten Anwalt. Es wäre gut, wenn du auch mit *ihm* reden könntest. Hast du Zeit, bei mir vorbeizukommen?"

Taylor nickte.

"Ja klar, ich nehme mir die Zeit. Sag nur wann."

"Ich spreche mit meinem Onkel und sage dir Bescheid. Gibst du mir deine Telefonnummer?" Linda zückte bereits ihr Handy und speicherte die Zahlen ein, die Taylor ihr daraufhin diktierte.

Die Mädchen erhoben sich gleichzeitig.

"Danke Linda."

"Und ich danke *dir*, besonders für dein Vertrauen."

Taylor nickte, lächelte und ging zurück zu ihrer Clique. Linda sah ihr noch ein paar Sekunden nachdenklich hinterher und steckte dann ihr Telefon weg. Falls das wirklich klappte und Taylor es tatsächlich durchzog, würde es vor Gericht wie eine Bombe einschlagen.

Sie ging zum Tisch zurück. Als sie Toms Blick sah, versuchte sie schnell, irgendwo anders hinzusehen. Cat war allerdings die Erste, die etwas sagte.

"Was wollte Barbie denn?"

"Nur reden. Sie ist eigentlich ganz in Ordnung."

Die Schulglocke ertönte und rettete Linda vor weiteren Fragen. Cat murrte noch ein kurzes "mit der Tussi ist nichts in Ordnung", ließ das Thema aber sein. Alle packten ihre Sachen zusammen und brachten die Tabletts zurück.

Tom lief wortlos neben ihr her, bis sie außer Hörweite waren.

"Hast *du* jetzt Geheimnisse vor mir?" Er hatte das scherzhaft gemeint, aber Linda sah ihn an, als wäre es ein Vorwurf.

"Keineswegs."

"Okay." Er wurde ungeduldig. "Erzählst du mir dann, was Taylor von dir wollte?"

"Sie wusste von der Sache mit Matthew und hat angeboten zu helfen."

Tom blieb mitten auf der Treppe stehen und starrte sie an. Linda kam ein paar Stufen zurück und zog ihn etwas zur Seite, damit sie nicht im Weg standen.

"Wie meinst du das, *sie wusste davon*?"

"Ihre Cousine ist bei der Polizei."

"Und wie möchte sie helfen? Matthew hat sie zwar eine Zeit lang gestalkt, aber das ist schon ewig her und man kann es sicherlich nicht beweisen."

Linda sah Tom nachdenklich an. Jetzt war definitiv kein guter Zeitpunkt ihm zu erzählen, dass seine Ex-Freundin vergewaltigt worden war.

"Wer weiß, vielleicht kann es das doch. Ich werde mit Sam darüber sprechen. Wann sehe ich dich?"

Tom war immer noch leicht verärgert über Taylors Einmischung, aber antwortete.

"Heute Abend, wenn du möchtest." Bisher hatten sie sich jeden Tag und jede freie Minute gesehen. Sogar wenn er arbeiten musste, kam er danach vorbei, um gute Nacht zu sagen, auch wenn es nur kurz auf der Veranda war. Der Zusatz schien daher etwas merkwürdig. Offensichtlich hatte die Sache mit Taylor seine gute Laune angeknackst.

"Ja möchte ich."

"In Ordnung. Ich treff dich später am Wagen." Er küsste sie auf die Nase und stahl einen weiteren Kuss von ihren Lippen, dann drehte er sich um und nahm zwei Stufen auf einmal. Sein nächster Kurs war etwas weiter entfernt und es hatte bereits das zweite Mal geläutet.

Linda ging langsam weiter, ihre Gedanken waren immer noch bei Taylor.

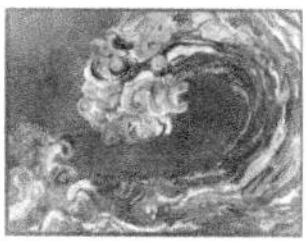

"*Was* hast du?"

Tom saß in Linda Zimmer auf dem Bett und starrte sie leicht entgeistert an. Sie hatte ihm gerade eröffnet, dass sie Taylor zu sich eingeladen hatte.

"Aber nur damit sie mit Dr. Hartman sprechen kann."

"Und das geschieht heute Abend?" Tom erhob sich. Taylor war zwar nicht die letzte Person auf der Erde, die er sehen wollte, aber sie kam dem ziemlich nahe.

"Es war eine spontane Entscheidung, weil der Anwalt gerade passend Zeit hatte."

"Ihr übertreibt alle. Das wird absolut nichts bringen." Er ging im Zimmer ein paar Schritte auf und ab.

Linda musste daran denken, wie Taylor ihr beim Telefonat vorhin die Erlaubnis gegeben hatte, Tom die Wahrheit zu sagen, aber sie fühlte sich bei dem Gedanken ganz und gar nicht wohl. Es war eine so persönliche Angelegenheit und das hatte sie ihr gegenüber auch ausgedrückt. Linda war der Meinung, dass es etwas war, das Taylor mit ihm allein besprechen sollte.

"Ich finde, es ist ein Versuch wert, wenn es uns im Verfahren hilft." Sie sah seinen frustrierten Blick und legte ihren Kopf schief. "Haben wir gerade unseren ersten Streit?"

Tom hielt inne und setzte sich zu ihr.

"Nein, auf keinen Fall, und wegen Taylor schon gar nicht." Er küsste sie. "Tut mir leid, sie ist nicht mein Lieblingsthema." Tom sah auf die Uhr. "Wann kommt sie?"

"Sie müsste jeden Augenblick hier sein."

Unten klingelte es wie bestellt an der Tür. Er seufzte und ließ sich kapitulierend rückwärts aufs Bett fallen.

"Gott, ich wünschte, dieser ganze Scheiß wäre bereits vorbei. Dieses ewige Warten auf den Prozess geht mir wirklich an die Nieren." Im Grunde konnte es ihm recht sein, denn die ganze Zeit über saß Matthew im Arrest, da seine Eltern die hohe Kaution nicht hatten zahlen können, aber im Jugendgefängnis hätte er ihn lieber gesehen.

"Das wird sie sein. Lass mich kurz hinuntergehen und sie hochholen. Der Anwalt kommt um sieben. Bis dahin ist noch etwas Zeit und sie wollte noch mit dir reden. Und Tom? Bitte sei geduldig. Mir zuliebe okay? Die ganze Sache ist schon schwierig genug."

Linda meinte damit nicht sich, sondern Taylor, aber es lief aufs Selbe hinaus.

"Von mir aus." Tom wippte unruhig mit dem Fuß, aber nickte. Für sie würde er alles tun, auch mit Taylor in einem Raum sein.

Linda ging schnell nach unten, Joy hatte den Gast bereits hineingelassen.

"Hi!" Sie kam lächelnd auf Taylor zu und war fast versucht, sie zu umarmen.

"Hallo Linda." Joy schloss die Tür und ließ die beiden allein. Sie konnte sich denken, dass es eine merkwürdige Situation war und ihre Anwesenheit es nicht wirklich besser machte. Sie verschwand diskret in der Küche. Taylor sah sich um. "Ist Tom hier?"

"Ja, oben in meinem Zimmer. Ich habe ihm aber nichts gesagt. Tut mir leid, ich konnte einfach nicht."

"Ist vielleicht auch besser so." Taylor sah verlegen auf den Boden. "Ich dachte nicht, dass es mir so schwerfallen würde, aber ich habe irgendwie Angst." Jetzt trat Linda doch näher und legte ihr einen Arm um die Schultern.

"Komm, bringen wir es hinter uns, ja?"

"Hinter mich, meinst du wohl."

Wenn es nur so einfach wäre, dachte Linda.

Tom stand am Fenster, als die beiden Mädchen eintraten. Er drehte sich nicht gleich um, sondern sah weiter nach draußen.

"Hey." Taylor sprach sehr leise, denn sie wollte nicht, dass er die Unsicherheit in ihrer Stimme hörte. Tom drehte sich um, lehnte sich an den Schreibtisch und verschränkte die Arme.

"Hey."

"Warum setzt du dich nicht aufs Bett, Taylor?" Fast hätte Linda hinzugefügt, dass sie es sich bequem machen sollte, aber unter den Umständen war das eher unpassend. Bei der Aussprache gleich würde es bestimmt alles andere als werden. "Soll ich euch allein lassen?"

Das "Nein" der beiden kam augenblicklich und im Chor. Tom hatte allerdings noch eine Ergänzung.

"Was auch immer sie zu sagen hat, kannst du gerne hören." Sein Blick war mehr als kühl.

"In Ordnung." Linda holte tief Luft und ließ sie dann langsam wieder entweichen. Sie konnte das Donnerwetter bereits fühlen, auch wenn er selbst noch nichts davon ahnte.

Sie schloss ihre Zimmertür und trat an ihre Kommode, um wenigstens ein wenig abseits zu stehen. Toms Augen verengten sich leicht, als er das sah, aber dann wandte er sich Taylor zu. Er wollte es so schnell wie möglich hinter sich bringen.

"Also, was ist los? Du wolltest mit mir sprechen."

"Ja." Sie sah vor sich auf den Teppich.

"Bevor du anfängst, noch eine Sache. Linda sagte, du wolltest helfen, aber wenn das irgendeine Masche ist, um ..."

"Matthew hat mich vergewaltigt."

Sekundenlang starrte Tom sie nur fassungslos an. Für Linda sah es aus, als wäre er eingefroren, aber dieser Zustand dauerte nur wenige Sekunden an. Er löste sich aus seiner Abwehrhaltung, umschloss mit beiden Händen die Tischkante und bückte sich leicht nach vorne, als könne er sie dann besser hören.

"Was?" Sein Atem kam mit einem Stoß aus seiner Lunge. Er wusste, dass Taylor sich so etwas nicht ausdenken würde, aber der Satz machte dennoch keinen Sinn für ihn.

Sie sah ihn an und ihre Augen trafen sich. Diesmal schaute Taylor nicht wieder weg.

"Bevor du und ich zusammenkamen, war ich ein einziges Mal mit ihm aus. Quasi als Dankeschön, weil er mir bei einer Matheprüfung geholfen hatte. Davon hatte ich dir erzählt, glaube ich. Wir waren nur im Kino, aber er hat mir gegen Ende scheinbar etwas in meine Cola gemischt, denn danach kam der Filmriss. Da ich am nächsten Morgen in meinem Bett aufgewacht bin, hatte ich angenommen, dass er mich nach Hause gefahren hat und dann einfach gegangen ist. Natürlich fand ich es merkwürdig, dass ich mich an nichts erinnern konnte, aber ich glaube, ich hatte es absichtlich verdrängt. Tage später hat er jedoch begonnen, mir Bilder zu schicken. Selfies und Schnappschüsse, wie er ..." Sie stockte und in ihren Augen sammelten sich bereits Tränen. Linda war in ein paar Schritten am Bett und legte ihr den Arm um die Schultern. Taylor fuhr schnell fort, bevor sie nicht mehr fähig sein würde, zu Ende zu erzählen. "Er hat mit mir geschlafen, als ich bewusstlos war. Das Stalken kam erst später als

Einschüchterungstaktik, aber den Teil hast du ja mitbekommen."

Linda hatte Tom die gesamte Zeit über beobachtet, aber sein Ausdruck glich dem einer Marmorstatue. Seine Wangenknochen stachen durch die Anspannung nur noch mehr hervor und seine blauen Augen funkelten. Er war ohne Frage das Schönste, das sie in ihrem Leben gesehen hatte, aber sie wusste auch, dass dieser Gedanke momentan völlig deplatziert war. Zum Vergöttern war dies ein überaus schlechter Zeitpunkt. Sie stand auf, griff nach einer Schachtel Kleenex und legte diese neben ihren schluchzenden Gast, dann ging sie zu ihm hin.

"Tom?"

Es war nicht so, dass er Linda ignorieren *wollte*, aber in seinem Kopf wütete ein Tornado. Er sah an ihr vorbei und obwohl er leise sprach, klang es mehr als bedrohlich.

"Ist dir klar, was du mit deinem Schweigen angerichtet hast?"

Taylor sah erschrocken auf. Sie fühlte, wie sich ihre Nackenhaare sträubten.

"Ich habe nichts gesagt, weil ich nicht wusste, wie du reagieren würdest. Du hättest ihn bestimmt zusammengeschlagen und ich wollte nicht, dass du Schwierigkeiten bekommst."

Tom schnaubte verächtlich.

"Das ist unheimlich nobel von dir. Damit hast du aber auch ihn beschützt. Aber du hast recht, ich hätte ihn zu Brei geschlagen." Er sah sie sekundenlang kopfschüttelnd an und fühlte, wie seine Wut zunahm. "Weißt du, wie vielen Mädchen er zwischenzeitlich das oder etwas Ähnliches angetan hat? Und kannst du dir im Entferntesten vorstellen, was ich mit ihm gemacht hätte, wenn er Linda vergewaltigt hätte?" Tom machte ein paar Schritte auf das Bett zu, aber Linda stellte sich ihm in den Weg. Er ging daraufhin zwar nicht mehr weiter, hob aber bedrohlich seine Hand in Taylors Richtung. Auch wenn er mit aller Macht versuchte, die Kontrolle zu behalten, versagte er auf ganzer Linie. "Ich wäre dann für eine ziemlich lange Zeit ins Gefängnis gekommen, weil ich diesen kleinen Wichser bestimmt umgebracht hätte", tobte er, "und das nur, weil du deinen beschissenen Mund nicht aufmachen konntest!"

"Tom!" Linda schob ihn behutsam rückwärts. Sein Brustkorb hob und senkte sich, als hätte er gerade einen Sprint hingelegt, aber er sagte nichts mehr. Stattdessen drehte er sich weg und ballte seine Fäuste.

Linda sah von einem zum anderen und wusste nicht, was sie als Nächstes tun sollte. In diesem Moment war sie dankbar dafür, dass die Zimmertür geschlossen war. Die Chancen standen schlecht, dass Sam und Joy rein gar nichts mitbekommen hatten, aber vielleicht war wenigstens der Wortlaut untergegangen.

"Hast du deswegen den Test gemacht?"

Linda sah Tom an, aber die Frage hatte seiner Ex gegolten. Diese schniefte sich gerade in ein Taschentuch.

"W-was?" Sie war vollkommen verstört.

Tom drehte sich zu ihr um.

"Du hast darauf bestanden, dass wir beide einen AIDS-Test machen, als wir zusammen kamen. War Matthew der Grund dafür?"

Taylor nickte betreten.

"Ja. Ich wollte nur sicher sein."

"Dir ist aber schon klar, dass man nicht zusammen schlafen muss, um sich anzustecken, oder?"

Darauf antwortete Taylor nicht. Sie konnte sich nur zu gut an den Nachmittag hinter der Tribüne erinnern und an die vielen Male danach, während sie noch auf ihr Testergebnis gewartet hatte.

"Es tut mir leid Tom."

"Deine Entschuldigung kannst du dir sonst wohin stecken. Fick dich Taylor!" Er drehte sich von ihr weg. "Ich muss hier raus." Tom ging zur Tür und öffnete sie, blieb dann aber wie angewurzelt stehen. Sam stand draußen. Seine Hand schwebte unverrichteter Dinge auf Höhe der Klinke.

"Dass du gehst, wollte ich dir auch gerade nahelegen. In diesem Haus wird niemand angeschrien." Lindas Onkel sah kurz zu den Mädchen, dann aber wieder zu Tom. "Hast du das verstanden?"

"Ja Sir."

Sam machte einen Schritt zur Seite und ließ ihn vorbei, dann kam er ins Zimmer.

"Taylor, Dr. Hartman ist hier. Er ist im Wohnzimmer, falls du immer noch mit ihm reden möchtest." Er schenkte ihr ein aufmunterndes Lächeln und Taylor nickte.

"Ja möchte ich, danke Mr Connor."

Sam ging wieder nach unten, damit sie ein paar Minuten hatte, um sich zu sammeln.

Taylor schnäuzte sich und stand auf.

"Ich dachte, *meine* Eltern wären streng."

Linda entgegnete nichts. Regeln hatte sie bisher nie gehabt, vielleicht hatte sie sich aber nur ganz selbstverständlich darangehalten.

Tom wartete bestimmt auf sie, aber bevor sie sich um ihn kümmern konnte, musste sie die Situation hier erst einmal klären.

"Bist du sicher, dass du bleiben möchtest?"

"Ja, ich bleibe. Was Tom gesagt hat, ändert nichts an meiner Entscheidung. Seine Wut hat sie eher untermauert. Ich habe Mist gebaut und ich habe ihn nicht nur einmal angelogen. Ich will jetzt wenigstens eine Sache richtigstellen und euch helfen."

"In Ordnung. Gehen wir hinunter."

Als die beiden ins Wohnzimmer kamen, schenkte Joy gerade Kaffee ein. Sam stellte Taylor vor, danach begrüßte ihn auch Linda.

"Dr. Hartman, danke dass Sie sich die Zeit genommen haben. Ich bin Ihnen sehr dankbar."

"Keine Ursache, Linda. Es ist in unser aller Interesse, dass wir die gerichtliche Angelegenheit so erfolgreich wie möglich hinter uns bringen. Ich höre, dass diese junge Dame etwas zum Sachverhalt beitragen möchte?"

"Das ist richtig."

"In Ordnung." Er wandte sich an Taylor. "Falls Sie gerne etwas mehr Privatsphäre für die Unterhaltung hätten, haben die Connors mir netterweise angeboten, das Studierzimmer zu nutzen." Sam hatte ihm, durch Linda vorgewarnt, bereits angedeutet, dass es ein schwieriges Gespräch werden könnte. Der Anwalt war in diesen Dingen gleichsam professionell wie feinfühlig.

Taylor warf Linda einen dankbaren Blick zu und nickte.

"Gerne, danke."

Dr. Hartman erhob sich, schnappte sich seine Mappe und die Kaffeetasse.

"Wasser steht drinnen auf dem Tisch." Joy lächelte.

Als die Doppeltüren hinter den beiden schlossen, räusperte sich Sam.

"So das wäre erledigt. Linda, warum gehst du nicht nach draußen und lässt Thomas wissen, das er nach Hause fahren kann?"

Linda sah erst ihn fragend an und dann Joy. Diese schüttelte aber nur den Kopf.

"Schau nicht mich an. Wenn es nach mir ginge, würdest du ihm nur eine Nachricht schreiben. Du solltest gehen, bevor ich es mir anders überlege. So ein Benehmen, wie er es an den Tag gelegt hat, dulden wir nicht. Thomas weiß das. Er hat bis Ende des Monats Hausverbot, danach sehen wir weiter."

Linda war schockiert. Sie wollte noch etwas erwidern, hatte aber Angst, dass Joy dann wirklich ihre Meinung ändern würde. Sie drehte auf dem Absatz um, zog in der Diele ihre Schuhe an und lief nach draußen.

Tom saß im Chevy. Sie stieg auf der Beifahrerseite ein und zog die Tür des Tahoe zu. Tom hatte nicht einmal aufgesehen, geschweige denn ihr die Tür aufgemacht. Stattdessen starrte er auf ein kleines Zippo, das er immer wieder auf und zu machte.

"Wie lang?"

... Klick, Klick, Klick ...

"Wie lang was?" Sie verstand nicht gleich.

"Wie lang habe ich Hausverbot?"

Sie hob überrascht ihre Augenbrauen.

"Bis Ende des Monats."

... Klick.

Das Zippo blieb geschlossen.

"Als Sam mich vorhin so überaus freundlich rausgeworfen hat, hatte ich es mir bereits denken können." Er schlug frustriert mit der Faust gegen das Lenkrad. "FUCK!"

Linda zuckte zusammen. Für sie war es ungewohnt, ihn so zu sehen, aber sie konnte nichts tun, um ihn zu beruhigen. Es war wie zuvor am Strand, als er wegen seiner Mutter wütend gewesen war. Sie senkte betroffen den Kopf, aber im nächsten Moment lehnte er sich über die Mittelkonsole und zog ihr Gesicht an seines.

Es war einer dieser leidenschaftlichen Küsse, die ihr den Atem nahmen und jeden Winkel ihres Körpers erreichten. Seine fordernden Lippen ließen sie sofort alles andere vergessen. Sie stöhnte ganz leise in seinen Mund hinein. In diesem Augenblick wollte sie einfach nur dahinschmelzen und legte ihren Arm um seinen Nacken.

Plötzlich aber löste er sich von ihr.

"Geh."

"Was?"

Tom bedeutete ihr, durch die Windschutzscheibe zu sehen. Linda drehte ihren Kopf und sah Joy mit verschränkten Armen in der Eingangstür stehen.

"Ich gehe nirgendwo hin."

"Linda ..."

"Nein, was soll das? Wir sind doch keine kleinen Kinder mehr." Jetzt war *sie* wütend, auch wenn sie nicht genau wusste, worauf.

Tom sah sie traurig an.

"Es tut mir wirklich leid, dass ich uns das eingebrockt habe, aber bitte mach es nicht schlimmer."

"Viel schlimmer kanns ja nicht werden", antwortete sie ihm patzig. "Jetzt kann ich noch nicht mal Zeit mit dir verbringen, und du scheinst das einfach hinzunehmen."

Sie ließ ihm keine Chance zu antworten, sondern stieg aus, warf beleidigt die Tür zu und ging zum Haus zurück. Das würde ein langer Monat werden. Hinter sich konnte sie hören, wie Toms Chevy ansprang und vom Parkplatz fuhr, aber sie drehte sich nicht um.

Joy schloss die Haustür hinter ihr.

"Geh am besten zu Sam ins Wohnzimmer. Wenn Taylor rauskommt, wäre es schön, wenn sie jemanden hätte, der sie hinausbegleitet. Er wird bestimmt noch ein paar Dinge mit Dr. Hartman bereden wollen."

"In Ordnung." Linda ging in die angewiesene Richtung, sie fühlte sich aber alles andere als gesellig.

"Ach Liebes?"

Sie blieb wieder stehen und drehte sich um.

"Ja?"

"Bitte mach ein anderes Gesicht. Ich kann mir denken, dass dir unsere Entscheidung missfällt, aber respektiere unsere Wünsche."

Linda wusste, dass für ihre Tante und Sam der Respekt voreinander an höchster Stelle stand.

"Damit habe ich kein Problem. Ich möchte nur nicht behandelt werden, wie ein kleines Kind." Sie verstand sehr gut, was die Bestrafung signalisieren sollte, auch wenn Joy es ihr in diesem Augenblick nicht ansehen konnte.

"Dieses Gefühl wollen wir dir auf keinen Fall geben. Es geht hier ausschließlich um *sein* Benehmen."

"Ihr kennt noch nicht einmal die Hintergründe."

"Das macht keinen Unterschied. Gründe gibt es immer, aber die Fähigkeit, sich unter Kontrolle zu haben und dementsprechend zu handeln ist etwas, das uns von Tieren unterscheidet."

Linda zog es vor, nichts mehr zu sagen.

Als sie ins Wohnzimmer trat, saß Sam in seinem Lieblingssessel und las Zeitung. Sie setzte sich ihm gegenüber und holte ihr Handy hervor, um Tom eine Nachricht zu schicken.

Du brauchst mich morgen nicht abzuholen, ich werde den Bus nehmen.

Sie war sich bewusst, dass es impulsiv und kindisch von ihr war, aber sie konnte nicht anders. Tom hätte wenigstens versuchen können, es Sam und Joy zu erklären, oder sich entschuldigen können, stattdessen war er einfach gegangen. An dem kleinen Häkchen unter ihrer Nachricht sah sie, dass sie angekommen war, aber es würde bestimmt noch dauern, bis er sie las. Sie schaltete das Handy komplett aus und steckte es in die Hosentasche. Das Gefühl in ihrer Magengegend war alles andere als gut, aber sie wollte in diesem Moment nur beleidigt sein.

Die Verbindungstür zum Studierzimmer öffnete sich knapp eine halbe Stunde später und Taylor trat mit Dr. Hartman heraus. Linda erhob sich sofort und lächelte ihr aufmunternd zu.

"Wir sind fertig." Taylor sah nicht aus, als hätte sie geweint, ganz im Gegenteil sogar, sie schien erleichtert. "Linda, kann ich dich draußen kurz sprechen?"

"Ja klar." Momentan hatte sie Zeit im Überfluss. Taylor bedankte sich beim Anwalt und bei Sam und Joy für ihre Gastfreundschaft.

"Wenn ihr Mädchen euch auf die Veranda setzen wollt, es ist ein warmer Abend." Joy lächelte Taylor an.

"Danke Mrs Connor, aber vielleicht laufen wir ein Stück. Ich brauche etwas Bewegung, der Abend war wirklich stressig." Sie drehte sich zu Linda. "Hast du nicht vielleicht Lust, etwas an die Marina zu fahren?"

Joy konsultierte ihre Armbanduhr und presste die Lippen zusammen.

"Sehr gerne sogar." Taylors Angebot kam ihr gerade recht. Sie konnte sehen, wie Joys Einwand sich formte, aber glücklicherweise war es kein Verbot.

"Es ist schon fast zehn Uhr Linda. Lass es nicht zu spät werden, in Ordnung?"

"Kein Problem." Die Mädchen zogen in der Diele ihre Schuhe an und Linda griff sich trotz des warmen Abends noch ihre Windjacke. An der Marina war es meist sehr zugig und sie hatte nur ein dünnes Kleid an. Sie gingen zu Taylors Auto und langsam entspannte sich Linda wieder. Drinnen hatte sie sich etwas eingesperrt gefühlt. "Wie lief das Gespräch mit Dr. Hartman?"

"Er hat mir erklärt, dass es nicht einfach werden würde, aber er hat mir auch Hoffnung gemacht. Ich habe ihm Screenshots von Matthews Nachrichten geschickt. Er sagte, dass dieses Verhalten ein zusätzlicher Nachweis für Matthews kriminelle Energie sei. Die Chancen stünden gut, dass er durch eine solche Aussage die maximale Strafe für deine Entführung erhält." Als sie im Auto saßen, nahm Taylor ihr Handy aus ihrer Handtasche und tippte etwas. "Sorry, wollte nur Bescheid geben, dass wir unterwegs sind."

"Unterwegs?"

Taylor ignorierte die Frage geflissentlich und wechselte das Thema.

"Du hast mir überhaupt nicht erzählt, dass sie Tom verhaftet haben." Als Linda sie mit großen Augen ansah, wurde ihr Ton einfühlsamer. "Der Anwalt hat es erwähnt, aber er sagte auch, dass der Haftrichter sehr wohlwollend war."

"Ja, es ist ziemlich gut gelaufen." Die Marina war nicht weit, aber sie bogen auf einer Straße ab, die an dem geplanten Ziel vorbeiführte. "Wo fährst du hin?"

"Zu mir nach Hause, wir sind gleich da." Linda war es eigentlich egal, wo Taylor mit ihr hinfuhr, aber warum hatte sie dann die Marina erwähnt? Die Blondine lächelte. "Deine Tante und dein Onkel sind übrigens sehr nett. Ich kann sehen, warum Tom sie so liebt. Er hat oft von ihnen gesprochen."

"Ach ja?"

"Ja, du hast großes Glück." Darauf wusste Linda nichts zu sagen, und sie schwiegen einige Minuten, bis sie in eine lange Einfahrt einbogen. "Hier wohne ich."

Linda sah nach draußen. Am Ende der Auffahrt konnte sie ein großes Haus ausmachen. Als sie darauf zufuhren, gingen entlang der Bepflanzung am Wegrand zahlreiche Lampen an. Bestimmt Bewegungsmelder für die Dämmerung, dachte Linda, alles sah sehr gepflegt aus.

"Die Beleuchtung ist sehr hübsch."

Taylor trat auf die Bremse und parkte, erst dann entdeckte Linda den Tahoe. Tom stand wartend daneben.

"An deiner Stelle würde ich die Zeit gut nutzen. Klingel einfach, wenn ich dich wieder nach Hause fahren soll. Meine Eltern sind heute nicht da."

"Was soll das?" Linda war geschockt.

Taylor war verwirrt.

"Ich dachte, du würdest dich freuen."

Linda stieg gleichzeitig mit ihr aus, blieb aber vorerst an der offenen Autotür stehen. Sie war fest entschlossen, wieder einzusteigen, auch wenn ein Teil von ihr in seiner Nähe sein wollte.

Tom ging ein paar Schritte auf Taylor zu und fuhr sich mit einer Hand durch die Haare.

"Hey." Seine Augen glänzten leicht, als er vor ihr stand.

"Hey."

"Ich möchte mich bei dir entschuldigen. Was ich bei den Connors zu dir gesagt habe, war nicht in Ordnung. Es tut mir wirklich sehr leid."

Taylor nickte dankbar. In ihrer Beziehung hatten sie nie wirklich offen über Probleme gesprochen, geschweige denn sich für etwas entschuldigt. Nach einem Streit war das kritische Thema einfach ignoriert worden. Vielleicht war das der Grund gewesen, warum ihre Romanze nie wirklich eine solide Tiefe erreicht hatte, dachte sie traurig.

"Danke Tom. Ich weiß aber auch, dass du jedes Wort vorhin gemeint hast. Ich kann jedoch nachvollziehen, wie du dich fühlst. Mir tut es auch furchtbar leid. Ich hätte dich nie anlügen oder in Gefahr bringen dürfen." Es folgte eine sehr kurze, aber betretene Pause. "Okay, aber jetzt verzieht euch gefälligst."

Taylor drehte sich um, warf Linda ein aufmunterndes Lächeln zu und ging durch einen Seiteneingang ins Haus. Die sah ihr hinterher und konnte immer noch nicht fassen, was hier passierte.

Sie blickte zu Tom hinüber.

"Was machst du hier?"

"Ich habe Taylor eine Nachricht geschickt und sie gebeten, dich zu entführen." Er stockte kurz, aber Linda schien seine Wortwahl nicht zu stören. Sie hatte sich aber auch noch nicht vom Auto wegbewegt. Er lächelte sie vorsichtig an, aber sie wich seinem Blick aus. Offensichtlich hatten sie nun doch ihren ersten Streit.

Linda nahm es ihm etwas übel, dass er Taylor dazu benutzt hatte, sie hierher zu locken, aber ihre Wehrhaftigkeit schwand mit jeder weiteren Sekunde in seiner Nähe. Sie trat einen Schritt zurück und schloss die Autotür. Sofort ertönte das kurze Hupgeräusch, das die Verriegelung verkündete.

"Huch!" Sie machte erschrocken einen kleinen Satz zur Seite.

Tom sah zum Haus hoch und schmunzelte, als Taylors Schatten an der Tür verschwand. Er überbrückte die wenigen Schritte zum Wagen und ergriff Lindas Hand.

"Komm, am Strand vor dem Haus ist eine große Schaukel."

Sie ließ sich widerstandslos von ihm führen. Alles war in leichtes Mondlicht getaucht. Sie durchquerten den angrenzenden Garten. Noch war kein Vollmond, aber es reichte aus, um zu sehen, wo sie hintraten. Zu ihrer Rechten sah sie durch die Sträucher die Oberfläche eines Pools glitzern.

"Wow, was für ein tolles Grundstück." Die gläserne Fassade des Hauses war gleichsam beeindruckend. Am Ende des Weges breitete sich das dunkle Wasser des Long Island Sound aus. Sie gab ihm einen verspielten Schubs. "An deiner Stelle hätte ich nicht mit ihr schlussgemacht." Linda ließ seine Hand los und drehte sich um die eigene Achse, um den Garten, das Haus und den Sound nacheinander auf sich wirken zu lassen.

Tom unterbrach ihre Rundumsicht und zog sie an sich.

"Heißt das du willst mich nicht mehr?"

"Das habe ich nicht gesagt."

"Materielle Dinge sind mir absolut nicht wichtig."

"Aber ..." Linda grinste und zog eine verspielte Schnute, wobei sie mit einem Finger in Richtung des Pools zeigte.

"Nichts aber. Ich baue dir ein Haus am Meer, wenn es dich glücklich macht, aber ich brauche nur dich." Linda zog ihre Hand zurück und legte sie stattdessen in seinen Nacken.

"Wieso macht sie das?"

"Wieso macht sie was?"

"Uns helfen. Das muss ihr doch verdammt wehtun, uns zusammen zu sehen."

Er zuckte mit den Schultern.

"Das weiß ich nicht, aber auch wenn, sie mag dich."

"Hm."

Ein paar Meter weiter war tatsächlich eine große Schaukel. Sie war übersät mit gemütlich aussehenden Kissen und eingebettet zwischen hohen Bäumen und dichten Büschen, mit dem Sound als Panorama. Das Wasser glitzerte herrlich, sobald die Wolken die grau-weiße Sichel freigaben.

Tom reichte ihr sein Handy und sie setzten sich.

"Was soll ich damit?"

"Lies."

Auf dem Display sah sie den Ablauf eines Whatsapp-Dialogs:

Wie weit seid ihr?

Wir sind fast fertig. Der Anwalt ist fantastisch. Bist du nach Hause gefahren?

Nein. Habe aber Hausverbot.

Verstehe. Was ist mit Linda?

Sie darf bleiben.

Du bist ein Depp. Dahinter war ein Emoji mit ausgestreckter Zunge. *Ich bring sie dir.*

Ernsthaft?

Ja. Ich fahr sie zu mir. Gebe dir Bescheid, wenn wir losfahren. Sie ist übrigens ein Engel, aber ich denke, das weißt du bereits.

Danach kam mit zeitlichem Abstand die bekannte Nachricht.

Wir sind unterwegs.

Linda sah auf und reichte ihm das Telefon zurück.

"Es klingt fast, als wärt ihr gute Freunde."

"Sind wir nicht. Was du herausliest, basiert nur auf den Automatismen einer 11-monatigen Beziehung." Er steckte das Telefon weg und zog sie näher zu sich.

Eine Weile saßen sie nur da und schauten auf das Wasser. Bis auf das Plätschern am Ufer war es sehr ruhig.

"Ich weiß nicht, wie ich diesen Monat überleben werde."

"Bitte sei mir nicht mehr böse."

"Ich bin dir nicht böse Tom, ich war nur enttäuscht, dass du so leicht aufgegeben hast. Wenn Sam und Joy wüssten, warum du dich aufgeregt hast, würden sie anders darüber denken."

"Nein würden sie nicht, aber meine Probleme mit Taylor gehen sie auch nichts an. Sie wollen dich nur schützen und das kann ich ihnen nicht verübeln. An ihrer Stelle hätte ich wahrscheinlich das Gleiche getan." Er sah ihr in die Augen. "Du bist das Wichtigste in meinem Leben."

"Wovor wollen sie mich denn beschützen? Vor dir?"

"Vor Dingen, die dir wehtun können."

Linda schüttelte den Kopf. Er würde ihr nie wehtun, das wusste sie. Sie sah ihn an. Das Verlangen nach ihm war für sie kaum zu ertragen.

"Tom, küss mich!"

Das ließ er sich nicht zweimal sagen.

Ihr Körper wollte, was er bereits kannte, und ihre Küsse waren dementsprechend stürmisch. Als sie leicht in seine Unterlippe biss, hob er sie plötzlich mit einer kraftvollen Bewegung auf seinen Schoss.

"Du weißt gar nicht, was du mir antust", seufzte er leise in ihren Mund hinein.

Linda spielte mit den obersten Knöpfen seines Hemdes und machte einen nach dem anderen auf. Als ihre kühlen Hände ihm über die nackte Haut strichen und ihre Küsse immer fordernder wurden, ließ er seine Hände ihre Oberschenkel hochwandern und zog ihre Hüfte an sich.

Mit seiner Stoffhose und ihrem Slip blieb nicht viel Stoff zwischen ihnen. Sie konnte in dieser Position sehr deutlich fühlen, wie erregt er war. Es war unheimlich erotisch, ihm auf diese Weise nahe zu sein, und völlig anders als im Hotel.

Jede noch so kleine Bewegung jagte einen wohligen Schauer durch ihren gesamten Körper und seine Küsse ließen sie darauf hoffen, dass er sich diesmal nicht zurückhalten würde.

Sie stöhnte immer wieder seinen Namen. Er hielt kurz inne und vergrub sein Gesicht in ihrem Nacken, aber seine Hände blieben an ihrer Hüfte und versuchten, ihre Bewegungen zu lenken. Die allerdings wurden immer intensiver.

"Oh mein Gott." Es fiel ihr auf einmal sehr schwer, sich auf etwas anderes zu konzentrieren, als auf das Gefühl, das die Reibung seines steifen Glieds zwischen ihren Beinen erzeugte. Sie krallte sich in seinem Rücken fest und presste ihre Oberschenkel gegen seine.

"Linda, warte."

Sie nahm seine Worte wahr, aber sie wollte nicht warten. Tom schaffte es gerade noch, ihr Stöhnen mit Küssen im Zaum zu halten, bevor sie zum Höhepunkt kam.

Linda war außer Atem, aber sie sah ihm in die Augen und grinste von einem Ohr zu anderen. Sie umfasste sein Gesicht und küsste ihn weiter.

"Ich will dich so sehr." Sie bewegte sich ein paar Zentimeter von ihm weg und schob langsam eine Hand hinunter, um den Knopf an seiner Hose zu öffnen. Der Reißverschluss bewegte sich etwas mühsam, weil der Stoff seiner Hose so stark spannte.

Tom ergriff ihr Handgelenk und hielt sie fest.

"Nein."

"Tom ... bitte." Sie bewegte ihre Hand nur ganz leicht unter seinem Griff, aber es reichte aus, um seine Erektion noch zu verstärken. Ihre verführerische Stimme, die momentan alles nur hauchte, machte es ihm nahezu unmöglich, dagegen anzukämpfen.

Tom ließ ihre Hand los, aber nur um sie von sich herunterzuheben. Er setzte sie behutsam neben sich ab.

"Es tut mir leid, ich kann nicht. Wenn wir weitermachen, werden wir Sex haben." Er stand auf und ging ein paar Schritte in Richtung Strand. Er murmelte leise, "ich denke ohnehin an nichts anderes", aber Linda hörte es dennoch.

"Tom ..."

Es würde ein paar Minuten dauern, bis er sich wieder im Griff hatte, aber es ging nicht anders. Er schloss den Knopf seiner Hose und sprach in die Dunkelheit hinein.

"Ich habe nicht nachgedacht. Du solltest gar nicht hier sein, ich mache alles falsch."

"Sam und Joy werden nichts davon erfahren."

"Genau das ist aber mein Problem." Er drehte sich zu ihr um. "Ich habe die beiden noch nie angelogen, egal, was ich angestellt habe. Immer haben sie es direkt von mir erfahren. Verstehst du, was ich damit sagen will? Sie vertrauen mir. Sie vertrauen uns."

"Tom ..." Linda erhob sich und machte einen Schritt auf ihn zu, aber er hob abwehrend die Hand.

"Gib mir bitte noch ein paar Minuten. Ich traue mir noch nicht."

Die sichtbare Beule in seiner Hose brachte Linda kurzzeitig auf dumme Gedanken, aber sie setzte sich brav wieder auf die Schaukel.

"Ich möchte mit dir schlafen. Wenn nicht heute, dann bald."

"Nimmst du die Pille?"

Linda sah ihn erst überrascht an, schüttelte dann aber betreten den Kopf. An diese sehr offensichtliche Sache hatte sie gar nicht gedacht.

"Würde das deine Meinung ändern?"

"Nein. Ich habe nichts dabei und auch wenn, ein Kondom ist nicht sicher genug. Wenn du schwanger wirst, gibt es für mich kein Hausverbot, sondern eine Beerdigung." Er wartete noch einen Moment und kehrte dann zu ihr zurück, setzte sich aber nicht. "Komm, lass uns gehen. Taylor soll dich nach Hause fahren. Morgen nach der Schule werde ich kurz hereinkommen und mich in aller Form bei den beiden entschuldigen."

Sie nahm seine ausgestreckte Hand.

"Das ist alles nicht fair."

"Denk daran, wir haben unser ganzes Leben vor uns. Ein Monat wird uns nicht umbringen. Sie sind nicht die Bösen, *ich* hab's verbockt."

Linda seufzte und erhob sich. Natürlich würde es sie nicht umbringen, aber es würde sich wie eine Ewigkeit anfühlen.

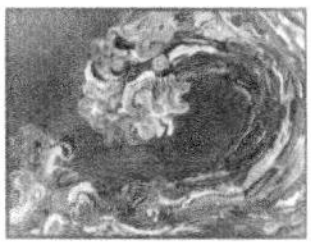

"Grundgütiger. Der Platz hier ist furchtbar."

Tom versuchte, vor dem Connor Haus eine Parkmöglichkeit zu finden, aus deren Perspektive man den Tahoe nicht einsehen konnte, aber er manövrierte vergeblich. Er hatte sie wie gewohnt von der Schule nach Hause gefahren und wollte jede noch so kleine Möglichkeit nutzen, ihr nahe zu sein.

"Bleib einfach irgendwo stehen." Linda verstand nicht, warum er so viel Aufhebens darum machte, dass Sam und Joy sie knutschen sahen.

Er wendete an der Einfahrt und fuhr rückwärts an die Veranda.

"Warum bist du denn so nervös?"

"Weiß ich auch nicht."

"Schau, als ich gestern nach Hause kam, hat noch nicht mal jemand am Fenster gestanden."

"Ha. Das meinst *du*." Er sah prüfend in den Rückspiegel.

"Joy hat mich auch ganz normal gefragt, wie der Abend war."

"Fangfragen, alles Fangfragen." Tom verzog das Gesicht und machte eine dieser ominösen Handbewegungen, die man manchmal in alten Dracula Filmen sah. Linda lachte, wusste aber, dass er nur Zeit schinden wollte. Er hielt inne. "Die Gardine hat sich gerade bewegt."

"Tom, wir haben keine Gardinen."

Er biss sich auf die Unterlippe.

"Okay. Ich gebe auf." Er lehnte sich zu ihr hinüber und küsste sie, dann stieg er aus, um ihr die Tür zu öffnen.

Linda lächelte. Diese Geste war jedes Mal wieder schön.

Sie benutzte an der Haustür zwar ihren Schlüssel, drückte aber trotzdem auf die Klingel. Sofort konnte man im Haus die Papageien schreien hören.

"Besser als Wachhunde." Tom schmunzelte. Er blieb vor der Tür stehen und wartete, während Linda hinein ging.

Sam kam aus dem Wohnzimmer.

"Hast du geklingelt?"

"Ja, aber das war mehr für denjenigen, der noch vor der Tür steht."

Sam ging hin und zog die Haustür vollends auf. Er konnte sich gerade noch ein Schmunzeln verkneifen, als er Tom dort stehen sah. Die beiden nahmen das Hausverbot wirklich ernst, dachte er, in deren Alter hätte er alles Mögliche versucht, um es zu umgehen.

"Thomas, was darf ich für dich tun?"

"Hi Sam, habt ihr ein paar Minuten Zeit? Ich bin gekommen, um mich zu entschuldigen." Sam nickte und drückte das Fliegengitter auf.

"Komm rein." Er schloss die Tür hinter ihm und rief Joy zu, dass Besuch da war, dann nahm er ihn mit ins Wohnzimmer.

Linda stand am Fuß der Treppe und sah Tom nach. Es würde sicherlich nicht angenehm werden, aber er wird es überleben, dachte sie amüsiert. Sie hatte Sams Gesicht sehen. Joy war in dieser Beziehung die Strengere von beiden, bei ihrem Onkel hielt Ärger meist nicht einmal einen Tag.

Als Joy sie kurz danach zum Abendessen herunterrief, war Tom bereits gegangen. Nachdem schon komplett gedeckt war, lohnte es sich nicht, nachzufragen, ob sie etwas helfen konnte. Sie setzte sich einfach still an den Tisch.

Sam legte die Zeitung weg und sah sie an.

"Wie läufts in der Schule?"

"Gut, danke. Ich bin zwar immer noch nervös, dass Matthew an irgendeiner Ecke auftaucht, aber das Gefühl wird mit jedem Tag besser. Tom und die Clique sind eine große Hilfe." Sie hatte ihn absichtlich an erster Stelle genannt.

"Taylor hat dich gestern Abend also zu sich nach Hause eingeladen?"

"Ja, die Marina war ihr dann scheinbar doch zu kalt. Ist ein ziemlich schickes Haus, direkt am Wasser."

"Hm." Sam nickte. "Ja, ich kenne das Anwesen. Schöne Architektur, besonders drinnen."

Linda schaltete schnell und ließ sich nichts anmerken.

"Keine Ahnung, wir waren nicht im Haus. Wir haben uns auf eine Schaukel am Strand gesetzt und eine Weile nur geredet." Auf dem Tisch stand der übliche Wasserkrug. Sie goss sich ein Glas ein. "Auch eins?" Sam winkte ab. Joy stellte derweil einen Pott mit Eintopf auf den Tisch und setzte sich dazu.

"Sam, machst du bitte den Rotwein auf?"

"Ja mein Herz." Er stand auf und Joy begann, die tiefen Teller zu füllen.

"Für mich bitte nicht so viel. Hab irgendwie keinen Hunger."

Ihre Tante warf ihr einen besorgten Blick zu, kam der Bitte aber kommentarlos nach. Sam kämpfte noch mit dem Korken, sah aber kurz hoch.

"Fühlst du dich nicht wohl?"

"Geht so." Linda zuckte mit den Schultern.

Joy konnte sich denken, was ihr auf den Magen geschlagen hatte, versuchte es jedoch mit Small Talk.

"Thomas hat sich in aller Form bei uns entschuldigt. Das war ein schöner Zug von ihm."

"Er hat ja auch großen Respekt vor euren Regeln." Wenn die beiden nur wüssten, dachte sie, das war eigentlich eine Untertreibung.

"Das ist schön zu hören." Sam kehrte mit dem offenen Rotwein zurück und goss seiner Frau und sich ein Glas ein.

Die beiden begannen kurz über ein Thema aus Sams Arbeitsalltag zu sprechen und Linda stocherte in ihrem Eintopf herum. Ein Drittel ihres Tellers schaffte sie, aber auch das aß sie ohne Appetit. Irgendwann erhob sie sich und brachte ihren Teller an die Spüle.

"Lass ruhig stehen, ich mach das." Joy lächelte sie an.

"Danke. Ich werde hochgehen. Habe noch einiges für die Schule zu tun." Es war nicht wirklich wahr, aber sie fühlte sich nicht nach Gesellschaft. Tom musste heute Abend arbeiten, also würde er bis spät nicht erreichbar sein. Das war ein weiterer Grund für ihre miese Stimmung. Wenn er frei hatte, telefonierten sie, bis einer von ihnen einschlief. "Ach übrigens, ich habe morgen einen Arzttermin bei Dr. Robins. Ist um vier Uhr, direkt nach der Schule, die hatten glücklicherweise eine Stornierung. Möchte einer von euch mich fahren?"

"Muss Thomas arbeiten?"

"Nein, aber ich dachte, ihr würdet vermuten, dass es nur eine Ausrede ist, um mehr Zeit mit ihm zu verbringen."

"Linda, das denken wir nicht. Hör endlich auf. Das Verbot bezieht sich nur auf dieses Haus, nicht auf eure auswärtigen Aktivitäten." Joys Ton klang plötzlich ungeduldig, aber sie hatte genug von ihrer Trübsal blasenden Nichte. "Du weißt, dass wir dir vertrauen. Es tut mir leid, dass dir die Situation nicht gefällt, aber lass es bitte nicht an uns aus."

Sam nickte zustimmend.

"Schatz, sieh es doch mal so. Wenn wir Thomas nicht kennen würden und nicht wüssten, was er durchgemacht hat, wäre das ganz anders gelaufen. Ein Mensch lernt nie aus und wenn wir nicht am Anfang darauf achten, wie er dich behandelt, machst du uns irgendwann Vorwürfe, wenn etwas Schlimmeres passiert. Es ist sehr wichtig, dass er seine Wut unter Kontrolle bekommt."

"Tom liebt mich, er würde mir nie wehtun, wenn ihr das meint." Dies wusste sie ohne den Hauch eines Zweifels. Linda konnte sehen, wie ihr Onkel durchatmete und musste unweigerlich daran denken, wie Tom im Wagen gegen das Lenkrad geschlagen hatte.

"Das wissen wir und nicht nur, weil er es uns gesagt hat. Es geht hier aber nicht nur um den einen Abend. Ihr müsst euch beide darüber im Klaren sein, dass im Staat New York gewisse Gesetze gelten, das Minderjährige schützt. Thomas ist zwar nur ein Jahr älter als du, aber er ist vorbestraft. Er würde sofort ins Gefängnis wandern."

Linda traute ihren Ohren nicht. Redete Sam etwa von Sex?

"Was bitte hat das mit dem Hausverbot zu tun?" Glücklicherweise hatte sie keine Berührungsängste, wenn es um dieses Thema ging, aber dass er es so direkt ansprach, schockte sogar sie. "Nein", sie schüttelte heftig den Kopf, "nein! Darüber rede ich nicht mit euch. Auf keinen Fall. Danke für das Essen, ich bin in meinem Zimmer." Sie drehte sich auf dem Absatz um und ging nach oben.

"Sehr feinfühlig." Joy schüttelte den Kopf, als Sam sie erstaunt ansah. "Was hast du denn gedacht, mein Herz? Dass sie besser reagieren würde als er? Thomas hat dir an dem einen Abend nur aus Respekt geantwortet, aber er hat auch unmissverständlich klar gemacht, dass es uns nichts angeht.

Die beiden sind so gut wie erwachsen, ich denke, wir sollten sie diese Entscheidungen selbst fällen lassen. Was meinst du denn, wofür der Arzttermin morgen ist?" Sam schaute etwas verwirrt. Der Zusammenhang war ihm noch nicht ganz klar. Joy schmunzelte. "Dr. Robins ist mein Frauenarzt."

"Oh." Sam griff nach seinem Wein und nahm einen großen Schluck.

"Ich weiß du siehst in ihr noch das kleine Mädchen, das mit dir und Steven zum Fischen gefahren ist."

Er stellte sein Glas ab und verschränkte die Arme auf dem Tisch vor sich.

"Du meinst also, ich soll aufhören, ihren Vater zu spielen."

"Nein. Spielen ist das falsche Wort. Du fühlst dich verantwortlich für sie und das soll sich auch nicht ändern. Ich denke, Steven hätte sich nicht viel anders verhalten. Lass sie in deinem Kopf nur erwachsen werden." Sam wusste, dass seine Frau recht hatte. Sie lächelte ihn verständnisvoll an. "Linda hätte uns von dem Arzttermin nichts erzählen müssen. Wir sollten ihr Vertrauen uns gegenüber mit dem Gleichen belohnen. Wenigstens wissen wir jetzt, dass sie aufpassen ... auch wenn es nach dem Gesetz nicht ganz legal ist."

Sam schnitt eine Grimasse. Viel mehr wollte er gar nicht wissen. Er nahm erneut einen Schluck von seinem Wein.

"Manchmal kann ich einfach nicht aus meiner Haut. Am liebsten würde ich sie in einen hohen Turm sperren und Rosenbüsche drumherum pflanzen."

Joy lachte. Sams selbstironischer Kommentar ließ darauf schließen, dass er es trotz der Vorbehalte eingesehen hatte.

"Ich liebe dich."

"Und ich dich."

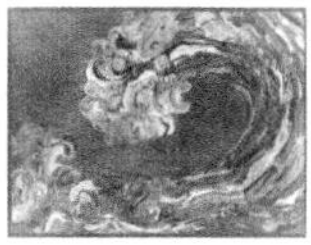

Er grinste sie über beide Ohren an.

"Ich kann immer noch nicht fassen, dass ich dich für drei ganze Tage entführen darf." Tom hatte sich schon seit letztem Monat auf diesen Ausflug gefreut. Er fand Feiertage immer genial, besonders wenn sie auf einen Freitag oder Montag fielen. Bei Morello hatte er sich rechtzeitig um eine Vertretung bemüht, also musste er sich um nichts mehr kümmern.

"Komm, die beiden sind doch inzwischen viel lockerer, wenn es um uns geht. Sie haben uns auch nur ein Zelt gegeben, nicht zwei." Nach dem letzten unangenehmen Gespräch hatte Linda nie wieder etwas zu dem Thema Blumen und Bienen gehört.

Tom und Sam hatten die Woche zuvor ganz unverfänglich über Camping gesprochen und Tom hatte erwähnt, dass er Linda gerne mal an seinen Lieblingsort mitnehmen wollte. *Irgendwann einmal,* hatte er gesagt, aber Sam hatte ihm gleich das Wochenende mit dem Feiertag vorgeschlagen, ganz so, wie Tom es gehofft hatte.

"Wir sind übrigens gleich da."

Der Chevy war beladen mit Proviant, Camping- und Angelausrüstung und beherbergte zudem ein ganz besonderes Detail. Es war ein kleines Schmuckstück, das Tom zuvor in Eigenarbeit in der Schmiede eines Freundes angefertigt hatte. Das platinfarbene Amulett hatte die Form einer Welle, Lindas Lieblingsmotiv. Er hatte das zuvor gekaufte rohe Edelmetall in Form gehämmert, erhitzt, geschliffen, gebogen, eine Öse gelötet und letztendlich alles poliert. Auf der Rückseite hatte er bei einem Juwelier danach noch eine Gravur machen lassen und eine schöne Kette dazu gekauft.

Er war sich noch nicht ganz im Klaren darüber, wann er Linda den Anhänger geben wollte, aber es sollte definitiv romantisch werden und dieser Platz war perfekt dafür.

Mitten im dichten Wald tauchte unvermittelt eine Böschung auf und gab den atemberaubenden Blick auf einen See frei. In der Mittagssonne glitzerte das Wasser wie tausend Diamanten.

"Wow!" Linda bewunderte den fantastischen Anblick vor ihr. "Das ist ja wie im Paradies."

"Das ist unser Platz fürs Wochenende."

Sie strahlte ihn an.

"Woher kennst du diesen Ort? Es ist so abseits von allem."

"Reines Glück. Habe mich mal verfahren." Diese Anekdote würde warten müssen, dachte er und parkte den Wagen am Fuß der Böschung rückwärts zum See hin, aber noch im Schatten der Bäume. Auf diese Weise kamen sie leichter an die mitgebrachten Sachen und die Kühltruhe stand nicht in der prallen Sonne. Linda sprang aus dem Wagen und lief sofort ans Wasser hinunter. Diesmal wartete sie noch nicht mal darauf, dass er ihr die Tür öffnete.

"Hey, mach langsam. Wir sind noch lange genug hier."

Sie lachte, drehte sich um und ging ein paar Schritte rückwärts weiter.

"Von wegen. Bei so viel atemberaubender Schönheit könnte ich gleich eine Blockhütte bauen und für immer hierbleiben."

Tom folgte ihr und umarmte sie. Sie legte ihren Kopf an seine Schulter und gemeinsam standen sie eine Weile nur still da und genossen die Weite des Sees. Linda versuchte abzuschätzen, wie lange es dauern würde, um auf die andere Seite zu schwimmen.

"Danke, dass du mit mir hergefahren bist." Tom flüsterte es leise in ihr Ohr, um die Stimmung nicht zu stören, aber Linda drehte sich um und sah ihm in die Augen.

"Ich möchte nirgendwo anders auf der Welt sein." Sie gab ihm einen kurzen Kuss. "Du hast ja auch versprochen, dass du jede Spinne umbringst, die ins Zelt kommt."

"Ich werde mein Bestes tun." Tom stupste ihre Nase mit seiner an und sie musste lachen. "Wir sollten jetzt aber das besagte Zelt aufstellen und unsere Feuerstelle bauen. Danach können wir die Gegend erkunden."

"In Ordnung."

Sams Leihgabe war gut verschnürt. Es war allerdings auch eine dieser Vorrichtungen, die sich eigenständig entfalteten und das machte den Aufbau viel leichter. Nachdem Tom die Verankerungen angebrachte, stand kurze Zeit später das fertige Zelt da. Sie legten eine dicke, eigens dafür gekaufte Hartschaummatte auf den Boden und positionierten dann das Zelt darauf. So würden sie Steine und andere Unebenheiten kaum fühlen. Zwar war auf diesem schattigen Plätzchen fast überall Grasfläche, aber der Untergrund war sandig und sehr hart. Teilweise rankten sich auch Wurzeln durch das Erdreich, aber durch die zusätzliche Polsterung stellte das kein Problem dar. Für den Innenraum hatten sie noch eine passende Isoliermatte dabei. Darauf kamen ihre beiden Schlafsäcke, Kissen und was sie sonst noch alles im Zelt brauchten.

Als Tom ihre Rucksäcke aus dem Laderaum holte, entdeckte Linda zwei grell gefärbte Dosen.

"Ist das ein Drucklufthorn?"

"Ja. Für den Fall der Fälle, falls wir nachts Besuch von einem Schwarzbären oder einer Riesenspinne bekommen." Er zwinkerte ihr zu und hielt die zweite Dose hoch. "Pfefferspray gibt es auch. Damit haben wir zwei sehr gute Abwehrmethoden. Das Wichtigste ist jedoch, kein Essen im Zelt."

"Ja, ich weiß. Meine Eltern waren mit mir campen. Zu dem Thema habe ich mir bereits öfters etwas anhören müssen." Sie wollte schon lachen, aber die Erinnerung machte sie gleichzeitig traurig. Schnell wechselte sie das Thema. "Haben wir alles?"

"Ja. Die Kühlbox lassen wir erst mal im Wagen. Auf diese Weise wird kein vierbeiniger Dieb daran knabbern."

Nachdem sie eine Feuerstelle mit Steinen und Holz errichtet hatten, wechselten sie ihr Schuhwerk und verbrachten den Rest des Nachmittages mit kleineren Erkundungstouren um den See.

Sie ließen sich viel Zeit. Zum Angeln war es noch zu warm, das wollten sie sich für die frühen Abendstunden aufheben. Streckenweise hatte das Ufer kleine Strände und das Vorankommen direkt am Ufer war problemlos. Hin und wieder machten sie kleine Abstecher in den Wald hinein, aber Tom hielt seinen Kompass immer griffbereit. Es war leicht, sich in einer solchen Umgebung zu verlaufen und unbewusst im Kreis zu gehen.

Bis auf Vogelgezwitscher war nicht viel zu hören, aber genau das machte den Reiz aus. An diesem Ort konnte Linda sich gut vorstellen, wie es wäre allein auf der Welt zu sein.

"Was ist?"

"Was meinst du?" Linda schaute zu Tom.

"Du hast eben geseufzt."

"Ach so. Es war ein guter Seufzer." Das war die reine Wahrheit. So befreit wie hier hatte sie sich schon lange nicht gefühlt. Wenn man die Augen schloss, hörte man, wie verschiedenartig sich sogar der Wind in den Bäumen anhörte. Das Rauschen hatte stellenweise ein solches Crescendo, dass sie meinte, es käme ein Ungeheuer angeflogen. "Der Wald duftet wundervoll. Und es sind so viele *unterschiedliche* Gerüche. Mir ist das noch nie aufgefallen."

"Ich weiß, was du meinst. Die Intensität ist von Wald zu Wald unterschiedlich. Es liegt natürlich auch an der Jahreszeit und an den Baumarten."

"Du scheinst gerne in der Natur zu sein."

"Jedenfalls lieber als in der Stadt. Wenn ich das Meer nicht so lieben würde, dann würde ich mir bestimmt irgendwo im Wald eine Hütte bauen."

"Hey, das war meine Idee." Linda lächelte. Die Liebe zum Wasser hatten sie beide. Sie konnte aber auch das Gefühl nachvollziehen, das der Wald ihm gab. "Diese Einsamkeit könnte mir auf Dauer erdrückend vorkommen, denn ein wenig gruselig ist es schon."

Unweit von ihnen gab es wie bestellt ein leichtes Knacken. Tom blieb sofort stehen und bedeutete Linda, anzuhalten.

"Beweg dich nicht." Er drehte sich mit einem wachsamen Blick langsam im Kreis.

"Warum?" In der gleichen Sekunde wurde das Knacken lauter. Etwa fünfzig Meter weiter knickte ein Baum in der Mitte des Stammes um und landete mit einem dumpfen, aber dramatischen aussehenden Schlag im Moos. Linda starrte mit offenem Mund auf die Stelle, wo eben noch ein ganzer Baum gestanden hatte. Zwischen dem ersten Knacken und dem

Umfallen waren kaum zehn Sekunden vergangen. "Oh mein Gott. Da ist eben ein Baum umgefallen. Einfach so."

"Ich bin sicher, der war schon ziemlich morsch. Der Wind hat ihm den Todesstoß versetzt."

"Da läuft man völlig unbedarft durch den Wald und wird fast erschlagen. Hatte ich erwähnt, wie gruselig es ist?"

Tom musste im Angesicht ihres Ausdrucks lachen.

"Keine Sorge, ich pass auf dich auf." Er kam zu der Stelle, an der sie stand und legte einen Arm um ihre Schultern. "Lass uns zurückgehen und schauen, ob die Fische beißen. Näher am See bist du auch sicher vor fallenden Bäumen."

Linda nickte dankbar. Es war herrlich, in einem unberührten Wald herumzulaufen, dachte sie, aber nur solange bis dieser Wald mit Bäumen nach einem warf.

Der Rest des Tages verging wie im Flug. Sie hatten kurzzeitig versucht, im Wasser stehend etwas zu fangen, aber es bald wieder aufgegeben. Keiner von beiden hatte wirklich Lust darauf, einen Fisch auszunehmen, und Joy hatte ihnen genügend eingepackt, das sie auf dem Feuer grillen konnten. Außerdem versprachen entsorgte Innereien einen garantierten Besuch von neugierigen Tiernasen.

Sie redeten über alles Mögliche. Unzusammenhängende Dinge aus ihren Leben, manches bedeutsam, manches belanglos. An diesem Punkt ihrer Beziehung war alles interessant. Dieses Wochenende war genau aus diesem Grund perfekt, denn egal, wie viel Zeit sie zusammen verbrachten, es war nie wirklich genug.

"Es ist schön, sich nirgendwohin beeilen zu müssen." Tom nahm ihre Hand und spielte mit ihren Fingern. Während sein Blick über den See wanderte, beobachtete sie ihn.

"Ich liebe diese romantischen kleinen Dinge, die du tust, wenn du in Gedanken bist." In seinem Lächeln konnte Linda sehen, dass er viel entspannter war als sonst. "Darf ich dich etwas fragen?"

"Klar."

"Du bist anders, wenn wir alleine sind. Woran liegt das?"

Tom runzelte seine Stirn.

"Anders wie?"

"Hm, wie soll ich es beschreiben? Ich möchte fast sagen, relaxter, aber das würde es nicht ganz treffen. Du bist im Beisein anderer Menschen sehr extrovertiert. Jetzt ruhst du mehr in dir." Linda schüttelte den Kopf über ihre unbeholfene Erklärung. "Du bist ganz du, anders kann ich es nicht erklären." Es war wirklich schwer, auszudrücken, was sie meinte.

Er nickte.

"Du musst es nicht erklären. Ich weiß, was du meinst. Offenbar kennst du mich schon sehr gut, jedenfalls die Teile, die mir wichtig sind." Er zog ihre Hand an seinen Mund und küsste sie. "Wenn andere Menschen um mich herum sind, fühle ich mich irgendwie abgelenkt. Von mir selbst. Und Ablenkung ist hierfür wirklich das beste Wort. Bei der Arbeit muss ich an die Gäste denken, in der Schule muss ich konzentriert sein, und so weiter. Alle diese sozialen Erwartungen sind ununterbrochen präsent und ich finde es leichter, die gleiche Energie nach außen zu tragen. Aber wenn ich mit dir allein bin, dann verschwinden all diese Dinge. Du bist sozusagen mein Ruhepol. Neben dir fühle ich mich genauso wohl, als wäre ich komplett allein." Tom überlegte kurz. "Warte, das klang nicht gut."

Linda lachte.

"Nein nein, ich weiß schon, wie du das meinst. Bei mir ist es ähnlich. Ich vertraue dir ohne Einschränkung."

"Ich vertraue dir auch." Er lächelte und sah wieder auf den See. "Ich habe vorhin erwähnt, dass ich diesen Platz per Zufall gefunden habe. An dem besagten Tag bin ich gewissermaßen von zuhause geflüchtet. Ist schon eine ganze Weile her, aber seitdem ist dies mein Zufluchtsort, besonders wenn ich allein sein will."

Linda hörte still zu. Über seine Wohnsituation hatten sie noch nie im Detail gesprochen. Einige Dinge hatte Sam ihr erzählt, aber es waren alles alte Geschichten aus seiner Jugend. Wie er momentan lebte, wusste sie nur am Rande. Sie fühlte aber, dass dies keine angenehme Erinnerung für ihn war, trotz des schönen Ortes.

"Tom. Du musst es mir nicht erzählen."

"Das ist mir schon klar, aber ich möchte, dass du alles über mich weißt." Das Feuer vor ihnen knackte leise. Tom legte Holz nach und sprach dann weiter. "Meine Mutter hatte nach dem Tod meines Vaters wieder geheiratet, das wusstest du bereits, auch dass ich noch nie besonders gut mit Mitchell zurechtgekommen bin, aber an dem einen Abend ist es eskaliert. Ich hatte gerade den Job im Restaurant angefangen und kam etwas später nach Hause als üblich. Ich war etwas länger geblieben, um einem Kollegen beim Aufräumen zu helfen, aber dadurch verpasste ich seine idiotische Ausgangssperre. Meist schrie er nur herum, wenn ihm etwas nicht passte und meine Mutter beruhigte ihn dann mit einem Kommentar, wie zum Beispiel, dass ich doch einen Job hätte, der dazuverdienen würde. Dann reichte sie ihm sein Bier und er gab üblicherweise Ruhe." Tom atmete tief durch. Seine Abneigung gegenüber dem betrunkenen Mitchell war um ein

Vielfaches größer als bei der nüchternen Version. Falls dies überhaupt möglich war, dachte er verdrossen. "An dem erwähnten Abend aber hatte er schon mehrere Flaschen intus und wartete mit einem Baseballschläger auf mich. Meine Mutter war bei einem ihrer wöchentlichen Frauenabende, Buchklub oder was weiß ich. Jedenfalls war sie nicht da, um ihn zu beruhigen. Noch bevor ich durch die Haustür trat, ging er auf mich los. Ich knallte ihm die Tür vor der Nase zu und rannte zurück zu meinem Wagen. Nüchtern war ich selbstverständlich schneller. Ich fuhr los und die Straße hinunter. Keine Sekunde hätte ich gedacht, dass er mir folgen würde, aber er schaffte es tatsächlich, sich in seinen Wagen zu setzen und mir hinterherzujagen. Du wirst es nicht glauben, aber er war mir fast eine halbe Stunde lang auf den Fersen. Dass uns keine Polizeistreife angehalten hat, ist ein wahres Wunder. Es war wie eine schlechte Version von *Fast and Furious*. Ich war der schnelle und er der wütende Fahrer." Tom stand auf und ging an die Kühltruhe. Er holte ein kleines Päckchen Marshmallows heraus und brachte es zurück an das Lagerfeuer. Zwei davon steckte er auf einen langen Stock und reichte ihn Linda.

"Danke. Warum bist du nicht zu Sam und Joy gefahren?"

Tom spießte zwei weitere Marshmallows auf seinen Stock.

"Hättest du einen betrunkenen Verrückten zu Sam und Joy gebracht, damit er dort womöglich noch mit dem Baseballschläger wütet?"

"Wenn du es so sagst, natürlich nicht. Aber vielleicht hätten sie dir irgendwie helfen können."

"Das war auch mein erster Gedanke, aber ich wollte die beiden da nicht mit hineinziehen. Mitchell denkt nicht klar, wenn er trinkt. Er hat dann keinen Aus-Knopf. Stattdessen bin ich auf die Interstate abgebogen und konnte ihn letztendlich ein paar Meilen von hier abschütteln. Der Wald schien mir ein gutes Versteck zu sein, obwohl ich bestimmt auch woanders hätte hinfahren können. Ich machte mir aber Sorgen, dass er die Motels in der Nähe abfahren und mich solange suchen würde, bis er meinen Wagen irgendwo entdeckte. Ich fuhr also tiefer in den Wald hinein, bis ich an genau diese Lichtung kam. Es war unwahrscheinlich, dass Mitchell in seinem Zustand in einen dunklen Wald hineinfahren würde, also stellte ich den Motor aus und wartete. Irgendwann schlief ich natürlich ein und als ich am Morgen danach wach wurde, bot sich mir diese Aussicht."

Da Linda erst einmal nichts sagte, hielt Tom seinen Stock in das Feuer und beobachtete seine Marshmallows beim Brutzeln. Er wollte ihr Zeit geben, um die Geschichte zu verarbeiten, aber wie immer trug sie ihr Herz auf ihrer Zunge.

"Es ist meine Schuld."

Er sah sie überrascht an.

"Ich kann nicht ganz folgen."

"Du hast bei Sam und Joy gewohnt und wegen mir ging das nicht mehr."

Er verstand.

"Ach *die* Geschichte. Nun, das ist nicht ganz korrekt. Nach Hause zurückzugehen war auch meine Entscheidung gewesen, hauptsächlich um für meine Mutter da zu sein. Ich hätte bei Gericht auch einen Antrag auf Mündigkeit stellen können. Viele Leute in der Gegend vermieten möblierte Garagen oder Zimmer. Vielleicht mache ich das noch."

Linda hielt ihr jungfräuliches Marshmallow in die Flammen. Sie glaubte ihm, war aber dennoch entsetzt. Entsetzt, dass es

Menschen wie Mitchell gab und entsetzt, dass Tom mit diesem Ekel von Mensch leben musste.

"Das ist alles irgendwie scheiße. Warum ziehst du nicht wieder bei uns ein?"

Tom lachte laut auf.

"Ja, das würde wirklich gut kommen."

"Lach nicht. Ich meine das ernst. Es ist nicht fair, dass du einen sicheren Ort verlassen musstest, nur weil mein Leben ..." Linda stockte. Was wollte sie eigentlich sagen? Dass ihr Leben aus den Fugen geraten war? Dass sich ihr Leben ohne ihre Zustimmung von Grund auf geändert hatte. Sie wusste, dass sie bei Sam und Joy ein liebevolles Zuhause hatte und wollte nicht undankbar klingen. Das hätte alles auch ganz anders laufen können. "Es ist einfach nicht fair."

"Lass es nicht an deinem Nachtisch aus", entgegnete Tom trocken.

Linda sah ans Ende ihres Stockes. Die Marshmallows brannten fröhlich vor sich hin. Sie knurrte und streifte das verkohlte Ergebnis an einem der Steine ab. Tom reichte ihr zwei Neue.

"Bitte glaube mir. Es geht mir gut." Tom sah sie an. "Nein warte. Es geht mir nicht gut. Es geht mir fantastisch. Ich war in meinem ganzen Leben noch nie so glücklich wie jetzt und solange du mich liebst, wird sich daran auch nichts ändern."

"Dass du glücklich bist, glaube ich dir. Aber die Situation bei dir zuhause ist grauenhaft."

"Lin, ich bin doch kaum dort. Wenn ich nicht in der Schule oder im Restaurant bin, dann bin ich mit dir zusammen. Mach dir bitte keine Sorgen."

"In Ordnung." Linda nahm einen der inzwischen knusprigen gewordenen Marshmallows von ihrem Stock und schob ihn sich in den Mund.

Tom hatte ihr die Wahrheit gesagt, er war wirklich glücklich. Sie allein war der Grund, warum Mitchell für ihn leichter zu ertragen war.

"Bevor dein Gehirn wieder anfängt zu arbeiten ... ich bin hauptsächlich noch dort, weil ich so am wenigsten finanzielle Ausgaben habe."

"Ich bewundere deine Geduld. An deiner Stelle hätte ich mich irgendwann bestimmt gewehrt."

"Oh, ich habe mich immer gewehrt, glaub mir. Nur war ich viel jünger und er war immer stärker. Die Jugendstrafanstalt damals war das Ergebnis dieses Kräftemessens, denn als ich einmal mit einem Messer auf ihn losgegangen bin, gab es ihm die Chance, mich von der Polizei abholen zu lassen. Mitchell hat dabei natürlich nicht erwähnt, dass ich meine Mutter hatte schützen wollen."

"Hat sie denn nichts dazu gesagt?"

"Nein, aber glücklicherweise hat der Richter sich meine Version der Geschichte angehört und mir aus irgendeinem unerfindlichen Grund geglaubt, vielleicht gerade *weil* meine Mutter die Aussage verweigert hatte. Auch wenn ich meine Zeit dort absitzen musste, hat der Richter es so arrangiert, dass es als Jugenddelikt eingetragen wurde. Das wird im Staat NY mit dem achtzehnten Lebensjahr gelöscht. Bis dahin darf ich mir aber nichts zu Schulden kommen lassen." Er musste kurz an die Sache mit Matthew denken, verdrängte den Gedanken aber schnell wieder.

"Ich kann nicht nachvollziehen, wie man als Mutter in einer solchen Situation nicht auf der Seite des Kindes ist." Linda war empört. "Was findet deine Mutter denn an diesem Kerl?"

"Das ist eine gute Frage. Ich denke, ihr war nach dem Tod meines Vaters alles zu viel. Sie kam mit seinem Tod nicht zurecht und es hat sie vollkommen verändert. Mitchell griff ihr finanziell unter die Arme und regelte auch sonst alles. Nur mit mir kam er nicht klar." Tom griff nach der Tüte Marshmallows. "Noch einen?"

Linda nickte.

Eine Weile unterhielten sie sich über unbeschwertere Themen und rösteten fröhlich ihren Nachtisch. Bald war Mitchell vergessen und irgendwann fingen beide an, zu gähnen. Sie hatten den halben See abgelaufen und die kleine Wanderung durch das Unterholz hatte ungewohnte Muskeln beansprucht.

"Wir könnten uns langsam ins Zelt zurückziehen, was meinst du?" Linda hatte etwas ganz Bestimmtes im Sinn.

"Hört sich gut an. Wenn du die Glut löschst, packe ich das Essen weg und checke das Zelt auf Krabbeltiere."

"Mein Held!"

Während sie sich im Zelt umzog, dachte sie daran, wie wenig sie sich heute geküsst hatten. Normalerweise konnten sie stundenlang irgendwo sitzen und knutschen. Sogar im Haus nutzen sie jede unbeobachtete Minute, um sich nahe zu sein, aber an diesem Tag war es ganz anders gewesen. Sie fand es nicht besonders schlimm, denn ihrer Unterhaltungen hatte sie auf andere Art nähergebracht.

Linda hörte das Piepen der Verriegelung vom Tahoe und ein paar Momente später kam Tom ins Zelt. Er hatte sichergestellt, dass alles gut verpackt war und den Proviant wieder im Chevy eingeschlossen. Bären hatten eine gute Nase. Er streifte im kleinen Vorraum schnell seine Schuhe ab.

"Was machen wir eigentlich mit den Schlafsäcken? Sollen wir sie verbinden?" Die Reißverschlüsse waren so angebracht, dass man sie zu einem großen Schlafsack zusammensetzen konnte. "Ich würde mich viel lieber an dich kuscheln, als alleine in meinem zu schlafen."

"Das ist eine fantastische Idee! Warum ist mir das nicht eingefallen?" Tom grinste und fing sofort an, die Reißverschlüsse aufzuziehen. Sie half ihm natürlich. Als sie fertig waren, legte Tom die Kissen zurecht und zog seine Sachen aus. Die Boxershorts behielt er an. Linda hatte ihn schon eine Weile nicht mehr unbekleidet gesehen, aber genau diese Tatsache machte die Zelt-Situation so aufregend.

Sie hatten immer noch nicht zusammen geschlafen. Nachdem Linda angefangen hatte, die Pille zu nehmen, hatten sich wenige Möglichkeiten geboten. Das Connor-Haus hatte Tom sofort ausgeschlossen. Das war der letzte Ort, an dem er sich beim Sex überrascht lassen wollte, auch hatte er sehr deutlich gemacht, dass er es nicht nur schnell im Auto tun wollte oder an einem anderen unromantischen Ort, gerade weil sie noch Jungfrau war.

Linda war das ihrerseits ziemlich egal und sie hatte bisher keinen Versuch ausgelassen, ihn zu verführen. Irgendwann würde er schon schwach werden, hatte sie gedacht, besonders da ein fehlendes Kondom keine Ausrede mehr war. Sie hatten es nicht besprochen, aber sie war sich ziemlich sicher, dass es hier am See passieren würde und sie konnte es kaum erwarten.

Nachdem sie gemeinsam in den fertigen Kombischlafsack schlüpften und eine Weile nur kuschelten, wurde ihr schlagartig klar, warum er sie an diesem Tag so selten geküsst hatte. Sie konnte es regelrecht fühlen, jetzt wo sie ihm so nah war.

"Du bist nervös!"

"Was? Wovon redest du?" Tom sah sie an und runzelte die Stirn.

"Ich habe mich den ganzen Tag schon gefragt, warum wir nicht übereinander herfallen, wie zwei Kaninchen."

"*Das* hast du dich gefragt?"

Linda knuffte ihn in die Seite.

"Du weißt, was ich meine. Wir sind hier draußen komplett allein und du hast heute nicht mal versucht, mich zu küssen."

"Ich habe dich sehr wohl geküsst." Tom hatte nach dem Kaninchen Kommentar gleich gewusst, worauf sie hinauswollte, aber auch, dass er keine guten Karten hatte, was Ausreden anging.

"Von wegen. Im Vergleich dazu, was wir sonst anstellen, war das schon fast platonisch."

"Ist ja gut. Du hast recht." Er seufzte und vergrub sein Gesicht im Kissen. "Ich *bin* nervös."

"Aber warum denn?"

Tom atmete weiter in den weichen Stoff.

"Ich will dich nicht enttäuschen." Er sah wieder hoch.

Linda rutschte leicht von ihm weg, damit sie ihn ansehen konnte. Die Campinglampe war auf der niedrigsten Stufe, aber das Oberlicht des Zeltes war geöffnet und ließ ausreichend Licht herein. Dank des Vollmonds konnte sie seinen besorgten Blick sehr gut erkennen.

"Wie kommst du denn auf so einen Blödsinn? Bisher hatten wir doch auch immer Spaß. Du hast wahrhaft magische Hände, wenn ich dich daran erinnern darf. Ich bin es, die nervös sein sollte, denn ich bin diejenige, die keine Ahnung hat, was sie tut."

"Das ist nicht wahr. Du folgst deiner Intuition und hältst dich nicht zurück. Deswegen fällt es mir immer so schwer, mich zu bremsen."

"Und genau aus diesem Grund sollten wir uns *beide* keine Sorgen machen. Wir harmonieren fantastisch, was meinst du, wie es erst beim Sex ist?"

"Was aber, wenn ich dir wehtue?"

"Das wird nicht passieren und ich möchte nicht mehr warten. Ich will dich endlich in mir spüren."

Tom schloss die Augen.

"Wenn du solche Sachen sagst, steigt meine Körpertemperatur jedes Mal drastisch an."

Linda biss sich auf die Unterlippe und lächelte ihn an. Es war unheimlich süß und verführerisch. Sein Blick veränderte sich sofort.

"Mach das noch mal."

"Was?"

"Das mit der Lippe."

Als sie es wiederholte, küsste er sie sofort. Als sie daraufhin glücklich in seinen Mund seufzte, lief ihm ein wohliger Schauer über den ganzen Körper. Seine Hände umfassten ihre Taille und er zog sie sie enger an sich.

"Warte." Linda streifte schnell Shorts und T-Shirt ab, während Tom es ihr mit seinen Boxershorts gleichtat, dann legte er sich wieder neben sie.

"So, wo waren wir?"

"Mitten im Wald bei heißen Sexspielchen."

"Du lebst wirklich gefährlich, junge Dame."

Sie grinste. So ausgeglichen und sicher hatte sie sich schon lange nicht mehr gefühlt.

"Weißt du, wie sehr ich dein Lächeln liebe? Jedes Mal, wenn du mich ansiehst, fühlt es sich an, als würde die Welt um mich herum komplett verschwinden."

Lindas romantisches Geständnis ging ihm durch und durch.

"Ich liebe dich."

"Ich liebe dich auch." Sie küsste ihn und strich langsam mit ihren Fingern über seine Haut. "Hmm, deinen Körper liebe ich auch." Sie fuhr ihm leicht über seine Oberarme.

Anfangs beobachtete Tom noch ihr Gesicht, wie sie verträumt vor sich hin lächelte, aber nach wenigen Sekunden schloss er die Augen und konzentrierte sich ganz auf die Berührung. Kurz bevor sie ihm über den Bauch strich, hielt er ihre Hand fest.

"Ich werde mich nicht zurückhalten, aber versprich mir, dass du mir sagst, wenn es wehtut."

"Haben wir ein Safeword?"

"Ich meine das ernst."

"Ich auch."

"Oh mein Gott", Tom verdrehte seine Augen, "was habe ich mir da nur eingebrockt?"

Linda lachte.

"In Ordnung, kein Safeword, aber du musst mir auch etwas versprechen."

"Ach? Und was?"

"Dass du nicht die ganze Zeit fragst, wie es mir geht."

Er verzog das Gesicht, sie kannte ihn zu gut, das hätte er bestimmt nicht nur einmal gefragt. Er dachte kurz nach, dann lächelte er. Üblicherweise benutzten Leute beim Sex nur dann ein Safeword, wenn es um extremere Praktiken ging, hier war es nur ein verspieltes Detail.

"Das Safeword ist *Ocean*."

Auf Lindas Gesicht erschien ein breites Grinsen.

"Cool. Das kann ich mir sogar merken." Sie freute sich, denn es erinnerte sie an ihr kleines Büchlein. Fast erzählte sie ihm davon, sah dann jedoch seine ernste Miene. "Mach dir keine Gedanken. Ich verspreche, ich sag sofort Bescheid."

Tom schüttelte dennoch ungläubig den Kopf.

"Ich kann nicht glauben, dass wir ein Safeword haben."

Sie schob ihre Hand vorsichtig tiefer.

"Dir ist bestimmt nicht klar, was ich alles vorhabe. Eventuell wirst du es benutzen wollen."

"Keine Chance."

Tom bekam einen seiner glühenden Blicke, die sie so sehr liebte. Seine Stimme wurde daraufhin immer etwas tiefer und meistens folgten viele schöne Dinge. Auch jetzt berührten seine Lippen ihren Hals, aber diesmal fühlte es sich anders an, als an allen Malen davor.

Linda bemerkte viel Neues. Falls sie der Meinung gewesen war, dass er sich zuvor vollkommen fallen gelassen hatte, dann wurde sie nun eines Besseren belehrt. Er hielt sich bei nichts mehr zurück. Nicht beim Küssen und nicht bei den Stellen, die er küsste. Er bremste sie noch nicht einmal, als sie ihn mit ihrer Hand zum Orgasmus brachte.

"Oh nein, tut mir leid!"

Als er ihr erschrockenes Gesicht sah, musste er lachen.

"Keine Sorge, das geht schnell wieder."

"Bist du sicher?"

Er nickte und musste sich ein Grinsen verkneifen.

"Ziemlich."

"Der männliche Körper ist ein Mysterium."

"Und das sagt eine Frau."

Er machte schnell sauber, drehte sich dann schnell zur Seite und kramte nach etwas.

"Was suchst du?"

"Die Kondome."

"Können wir es nicht ohne machen?"

"Äh ..." Im Grunde hatte er nichts dagegen, war aber verwundert. "Dir ist schon klar, was dann passiert."

"Ja, Tom, das ist mir klar, stört mich aber keineswegs. Wir haben eine Campingdusche und der See ist eine überdimensionale Badewanne, auch wenn etwas kühl. Ich will *dich* spüren und kein Gummi-Ding." Er ließ das Kondom, wo es war, aber in seinen Augen konnte sie immer noch einen kleinen Rest Sorge sehen. Sie tippte ihm mit dem Zeigefinger leicht an die Stirn. "Lass das. Es ist alles in Ordnung."

"Hör auf, meine Gedanken zu lesen." Er küsste sie, damit sie nichts mehr sagen konnte, und sie kicherte leise in seinen Mund hinein.

Tom ließ sich viel Zeit. Während seine Zunge zärtlich der Rundung ihres Mundes folgte, konnte er fühlen, wie Ihre Hände ihm durch die Haare fuhren. Ihre Nägel wanderten weiter und zogen unheimlich erregende Linien über seinen Rücken.

Er achtete darauf, dass sie nicht sein gesamtes Gewicht auf sich hatte und drang behutsam in sie ein. Dabei ließ er sie keine Sekunde aus den Augen. Die schmerzerfüllte Miene blieb aus, stattdessen schlang sie ihre Beine um seine Hüften und zog sein volles Gewicht auf sich.

Sie hatte keine Vergleichspunkte, wie es bei ihm der Fall war. Alles, das sie in diesen Augenblicken fühlte, war einzigartig und absolut neu. Ihre Finger krallten sich in seinen Rücken und sie stöhnte. Hier konnte sie so laut sein, wie sie wollte. Nichts lenkte sie ab. Sie konnte jede Sekunde dieser fantastischen Empfindung auskosten.

Tom musste sich gewaltig konzentrieren, um nicht sofort zu kommen. Ihre körperlichen Reaktionen machten ihn unheimlich an. Er hatte vermutet, dass es sich mit ihr gut anfühlen würde, aber die Realität übertraf alle seine Vorstellungen. Wenn er es hätte beschreiben müssen, dann war es ein Gefühl, als ob man sich in dem anderen Menschen komplett verlor.

Bei jedem Atemzug und jeder noch so vorsichtigen Bewegung verstärkte sich diese Wahrnehmung. Mit jedem weiteren Stoß fühlte Tom ein solches Verlangen, dass er es kaum mehr aushielt. Er küsste ihren Hals und atmete den Duft ihrer Haut tief ein.

"Bitte hör nicht auf."

Er konnte nicht aufhören, auch wenn er es gewollt hätte. Nicht, sie zu küssen und nicht, sie immer wieder anzusehen. Er liebte dieses Mädchen mehr als alles andere auf der Welt. Er umschloss ihre Brüste mit seinen Händen und begann, sie mit seinen Lippen zu liebkosen. Als er kurz innehielt, öffnete sie ihre Augen.

"Nein bitte, mach weiter. Bitte ..." Im gleichen Moment sah sie, dass er Tränen in den Augen hatte und hob ihre Hände an sein Gesicht. "Tom ..."

Er küsste sie leidenschaftlich auf den Mund und löste alle gedanklichen Bremsen, und sein Körper folgte. Mit jedem Stoß bebte sie unter ihm ein wenig mehr, bis sie von Kopf bis Fuß erzitterte und vor Lust schrie. Tom kam augenblicklich.

Minuten später lagen sie immer noch eng umschlungen und in der gleichen Position da. Der Schlafsack war schon ziemlich am Anfang heruntergerutscht, aber das hatte keinen von beiden gestört. Er versuchte, ihr etwas Luft zu lassen, aber Linda hielt ihn fest.

"Nein, nicht. Ich will es noch etwas genießen. Ich liebe es, dich in mir zu spüren." Es fühlte sich an, wie ein sicherer Kokon. Am liebsten hätte sie ihn nie wieder losgelassen. "Jetzt verstehe ich endlich, warum alle so verrückt nach Sex sind."

"Dir hat es also gefallen?"

"Gefallen? Lass es mich mal so ausdrücken. Solltest du an diesem Wochenende noch etwas anderes vorgehabt haben, kannst du das vergessen." Sie grinste glücklich. "Und wie fandest du es mit mir?"

Tom küsste sie zärtlich auf die Nase.

"Ich könnte zwar sagen, es war das Schönste auf der ganzen Welt, aber das würde es nicht ganz treffen."

Sie strich ihm zärtlich über seine Stirn und Augenbrauen.

"Du hattest vorhin Tränen in den Augen."

Er atmete tief durch und seufzte glücklich.

"Daran kannst du sehen, wie wundervoll ich es fand. Ich hätte nie gedacht, dass man sich beim Sex so fühlen kann." Er stemmte sich vorsichtig hoch und diesmal ließ sie es zu. Tom rutschte rückwärts zum Zelteingang und zog sie mit sich.

"Wohin gehen wir?"

"Ich habe nach dem Mittagessen die Campingdusche aufgefüllt. Das Wasser sollte jetzt schön warm sein." Er griff nach zwei Handtüchern und sie folgte ihm nach draußen. Die

Duschvorrichtung stand in der Nähe des Ufers, damit man das Reservoir leicht auffüllen konnte, und auch gab es dadurch weniger Schlamm. Der Sand dort unten sog alles problemlos auf. Er hängte die Frotteetücher an den Haken der Dusche, aber Linda ging ein paar Schritte weiter ans Wasser. Auch wenn der See kühler sein würde, war das Wasser bestimmt nicht unangenehm. Kurzentschlossen watete sie hinein und ließ sie sich an einer tieferen Stelle einfach rückwärts hineinfallen. Sie johlte auf, als das erfrischende Nass ihre erhitzte Haut umschloss.

"Es ist herrlich! Tom, komm rein!" Tom allerdings war nirgends zu sehen. "Tom?" Sie richtete sich ein wenig auf und entdeckte ihn weiter oben am Wagen. Er schloss gerade die Beifahrertür des Tahoe.

"Bin gleich bei dir!" Er hatte kurz entschlossen ihr Geschenk aus dem Handschuhfach geholt. Der See war eigentlich keine schlechte Idee, dachte er, nur würde er aufpassen müssen, den Anhänger im Wasser nicht zu verlieren.

Es war der perfekte Zeitpunkt, es ihr zu geben. Das Mondlicht kreierte eine solch herrliche Stimmung auf dem Wasser, dass er sich diese Chance nicht entgehen lassen wollte. Er sah sich um, aber der Wald lag ruhig da. Bären trauten sich ohnehin selten in die Nähe von Menschen. Besonders nicht wenn diese so viel Lärm machten, wie Linda gerade.

Sie beobachtete ihn bewundernd, während er ins Wasser watete. Im Mondlicht sah sein nackter Körper aus, wie aus Stein gemeißelt.

"Der Untergrund ist angenehm sandig. Hier kann man sogar noch stehen."

Tom schwamm zu ihr und stellte sich dann hin.

"Tatsächlich." Er zog sie an sich. "Als ich das erste Mal hier war, ist mir das gar nicht aufgefallen, aber damals bin ich viel weiter hinausgeschwommen." Er hob sie leicht an und sie schlang ihre Beine um ihn. Sie drehten sich leicht.

"Ich hätte nie gedacht, dass Campen so romantisch sein kann." Linda schloss die Augen und genoss die Schwerelosigkeit des Wassers.

"Mit dir ist alles romantisch." Während er ihr die Kette anlegte, versuchte er die Aktion mit allerlei Liebkosungen zu tarnen. Glücklicherweise hatte er zuvor mit dem Verschluss geübt. Er ließ aber erst los, als er sich sicher sein konnte, dass die Öse festsaß.

"Hey Baby?"

"Ja?" Sie ließ ihre Finger durch sein dichtes Haar gleiten und schmiegte sich eng an ihn. Sie konnte nicht genug von diesem atemberaubenden Mann bekommen. Sein Körper war so unheimlich erotisch.

Er wartete, bis sie ihm in die Augen sah.

"Ich liebe dich. Ich werde dich immer lieben, egal was passiert."

Linda unterbrach ihren Annäherungsversuch und sah ihn gerührt an.

"Auch wenn ich alt und runzlig bin?"

"Ja auch dann, besonders dann." Tom lächelte.

"Ich liebe dich auch. Für immer." Sie wollte ihn gerade wieder küssen, als er grinste. Linda hielt inne. "Was ist?"

"Nichts weiter. Nur was du gesagt hast, steht genauso auf dem Amulett."

"Auf was für einem Amulett?"

"Dem an der Kette, die du trägst."

Linda runzelte ihre Stirn, hob aber eine Hand an ihren Hals.

"Ich trage keine ..." Ihre Finger ertasteten den Anhänger und sie sah nach unten. Die Kette war lang genug, dass sie das kleine Schmuckstück daran sehen konnte. "Was ...?"

"Ein Freund von mir hat eine Schmiedewerkstatt. Das Amulett habe ich selbst gemacht. Es soll eine Welle darstellen. Und auf der Rückseite sind die Worte *für immer* eingraviert."

"Tom! Oh mein Gott!" Sie starrte fassungslos zwischen ihm und dem Anhänger hin und her. Das silberne Metall glitzerte im Licht des Mondes.

"Gefällt sie dir?"

"Ja, und wie. Danke!" Sie schlang ihre Arme um seinen Hals. Den Rest der Nacht würde sie damit verbringen, ihm zu zeigen, wie sehr sie das Geschenk wirklich mochte.

Am nächsten Morgen wurde Linda von Vogelgezwitscher und dem Geruch gebratener Eier geweckt. Erst streckte sie sich genüsslich, schälte sie sich dann aber aus dem Schlafsack und zog sich schnell etwas über.

Vor dem Zelt erwartete sie eine ganz andere Szene als am Tag zuvor. Unweit des Grills im Schatten standen ein Campingtisch und zwei Stühle. Der Tisch war bereits gedeckt und Tom stand in kurzen Hosen an der Feuerstelle und machte Frühstück.

"An diesen Anblick könnte ich mich gewöhnen."

Er drehte sich um und strahlte sie an.

"Hey guten Morgen. Ich wäre gleich gekommen, um dich zu wecken."

"Andersherum wäre es auch schön gewesen." Sie grinste frech. "Der Speck riecht übrigens fantastisch. Hoffentlich denken das nicht auch die Bären in dieser Gegend." Sie gab ihm einen schnellen Kuss und stapfte mit Zahnpasta und

Zahnbürste zum See, um sich frisch zu machen. Es war bereits angenehm warm und der Himmel war lückenlos blau.

Als sie fertig war und zurückkam, war Tom bereits dabei, die Teller zu füllen. Sie verstaute schnell ihre Toilettenartikel und kam an den Tisch.

"In der Kühltruhe ist Orangensaft. Der Kaffee ist auch bald fertig, ich warte nur noch darauf, dass das Wasser kocht." Er stellte die leere Pfanne etwas abseits auf einen Grillrost und warf einen prüfenden Blick in den Wassertopf.

"Ich wusste gar nicht, dass du kochen kannst." Sie holte die Flasche O-Saft aus dem Eis.

"Nennst du Spiegeleier, Speck und Würstchen machen wirklich kochen?"

"Hey, wenn ich es essen kann und es warm ist, dann ist es gekocht." Sie stellte die Flasche auf den Tisch. "Das ist total romantisch. Unser erstes gemeinsames Frühstück im Freien, danke Tom."

Er setzte sich zu ihr.

"Gern geschehen. Ich liebe es, dich zu verwöhnen."

"Das habe ich gemerkt." Sie dachte hauptsächlich an letzte Nacht, aber ihre Hand tastete ebenso nach ihrer kostbaren kleinen Welle und sie lächelte. "Eigentlich ist es aber unfair. Ich habe nichts für dich."

"Das ist nicht wahr. Du hast mir dein Herz geschenkt."

"Du weißt, was ich meine."

"Sieh es so: Ich kann dir noch keinen Ring kaufen, ohne dass Sam und Joy ausflippen würden. Das ist einfach mein Weg zu sagen, dass ich für immer dir gehöre, so wie eine Welle für immer dem Meer gehört." Tom hätte beim letzten Satz fast eine Handbewegung hin zum See gemacht, hob jedoch nur stumm eine Augenbraue. Das hatte sich in seinem Kopf viel weniger kitschig angehört, und prompt lachte Linda auch los. Sie lachte so sehr, dass sie mit ihrem Stuhl fast umkippte, aber Tom konnte es genauso wenig zurückhalten.

Am Ende wischten sie sich beide Lachtränen aus den Augen.

"Okay", Linda japste nach Luft, "keine schnulzigen Sachen mehr. Heute gibt es nur noch wilden Sex und sonst nichts."

"Habe nichts dagegen."

Die Umgebung hatte reichlich Geräusche, um ihnen eine tolle Kulisse zu bieten, also sprachen sie beim Essen nicht viel. Es war unheimlich schön, einfach nur weitab der vielen Verpflichtungen des Schulalltags zu sein und Zeit zusammen zu verbringen. Danach aber, beim Aufräumen, ging Linda eine Sache, die Tom gesagt hatte nicht aus dem Kopf.

"Du, Tom?"

"Ja?"

"Was du vorhin über die Welle gesagt hast ..."

Tom war gerade fertig mit Spülen und packte die sauberen Teller weg.

"Ja, tut mir leid, ich verspreche, ich halte mich ab sofort zurück."

"Nein, das meinte ich nicht, denn auch wenn ich gelacht habe, war es sehr wohl romantisch." Linda kaute auf ihrer Unterlippe. "Ich meine das mit Sam und Joy."

"Dass sie ausflippen würden, wenn ich um deine Hand anhalte?" Sie nickte und Tom zuckte mit den Schultern. Ein leichtes Lächeln umspielte seinen Mund. "War nur eine Vermutung. Mach dir keine Gedanken, ich warte, bis wir beide volljährig sind." Er zwinkerte ihr zu und ging dazu über, die Kühlbox wieder in den Chevy zu schieben. Sie kam hinterher und wartete, bis er sich umdrehte.

"Für mich macht es keinen Unterschied, ob du mir einen Anhänger oder einen Ring gibst. Ob du mich fragst oder bei Sam um meine Hand anhältst. Das einzig Wichtige für mich ist, dass du mich liebst." Sie legte ihre Arme um seinen Hals.

Alles an ihm ist so unheimlich sexy, dachte Linda verliebt. Er hatte sich noch nicht rasiert und seine Bartstoppeln hatten die Farbe von dunklem Karamell. Seine Lippen waren absolut perfekt, voll und gleichmäßig geformt. Die längeren Haare an seinen Schläfen drehten sich in je einem verspielten Wirbel über den Ohren. Es waren aber nicht nur seine äußerlichen Attribute, die sie liebte. Er war selbstbewusst und klug, manchmal aber auch wild und zügellos. Gleichzeitig machte er alles mit einer außerordentlichen Leidenschaft und seine bloße Nähe brachte ihren Körper in Aufruhr.

Tom zog sie an sich und küsste sie zärtlich. In diesem Moment war er kein siebzehnjähriger Junge mehr, denn wenn seine blauen Augen sie ansahen, sah er eine Frau und kein Mädchen. Und dieses Gefühl fand Linda phänomenal.

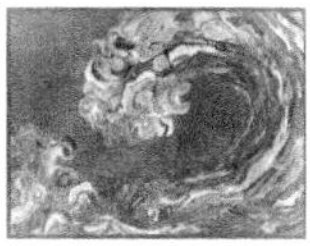

"Sam, so geht das nicht. Du musst mir die Möglichkeit geben, es zurückzuzahlen."

"Da ist nichts zurückzuzahlen. Erstens schuldest du uns nichts, zweitens sind wir eine Familie und drittens schuldest du uns nichts."

Tom sah Lindas Onkel frustriert an.

"Dann lass mich wenigstens einen Teil zahlen."

Es ging wieder einmal um die Kosten für die rechtliche Vertretung.

"In Ordnung, dann gib mir den Betrag für deine Kaution."

"Das habe ich bereits getan, gleich am selben Tag."

"Na also, dann ist das Thema ja beendet." Sam saß in seinem Sessel und starrte demonstrativ in die Tageszeitung.

Tom seufzte entnervt. Lindas Onkel hatte bereits beim letzten genauso hoffnungslosen Gespräch betont, dass Dr. Hartmans Dienste ohnehin nicht nur für ihn gewesen waren, wenn man es genau nahm, sondern auch für Linda.

"Hört auf mit dem streiten." Joy war ins Wohnzimmer gekommen und stellte eine Kanne Kaffee auf den Tisch.

Tom sah sie an. Sams Frau war auch keine große Hilfe, denn wenn es um solche Dinge ging, hielten die beiden zusammen, wie Pech und Schwefel. Im Grunde verstand er ihn, denn umgekehrt hätte er wahrscheinlich auch nichts angenommen. Es war trotzdem ärgerlich.

"Okay, ihr habt gewonnen, ich gebe auf. Danke für die Hilfe."

Sam nickte und lächelte. Der Dickkopf des Jungen war für ihn nichts Neues.

Alles in allem war das vergangene halbe Jahr jedoch voller positiver Ereignisse gewesen. Die Fowlers hatten wie erwartet sowohl Tom als auch Linda angezeigt, allerdings war Taylor nicht die Einzige gewesen, die Erfahrungen mit Matthews perverser Seite gemacht hatte. Es kamen eine Handvoll Mädchen zusammen, die entweder aus eigenen Stücken oder auf Taylors Bitte hin eine Aussage gemacht hatten. Mit solch einem Aufgebot hatte Dr. Hartman es dann mehr als leichtgehabt, das Zivilverfahren gegen seine Schützlinge im Keim zu ersticken.

Matthew wurde im Prozess zu fünf Jahren Haft verurteilt, musste eine beachtliche Geldstrafe zahlen und erhielt zudem einen Eintrag im Verzeichnis für Triebtäter. Eventuell wäre sein Verfahren anders ausgegangen, hätten sich nicht so viele Opfer gemeldet, aber er war, wie die Staatsanwältin es ausgedrückt hatte, *überaus beharrlich in seiner kriminellen Entwicklung vorangeschritten.* Aus dem Grund hatte ihn das Gericht auch als Erwachsenen eingestuft.

Toms Anklage hatte ursprünglich auf Körperverletzung gelautet, aber rechtlich überwog der Aspekt der Notwehr und er verließ den Saal mit einem Freispruch.

Die Nähe zum Familienanwalt der Connors hatte Tom allerdings noch eine weitere Sache erleichtert, und zwar sein Vorhaben sich vor seinem achtzehnten Lebensjahr mündig sprechen zu lassen. Alle Probleme mit Mitchell und seiner Mutter in seiner Jugend, inklusive der fehlenden Unterstützung bei seiner letzten Verhaftung, hatten als Beweise dazu beigetragen, dass der Antrag problemlos genehmigt worden war. Die Ankunft des offiziellen Schreibens lag nun eine Woche zurück und Tom hatte seitdem viel Zeit mit der Suche nach einer günstigen Mietmöglichkeit verbracht.

Seit Mitchell nämlich von dieser neugewonnenen Unabhängigkeit erfahren hatte, war es daheim immer unerträglicher geworden. Es machte ihn rasend, dass er durch den Gerichtsbeschluss keine Handhabe mehr über Tom hatte. Fast täglich machte er seinem Stiefsohn klar, dass er in dem Haus nichts mehr zu suchen hatte.

Tom war ganz seiner Meinung und sah täglich durch die Immobilienseite der Zeitung. Er wollte seinem ursprünglichen Plan folgen und auf Linda warten, bis sie mit der Highschool fertig war. In wenigen Monaten würde er seinen Abschluss in der Tasche haben und konnte seine Schichten bei Morello danach locker verdoppeln. Er würde arbeiten und Geld sparen. Als Senior hatte er in seinem letzten Semester verschiedene collegevorbereitende Tests ablegen müssen, die allesamt überdurchschnittlich gut ausgefallen waren. Die meisten seiner Mitschüler waren mit ihren Ergebnissen bereits bei allen möglichen Colleges vorstellig geworden, allerdings hatte er weder Bewerbungen geschrieben noch welche abgeschickt.

Toms Telefon klingelte. Er sah auf das Display, aber es war eine unbekannte Nummer.

"Entschuldigt mich kurz ... ja bitte?"

"Guten Abend, spreche ich mit Thomas King?"

"Ja das tun Sie."

"Ah wunderbar. Sie haben mir eine E-Mail wegen der Wohnung über der Garage geschickt."

"Genau. Ist sie noch frei?"

"Ja das ist sie. Der letzte Interessent ist abgesprungen. Wenn Sie möchten, können Sie vorbeikommen und sich alles ansehen."

"Fantastisch. Würde morgen früh passen?"

"Ist zehn Uhr recht?"

"Ja, danke. Perfekt." Er musste seine Schicht erst um elf antreten.

"Gut, dann bis morgen. Klingeln Sie bei Wilkins."

Tom bedankte sich und legte auf. Er war für das Telefonat nur in die Diele hinausgegangen, hatte aber die Zwischentür offengelassen. Sam und Joy hatten das Gespräch sicherlich mitbekommen, Linda war allerdings noch bei ihrer Fahrprüfung und er konnte kaum erwarten, ihr die Neuigkeit zu erzählen.

Es war viel Zeit vergangen, bis sie sich endlich dazu durchgerungen hatte, den Test zu machen. Geübt hatte sie viel, es aber immer wieder aufgeschoben, da sie keine wirkliche Notwendigkeit dafür gesehen hatte. Auch mit der Fahrerlaubnis durfte sie sich gemäß Vorschriften ohnehin nur zu bestimmten Zeiten alleine hinters Steuer setzen. Der Staat New York erlaubte Sechzehnjährigen das Fahren zwischen sechs Uhr morgens bis elf Uhr abends, bei Siebzehnjährigen war es nachts bis eins legal.

Der Fahrlehrer hatte sie direkt nach der Schule mitgenommen und hatte versprochen, sie daheim abzusetzen. Als sie kurze Zeit später durch die Haustür kam, lief Tom ihr bereits entgegen und schloss sie in seine Arme.

"Hi Baby, wo warst du? Hab dich vermisst."

Linda lachte und boxte ihn in die Schulter.

"Sehr witzig." Sie zog sich schnell die Schuhe aus und schlüpfte in ihre Pantoffeln, während Tom etwas ungeduldig neben ihr stand.

"Ja und?"

Sie zuckte mit den Schultern. Linda hatte kein wirkliches Pokerface und er durchschaute sie, noch bevor sie anfangen konnte zu lachen.

"Es war so leicht! Alles perfekt!" Sie strahlte ihn stolz an. Tom hob sie hoch und wirbelte sie herum.

"Herzlichen Glückwunsch! Ich hatte keinen Zweifel! Das muss gefeiert werden."

"Das hört man gerne." Sam stand in der Tür zum Wohnzimmer und grinste. Tom setzte sie ab und ließ ihn gratulieren.

"Wo ist Joy?"

"Bestimmt in der Küche. Ich glaube, sie hat alkoholfreien Sekt kaltgestellt."

Tatsächlich war ihre Tante aber im Wohnzimmer und wartete, bis Linda vergeblich die Runde durch die Küche gemacht hatte. Dort stand sie gemeinsam mit Sam und Tom und hielt einen Kuchen, der geformt war wie ein Auto. Darauf brannten vier Kerzen in der Form von Reifen.

Linda hielt sich die Hand vor den Mund.

"Oh mein Gott, was ist das denn?" Sie freute sich riesig über die Überraschung. Alle drei schrien aus voller Kehle nochmal *HERZLICHEN GLÜCKWUNSCH* und Joy wartete, bis sie die Kerzen ausgeblasen hatte. Dann legte sie den Nachtisch ab, um sie zu umarmen.

"So meine Große, jetzt kannst du ganz offiziell die Gegend auf vier Rädern unsicher machen."

"Danke! An euch alle drei. Die Torte ist der Hammer."

"Das ist auch keine gewöhnliche Ladentorte." Joy zwinkerte. "Es ist eine Tiramisu Torte."

"Eine was?" Sie starrte ihre Tante verwundert an.

"Tom hat den Konditor von Morello dazu überredet, sie zu machen."

"Oh mein Gott. Ich bin im Himmel."

Joy schnappte sich ein Messer.

"Wer möchte ein Stück?"
Das *ICH* kam von allen im Chor zurück.

"Das war das beste Abendessen überhaupt, Zuckerschock inklusive!" Linda rieb sich zufrieden den Bauch.

"Ich bin ganz deiner Meinung." Joy schmunzelte. "Übrigens, was ich noch fragen wollte, Thomas, dein Telefonat vorhin, war das eine gute Nachricht?"

"Ja, das war Mrs Wilkins. Sie ist eine der Leute, die ich wegen einer Vermietung angeschrieben hatte. Ich sehe mir die Wohnung morgen früh an."

"Das ist ja fantastisch!" Linda wusste, wie viel ihm daran lag, bei sich daheim wegzukommen, besonders jetzt da er nicht mehr rechtlich dort wohnen musste.

"Möchtest du mitkommen? Ich muss danach zwar arbeiten, aber der Termin ist um zehn. Ich nehme nicht an, dass es allzu lange dauert."

"Ja sehr gern."

"Thomas, du musst uns unbedingt Bescheid geben, ob dir das Apartment gefällt. In dieser Gegend sind gute Wohnmöglichkeiten Mangelware oder sehr teuer."

"Ach genau, ihr fahrt ja schon früh morgens los." Tom nickte. "Klar, ich gebe Bescheid."

Sam und Joy fuhren übers Wochenende zu einem ihrer geliebten Partnerwochenenden. Das war etwas, dass sie mindestens einmal im Quartal taten, und nun zog es sie in eine idyllische Hütte im Norden. Linda musste sich ein Grinsen verkneifen. Die Aussicht, mit Tom allein im Haus zu sein, hatte ihr bereits die gesamte Woche über ein Lächeln auf die Lippen gezaubert. Ihre Privatsphäre wurde weitestgehend akzeptiert, jedoch war es nicht das gleiche, wie zu wissen, dass man wirklich ungestört war.

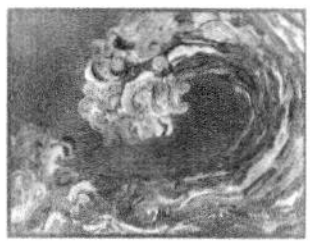

Fünf vor zehn standen Tom und Linda bei dem Ehepaar Wilkins vor der Tür.

Das Haus stand etwas abseits der Straße, versteckt hinter alten Bäumen. Damit lag die kleine Wohnung über der Garage gut geschützt unter riesigen Baumkronen. Das half mit dem Straßenlärm und hatte zudem eine schöne Aussicht ins Grüne.

Ein älterer Herr öffnete. Scheinbar hatte ihn seine Frau aber informiert, denn er war gleich im Bilde, wer da vor ihm stand.

"Ah, Mr King, schön, dass Sie so pünktlich sind." Das war ein gutes Zeichen, dachte Mr Wilkins. Bei jungen Menschen musste man heutzutage darauf achten, dass gewisse Standards vorhanden waren. Diesbezüglich warf er auch gleich einen neugierigen Blick auf Linda. "Habe Sie vor gemeinsam einzuziehen oder sind es nur Sie allein?"

"Nein, Mr Wilkins, nur ich. Sie ist nur als moralische Unterstützung dabei. Sie wissen doch", er zwinkerte dem Mann verschwörerisch zu, "Frauen haben einen besseren Blick für alles Kreative."

Mr Wilkins grunzte, aber nickte gleichzeitig. Scheinbar war er zufrieden mit dieser Antwort.

"Warten Sie, ich hole nur schnell die Schlüssel." Er drehte sich um und ging an den Garderobentisch gleich hinter der Eingangstür. "Meine Frau hat sie hierhin gelegt. Sie musste leider weg, um sich um ihre kranke Mutter zu kümmern, kommt allerdings heute Abend wieder. Ah ja, hier sind sie." Er kam zurück an die Eingangstür und reichte Tom einen kleinen Ring mit zwei Schlüsseln daran. "Meine Knochen sind nicht mehr die jüngsten und Treppen machen mir etwas zu schaffen. Meine Frau kümmert sich gewöhnlich um die Wohnung, aber wie gesagt, sie kommt erst später. Ich hoffe, es macht Ihnen nichts aus, erst einmal alleine hochzugehen."

"Keineswegs. Ich schließe ab, wenn ich fertig bin, und bringe sie Ihnen dann wieder."

Mr Wilkins nickte und erklärte Tom, wo der Eingang war. Einer der Schlüssel gehörte zum Gartenzaun, der nachts abgeschlossen wurde und der andere war für die Wohnung selbst.

Sie bedankten sich und marschierten um das Haus herum.

"Netter Kerl." Linda hatte ihn sofort sympathisch gefunden, aber Tom runzelte nur die Stirn.

"Wenn du meinst." Ihm war er ziemlich griesgrämig vorgekommen.

Sie stiegen an der Seite der Garage eine kleine Treppe hinauf und Tom schloss auf. Viel hatte er nicht erwartet, aber die Raumaufteilung überraschte ihn. Auch sah es frisch renoviert aus und roch auch so.

"Oha! Das ist ja richtig schnuckelig." Linda hatte Toms derzeitige Wohnsituation nur gesehen, wenn er das Telefon im Videochat herumschwenkte, aber sogar auf dem kleinen Bildschirm ihres Telefons hatte die Garage immer noch ausgesehen wie eine Garage. Der Raum hier war ähnlich groß, aber es sah aus wie richtiger Wohnraum.

Wenn man hereinkam, stand man direkt im Wohnzimmer. In der entgegengesetzten Ecke konnte man eine kleine Kochzeile sehen und dahinter ging eine Tür in den nächsten Raum. Höchstwahrscheinlich das Bad. Vom Wohnzimmer durch eine halbhohe Wand getrennt, endete der Raum mit dem Schlafzimmer. Der machte etwa ein Drittel des gesamten

Raumes aus, aber dort brauchte man auch nicht viel. Bis auf die Küchenzeile standen keine Möbel drin. Der Boden war Laminat in Holzoptik und gab dem Ganzen eine wohnliche Wärme.

"Ich glaube, die haben sich vertan." Tom runzelte die Stirn.

"Was meinst du?"

"Sie wollen 400 Dollar Miete. Warm."

"Ja und?"

"Was ich bisher gesehen habe, war locker das Doppelte und lange nicht so schön."

"Heißt das, du nimmst es?"

Tom drehte sich zu ihr um und schloss sie in seine Arme.

"Hundertprozentig. Auch wenn ich erst mal auf einer Matratze auf dem Boden schlafen muss." Er küsste sie, glücklich über die Aussicht einer stressfreien Bleibe. Sobald er den Mietvertrag unterschrieben hatte, würde er seine restlichen Sachen holen und musste weder Mitchell noch seine Mutter je wieder sehen.

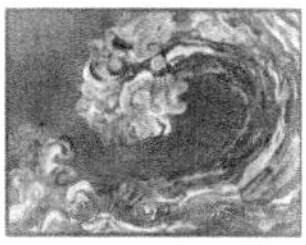

Als Linda ihre Haustür öffnete, wunderte sie sich nicht schlecht, Tom in Arbeitskleidung vor ihr stehen zu sehen.

In seiner linken Hand hielt er eine Sporttasche, in der rechten eine Tüte mit verschiedenen Behältnissen. Er gab ihr einen schnellen Kuss und trat ein.

"Bevor du etwas sagst, ich weiß ich rieche wie italienisches Essen, aber ich dachte, ich dusche hier und spare etwas Zeit."

"Damit habe ich absolut kein Problem."

"Mit dem Geruch oder der Dusche?"

Sie knuffte ihn lachend in den Arm. Die Sporttasche plumpste mit einem dumpfen Schlag auf dem Boden, aber die Tüten stellte er behutsam ab, dann wirbelte er sie herum.

"Ich habe dich so vermisst."

"Und ich dich erst. Ich verhungere nämlich gleich. Hast du schon was zu Abend gegessen? "

"Nein, aber ich hab uns was von Morello mitgebracht."

"Wow. Lass mich raten? Das eine Pastagericht, von dem ich immer schwärme?"

"Du hast es erfasst." Er übergab ihr die Tüte. "Inklusive Knoblauchbrot, aber das muss man noch in den Backofen schieben. Habe es extra jungfräulich einpacken lassen, damit wir es frisch backen können."

"Das hört sich fantastisch an. Wenn ich dich nicht bereits lieben würde, hättest du jetzt definitiv mein Herz erobert. Ich schmeiß gleich den Ofen an. Geh du inzwischen duschen."

"Geht klar." Tom sah ihr noch ein paar Sekunden hinterher, dann aber seufzte er glücklich und ging mit seiner Sporttasche die Treppe hinauf.

Nach dem Essen saßen sie gemeinsam auf der Couch und zappten durch die Sender. Hin und wieder blieben sie an lustigen Sitcoms hängen oder an einer spannenden Gerichtsshow, aber hauptsächlich war das Fernsehen mehr Hintergrundgeräusch, während sie herumalberten oder knutschten.

Das Wochenende am See hatte ihrer Beziehung eine komplett neue Tiefe vermittelt. Die Intimität der Gespräche und die körperliche Nähe hatten beiden ein Gefühl der Sicherheit und Permanenz geschenkt. Sogar Sam und Joy schienen sich keine Sorgen mehr zu machen.

"Ich habe ganz vergessen, dir zu erzählen, dass ich eine Gehaltserhöhung bekommen habe."

"Was im Ernst? Das ist ja fantastisch. Herzlichen Glückwunsch." Sie sah zu der kleinen Nische, in der die Bar stand. "Das müssen wir irgendwie feiern, aber ich glaube nicht, dass Sam etwas zum Anstoßen hat." So wie sie ihren Onkel kannte, war in der Sammlung kein Sekt.

Tom sah sie verwundert an.

"Was? *Du* möchtest Alkohol trinken?" Linda zuckte nur mit den Schultern. Tom stand auf und ging an Sams Bar. "Warte, ich sehe mal nach, ob er etwas hat, das dir schmecken könnte." Er hantierte mit ein paar Flaschen und fand schnell, was er suchte. "Ah ja, hier." Linda versuchte zu erraten, was es war, aber sie sah nur, wie er eine dunkle Flüssigkeit in ein Glas füllte. Er kam zu ihr zurück und reichte es ihr. "Riech mal daran."

Sie schob ihre Nase über das Glas und schnupperte.

"Hm." Während sie nachdachte, betrachtete Tom sie neugierig, aber sie konnte sich nicht so recht entscheiden, was sie denken sollte. "Es riecht irgendwie nach Pflaume und fast wie Honig. Ist es süß?"

"Portwein hat verschiedene Ausprägungen, je nach Alter. Probier ihn mal."

Sie nippte vorsichtig daran und ließ die Flüssigkeit ein paar Sekunden lang auf ihrer Zunge, dann schluckte sie sie hinunter.

"Hm. Nicht mal schlecht. Joy trinkt gern Portwein." Linda nahm einen weiteren Schluck. "Yep, definitiv besser als Bier." Sie warf ihm einen entschuldigenden Blick zu, aber er lachte.

"Sam kauft nur gute Qualität."

"Es schmeckt auch nach Pflaume, auch etwas nach Schokolade, aber die kommt nicht so stark durch."

Tom drehte die Flasche und las das Etikett. Er pfiff durch die Zähne.

"Das hast du herausgeschmeckt?" Er war ehrlich beeindruckt. Er nahm eine der Whiskeyflaschen auf, drehte sie und lachte. "Wusste ich's doch."

Linda schaute neugierig hoch, nippte aber weiter an ihrem Port.

"Was ist?"

Tom zeigte ihr die Rückseite der Flasche.

"Siehst du diesen Punkt? Das hat Sam schon immer gemacht. Er markiert den Füllstand."

"Ernsthaft jetzt?"

"Ja, aber es ist nicht auf jeder Flasche. Der Portwein zum Beispiel hat keinen." Er ging weiter durch die Reihe. "Volle Flaschen haben keinen, ältere Whiskeys ja, jüngere ... aha, hier ist auch nichts." Er zeigte ihr eine weitere Flasche. "Das ist ein zehn Jahre alter Laphroaig, ein sehr torfiger Single Malt. Als ich jünger war, hat er mich immer an dieser Flasche riechen lassen, weil es einer seiner liebsten Whiskeys ist. Ich habe jedes Mal brav das Gesicht verzogen." Tom lachte leise vor sich hin und holte ein bauchiges Glas aus der Vitrine. Er ließ ein paar Zentimeter der bernsteinfarbenen Flüssigkeit hineingluckern und stellte die grünliche Flasche wieder an ihren Platz. Da Sam ihn selbst oft trank, wurde dieser der Bequemlichkeit halber nicht markiert.

"Wie riecht Torf in Alkohol? Ich kenne nur den aus Schottland, mit dem die Leute ihre Öfen befeuern."

"Genau so. Es wird verbrannt und gibt dem Whiskey sein Aroma." Tom setzte sich auf die Couch und reichte ihr sein Glas. Linda schnupperte auch daran, gab es ihm aber sofort wieder.

"Das brennt etwas in der Nase, aber das Torfaroma ist sehr nett."

"Ich liebe diesen Geruch. Eventuell aber nur deswegen, weil ich immer gesehen habe, wie Sam ihn trinkt und wir dabei unsere schönsten Abende verbracht haben. Solche Kindheitserinnerungen prägen einen manchmal mehr, als man denkt."

"Es ist immer noch etwas merkwürdig für mich, dass ihr eine gemeinsame Vergangenheit habt, von der ich fast nichts weiß."

"Dafür haben wir nun eine gemeinsame Zukunft." Er trank einen Schluck.

"Und ich werde jede Sekunde davon lieben."

Als er sie daraufhin lange küsste, konnte sie den aromatischen Torf in ihrer Nase spüren.

Tom fuhr den Tahoe nicht wie gewohnt vor die Garage, sondern hielt am Bordstein.

Er sah das Heck von Mitchells Wagen an der Seite des Hauses hervorlugen und wollte Linda so weit wie möglich von ihm entfernt wissen.

"Ich bin gleich wieder zurück." Er wollte nur schnell in sein altes Zimmer hochgehen und ein paar Kleinigkeiten holen. Seine Mutter hatte ihm geschrieben, dass sie noch ein paar Dinge in der Wäsche gefunden hatte und auch seine Gitarre noch in einer Ecke stand. Auch wenn Tom sehr gut ohne diese Dinge leben konnte, wollte er ihr keinen Grund geben, ihn weiterhin zu kontaktieren.

"Okay, beeil dich."

"Mach ich."

Mitchell hatte scheinbar schon damit begonnen, die Garage zu entrümpeln, denn als er den Knopf für das Tor betätigte, waren die meisten Dinge bereits um- oder weggeräumt.

In die neue Wohnung hatte er nur seine Matratze mitgenommen, Kleidung und persönliche Dinge. Den Rest wollte er sich nach und nach selbst zusammenstellen, alles andere war mit Erinnerungen verknüpft, die er vergessen wollte.

Linda sah ihm hinterher, wie er durch die Garage lief und dann dort durch eine Tür ins Haus. Ihr Handy klingelte.

"Hi Sam!"

"Hi mein Schatz. Was macht ihr Schönes?"

"Wir sind auf dem Weg in die neue Wohnung, um die Küche etwas einzurichten. Na ja, was man eben so braucht in einem neuen Haushalt und Tom ist noch schnell an seinem Elternhaus vorbeigefahren, um ein paar Sachen zu holen. Ich warte im Wagen auf ihn. Seid ihr bereits auf dem Weg zurück?"

"Ja, wir sind fast am Haus."

"Ah gut. Hattet ihr eine schöne Zeit?"

"Oh ja, die Beste!" Das war Joy, die beiden telefonierten über den Lautsprecher im Auto. Joy umriss ein paar Highlights, versprach aber auch, später mehr ins Detail zu gehen.

"Wundervoll. Ich kann es kaum erwarten, Bilder zu sehen."

"Das wirst du und zu allem gibt es fantastische Anekdoten."

"Ich bin in ein paar Stunden wieder zurück. Tom muss heute Abend ohnehin arbeiten."

"Der Junge ist wirklich fleißig. Es sollte an die Schule denken."

"Seine Prüfungen hat er ja bereits hinter sich. Das ist für ihn eine große ..." Linda hatte *Erleichterung* sagen wollen, wurde allerdings durch ein klirrendes Geräusch unterbrochen. Es war eines der Fenster im ersten Stock. Sie traute ihren Augen nicht, denn gerade war dort eine komplette Gitarre hindurchgesegelt. Das etwas lädierte Musikinstrument lag traurig im Vorgarten. Als sie ihr Autofenster herunterließ, konnte sie eine Männerstimme brüllen hören. "Ich muss Schluss machen. Mitchell scheint sich mit Tom zu streiten."

"Linda, halt dich von dort fern!"

Sams Ton ließ keinen Raum für eine Widerrede, aber seinen nächsten Satz hörte sie nicht mehr. Sie war mit einem Fuß bereits aus dem Chevy.

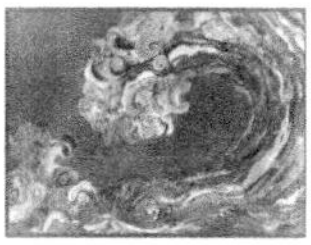

Als Tom durch das offene Tor der Garage trat, fühlte er sich sofort wieder unwohl.

Dieses Gefühl war seit Mitchells Einzug immer präsent gewesen, aber in diesem Moment flutete es sein ganzes Sein. Überall standen Sachen herum und es sah aus, als würde Mitchell nicht nur die Garage ausmisten, sondern das ganze Haus. Tom holte die Schlüssel aus seiner Tasche und öffnete die Verbindungstür zum Haus.

Von seinem Stiefvater war nichts zu sehen. Eventuell war er oben und schlief, umso besser dachte er und ging weiter zur Treppe. Er wollte diesen Abstecher so schnell wie möglich hinter sich bringen.

Die alten Holzstufen knarrten leicht, als er hochging. Zuvor war es ihm nie so deutlich aufgefallen, aber wenn man leise sein wollte, störte jedes noch so kleine Geräusch. Oben angekommen bog Tom gleich nach rechts ab und ging zu seinem ehemaligen Zimmer.

Die Tür stand offen. Drinnen vor dem Tisch stand ein Karton. Noch während er ihn aufklappte, hörte er im Gang hinter sich Schritte.

"Ach, wen haben wir denn hier?" Als Mitchell das Zimmer betrat, erhob Tom sich sofort. In einer Hand hielt er eine Bierflasche. Unfassbar, dachte Tom, sonntags fing der aber früh an.

"Mom hat mich gebeten, ein paar Sachen abzuholen. Bin gleich wieder weg." Er nahm die Schlüssel und den Garagenöffner aus der Hosentasche und hielt sie sichtbar hoch, bevor er beides auf die Kommode legte. "Hier sind die Hausschlüssel und die Fernbedienung."

Mitchell stand immer noch in der Tür und starrte ihn mit zusammengekniffenen Augen an.

"Ich kann mich nicht daran erinnern, dich hereingelassen zu haben." Er kam ein paar Schritte ins Zimmer hinein und sah sich um. "Jetzt, wo du meinst, nicht mehr hier wohnen zu müssen, solltest du ein wenig mehr Respekt vor anderer Leute Eigentum haben, meinst du nicht?"

Tom trat ein wenig zur Seite, als Mitchell sich weiter näherte. So, wie er momentan seine Worte in die Länge zog, schien das Bier in seiner Hand nicht das Einzige zu sein, dass er an diesem Tag getrunken hatte. Angeheitert war dieser unausstehliche Mann immer auf Streit aus.

Tom allerdings hatte keine Lust auf eine Diskussion.

"Es tut mir leid, ich wollte sicherlich nicht respektlos sein. Ich hatte nur vor die Sachen zu holen. Bin gleich wieder weg."

Mitchell hielt sich an der Tischkante fest und sah zur Gitarre.

"Alles, was du hast, hat Vivian dir gekauft. Von meinem Geld. Wenn du sie haben möchtest, dann erwarte ich, dass du sie bezahlst."

"Soweit ich weiß, bezahlt man Geschenke nicht." Tom biss sich sofort auf die Zunge und fluchte innerlich. Warum musste er immer Kontra geben?

Sein Gegenüber knurrte.

"Du bist ein undankbarer kleiner Scheißer." Mitchell griff nach der Gitarre und hielt sie am Hals. "Erst wohnst du hier ohne Miete und nun, da du ausziehst, meinst du, du kannst hier hereinspazieren und dir einfach nehmen, was du willst?"

Er stellte die Bierflasche auf den Tisch, "so läuft das nicht Freundchen."

Tom wusste nicht, was Mitchell vorhatte, versuchte aber, ihm auszuweichen so gut es ging. Hinter ihm war nur das Fenster, aber er wich trotzdem weiter zurück, bis er den Sims im Rücken fühlte. Der Tisch stand links von ihm, zu seiner Rechten war nur noch die Wand. Viel Platz zum Manövrieren blieb ihm nicht und im Notfall würde er ihn einfach wegstoßen, aber eine handgreifliche Auseinandersetzung musste die letzte Option sein.

Mitchell hob die Gitarre über seine Schulter und hielt sie wie einen Baseballschläger. Erst wollte Tom noch etwas sagen, um ihn zu beruhigen, aber es war zu spät. Mitchell holte aus und schwang sie in einem großen horizontalen Bogen direkt auf ihn zu.

Tom reagierte instinktiv. Er duckte sich und machte einen Schritt nach vorn, wie im Football, wenn man den Gegner angreift. Damit wollte er eigentlich erreichen, dass Mitchell das Gleichgewicht verlor, aber der Mann war zu massiv. Tom schaffte nur, dem Instrument auszuweichen, büßte dabei aber seine eigene Balance ein. Er prallte ab, fiel unsanft gegen den Tisch und rollte von dort auf den Boden.

Die Kollision warf Mitchell natürlich etwas nach hinten, aber da er sich in den Schwung hineingelehnt hatte, konnte er seine Körperkontrolle leicht wiedererlangen. Sein Halt an der Gitarre jedoch war eine andere Geschichte. Seine Finger öffneten sich und ließen das schöne Instrument in einer geraden Linie durch das Fenster segeln. Das Glas zersprang mit einem lauten Knall.

Ein paar Sekunden lang sah Mitchell der Gitarre ungläubig durch das entstandene Loch hinterher, drehte sich dann aber sofort nach Tom um. Der versuchte gerade wieder aufzustehen.

Mitchell holte aus und trat ihn in die Seite. Tom schrie unwillkürlich auf.

Zuvor, als er an die Tischkante gekommen war, hatte es bereits höllisch wehgetan, aber zu dem Zeitpunkt hatte er nur versucht, von Mitchell wegzukommen. Nun rollte er sich auf den Rücken, eine Hand schützend über der sicherlich gebrochenen Rippe, die andere vor sich zu Abwehr.

"Mitchell, hör auf!" Sein Flehen ging etwas unter, denn Mitchell hatte begonnen ihn lautstark zu beschimpfen. Er war außer sich, weil er jetzt ein teures Fenster kaufen musste und noch wütender, weil Tom ihn angegriffen hatte. Sein Blick fiel auf einen Baseballschläger, der einsam in der gegenüberliegenden Ecke lehnte. Ohne groß darüber nachzudenken, nahm er ihn auf. Tom drehte sich stöhnend auf seine heile Seite. Er wusste, dass er aufstehen musste, sollte er eine Chance gegen diesen Mann haben, aber Mitchell hatte es nicht weit zu ihm. Er bekam einen weiteren Fußtritt, bevor er sich überhaupt hinknien konnte, und fiel rücklings gegen die Box. Er ächzte. "Lass mich in Ruhe, du stinkendes Arschloch!"

Mitchell dachte gar nicht daran. Er tippte ihm mit dem Baseballschläger unsanft gegen die Schläfe. Der gebrochene Rippenknochen trieb Tom bereits Tränen in die Augen, aber er wollte sich nicht die Blöße geben und vor diesem Ekel heulen.

Mitchell zeigte auf die klaffende Öffnung.

"Das Fenster bezahlst du mir."

"Du kannst mich mal."

Auf einmal sah Mitchell komplett rot.

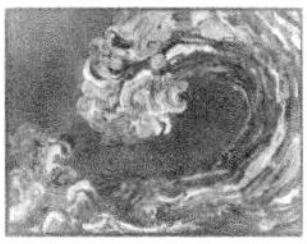

Linda lief, so schnell sie konnte auf die offene Garage zu.

Sie war sich nicht sicher, was sie zu tun beabsichtigte, aber im Wagen warten konnte sie nicht mehr, nachdem sie die Gitarre gesehen hatte. Sams Warnung, sich von diesem Haus fernzuhalten rang ihr noch in den Ohren, als sie unter der Garagentür durchlief, aber sie schob den Gedanken beiseite. Er hatte gleich noch mal zurückgerufen, aber sie hatte das Telefon in die Hosentasche gesteckt und war losgerannt.

Ihre unmittelbare Umgebung erinnerte sie schwach an die Bilder aus ihren Videochats, allerdings war die Garage nun voll Gerümpel. Linda schob die Verbindungstür auf und horchte. Das Gebrüll, das sie bereits von der Straße aus mitbekommen hatte, war von hier aus klar und unmissverständlich. Es kam aus dem oberen Stockwerk.

Später würde Linda an diesen Moment zurückdenken und nicht mehr nachvollziehen können, wo ihr Mut hergekommen war. In diesem Augenblick aber konnte sie nur daran denken, dass sich Tom eventuell in Gefahr befand. Kurz wünschte sie sich noch, dass sie die Polizei verständigt hätte, aber dafür war es jetzt zu spät. Ihre Liebe trieb sie voran, durch das Wohnzimmer hindurch und die Treppe hoch. Als sie oben am Geländer entlanglief, konnte sie bereits in das Zimmer hineinsehen. Die Szene, die sich ihr bot, ließ sie alle Vorsicht vergessen. Mitchell stand über Tom, der zusammengekrümmt am Boden lag und bearbeitete ihn mit wilden Tritten. Ihr gesunder Menschenverstand, der ihr sagte, dass sie gegen einen ausgewachsenen Mann keine Chance hatte, klinkte sich vollkommen aus. Als Mitchell kurz innehielt, um mit dem Baseballschläger auszuholen, hatte Linda bereits Anlauf genommen.

Wer nicht hören will, muss fühlen. Ich werde dir schon Respekt beibringen. Ja ... hier hast du.

"Ich werde dir schon Respekt beibringen du kleiner Wichser!" *Gott fühlt es sich gut an, diesem kleinen Scheißer mal gehörig eine reinzuhauen. Er winselt so schön, wenn der Tritt gut sitzt. Und hier noch einer ... ja genau. Ich bekomme dich schon noch zum Heulen. Hm, vielleicht noch ein kleiner Schlag mit dem Baseballschläger. Ha! Das hat gesessen. Wohin als Nächstes? Ich erteile ihm eine Lektion, die er so schnell nicht mehr vergessen wird.*

Was? Wer ist das?

"AU! VERDAMMT!" *Scheiße, direkt ins Fenster, ich habe mich geschnitten ... diese kleine Nutte, das wird sie bereuen. Nein oh nein!* "NEIN! NEIN!"

Lindas Atmung ging schnell, schneller als je zuvor. Sie hatte den Mann nur von Tom wegbekommen wollen, er hatte die Balance verloren und war einfach nach hinten gestürzt.

Mitchell hatte mit den Armen gerudert und es hatte kurz ausgesehen wie in Zeitlupe. Die verbliebenen Scherben des Rahmens hatten tief in seine Oberarme hineingeschnitten, aber dass er komplett hindurchfallen würde hätte sie nie im Leben vermutet. Linda merkte, wie sie begann zu hyperventilieren und schloss kurz die Augen. Sie zwang ihre Lunge zu ein paar ruhigen Atemzügen, aber sie sah immer noch Mitchells aufgerissene Augen vor sich. Schnell drehte sie sich vom Fenster weg, damit sie beim nächsten Blick den blutigen Rahmen nicht mehr im Blick hatte.

Tom stöhnte und sie eilte sofort an seine Seite.

"Tom?" Sie strich ihm vorsichtig ein paar Strähnen aus der Stirn.

Er blinzelte zu ihr hoch.

"Lin, du musst hier weg. Mitchell ..."

"Mitchell kann dir nichts mehr tun." Sie hoffte, dass dies die Wahrheit war. Kurz horchte sie ins Haus hinein, aber es war alles ruhig. Was sollte sie bloß tun, wenn er sich draußen aufrappelte und wieder nach oben kam?

Tom hustete und krümmte sich vor Schmerzen. Linda nahm ihr Handy heraus und wählte den Notruf.

"9-1-1, wo ist der Notfall?"

"In der Kirby Street 34 in Port Chester. Es gab einen Kampf und hier sind zwei Verletzte. Schicken Sie einen Krankenwagen. Bitte machen Sie schnell!" Linda legte sofort auf. Sie wusste, dass die Vermittlung sie nur weiter befragen würde, aber sie wollte sich um Tom kümmern. Unten im Haus polterte etwas.

Oh Gott nein, dachte sie.

"Linda?" Das war Sams Stimme. Gott sei Dank, dachte sie, ihr Onkel musste nach dem Telefonat direkt hierhergefahren sein.

"Wir sind hier oben!" Ein immenses Gefühl der Erleichterung breitete sich in ihr aus.

Sam nahm zwei Stufen auf einmal. Nachdem sie Mitchell im Gras liegend gefunden hatten, war Joy draußen geblieben und hatte schnell eine Decke aus der Garage geholt, um ihn abzudecken. Wenn sie Glück hatten, würde die Polizei vor den Schaulustigen auftauchen. Sam fand seine Nichte und Tom im oberen Geschoss.

"Linda!" Er rannte ins Zimmer und kniete sich neben Tom. Der hustete wieder und spukte Blut auf den Teppich. Linda merkte, wie sich heiße Tränen in ihren Augen sammelten. Sie fühlte sich so hilflos, wie schon lange nicht mehr.

"Thomas?" Sam fuhr ihm beruhigend mit der Hand über den Rücken. Tom hielt sich die Seite und stöhnte leise, aber war noch bei Bewusstsein.

Seine Stimme war sehr leise.

"Sam ... er hat einfach nicht aufgehört."

"Ich weiß, mein Junge, versuche stillzuliegen, der Krankenwagen kommt gleich." Sam sah Linda sorgenvoll an. "Was ist hier geschehen Schatz?"

Sie wischte sich schnell über die Augen.

"Die beiden haben sich gestritten. Man konnte Mitchell bis hinaus auf die Straße brüllen hören, und dann ist eine Gitarre durch das Fenster geflogen. Ich bin sofort ins Haus gerannt und als ich hier oben ankam, habe ich gesehen, wie er ihn immer wieder trat. Er hat auch mit dem Baseballschläger zugeschlagen." Sie hielt ein paar Sekunden inne und unterdrückte ein Schluchzen. "Mitchell hatte gerade wieder ausgeholt, da bin ich einfach auf ihn los. Ich wollte ihn nur von Tom wegbekommen, aber er ist nach hinten getorkelt, ausgerutscht, und durch das Fenster gefallen."

Sam sah zum blutigen Rahmen und sein Blick fiel auf die umgekippte Bierflasche auf dem Tisch. Der Inhalt war längst ausgelaufen.

"Das war eine unheimlich gefährliche Aktion von dir."

"Ich konnte Tom doch nicht einfach diesem Monster überlassen, er hätte ihn umgebracht!" Linda verstummte, als sie Sams Blick sah.

Er schüttelte den Kopf.

"Mitchell war angetrunken und hat sein Gleichgewicht verloren." In der Ferne konnte man Sirenen hören. "Geh bitte zu Joy hinunter und schick die Sanitäter gleich hier hoch." Als Linda zögerte, wurde er forscher. "Geh."

Ihr Herz zog sich zusammen, aber sie verließ wortlos das Zimmer. Sie sah ein, dass der Rettungsdienst sonst nicht schnell genug wissen würde, wo er hinmusste, und das war natürlich eine Priorität. Sie lief hinunter und durch die Garage wieder hinaus. Joy stand in der Einfahrt mit ein paar Leuten zusammen. Als sie Linda sah, kam sie ihr entgegen und schloss sie in ihre Arme.

Mitchells Körper lag regungslos auf dem Gras. Jemand hatte eine Decke über ihn gelegt.

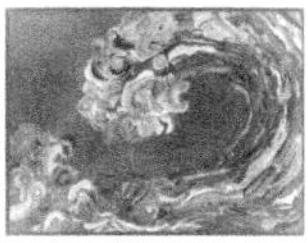

Entfernt nahm Tom ein monotones Piepen wahr, aber sonst schien nur das Rauschen in seinen Ohren zu existieren.

So musste es sich anfühlen, wären Wolken aus Watte und man läge darauf, dachte er schläfrig. Es war ein sehr angenehmes Gefühl. Schlucken war noch etwas schwierig und seine Lunge ließ kein wirkliches Durchatmen zu, aber die Geräusche um ihn herum wurden zunehmend klarer. Er blinzelte leicht und versuchte, seinen rechten Arm zu heben, aber es ging nur schwer, dann erst fühlte er den Druck einer Hand, die seine umklammert hielt.

"Ich glaube, er wird wach."

Lindas Stimme schien von sehr weit her zu kommen, aber sie zu hören war für ihn schöner als alles andere. Jemand machte sich auch an seiner linken Hand zu schaffen.

"Sein Puls ist sogar etwas angestiegen. Ich sag dem Arzt Bescheid, dass er wach ist."

Die fremde Stimme entfernte sich und mit ihr eine grünliche Silhouette. Langsam stellten seine Augen sich scharf.

"Tom?" Linda lächelte ihn an.

"Hey Baby." Der Klang seiner Stimme war nicht mehr als ein Krächzen.

"Möchtest du etwas Wasser?" Als er nickte, ließ Linda seine Hand los. Sie griff nach einem Becher mit Strohhalm und führte diesen vorsichtig an seinen Mund. Die Flüssigkeit schmeckte himmlisch und er sog sie gierig ein. "Hey langsam." Sie war überglücklich, wieder in seine Augen sehen zu können.

Er schluckte noch ein paar Mal, auch wenn langsamer, bis nichts mehr durch den Strohhalm kam.

"Wo bin ich?"

Sam antwortete vom Fußende des Bettes.

"Im Krankenhaus. Du hast uns einen gehörigen Schrecken eingejagt. Als du eingewiesen wurdest, haben sie dich wegen innerer Blutungen sofort operiert, danach hast du zwei Tage geschlafen wie ein Stein, bis eben."

"Wie fühlst du dich?" Linda nahm wieder seine Hand.

Er lächelte, ihre Haut war schön kühl.

"Nach euren besorgten Gesichtsausdrücken zu urteilen sollte ich mich bestimmt schlechter fühlen, aber ich fühle mich okay, nur ein wenig müde."

Die Zimmertür ging auf und eine Frau in weißem Kittel kam herein. Hinter ihr schloss eine Krankenschwester die Tür und folgte der Ärztin ins Zimmer.

"Guten Morgen. Ich bin Dr Marzano, die zuständige Fachärztin für interne Medizin. Mr King, wie fühlen Sie sich?"

Als Tom versuchte, sich etwas aufzusetzen, kam die Krankenschwester ihm gleich zur Hilfe und stellte das Kopfende des Bettes etwas aufrechter.

"Wie in Watte gepackt und extrem müde."

"Das sind die Schmerzmedikamente. Jetzt da Sie wach sind, werden wir die Dosis anpassen." Sie nickte der Schwester zu, die sich auch gleich am Tropf zu schaffen machte. Dr Marzano gab ihr eine kurze Anweisung betreffend der neuen Menge, und wandte sich dann sofort wieder ihrem Patienten zu. "Schmerzen stellen für den Körper nur unnötigen Stress dar, aber es ist auch nicht hilfreich, wenn Sie sich in einem konstanten Dämmerzustand befinden."

"Kann ich bald hier raus?"

Sie lächelte ihn kurz an, konsultierte dann die Mappe in ihrer Hand.

"Wir müssen abwarten. Sie hatten eine Verletzung des Verdauungstrakts, die innere Blutungen verursacht hatte, das wurde operativ behoben. Es war ein endoskopischer Eingriff und verlief ohne Komplikationen. Weiterhin haben Sie Frakturen am fünften und sechsten Rippenknochen. Beides waren einfache Brüche, die innerhalb der nächsten fünf bis sechs Wochen gut verheilen sollten, aber das wird auch die Hauptursache Ihrer Schmerzen sein. Das Einzige, das mir noch Sorgen bereitet sind die Schwellungen an ihrer Wirbelsäule um den dritten und vierten Lendenwirbel. Es kann sein, dass Sie Lähmungserscheinungen bemerken oder stellenweise ein Taubheitsgefühl in den Beinen. Sobald die Entzündung abklingt, sollte die motorische Funktion wiederhergestellt sein. Wir werden das über die nächsten Tage genau beobachten. Haben Sie hierzu noch Fragen?" Dr Marzano sah Tom aufmerksam an.

Tom konnte fühlen, wie er zitterte, aber ihm war nicht kalt. Die Dinge, die Dr Marzano angesprochen hatte, brachten unvermittelt alle Tritte und Schläge in seine Erinnerung zurück. Er schloss die Augen, aber er konnte Mitchell nicht aus seinem Kopf vertreiben. Der hatte inzwischen bestimmt bei der Polizei gelogen, dass er ihn angegriffen hatte. Der Typ würde nie zugeben, dass er ihn im Suff zusammengeschlagen hatte. Er konnte fühlen, wie der Hass in ihm aufloderte, wollte sich aber zusammenreißen, zumindest bis die Ärztin aus dem Raum war. Er schüttelte seinen Kopf.

"In Ordnung. Mein Kollege Dr Stewart und ich sind jederzeit für Sie erreichbar, sollten doch noch Fragen auftauchen." Sie reichte Sam ihre Karte. "Hier ist die Telefonnummer der

Station. Mr Connor, laut der Akte sind Sie und Ihre Frau Mr Kings Notfallkontakte und können auch Informationen abfragen. Trifft dies noch zu?" Sam nickte und die Ärztin wandte sich wieder an Tom und fuhr fort. "Wir tun unser Bestes, damit Sie bald wieder nach Hause können. Es hängt allerdings davon ab, wie schnell die Schwellung an der Wirbelsäule abklingt. Im Idealfall dauert so etwas nicht mehr als ein bis zwei Wochen." Dr Marzano notierte noch ein paar Dinge in seiner Akte und hängte sie in die Vorrichtung am Fußende. Sie verabschiedete sich und ging mit der Schwester nach draußen.

Sam trat ans Bett.

"Thomas, ich kann leider nicht lange bleiben. Ich habe ein wichtiges Meeting mit einem Zulieferer, das ich wahrnehmen muss, aber Linda bleibt hier." Er warf seiner Nichte einen ernsten Blick zu. "In Anbetracht der Umstände kann sie einige Tage beim Unterricht fehlen. Joy und ich kommen heute Abend wieder."

Tom brannte eine ganz andere Frage auf der Seele.

"Wisst ihr, was Mitchell ausgesagt hat?" Er sah von einem zum anderen. "Bei der Polizei meine ich."

Sam sah ihn erst überrascht an, fing sich dann aber sofort.

"Dazu ist es nicht gekommen." Er seufzte.

Im gleichen Augenblick ließ Linda seine Hand los und stand auf.

"Entschuldigt mich bitte."

Ohne ein weiteres Wort verließ sie das Zimmer und Tom sah ihr verwirrt hinterher.

"Habe ich etwas Falsches gesagt? Hat Mitchell euch etwa gedroht?"

Sam kam auf die Seite, die Linda gerade verlassen hatte, und setzte sich auf den nun freien Stuhl.

"Nein, Junge, nichts davon. Die ganze Sache geht ihr nur sehr nahe." Er räusperte sich. Üblicherweise fehlten ihm nie die richtigen Worte, aber in diesem Moment wusste er nicht, wie er es formulieren sollte. "Linda ist bei eurem Streit dazwischengegangen und ..."

"Was heißt *dazwischengegangen*? Hat Mitchell ihr etwas getan?" Er wollte gar nicht daran denken, dass Linda in der Nähe dieses Monsters gewesen war, allerdings konnte er sich an keine Details mehr erinnern. Nach einem der Hiebe war ihm kurze Zeit schwarz vor Augen geworden.

"Nein, hat er nicht. Er hat sein Gleichgewicht verloren und ist aus dem Fenster gestürzt." Während Sam sprach, beobachtete Tom ihn nervös. Er wusste, dass Mitchell ihm für alles die Schuld geben würde, auch wenn er sich im Suff selbst verletzt hatte. "Du warst nicht mehr im Stande, dich zu bewegen und Linda, nun ja, sie ist im Vergleich zu Mitchell reichlich zierlich. Er hat sich bei dem Sturz das Genick gebrochen. Sein Blutalkohol war ziemlich hoch, die Polizei nennt es daher einen Unfall."

Tom begriff erst nicht, was er da hörte und starrte Sam nur an. Das wattige Gefühl war fast ganz weg, aber er schaffte es immer noch nicht, seine Gedanken zu fokussieren.

"Was heißt das? Ich verstehe nicht."

"Er ist tot."

Das Zittern von zuvor kam wieder, diesmal aber heftiger. Sam legte ihm eine Hand auf die Schulter und Tom lehnte seinen Kopf zurück.

"Und er hat ihr wirklich nichts getan?"

"Nein."

"Ich war so wütend auf ihn und jetzt ... jetzt weiß ich nicht wohin damit." Er sah Sam direkt in die Augen, als er begriff, warum sie nach draußen gegangen war. "Macht sie sich etwa Vorwürfe?"

"Um ehrlich zu sein, ich weiß es nicht. Sie hat wenig dazu gesagt, aber ich merke, dass es sie sehr beschäftigt. Ich wollte sie nicht drängen. Es ist erst ein paar Tage her." Sam erhob sich wieder und atmete tief durch. "Ich muss leider los, aber wir reden heute Abend weiter. Wenn was ist, ruft mich direkt auf dem Handy an, in Ordnung?"

Tom nickte, aber in Gedanken war er bei Linda.

Es dauerte fast eine halbe Stunde, bis sie wieder zurückkam. Sam hatte sie scheinbar auch nicht mehr gesehen, denn sie sah sich kurz suchend im Zimmer um.

"Ist mein Onkel weg?"

"Ja ist er. Komm mal her." Tom streckte seine rechte Hand nach ihr aus und sie kam betreten an seine Seite.

"Tut mir leid, dass ich ohne ein Wort weg bin. Ich konnte auf einmal nicht mehr atmen."

"Sam hat mir erzählt, was passiert ist. Es klang wie etwas aus einem Polizeibericht. Ich brauche ein paar mehr Details, aber erzähl mir bitte zuerst, was du dir dabei gedacht hast, in dieses Haus zu gehen."

Linda verzog leicht das Gesicht.

"Erinnerst du dich an die Gitarre?" Tom nickte. "Die kam sehr dramatisch durch das Fenster geflogen. Dann habe ich euch streiten hören, beziehungsweise Mitchell brüllen und dann bin ich einfach hineingerannt."

"Und was genau wolltest du tun?"

"Nun, ich hatte keinen echten Plan. Ich habe mir gedacht, dass er eventuell ein wenig herunterkommen würde, wenn er eine fremde Person sieht."

"Hat ja scheinbar funktioniert." Er sah ihren Blick und merkte, dass der makabre Witz nicht angekommen war. Unter anderen Umständen hätte er bestimmt gegrinst, aber innerlich fühlte er nichts außer Erleichterung. "Er hatte mir einen solchen Schlag versetzt, dass alles sofort schwarz wurde, und das Nächste war deine Stimme. Ich hatte solche Angst um dich."

Sie sah auf seine Hand, begann seine Fingern zu streicheln und sprach leiser als zuvor.

"Als ich nach oben kam, habe ich gesehen, wie Mitchell auf dich eintrat. Du hast dich kaum bewegt. Er hatte einen Baseballschläger in den Händen und holte aus, da bin ich einfach auf ihn zu gerannt. Ich wollte ihn nur von dir wegstoßen Tom. Wirklich. Das Fenster hätte ihn bestimmt aufgehalten, wenn es noch heil gewesen wäre. Es tut mir so leid."

"Sag mir bitte nicht, dass du dich deswegen schlecht fühlst. Du hast mir höchstwahrscheinlich das Leben gerettet und dir selbst auch. Der Typ war ein Irrer."

Sie sah ihn an und schüttelte den Kopf.

"Ehrlich gesagt, deswegen fühle ich mich nicht schlecht. Sam sagt, das ist der Schock und das kommt noch, aber das bezweifele ich. Es ist mehr wegen deiner Mutter ... sie ..." Linda stockte.

Vivian war am gleichen Tag noch ins Krankenhaus gestürmt und hatte alle Anwesenden aufs Übelste beschimpft. Ohne wirklich zu wissen, was passiert war, hatte sie sofort Tom die Schuld an Mitchells Tod gegeben und war nicht zu beruhigen gewesen. Die Krankenhaus Security hatte sie hinauseskortieren müssen. Sie umriss den Vorfall schnell.

"Babe ..." Tom drückte ihre Hand.

"Sie war so wütend." Linda sah ihn an. "Traurig, schockiert, das hätte ich alles noch verstanden, aber wütend?"

Tom verstand. Das Wütende an sich schien sie nicht so zu beschäftigen, wie die Richtung der Emotion. Über Lindas Wangen liefen jetzt Tränen. Sie fand das alles so unfair. Vivian hatte sich nicht ein einziges Mal nach dem Zustand ihres Sohnes erkundigt.

"Komm her." Tom versuchte, sie an sich zu ziehen.

"Was? Ich kann doch nicht ..."

"Doch du kannst. Das Bett ist groß genug." Linda starrte ihn ein paar Sekunden an, gab dann aber seinem Wunsch nach. Vorsichtig kletterte sie auf das Bett und kuschelte sich an ihn. Tom schloss seine Augen und legte seinen Kopf an ihren. "Siehst du, geht doch."

"Ich kann nicht verstehen, wie jemand so sein kann."

Tom dachte daran, wie oft er sich wegen seiner Mutter schon miserabel gefühlt hatte. Ungewollt, einsam, sauer. All diese Emotionen in allen Varianten. Er konnte sich kaum an eine Zeit erinnern, in der sie auch nur annähernd liebevoll gewesen war. Es war, als ob der Tod seines Vaters einen Hebel umgelegt hatte.

"Manche Menschen verkraften den Tod einfach nicht. Versteh mich nicht falsch, ich nehme sie nicht in Schutz, aber indem ich mir das immer vor Augen halte, tut ihr Verhalten nicht ganz so weh, weißt du? Ihre Art mit Stress umzugehen ist nicht wirklich neu."

Linda hob ihren Kopf und sah ihm in die Augen.

"Du meinst deinen Vater."

Tom nickte.

Eine lange Zeit lagen sie schweigend nebeneinander. Irgendwann erzählte Linda ihm von ihrer Aussage bei der Polizei und wie es als Unfall deklariert worden war. Dr. Hartman hatte bereits in den Startlöchern gestanden und hätte als zweite Alternative auf Notwehr im Beistand plädiert, aber er hatte in diesem Fall recht wenig zu tun. Die Polizei war der Meinung, dass ein so großer Mann wie Mitchell sich im Zweifelsfall sicherlich gegen eine so zierliche Person, wie Linda es war, hätte wehren können. Immerhin hatte nicht einmal Tom ihn abwehren können.

"Ist dir klar, dass du mich nun zum dritten Mal gerettet hast? Du musst das echt lassen."

Linda lachte, stutzte dann aber.

"Was meinst du mit *zum dritten Mal*? Ich zähle nur zwei."

"Das erste Mal hast du mich gerettet, als du sagtest, dass du mich liebst."

Linda konnte vor Rührung erst nichts erwidern, aber dann küsste sie ihn.

"Tom?"

"Ja?"

"Für immer."

"Für immer."

"Lizzy!"

"Hey Mädchen, na endlich! Wir haben auf dich gewartet."

Linda hatte Elisabeth in der Krankenhauskantine entdeckt. Sie kam gerade von daheim und hatte noch an der Kaffeestation vorbeigehen wollen, um sich und Tom einen Kaffee zu holen. Elisabeth hier zu sehen war eine schöne Überraschung. Blake war dann sicher auch nicht weit. Sie umarmten sich.

"Bist du schon lange hier?"

"Knapp eine halbe Stunde. Die Jungs wollten etwas bereden, aber lange können wir nicht bleiben. Heute ist nämlich Kinoabend." Elisabeth grinste übers ganze Gesicht und Linda wusste, was das hieß. Blakes Eltern waren wieder mal weg und sie hatten das Haus am Wochenende für sich allein. "Auch Kaffee?"

"Ja gerne, zwei Milchkaffee bitte." Elisabeth bestellte zusätzlich für sie mit. "Ich nehme an, es läuft immer noch gut mit Blake?"

Sie strahlte Linda an.

"Und wie. Es ist fantastisch. Wir haben sogar schon darüber geredet, zusammenzuziehen. Natürlich müssen wir warten, bis wir beide mit der Highschool fertig sind und einen Job haben, so ganz ohne Geld geht das ja nicht. Blake bekommt aber wahrscheinlich ein Football Stipendium. Wir müssen einfach mal sehen, wie alles läuft und welche Uni letztendlich die bessere Wahl ist, aber wenn er nach Pennsylvania geht, dann sehen wir uns erst einmal nur an den Wochenenden."

"Das bekommt ihr schon hin, mach dir keine Gedanken." Linda lächelte ihr aufmunternd zu. Die beiden waren unheimlich verliebt und sie hatte keinen Zweifel daran, dass sie zusammenbleiben würden.

"Danke. Übrigens, wo kommst du überhaupt her? Dachte, du lässt deinen Schatz nie aus den Augen." Elisabeth zwinkerte schelmisch.

"Ich war nur kurz daheim, um ein paar Bücher zu holen. Ich kann ja nicht immer hier sein und dann hat Tom wenigstens etwas zu lesen."

"Super Idee."

"Er hat schon ein Drittel meiner Bibliothek durch." Sie rollte mit den Augen, lachte aber. Es war schön, dass Tom genauso gerne las, wie sie. Manchmal saßen sie einfach beisammen, still in einem Buch vertieft.

Nach wenigen Minuten war ihre Bestellung fertig und sie gingen mit den Getränken Richtung Krankenstation. Im Fahrstuhl sah Elisabeth besorgt zu ihr herüber.

"Wie kommt ihr denn mit dieser ganzen Situation zurecht?"

"Was meinst du?"

"Na ja, ich kann Tom ansehen, dass er ziemlich leidet."

Linda fühlte einen Stich in ihrem Herzen. Vor ihr tat er sein Bestes, um es zu verstecken, und wenn sie nachfragte, war immer alles in Ordnung.

"Wir hoffen, dass alles schnell heilt, aber die Ärztin meinte, es kann dauern. Er beginnt bald mit der Bewegungstherapie. Wir versuchen jetzt erst einmal, die nächsten Schritte zu organisieren, damit er hier raus kann, und dann sehen wir weiter. Sam recherchiert momentan Rampen und Treppenlifte, heute Abend wollten wir das gemeinsam besprechen. Ich denke, es wird seine Laune heben, sobald er in einer angenehmeren Umgebung ist."

Eigentlich hätte er nach wenigen Tagen entlassen werden sollen, aber die Schwellung hatte sich nicht wie erwartet gebessert, und die Ärztin hatte ihn nicht freigegeben. Inzwischen ging es auf die zweite Woche zu.

Als die beiden Mädchen in die Nähe des Zimmers kamen, konnten sie bereits das Lachen von drinnen hören. Die Tür war nur angelehnt. Elisabeth ging voran.

"Hey Blake mach langsam. Der Junge hat immer noch zwei gebrochene Rippen." Auf Elisabeths Rüge hin grinste ihr Freund allerdings nur und erhob sich, um Linda zu umarmen.

"Hi, schön dich zu sehen."

"Hi Blake."

"Mach dir keine Sorgen um deinen Mann, der hält was aus."

"Männer." Elisabeth rollte mit den Augen.

Linda stellte Toms Becher auf seinen Beistelltisch und gab ihm einen schnellen Kuss.

"Danke mein Engel." Er griff nach dem Kaffee.

"Worüber habt ihr euch denn so köstlich amüsiert", fragte Elisabeth neugierig.

Blake winkte ab.

"Ach nichts Besonderes. Tom fand es nur zum Brüllen, dass Mrs Wilkins mit mir geflirtet hat."

"Ach so." Für Elisabeth schien das ein alter Hut zu sein, aber Linda spitzte die Ohren.

"Die Mrs Wilkins, von der du die Wohnung anmietest?"

"Genau." Tom nickte und trank noch einen Schluck, bevor er weitersprach. "Blake ist zu ihr hin, um ihr mitzuteilen, dass ich den Mietvertrag nicht aufrechterhalten werde, und sie hat sich scheinbar sofort in ihn verschossen." Tom fing wieder an zu lachen, hielt sich aber gleich die Seite. Elisabeth erbarmte sich und erzählte den Rest.

"Sie hat uns zu einem Kaffee hereingebeten und uns sogar Kuchen angeboten. Wahrscheinlich dachte sie, wir könnten ihre Alternativmieter werden. Sie hatte sich auf die Couch neben Blake gesetzt und die gesamte Zeit über eine Hand auf seinem Bein gelassen. Ich musste mich echt beherrschen, um nicht loszulachen. Ihr hättet mal sein Gesicht sehen sollen."

Die Grimasse, die Blake während dieser kleinen Anekdote schnitt, war allerdings auch sehr unterhaltsam.

"Oh Mann, das war kaum auszuhalten." Er schüttelte sich. "Tom, ich habe was gut bei dir!"

Plötzlich klopfte es.

"Herein."

Es war Dr Marzano.

"Guten Abend, Mr King." Sie schaute schnell in die Runde und nickte Linda freundlich zu. "Wenn es geht, würde ich Sie gerne ein paar Minuten alleine sprechen."

Blake reagierte sofort.

"Ja natürlich, wir müssen ohnehin los. Wir sehen uns morgen." Blake kam täglich vorbei. Er und Elisabeth verabschiedeten sich und Linda ging mit ihnen vor die Tür. Draußen umarmte Elisabeth ihre Freundin noch einmal.

"Wenn du irgendetwas brauchst, bitte ruf mich an. Damit meine ich auch nicht-schulische Dinge, okay?"

Linda nickte.

"Danke, das bedeutet mir sehr viel." Elisabeth war ein echtes Goldstück, dachte Linda. In der Gruppe war sie die mütterliche, Cat war der coole Kumpel-Typ, während sie selbst für alle die Vertraute war. Mitzi war so ziemlich alles davon in einem, daher liebte sie auch jeder. Linda war über alle Maßen dankbar für diese Clique, inklusive der Jungs darin.

Im gleichen Moment traten Sam und Joy am Ende des Ganges aus dem Fahrstuhl. Blake und Elisabeth blieben noch ein paar Minuten, um ein wenig mit den beiden zu plaudern, machten sich dann aber auf den Weg. Linda sah ihnen nach und spielte nervös mit dem Verschluss ihres Kaffeedeckels.

"Kleines, was ist los?" Joy war immer sehr aufmerksam, wenn es um die Stimmungen anderer ging.

"Ach nichts weiter. Dr Marzano ist gerade bei Tom drinnen. Sie wollte ihn alleine sprechen." Linda versuchte ein Lächeln, aber die Angst siegte. Das Gespräch im Zimmer war jedoch nur ein Teil davon. Es nagte an ihr, dass er das Apartment aufgegeben hatte, ohne ihr ein Wort davon zu sagen.

"Ist bestimmt nur das übliche Arztgespräch." Joy strich ihr beruhigend über den Arm.

Hinter Linda ging die Tür seines Zimmers auf und Dr Marzano kam heraus. Sie legte eine Akte auf die Theke der Schwesternstation und gab ein paar schnelle Anweisungen, bevor sie der kleinen Gruppe zuwinkte. Linda wollte schon in Richtung Zimmer, aber die Ärztin hielt sie auf.

"Guten Abend allerseits." Sie schüttelte allen drei nacheinander die Hand. "Schön, dass ich Sie noch einmal sehe, bevor ich mich ins Wochenende verabschiede."

"Frau Doktor, gibt es bereits Ergebnisse vom Ultraschall?" Sam wusste, dass tagsüber noch eine Untersuchung geplant gewesen war und Toms Anweisung nach durfte die Ärztin ihnen Resultate weitergeben.

"Ja, die gibt es. Die Behandlung der Entzündung war erfolgreich. Die Schwellung ist fast komplett abgeklungen."

"Das ist ja fantastisch", platzte Linda heraus, "dann kann er ja bald wieder laufen."

Die Ärztin lächelte wohlwollend.

"Das wäre wünschenswert. Darauf soll in der Therapie ab nächster Woche auch hingearbeitet werden."

Linda sah sie verwirrt an.

"Moment, ich dachte, die Lähmung käme von der Schwellung."

"Das ist nicht ganz korrekt. Die Schwellung übt zwar Druck auf die Wirbelsäule und die darin befindlichen Nerven aus, ist allerdings nicht alleine für die Obstruktion verantwortlich. Jeder Schlag in diese Körpergegend ist gefährlich und an einer Stelle ist eine Verletzung, die operativ nicht leicht zu erreichen ist. In den nächsten Wochen und Monaten wird sich zeigen, ob der Zustand permanent ist. Es tut mir sehr leid, dass ich keine besseren Neuigkeiten für Sie habe. Zu diesem Zeitpunkt kann ich einfach nichts Definitives sagen."

"Heißt das, die Lähmung besteht weiterhin?" Joy war bestürzt und ergriff Sams Hand.

"Das ist korrekt." Dr Marzano räusperte sich und fügte noch etwas hinzu. "Wenn ich noch eine Empfehlung geben darf ..." Sie hielt kurz inne. Üblicherweise hielt sie sich aus privaten Dingen ihrer Patienten heraus, aber diesmal ging es ihr etwas näher als sonst. Ihr eigener Sohn war in Toms Alter. "Geben sie ihm noch ein paar Minuten allein."

"Danke, das machen wir."

Joy führte Linda in den nahegelegenen Wartebereich. Sie setzten sich.

"Wenn ich nur wüsste, was ich tun kann."

"Du kannst nur für ihn da sein, sonst nichts. Dr Marzano wird es ihm bestimmt auf die gleiche Weise erklärt haben, wie uns. Er kennt die Prognose. Jetzt muss er einfach mit der Therapie beginnen und dann sehen wir weiter."

Linda sah hoch. Sam stand vor dem Wartebereich an der Türöffnung, außer Hörweite und war tief in Gedanken versunken. Sie erhob sich und ging zu ihrem Onkel.

"Sam?"

"Ja mein Schatz?"

Ihr Herz zog sich zusammen, denn sie konnte sich gut vorstellen, wie Tom sich momentan fühlen musste.

"Kannst du bitte zu ihm hineingehen? Ich weiß, dass Tom dir mehr vertraut, als jedem anderen Menschen auf der Welt."

"Linny." Sam konnte sich denken, wie erschütternd dieser Befund auch für sie sein musste. Linda nickte ihm aber liebevoll zu und Sam schloss sie in seine Arme. "In Ordnung, Kleines. Ich sehe nach ihm."

"Danke. Joy und ich gehen hinunter an die Cafébar und holen frischen Kaffee." Linda sah ihm ein paar Sekunden hinterher, ging dann aber wieder zu ihrer Tante zurück.

Die sah sie fragend an.

"Wo geht er hin?"

"Ich habe ihn gebeten, mit Tom zu reden. Ich denke, seine Anwesenheit ist besser als alles, das ich momentan sagen könnte. Die beiden haben diese ganz besondere Verbindung."

"Ja. Das haben sie." Joy sah ihre Nichte bewundernd an. "Das war ziemlich selbstlos von dir."

"Selbstlos? Glaub mir, am liebsten wäre ich gleich hineingestürmt."

"Eben, mein Herz, genau das meine ich und du hast es nicht getan. Du denkst immer mehr an ihn, als an dich, da seid ihr euch beide sehr ähnlich."

Linda schätzte dieses Kompliment, in ihrem Inneren allerdings sammelte sich ein riesiger Kloß, der nur darauf wartete, herausgelassen zu werden. Ein Kloß aus Tränen, Schmerz und Angst.

Als die Tür hinter der Ärztin zufiel, ballte Tom seine Fäuste so fest zusammen, dass die Muskeln seines Oberkörpers sich schmerzhaft zusammenzogen.

Erst als ihm die Luft wegblieb, lockerte er seine Finger wieder, die Tränen jedoch konnte er nicht mehr zurückhalten.

Er hatte Dr Marzano gebeten, ehrlich zu sein. Er hatte wissen wollen, was die Prognose war und sie hatte ihm keine positive Antwort geben können. Die Tatsache, dass er seine Beine immer noch nicht bewegen konnte, wies eventuell auf eine gravierendere Verletzung hin. Eine Verletzung, die man mit etwas Glück operativ behandeln konnte, allerdings würde es zuerst einiges an Reha, Bewegungstherapie und Zeit brauchen. Ohne diese Maßnahmen hatte sie ihm keine Hoffnungen auf eine erfolgreiche Operation machen wollen.

Tom atmete tief durch. Wenn Mitchell nicht tot wäre, dann würde er es ihm jetzt definitiv wünschen. Es war nicht schwierig, jemanden zu hassen, der nicht mehr da war, aber völlig nutzlos.

Nach einiger Zeit klopfte es leise. So schnell er konnte, wischte er sich die Tränen aus dem Gesicht. Linda durfte ihn auf keinen Fall so sehen. Er musste sich zusammenreißen.

"Darf ich hereinkommen?" Sams Kopf erschien an der Tür.

Fast hätte Tom erneut losgeheult, aber er schaffte es gerade noch, die Kontrolle zu behalten. Dieser Mann hatte so viel mit ihm durchgestanden, es war Tom unmöglich, ihm etwas vorzuspielen.

"Natürlich." Er kam herein, aber Tom wartete nicht, bis er sich gesetzt hatte. "Sam, was ist, wenn ich nie wieder laufen kann?"

Sam sah ihn voller Mitgefühl an. Dieser Junge war nicht nur wie ein Sohn für ihn, er liebte ihn so sehr, als wäre er es tatsächlich.

"Thomas, solche Dinge brauchen Zeit. Noch kann keiner mit Gewissheit sagen, was passieren wird. Falls aber wirklich keine Verbesserung eintritt, dann wirst du lernen, damit zu leben. Auf die gleiche Weise, wie du alles andere in deinem Leben geschafft hast."

"Nein. Ich muss wieder laufen können. Ich habe einen Job, einen Plan ... wir hatten Pläne. Ich wollte aufs College. Das kann nicht alles weg sein."

"Das ist es auch nicht. Das meiste davon würde sich nicht ändern."

"Ich kann ihr das nicht antun, sie wollte bestimmt keinen Krüppel."

"Thomas, du solltest mehr Vertrauen haben. Linda würde das sicherlich nicht so sehen."

"Hier geht es nicht um Vertrauen. Ich weiß, dass sie alles für mich tun würde, aber sie hat mehr verdient, als mich den Rest ihres Lebens durch die Gegend zu schieben."

"Menschen im Rollstuhl sind doch keine willenlosen Geschöpfe. Ich kenne einige, die ein vollkommen normales Leben führen. Mit Hilfsmitteln zwar, aber verzichten müssen sie auf nichts. Besonders nicht auf eine schöne Beziehung. Geh nicht vom Schlimmsten aus."

Tom war sich darüber im Klaren, dass Sam ihm nur helfen wollte, aber momentan kam er nicht über seine Angst hinaus.

Auch nicht über die Abscheu, die er jetzt schon für seinen Zustand spürte.

"Ich kann nicht verstehen, warum ich absolut nichts fühlen kann. Es ist, als ob meine Beine da sind und gleichzeitig auch wieder nicht. In meinen Gedanken funktioniert alles, aber wenn ich sie bewegen will, dann passiert nichts." Als er sich im Bett kurz anders positionieren wollte, ging ein stechender Schmerz durch seinen Körper und er verzog qualvoll das Gesicht. Tom rang nach Luft und Sams Hand war sofort auf seinem Arm.

"Sind die Schmerzmittel nicht stark genug?"

"Doch ... sind sie." Er versuchte, stillzuliegen, bis sein Körper sich wieder beruhigt hatte. "Ich habe die letzte Dosis nur nicht genommen. Das Zeug macht mich etwas zu ... sorglos." Sam betrachtete ihn nachdenklich. Vielleicht war eine solche Nebenwirkung in dieser Phase sogar wünschenswert. Tom musste sich etwas Ähnliches gedacht haben, denn er bat ihn um ein Glas Wasser. Sam stand auf und füllte die vorhandene Flasche am Wasserspender auf. Bei seiner Rückkehr nahm Tom die wartende Tablette. "Die Schmerzen machen einen richtig mürbe."

"Du musst nicht immer stark sein. Wir sind alle für dich da. Ich wollte ohnehin mit dir über ein paar Veränderungen reden."

Tom sah ihn interessiert an.

"Veränderungen?"

"Ja. Die Wohnung bei Mrs Wilkins wird für die nächste Zeit nicht praktisch sein, also dachte ich an eine Rampe für unsere Veranda und einen Treppenlift für innen. Ich muss allerdings noch ein paar Angebote einholen, dann kann ich dir Genaueres sagen."

Tom schluckte.

"Wow." Er hatte sich denken können, dass Sam und Joy nicht einfach tatenlos zusehen würden, aber dieses Ausmaß hatte er nicht erwartet. "Sam, das ist unheimlich großzügig von euch. Ich weiß nicht, was ich sagen soll." Sam nickte, aber Tom hatte selbst auch Neuigkeiten. "Nun, ich möchte nicht undankbar erscheinen, aber ich habe bereits eine Alternative zu der Wilkins-Wohnung. Ein Freund von Blake sucht einen Mitbewohner. Dessen schwerbehinderte Tante ist vor wenigen Monaten verstorben. Rodrigo ist geschäftlich viel unterwegs, deswegen hätte er sich jemanden gewünscht, der auf das Haus aufpasst." Tom konnte sehen, dass Sam etwas einwerfen wollte, also redete er schnell weiter. "Ich weiß deinen Vorschlag sehr zu schätzen, aber Rodrigos Haus ist von vorne bis hinten rollstuhlgerecht eingerichtet. Es ist also eine bessere Alternative, als viel Geld für etwas auszugeben, das hoffentlich nur vorübergehend gebraucht wird."

Sam musste zugeben, dass das wirklich vernünftig klang.

"Das klingt wie die perfekte Lösung. Besonders, wenn es um Dinge wie Bad und Dusche geht. Weiß Linda bereits davon?"

"Nein, dazu kam ich noch nicht. Sie hat vorhin aber mitbekommen, dass Blake mein Mietverhältnis gekündigt hat, und nichts gesagt."

"Hm. So wie ich sie kenne, kommt das bestimmt noch." Er zwinkerte ihm aufmunternd zu.

"Sie wird bestimmt nicht erfreut sein, ich weiß, aber es ist nicht weit von eurem Haus entfernt."

"Nun, es ist deine Entscheidung. Vergiss aber nicht, dass wir immer für dich da sind."

"Das werde ich nicht, danke Sam."

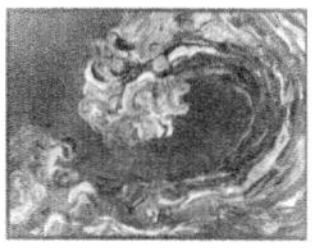

"Irgendwie kommt es mir so vor, als wärest du lieber allein." Linda warf ihm einen etwas gekränkten Blick zu.

"Nein, überhaupt nicht, aber es ist Freitagabend. Du solltest nicht in einem Krankenhaus herumsitzen."

"Und wo würdest du sein, wenn ich an deiner Stelle wäre?"

Tom kniff seine Augen zusammen und tat als würde er überlegen.

"Mit meinen Kumpels in irgendeinem Klub. Wir haben alle gefälschte Ausweise."

"Du bist ein Depp! Dabei kann ich dich noch nicht mal hauen."

Tom grinste.

"Gut nicht wahr? Aber im Ernst. Die Frage ist unfair und das weißt du. Natürlich wäre ich bei dir."

"Dann ist das Thema ja erledigt. Ach, übrigens, da ist noch eine Sache." Linda hatte mit diesem Thema gewartet, weil sie nach der schlechten Neuigkeit der Ärztin nicht gleich mit einer Beschwerde kommen wollte. "Warum schickst du Blake und Elisabeth zu Mrs Wilkins, wenn ich das genauso gut hätte erledigen können."

"Heißt das, du wärest lieber in der Stadt herumgefahren, als bei mir zu sein?"

"Okay. Der Punkt geht an dich. Und was ist mit der Tatsache, dass du nicht bei uns wohnen willst?"

"Sam hat es dir erzählt."

"Es sagte, du hättest das Angebot abgelehnt. "

"Mit wollen hat es aber nichts zu tun. Das ist eine rein praktische Entscheidung. Weißt du, was ein Treppenlift kostet? Bestimmt weit über zehntausend Dollar!"

"Und was hast du stattdessen vor?"

Tom erzählte ihr kurz von Blakes Freund und dessen Suche nach einem permanenten Haussitter. Linda hörte zu, aber ihr Gesicht hellte sich nicht wirklich auf.

"Das Haus hat alles, was ich brauche und brauchen könnte. Von ebenerdigen Zimmerübergängen bis hin zu den Halterungen in der Badewanne. Es ist alles da."

Natürlich machte es Sinn, aber gefallen musste es ihr deswegen noch lange nicht.

"Ich weiß, dass du recht hast. Ich hätte dich trotzdem gerne in der Nähe gehabt."

"Du hast doch den Tahoe. Du kannst kommen, so oft du willst."

"Ja, aber im gleichen Haus wäre das noch mal etwas anderes. Sich morgens vor der Schule sehen, abends dann nicht mehr nach Hause fahren zu müssen." Sie seufzte, "aber wenigstens hat dein Arrangement einen Vorteil."

"Ach ja? Welchen?"

"Privatsphäre." Linda grinste von einem Ohr zum anderen und Tom wusste sofort, was sie meinte. Sie lehnte sich zu ihm herunter und küsste ihn lange. Da waren noch ganz andere Dinge, die sie probieren wollte, allerdings flog im gleichen Moment die Zimmertür mit einem dumpfen Knall an die Wand. Linda wirbelte erschrocken herum.

"Mom?" Tom sah seine Mutter schockiert an. Sie war die Letzte, die er hier erwartet hätte.

Linda hatte Mrs Vaughn bisher nur einmal gesehen, und das letzte Mal hatte sie wie eine Furie gewütet. Diesmal war sie ähnlich in Rage. Entfernt nahm Linda den Geruch von Zigaretten und Alkohol wahr. Sie trug ein enganliegendes schwarzes Kleid und hatte leichte Augenringe.

Linda drehte sich um und wollte nach dem Rufknopf greifen, aber Tom legte seine Hand auf ihren Arm.

"Nein, warte."

Vivian trat etwas näher, sah jedoch an Linda vorbei, als wäre sie Luft.

"Weißt du, wo ich heute war Tom? Auf einer Beerdigung!"

"Mom", Tom atmete tief durch, verzog aber sofort das Gesicht vor Schmerzen. Die Tatsache, dass er immer wieder die gebrochenen Rippen vergaß, nervte unheimlich. Die Schmerzmittel halfen, aber nur, wenn er tiefes Luftholen vermied.

"Nenn mich noch einmal *Mom*, dann erwürge ich dich eigenhändig." Als Vivian einen weiteren Schritt auf ihn zumachte, versperrte Linda ihr den Weg. Seine Mutter sah sie an, als wäre sie ihrer Anwesenheit erst in dem Moment gewahr geworden. "Du bist sicher die kleine Hure, die meinen Sohn ..."

Linda platzte der Kragen. Sie ließ die Frau gar nicht ausreden, sondern ging sofort in die Offensive.

"Sie haben kein Recht, hier einfach hereinzuplatzen und ihn zu bedrohen! Was glauben Sie eigentlich, wer Sie sind? Keine einzige Sekunde Ihres erbärmlichen Lebens haben Sie es für nötig gehalten, sich für Ihren Sohn einzusetzen! Sie können dankbar sein, dass irgendjemand Sie noch Mom nennt! Ihnen war es aber wichtiger, ein Arschloch zu heiraten, der Ihren Sohn misshandelt." Auch wenn das durch die Nähe fast unmöglich war, machte sie einen Schritt auf Vivian zu. Die ging ihrerseits sofort rückwärts, aber nur weil sie nicht begriff, wie eine so zierliche Person so viel Mut aufbringen konnte.

Lindas Stimme ging von erbost in ein bedrohliches Flüstern über. Sie stieß Vivian mit dem Zeigefinger mehrere Male vor die Brust. "Und wenn Sie wissen wollen, wer diese kleine Hure ist, ich bin der Grund für Ihren schicken schwarzen Fummel." Sie war nicht mehr bereit, sich zurückzuhalten. "Und jetzt verschwinden Sie hier und lassen Tom ein für alle Mal in Ruhe!"

Vivian war zu beschwipst, um sich auf eine körperliche Auseinandersetzung einzulassen, besonders nach der neuen Information, die das angriffslustige Mädchen ihr an den Kopf geworfen hatte. Ohne ein weiteres Wort drehte sie auf dem Absatz um und eilte aus dem Zimmer.

Linda stand mitten im Raum und versuchte, ihr pochendes Herz wieder unter Kontrolle zu bringen. Sie schloss die Augen und zwang sich, langsamer zu atmen, aber durch das Adrenalin zitterte sie am ganzen Körper.

Im Raum war es viel zu still. Fast traute sie sich nicht, sich umzudrehen, tat es dann aber doch. Ihr war plötzlich schmerzlich bewusst, dass sie sich zu viel herausgenommen hatte, und hatte eine Heidenangst, Tom in die Augen zu sehen. Immerhin hatte er seiner Mutter anfangs zuhören wollen. Tom allerdings starrte nur wie versteinert auf die Stelle, an der seine Mutter gerade gestanden hatte.

Linda suchte krampfhaft nach etwas, das sie sagen konnte.

"Tom, es tut mir leid. Ich hätte nicht auf diese Weise mit ihr reden sollen, sie ist immerhin deine Mutter. Ich weiß nicht, was in mich gefahren ..."

"Was?" Ihre Rechtfertigung riss ihn auf Anhieb aus seinen Gedanken. Er streckte eine Hand nach ihr aus, aber er sah sie nicht an. In seinen Augen standen Tränen. "Wie kann eine Mutter nur so sein? Ich habe so lange vergeblich um ihre

Anerkennung und Liebe gekämpft, obwohl ich im Grunde wusste, dass sie dazu nicht fähig war." Er zog Linda an sich, als sie zu ihm kam und schüttelte den Kopf. "Nein Baby, das war genial. Du bist wirklich furchtlos. Ich liebe dich."

"Hey, Vorsicht!" Linda wollte ihr Gewicht verlagern, aber Tom ließ es nicht zu. Sie hörte, wie er vor Schmerz die Luft anhielt, aber es schien ihm egal zu sein.

Er atmete in ihre Haare hinein und sie fühlte eine unendliche Erleichterung, dass er ihr nicht böse war. Als er anfing zu schluchzen, strich sie ihm zärtlich über den Rücken.

Eine Weile hielt sie ihn nur fest, aber irgendwann löste er sich behutsam von ihr und wischte sich mit dem Handrücken die Tränen aus dem Gesicht.

"Gott, ich habe es so satt, mich wegen dieser Frau beschissen zu fühlen."

"Es wird alles gut. Zusammen stehen wir es durch, das verspreche ich dir. "

"Bleib bei mir."

"Keine Sorge, ich geh nirgendwo hin."

"Nein, ich meine heute Nacht."

Sie sah ihn verwundert an, nahm dann aber schnell ihr Handy aus der Tasche und tippte eine Nachricht, damit Sam und Joy wussten, dass sie nicht nach Hause kommen würde.

"So, das wäre erledigt." Sie legte es wieder weg und sich neben ihn, wie am ersten Tag. Es waren allerdings viel weniger Kabel und Sensoren. "Ich bin froh, dass du den Tropf nicht mehr hast. Ich mag Nadeln nicht."

"Ich auch nicht. Außerdem hat das Morphium mich immer nur müde gemacht."

"Du bekommst aber immer noch Schmerzmittel, oder?"

"Ja, eine Tablette morgens und eine abends, aber du bist immer noch die beste Medizin für mich."

Linda kuschelte sich an ihn.

"Das will ich auch hoffen."

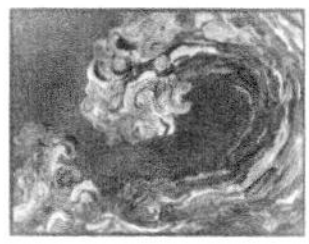

Der Einzug bei Rodrigo ging problemlos über die Bühne.

Tom hatte nur Kleidung und ein paar private Dinge, die er mitnahm und Linda hatte zuvor noch neue Kissen, Bettwäsche und Handtücher gekauft, genauso wie einen kleinen Vorrat an Toilettenartikeln, die er mochte. Rodrigo selbst war am Umzugstag nur kurz im Haus, um Tom willkommen zu heißen, musste dann aber gleich wieder zur Arbeit.

"Das Haus ist ganz anders, als ich es mir vorgestellt habe." Linda ging hinter Tom her, der auf seinem Rollstuhl langsam durch das Haus fuhr. Auch sah alles aus, als wäre gerade eine Putzkolonne durchgegangen.

"Inwiefern?"

"Viel heller und freundlicher. Irgendwie hatte ich es mir altmodischer vorgestellt. Rodrigos Tante hatte einen guten Geschmack."

"Ich weiß, anfangs war ich auch überrascht. Manchmal sind Tanten skurrile alte Menschen, die in dunkeln verschnörkelten Häusern wohnen, manchmal aber nicht." Tom lachte, hörte aber sofort auf und hielt sich die Seite.

Linda sah ihn sofort strafend an.

"Ich habe gesagt, ich schiebe dich, aber nein, der Herr möchte ja alles alleine machen."

"Lachen muss ich immer noch selbst." Er sah ihren besorgten Blick und lenkte ein. "Baby, sei mir nicht böse, aber ich muss mich daran gewöhnen, nicht immer jemanden um mich zu haben." Er nahm ihre Hand und küsste jeden Finger einzeln, dann zog er sie leicht zu sich herunter und küsste sie auf den

Mund. "Kannst du mir bitte die Tabletten aus dem Bad bringen?"

"Na klar." Sie ging schnell den Gang hinunter in sein Schlafzimmer und dort ins Bad. Im Nu war sie wieder an seiner Seite.

"Danke."

"Ich kenne dieses Schmerzmittel. Eine Freundin meiner Mutter musste mal in die Klinik, weil sie zu viele Percocet genommen hatte, unbeabsichtigte Überdosis. Sei bloß vorsichtig mit dem Zeug."

"Keine Sorge. Eine davon ist schon recht wirkungsvoll." Sein Rezept wurde alle zwei Wochen erneuert und er brauchte nur die Hälfte davon. Er hatte sich bereits eine Flasche Wasser aus dem Kühlschrank geholt und rollte damit zur Couch.

"Wann ist denn der erste Termin für die Bewegungstherapie?"

"Ich habe noch keinen gemacht. Wollte warten, bis die Brüche verheilt sind."

"Dr Marzano hat doch gesagt, dass du damit so schnell wie möglich beginnen solltest."

"Dr Marzano muss den Scheiß aber auch nicht bezahlen." Tom biss sich sofort auf die Unterlippe. In Lindas Nähe hatte er absolut keinen Filter. Wenn er nicht aufpasste, würde der Abend in einem Streit enden. Die entsprechende Reaktion ließ auch nicht lange auf sich warten.

"Dieser *Scheiß* kann dir helfen. Ich dachte, du wolltest so schnell wie möglich aus dem Rollstuhl raus."

"Das eine hat mit dem anderen nichts zu tun. Ich kann meine Ersparnisse nicht für etwas ausgeben, das vielleicht nichts bringt."

"Aber das weißt du doch jetzt noch nicht."

"Ich werde es auch nicht herausfinden, weil ich es mir jetzt einfach nicht leisten kann!" Tom schloss die Augen und atmete tief durch. "Tut mir leid, ich wollte nicht laut werden."

Linda hasste Streit.

"Nein, ich muss mich entschuldigen. Du bist den ersten Tag aus dem Krankenhaus und ich lass dich nicht mal durchatmen."

Tom wusste, dass sie es nur gut meinte, aber er wollte momentan an nichts mehr denken, das mit seinem Zustand zu tun hatte.

"Können wir es uns nicht einfach auf der Couch gemütlich machen, einen Film schauen und alles andere vergessen? Ich brauche einfach ein paar Stunden, in denen ich nicht an meine Beine denken muss."

"Ja natürlich." Sie trat zur Seite, damit Tom näher an die Couch heranfahren konnte. "Soll ich Popcorn machen?"

Er sah überrascht hoch.

"Hast du welches mitgebracht?"

Linda nickte, aber ihr Lächeln war nicht mehr so unbekümmert wie vor dem Wortgefecht. Sie ging schnell in die Küchenzeile, legte eine Tüte in die Mikrowelle und begann nach einer Schüssel zu suchen. Tom stemmte sich derweil auf die Couch und begann, sich durch das Angebot der Streamingdienste zu zappen.

"Worauf hast du Lust Lin?"

"Action."

"Der neue Rambo ist bereits online."

"Au ja." Linda betrachtete das Fenster der Mikrowelle und dachte an seinen Kommentar von vorhin. Sie konnte sich denken, dass er Sam nie um Hilfe bitten würde, aber vielleicht würde er von ihr Geld annehmen. An diesem Abend wollte sie das Thema jedoch nicht mehr anschneiden. Als das Popcorn fertig war, leerte sie es in die Schüssel und brachte es zum Couchtisch. "Was möchtest du trinken?"

"Bringst du mir ein Bier? Blake hat welches gekauft." Wortlos ging Linda zum Kühlschrank und holte zwei große Gläser aus dem Schrank. Sie füllte sie mit Eistee und brachte beide an den Tisch.

"Kein Alkohol während du Schmerzmittel nimmst. Das Bier nehme ich wieder mit und wenn Blake noch mal so etwas holt, bekommt er es mit mir zu tun."

"Wow. Ist ja gut." Er konnte sehen, dass sie es ernst meinte.

"Versprich es mir!"

"Ja ich verspreche es."

"Gut." Linda lehnte sich zurück und Tom startete den Film. Nach einer Weile kuschelte sie sich sogar an ihn, aber erst als ihre Empörung über so viel Unvernunft verflogen war.

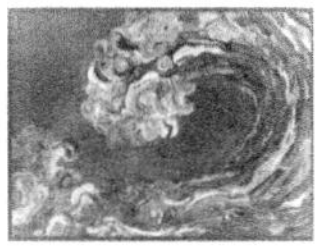

"Ich mache mir Sorgen um ihn und weiß einfach nicht, was ich tun kann."

Linda saß mit Cat am Sportfeld auf der obersten Sprosse der Tribüne und sah frustriert auf die trainierenden Footballspieler auf der Grasfläche.

Hier draußen saß sie immer, wenn sie nachdenken wollte. Cat war momentan auch der einzige Mensch, mit dem sie über diese Sache sprechen konnte. Elisabeth wäre eine Option gewesen, wenn nicht Blake Toms bester Freund wäre, und mit Mitzi besprach sie andere Dinge. Jede Freundschaft hatte ihre Themen. Cat allerdings war von Anfang an eine Verbündete für die Beziehung gewesen.

"Ihr sprecht doch sonst über alles."

"Ja, aber bei diesem Punkt komme ich einfach nicht an ihn ran." Seit Wochen benahm er sich schon komisch. "Natürlich sehe ich ein, dass es eine schwierige Zeit ist, aber da ist so gar kein Wille, etwas zu verändern. Er lehnt die Bewegungstherapie ab und hängt nur im Haus herum. Wir unternehmen gar nichts mehr öffentlich."

"Das wird sich ändern, wenn er keine Schmerzen mehr hat."

"Glaub mir, er hat keine. Die Tabletten sind unheimlich stark. Jedenfalls keine Schmerzen, die ihn von einem Spaziergang mit mir abhalten würden. Im Rollstuhl sitzen kann er im Park genauso, wie daheim."

Cat strich ihr über die Schulter.

"Gib der Sache einfach etwas Zeit. Das war alles ziemlich traumatisch. Für euch beide. Du wirst sehen. Von einem Tag auf den anderen wird es wieder so sein, wie vorher. Er wird zwar im Rollstuhl sitzen, aber er wird lernen, damit zu leben."

"Das sagt Sam auch."

"Geh nach der Schule einfach bei ihm vorbei und sprich mit ihm über deine Sorgen. Er liebt dich. Vergiss das nicht."

"Ja ich weiß, in Ordnung."

Cat musste los, sie gab in ihrer Freistunde Nachhilfe, aber Linda blieb noch eine ganze Weile auf der Tribüne sitzen und dehnte die Mittagspause bis zum zweiten Klingeln aus. Die letzten Wochen des Semesters gab es nicht mehr viel zu tun, aber auch so hatte sie keine große Lust auf Schule.

Als sie vor dem Haus parkte, stieg Linda nicht gleich aus. Ihr war immer noch leicht unwohl. Nach der Mittagspause hatte sie sich überhaupt nicht mehr konzentrieren können, weil sie an das Gespräch gedacht hatte, das sie mit Tom führen wollte.

Sie nahm ihr Handy heraus und wählte seine Nummer. Einfach so ins Haus gehen wollte sie nicht. Die letzten Wochen hatten sie sich immer seltener gesehen. Es klingelte, aber es dauert keine zwei Sekunden, da nahm er schon ab.

"Hi Baby! Gott ist es schön, deine Stimme zu hören. Habe es kaum erwarten können, bis der Unterricht vorbei ist."

"Echt?" Die überschwängliche Stimmung überraschte sie etwas. "Du, ich steh vor dem Haus. Wollte nur zuerst anrufen, bevor ..."

"Ja, natürlich, komm rein!" Er legte auf.

Linda starrte das Telefon einige Momente verdutzt an, ließ es dann aber in ihre Tasche gleiten und stieg aus. Tom kam bereits durch die offene Tür auf sie zugerollt. Er grinste übers ganze Gesicht.

"Habe ich etwas verpasst?"

"Nein, warum?" Er zog sie zu sich herunter und küsste sie.

"Weil du so gut gelaunt bist."

"Sollte ich das nicht sein, wenn ich dich sehe?"

"Äh ... doch." Er fuhr rückwärts, während sie ihm folgte. "In letzter Zeit wolltest du mich jedoch nur selten sehen. Ich wusste nicht, was ich davon halten sollte."

"Das ist nicht wahr, ich wollte nur allein sein. Da ist ein großer Unterschied. Komm, setz dich auf die Couch. Rodrigo ist auch da, aber er ist unter der Dusche. Wenn er fertig ist, wollten wir zusammen essen. Hast du Hunger?"

In dem Moment bemerkte Linda den Duft aus der Küche. Auf der Kochstelle brodelte etwas. Sie stand etwas unschlüssig mitten im Zimmer, denn sie kam sich immer noch vor, als wäre sie im falschen Film.

"Äh, geht so. Mir war den Tag über nicht besonders gut."

Tom nahm ihre Hand.

"Baby, tut mir leid, wenn ich in letzter Zeit etwas deprimiert war. Ich fühle mich wirklich viel besser."

Linda lächelte ihn zögerlich an. Sollte Cat wirklich recht behalten? Sie bückte sich und umarmte ihn.

"Ich habe dich vermisst."

Er küsste sie erneut, als sie sich wieder aufrichten wollte, und hielt sie fest.

"Später sollten wir uns in mein Zimmer verziehen. Ich will etwas ausprobieren."

"Ach ja?"

Er zwinkerte ihr zu.

"Komm, hilf mir den Tisch decken."

Nach dem Essen zog Tom sie, wie versprochen direkt ins Schlafzimmer. Sie hatte sich zwar angeboten, alles in den

Geschirrspüler zu räumen, aber Rodrigo hatte sie weggescheucht. "Gäste arbeiten nicht", hatte er verlauten lassen. Sein südländischer Charme brachte Linda regelmäßig zum Erröten, aber es war immer ein sehr unschuldiger Flirt. Da er knapp zehn Jahre älter war, hatte sie keine Bedenken, dass er nur freundlich sein wollte, und Tom hatte auch noch nie eine Bemerkung fallen lassen.

Sie lagen gemeinsam auf dem Bett und kuschelten, als sie hörten, wie die Haustür ins Schloss fiel.

Tom lächelte.

"Rodrigo trifft sich heute mit Freunden in der Stadt. Wir können so laut sein, wie wir wollen."

"Was meinst du mit laut sein?"

Er ließ sie los und streckte sich nach etwas im Nachttisch. Als er sich wieder umdrehte, hatte er eine kleine Schachtel in der Hand.

"Das hat mir der Urologe heute mitgegeben."

"Viagra?" Linda sah ihn entgeistert an. "Das ist doch nicht dein Ernst." Die Tatsache, dass er aus dem Haus gegangen war, auch wenn für einen Arztbesuch, registrierte sie nur am Rande.

"Aber warum denn nicht? Der Arzt hat gesagt, dass es sich für die Frau vollkommen normal anfühlt, auch wenn ich selbst nichts spüre."

Sie richtete sich im Bett auf. Wenn die Situation nicht so ernst gewesen wäre, hätte sie es bestimmt lächerlich gefunden, aber in diesem Moment war sie nur geschockt.

"Du willst Viagra nehmen, wie so ein Achtzigjähriger?"

"Linda, ich will mit dir schlafen. Das ist momentan der einzige Weg. Glaub mir, ich habe nachgefragt. Er sagte, dass es in einigen Monaten vielleicht auch ohne gehen kann. Möchtest du aber wirklich so lange warten?"

"Wenn du das unbedingt willst ..."

"Willst du denn nicht?"

"Tom, das ist nicht das Gleiche. Es hat nichts mit Warten zu tun. Das hier ist keine normale Situation." Sie sah ihn unschlüssig an. Er ließ sich in die Kissen zurückfallen und schloss seufzend die Augen.

"Ich wollte mich ein einziges Mal normal fühlen."

"Deine Brüche sind kaum ausgeheilt. Wie soll denn das funktionieren? Ich will dir doch nicht wehtun."

"Du wirst mir nicht wehtun. Ich habe zwei Tabletten genommen. Das Zeug ist der Hammer, ich schwebe richtig."

"Und dann noch eine Viagra? Du spinnst doch." Linda kletterte aus dem Bett und ging ans Fenster. "Du musst aufhören, diesen Scheiß zu nehmen. Es gibt auch andere Schmerzmittel."

"Linda bitte. Lass es uns probieren. Von mir aus dann ohne Viagra. Ich möchte dich nur spüren." Seine Augen flehten sie an, aber ihr war nun klar, warum seine Stimmung umgeschlagen hatte. Die alte Dosis reichte nicht mehr. Das waren genau die Anzeichen, die sie in einem Artikel über Percocet gelesen hatte. Es war kein Wunder, dass er auf Wolken schwebte.

Sie lehnte sich an den Fenstersims und überlegte mit verschränkten Armen, was sie tun sollte. Natürlich wollte sie ihm nah sein, aber sie hatte auch große Angst um ihn. Tom legte die Schachtel wieder weg und streckte eine Hand nach ihr aus.

"Ich werde es nicht nehmen, wenn du nicht willst, aber komm zurück. Baby bitte. "

"Okay." Sie war einigermaßen besänftigt und kam wieder zu ihm aufs Bett.

"Danke." Er zog sie an sich und begann sie zu küssen. Linda achtete anfangs noch darauf, ob er das Gesicht schmerzlich verzog, merkte aber ziemlich schnell, dass er an nichts mehr dachte, als an ihren Körper und wo er ihn küssen konnte. Sie entspannte sich zusehends und half ihm, sich auszuziehen. Dann streifte sie ihre Sachen ab und kuschelte sich unter der Bettdecke eng an ihn.

"Wie fühlt sich das an?"

Er sah ihr in die Augen.

"Herrlich." Seine Hände wanderten abwechselnd mit seinen Lippen weiter über ihre Haut. Nach einer Weile hielt er jedoch inne. "Was ist los?"

"Nichts. Was soll denn sein?" Sie bemühte sich, ein neutrales Gesicht zu machen.

"Entspann dich ruhig. Ich habe keine Schmerzen." Er berührte leicht ihren Hals und ließ seine Hand langsam zwischen ihren Brüsten nach unten gleiten. Linda schluckte und versuchte, still dazuliegen. Als er unterhalb ihres Bauches ankam, griff sie nach seiner Hand.

"Warte."

"Okay, das habe ich gemeint." Tom sah sie frustriert an.

"Tom es ist nichts. Ich brauch nur ein wenig Zeit, um mich darauf einzustellen."

Er zog seine Hand weg.

"Worauf willst du dich denn einstellen? Vor nicht allzu langer Zeit hat es dich noch verrückt gemacht, wenn ich dich angefasst habe, und jetzt liegst du da und lässt es nur über dich ergehen!"

Linda sah ihn erschrocken an.

"Das ist überhaupt nicht wahr! Ich liebe es, wenn du mich berührst."

"Dann beweise es mir." In seinen Augen sah sie etwas Neues. Es war etwas Dunkles und Trauriges, worauf sie keine Antwort hatte. Im nächsten Moment presste er seine Lippen gegen ihre. Diese heftige Annäherung nahm ihr komplett den Atem. Als sie seine Hand zwischen ihren Beinen spürte, stöhnte sie unwillkürlich auf und krallte sich an seinem Rücken fest.

Seine Zunge suchte immer wieder ihre. Abwechselnd küsste und umfasste er ihre Brüste, während er sie weiter streichelte. Er schien gar nicht zu hören, als sie ihn leise bat, langsamer zu machen. Es war nicht unbedingt die Tatsache, dass er so fordernd war, nur dass seine Energie komplett anders war, als sie es kannte. Er ließ keine einzige Sekunde von ihr ab, mit dem Ergebnis, dass sie kurze Zeit später heftig und laut stöhnend kam. Es war unmöglich für sie gewesen, es nicht zu tun, denn die Reize hatten sich so schnell hintereinander abgewechselt, dass ihr Körper nur ein Ziel gehabt hatte.

Sie blieb schwer atmend und mit geschlossenen Augen liegen und Tom rollte sich zurück auf den Rücken. Er sah an die Decke und legte unbewusst eine Hand auf die schmerzende Körperseite.

Sein Atem ging schnell und er konnte fühlen, wie ihm das Blut in den Schläfen pulsierte. Er fühlte schnell nach und war überrascht über einen ganz natürlichen Ständer, auch wenn dieser nicht ganz hart war. Gerade als er jubeln wollte, hörte er ein leises Schluchzen und sah zu Linda hinüber, die inzwischen von ihm weggedreht auf der Seite lag. Ihre Schultern bebten, wenn sie einatmete und das Schluchzen wurde immer lauter, auch wenn sie sehr offensichtlich versuchte, es zu unterdrücken.

"Oh fuck." Tom rückte sofort näher heran. Er legte seinen Arm um sie und war froh, dass sie ihn nicht wegstieß, aber stattdessen weinte sie nur noch mehr. Er schloss die Augen und vergrub sein Gesicht in ihren Haaren. Sein Instinkt sagte ihm, dass er sich jetzt eigentlich mies fühlen müsste, aber in seinem Kopf war nur angenehme Leere. Innerlich verfluchte er die Tabletten. Das war der schlechteste Zeitpunkt überhaupt, um high zu sein. Er hatte schon öfter zwei auf einmal genommen, aber er merkte bereits, wie die Wirkung immer schneller nachließ und die Schmerzen wiederkamen.

Es dauerte mehrere Minuten, bis Linda sich beruhigt hatte. Er lag die gesamte Zeit über nur still hinter ihr und wagte nicht, sich zu rühren.

"Das warst nicht du." Ihre Stimme zitterte. Der Sex mit ihm war bisher immer aufregend gewesen, oft auch wild und leidenschaftlich, aber immer zärtlich. "Das war nicht liebevoll. Es war fast ... fast ... wütend." Sie drehte sich zu ihm um und er rutschte ein wenig zurück, um ihr die Bewegung leichter zu machen, ließ seine Hand aber an ihrer Taille.

Tom hatte Angst sie komplett loszulassen, denn irgendwo in seinem Kopf rumorte ein Gedanke, der in diesem Moment nicht an die Oberfläche durfte.

"Du bist so heftig gekommen, dass ich dachte, es hätte dir gefallen."

Sie wischte sich die Tränen aus dem Gesicht und sah ihm in die Augen.

"Darum geht es nicht. Du hattest Schmerzen und hast trotzdem nicht aufgehört." Er versuchte, ihrem Blick auszuweichen, aber sie ließ ihn nicht. Mit einer Hand drehte sie sein Gesicht behutsam zu sich zurück. "Ich liebe dich und ich würde alles für dich tun. Bitte vergiss das nicht und bitte lass mich dir helfen."

"Du kannst mir nicht helfen."

"Tom ..."

"Ich bin high."

Diesmal war sie es, die den Augenkontakt unterbrach.

"Ich weiß."

"Und ich kann mich momentan noch nicht mal schlecht fühlen, dass ich so ein Arschloch bin. Das hast du echt nicht verdient."

"Du bist kein Arschloch." Sie sah wieder hoch und strich ihm eine widerspenstige Haarsträhne aus dem Gesicht. "Liebst du mich denn noch?"

Trotz der Betäubung fühlte sich diese Frage an, wie ein glühendes Schwert in seinem Herzen.

"Natürlich liebe ich dich. Das wird sich nie ändern."

Sie wusste nicht, warum seine Worte ihr nicht den üblichen Trost spendeten. Schnell schmiegte sie sich an ihn. Am liebsten hätte sie ihn nie wieder losgelassen, denn in diesem Moment fühlte es sich an, als wäre er unendlich weit von ihr entfernt. Es war ein unheimliches Gefühl und sie hätte alles dafür gegeben, es loszuwerden.

"Lass mich nicht los."

Tom legte seine Arme um sie und hielt sie fest. Er küsste ihren Kopf und sog den Duft ihrer Haut in seine Lunge. Er wollte sich immer daran erinnern, wie sie roch. Sie war der einzige Mensch auf der Welt, der ihm mehr bedeutete, als sein eigenes Leben und er würde alles tun, damit sie glücklich war.

Ausnahmslos alles.

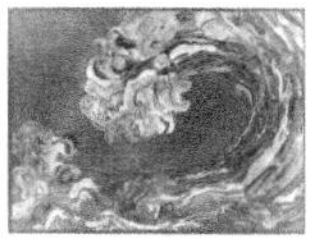

"Schatz, gehst du bitte ran? Ich stecke bis zu den Ellenbogen in Teig!"

Sam lachte und erhob sich aus seinem Sessel.

"Ja kein Problem." Das Festnetztelefon klingelte eher selten. Die meisten riefen auf den Mobilnummern an. Sam nahm ab. "Connor."

"Hi Sam."

"Thomas, was für eine schöne Überraschung. Wie geht es dir? Erholst du dich gut?"

Sie hatten sich seit ein paar Wochen nicht mehr gesehen. Das letzte Mal hatte Tom die gesamte Familie zum Essen eingeladen und er und Linda hatten gekocht.

"Es geht. Meine Rippen tun langsam nicht mehr so weh, also ist vieles leichter."

"Ja, das kann ich mir denken."

"Gut, dass ich dich gleich dran habe. Ich wollte mit dir über den Tahoe sprechen."

"Deinen Chevy? Warum? Muss etwas repariert werden?"

"Nein nein er ist noch gut in Schuss. Linda hat gerade letztens wieder nach dem Öl gesehen und alle Flüssigkeiten aufgefüllt. Er sollte bis zur nächsten Inspektion problemlos laufen." Tom hielt kurz inne. *"Ich wollte dich nur bitten, dass du mich bei der Versicherung als Fahrer löschst."* Der Tahoe war auf Sams Namen zugelassen, weil Tom zum Zeitpunkt des Kaufs noch keine siebzehn gewesen war.

"Bist du dir sicher? So viel kostet es nicht, dich angemeldet zu lassen. Die Dinge können sich ziemlich schnell ändern."

"Ich weiß, aber es wäre mir trotzdem lieber."

"In Ordnung. Wird erledigt."

"Danke." In der Leitung war es ein paar Sekunden still. *"Ich schätze es sehr, dass du das damals für mich gemacht hast. Ohne dich hätte ich mir nie einen Wagen kaufen können. Überhaupt wäre ohne dich und Joy vieles in meinem Leben anders gelaufen. Ich kann gar nicht in Worte fassen, was ihr mir bedeutet."*

Sam war von Toms Worten unheimlich gerührt. Da war allerdings etwas mehr als Dankbarkeit, das in Toms Stimme mitschwang. Fast klang es wie ein Abschied, genauso traurig und genauso final. Lindas Onkel räusperte sich.

"Thomas, du weißt, dass ich dich liebe wie meinen eigenen Sohn. Es gibt nichts, das wir nicht für dich tun würden. Daran wird sich nie etwas ändern, egal was in deinem Leben passiert. Ich hoffe, das vergisst du nie."

Tom nickte ungesehen. Sam musste es nicht aussprechen, aber er bezog sich auf die Möglichkeit, dass Linda und er irgendwann einmal nicht mehr zusammen sein könnten.

"Danke Sam." Er fühlte das glühende Schwert wieder. An diesem Morgen war seine Gefühlswelt wieder fast normal. Um dieses Gespräch zu führen, hatte er nur die Hälfte der üblichen Dosis genommen und es tat höllisch weh. Die Schmerzen waren jedoch nicht körperlicher Natur. Er schluckte den wachsenden Kloß herunter. *"Ist Joy zufällig in der Nähe?"*

"Sie ist in der Küche und backt."

Tom konnte sich gut vorstellen, wie das aussah.

"Kannst du ihr bitte kurz den Hörer hinhalten?"

"Ja natürlich. Warte einen Moment." Sam nahm das Mobilteil mit in die Küche. "Joy, es ist Thomas. Er möchte kurz mit dir sprechen." Sie nickte und Sam hielt ihr den Hörer ans Ohr.

"Hallo Thomas."

"Hallo Joy. Was backst du denn Leckeres?"

Joy schmunzelte und nahm Sam den Hörer mit zwei Fingern ab, um ihn dann zwischen Kinn und Schulter einzuklemmen.

"Es gibt Apfelkuchen. Wenn Linda später kommt, lasse ich dir etwas davon mitbringen." Sie lächelte ihren Mann an, der jedoch betrachtete sie mit einer so ernsten Miene, dass ihr regelrecht mulmig wurde. In der Leitung sprach Tom langsam weiter.

"Joy, ich wollte dir nur sagen, dass ich dich liebe. Ich sage es viel zu selten. Wenn man jung ist, scheinen solche Dinge selbstverständlich, aber ich habe es nie als das gesehen. Du und Sam habt mir eine Familie gegeben und dafür werde ich euch immer dankbar sein."

Joy hatte aufgehört zu lächeln, und der Teig lag unbewegt vor ihr auf der Arbeitsplatte. Sie sah ihrem Mann in die Augen und merkte, wie sich ihre eigenen mit Tränen füllten. Sam wandte sich ab. In der Küche war es ruhig genug, dass er Toms Seite des Gespräches hatte mithören können.

"Thomas, ich liebe dich auch." Ein paar Sekunden war es still, dann hörte sie einen Klick. Tom hatte aufgelegt.

Langsam drehte sie sich um und ging ans Waschbecken. Sie legte das Telefon auf die Arbeitsfläche und wusch sich die Hände. Dann wischte sie die Mehlspuren vom Hörer und brachte das Mobilteil an seinen Platz im Wohnzimmer zurück. Dort blieb sie stehen und sah hinaus zu den beiden Vögeln.

Hinter ihr kam Sam ins Zimmer und stellte sich neben sie. Seine Stimme zitterte.

"Er hat sich verabschiedet."

"Nein, hat er nicht."

"Joy."

"Nein." Sie schüttelte energisch den Kopf, während ihr die Tränen weiter die Wangen herunterrannen. Sam wollte ihr einen Arm um die Schultern legen, aber Joy drehte sich leicht zur Seite und schüttelte den Kopf. "Nein Sam, er hat keinen Grund, sich zu verabschieden. Es würde Linda das Herz brechen, wenn er sie verlässt." Ihre Hand schnellte zu ihrem Mund hoch, ihr war noch ein anderer Gedanke gekommen. "Oh mein Gott, ich hoffe, er macht keine Dummheiten." Sie sah ihren Mann flehend an. "Sam bitte, geh nach ihm schauen."

"Joy, er wird sich nichts antun, dafür ist er zu intelligent."

"Menschen machen in Krisensituationen vieles, das ihnen niemand zutrauen würde. Bitte, ich habe ein schlechtes Gefühl."

"In Ordnung, ich fahre hin." Sam wusste allerdings mit fast hundertprozentiger Sicherheit, dass Tom nicht zuhause sein würde.

"Sam, mein Bauchgefühl hat mich noch nie getäuscht. Und so, wie ich dich kenne, fühlst du das Gleiche. Es war ein Abschied. Du möchtest es nur nicht wahrhaben."

Sam seufzte. Er gab seiner Frau einen Kuss auf die Stirn.

"Ich bin so schnell wie möglich wieder bei dir."

Sam stand tatsächlich vor verschlossener Tür, aber er hatte es nicht anders erwartet. Nach reiflicher Überlegung schickte er Linda eine Nachricht mit der Bitte um Rodrigos Telefonnummer. Ihre Antwort kam prompt und ohne Nachfrage. Sie nahm scheinbar an, dass es etwas mit dem Haus zu tun hatte. Sam war Ansprechpartner, wenn es um Handwerkliches ging, also bekam er von seiner Nichte ganz formlos die digitale Visitenkarte des Vermieters geschickt und ein lächelndes Emoji. Sie war mit Cat in der White Plains Mall. In der Clique stand ein Geburtstag an und die beiden waren mit dem gesammelten Geld losgeschickt worden, um ein passendes Geschenk zu kaufen.

Sam zögerte nicht lange und wählte Rodrigos Nummer. Er wusste, dass der geschäftlich viel unterwegs war, und hoffte fast, er würde ihn nicht erreichen, aber im Apparat klickte es.

"Ja bitte?"

"Hallo Rodrigo. Hier ist Sam Connor. Lindas Onkel."

In der Leitung war es kurz still.

"Was darf ich für Sie tun, Sir?"

"Nun, ich wollte mich nur erkundigen, ob Sie eventuell Hilfe benötigen. Mit den Sachen im Haus." Sam hatte die Formulierung absichtlich vage gehalten, damit er im Notfall auf etwas Handwerkliches ausweichen konnte, aber er wurde enttäuscht. Er hatte den Nagel auf den Kopf getroffen.

"Ach so. Nein Sir. Es ist alles erledigt. Thomas hat nicht viel mitgebracht, also musste er auch nicht viel mitnehmen. Ist er gut angekommen?"

"Was meinen Sie?" Sam hoffte, dass er nicht direkter nachfragen musste.

"In der Rehaklinik ... er hat gesagt, dass die Fahrt dorthin ein paar Stunden in Anspruch nehmen würde."

"Ah ja, ist er, alles in Ordnung. Danke." Das war es also, was er Rodrigo erzählt hatte. "Gut, dann werde ich Sie nicht länger belästigen."

"Sie belästigen mich nicht. Ich bin froh, dass Thomas so schnell einen Platz bekommen hat. Ich wünsche Ihnen noch ein schönes Wochenende."

"Danke, gleichfalls." Sam legte schnell auf und lehnte sich mit geschlossenen Augen im Sitz zurück. Diese Information brachte ihn nicht wirklich weiter und der schwierigste Teil lag noch vor ihm.

Als Sam zuhause parkte, war er erleichtert, den Tahoe noch nicht zu sehen. Die Mädchen würden bestimmt erst am späten Nachmittag eintrudeln, aber an so einem Tag konnte alles passieren. Joy erwartete ihn bereits an der Haustür und er begann seinen Bericht, noch während er sich die Schuhe auszog.

"Ich habe mit Rodrigo gesprochen. Thomas hat ihm erzählt, dass er einen Reha-Platz in einer Klinik außerhalb bekommen hat. Ich habe natürlich so getan, als wäre das keine Neuigkeit."

"Aber wo kann er nur sein?" Joy dachte keinen Moment, dass diese Information der Wahrheit entsprach. Sie ging vor in die Küche. Dort holte sie den bereits fertigen Apfelkuchen aus dem Ofen. Auf der Arbeitsfläche warteten bereits zwei weitere Portionen Teig auf die Form.

"Machst du mehr als einen Kuchen?"

Joy sah ihren Mann verwirrt an.

"Was? Ach so. Ja. Ich konnte nicht aufhören, Teig zu kneten. Es kommt noch Kirsche und Blaubeere dazu." Sie backte immer, wenn sie sich Sorgen machte.

"Ich bin gleich wieder da, gehe mir nur schnell die Hände waschen."

"Ja tu das."

Als Sam in die Küche zurückkehrte, saß Joy am Tisch und starrte gedankenverloren vor sich hin.

"Joy?"

"Keine Sorge, ich musste mich nur kurz hinsetzen. Ich kann nicht aufhören, an Linda zu denken. Wie kann Thomas nur so etwas tun? Kann er sich nicht denken, was für eine Katastrophe er damit lostritt?"

"Wir wissen doch noch gar nichts Konkretes. Vielleicht ruft er Linda noch an, um sich zu verabschieden. Oder er schreibt ihr. Vielleicht braucht er auch einfach nur eine gewisse Zeit weg von allem."

"Aber deswegen bricht man doch nicht alle seine Brücken ab." Plötzlich sah sie ihren Mann an, als hätte sie sich an etwas Wichtiges erinnert. Ohne Vorwarnung stand sie auf und lief nach draußen in die Diele. "Du erwähntest, dass er ihr schreiben könnte", erklärte sie, als er ihr folgte, "ich geh nur schnell an den Briefkasten." Im Nu hatte sie ihre Schuhe übergestreift und lief ohne Jacke nach draußen. Sam hielt ihr die Tür auf, als sie zurückkam.

Sie hielt ihm einen Umschlag hin. Darauf stand in Toms Handschrift Lindas Name und sonst nichts. Er war zugeklebt. Sam schüttelte den Kopf, als er Joys Blick sah. Er konnte sich sehr gut denken, was in ihr vorging.

"Sam, vielleicht können wir ihn zurückholen."

"Joy, hör mir bitte zu. Wenn Thomas gewollt hätte, dass wir den Brief lesen, dann hätte er ihn nicht verschlossen. Ich kann dir aber auch mit absoluter Gewissheit sagen, dass darin nicht steht, wo er ist. Dann hätte er sich gar nicht erst die Mühe gemacht, es zu verheimlichen."

"Aber was ist, wenn du dich irrst?"

Sam schüttelte abermals den Kopf und sah seine Frau an. Es gab nur eine Lösung für dieses Dilemma.

"Schreib Linda, dass sie nach Hause kommen soll."

"Bist du sicher?"

"Ja. Sie wird uns nie verzeihen, wenn wir warten."

Joy holte sofort ihr Handy.

Linda. Mach dir keine Sorgen und fahr vorsichtig, aber komm bitte sofort nach Hause.

Sie sah das Telefon ungeduldig an, fast sicher, dass es gleich klingeln würde, aber es erschienen nur die gewohnten blauen Häkchen unter der Nachricht, die zeigten, dass der Empfänger die Nachricht gelesen hatte. Es dauerte dann aber noch mehrere Minuten, bis eine Antwort kam.

Bin unterwegs.

Cat sah ihre Freundin verwundert an, als diese mitten im Satz innehielt und auf ihr Handy starrte.

Sie liefen gerade in der Mall durch den Food-Court, als Linda unvermittelt stehen blieb. Hinter ihr beschwerten sich ein paar Leute, die deswegen um sie herum gehen mussten, aber Linda beachtete sie kaum.

Cat kam die paar Schritte zurück.

"Hey, ist alles in Ordnung?"

"Nein, ich glaube nicht." Linda merkte, wie das Telefon in ihrer Hand zitterte. Sie begann, eine Antwort zu tippen, setzte sich dann aber unverrichteter Dinge auf die nächste freie Sitzgelegenheit und schloss die Augen. Cat nahm ihr das Handy aus der Hand und las die Nachricht.

"Warum schreibt sie nicht, was los ist?"

Sie sprach so leise, dass Cat sie kaum hören konnte.

"Joy möchte bestimmt nicht, dass ich mich aufrege."

"Damit hat sie aber offensichtlich kein Glück." Cat setzte sich schnell neben ihre zitternde Freundin und gab ihr das Handy wieder.

"Dann willst du bestimmt auch nicht anrufen."

"Nein", Linda schüttelte den Kopf, "ich brauche nur einen Moment." Sie sah auf ihre Hand hinunter, die immer noch nicht stillhielt.

"Ich fahr dich. Ich kann meinen Wagen hier stehen lassen und später einen Uber zurück zur Mall nehmen."

"Das ist lieb, aber bleib ruhig hier. Wir haben den Kuchen noch nicht." Sie gab Cat ihre Tüte. "Nimm bitte Erics Geschenk für den Fall, dass ich Montag nicht in der Schule bin. Und könntest du es auch einpacken?"

"Ja klar. Kein Problem." Cat sah sie noch besorgter an.

Linda tippte schnell eine Antwort und erhob sich. Sie umarmte ihre Freundin.

"Danke für dein Verständnis. Du bist die Beste."

"Fahr vorsichtig und melde dich, wenn du mich brauchst."

"Mach' ich." Damit war Linda auch schon unterwegs zum Parkplatz.

Linda schaffte es problemlos zum Auto, sogar im Tahoe drinnen blieb die Ruhe in ihrem Kopf bestehen. Es war fast so, als ob sie etwas schützte, damit sie gefahrlos nach Hause kam.

Sie fuhr vom Parkplatz und konzentrierte sich auf jede Kleinigkeit um sie herum. Die Farbe anderer Autos, die Menschen auf den Bürgersteigen, die verschiedenen Ausfahrtschilder der Interstate, Arbeiter am Straßenrand, all das half ihr, nicht darüber nachzudenken, was zuhause auf sie wartete. Sie wusste, dass sie sich um Sam und Joy keine Sorgen machen musste, aber sie konnte fühlen, dass sie darüber hinaus keinen weiteren Gedanken zulassen durfte.

Alles andere musste warten. Es musste warten, bis sie den Wagen sicher vor dem Haus parkte und erst dann konnte sie zusammenbrechen.

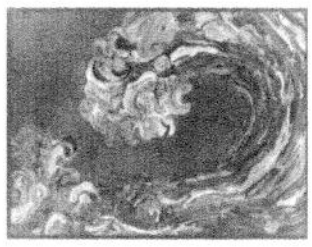

Hinter ihr hupte es.

Linda stand in der Straße vor ihrer Einfahrt und hatte sich minutenlang nicht dazu durchringen können, weiterzufahren. Sie sah in den Rückspiegel und betrachtete den gestikulierenden Mann. In ihren Ohren rauschte es. Ein erneutes Hupen riss sie allerdings aus der Starre heraus und sie nahm den Fuß von der Bremse. Der Tahoe rollte langsam voran und in die Einfahrt. Hinter sich erntete sie eine letzte hupende Beschwerde vom verärgerten Fahrer.

Sie beobachtete die Haustür, aber noch war alles still. Ihre Hände hielten das Lenkrad umklammert, als ob die Handlung es loszulassen alle Sicherheitsmauern in ihrem Kopf einstürzen lassen würde. Warum sie diese unheimliche Vorahnung hatte, wusste sie nicht, aber jede Sekunde, jede Minute, die sie noch draußen im Wagen sitzen konnte, half.

Die Finger ihrer rechten Hand begannen sich zu bewegen. Plötzlich war es, als hätte sie keinen Einfluss darauf, dass ihr Daumen die Sprachfunktion im Lenkrad drückte. Die mechanische Stimme bat um Anweisung.

"Anruf."

"Bitte nennen Sie den Kontakt."

"Tom Handy."

"Tom Handy."

Der Computer des Chevy wählte. Es ertönte ein einziger Klingelton, dann die Stimme des Anrufbeantworters.

"Der Teilnehmer ist im Moment nicht erreichbar. Bitte versuchen Sie es ..."

Linda drückte den Aus-Knopf und stellte den Motor ab. Sie stieg aus, so schnell sie konnte, und rannte die Treppen der Veranda hoch.

"Linda?" Joy hatte regelmäßig nach draußen geschaut, aber nicht in der Minute, als Linda vorgefahren kam. Sie eilte aus dem Wohnzimmer in die Diele, um sie zu empfangen.

"Joy! Was ist passiert?"

"Thomas hat vorhin angerufen." Joy ging voran ins Wohnzimmer und Linda folgte ihr hoffnungsvoll. Diese Information konnte so viel heißen. Ein Unfall, ein Notfall oder ganz etwas anderes. Das furchtbare Gefühl in ihrer Magengegend hatte eventuell nichts mit ihm zu tun.

Sam erhob sich aus seinem Sessel und räusperte sich. Er hatte sich vorgenommen, so direkt wie nur möglich zu sein.

"Wir wissen nichts Genaues, aber es hat sich angehört, als würde Thomas sich verabschieden. Ich habe danach mit Rodrigo telefoniert. Ihm hat er gesagt, er fährt in eine Reha-Klinik, dann fand Joy diesen Umschlag im Briefkasten."

Linda folgte seinem Fingerzeig hinunter zum Tisch und erkannte Toms Handschrift. Joy sah aus, als wollte sie einen Schritt auf sie zu machen, aber Linda hob abwehrend die Hand. Noch brauchte sie ihre ganze Kraft. Wenn sie zuließ, dass ihre Tante sie berührte, würde sie den Schmerz nicht mehr zurückhalten können. Sie bückte sich und nahm den Umschlag hoch.

"Schatz, ist irgendetwas vorgefallen?" Joys Stimme drang wie von Weitem zu Linda durch.

Sie riss das Kuvert auf und zog den darin liegenden Brief heraus. Sie musste blinzeln, um etwas zu sehen, denn die ersten Tränen rannen beim Lesen des ersten Satzes bereits ihre Wangen herunter.

Ich liebe dich.
Mehr als alles andere auf dieser Welt.
Du verdienst so viel mehr, als ich dir geben kann.
Bitte verzeih mir.
Ich liebe dich, für immer.

Linda sank kraftlos auf die Couch. Als Joy an ihre Seite kam, reichte sie ihr wortlos den Brief und starrte vor sich hin. Noch fühlte sie nicht die volle Intensität des Verlustes, aber sie hatte jetzt schon Angst davor. Es war, als würde alles hinter einer unsichtbaren Mauer warten, und als fände sie nur nicht den Mut, diese jetzt schon einzureißen.

Joy reichte den Brief an Sam. Der las ihn, legte ihn dann zusammengefaltet neben seine Nichte auf die Armlehne und ging zu seinem Sessel zurück. Linda holte derweil ihr Handy hervor und blätterte durch die ersten Kontakte, bis sie Blakes Nummer fand. Sie wischte sich mit dem Handrücken übers Gesicht und wählte.

"Hey Lin ..."

"Wo ist er?"

"Was?"

"Verarsch mich nicht Blake. Du weißt ganz genau, wovon ich rede. Wo ist Tom?" Sie konnte hören, wie er tief Luft holte und tief seufzte.

"Ich weiß es nicht Linda. Heute früh habe ich ihn am Busbahnhof in White Plains abgesetzt. Er wollte nicht, dass ich bleibe."

"Warum hast du das gemacht? Warum hast du ihn nicht davon abgehalten?" Darauf ließ sie ihn jedoch nicht antworten und schrie ihn an. "Du bist ein beschissener bester Freund!"

Joy wollte ihr den Arm auf die Schulter legen, aber sie sprang auf.

"Linda, es tut mir leid."

"Das kannst du dir sonst wohin schieben." Sie warf ihr Telefon wütend auf den Tisch, aber natürlich flog es durch den Schwung auf der anderen Seite gleich wieder auf den Boden. Sam hob es wortlos auf und Linda schnaubte wütend. "Blake hat ihn nach White Plains gefahren. Scheinbar ist er dort in einen Bus gestiegen." Sie sah Sam verzweifelt an. "Das kann er doch nicht machen. Er kann doch nicht einfach so davonfahren!" Linda überlegte laut. "Vielleicht hat er es doch nicht getan und sitzt noch dort. Können wir hinfahren? Sam? Bitte?" White Plains war dann doch weiter, als sie sich in ihrem Zustand zu fahren traute.

"Natürlich können wir nachsehen, aber mach dir bitte keine großen Hoffnungen. Er wird das sicherlich gut geplant haben."

"Dann fragen wir die Leute dort. Am Schalter werden sie uns sicher sagen können, ob sie heute einen Rollstuhlfahrer auf der Liste hatten."

Joy kam an ihre Seite.

"Mein Herz, wenn du es herausfindest, was willst du dann tun? Willst du ihm nachfahren? Was machst du dann an der nächsten Station?"

Lindas Stimme wurde mit jedem Wort leiser, und mit jedem Wort kamen mehr Tränen.

"Ich werde ihn finden und ich werde ihm sagen, dass er mich nicht einfach so verlassen kann. Wenn er mich liebt, dann kann er nicht einfach so gehen. Wenn er ..."

Linda brach zusammen und Sam umschloss sie in einer liebevollen Umarmung. Sie schluchzte in seinen Pullover hinein und bekam kein Wort mehr heraus. Joy sah ihren Mann an und ihr Herz brach für ihre Nichte. Sie hatte bereits so viel Schmerz erlebt, dachte Joy bekümmert. Viel mehr, als ein Mädchen in ihrem Alter je erleben sollte.

Sie konnte Lindas verstehen, die hilflose Wut, die Verzweiflung und das gebrochene Herz. Eine Liebe, wie die beiden sie hatten, hörte nicht einfach auf und doch hatte er ihr einen Schlussstrich gesetzt.

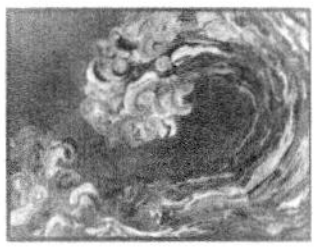

Das ist kein normaler Schmerz.

Es fühlt sich an, als würde sich mein Leben nicht nur auflösen, sondern das ganze Universum mit ihm. Er hat mir alles bedeutet. Ohne ihn kann ich nicht glücklich sein. Das denke ich nicht nur aus einer fehlgeleiteten jugendlichen Emotion heraus, nein, ich weiß es. Ohne seine Liebe ist mein Leben nur eine leere Hülle.

Wenn es irgendetwas nach dem Tod gibt, dann hoffe ich, dass es keine Erinnerungen beinhaltet. Und wenn es das doch tut, dann wünsche ich mir, dass nur die schönen Dinge übrigbleiben.

Es macht einfach keinen Sinn. Nichts davon. Warum sollte einem das Universum eine solche Liebe offenbaren, einen solch wundervollen Menschen, und einem dann alles wegnehmen?

Es fühlt sich an, als wäre er nur ein Traum gewesen. Ein wunderschöner, perfekter Traum, der nur in meinem Kopf existiert hat. Das Schlimmste daran ist, dass mich alles in meiner Realität an ihn erinnert. Die Plätze, an denen wir gemeinsam waren, sein geliebter Chevy, die vielen Nachrichten in meinem Handy, mein kleines Schmuckstück, das er mir beim Campen geschenkt hat. Nur so weiß ich, dass es kein Traum war, und mit dieser Tatsache werde ich leben müssen.

Linda klappte ihr Tagebuch zu und verstaute es in dem schönen alten Schreibtisch unter ihrem Fenster.

Sie las diesen Eintrag und seinen Brief fast täglich. Es half auf eine unlogische Art und Weise, auch wenn nur ein klein wenig.

Sie sah nach draußen. Der Tahoe war vollgetankt und bereit für die Fahrt zum College nach Syracuse. Neben Anziehsachen hatte sie nicht viel eingepackt. Nur einige Bücher, die sie noch nicht gelesen hatte, alles andere würde in Port Chester bleiben.

Alles andere, auch der Teil ihres Herzens, den sie nie wieder zurückbekommen würde.

Ein großes Dankeschön an meinen überaus geduldigen Ehemann, Alan, der die vielen Stunden meiner Schreibarbeit mit mannigfaltiger Unterstützung begleitet hat.

Ein "Rrrruuuurrr!" Dankeschön an Steffi für deine Engelsgeduld.
Du hast gelesen, korrigiert, nochmal gelesen und mir bei allem beigestanden. Deine Freundschaft ist mit weltlichen Gütern nicht aufzuwiegen.

Ein zwinkerndes Dankeschön an Theresa, du warst immer bereit zum Lesen und meinem Schaffen konstruktive Kritik zu geben. You rock! Danke!

In dieser Reihe:

Christopher Ocean – BLUE (Sept. 2023)
Christopher Ocean – RED (Okt. 2023)
Christopher Ocean – Die Finstere Stunde
(Okt. 2023)

Von diesem Autor:

AHARAS – (2024) in englischer Sprache

Printed in France by Amazon
Brétigny-sur-Orge, FR

14011574R00328